Classée en tête des meilleures ventes du *New York Times*, Robyn Carr est célèbre pour ses romans « small town », un genre pour lequel elle a reçu le prix Romantic Times 2010 du meilleur auteur. Cette renommée, elle la doit au succès de sa série *Virgin River*. Avec brio, elle a su créer une sympathique communauté au cœur de la Californie où fidélité et amitié sont les maîtres mots. Des personnages attachants que l'on retrouve d'un tome à l'autre, des histoires emplies de sensibilité et d'espoir, *Virgin River* nous offre une belle leçon de vie.

Virgin River 3 & 4

Du même auteur
aux Éditions J'ai lu

LES CHRONIQUES DE VIRGIN RIVER

1 – Virgin River
N° 9308

2 – Refuge
N° 9361

3 – Murmures
N° 9406

4 – Nouveau départ
N° 10062

5 – Attirance
N° 10080

6 – Paradis
N° 10116

7 – Révélations
N° 11110

8 – Retrouvailles
N° 11274

Noël à Virgin River
N° 10164

ROBYN
CARR

Virgin River
Livre 3

Traduit de l'anglais (États-Unis)
par Maud Godoc

J'AI LU

Déjà parus sous les titres
Les Chroniques de Virgin River 3 – Murmures
Les Chroniques de Virgin River 4 – Nouveau départ

Titre original
WHISPERING ROCK

Éditeur original
Harlequin Books S.A.

Titre original
SECOND CHANCE PASS

Éditeur original
Harlequin Books S.A.

À Michelle Mazzanti et Kristy Price,
mes meilleures amies

Lettre de l'auteure

Chère lectrice,

Bienvenue de nouveau à Virgin River !

Nombre d'entre vous ont écrit pour demander si la ville dont il est question dans les *Chroniques de Virgin River* existait, parce que si tel était le cas, vous aimeriez y emménager. Je suis désolée, mais cette ville n'existe que dans mon imagination.

Néanmoins, bien qu'il s'agisse d'un lieu fictif, il est possible de s'y rendre. C'est un endroit où un verre est toujours à moitié plein, où les défis et vicissitudes de la vie donnent aux gens la force d'aller de l'avant, où les bonnes actions s'imposent d'elles-mêmes.

Vous souhaitez vivre à Virgin River ? Alors fermez les yeux et ouvrez votre cœur.

Robyn Carr

1

Mike Valenzuela s'était levé bien avant le soleil pour charger sa Jeep. Il avait un long trajet jusqu'à Los Angeles et voulait partir tôt. Selon la circulation dans la Bay Area, il fallait compter entre huit et dix heures de route. Il avait fermé son nouveau domicile, un camping-car flambant neuf garé dans la cour derrière le bar de Jack. Ce dernier et Vic y jetteraient un coup d'œil, même s'il n'y avait pas de soucis à craindre. Voilà pourquoi, entre autres raisons, Mike avait choisi de vivre ici – un beau petit coin peinard, idéal pour la tranquillité de l'esprit. À des années-lumière de son existence d'avant.

Avant de s'installer à Virgin River, Mike avait fait de nombreux séjours dans cette petite localité perdue au milieu des montagnes du comté d'Humboldt. Il y venait régulièrement pêcher et chasser avec d'anciens camarades des marines qui avaient servi dans la même section que lui en Irak, sous les ordres de Jack. À l'époque, il était sergent à la brigade de l'antigang dans la police de Los Angeles. Sa carrière de flic avait connu une fin brutale lorsqu'il avait reçu trois balles qui lui avaient valu un coma et une rééducation très éprouvante. Il lui avait fallu la nourriture revigorante de Vic et toute l'expérience de Melinda, la femme de Jack, en kinésithérapie pour que son épaule retrouve, au prix d'intenses efforts, sa mobilité.

Au bout de six mois, il était aussi proche de la guérison complète qu'il ne pourrait jamais l'être.

Depuis son installation à Virgin River, il n'était retourné dans sa famille qu'une fois. Il avait prévu de partir une semaine – deux jours pour le voyage et le reste avec ses proches, l'archétype de la famille mexicaine, une nombreuse smala toujours prête à rire et à danser. La tradition familiale étant ce qu'elle était, il aurait droit à une fiesta non-stop. Sa mère et ses sœurs seraient aux fourneaux du matin au soir ; ses frères bourreraient le réfrigérateur de *cerveza ;* les amis de la famille et ses anciens collègues viendraient faire un tour à la maison. Ils passeraient un bon moment – d'agréables retrouvailles après sa longue convalescence.

Il roulait depuis trois heures quand la sonnerie de son portable le fit sursauter. À Virgin River, il n'y avait pas de relais, il ne s'attendait donc pas à un appel.

— Allô ?

— J'ai besoin d'un service, dit Jack sans préambule.

Celui-ci avait la voix rauque, comme s'il était encore à moitié endormi. Il avait dû oublier qu'il prenait la route ce matin.

Mike consulta l'horloge du tableau de bord : il n'était pas 7 heures.

— Si tu veux, répondit-il en riant, mais je suis presque à Santa Rosa, alors si tu comptes sur moi pour aller chercher de la glace pour le bar à Garberville, je vais avoir du mal à…

— Mike, c'est Brie, le coupa Jack. Elle est à l'hôpital.

Brie était la sœur cadette de Jack, la petite dernière, sa préférée. Et elle occupait une place privilégiée dans le cœur de Mike.

Il fit une embardée sur la route.

— Ne quitte pas.

Il se gara sur un accotement qui paraissait sûr, puis inspira un grand coup.

— Raconte, dit-il à Jack.

— Elle s'est fait agresser la nuit dernière. Elle a été frappée. Violée.

— Quoi ? s'écria Mike.

Jack ne répéta pas.

— Mon père vient d'appeler. Melinda et moi faisons nos bagages – nous prendrons la route dès que possible. Écoute, j'ai besoin de quelqu'un qui connaisse les rouages du système. Ils n'ont pas coincé le salaud qui lui a fait ça – il va donc y avoir une enquête.

— Dans quel état est-elle ? voulut savoir Mike.

— Mon père n'a pas donné beaucoup de détails, mais elle a quitté les soins intensifs et se trouve dans une chambre, sous sédatif. Pas d'intervention nécessaire. Peux-tu noter quelques numéros ? Et laisser ton portable allumé si jamais j'ai des questions ?

— Bien sûr. Donne-moi les numéros.

Jack lui dicta celui de l'hôpital, de son père, et du vieux portable de Melinda qu'ils rechargeraient sur la route de Sacramento.

— Ils ont un suspect ? s'enquit Mike. Est-ce qu'elle le connaissait ?

— Je ne sais rien de plus que ce que je t'ai dit. Une fois sur la route, quand nous aurons quitté les montagnes, j'appellerai mon père. Mais là, il faut que j'y aille.

— D'accord. Je garde mon téléphone dans la poche vingt-quatre heures sur vingt-quatre. Je vais essayer de joindre l'hôpital.

— Merci, fit Jack avant de raccrocher.

Mike fixa le téléphone un long moment, désemparé. Mon Dieu, non, pas Brie !

Il se remémora cette fois où elle était venue à Virgin River, deux mois plus tôt, juste après la naissance de son neveu David, le fils de Jack et de Melinda. Il l'avait emmenée au bord de la rivière, dans un endroit tranquille où l'eau n'était pas assez profonde pour la pêche. Ils avaient pique-niqué, adossés à un gros rocher, près de l'eau qui filait sur les galets avec un doux murmure. Ce jour-là, il lui avait tenu la main, et elle ne l'avait pas retirée. Pour la première fois, il avait réalisé qu'il éprouvait des sentiments pour elle. Il avait le béguin. À trente-sept balais, il se faisait l'impression d'un gamin de seize ans tout chamboulé par ses premiers émois.

Mike avait rencontré Brie quelques années plus tôt, alors qu'il rendait visite à Jack en permission dans sa famille à Sacramento, juste avant son départ pour sa dernière mission en Irak. À l'époque, il ne se doutait pas que son unité de réserve serait mobilisée et qu'il retournerait là-bas, et se retrouverait sous les ordres de son ami pour la seconde fois. Brie était présente, bien sûr, mariée depuis peu à un flic de Sacramento. Un type sympa, avait-il pensé. C'était un petit bout de femme d'un mètre soixante environ avec une épaisse chevelure châtain clair qui lui tombait presque jusqu'à la taille et lui donnait une allure de gamine. Mais il ne fallait pas se fier aux apparences : elle avait la réputation d'être l'un des substituts du procureur les plus coriaces du comté. Mike n'avait pu s'empêcher d'admirer son intelligence, son cran, sans parler de sa beauté. Dans sa vie passée, avant l'agression, il ne s'était jamais particulièrement laissé décourager par la simple présence d'un mari, mais ils étaient jeunes mariés et Brie était amoureuse. Visiblement, aucun autre homme n'existait à ses yeux.

Lorsque Mike l'avait revue à Virgin River, après la naissance du fils de Jack, elle tentait de se remettre d'un divorce douloureux – son mari l'avait quittée pour sa meilleure amie. Il avait aussitôt eu envie de la prendre dans ses bras pour la consoler, mais, bouleversée par l'infidélité de son mari, Brie était déterminée à ne plus se laisser embobiner par un homme, surtout pas un coureur de jupons dans son genre. Complication supplémentaire : Jack se montrait si protecteur envers sa sœur cadette que cela frisait le ridicule. Et puis, Mike n'était plus le dragueur latino invétéré qu'il avait été. L'agression avait méchamment changé la donne.

Il avait revu Brie à peine quelques semaines auparavant. Elle était venue à Virgin River avec le reste de la famille pour aider à ériger l'ossature en bois de la nouvelle maison de Jack. Ainsi que pour le mariage de Vic et de Paige qui avait eu lieu au même endroit le lendemain, sous la charpente ornée de guirlandes fleuries. Entre le copieux buffet à l'ancienne, le barbecue et le bal avec orchestre, la fête avait été fantastique. Pour un homme à peine capable de marcher six mois plus tôt, Mike s'était révélé un cavalier plus qu'honorable. Sur la piste de danse, il avait fait tournoyer Brie à s'en étourdir, pressant sa joue contre la sienne dès qu'un tempo plus lent le permettait.

— Ton frère nous regarde en fronçant les sourcils, lui avait-il murmuré sur un ton de conspirateur.

— Je me demande bien pourquoi, avait-elle répondu en riant.

— À mon avis, il ne veut pas que tu approches un homme qui lui ressemble autant.

Cette supposition avait semblé amuser Brie au plus haut point. La tête renversée en arrière, elle avait ri à gorge déployée avec un enthousiasme un peu exagéré.

— Tu te flattes, Mike. Ça n'a rien à voir avec ton succès auprès des femmes. Tu es un homme, tu danses avec sa petite sœur. Ça lui suffit amplement.

Il l'avait attirée davantage contre lui.

— J'ai comme l'impression que tu t'amuses un peu trop à lui mettre les nerfs en pelote. Est-ce que tu te rends compte qu'il a un tempérament explosif ?

Elle avait indubitablement resserré son étreinte à son tour.

— Pas avec moi, lui avait-elle murmuré.

— Il y a une diablesse en toi, avait-il soufflé avant de regarder la mort en face en l'embrassant dans le cou.

— Et un idiot en toi, avait-elle répliqué, tout en inclinant légèrement la tête pour lui faciliter l'accès.

Dans sa vie antérieure, il aurait trouvé le moyen de se retrouver seul avec elle et lui aurait fait l'amour à en perdre la tête. Mais les trois balles qu'il avait reçues en avaient décidé autrement. Même s'il parvenait à s'esquiver avec Brie, il serait incapable de conclure. Alors il s'en tira par une pirouette.

— Tu veux que je me fasse encore tirer dessus ou quoi ?

— Oh, je doute qu'il te tirerait dessus, mais ça fait des années que je n'ai pas assisté à un bon pugilat à l'ancienne.

Au moment de se dire au revoir, il l'avait serrée brièvement dans ses bras, enivré par les effluves sucrés de son parfum et la douceur satinée de sa joue contre la sienne. Un peu au-delà du simple geste amical – une accolade suggestive qu'elle lui avait rendue de bonne grâce. Sans doute s'amusait-elle de ce flirt qui épiçait un peu la situation. Une situation qu'il prenait, lui, très au sérieux. Brie occupait ses pensées avec une insistance obsédante. Il n'avait plus grand-chose à lui offrir désormais, pourtant, il ne pouvait s'empêcher de penser à elle, de la désirer.

Il mit le contact, jeta un coup d'œil par-dessus son épaule avant de s'engager sur la voie expresse. Il écrasa l'accélérateur et coupa la double voie pour prendre la sortie en direction de Sacramento.

Deux heures plus tard, sur le parking de l'hôpital du comté, Mike composa le numéro du portable du père de Jack et laissa un bref message dans lequel il annonçait son arrivée et demandait où se trouvait Brie. Une magistrate victime d'une agression serait forcément à l'écart des autres patients, sous bonne garde policière.

Sam l'accueillit à l'entrée du bâtiment et lui tendit la main.

— Mike, c'est gentil d'être venu. Jack appréciera.

— J'étais en route vers le sud quand il m'a prévenu, et je n'étais pas très loin. Brie est une amie. Je ferai tout ce qui est en mon pouvoir pour l'aider.

Sam se dirigea vers les ascenseurs.

— Elle va s'en sortir. Physiquement. Mais quant aux séquelles psychologiques…

— Connaissait-elle son agresseur ?

— Et comment. Vous vous rappelez ce procès terrible à peu près au moment de la naissance du petit David ? Le violeur en série ? Le cirque médiatique ? C'était lui. Elle l'a formellement identifié lorsque la police l'a interrogée.

Mike s'arrêta, le front plissé.

— Elle en est sûre ?

C'était une manœuvre tordue et audacieuse de la part de quelqu'un qui venait juste d'échapper à la justice – Brie avait perdu ce procès, un échec retentissant pour elle, surtout dans la foulée du divorce. D'ordinaire, ce genre de criminel s'évanouissait dans la nature sans demander son reste.

— Sûre et certaine, répondit Sam.

Avait-elle été frappée à la tête ? Le traumatisme avait-il provoqué des hallucinations ? Mike ne pouvait s'empêcher de s'interroger.

— Dans quel état est-elle ?

— Elle a le visage tuméfié, deux côtes cassées et… les blessures habituelles… Enfin, vous savez.

— Je sais. A-t-elle été vue par un spécialiste de ce genre d'agression ?

— Oui, mais elle veut Melinda. C'est compréhensible.

— Bien sûr.

Infirmière et sage-femme à Virgin River, la femme de Jack avait des années d'expérience en traumatologie dans un grand hôpital de Los Angeles.

— Jack m'a appelé à 7 heures ce matin, reprit-il. Ils étaient sur le départ et devraient arriver d'ici deux ou trois heures.

Il repéra un policier en uniforme devant la porte d'une chambre. Sans doute celle de Brie. Après avoir salué la famille, il essaierait de se renseigner à droite et à gauche.

Il s'approcha d'un groupe rassemblé dans la salle d'attente, au bout du couloir : les trois sœurs de Jack et leurs maris, plus quelques-unes de ses nièces. Il fut accueilli avec force embrassades et remerciements. Puis il alla parler aux infirmières et obtint du policier en faction le numéro de l'inspecteur chargé de l'enquête. Le suspect était toujours en fuite. Ce fut tout ce que celui-ci put lui apprendre.

Presque trois heures plus tard, Jack, Melinda et leur fils arrivèrent. Jack étreignit son père, puis dévisagea Mike avec étonnement.

— Tu es là ?

— Je n'étais pas très loin, je me suis dit que j'allais passer, expliqua-t-il. Si je peux aider, ce sera plus facile sur place.

— Merci, mon vieux. Je te revaudrai ça.

— Arrête, tu as fait bien davantage pour moi. Et tu sais que j'ai de l'affection pour Brie. Melinda, enchaîna-t-il en tendant les bras à David, elle a demandé à te voir dès que tu serais là.

— Bien sûr, répondit la jeune femme qui lui abandonna volontiers son fils.

— À mon avis, elle veut s'assurer auprès d'elle que les procédures de prélèvement ont bien été respectées, ajouta Mike à l'adresse de Jack. Va embrasser tes sœurs. Après, tu pourras la voir.

— Tu n'es pas encore entré ?

— Non, les visites sont réservées à la famille. Mais j'ai déjà eu le temps de me renseigner un peu.

Jack lui serra brièvement l'épaule.

— Encore merci, Mike. Je ne m'attendais pas à te voir là.

L'ancien policier fit sauter le petit David dans ses bras.

— C'est pourtant comme ça que ça marche entre nous, non ?

Jack resta au chevet de sa sœur presque douze heures d'affilée. Il était arrivé à 11 heures et sa montre affichait maintenant 23 heures. Brie était hors de danger et sous sédatif. La famille Sheridan avait passé la journée dans le couloir, mais le soir venu, tout le monde était rentré chez soi. Tout le monde sauf Jack.

Il avait été bouleversé à la vue du visage tuméfié de sa sœur. C'est beaucoup moins grave que cela en a l'air, lui avait assuré le médecin. Il n'y aurait pas de séquelles permanentes et elle retrouverait sa beauté. En dépit des calmants, elle se débattait parfois dans son sommeil. Sans ses côtes cassées, il l'aurait prise dans ses bras pour la réconforter. Il devait se contenter de se pencher au-dessus du lit et, tout en effleurant son visage à un endroit intact, de déposer un tendre baiser sur son front.

— Je suis là, Brie, tu es en sécurité maintenant, lui murmurait-il.

Il était presque minuit quand une main se posa sur son épaule. Il se retourna. C'était Mike.

— Rentre dormir un peu, Jack, lui suggéra ce dernier. Je vais rester à son chevet.

— Je ne peux pas l'abandonner.

— Je sais, mais tu as besoin de repos. J'ai fait une sieste, mentit-il. Sam m'a prêté une chambre. Je vais rester ici au cas où elle se réveillerait, ce qui n'arrivera sans doute pas, et il y a le policier en faction devant la porte. Vas-y. Il faut que tu sois en forme pour elle demain matin.

— Si elle se réveille et que je ne suis pas là…

— Ils mettent de quoi assommer un cheval dans la perfusion. Si tu veux mon avis, elle ne risque pas d'ouvrir l'œil de la nuit. Ça va aller.

Jack laissa échapper un rire fatigué.

— Quand tu étais à l'hôpital, j'ai passé toutes les nuits à ton chevet pendant une semaine.

— Oui, à mon tour de te rendre la pareille. Va rejoindre ta femme. On se voit demain à la première heure.

À la grande surprise de Mike, Jack accepta de partir. Il le remplaça dans le fauteuil près du lit. Le visage tuméfié de Brie ne le choquait pas – il avait vu pire. Mais cette agression le révoltait. Comment pouvait-on commettre pareille monstruosité ?

Tout au long de la nuit, les infirmières passèrent vérifier la perfusion, prendre sa tension ou apporter à Mike une tasse de café – celui de la salle de repos avait bien meilleur goût que la lavasse du distributeur. S'il le demandait, l'une d'elles restait avec Brie le temps qu'il coure aux toilettes au bout du couloir – conséquence du café. Mais Brie ne broncha pas à l'exception de quelques moments d'agitation dans son sommeil.

Mike avait mis à l'abri des camarades blessés, veillé des soldats mourants tandis que les balles des snipers sifflaient au-dessus de sa tête. Mais rien de tout cela n'était comparable à ce qu'il ressentait en regardant Brie dans cet état. À la seule pensée de l'odieux outrage qu'elle avait subi, il sentait monter en lui une rage d'une violence inconnue.

Le procès de ce violeur en série avait été l'un des plus durs de sa jeune carrière de magistrate. Il lui avait fallu des mois pour instruire l'affaire. Les expertises médico-légales avaient permis d'établir un faisceau de présomptions solide, mais au final, le seul témoin à ne pas lui avoir fait défaut était une prostituée avec un dossier long comme le bras, et l'accusé s'en était sorti.

Au petit matin, Brie tourna la tête vers Mike et s'efforça d'ouvrir les yeux – tant bien que mal, car l'un d'eux était en partie fermé par un œdème. Il se rapprocha d'elle.

— Brie, c'est moi, Mike, murmura-t-il.

Elle se plaqua les mains sur le visage.

— Non ! cria-t-elle. Non !

Il lui prit les poignets avec douceur.

— C'est Mike, Brie. Tout va bien.

Impossible de lui décoller les mains du visage.

— S'il te plaît, gémit-elle d'un ton suppliant. Je ne veux pas que tu me voies comme ça…

— Je suis assis à ton chevet depuis des heures, tu sais.

Elle le laissa lui écarter lentement les mains.

— Que fais-tu ici ?

— Jack a besoin de mon aide pour suivre l'enquête. Mais je tenais à être présent, Brie. Pour toi.

Il lui caressa le front d'un geste délicat.

— Ça va aller.

— Il… il s'est emparé de mon arme…

— La police est au courant. Tu n'as rien fait de mal.

— J'avais réclamé perpétuité… C'est sa vengeance.

Les mâchoires de Mike se crispèrent, mais il s'efforça de garder une voix posée.

— Ça va aller, Brie. C'est fini maintenant.

— Est-ce qu'il a été arrêté ?

Il aurait préféré qu'elle ne pose pas la question.

— Pas encore.

— Sais-tu pourquoi il ne m'a pas tuée ?

Une larme perla de son œil tuméfié et roula le long de son nez violacé. Il l'essuya tendrement.

— Il m'a dit qu'il ne voulait pas que je meure. Il voulait que j'essaie encore une fois de le coincer et que je le regarde me filer sous le nez. Il portait un préservatif.

— Oh, Brie…

— Je l'aurai, Mike.

— S'il te plaît, ne pense pas à ça pour l'instant. J'appelle l'infirmière. Elle va te redonner un sédatif.

Il alluma la lumière et l'infirmière de garde entra aussitôt.

— À mon réveil, je serai encore du même avis, déclara Brie avec détermination.

— Essaie de te reposer, fit Mike en se penchant pour l'embrasser sur le front. Je reste près de toi. Et il y a un policier en faction devant ta porte. Tu es en sécurité.

— Mike, murmura-t-elle en lui prenant la main dans la sienne. C'est Jack qui t'a demandé de venir ?

— Non, mais quand j'ai appris ce qui s'était passé, je n'ai pu faire autrement que de venir, répondit-il.

L'infirmière injecta un sédatif dans la perfusion et Brie ferma de nouveau les yeux. Sa main glissa de celle de Mike qui se rassit dans son fauteuil. Puis, les coudes sur les genoux, le visage enfoui entre les mains, il pleura en silence.

Jack fut de retour à l'hôpital avant l'aube. Douché et rasé, il ne semblait guère reposé. Il avait les yeux marqués de cernes sombres et dans le regard une lueur inquiétante. Mike avait, lui aussi, des sœurs qu'il chérissait. Il imaginait sans peine la rage qui devait bouillonner en lui.

Les deux hommes sortirent dans le couloir et Mike rassura son ami : la nuit avait été tranquille et, pensait-il, reposante pour Brie. À cet instant, le médecin entra dans la chambre pour la visite, suivi d'une infirmière. Mike en profita pour se rendre aux toilettes. Il découvrit dans le miroir qu'il avait la mine encore plus défaite que Jack. Il aurait eu bien besoin d'une douche et d'un coup de rasoir, lui aussi, mais il n'avait pas envie de laisser Brie qui allait sans doute bientôt quitter l'hôpital.

Il regagnait la chambre de Brie lorsqu'il aperçut Jack en train de parler à un homme devant la porte. Il avait l'air si furieux que le policier de garde s'approcha. Mike reconnut alors Brad, l'ex-mari de Brie. Bon sang, songea-t-il, Jack allait le tuer !

Il pressa le pas et les sépara du bras, puis s'interposa de son corps tout entier.

— Eh, on se calme !

— Qu'est-ce que tu fous ici ? siffla Jack par-dessus l'épaule de Mike.

Brad le fusilla du regard.

— Moi aussi, je suis content de te voir, Jack.

— Tu n'as rien à faire ici, répliqua celui-ci, haussant le ton. Tu l'as laissée tomber. La page est tournée.

L'autre se hérissa.

— Je n'ai jamais cessé d'avoir de l'affection pour Brie. J'en aurai toujours, et je compte bien la voir.

— Je ne crois pas, objecta Jack. Elle n'est pas en état de te voir pour l'instant.

— C'est à elle d'en décider.

— Arrêtez, intervint Mike avec autorité. Ce n'est ni le moment ni l'endroit.

— Demande-lui s'il veut qu'on s'explique dehors, lâcha Jack d'un ton sec.

— Je n'attends que ça...

Mike s'interposa de nouveau entre les deux hommes.

— Ça suffit !

Brad se rapprocha, mais baissa le ton.

— Je sais que tu es furieux, Jack. Contre la terre entière et contre moi en particulier. Je ne t'en veux pas. Mais si tu t'en prends à moi, ce sera pire pour Brie. Et ce policier ici présent se fera un plaisir de te boucler.

Mike avait toutes les peines du monde à les séparer.

— J'ai vraiment envie de démonter quelqu'un, articula Jack entre ses dents. Tu l'as plaquée alors qu'elle préparait l'instruction contre cette ordure. Tu as idée du mal que tu lui as fait ?

« Nom de Dieu, s'alarma Mike, ils allaient se démolir le portrait d'une seconde à l'autre, dans le couloir de l'hôpital. » Du haut de son mètre quatre-vingts, il n'avait rien d'un gringalet, mais Brad et Jack étaient tous deux plus grands et plus baraqués – et ils n'avaient pas été blessés à l'épaule, eux. S'ils en venaient aux mains, il aurait vite le dessous.

— Je veux qu'elle sache que je m'inquiète pour elle, riposta Brad. Nous sommes divorcés, d'accord, mais nous avons un passé commun. Avec beaucoup de bons souvenirs. Si je peux faire quelque chose pour elle…

— Eh, vous ! lança Mike au policier. Intervenez, bon sang !

L'homme se décida enfin à venir lui prêter main-forte.

— Allons, messieurs, j'ai des ordres. Pas de bruit devant la porte de Mlle Sheridan. Allez régler vos problèmes plus loin dans le couloir.

Mauvaise idée, songea Mike. Là, ça risquait carrément de dégénérer. Il tira Jack en arrière.

— Respire un bon coup et calme-toi, lui souffla-t-il. Ne va pas faire une connerie.

Jack le foudroya du regard.

— Laisse tomber, je te dis, insista Mike avec toute l'autorité qu'il put rassembler.

À l'instant où l'infirmière sortit de la chambre de Brie, Brad lui mit le grappin dessus avant que Jack ait le temps d'intervenir.

— Excusez-moi, je suis l'ex-mari de Mlle Sheridan. Je suis aussi inspecteur de police, ajouta-t-il en lui montrant son insigne. Pourriez-vous lui demander si elle accepte de me voir ? S'il vous plaît.

L'infirmière pivota sur les talons et retourna dans la chambre.

— Au fait, qu'est-ce qu'il fiche là, celui-là ? lâcha Brad en désignant Mike du menton, l'air dédaigneux.

Grossière erreur, se dit aussitôt celui-ci en se raidissant. Pas très futé de se mettre à dos le bon Samaritain qui empêchait Jack de le tuer. Les poings crispés, Mike arbora un sourire glacial. Qu'il continue ainsi et il se ferait un plaisir de laisser Jack le démolir.

— Il est flic, répondit Jack sans entrer dans les détails. Je lui ai demandé de venir donner un coup de main.

— Qu'il dégage, décréta Brad. On n'a pas besoin de son aide.

C'en était trop. Mike voulut s'élancer, mais lui empoignant sa mauvaise épaule, Jack l'arrêta. Il se ressaisit, pensant à Brie. Mais s'ils se croisaient ailleurs, sur le parking par exemple, il ne jurait de rien.

L'infirmière ressortit.

— Après la visite du docteur, vous pourrez entrer.

Brad eut la bonne idée de ne pas faire de commentaire, mais le regard triomphant qu'il jeta aux deux hommes en disait long.

— Une question, lança Jack, qui s'efforçait à grand-peine de ne pas hausser la voix de crainte de se faire éjecter par le flic de garde. Tu étais de service avant-hier soir ?

— Non.

— Alors, si tu ne l'avais pas quittée pour une autre, tu aurais été à la maison. Tu aurais guetté son retour, ou entendu ses cris, et rien de tout ça ne serait arrivé. Alors tes bons souvenirs, tu peux te les coller où je pense !

Brad voulut protester, mais Jack pivota et s'éloigna à grands pas. Le médecin sortit de la chambre à ce moment-là et, le nez dans son dossier, passa en coup de vent devant les trois hommes. Après un regard noir en direction de Jack, Brad s'engouffra dans la chambre.

— Ça a failli saigner, marmonna Mike en s'asseyant sur la chaise près de la porte de Brie.

Quelques mètres plus loin, Jack arpentait le couloir, incapable de tenir en place.

Mike cala les coudes sur ses genoux et gratta sa joue ombrée de barbe qui le démangeait. Il remarqua alors le policier debout près de lui.

— Ça doit être dur, dit celui-ci, désignant Jack qui serrait compulsivement les poings.

Mike jeta un coup d'œil au jeune flic, puis à son ami, torturé et impuissant.

— Rien ne peut vous préparer à un drame pareil, répondit-il à mi-voix. Rien.

Brie quitta l'hôpital dans l'après-midi et alla s'installer chez son père. Elle prit place dans la voiture de Sam avec Jack, tandis que Mike les suivait dans son propre véhicule, rongé par l'inquiétude. Durant sa carrière, il n'avait pas rencontré beaucoup de victimes d'agression sexuelle, mais quelques-unes quand même. Jamais il n'avait vu une femme aussi stoïque, aussi détachée. Dès son arrivée à la maison, elle se réfugia dans la chambre qu'elle occupait enfant. Elle demanda à Jack de couvrir le miroir.

Ce soir-là, Brie prit son dîner sur un plateau dans sa chambre. Ses sœurs passèrent la voir, chacune son tour, mais ne s'attardèrent pas. Chez les Sheridan, il y avait cinq enfants, tous mariés sauf Brie désormais. Jack avait deux sœurs aînées, une troisième de deux ans sa cadette, plus la petite dernière, Brie, onze ans plus jeune. Avec huit nièces, il était le seul à avoir engendré un garçon. Lorsque toute la famille était réunie, elle générait un incroyable brouhaha de conversations ponctuées de rires – un peu comme chez les Valenzuela –, Mike avait eu l'occasion de s'en rendre compte lors de ses précédentes visites. Rien de tel aujourd'hui : la maison était silencieuse, tel un mausolée.

Mike dîna avec Sam, Jack et Melinda.

— Tu devrais peut-être reprendre la route pour L.A., lui suggéra Jack quand la table fut débarrassée.

Il haussa les épaules.

— Je peux rester un jour ou deux, histoire de voir comment les choses tournent.

— Je ne veux pas te retenir, dit Jack qui gagna le patio, suivi par Mike. Je t'appellerai s'il y a du nouveau.

Sam les rejoignit, portant un plateau avec trois verres contenant deux doigts de whisky. Il le posa sur la table. Chacun en prit un et le sirota sans mot dire. L'air de juin était humide et étouffant dans la vallée de Sacramento, presque oppressant. Au bout de quelques minutes, Sam se leva et prit congé. Puis Jack vida son verre et rentra à son tour. Une à une, les lumières s'éteignirent à l'intérieur jusqu'à ce qu'il ne reste plus que celle de la cuisine. Malgré sa fatigue, Mike n'avait pas envie d'aller dormir. Il se resservit un fond de verre, puis retourna le siroter dans le patio où il alluma la bougie sur la table.

— Rien ne t'oblige à rester, tu sais.

Il redressa la tête et découvrit Brie, debout dans l'embrasure de la porte-fenêtre, portant encore les vêtements qu'elle avait à son retour de l'hôpital.

Mike se leva.

— J'ai parlé aux inspecteurs chargés de l'enquête. Jerome Powell, le violeur, a été repéré au Nouveau-Mexique où on a perdu sa trace, lui apprit-elle d'un ton professionnel. D'après mon expérience, il y a quatre-vingt-quinze pour cent de chances pour qu'il mette au minimum une frontière entre la Californie et lui. J'ai décidé de commencer tout de suite le soutien psychologique et de ne pas reprendre le travail pour l'instant. Jack et Melinda insistent pour rester jusqu'à la fin de la semaine, mais tu devrais aller retrouver ta famille.

— Viens donc t'asseoir avec moi, proposa-t-il.

La jeune femme refusa d'un signe de tête.

— Le bureau du procureur me tiendra au courant des avancées de l'enquête au jour le jour. Bien évidemment, je reste ici. Si j'ai besoin d'aide dans la police, j'ai un ex-mari qui culpabilise à mort. On peut au moins espérer qu'il sera d'autant plus efficace.

Elle inspira un grand coup.

— Je voulais te dire au revoir. Et te remercier pour ton soutien.

Mike fit un pas vers elle, les bras ouverts.

— Brie…

La paume levée, elle l'empêcha d'avancer.

— Tu comprends, murmura-t-elle.

— Bien sûr.

— Fais attention sur la route.

Et elle disparut dans la maison.

2

Une semaine plus tard, Jack et Melinda rentrèrent à Virgin River, et la vie reprit son cours. Melinda se rendait chaque matin au cabinet médical avec son fils. Si une urgence se présentait, elle laissait le bébé à Jack, au bar, et s'il était absent, Paige, Vic ou Mike acceptait volontiers de s'en occuper. La plupart du temps, Melinda pouvait compter sur David pour être sage durant la demi-heure environ que lui prenait une consultation – dès lors qu'il était dans sa nacelle et n'avait ni faim ni besoin d'être changé. Il faisait encore deux longues siestes par jour.

Moins de deux semaines après leur retour de Sacramento, une adolescente se présenta au cabinet et demanda un rendez-vous. Carra Jean Winslow avait quinze ans, et depuis plus d'une année que Melinda vivait et travaillait à Virgin River, elle ne l'avait encore jamais vue. Elle ne connaissait pas davantage ses parents. Remarquant son embarras évident, elle l'emmena dans une salle d'examen avant de lui demander la raison de sa présence. Quand une jeune fille de quinze ans, apparemment en bonne santé, vient voir une sage-femme sans ses parents, les hypothèses sont pour le moins limitées.

— J'ai entendu dire qu'il existe une pilule qui empêche de tomber enceinte quand on a… vous savez, eu des rapports, dit-elle timidement, les yeux rivés sur ses chaussures.

— Oui, la pilule du lendemain. Mais elle n'est efficace que si les rapports sont très récents.

— Deux jours, lâcha l'adolescente dans un souffle.

— Voilà qui est récent en effet, admit Melinda avec un sourire, s'efforçant de la mettre à l'aise. Un problème ? Douleur, saignement ou autre ?

— Des saignements.

— C'était la première fois ?

La jeune fille opina du chef.

— Tu as déjà subi un examen gynécologique ?

Elle fit non de la tête et baissa de nouveau le nez.

— J'aimerais t'examiner, histoire de m'assurer que tout va bien. Ce n'est pas aussi terrible que tu l'imagines, la rassura Melinda en lui tapotant le bras. Ces saignements, ils sont abondants ?

— Pas trop. Un peu… Ça va mieux.

— Tu as mal à cet endroit ?

Carra haussa les épaules.

— Encore un peu. Rien de méchant.

— Bien. Je suppose que si tu es là, c'est que tu n'as pas utilisé de préservatif.

— Non.

— Bon, on va s'en occuper. Peux-tu te déshabiller et enfiler cette blouse, s'il te plaît ?

— Ma mère… Personne ne sait que je suis venue.

— Pas de problème, Carra. Ça restera entre toi et moi. Je ne me préoccupe que de ta santé, d'accord ?

— D'accord.

— Je reviens dans quelques minutes. Tu ne gardes que la blouse.

La pauvre petite, songea Melinda. Les gamines qui se fourraient dans ce mauvais pas sans avoir rien vu venir lui faisaient de la peine. Mais au moins elle était là, ce qui permettrait de limiter les dégâts. Elle laissa à Carra le temps de se déshabiller tranquillement, mais ne la fit pas trop attendre cependant, de peur qu'elle ne se ravise.

— Bon, on y va, dit-elle en pénétrant dans la salle d'examen, un sourire rassurant aux lèvres. Je vais d'abord prendre ta tension et écouter ton cœur.

— Je vais vous payer avec mon argent de poche, dit l'adolescente. Je ne veux pas que mes parents soient au courant.

— Dans ce cabinet, la confidentialité est assurée, Carra. Tu n'as aucune crainte à avoir.

Elle appliqua le tensiomètre, nota quelques petites ecchymoses sur le bras de la jeune fille et le lui fit remarquer.

— C'est rien, assura Carra. Je me suis fait ça… au volley. C'est un peu brutal parfois.

— On dirait que quelqu'un t'a agrippée, observa Melinda.

Carra haussa les épaules.

— Ça arrive.

La tension était normale. Elle lui prit le pouls et examina ses pupilles. À part un léger emballement cardiaque dû à la nervosité, la jeune fille semblait en bonne forme. Elle lui montra le spéculum, expliqua la procédure et la fit mettre en position pour le frottis.

— Place les pieds dans les étriers, voilà. Et maintenant glisse doucement le bassin vers moi. Très bien. Ça n'a vraiment rien de méchant, alors respire à fond et essaie de te détendre, d'accord ?

Carra se mit à pleurer en silence.

— Ne pleure pas, voyons, dit Melinda gentiment. Tout va s'arranger parce que tu es venue me voir tout de suite.

Avec douceur, elle écarta les genoux de l'adolescente et resta pétrifiée. Les lèvres étaient tuméfiées et l'intérieur des cuisses arborait des hématomes qui ressemblaient de manière frappante à ceux du bras – la marque caractéristique d'un pouce et des autres doigts. Interdite, Melinda se leva de son tabouret et regarda sa jeune patiente.

— Carra, j'imagine que tu dois avoir très mal. C'est tuméfié et même un peu déchiré. J'aimerais poursuivre l'examen, mais seulement si tu t'en sens la force. Ça va aller ?

La jeune fille ferma les yeux, mais hocha la tête.

— Je vais procéder le plus doucement possible, reprit Melinda, qui enfila des gants, mais laissa le spéculum de côté. Je vais juste vérifier le vagin et l'utérus. Carra, j'aimerais que tu inspires un grand coup et que tu relâches l'air lentement. Ça ne sera pas long. Ne te crispe pas. Détends tes muscles. Voilà, très bien. Dis-moi si ça fait mal quand j'appuie là.

— Pas trop.

Après Brie, la pauvre Carra. Maudite loi des séries, songea Melinda. La paroi vaginale était irritée, presque à vif. L'hymen était déchiré. Elle procéda rapidement à l'examen. N'ayant pas de kit de viol à sa disposition, elle prit un écouvillon stérile et préleva un échantillon sur la muqueuse vaginale, même s'il était sans doute déjà trop tard pour une analyse ADN.

— Voilà, c'est fini, annonça-t-elle en ôtant ses gants.

Elle aida sa patiente à s'asseoir, jambes ballantes au bord de la table

— Je suis préoccupée par ce qui t'est arrivé, Carra. Il semble qu'on t'ait fait mal. Veux-tu m'en parler ?

L'adolescente secoua la tête avec vigueur et de grosses larmes perlèrent au coin de ses yeux. C'était une fille au physique quelconque, le visage oblong avec d'épais sourcils mal dessinés et un léger souci d'acné. Et en cet instant, elle n'était plus qu'une boule de nerfs, pleine de regrets et de peur.

— Ça demeurera confidentiel, lui assura gentiment Melinda. Il n'y a pas que les bleus, Carra. Ta muqueuse vaginale est très irritée. Ce n'est pas grave, ça guérira. Mais tout cela me laisse à penser…

— C'était ma faute.

— Ce genre de chose n'est jamais la faute d'une femme, assura-t-elle, utilisant le mot « femme » à dessein malgré le jeune âge de sa patiente. Et si tu me racontais ce qui t'est arrivé ?

— Mais vous allez me donner cette pilule, hein ? demanda Carra, l'air anxieux.

— Bien sûr. Pas question que tu tombes enceinte. Ou malade.

Carra inspira un grand coup, mais les larmes redoublèrent.

— J'ai juste changé d'avis alors qu'il était trop tard, c'est tout. C'est ma faute.

Melinda posa la main sur son genou.

— Commence tranquillement par le début, tu veux ?

— Je ne peux pas.

— Bien sûr que si. Vas-y, je t'écoute.

— On a décidé de le faire. Du coup, il s'est tout excité – après, il a dit qu'il était désolé. On avait déjà commencé... Il n'a pas pu s'arrêter.

— Il aurait pu. On voit nettement les marques de doigts – comme s'il t'avait maintenue de force –, sans parler du reste. Laisse-moi t'aider.

— Moi aussi, je voulais.

— Je sais, Carra, jusqu'à ce que tu changes d'avis. Et tu lui as dit non, n'est-ce pas ?

Elle secoua la tête.

— Non. Je voulais.

— Si tu as dit non, c'est un viol, Carra.

La jeune fille se pencha, l'air suppliant.

— Mais j'ai fait des trucs avec lui. Des tas de trucs. J'en avais envie.

— Avais-tu déjà eu des rapports sexuels auparavant ?

Carra fit non de la tête.

— Tu peux dire non jusqu'au dernier moment, quoi que tu aies fait avec lui avant. Dis-moi, c'est ton petit ami ? Ou juste une vague connaissance ?

— Je le connais depuis longtemps – on est dans le même lycée –, mais je ne sors avec lui que depuis deux semaines.

— Il n'a pas perdu son temps, tu ne trouves pas ? Deux semaines, voilà un garçon pressé, dis donc. Quel âge a-t-il ?

Se braquant soudain, l'adolescente secoua la tête avec vigueur.

— Non, je ne vous dirai plus rien. Je ne veux pas lui attirer d'ennuis. Ce n'était pas sa faute. C'était la mienne et il est désolé de ce qui est arrivé.

— D'accord, écoute-moi – inutile de te mettre dans cet état. Si tu changes d'avis et que tu as envie de parler, téléphone-moi. Ou passe me voir. Quand tu veux. Je vais te prescrire une contraception fiable et…

— Pas la peine, je ne recommencerai plus.

Elle pinça les lèvres, les joues baignées de larmes.

La malheureuse avait bel et bien été violée, aucun doute là-dessus. Rien à voir avec le rendez-vous romantique auquel elle devait s'attendre.

— Carra, si tu continues à voir ce garçon, ça recommencera.

— Je ne recommencerai plus, je vous dis ! J'ai juste besoin de cette pilule du lendemain.

— Pour l'instant, cela suffira, répondit Melinda. Mais je veux te revoir d'ici une semaine ou deux pour un test de dépistage des MST et m'assurer que la guérison suit son cours. C'est très important de surveiller l'évolution. Tu viendras ?

L'adolescente finit par accepter, mais refusa obstinément toute contraception.

— Combien vous dois-je ? demanda-t-elle.

— Laisse tomber, Carra. Appelle-moi en cas de besoin. Quand tu veux. Je suis sérieuse. Jour et nuit. Je vais te noter le numéro du cabinet et celui de mon domicile. D'accord ?

— Merci, répondit la jeune fille d'une voix faible. Le cœur de Melinda se serra encore davantage lorsqu'elle regarda sa jeune patiente repartir sur sa bicyclette en danseuse, incapable de supporter le contact de la selle tant la douleur était encore vive.

Mike Valenzuela ne put s'empêcher de téléphoner à Brie. Il n'avait pas entendu sa voix depuis deux semaines. Jack était plus qu'heureux de le tenir au courant des progrès de sa convalescence, mais il lui fallait davantage.

— Comment te sens-tu ? s'enquit-il.

— Encore secouée. Plutôt nerveuse et à cran. Mais c'est encore tout récent.

— Et physiquement ? insista-t-il.

— Je… euh… le pire est derrière moi, je suppose. Les hématomes se sont bien atténués, mais c'est incroyable le temps qu'il faut à deux côtes pour se ressouder.

— Jack dit que tu as pris un congé prolongé.

— Il t'a expliqué pourquoi ?

— Non. Et tu n'as pas à te justifier.

— C'est sans importance, fit-elle froidement. Je ne peux pas travailler dans ces conditions, voilà tout. Je poursuis un suspect pour viol et il se venge. Sur *moi !* ajouta-t-elle avec un rire amer.

— Brie, je suis tellement navré, fit Mike, compatissant.

— Si on lui met la main dessus, je le boucle à perpétuité, je le jure devant Dieu.

— Tu es l'une des femmes les plus courageuses que je connaisse. Je suis fier de toi. Si je peux faire quoi que ce soit…

— C'est gentil d'appeler, dit-elle, se radoucissant. Peu de gens en dehors de ma famille ont ce courage – ils ont peur de ce qu'ils pourraient entendre, j'imagine. Jack sait-il que tu me téléphones ?

« Il ne lui faudra pas longtemps pour l'apprendre », songea Mike. C'était Sam qui avait décroché.

— Je n'appelle pas parce que tu es la sœur de Jack, mais parce que tu es mon amie et que je voulais prendre de tes nouvelles. Je me moque de ce que Jack en pense, tant que toi, tu es d'accord.

— Je suis d'accord. D'ordinaire, son côté protecteur m'amuse. Ou m'agace. Mais pas en ce moment.

— Si tu étais ma sœur, je réagirais comme lui. J'éprouve moi aussi l'envie de te protéger. Je crois que c'est ce qui arrive à toute personne confrontée de près ou de loin à un crime. Nous avons chacun nos réponses – de la victime aux amis et parents. C'est indissociable du processus de guérison. J'ai vu mes amis et ma famille passer par là, eux aussi. C'est l'une des raisons pour lesquelles je suis venu à Virgin River d'ailleurs – ce besoin qu'ils avaient de me voir guérir pour se sentir mieux eux-mêmes, ça devenait oppressant.

— J'oublie tout le temps que tu as été toi-même victime d'une agression, dit Brie. Voilà qui prouve à quel point je suis focalisée sur ma petite personne.

— C'est normal, la rassura Mike.

— Tu l'étais aussi ?

— Oh, j'aurais aimé que tu voies mes journées ! s'esclaffa-t-il. Quand je m'extirpais du lit, j'avais tellement mal que je me gavais d'anti-inflammatoires. J'endormais la douleur avec une poche de glace et j'avalais la boisson à base de protéines de Melinda, un truc infâme à faire vomir, puis je me mettais aux exercices – avec des poids de cinq cents grammes, autant dire rien. Et j'en pleurais presque. Après, j'avais besoin de m'allonger. Il m'a fallu deux mois avant de pouvoir faire un abdo. Et tous les après-midi, j'avais droit à une séance de kiné avec Melinda pour mon épaule. Il ne faut pas se fier à son petit gabarit. Je peux t'assurer qu'elle a une poigne de fer. Je vouais chaque minute de mon existence à ma récupération physique.

— J'aimerais bien que, dans mon cas, il ne s'agisse que de récupération physique, observa Brie d'une voix douce.

« Tu ne réalises pas encore combien ton corps sera concerné, au bout du compte », songea Mike. Il avait une vague idée du parcours du combattant qui attendait les victimes de viol ou d'agression. Il allait falloir longtemps à Brie avant de se reconstruire et de retrouver une vie sexuelle normale.

— Il y avait aussi les cauchemars, admit-il, non sans réticences. Si tu tiens à le savoir, je n'en ai plus.

Par la suite, il s'étonna que Jack ne mentionne pas son appel à Brie. Il ne pouvait y avoir qu'une explication : ni elle ni son père ne lui en avaient parlé, et il ne savait trop pourquoi. Il envisagea un instant de s'en ouvrir lui-même à Jack, mais se ravisa vite. À quoi bon se justifier ?

La mi-juillet était torride et humide. Mike téléphonait tous les deux ou trois jours, et pourtant toujours pas un mot de Jack. Il lui semblait que Brie attendait ses appels avec une certaine impatience. Ils évoquaient rarement l'agression et sa convalescence. Plutôt des banalités – la pêche, les lectures de Brie ou les émissions qu'elle regardait à la télévision, la météo, la famille, les lettres de Ricky, le jeune protégé de Jack et de Vic au bar qui écrivait du camp d'entraînement des marines où il faisait ses classes, à San Diego.

Brie lui confiait ses nouvelles phobies – la peur du noir, des lieux publics, de bruits nocturnes qu'elle n'avait jamais remarqués jusqu'à présent. Elle avait mis sa maison en vente, n'ayant pas la moindre intention d'y habiter de nouveau. Peut-être trouverait-elle la force de vivre seule un jour, mais pas là, sur le lieu du drame.

— Tu sors de temps en temps ? voulut savoir Mike.

— Pour ma thérapie, les réunions de groupe. À l'occasion pour faire des courses avec mon père. Je n'ai pas vraiment envie de quitter la maison. Je vais devoir prendre sur moi, j'en ai bien conscience, mais pour l'instant je veux juste me sentir en sécurité. C'est déjà beaucoup demander !

En dépit de ces nouvelles angoisses, Mike sentait sa voix se raffermir davantage à chaque conversation, et ses rires le rassuraient beaucoup. Il la taquinait, lui racontait des blagues, et jouait même de la guitare au téléphone afin qu'elle lui dise s'il progressait.

Jack, quant à lui, lui semblait bien trop taciturne, si bien qu'il finit par lui demander comment il allait.

— Je veux que ma sœur redevienne comme avant, répondit Jack, la mine sombre. Brie a toujours été une telle battante.

— Elle va y arriver, assura Mike. Elle a du cran.

— J'espère que tu as raison.

— Évidemment que j'ai raison. Tu as besoin de moi demain ? Je pense aller faire un tour sur la côte.

— Non, vas-y, pas de problème.

En temps ordinaire, Mike n'aurait pas eu le moindre scrupule à se rendre à Sacramento sans en parler à Jack. Mais les circonstances n'avaient rien d'ordinaire, et son ami n'était pas idiot – il voudrait savoir. Pourtant, il n'en pipa mot. Il se leva avant que Jack commence sa corvée de bois dans la cour – un rituel immuable, même l'été quand il n'y avait pas besoin de bûches pour la cheminée. Il prit la direction du sud, traversa Ukiah aux premières lueurs de l'aube et arriva en ville vers 10 heures.

Lorsqu'il sonna, il distingua une ombre derrière le judas, puis la porte s'ouvrit.

— Mike ? s'étonna Sam. Si je m'attendais !

— J'ai décidé de venir à l'improviste. J'ai pensé…

Brie apparut derrière son père.

— Mike ? s'exclama-t-elle, tout aussi surprise.

Il sourit.

— Tu as l'air en forme, fit-il, soulagé de constater que son visage ne gardait aucune trace de l'agression. Comme j'expliquais à ton père, j'ai préféré venir à l'improviste pour essayer de t'attirer hors de la maison. Je me suis dit que, si j'appelais d'abord, tu trouverais mille et une excuses.

Elle recula d'un pas.

— Je ne sais pas si...

— Que dirais-tu de Folsom ? On pourrait faire un tour dans les montagnes et les vignobles, puis un peu de shopping, et déjeuner quelque part. Juste quelques heures, histoire de prendre l'air et d'affronter un peu le monde extérieur. Un jour ou l'autre, il faudra bien que tu finisses par sortir dans les lieux publics.

— Peut-être pas si tôt...

— Ça te paraît tôt parce que tu n'as pas encore sauté le pas. Avec moi, tu seras en sécurité, Brie.

— Bien sûr, mais...

— Brie, intervint son père, profite donc de l'occasion. Mike est un policier expérimenté. Tu ne pourrais être entre de meilleures mains.

— Merci, fit Mike. Si vous voulez vous joindre à nous, vous êtes le bienvenu.

Sam rit.

— Non, merci, c'est gentil. Mais c'est une bonne idée, Brie, enchaîna-t-il en prenant les mains de sa fille qu'il frotta entre les siennes comme pour les réchauffer. Tu devrais au moins sortir une heure ou deux. Mike a fait toute cette route...

Elle lui adressa un regard qui en disait long.

— Tu n'en as pas parlé à Jack, n'est-ce pas.

Ce n'était pas une question.

— Bien sûr que non. Il aurait tout fait pour m'en dissuader. Dans son esprit, si quelqu'un doit t'aider, c'est lui et personne d'autre.

Brie pesa un instant le pour et le contre, puis :

— Attends une minute, je vais me changer.

— Tu es parfaite comme ça. Un short est bien assez élégant pour Folsom.

— Papa ?

— C'est une excellente idée, Brie. Cette sortie te fera le plus grand bien. Je serai là à ton retour.

Mike la fit monter dans sa voiture et démarra. Comme il s'y attendait, Brie resta muette.

— Tu risques d'être un peu stressée au début, mais après ça ira mieux, la rassura-t-il.

Le silence se prolongea. Crispée, elle regardait droit devant elle, une main sur la ceinture de sécurité, l'autre sur son ventre.

— J'étais le quatrième d'une fratrie de huit et j'avais trois frères plus grands, commença Mike, tandis qu'ils arrivaient au pied des collines dans les Sierras. Quand j'étais en maternelle, la famille s'est encore agrandie de trois petites sœurs. Ma mère était donc très occupée. Nous étions une famille avec des valeurs très traditionnelles – mon père avait du mal à nous nourrir tous, mais on avait l'impression d'être le roi du monde, tant il était fier de ses fils, et je suis sûr qu'il en voulait d'autres. Chez nous, c'était le bazar perpétuel et quand j'ai commencé l'école, mon anglais n'était pas très bon – à la maison et dans le quartier, on ne parlait que mexicain et on baragouinait un peu d'anglais. Et bien que mon père ait réussi par la suite, à l'époque, nous étions considérés comme pauvres.

Il glissa un coup d'œil à Brie avant de continuer :

— Dès la première semaine de classe, je me suis fait tabasser par des plus grands. J'avais des bleus sur la figure et ailleurs, mais je ne voulais dire à personne ce qui s'était passé. Pas même à mes frères qui ont menacé de m'en coller d'autres si je continuais à me taire. Je n'ai pas ouvert la bouche pendant deux mois.

Brie tourna la tête vers lui. Il croisa son regard.

— Pour avoir été en contact avec des enfants victimes de maltraitance, j'ai appris que ce mutisme n'était pas inhabituel. Quand on retrouve ses repères, tout s'arrange.

— Qu'est-ce qui t'a décidé à reparler ?

Il rit tout bas.

— J'ignore si mes souvenirs sont exacts, mais je crois que ma mère m'a fait asseoir à la table de la cuisine, seul, et m'a dit : « Il faut qu'on parle, Miguel. Je ne peux pas te laisser retourner à l'école tant que je ne saurai pas ce qui t'est arrivé. » Ou quelque chose d'approchant. Même si j'avais peur de recevoir encore des coups, j'ai eu honte à l'idée que mes tortionnaires puissent penser que j'étais trop lâche pour revenir. À l'époque, j'étais déjà un incorrigible macho sans cervelle, conclut-il en riant.

— Ta mère a prévenu les autorités ?

— Non, répondit-il, toujours hilare. Elle a dit à mes frères : « S'il revient à la maison avec un seul bleu, je vous ficherai une bonne raclée et vous aurez droit à une deuxième avec votre père. »

— Mais c'est horrible ! s'offusqua-t-elle.

— Valeurs familiales traditionnelles, lâcha-t-il avec un sourire. Ne t'inquiète pas, il y avait davantage de menaces que de réelles mises à exécution. Je ne me souviens pas de véritables raclées. Mon père nous a donné quelques coups de ceinturon sur les fesses, c'est vrai, mais rien de méchant. Quant à ma mère, c'était la cuillère en bois. Pas le modèle chochotte des gringos, non, une cuillère aussi longue que le bras. Si le ceinturon faisait son apparition ou si la cuillère quittait sa place sur l'étagère, je peux te dire qu'on détalait comme des lapins. La génération suivante des Valenzuela a abandonné cette méthode d'éducation. Soit dit en passant, ce n'était pas une habitude mexicaine – c'était l'époque qui voulait ça. Il n'était pas illégal de battre ses enfants quand ils se conduisaient mal.

Brie garda le silence un instant. Puis demanda :

— Les femmes que tu as épousées, elles étaient hispaniques ?

Il lui glissa un regard intrigué.

— Oui, les deux. Enfin, métisses.

— Tu es attiré par cette culture…

— J'adore les traditions de ma famille, mais je ne pense pas que mes mariages aient quelque chose à voir avec cela. Je suis sorti avec des tas de femmes qui n'étaient pas hispaniques. Mes mariages étaient de brèves erreurs de jeunesse.

— Qu'est-il arrivé ?

— Eh bien, la première fois, j'étais trop jeune, et elle aussi. J'étais dans les marines, elle travaillait pour mon père. Je lui écrivais et je l'ai épousée au cours d'une permission pour découvrir à mon retour qu'elle s'intéressait à un autre homme. J'aurais pu être scandalisé, mais en vérité, je ne lui étais pas non plus fidèle. À vingt et un ans, j'avais déjà un mariage et un divorce à mon actif. Ma mère était morte de honte.

— Et ta deuxième femme ?

— C'était quelques années plus tard. Une coordinatrice, précisa-t-il en riant. Un flic de terrain et une coordinatrice – un peu cliché, non ? Notre couple a duré six mois. Ma mère a définitivement perdu tout espoir en moi.

— Il faut croire que tu n'adhères pas à toutes les traditions…

— Tu sais ce qui me manque comme tradition familiale ? La cuisine de ma mère, les talents de bricoleur et l'ingéniosité de mon père. La plupart du temps, mes parents préparaient à manger pour un régiment dans le patio – il y avait un gril et une vieille cuisinière sur laquelle de grandes marmites mijotaient à petit feu. *Mole poblano* – la spécialité familiale –, *tamales* enveloppés dans des feuilles de bananier, *enchiladas, carne asada*. La *salsa* et le *guacamole* de ma mère te feraient défaillir de bonheur. Elle a aussi une recette de poisson aux olives, un vrai régal. Et ses crevettes à la tomate, à l'avocat et au *tapatío* damneraient un saint.

— *Tapatío ?*

— Une sauce piquante. Très, très piquante. Quant à mon père, il sait tout faire. Il a construit une extension sur le toit de notre maison, un belvédère dans le jardin, coulé un mur en ciment tout autour du terrain, refait toute l'électricité de la cave au grenier, bâti un garage en dur – le tout sans permis de construire, j'en suis sûr, mais j'ai eu le bon sens de ne jamais lui poser la question. Et le jardin est extraordinaire. C'est son métier, l'aménagement paysager. Il a commencé par tailler les haies et tondre les pelouses, puis il a créé sa petite société. Aujourd'hui, elle a bien prospéré et peut compter sur une large clientèle d'entreprises. Et avec notre famille à rallonge, il ne manque jamais de personnel. Mon père est un immigrant, mais grâce à son mariage, il n'a pas eu besoin de se faire naturaliser : ma mère est une Américaine de la première génération, née à Los Angeles. Détail intéressant, c'est elle qui fait vivre les traditions dans notre famille. Mon père, lui, avait à cœur de s'intégrer rapidement pour faire fortune, le rêve de tout jeune Mexicain pauvre et affamé. Et il a réussi, même s'il a dû trimer dur pour y arriver.

Mike entra dans Folsom. Il se gara dans le centre-ville et contourna la voiture pour ouvrir la portière à Brie.

— Parle-moi de ton enfance, lui dit-il.

— Elle n'est pas aussi intéressante que la tienne, loin s'en faut.

— Laisse-moi en juger.

La prenant par le coude, il lui fit traverser la rue.

Tandis qu'il la guidait le long des magasins, galeries d'art et antiquaires, elle lui raconta sa vie avec trois sœurs beaucoup plus âgées qui la maternaient, et Jack, aux petits soins pour elle jusqu'à ses six ans, puis chaque fois qu'il rentrait en permission. Leur vie de famille ne lui semblait guère différente de la sienne, à la différence près que sa mère ne cuisinait pas dehors avec des ustensiles gigantesques, et que son père était un as des chiffres et des placements. Sinon, leurs enfances possédaient bon nombre de similitudes : une grande maisonnée bruyante, remplie de rires joyeux et de chamailleries qui tournaient parfois à l'affrontement en règle.

— Les filles se battaient comme des tigresses, expliqua-t-elle. Mais jamais avec moi – j'étais le bébé. Et Jack était menacé d'une mort certaine s'il frappait l'une d'elles. Tu imagines qu'elles en ont profité à fond, sachant qu'il ne pouvait répliquer.

— Vous n'auriez pas une vidéo quelque part ? plaisanta Mike.

— S'il en existait une, Jack l'aurait détruite. Mes sœurs étaient atroces avec lui. C'est incroyable qu'il les adore aujourd'hui. Bien sûr, il avait ses petites vengeances. Il leur jouait sans cesse des tours – mais, et c'est tout à son honneur, il n'a jamais riposté par la violence. Jusqu'à son départ à l'armée, je crois qu'il mourait d'envie de leur tordre le cou.

Mike s'arrêta devant un pub à l'angle de la rue et jeta un coup d'œil à sa montre.

— Je parie que tu commences à avoir faim.

— Il y a un restaurant mexicain un peu plus loin, suggéra Brie.

— Non, merci. Aucun restaurant mexicain ne trouverait grâce à mes yeux. Je ne jure que par la cuisine de ma mère. Que dirais-tu plutôt d'un bon hamburger traditionnel ?

— D'accord, accepta-t-elle avec un sourire. C'est plus facile que je ne l'imaginais.

— On y va en douceur, et la conversation t'a changé les idées.

— Un vrai psy professionnel, commenta-t-elle alors qu'ils franchissaient le seuil. Et moi qui pensais que cette sortie te faisait plaisir.

Il éclata de rire.

— Ça se voit donc tant que ça, que je m'ennuie à mourir ? Évidemment qu'elle me fait plaisir ! Mais je suis ici en mission – te faire redécouvrir le monde extérieur. Si en prime je passe un bon moment, tant mieux.

Il la guida vers un box en angle et la fit asseoir sur la banquette d'où elle pouvait embrasser toute la salle. Il n'y avait que quelques clients. Ils commandèrent des hamburgers et poursuivirent leur conversation. Cette fois, ils évoquèrent leur adolescence – résultats scolaires, premières conquêtes. Ici, ils étaient à l'opposé l'un de l'autre. Élève modèle, Brie avait eu deux petits copains très bien élevés, jamais le moindre faux pas. Mike, lui, avait multiplié les aventures et les frasques jusqu'à la vingtaine bien tassée – il avait même eu de petits démêlés avec la police qui l'avait ramené chez lui plus d'une fois au milieu de la nuit, réveillant ses parents.

Ils en étaient à la moitié de leurs hamburgers, quand une agitation soudaine troubla le calme du pub.

— C'est inacceptable ! cria un homme au serveur.

Brie ouvrit des yeux ronds et Mike jeta un coup d'œil par-dessus son épaule. Deux couples d'âge mûr étaient assis à une table. Un des hommes semblait furieux, tandis que l'autre tentait de le calmer, la main sur son bras. Les deux femmes eurent un mouvement de recul, l'air non seulement gêné, mais inquiet. Le serveur se pencha vers le client en colère et lui glissa quelques mots. Celui-ci saisit alors sa chope de bière et la lança avec violence contre le bar. Le verre vola en éclats. S'il y avait eu davantage de monde, le geste aurait été dangereux.

— Vous vous foutez de moi ! hurla-t-il.

Brie retint un cri et se raidit, une lueur de terreur dans le regard.

À cet instant, le patron fit irruption dans la salle et se précipita vers la table. Il s'adressa d'abord à voix basse au serveur, puis au client mécontent dont ils ne purent saisir la réponse. Repoussant l'autre homme qui s'efforçait toujours de le calmer, ce dernier se leva brusquement et bouscula le patron, qui tituba en arrière.

Il ne manquait plus que ça, se dit Mike devant le regard paniqué de Brie. Pour sa première vraie sortie, c'était réussi. Il posa la main sur la sienne.

— Ne bouge pas et respire profondément.

Puis il se leva et se dirigea vers la table d'un pas décidé. Il se plaça entre le serveur et le patron face à l'agresseur. Heureusement, il était plus grand, plus jeune et plus costaud que lui. Il regarda le patron et lui dit d'une voix posée :

— Prévenez la police, s'il vous plaît.

— Merci de votre aide, monsieur, mais je crois que nous maîtrisons la situation, à présent.

— Alors permettez-moi d'utiliser votre téléphone. J'appellerai moi-même.

Le client courroucé tenta de pousser Mike.

— Pas question de rester une seconde de plus dans ce resto merdique.

Mike lui agrippa le poignet pour esquiver la bourrade, lui bloqua le chemin et leva la main.

— Asseyez-vous, monsieur, s'il vous plaît, dit-il d'une voix polie, mais ferme. Je ne crois pas que vous ayez réglé votre addition.

Sentant sans doute sa détermination, l'homme s'exécuta. Mike se tourna vers le patron.

— La police, s'il vous plaît.

— Attendez, intervint l'ami qui ouvrit son porte-feuille. Laissez-moi payer et…

— Désolé, monsieur, mais fracasser un verre sur le comptoir et agresser le personnel, c'est puni par la loi.

Mike jeta un coup d'œil par-dessus son épaule avec un haussement de sourcils à l'adresse du patron.

— Prévenez la police, ordonna celui-ci au serveur qui s'éloigna au pas de course.

Vingt minutes plus tard, la police locale emmenait le fauteur de troubles qui pestait encore contre le plat qui ne lui avait pas plu. Le serveur lui avait proposé un échange ou une réduction, mais l'homme avait exigé le même traitement pour les quatre couverts de la tablée en dépit des protestations de sa femme et de l'autre couple. Il s'avéra également qu'il était quelque peu éméché. Les menottes ne furent pas nécessaires, mais les policiers jugèrent préférable d'escorter les visiteurs jusqu'à la sortie de la ville et le petit pub retrouva son calme.

Le patron offrit une bière à Mike et à Brie un autre verre du vin qu'elle avait commandé avec son repas.

— Avec les compliments de la maison, ajouta-t-il, un sourire reconnaissant.

Mike le remercia, puis posa la main sur celle de Brie.

— Je suis vraiment désolé pour cet incident.

Les yeux de la jeune femme pétillèrent.

— Tu parles d'un baptême du feu, commenta-t-elle en souriant.

— Ce clown a bien choisi son jour pour faire son numéro.

Cette fois, Brie se mit à rire.

— Au début, j'ai été assaillie par un flot de peur – et puis c'était fini. Ce type s'est fait embarquer et voilà. Et en prime, nous avons droit à des boissons gratuites, ajouta-t-elle en levant son verre.

— Je laisserai un bon pourboire. J'espère que tu n'es pas complètement traumatisée.

— Bien sûr que non, le rassura-t-elle. Ça m'aide à relativiser. Dans mon métier, j'ai eu affaire à quelques individus effrayants, mais dans quatre-vingt-dix-neuf pour cent des cas, c'est du pipeau. Ils menacent, font beaucoup de bruit et, quand ils se font embarquer par la police, ils pleurent comme des bébés.

Elle se pencha vers Mike par-dessus la table.

— Je me récite un mantra depuis des semaines, murmura-t-elle. Ça fait plus de dix ans qu'un substitut du procureur n'a pas été agressé par un prévenu, et encore il n'avait pas été sérieusement blessé. Ce qui m'est arrivé est très rare. L'incident d'aujourd'hui était davantage dans la norme.

— Tu raisonnes beaucoup par pourcentages, j'ai l'impression.

— Quatre-vingt-treize pour cent du temps, répondit-elle avec un sourire malicieux.

Chaque semaine, avec la régularité d'une horloge, Jack recevait une lettre de Rick, parti faire ses classes dans les marines juste après son bac, en juin dernier. Adressée à lui, elle commençait toujours par *Chers Jack, Vic, Mike et tout le monde.* C'était le meilleur moment de sa semaine.

À son arrivée à Virgin River, Jack avait acheté le chalet qui allait devenir le bar-grill à cause de sa superficie et de son emplacement, en plein centre-ville. Il dormait dans l'une des pièces tout en travaillant dans une autre, puis transférait son grabat au rythme des chantiers. Il avait aménagé le bar sans trop savoir si une telle affaire pouvait marcher dans une petite localité d'à peine six cents âmes. Il avait ajouté la pièce à l'étage et l'extension derrière la cuisine qu'il avait occupée jusqu'à ce que Melinda entre dans sa vie.

À l'époque, Rick habitait un peu plus loin dans la rue. C'était un gamin adorable avec ses taches de rousseur et son sourire radieux, si sociable que Jack n'arrivait plus à s'en défaire. Quand il avait découvert que le garçon, orphelin, vivait avec sa grand-mère, il l'avait pris sous son aile, tel un père ou un frère aîné de substitution. En quelques années, il avait eu le privilège de le voir devenir un jeune homme fort, honnête et courageux. Le jour où Rick s'était engagé dans les marines, à seulement dix-huit ans, Jack en avait ressenti une admiration mêlée d'un profond chagrin. Une fierté sans borne tempérée par une bonne dose d'appréhension, car il savait mieux que quiconque combien le défi qu'il s'était fixé était ambitieux et dangereux.

Quand la lettre arrivait, il la partageait avec Vic et Mike, puis se rendait chez Lydie, la grand-mère de Rick. Le jeune appelé en écrivait au moins deux par semaine – une pour le bar où il avait travaillé depuis ses quatorze ans et l'autre pour sa grand-mère. Celle pour Lydie était toujours édulcorée – Rick lui épargnait les moments les plus pénibles de son entraînement. Alors Jack lui lisait la sienne à voix haute. Lydie riait, en avait des frissons ou le souffle coupé, mais adorait entendre la version non expurgée.

Chaque courrier attirait les curieux au bar. Connie et Ron, l'oncle et la tante de la petite amie de Rick, venaient toujours aux nouvelles. Le Dr Mullins, Melinda et Paige, les Carpenter, les Bristol, Hope McCrea… Le jeune homme manquait à tout le monde.

Ils nous ont fait crapahuter sous la pluie et dans la boue avec un paquetage de quinze kilos pendant des kilomètres et des kilomètres, en nous hurlant qu'il fallait qu'on en bave et qu'on s'endurcisse, écrivait Rick. *J'avais envie de rire parce que, pour moi, c'était de la rigolade. C'est à Virgin River que j'en ai bavé…*

Rick et sa petite amie, Liz, une jeune fille de seize ans, avaient eu un enfant ensemble six mois plus tôt. Un bébé mort à la naissance. Père lui-même, Jack n'avait aucun mal à imaginer que la rigueur du camp d'entraînement était un jeu d'enfant à côté de cette dramatique expérience.

Rick lui manquait. Comme un fils à son père.

Les appels de Mike à Brie devinrent bientôt presque quotidiens. Cela lui rappelait ses jeunes années, quand il tombait amoureux. Tant d'heures de conversation oisive passées à bavarder de tout et de rien. Leur journée, leurs activités, la famille. De temps à autre, ils s'aventuraient sur le terrain plus sérieux de la religion et de la politique. À un moment, Mike lui demanda si elle avait recommencé à conduire.

— Un peu, répondit-elle. Jusque chez mes sœurs ou pour aller faire une course rapide.

— Comment t'en sors-tu au volant ?

— Je n'ai pas de problème pour conduire. C'est quand j'arrive à destination que je me sens vulnérable. J'ai un nouveau revolver, lâcha-t-elle incidemment. Pour remplacer l'autre.

Mike garda le silence un instant.

— Euh, Brie... je ne voudrais pas que ta confiance au volant vienne du fait que tu prévois d'abattre le premier bon Samaritain qui s'arrêtera pour t'aider à changer une roue à plat.

— Ce n'est pas exactement ce que j'avais en tête. Mais...

— Laisse tomber. Je ne tiens pas à en savoir davantage.

Elle pouffa. Le rire lui revenait plus facilement ces derniers temps, tout au moins avec lui.

— Cela me permet de me sentir plus en sécurité, même si ça ne m'a pas servi à grand-chose avant.

— Je me demandais... As-tu envie qu'on déjeune de nouveau ensemble ? Cette fois, tu pourrais me rejoindre. À condition que tu ne trouves pas le trajet trop long et que tu acceptes de laisser ton arme à la maison.

— Où ?

— Que dirais-tu de Santa Rosa ? Je serais heureux de venir jusqu'à Sacramento, mais ça te ferait sans doute du bien de prendre la voiture pour aller un peu plus loin que le coin de la rue.

— C'est beaucoup de route pour un simple déjeuner, fit-elle remarquer.

— Considère ça comme un entraînement, argumenta-t-il. Histoire de repousser tes limites.

— Et toi ? Quel intérêt y trouves-tu ? demanda-t-elle posément.

— Je pensais que c'était évident. Il y a mille et une raisons pour lesquelles je veux t'aider à remonter la pente. D'abord parce que je t'aime bien. Et puis… je suis passé par là.

Ils déjeunèrent à Santa Rosa, dans un petit restaurant italien où ils dégustèrent des pâtes arrosées de thé glacé et bavardèrent tranquillement sans être dérangés par un client irascible.

Bizarre, songea-t-il en lui tenant la main quelques instants par-dessus la table. À l'origine, c'était son tempérament fougueux et son caractère affirmé qui l'avaient attiré. Si elle parvenait à se rétablir complètement, il retrouverait l'ancienne Brie avec bonheur, mais si elle restait aussi vulnérable, s'exprimant d'une voix douce et peinant à maintenir le contact visuel, ses sentiments à son égard n'en demeureraient pas moins forts pour autant.

— Où as-tu dit à ton père que tu allais ? s'enquit-il.

— Déjeuner avec toi, répondit-elle avec un haussement d'épaules. Je voulais qu'il sache où je me trouve et à quelle heure je rentrerai. Il était aux anges. Évidemment, il a hâte que je me remette en selle. Mais il n'a aucune idée du chemin qui me reste à parcourir. C'est quelque chose… Enfin bref, ce n'est pas pour aujourd'hui. Aujourd'hui, je déjeune avec un ami. Et ça me fait un bien fou.

Deux semaines plus tard, ils se retrouvèrent de nouveau à Santa Rosa, cette fois dans un restaurant français situé au cœur d'un vignoble. Un petit établissement où Brie pouvait voir chaque client. Quinze jours plus tard, rebelote, encore une fois à Santa Rosa. Chaque fois qu'elle arrivait, Mike avait envie de se précipiter vers elle et de la serrer dans ses bras, mais il gardait toujours les mains dans les poches et lui disait bonjour avec un sourire. Après leur quatrième déjeuner, ce fut elle qui l'étreignit pour lui dire au revoir.

— Merci, murmura-t-elle. Je crois que ça m'aide.

Mike se retrouvait face à un défi inédit. Avec Brie, il se montrait gentil et délicat – aucune difficulté parce qu'il était avant tout un gentleman. Mais il lui fallait prendre sur lui pour ne pas lui montrer qu'il s'inquiétait à son sujet, ni lui laisser voir la compassion qu'elle lui inspirait. Il ne pouvait se permettre d'ajouter sa douleur à la sienne – sa convalescence était déjà assez pénible ainsi. C'était d'une épaule solide dont elle avait besoin maintenant. Il se refusait à être le point faible dans sa vie.

Ni l'un ni l'autre ne mentionnaient jamais Jack dans la conversation, sauf lorsque Brie évoquait leur vie de famille et le vide qu'avait laissé dans son cœur le départ de son frère pour l'armée. Jusqu'à présent, Jack n'avait pas dit un mot de leurs échanges téléphoniques ou de leurs rendez-vous.

L'été touchait à sa fin. Les semaines qui avaient suivi le retour de Sacramento, en juin, s'étaient avérées lourdes de tension pour Melinda. La jeune Carra n'avait pas reparu, ce qui la tracassait beaucoup. Elle suivait deux grossesses, sans parler des patients habituels du cabinet.

Et son mari ne la touchait plus depuis des semaines.

Fidèle à son habitude, Jack se levait toujours à l'aube pour couper du bois. Il organisait ensuite la journée avec Vic et vaquait à ses diverses activités au bar – inventaire, achat des stocks, service aux heures des repas. Puis, s'il parvenait à s'échapper, il se rendait sur le chantier de leur nouvelle maison.

Ces derniers temps, il y allait davantage, sans doute parce que là-bas il était seul. Et depuis l'agression de sa sœur, il semblait rechercher la solitude. Jamais il n'évoquait viol.

Parfois, quand elle n'avait rien à faire chez Doc, Melinda se rendait sur le chantier avec le petit David et regardait Jack planter des clous, mettre à niveau, transporter de lourdes planches sur ses larges épaules. D'ordinaire, il interrompait immédiatement son travail lorsqu'elle arrivait et bavardait un moment avec elle. Ces derniers temps, il s'emmurait dans un mutisme obstiné.

Brie téléphonait presque tous les jours, parce que, si elle n'appelait pas, Jack n'y manquait pas de toute façon. Son état, tant physique que mental, s'améliorait peu à peu. Mais pas le moral de son frère.

Consciente que l'agression de Brie perturbait Jack au plus haut point, Melinda avait fait preuve de patience. Mais c'était une épreuve de rester allongée à ses côtés nuit après nuit sans qu'il ne se passe rien. Si elle comprenait sa peine et sa colère, elle se rendait aussi compte qu'elle ne pouvait laisser son mari broyer du noir *ad vitam aeternam*.

Elle devait le récupérer.

Ils avaient l'habitude de passer une heure ou deux au bar en fin de journée, pour y dîner ou seulement boire une bière ou un café avec quelques amis. Ce jour-là, Melinda rentra tout droit au chalet sans même faire un crochet par le bar pour dire bonsoir. Elle nourrit David et le coucha, puis prit sa douche. Après avoir enfilé une chemise de Jack, elle s'assit sur le canapé tandis que la brise fraîche du soir filtrait par la moustiquaire de la porte.

Il téléphona, inquiet de savoir où elle était.

— Ce soir, j'ai décidé de rentrer à la maison directement, répondit-elle.

— Pourquoi ?

— Parce qu'il n'y avait personne à qui parler au bar.

— Mais je suis là.

— C'est bien ce que je dis.

Sur ce, elle raccrocha.

Bien entendu, il ne fallut pas plus de vingt minutes à Jack pour s'excuser auprès de Vic et rentrer au bercail. Elle espérait que la tentative n'était pas prématurée, mais pas question de faire machine arrière. La situation n'avait que trop duré. Le bonheur de son couple était à ce prix.

— Quel est le problème ? s'enquit Jack, à peine le seuil franchi.

— Je me sens seule.

Il se laissa choir sur le canapé auprès d'elle, tête baissée.

— Je suis désolé, Melinda. Je sais, j'aurais déjà dû me secouer. Je pensais que ça serait plus rapide. Je ne suis pas une mauviette. Mais c'est Brie…

— Jack, ta sœur a besoin de toi et je veux que tu sois là pour elle. Je suis fière d'être mariée à un homme tel que toi. J'espère juste qu'il en reste un peu, voilà tout. Parce que je t'aime et que, moi aussi, j'ai besoin de toi.

— J'ai conscience de t'avoir déçue. Je vais me rattraper…

Melinda s'agenouilla sur le canapé, face à lui.

— Embrasse-moi.

Il se pencha vers elle et pressa sa bouche contre la sienne, faisant même le noble effort d'entrouvrir les lèvres pour accueillir sa langue. Mais sans passion. Sans désir.

Cette fois, elle eut carrément peur ; elle était en train de le perdre.

— Viens.

Elle l'entraîna d'autorité dans la chambre.

— Assieds-toi.

Accroupie devant lui, elle le déchaussa, puis commença à déboutonner sa chemise.

— Ça pourrait ne pas donner ce que tu espères, fit-il remarquer.

— Chut. On va bien voir.

Elle fit glisser la chemise sur ses épaules, puis lui caressa le torse tout en y déposant une pluie de baisers. D'une poussée, elle l'allongea sur le lit et s'attaqua à son ceinturon. Elle descendit la braguette, lui embrassa le ventre et fit glisser son jean sur ses hanches avant de l'en débarrasser. Sa réaction plutôt mollassonne n'échappa pas à Melinda qui avait l'habitude de le voir au garde-à-vous dès qu'il était question de sexe. Mais elle ne se laissa pas décourager.

De sa vie, Jack n'avait jamais connu le manque de désir. En fait, dans les périodes de stress intense, le sexe avait toujours été un merveilleux moyen d'évasion. Pas là. Cette fois, il était K-O debout, à peine conscient de ce qui lui arrivait. Tandis que les caresses de Melinda se faisaient de plus en plus audacieuses, il se rendit soudain compte de ce qu'il avait fait subir à sa femme : obnubilé par sa propre mélancolie, il avait tout bonnement privé d'amour celle qu'il aimait le plus au monde. Comme par enchantement, son corps se déconnecta de son esprit et, les yeux clos, il se laissa envahir par le plaisir délicieux que Melinda lui prodiguait. Elle s'assit à califourchon sur ses cuisses et il glissa les mains sous sa chemise. Lorsqu'il remonta jusqu'à ses seins, elle laissa échapper un ronronnement.

— Oh, Jack… j'ai tant besoin de tes mains sur moi.

Il fit passer sa chemise par-dessus sa tête et aspira la pointe d'un de ses seins entre ses lèvres, en savourant le velouté. Tous deux roulèrent sur le lit et leurs corps échauffés se mêlèrent pour ne faire plus qu'un.

— Chérie, pardonne-moi de t'avoir négligée, murmura-t-il. Comment ai-je pu ?

Agrippant ses petites fesses fermes, il s'enfonça en elle avec une fougue retrouvée, et sous ses coups de reins habiles, elle ne tarda pas à gémir et à crier son nom. Il laissa échapper un rire rauque, amusé comme toujours par ces manifestations bruyantes qu'il adorait chez elle. Quand Melinda l'entendit, déjà au bord de l'extase, elle se laissa submerger par un orgasme d'une puissance cataclysmique qui le balaya à son tour, telle une incroyable lame de fond.

Lorsqu'elle redescendit sur terre, elle caressa avec tendresse son beau visage viril, émue par son sourire complice et le feu qui couvait de nouveau dans ses yeux.

— Ravie que tu sois de retour, mon chéri. Bienvenue à la maison.

Brie devait prendre sur elle pour s'arracher au canapé. Depuis l'agression, elle quittait à peine la maison familiale, sauf pour ses séances de thérapie et un déjeuner de temps à autre avec Mike. Des déjeuners qu'elle attendait toujours avec impatience. Redoutant d'ébranler un édifice encore fragile, son père avait de toute évidence jugé préférable de ne pas aborder le sujet, mais il savait. Et elle savait qu'il savait.

Brad appelait presque tous les jours. Brie n'avait guère envie de lui parler, mais elle savait qu'il lui confierait le moindre détail concernant l'enquête. Si seulement il pouvait lui apprendre l'arrestation de Powell…

Elle recevait aussi des appels réguliers de Christine, la maîtresse de Brad. Elle refusait toujours de les prendre, mais Christine ne se décourageait pas pour autant.

— Elle dit que tu finiras bien par accepter de lui parler et qu'alors tu sauras combien elle se fait du mauvais sang et tient à toi, répéta Sam à sa fille.

Brie laissa échapper un rire amer.

— Elle tient à un peu trop de monde, non ?

À chaque appel, elle se remémorait les événements qui avaient conduit à la rupture et en restait sidérée. Leur amitié remontait à bien avant son mariage avec Brad. Le mari de Christine, Glenn, travaillait aussi dans la police de Sacramento. Elle était infirmière de bloc dans une clinique privée. Toutes deux s'étaient liées d'amitié. En fait, à part ses sœurs, Christine était son amie la plus proche. Elles se parlaient presque tous les jours, se voyaient au moins deux fois par semaine, avec ou sans leurs maris.

À l'époque, Brie avait conscience des problèmes conjugaux de Christine et de Glenn. Ils se chamaillaient sur les sujets habituels – le sexe, l'argent, l'éducation des enfants. Avec deux métiers exigeants, deux enfants en bas âge et une maison trop grande, il semblait à Brie qu'ils étaient condamnés à rester en bisbille jusqu'à ce qu'ils s'assagissent, une fois les enfants plus grands et les traites payées. Mais elle se trompait – deux ans après son mariage avec Brad, Christine et Glenn avaient divorcé. Cette rupture n'avait guère eu de répercussions sur leur amitié : Brad voyait Glenn au travail, et celui-ci passait de temps à autre boire une bière. Quant à Brie et à Christine, elles restèrent amies. Le choc du départ de Glenn s'estompant, Bric eut l'impression que sa meilleure amie était beaucoup plus calme et appréciait son célibat. Elle gérait son propre budget, pouvait se reposer les deux jours par semaine où Glenn accueillait les enfants.

Il y avait eu des indices que Brie n'avait pas remarqués. Christine n'avait pas de rendez-vous galants et ne parlait jamais d'hommes. Et un an après son divorce, leurs conversations au téléphone s'étaient faites plus rares. Mais Christine était une femme très occupée ; ce n'était pas facile d'être mère célibataire, infirmière de surcroît. Et Brie avait elle-même un métier exigeant avec des horaires à rallonge, si bien que, le plus souvent, c'était elle qui ne pouvait se libérer. Pour être honnête, elle devait admettre que la plupart du temps c'était Christine qui téléphonait ou lançait des invitations. Ce que Brie n'arrivait toujours pas à concevoir, c'était que le comportement de Brad semblait n'avoir jamais varié d'un iota. Ils se parlaient sur leurs portables plusieurs fois par jour, passaient ensemble toutes les soirées où il n'était pas en service, faisaient l'amour aussi souvent qu'à leur habitude. Jusqu'au moment où il lui avait annoncé qu'il partait, elle ne s'était doutée de rien. Pas le moindre soupçon.

Brie ignorait comment cette liaison avait commencé, mais Brad avait admis qu'elle durait depuis un an.

— Je n'en sais rien, avait-il répondu avec un haussement d'épaules impuissant, tandis qu'elle le pressait de se justifier, deux âmes solitaires sans doute. Glenn était parti, tu bossais tout le temps. Christine et moi étions déjà des amis proches au départ.

— Tu te fous de moi ! avait-elle explosé. Pas une seule fois tu ne m'as demandé de me libérer ! Mes horaires te convenaient à merveille pour baiser dans mon dos !

— Si c'est ce que tu veux croire, avait-il répondu.

Brie en était restée interloquée. Pire que le chagrin, il y avait le choc et l'incrédulité. Six mois après le divorce, elle pensait être sur la bonne voie, mais c'était comme si le viol avait fait remonter le traumatisme à la surface, la plongeant dans une dépression plus oppressante que jamais. Dépossédée une nouvelle fois, ne pouvait-elle s'empêcher de ressasser.

La plupart du temps, elle se contentait de regarder la télévision, ou grignotait, dormait, faisait un peu de ménage. Son incapacité à se concentrer ne lui permettait pas de lire un roman – un loisir dont elle avait pourtant rêvé à l'époque où son travail était si prenant. Même chose pour les mots croisés. Autrefois, le dimanche matin, elle avait l'habitude de faire ceux du journal avant que Brad sorte du lit. Elle ne se sentait même pas capable d'aller faire du shopping à la galerie marchande.

Seuls les déjeuners avec Mike lui faisaient du bien. Elle en était venue à les considérer comme ses rendez-vous secrets, l'unique dérivatif aux douleurs de l'année écoulée. Le silence de son père à ce sujet l'intriguait. Quant à ses sœurs, elle ne leur en avait pas touché un mot, comme si elle redoutait d'en dissiper la magie.

Elle ne reconnaissait pas la femme qu'elle était devenue. Elle qui avait été si forte. Si dure même d'après certains – des hommes, principalement. Pour l'instant, elle n'était plus qu'une pauvre petite chose effarouchée. Paranoïaque à mort et rongée par l'angoisse à l'idée de le rester. Depuis des années, elle avait eu affaire à des victimes d'agressions, dont un certain nombre de viols. Elle les avait vues s'étioler, paralysées, incapables d'agir par elles-mêmes. Tout en s'efforçant de leur extirper leur témoignage à force de cajoleries, elle n'avait pu s'empêcher d'être agacée et frustrée. Aujourd'hui, elle était comme elles.

Elle refusait de baisser les bras et pourtant, les semaines s'écoulaient sans le moindre progrès apparent.

— J'ai besoin d'exercice, dit-elle à Mike lors d'un de leurs déjeuners. J'ai toutes les peines du monde à m'arracher au canapé ou à mon lit si je n'ai pas un rendez-vous à l'extérieur ou une sortie avec toi.

— Tu n'as pas demandé un antidépresseur à ton médecin ? Je pensais que c'était plus ou moins la règle après une agression.

— Je ne veux pas m'engager dans cette voie si je peux l'éviter. Jusqu'à présent, j'ai toujours eu tant d'énergie.

— Je me suis engagé dans cette voie, lui avoua-t-il. Je n'avais pas l'impression d'en avoir besoin, mais j'ai fini par réaliser que la dépression était bel et bien là. Ça m'a aidé.

— Je ne crois pas que…

— Alors tu vas devoir réfléchir à une alternative ou cette pieuvre risque de t'engloutir. Bats-toi, Brie, par pitié.

— C'est ce que je m'applique à faire, répondit-elle d'une petite voix. Ça n'en a pas l'air, je sais, mais je me bats.

Il posa doucement la main sur la sienne.

— Alors bats-toi plus fort ! dit-il avec ferveur. Je ne peux pas que tu laisses ce truc gagner.

Pour elle, fini le jogging – elle avait peur de sortir seule, même en plein jour. Il n'était pas non plus question d'une salle de gym ou d'un club de sport – elle ne supportait pas le regard des hommes. Elle se souvenait avec un brin de nostalgie comme elle aimait les attirer, ces regards. Avant. Elle avait la chance d'avoir un corps menu, joliment musclé, et de longs cheveux soyeux qu'elle nattait pour les audiences au palais, mais laissait détachés le reste du temps. Sûre de son pouvoir de séduction, elle s'enivrait de susciter l'intérêt des beaux mecs. Aujourd'hui, le moindre regard masculin la plongeait dans une panique indicible.

Mais pas question de rendre les armes sans lutter. Elle s'inscrivit donc dans un club réservé aux femmes où elle s'appliqua à courir sur un tapis de jogging et à soulever des haltères. Si elle ne pouvait avoir une vraie vie, elle allait au moins s'en fabriquer une fausse.

Ce défi qu'elle s'était lancé comme une boutade porta des fruits inattendus : au bout de deux semaines d'exercices vigoureux, elle commença à mieux dormir et avoir davantage d'appétit. Une à une, elle gravissait les marches de la convalescence.

Il y avait des jours où elle était persuadée que, sans l'aide de Mike, elle aurait été perdue. Certes, elle avait une famille formidable, qui faisait bloc autour d'elle, l'encourageait et se rendait disponible s'il lui prenait l'envie de s'épancher. Mais Mike, celui-là même qu'elle s'était juré de tenir à distance depuis qu'il lui avait fait des avances au printemps dernier, était la seule personne dans sa vie qui l'autorisait à se sentir femme. Et elle lui en serait éternellement reconnaissante.

Tom Booth était nouveau en ville. Il était inscrit en terminale au lycée du coin, Valley High School. Son père, Walt, venait de prendre sa retraite de l'armée et lui avait laissé le choix : une école militaire, un lycée privé ou Valley High. Tom avait décidé de rester avec son père pour plusieurs raisons. Il avait perdu sa mère dans un accident de voiture quelques années plus tôt, et ils s'entendaient plutôt bien tous les deux. De plus, sa sœur aînée, mariée à un marine en mission et enceinte, allait venir vivre avec eux à Virgin River jusqu'à ce que Matt, son mari, revienne du Moyen-Orient. Son neveu naîtrait ici, une perspective qui lui plaisait plutôt. Et puis, il y avait ses chevaux dont il pourrait beaucoup moins s'occuper s'il partait dans un établissement privé.

Le père de Tom, général trois étoiles en retraite, avait déniché cette propriété deux ans plus tôt. Il avait une sœur cadette, Midge, et une nièce à quelques heures de route au sud, à Bodega Bay, et avait cherché l'endroit idéal dans toute la Californie, pas trop loin d'elles. Tante Midge était malade depuis des années, grabataire ces trois dernières. Atteinte de la maladie de Charcot, elle était en phase terminale. Sa fille, Shelby, s'occupait d'elle à plein temps. Walt Booth était prêt à s'installer à Bodega Bay pour lui donner un coup de main, bien qu'il préférât la forêt et la montagne à la plage, mais Midge l'en avait dissuadé – peut-être ne serait-elle déjà plus là quand il prendrait sa retraite et, dans le cas contraire, il viendrait lui rendre visite. D'où le choix de Virgin River, assez près pour voir Midge et Shelby autant que Walt le souhaitait, mais le genre d'endroit où il avait envie de finir ses jours. L'avenir semblait donner raison à Midge. Lorsque Walt et Tom s'installèrent à Virgin River, elle avait déjà besoin de soins vingt-quatre heures sur vingt-quatre, et il était question de la faire admettre dans un service de soins palliatifs.

Tandis que Walt accomplissait sa dernière mission pour le Pentagone, il avait fait rénover la maison et construire l'écurie avec le corral. Tom n'avait vu l'endroit qu'une fois avant l'emménagement, mais il adorait la région – les arbres immenses, les rivières, la côte, les montagnes et vallées où il pouvait se promener à cheval.

Les cours commencèrent fin août. Le lycée ne l'enthousiasmait guère. Les élèves n'étaient pas aussi sophistiqués qu'à Washington D.C., et Tom était du genre timide tant qu'il ne connaissait pas bien les gens. Dans un petit lycée rural tel que celui-ci, les groupes étaient formés depuis une éternité, et il allait lui falloir un moment pour s'intégrer. Il était grand et sportif, mais était arrivé trop tard pour s'inscrire dans l'équipe de foot. Il n'y avait plus de place.

Dès le premier cours, il avait rencontré un mec marrant, Jordan Whitley. Le genre maigrichon et surexcité, mais vraiment sympa. Il avait traîné avec lui une ou deux fois après les cours. Jordan vivait non loin du lycée. Tom, lui, devait faire les allers-retours chaque jour dans son petit pick-up rouge. Les parents de Jordan étaient divorcés, il était fils unique et sa mère travaillait, il avait donc la maison pour lui tout seul jusqu'à environ 18 heures. Dès lors qu'il rentrait avant le dîner pour soigner les chevaux, Tom pouvait passer un peu de temps chez son copain après le lycée.

Tom apprit qu'il y avait souvent des soirées bière sur une aire de repos désaffectée à la sortie de Virgin River. Jordan insistait pour qu'il l'y accompagne le week-end, mais il trouvait toujours une excuse. Il ne connaissait personne. Et il s'était bien gardé de révéler qu'il avait la maison pour lui seul quelques jours toutes les deux ou trois semaines, quand son père se rendait à Bodega Bay. Pas question de se laisser envahir par Jordan et sa clique – si Walt le découvrait, il ne donnait pas cher de sa peau.

Jordan arrivait à planquer de la bière chez lui. Qu'ils buvaient après les cours. Tom se montrait très prudent parce que, si le général repérait son haleine, il était cuit. L'autre obsession de Jordan, c'étaient les filles. Apparemment, il changeait de copine comme de chemise. Jusqu'à présent, Tom n'en avait pas vu une seule qui trouvât grâce à ses yeux – Jordan ne semblait pas attirer les plus canon. N'empêche, c'était assez marrant d'aller chez lui et de les voir toutes qui essayaient de le draguer comme il était le nouveau, et plutôt beau gosse.

— Viens chez mon pote Brendan vendredi soir, proposa Jordan. Ça va être chaud.

— Ah ouais ? fit Tom avec un sourire en coin.

— Je suis sur un coup avec une fille qui veut mon corps grave. Je te jure, mec, elle en peut plus. Et elle prend la pilule. Je compte bien me la faire.

— Et tu veux que je tienne la chandelle ? Franchement, je crois que je peux m'en passer.

— Elle vient avec une copine.

— Je verrai, je passerai peut-être boire une bière. C'est qui, ce Brendan ?

— Un mec cool, assura Jordan. Il a fini le lycée depuis deux ans et quand sa mère s'en va, ce qui arrive souvent, il a la maison pour lui. Avec un peu de bol, il se peut qu'il y ait de la meuf et qu'on s'éclate toute la nuit, si tu vois ce que je veux dire.

— Oh oui, je vois, répondit Tom.

« Bande de nazes, se dit-il en son for intérieur. On ne saute pas les filles qui crient sur tous les toits qu'elles prennent la pilule. C'est le meilleur moyen d'attraper des saloperies. » Il s'imagina annonçant à son père qu'il avait chopé une blenno. À cette pensée, un frisson lui courut dans le dos.

Pour finir, il y alla quand même. Il s'ouvrit en tout et pour tout deux canettes de bière sans en vider aucune. Il n'était pas assez bête pour boire ce qui sortait d'un tonneau ou d'un bol de punch. Quelques joints circulaient, mais tout le monde ne se laissait pas tenter. Tom les évitait comme la peste. Trop dangereux quand on ambitionnait l'entrée à West Point. Trop dangereux avec un père comme le sien qui l'écartèlerait avant de lui tordre le cou.

La fille à qui Jordan avait pensé pour lui était beaucoup trop allumeuse et prête à tout. Non, décidément, ça ne pourrait pas le faire. Et puis, Jordan et Brendan étaient trop occupés à foutre une cuite expresse au maximum de monde possible et il n'y avait rien de plus amusant à regarder – enfin, un moment, parce que inévitablement ça finissait par devenir lassant. Tom s'éclipsa vers 21 heures sans que personne remarque vraiment son départ.

Le lundi matin au lycée, Jordan lui sauta dessus :

— Eh ! T'étais où, mec ?

— J'ai été obligé de rentrer, répondit-il avec un haussement d'épaules. Mon père est du genre strict.

— Mais il y avait de la bière et des filles !

— J'ai bu une ou deux bières. Quant aux filles... eh bien, il n'y en avait pas une seule qui me plaisait.

Jordan éclata d'un rire presque hystérique.

— Et alors ? Non... me dis pas que t'es encore puceau !

En fait, il l'était.

— Bien sûr que non, protesta-t-il avec vigueur.

Que répondre d'autre ? Si Tom n'avait pas encore sauté le pas, ce n'était pas parce qu'il n'en avait pas eu l'occasion, mais parce qu'il était très prudent. Avec sa dernière copine à D.C., ils en étaient à peine à un pelotage encore soft quand il avait déménagé. Il avait hâte de se trouver une copine, mais il faudrait que ce soit une fille géniale, pas juste une allumeuse. Les allumeuses, ça le refroidissait plutôt. Et s'il trouvait une fille géniale, ce ne serait pas juste de la frime ; il s'efforcerait d'être à la hauteur.

— Viens chez moi après les cours, lui proposa Jordan. On arrivera peut-être à te maquer.

— Écoute, Jordan, je sais que t'essaies d'être un bon pote, mais je préfère me débrouiller seul, d'accord ?

— Tu sais pas ce que tu rates !

Mais Tom avait vu les filles, la bière et le shit. Alors, si, il *savait* ce qu'il ratait. Avec Jordan, il n'avait rencontré personne qui l'intéressait. Pour l'instant.

Mais c'était quand même l'un des rares amis qu'il s'était faits à Virgin River. Et Jordan adorait venir au ranch voir les chevaux. Le général ne l'aimait pas, sans avoir vraiment de bonnes raisons. Tom lui-même était partagé – entre la satisfaction d'avoir au moins un ami et l'espoir que quelqu'un d'un peu plus consistant ne tarderait pas à se présenter.

Un jeune homme entra dans le bar et se percha sur le tabouret juste devant Jack. Il n'avait pas trente ans, et portait un polo, un pantalon à pinces et ses mocassins. Pas la tenue habituelle dans la région. Le gars n'était ni chasseur, ni pêcheur, ni bûcheron.

— Qu'est-ce que je vous sers ? demanda Jack, qui passa un coup d'éponge sur le comptoir.

— Pourquoi pas une bière ?

— C'est notre spécialité.

Il lui servit une pression bien fraîche.

— De passage ?

— En fait, non. Du moins je l'espère. Je viens juste de commencer à enseigner à Valley High School. J'ai eu envie de faire connaissance avec les gens du coin. Vous avez des enfants au lycée ? s'enquit-il après avoir bu une gorgée.

— Tenez-vous bien, répondit Jack, qui leva sa tasse de café. J'ai un bébé de deux mois. Le temps qu'il arrive au lycée, je me déplacerai avec un déambulateur.

Le jeune professeur se mit à rire. Il lui tendit la main.

— Zach Hadley.

— Jack Sheridan. Bienvenue dans notre belle région. Vous vous plaisez jusqu'à présent ?

— Pour être franc, ça sort un peu de mon expérience. J'ai l'habitude d'un établissement plus grand, d'élèves citadins. Mais j'avais envie de tenter ma chance dans une communauté rurale, expliqua-t-il avec un sourire chaleureux. Les gamins me trouvent très intéressant – ils se moquent de mes vêtements.

Jack sourit.

— Par ici, il y a beaucoup d'éleveurs et de fermiers. Et c'est aussi une région de chasse et de pêche. Pas vraiment le coin pour le golf.

— C'est à ça que je ressemble ? Un golfeur ? s'esclaffa le jeune enseignant. Logique, j'imagine.

Melinda entra dans le bar, le petit David calé sur la hanche. Elle le tendit par-dessus le comptoir à Jack.

— Monsieur Hadley, je vous présente David, votre futur élève, dit ce dernier.

Le bébé gloussa et, un doigt dans la bouche, laissa échapper une flatulence sonore qui fit rire son père.

— Là, c'est juste l'échauffement. Mon petit doigt me dit qu'il fera partie des pitres.

Jack sortit le porte-bébé de sous le bar. Il y installa son fils avec dextérité.

— Melinda, je te présente Zach Hadley, enchaîna-t-il tout en passant les sangles autour des épaules de David. C'est un nouveau professeur au lycée.

Melinda et lui se serrèrent la main. Zach expliqua qu'il louait une petite maison à l'extérieur de Clear River et faisait un tour dans les environs afin de rencontrer les voisins et les parents de ses élèves.

— Vous arrivez à la bonne heure, observa Melinda. Les gens du coin ne vont pas tarder à débarquer.

— Parfait. Vous tenez cet établissement avec votre mari ?

— Non. Je suis infirmière et sage-femme. Je travaille de l'autre côté de la rue, au cabinet du Dr Mullins.

— C'est vrai ?

— Ce qui est vrai, intervint Jack en servant un petit verre de bière à sa femme, c'est que par ici aucune femme n'accouche en plein jour.

— Mon assistant dévoué, dit Melinda. Quand j'ai un accouchement en face, Jack a l'habitude de rester debout toute la nuit au cas où j'aurais besoin de lui.

Mike entra et prit place près de Melinda. Jack le présenta comme un ancien inspecteur de la police de Los Angeles qui avait servi avec lui dans les marines. Vint ensuite Doc.

— Il semble y avoir un tas d'expériences intéressantes dans ce petit bar, fit remarquer Zach. Je parie que ce serait enrichissant pour les élèves que vous leur expliquiez vos choix de carrière. Qu'en dites-vous ?

— Je l'ai déjà fait, répondit Mike.

— Et comment ça s'est passé ? voulut savoir Zach.

— Hmm, fit l'ancien policier en secouant la tête. Ils voulaient savoir deux choses : si j'avais déjà tiré sur quelqu'un et si on m'avait tiré dessus. J'ai répondu oui et pas encore. Peu après, j'ai reçu trois balles. Je ne pense pas que la police gagnera beaucoup de nouvelles recrues grâce à moi.

— Je parlerais volontiers aux jeunes – contraception, MST, agressions sexuelles, ce ne sont pas les sujets qui manquent, intervint Melinda. Mais les portes du lycée ne s'ouvrent pas facilement – nous sommes dans une région plutôt conservatrice.

— Zach vient de dire qu'il est nouveau dans l'établissement et qu'il espère ne pas juste passer. Alors ne va pas lui casser la baraque, plaisanta Jack.

Vic pénétra dans le bar avec un casier de verres propres.

— Vic, je te présente Zach, nouveau professeur au lycée. Il cherche des volontaires pour parler à ses élèves de leurs métiers.

Vic glissa le casier sous le comptoir, essuya l'un des battoirs à viande qui lui servait de main sur son tablier avant de le tendre au nouveau venu.

— Enchanté, dit-il.

— Tu pourrais parler de ton expérience de cuistot, suggéra Jack.

Vic regarda Zach et lui sourit.

— Pas question. Je suis trop timide pour ça. Bienvenue en ville.

Sur ces mots, il tourna les talons et regagna la cuisine.

Zach se pencha sur le comptoir.

— Et vous, docteur Mullins ? risqua-t-il, plein d'espoir.

Le vieux médecin souleva son verre de whisky, ses sourcils blancs broussailleux en accent circonflexe.

— Dans vos rêves, jeune homme.

Zach s'empara de sa bière.

— C'est ce qui s'appelle avoir un franc succès, commenta-t-il, bon enfant.

— Vous savez ce que vous avez trouvé ici, jeune homme ? fit Jack. L'endroit idéal pour boire une bonne bière.

— Et vous, Jack ? Ça ne vous tente pas ?

— Vous imaginez ? Je raconterais à vos ados les avantages d'être patron de bar. Et dans la foulée, Melinda leur apprendrait les comportements sexuels responsables. Une vraie petite entreprise familiale.

— Vous avez raison, déclara Zach, c'est l'endroit idéal pour savourer une bonne bière.

3

Depuis l'ouverture, Sue Carpenter et son mari, Doug, venaient une ou deux fois par semaine boire une bière après le travail avec leurs meilleurs amis, Carrie et Fish Bristol. Sue avait pris rendez-vous par téléphone avec Melinda pour sa fille de seize ans. « Elle est enceinte, avait-elle ajouté, il faut faire quelque chose. »

C'était le travail de Melinda – assurer le suivi médical des femmes enceintes, indépendamment de leur âge ou de leur statut marital. Sue fut un peu contrariée par son insistance à voir d'abord sa jeune patiente en tête-à-tête.

— Alors, Brenda, que se passe-t-il ? demanda-t-elle, en parcourant sa fiche médicale.

— Je suppose que je suis enceinte.

Melinda releva les yeux. Brenda était en première au lycée. C'était une élève brillante, pom-pom girl et représentante des élèves au conseil d'établissement. De quoi décrocher une bourse d'étude. « La nature ne fait pas de discrimination », songea Melinda.

— Sais-tu combien de retard tu as ? demanda-t-elle.

— Je n'ai pas vu mes règles depuis trois mois. Vous pouvez m'en débarrasser ?

Melinda inclina la tête, surprise par ce que la question avait de caustique. Brenda s'était toujours exprimée d'une voix douce et posée. D'ordinaire, les jeunes filles étaient prêtes à jeter leur avenir prometteur par-dessus bord pour une amourette, ce qui était le plus tragique. Brenda ne semblait pas souffrir de ce syndrome.

— Il y a plusieurs options, mais procédons dans l'ordre ; je vais commencer par t'ausculter afin de faire le point.

— Comme vous voulez, répondit l'adolescente brièvement.

— Enfile cette blouse. Tu ne gardes rien dessous. Je reviens, d'accord ?

Au lieu de répondre, Brenda s'empara du vêtement avec brusquerie et n'attendit même pas que Melinda soit sortie pour commencer à se déshabiller.

Melinda se rendit à la cuisine et, tout en buvant une gorgée de son cola light, réfléchit à la situation. Peut-être Brenda en voulait-elle à sa mère d'avoir découvert son état. Ou le garçon l'avait plaquée. Il y avait quantité de scénarios possibles. « Tiens-t'en aux faits pour l'instant », s'exhorta-t-elle.

Elle laissa quelques minutes à Brenda, mais, à l'évidence, la jeune fille n'avait pas besoin de se calmer les nerfs. Elle souhaitait juste en finir au plus vite.

— As-tu déjà subi un examen gynécologique ?

— Non, répondit-elle, laconique. Allez-y.

— Je vais d'abord prendre ta tension et écouter ton cœur, si tu n'y vois pas d'inconvénient.

— Si ça vous chante.

— Brenda, excuse-moi, mais es-tu fâchée contre moi ?

— Je suis fâchée en général.

Melinda s'assit sur son tabouret et leva les yeux vers l'adolescente.

— Parce que…

— Parce que ça craint.

— L'erreur est humaine, tu sais. Il arrive à tout le monde d'en commettre…

— Ah oui ? Je me ferais sans doute une raison si je savais que j'en avais commis une !

— Laisse-moi le temps de comprendre. Tu veux m'en parler ?

— À quoi bon ? Faites votre job, d'accord ? Si je vous raconte, vous me trouverez aussi stupide que je pense déjà l'être.

— Vas-y pour voir, insista Melinda en croisant les jambes.

— Je suis allée à une fête. Une soirée bière. J'ai dû trop boire et, quand je me suis réveillée, j'étais malade comme un chien. Le garçon avec qui j'étais m'a dit qu'il en tenait une sacrée, lui aussi, et jure qu'il ne s'est rien passé. Mais à l'évidence quelqu'un ment si je suis enceinte.

Melinda en resta bouche bée.

— Tu as parlé de ça à ta mère ?

— Pas tout de suite. Comment j'aurais su ? Au bout de deux mois sans règles, j'ai fait un de ces tests qu'on achète en pharmacie. Jamais je n'aurais imaginé qu'il serait… positif.

— Tu avais mal ? Au vagin ?

— J'avais mal *partout !* Comme si j'avais dévalé une volée de marches ! Et envie de vomir à en mourir. Mon vagin était le cadet de mes soucis !

— À ton réveil… étais-tu habillée ? Y avait-il des signes de viol ?

— Complètement habillée. J'avais du vomi sur mon chemisier. Et dans les cheveux, ajouta-t-elle avec un frisson de dégoût.

— Tu étais avec des amis ? Personne n'a rien vu ?

— J'étais avec deux copines et le nul dont je vous ai parlé. Ils étaient tous aussi bourrés que moi. À aucun moment, nous n'avons… Ça m'était déjà arrivé de boire une ou deux bières. Mais ce genre de fête, c'était une première pour moi. Visiblement, je ne tiens pas du tout l'alcool.

— Tu te souviens d'avoir beaucoup bu ?

— Je ne me rappelle pas grand-chose. Deux types m'ont dit que j'étais complètement torchée. Et une de mes copines me jure que le garçon avec qui j'étais est tombé dans les vapes tout de suite.

— Il ne t'est jamais venu à l'esprit qu'on pouvait avoir mis de la drogue dans ton verre à ton insu ?

— Quel genre de drogue ?

— À *ton* avis, que s'est-il passé ? insista Melinda.

— À mon avis, j'ai pris une cuite et laissé un garçon… De toute évidence, je n'étais pas en état de prendre la bonne décision. Et puis, on était entre copains. Enfin, en tout cas les filles qui m'accompagnaient sont mes amies. Jamais elles ne me mentiraient. Les autres, je ne les connaissais pas plus que ça.

— Tous étaient tes amis, tu penses ?

— Il faut croire que non – à moins qu'un garçon présent ne se souvienne de rien, lui non plus.

Melinda se pencha en avant. Elle faillit demander à Brenda si elle avait déjà entendu l'expression *bander mou.*

— Malheureusement pour la majorité des hommes, la consommation excessive d'alcool inhibe l'érection ou l'éjaculation. Celui qui a fait ça s'en souvient forcément.

— Et ment…

— En tout cas, quelqu'un ment – et si tu es enceinte sans te souvenir comment c'est arrivé, ce n'est probablement pas toi. Brenda, il peut s'agir d'un viol.

— Ou alors… j'étais tellement ivre que je ne savais plus ce que je faisais.

— C'est la même chose, selon moi, fit remarquer Melinda avec un haussement d'épaules. En as-tu parlé à la police ?

L'adolescente laissa échapper un rire amer.

— C'est ça, oui.

Melinda posa la main sur son genou et Brenda tressaillit. Elle pensa aussitôt à Carra et frissonna intérieurement.

— Tu as un ADN en toi, Brenda. Le responsable peut être identifié.

— Il ne manquerait plus que ça, ricana la jeune fille. Ce serait franchement intéressant.

— Écoute, Brenda…

— Je ne veux pas savoir. Celui qui m'a fait ça prétendrait que j'étais consentante. Et je serais bien incapable de le contredire, vu que je n'ai pas le moindre début de souvenir. Du coup, non seulement tout le lycée, mais toute la ville saurait que Brenda est une pute. Brenda est en cloque et veut que tout le monde croie qu'elle a été *droguée*. Qui irait gober ça, hein ? Quelle bonne blague !

— Laisse-moi te dire quelque chose… Les filles qui n'ont pas de vie sexuelle active n'ont en général pas l'occasion de s'enivrer et de se réveiller enceinte de leur plein gré.

Brenda détourna les yeux.

— As-tu une vie sexuelle active ? insista Melinda. Même si ça n'a plus guère d'importance maintenant.

L'adolescente posa de nouveau le regard sur elle. Sa colère s'était évanouie.

— L'année dernière, j'avais un copain qui… comptait beaucoup pour moi. Mais on n'est pas allés jusqu'au bout, expliqua-t-elle, les yeux baissés. Je ne voulais pas renoncer comme ça à ma… Je tenais à être sûre de moi, que ce soit exceptionnel, vous comprenez ?

Des larmes lui perlèrent aux yeux, mais disparurent aussi vite qu'elles étaient venues.

Melinda lui toucha la main.

— Quand le moment sera venu, ce sera quand même exceptionnel, tu verras, assura-t-elle avant de se lever. Bon, passons à l'examen. On va aussi faire un test de dépistage des maladies sexuellement transmissibles. Et une prise de sang pour le VIH.

— Le VIH ? s'exclama la jeune fille, épouvantée.

— Une chose à la fois, Brenda. Tes vaccinations contre l'hépatite B sont-elles à jour ?

— L'hépatite B ? Je ne vois pas le rapport avec...

— C'est aussi une MST.

— Oh, non, fit Brenda d'une voix blanche.

— Ne t'inquiète pas, ma grande, c'est par sécurité. Allez, mets les pieds dans les étriers et glisse le bassin vers moi. Voilà, c'est bien.

Elle enfila une paire de gants en latex.

— Inspire un grand coup, expire lentement et détends tes muscles autant que possible. On y va.

Melinda nota une légère inflammation et une sensibilité de la paroi vaginale. Elle fit le frottis, puis inséra un écouvillon au niveau du col pour le dépistage des chlamydiae et de la gonorrhée.

— Je vais devoir laisser l'écouvillon quelques instants. Dis-moi, te souviens-tu des gens qui assistaient à cette fête ? Où avait-elle lieu ?

Brenda posa le dos de la main sur son front et son menton tremblota.

— Tout ce que je veux, c'est en être débarrassée et reprendre ma vie d'avant. Les cours ont déjà recommencé...

— Je comprends, mais je suis inquiète. Ce n'est pas une situation que l'on doit ignorer. Et si une autre jeune fille subissait elle aussi des rapports non consentis ?

— Ou ne se souvenait pas qu'elle était consentante ?

— Te rappelles-tu si tu avais des hématomes ? Sur les bras, le bassin, les hanches, les fesses ?

— J'avais la poitrine très douloureuse, et la gorge aussi. J'ai cru que c'était dû aux vomissements.

— Où ça ?

Brenda posa la paume sur son sternum, juste au-dessus des seins.

— À l'extérieur ? Comme si tu avais pris… un ballon de basket en pleine poitrine ?

— Oui, répondit l'adolescente, surprise par la justesse de l'analogie.

Melinda termina son auscultation et l'aida à se rasseoir.

— Accepterais-tu d'en parler à quelqu'un ? Par exemple à une infirmière du planning familial ? Tu lui donnerais les détails qui pourraient te revenir en mémoire.

— Dans quel but, franchement ?

— Celui d'aider une certaine jeune fille à cerner les dangers qui la menacent aux soirées entre jeunes ?

Brenda baissa les yeux, la mine penaude.

— Je ne sais pas.

— Ne crains rien, ces témoignages sont confidentiels. Et il n'y aura pas de poursuites tant qu'une plainte n'aura pas été déposée. Mais pour l'instant, tu mérites mieux que de n'avoir aucune idée de ce qui t'est arrivé.

— Je n'en sais rien. Peut-être. Il faut que je réfléchisse.

— D'accord. Tu peux te rhabiller. Mais dis-moi, cette fête, elle avait lieu ici, à Virgin River ?

— Oui.

Melinda eut une longue conversation avec une infirmière du planning familial à Eureka qui jugea elle aussi très important d'entendre cette patiente. Mais avant qu'un rendez-vous fût pris, Brenda fit une fausse couche. Moins d'une semaine plus tard, les résultats des analyses arrivèrent : test positif aux chlamydiae.

Aussitôt, Melinda prit contact avec Carra Winslow. La situation était trop préoccupante pour qu'elle s'inquiète de savoir si elle allait tomber sur ses parents, mais par chance ce fut Carra qui décrocha. Elle alla droit au but : une maladie vénérienne circulait et il était impératif de revenir au cabinet pour un dépistage.

Celui-ci se révéla également positif à la même bactérie. Melinda lui prescrivit un traitement antibiotique et lui fit promettre de revenir dans deux mois pour une visite de contrôle. Carra déclina à nouveau toute contraception : elle ne sortait plus avec le fameux petit copain. Et bien qu'il lui ait transmis une infection, elle se refusait toujours à l'accabler ou à le nommer.

Mais cette affaire tracassait beaucoup Melinda. Les ennuis, pressentait-elle, ne faisaient que commencer.

L'automne inaugura une période de l'année certes favorable aux affaires du bar, mais qui déplaisait à Melinda : la saison de la chasse à l'ours et au cerf. La chasse était – fort heureusement – interdite sur le territoire de la commune, mais les chasseurs y faisaient étape sur le trajet des pavillons et campements de Shasta et des Trinity Alps qui abritaient quelques-uns des meilleurs terrains de chasse. Bon nombre d'entre eux – une majorité d'hommes et quelques femmes – connaissaient déjà l'établissement et revenaient y faire honneur à la cuisine de Vic qui, du coup, mettait les petits plats dans les grands. Ils n'augmentaient pas leurs tarifs pour les chasseurs, mais Jack sortait certains de ses meilleurs alcools, comme le Johnnie Walker Blue, conscient des attentes de cette clientèle aisée qui ne manquait pas de laisser de généreux pourboires.

En fille de la ville, Melinda détestait la vue d'un magnifique cerf attaché sur le toit d'un SUV ou jeté à l'arrière d'un pick-up. Mais avec un mari amateur de chasse, elle avait appris à ne pas trop protester.

Ce soir-là, elle dut accompagner Doc pour une urgence et laissa le bébé à Jack qui s'occupait du bar. À plus de cinq mois maintenant, il était plein de vigueur et aimait s'agiter joyeusement sur le dos de son père dans le porte-bébé, plutôt qu'en position ventrale comme les premiers mois.

— Il a mangé et il est changé, dit-elle en glissant les lanières sur les épaules de son mari. Je ne devrais pas en avoir pour longtemps.

Mike dînait à une extrémité du bar quand six chasseurs firent leur entrée. À l'attitude de Jack, il en déduisit que c'était leur première visite en ville. Âgés d'une vingtaine d'années, ils faisaient l'effet d'une bande de joyeux lurons. Ils s'avancèrent jusqu'au comptoir et lancèrent quelques plaisanteries au sujet du barman baby-sitter à mi-temps, que Jack accueillit avec la bienveillance de rigueur dans le commerce. Ils refusèrent le dîner, et optèrent pour des bières et des whiskies. Une fois servis, ils allèrent s'installer à une table où ils se remémorèrent chaque détail de leur partie de chasse.

— Lequel est leur conducteur désigné, tu crois ? glissa Mike à Jack.

Celui-ci les observait sans un mot. Et Mike observait son ami dont il savait qu'il avait un jugement très sûr. Un peu de bruit et d'animation n'était pas mal vu dans l'établissement, tant qu'on gardait ses esprits. Très vite, ils commandèrent un pichet de bière et carrément une bouteille de whisky. Le volume sonore s'amplifia lentement, mais sûrement.

Paige ne tarda pas à émerger des cuisines.

— Tu leur as demandé s'ils voulaient dîner ? s'enquit-elle auprès de Jack.

— La dernière fois, ma proposition ne les a pas intéressés.

— Je vais m'en assurer avant de ranger.

Elle s'approcha de leur table et leur demanda s'ils souhaitaient manger.

— Mon mari vous propose d'excellentes lasagnes avec du pain à l'ail ou, si vous préférez, de l'esturgeon farci tout frais pêché avec des légumes à la vapeur.

— Mari ? pouffa l'un d'eux. Décidément, j'ai pas de bol avec la chasse aujourd'hui.

D'instinct, Paige recula d'un pas. L'homme la rattrapa par la main.

— T'en as rien à faire de ce mari, hein, chérie ?

Ses copains s'esclaffèrent de son audace. « Aïe ! » se dit Mike. Ce n'était pas un bon plan de s'en prendre à la femme de Vic. Il jeta un coup d'œil à Jack qui fronçait les sourcils. « Aïe, aïe, aïe. »

Paige se contenta de libérer sa main avec un sourire poli, puis tourna les talons pour regagner les cuisines. Jack l'arrêta au passage pour lui confier David.

— C'est ta femme, mec ? brailla l'un des jeunes.

Il fit non de la tête avec un sourire en coin. Ils n'avaient sûrement pas envie de faire la connaissance du mari.

Le problème de ces idiots, songea Mike, c'était qu'ils ignoraient quel été Jack avait passé. L'agression de sa sœur n'était pas si loin et il en avait été très affecté. Ce n'était vraiment pas le moment de venir le chatouiller. Voyant qu'il avait mis le bébé à l'abri – signe ô combien révélateur –, Mike jugea opportun d'essayer de désamorcer la bombe. Il s'approcha du groupe, retourna une chaise d'une table voisine et s'y assit à califourchon.

— Alors, les gars, bonne chasse ?

Ils lui lancèrent un regard soupçonneux.

— Un chevreuil. Un jeune. Pas de quoi frimer. Vous êtes qui ?

— Je m'appelle Mike. Dites donc, les gars, je voulais juste vous prévenir, ne forcez pas trop sur la bouteille. Surtout si vous conduisez de nuit.

Les jeunes éclatèrent d'un rire sonore en se regardant les uns les autres comme s'il s'agissait d'une bonne blague.

— Ah ouais ? fit l'un d'eux. De quoi il se mêle, celui-là ?

— Je ne me mêle de rien du tout. C'est juste qu'un accident est vite arrivé. Les routes sont traîtres par ici, expliqua Mike. Virages en épingle à cheveux, ni éclairage ni garde-fou.

À cet instant, Melinda entra, accrocha sa veste à la patère près de la porte avant d'aller se percher sur un tabouret devant son mari. Les coudes sur le comptoir, elle se pencha pour l'embrasser.

— La vache, fit l'un des hommes. Regardez celle-là. Encore une que je me ferais bien.

Jack se redressa avant d'effleurer les lèvres de sa femme. Son expression ne présageait rien de bon.

— À votre place, intervint Mike avec un rire embarrassé, je ne me risquerais pas à importuner les dames ici. Conseil d'ami.

Nouvel éclat de rire tonitruant.

— Peut-être qu'elle en a envie, lança l'un d'eux, malheureusement trop fort. Il faudrait au moins lui poser la question !

Par-dessus son épaule, Mike vit que Jack avait entendu. Et Melinda aussi sans doute. Après l'été qu'ils venaient de passer, ils n'allaient certainement pas prendre ce genre de remarque à la légère.

C'est là que Mike comprit que ces types avaient un coup dans le nez avant même de débarquer à Virgin River. Chasse et alcool, voilà qui ne faisait pas bon ménage pour ses frères et lui – ses frères mexicains et ceux de l'armée. Boire après la chasse, une fois les armes déchargées et rangées, c'était différent. Surtout quand seuls quelques pas vous séparaient de votre camping-car.

Il lança un coup d'œil en direction du comptoir juste à temps pour voir Jack murmurer quelques mots à l'oreille de Melinda qui descendit de son tabouret et disparut dans la cuisine. Merde ! Il se leva.

— Bon, les gars, que diriez-vous de régler l'addition et de vous mettre en route pendant que vous avez encore les yeux en face des trous, hein ?

— Cool, *chico*. On n'a pas fini.

Chico ? Comme tout Mexicain, Mike détestait qu'on le traite de gosse dans sa langue.

Du coin de l'œil, il s'aperçut que Vic venait de rejoindre Jack. Les bras croisés sur son torse de lutteur, il fronçait ses épais sourcils bruns d'un air menaçant. De toute évidence, Jack avait envoyé Melinda le chercher et tous deux semblaient prêts à en découdre.

Distraitement, Mike échauffa un peu son épaule. Il n'avait pas le souvenir d'avoir entendu parler d'une bagarre dans ce bar. En tout cas pas depuis que Vic y travaillait à plein temps. Il fallait être ivre *et* abruti pour oser se frotter à lui.

Les six énergumènes paraissaient en bonne forme physique. Ils étaient aussi beaucoup plus jeunes que l'équipe locale, mais celle-ci carburait au café.

Jack détestait qu'on mette son bar sens dessus dessous. Mais c'était un sacrifice qu'il était prêt à consentir en cas de menace. Peut-être allait-il se contenter de rester derrière le comptoir et laisser ces types partir.

— Allez, les gars, il est temps de rentrer chez vous, dit Mike.

Il y eut un échange de regards entendus, puis ils se levèrent comme un seul homme et commencèrent à se diriger vers la porte sans avoir laissé l'argent de l'addition, un indice évident que la situation allait tourner au vinaigre. Le plus proche de Mike pivota soudain vers lui et lui flanqua un coup de poing en pleine figure. Il tituba en arrière, la main sur la bouche, et alla s'affaler contre le comptoir.

— Oh, tu vas le regretter, grommela-t-il en se redressant.

Il répliqua aussitôt d'un direct du gauche si violent que son assaillant valdingua contre ses copains dont deux perdirent l'équilibre.

Ce fut le déclenchement des hostilités. Vic et Jack avaient déjà contourné le comptoir avant même la riposte de Mike. Vic frappa deux têtes l'une contre l'autre. Jack flanqua un coup de poing au creux d'un estomac et un deuxième dans la foulée à la mâchoire. Un autre fondit sur lui, le bras levé ; il le lui tordit sans mal et le précipita contre un de ses amis. En moins de deux minutes, les jeunes chasseurs éméchés se retrouvèrent à terre, au milieu des débris de verre, de chaises et deux tables renversées. À part le coup de poing en traître à Mike, aucun d'eux n'avait réussi à les atteindre.

Le plus vaillant du lot se releva et se remit en position d'attaque. Vic l'agrippa par le col de sa veste et le décolla du sol.

— Tu y tiens vraiment ?

L'homme leva aussitôt les mains en signe de reddition et Vic le lâcha.

— C'est bon, on s'en va…

— Trop tard, les gars, lança Mike. Paige !

La jeune femme passa la tête par la porte des cuisines.

— De la corde, s'il te plaît !

— Allez, soyez sympas…

— Qu'ils dégagent, bougonna Jack, écœuré.

— Impossible, objecta Mike. J'ai essayé de vous prévenir gentiment, ajouta-t-il à l'adresse des hommes à terre. Qu'est-ce que j'y peux si vous n'avez rien dans le ciboulot ?

Non seulement ils étaient trop imbibés pour redescendre en voiture dans la vallée, expliqua-t-il à Jack, mais ils pourraient aussi porter plainte pour agression. Comme c'étaient eux qui portaient tous les bleus et que l'équipe locale s'en sortait avec juste les articulations douloureuses, il ne serait pas malin de prendre ce genre de risque. Mieux valait laisser la police prendre le relais.

Un quart d'heure plus tard, les six lascars étaient ligotés à la rambarde de la terrasse. Au bout d'une demi-heure, une voiture de police se gara devant le bar et trois policiers en descendirent.

— Seigneur, bougonna Henry Depardeau, l'adjoint du shérif. Chaque fois que je viens ici, quelqu'un s'est fait tabasser ou tirer dessus ! Que s'est-il passé cette fois ? s'enquit-il avec impatience.

— C'est celui-ci qui a déclenché les hostilités, expliqua Jack, désignant l'agresseur de Mike. Il a bien fallu se défendre.

— Vous prenez beaucoup trop de mon temps !

— Je vous offrirai un dîner un de ces jours, qu'en dites-vous ? Passez quand vous voulez, vos hommes et vous.

— C'est ça, oui. Bon, allez, on les embarque. J'espère que vous avez tous vos permis de chasse en règle et la licence pour le chevreuil.

À la mine déconfite de certains, il était évident que les amendes allaient pleuvoir.

Jack ne put s'empêcher de rire.

— Quelle misère, soupira Henry Depardeau. D'habitude, les braconniers sont plutôt polis et discrets, histoire de se fondre dans le paysage. Mais vous, vous me faites l'impression d'une belle bande d'abrutis.

Hope McCrea, une vieille veuve vaillante au caractère bien trempé, était une habituée du bar où elle venait presque quotidiennement prendre son Jack Daniel's avec sa cigarette en fin de journée. Souvent, elle s'asseyait au comptoir près de Doc, mais il lui arrivait aussi de faire la conversation avec Mike de temps à autre.

— Vous savez que c'est moi qui ai engagé Melinda ? lui demanda-t-elle un soir.

— Je l'ai entendu dire, oui.

— J'aimerais que vous passiez chez moi. J'ai une proposition à vous faire.

— Dites donc, Hope, répliqua Mike avec un sourire, vous n'y allez pas par quatre chemins.

— Une proposition d'emploi, espèce d'idiot.

Elle remonta ses lunettes trop grandes sur l'arête de son nez en le gratifiant d'un sourire tout en dents.

— Je n'ai pas besoin d'un emploi, Hope.

— Nous verrons. Jack vous indiquera le chemin. Demain, 16 heures.

Elle écrasa son mégot dans le cendrier et s'en alla.

Sur les conseils de Jack, Mike décida d'honorer le rendez-vous. Sans doute cela valait-il la peine d'écouter ce que Hope McCrea avait à lui dire. À soixante-dix-sept ans, elle était veuve depuis une vingtaine d'années. Jack lui avait raconté qu'elle avait offert à Melinda un contrat d'un an, payé sur ses propres deniers, plus le chalet qu'elle occupait aujourd'hui encore avec mari et enfant. Une fois le contrat expiré, Doc l'avait engagée à son cabinet et ils parvenaient à lui dégager un modeste salaire sans l'aide de la vieille dame dont c'était justement l'objectif.

Toujours selon Jack, Hope souhaitait maintenant un policier pour la ville et espérait reproduire le même scénario : elle paierait son salaire pendant un an sur ses économies et la municipalité, réalisant la valeur ajoutée apportée à la commune, trouverait le budget pour l'embaucher.

Hope vivait à environ huit kilomètres de la ville, dans une vaste demeure victorienne que son mari et elle avaient acquise cinquante ans plus tôt. Ils n'avaient jamais eu d'enfants et, au fil des années, s'était entassé dans la maison un bric-à-brac innommable. Je ne suis jamais entré, avait confié Jack à Mike, mais il paraît que Hope n'a jamais rien jeté en soixante-dix ans. Après le décès de son mari, elle avait vendu le terrain environnant à ses voisins comme pâture et terre agricole.

Mike se gara devant l'imposante bâtisse et trouva sa propriétaire sur la terrasse devant un café, son paquet de cigarettes et une chemise cartonnée. Lorsqu'il gravit les marches, elle l'accueillit avec un sourire victorieux.

— Je savais que je finirais par vous mettre dans ma poche.

— Je ne sais pas si vous allez gagner au change, Hope. Je n'ai aucune idée du métier de représentant de l'ordre dans une petite ville.

— Qui en a ? Mais vous avez derrière vous une longue expérience de policier dont nous aurions grand besoin. Ces derniers temps, nous avons eu notre lot de problèmes à Virgin River.

— Heureusement, pas du fait des habitants.

— Quelle différence cela fait-il ? S'ils se produisent chez nous, ils deviennent nos problèmes.

— Qu'avez-vous là-dedans ? demanda Mike, désignant la pochette.

— Juste de la paperasse. J'ai dû demander quelques conseils d'ordre juridique à un avocat du comté. Voilà ce que je vous propose : je peux vous engager comme policier municipal. Bien que vous soyez issu d'une des écoles de police les plus prestigieuses du pays, vous ne seriez pas reconnu par l'État comme un représentant de l'ordre officiel, mais c'est sans importance. Si vous tombez sur quelqu'un qui enfreint la loi, vous l'arrêtez et vous appelez le shérif, comme vous le faites déjà. Rien ne vous empêche de mener vos propres enquêtes – n'importe quel détective privé peut en faire autant. Vous devriez aller vous présenter au shérif du comté, aux Eaux et Forêts, à la police de la route et à certaines villes voisines qui disposent d'un service de police local. Croyez-moi, ils ne seront pas contre une aide supplémentaire, vu le territoire qu'ils ont à couvrir dans une région rurale telle que la nôtre.

— Et qu'attendez-vous de moi ?

— Eh bien, vous n'avez déjà pas à vous préoccuper des contraventions pour excès de vitesse, répondit-elle en riant. Vous trouverez bien. À vous d'évaluer les besoins de la ville. Ici, les gens sont respectueux des lois – le stress ne devrait pas être trop important. Mais, comme c'est arrivé une ou deux fois ces derniers temps, si un problème sérieux survient, je tiens à avoir un policier expérimenté dans le coin. Vous n'êtes pas obligé d'avoir une prison, ajouta-t-elle en allumant une nouvelle cigarette. Pas plus qu'un gyrophare ou un gilet pare-balles.

— Et quels seraient mes horaires de service ?

— Quand vous êtes là, j'imagine. Je comprends que tout le monde a besoin de temps libre. Si vous êtes à Virgin River cinq ou six jours par semaine, c'est cinq ou six jours de plus que ce que nous avions avant. Espérons juste que les délinquants auront la bonne idée d'attendre vos jours de service pour commettre leurs forfaits.

Côté temps libre, Mike ne demandait rien de plus qu'un aller-retour à Santa Rosa tous les quinze jours. Avec l'espoir tout de même qu'ils deviennent plus fréquents.

— On dirait des vacances rémunérées, commenta-t-il.

— Avec un peu de chance.

Hope ouvrit la chemise cartonnée et lui tendit un contrat d'un an qui affichait un salaire dérisoire.

— Enfin, peut-être pas si bien rémunérées que ça, corrigea Mike.

Mais après tout, il était à la recherche d'une activité, pas forcément d'un emploi. Il avait sa retraite et sa pension d'invalidité, plus quelques économies.

— Pourquoi faites-vous ça ? voulut-il savoir. D'abord Melinda, et maintenant moi ?

— Il faut bien que quelqu'un prenne en charge cette ville si désorganisée, d'autant qu'elle connaît une certaine croissance, même limitée. Et puis, je ne serai pas éternelle, ajouta-t-elle après avoir tiré sur sa cigarette. Quoique parfois j'aie peur que si.

Elle glissa un insigne sur la table vers lui. *Police Municipale de Virgin River* y était imprimé.

— Je l'ai fait fabriquer il y a cinq ans. Joli, n'est-ce pas ?

— Vous voulez que je porte ça ?

— Gardez-le dans votre poche si ça vous chante. Vous le sortirez en cas de besoin. Vous n'êtes pas obligé de vous promener en uniforme. Vous ne seriez pas le seul homme de la ville à porter une arme à feu. Mais je vous recommande de faire imprimer des formulaires sur lesquels vous rédigerez les rapports de vos interventions. Il est important de garder une trace. Souhaitez-vous que je vous achète une armoire de classement ?

Mike lui sourit.

— Oui, ça serait pratique. Inutile d'en prendre une grande. Et aussi des cartes de visite, s'il vous plaît. Je tiens à m'assurer qu'on connaît mon numéro en cas d'urgence.

— Marché conclu.

Elle lui rendit son sourire et s'empara d'un stylo.

— Pour l'instant, contentez-vous de patrouiller un peu en voiture. Passez du temps sur la terrasse du bar à parler aux gens. Pêchez un peu et réfléchissez à vos attributions. Vous vous y connaissez mieux que moi.

Policier municipal. Pour six cents honnêtes citoyens. Tu parles d'un défi, ironisa Mike en son for intérieur.

Hope McCrea poussa le stylo vers lui. Il ne le prit pas.

— Pas tout de suite. Laissez-moi d'abord tâter le terrain, puis nous reparlerons de ce contrat.

— Vous avez l'intention de négocier ? s'inquiéta la vieille dame, soupçonneuse.

— Mon petit doigt me dit que ce serait peine perdue. Mais avant de m'engager envers vous, envers cette ville, j'aimerais savoir comment mes collègues policiers accueilleraient ma présence. Il y a beaucoup de Type A dans la police, vous savez. Certains refuseraient une corde d'un gars comme moi, même jusqu'au cou dans les sables mouvants. Mieux vaut en avoir le cœur net ou vous risquez de gaspiller votre temps et votre argent.

— Je me moque pas mal de ce que les autres pensent d'un gars comme vous.

Mike se leva.

— Vous avez tort. Je pourrais sans doute vous être un peu utile, mais un flic ne travaille pas en solo. Mieux vaut y aller mollo.

Mike emprunta l'ordinateur de Vic pour rédiger un curriculum vitae plutôt informel et une lettre de présentation. Comme l'imprimante n'était pas de qualité optimale, il enregistra les données sur un disque et se rendit à Eureka dans une boutique de services en informatique. Son choix se porta sur un format simple répertoriant son expérience en toute sobriété, avec un grand nombre de références téléphoniques.

S'il avait postulé pour un véritable emploi, il serait davantage entré dans les détails au sujet de ses diplômes et missions spéciales. En fait, il n'était pas peu fier de ses états de service au LAPD, mais s'il voulait s'intégrer à la police locale, mieux valait faire profil bas. La frontière était très mince entre professionnalisme et arrogance. Il était curieux de savoir s'il saurait se faire accepter, lui un type de la ville, d'origine mexicaine, qui avait roulé sa bosse. Que ce soit à Los Angeles ou à Eureka, les flics n'appréciaient jamais qu'un cador vienne marcher sur leurs plates-bandes, persuadé de tout savoir. Bon nombre d'ex-flics étaient des fanfarons qui se faisaient volontiers mousser avec leurs faits d'armes – bien souvent du pipeau d'ailleurs.

Sa première visite fut pour Fortuna. Le chef de la police, Chuck Andersen, était un grand costaud chauve, aux mains comme des battoirs, l'expression imperturbable. Mike lui serra la main et se présenta.

— Merci de me recevoir, lui dit-il, tendant son curriculum vitae. On m'a proposé un poste à Virgin River – plus ou moins policier municipal.

Chuck Andersen lui désigna un fauteuil, mais ne s'assit pas derrière son bureau, aussi Mike resta-t-il debout. Le chef de la police parcourut rapidement son curriculum.

— Depuis combien de temps êtes-vous ici ?

— Je suis arrivé juste avant Noël. Deux de mes meilleurs amis vivent à Virgin River.

— Pourquoi n'avez-vous pas postulé dans un service de police des environs ?

— Cette proposition est une surprise, répondit Mike. Je ne suis pas venu dans le comté de Humboldt pour travailler, mais pour pêcher et chasser.

— Peu de gens peuvent se le permettre, fit remarquer Andersen, qui consulta de nouveau le curriculum. À trente-sept ans.

Mike jeta un regard à la ronde. Photo de famille. Une jolie femme, deux beaux enfants, un chien. Il sourit avec une pointe d'envie.

— Je suis célibataire. J'ai pris ma retraite du LAPD pour invalidité.

Le regard d'Andersen accrocha celui de Mike.

— Qu'est-ce qui vous est arrivé ?

— J'ai pris trois balles, répondit-il en toute franchise. Pendant la dernière mission inscrite sur mon curriculum, ajouta-t-il en indiquant le document du menton.

— Antigang, dit le chef de la police qui semblait avoir mémorisé son parcours. Patrouille, stups, antigang, répression du banditisme, antigang de nouveau.

Il s'assit et Mike l'imita.

— Corps des marines, dit Chuck Andersen avec une lueur de surprise dans le regard.

— Oui. Quatre années d'active, dix de réserve, précisa Mike. J'ai échappé à beaucoup de mauvais coups à l'armée et voilà que je me fais avoir par un môme de quatorze ans. Pas de bol, ajouta-t-il en riant avec un haussement d'épaules.

Comme il le mentionnait dans son curriculum, après sa première période de service dans les marines, il avait entrepris des études universitaires financées par l'armée et décroché son diplôme de criminologie alors qu'il travaillait au LAPD.

Le chef de la police termina sa lecture, puis releva la tête.

— Bon, quel est votre but ici ?

— Ici, dans votre bureau ou à Virgin River ?

— Dans mon bureau.

— Je tiens à me faire connaître des différentes brigades locales. S'il s'avère que mon aide n'est pas la bienvenue, je ne signerai pas le contrat qu'on me propose. C'est la moindre des choses, il me semble.

— Ce service n'a pas de présence à Virgin River…

— Il y a toujours le risque qu'un problème à Virgin River puisse vous concerner – auquel cas j'aimerais pouvoir compter sur un interlocuteur chez vous.

Le chef parut réfléchir un instant, puis esquissa une ébauche de sourire.

— Et votre invalidité ?

— J'ai récupéré à cent pour cent. C'était surtout l'épaule, expliqua-t-il en faisant jouer un peu l'articulation. Aucun problème pour viser. Et mon bras gauche s'améliore de jour en jour.

— Avec de tels états de service, vous obtiendriez sans peine un bon poste. Ce ne sont pas les débouchés qui manquent – petites unités de police, entreprises privées, agences de sécurité…

— C'est gentil, mais non merci, le coupa Mike, amusé. Je vous en prie, prenez contact avec quelques-unes de mes références. Si je peux vous prêter main-forte à Virgin River, tant mieux. Sinon, la rivière regorge de poissons qui ne demandent qu'à se faire attraper.

— Que peut-il y avoir à faire à Virgin River ? demanda Andersen, sceptique.

— Pas grand-chose, j'espère, répondit Mike avant de désigner les photographies. Jolie famille. Et le chien a l'air sympa.

— Il est à vous.

Ce fut au tour de Mike de sourire.

— Vous ne donneriez quand même pas votre chien ?

— Non, mais je pourrais l'échanger contre une tonne de terre pour reboucher les trous qu'il me fait dans le jardin. Ce n'est pas du bluff.

Mike s'esclaffa, puis tendit la main à Andersen, qui la lui serra.

— Merci, c'était un plaisir de faire votre connaissance.

Il le salua d'un hochement de tête que le chef de la police lui rendit et sortit du bureau.

Il s'attendait certes à rencontrer une certaine réticence teintée de suspicion, mais au final l'expérience ne se révélait guère engageante. Heureusement, il ne cherchait pas un vrai boulot. Il avait toutes les peines du monde à ne pas se sentir légèrement insulté, lui un inspecteur décoré d'une grosse, non d'une *énorme* brigade de police. Mais il ne devait pas oublier qu'il était un étranger sur leur territoire.

Malgré l'effort que ces visites lui coûtaient, il alla se présenter au shérif du comté, puis aux brigades d'Eureka, de Garberville, de Grace Valley et de quelques autres petites unités locales. La réaction initiale était toujours la même. Il lisait dans leurs pensées : « Pourquoi un cador comme toi vient fouiner par ici ? Pourquoi ne pas chercher un poste sérieux ? »

Quelques jours plus tard, le chef Chuck Andersen lui téléphona.

— Je me suis dit que vous voudriez peut-être passer un peu de temps avec nous, histoire de vous habituer au métier dans une petite ville. Votre présence nous apporterait peut-être une nouvelle perspective…

— Avec plaisir, répondit Mike.

— J'ai contacté deux de vos références au LAPD. Vous avez plutôt bonne réputation là-bas.

« Excellente », voulait-il dire.

— Merci, je ne me débrouillais pas trop mal dans le métier.

— On dirait. Content de pouvoir compter sur vous. Vous allez commencer par une patrouille avec un de mes hommes. Eh, Valenzuela, apportez un oreiller.

Mike rit.

— Merci de votre confiance.

Le shérif appela à son tour, puis le chef de la police d'Eureka, Tom Toopeek, et celui de Grace Valley. Les autres ne se manifestèrent pas, mais sa présence comme policier municipal à Virgin River semblait faire l'unanimité. Bien entendu, il ne serait pas un représentant de l'ordre à part entière, mais la police locale avait l'air décidée à l'intégrer. Il serait heureux d'apporter son aide en cas de besoin, mais l'essentiel, c'était d'être assuré d'un soutien officiel si jamais il y avait du grabuge dans sa ville. Et il se réjouissait aussi d'avoir de nouveau un objectif dans la vie.

Il signa le contrat. La première personne à qui il l'annonça fut Brie.

En cours de physique, Tom Booth avait fait la connaissance d'une fille qui serait peut-être à la hauteur de ses espérances. Brenda. La sublime Brenda avec ses boucles soyeuses qui lui tombaient sur les épaules, ses beaux yeux bleus, son corps de rêve, ses jambes interminables et un sourire qui le mettait en transe. Elle était plus belle que toutes les filles qu'il avait vues à D.C. – un exploit parce que les filles là-bas étaient drôlement canon. Par chance, elle avait l'air presque aussi timide avec les garçons que lui avec les filles, ce qui pourrait tourner à son avantage. Il engagea la conversation avec elle à la fin du cours et apprit qu'elle n'était qu'en première et suivait un programme avancé en maths et en physique. Jolie, sympa et intelligente en prime. Quel bol, il avait touché le gros lot.

Ils parlèrent de leurs projets d'études, de ses chevaux. Tom lui demanda si elle aimerait sortir un jour ou l'autre, et elle répondit peut-être.

— Pas tout de suite, ajouta-t-elle. Je me remets encore d'une mauvaise grippe qui m'a mise K-O juste à la rentrée. Je suis encore sous traitement et ma mère est un peu surprotectrice.

— Pas de problème. Quand tu te sentiras mieux, on pourra peut-être faire nos devoirs ensemble de temps en temps.

Puis il ajouta avec son sourire le plus engageant :

— Si je peux me permettre, tu n'as pas l'air malade du tout.

— Je me sens beaucoup mieux, crois-moi.

— Bon… eh bien, je pourrai t'appeler à l'occasion ?

— Si tu veux, dit-elle en lui rendant son sourire. Ça serait sympa.

— Qu'est-ce que tu aimes faire ?

— Je ne sais pas, répondit-elle avec un haussement d'épaules. Du sport, danser, aller au ciné.

— Génial. Je t'appelle un de ces soirs.

Et il se dit que peut-être cet endroit ne serait pas aussi mortel qu'il l'avait redouté en définitive.

Il lui téléphona le soir même. À quoi bon perdre du temps ?

4

Préoccupée, Melinda se rendit au bar dans l'après-midi, tandis que David faisait la sieste sous la surveillance de Doc. Elle trouva Mike assis sur la terrasse. Les pieds calés sur la rambarde, son Rio Concho abaissé sur le front, il se détendait au soleil dans l'air vif de ce début d'automne. Elle se percha au bord de l'Adirondack à côté de lui.

— Tu cherches ton homme ? s'enquit-il.

— En fait, c'est toi que je voulais voir. Qu'est-ce qui se passe là-dedans ? s'enquit-elle avec un signe de tête vers l'intérieur.

— Vic et Paige sont déjà en train de dîner.

— On est seuls ?

— Oui.

Mike repoussa son chapeau en arrière et, ôtant les jambes de la rambarde, se tourna vers elle. Les coudes calés sur les genoux, il se pencha en avant.

— Que se passe-t-il ? Ça n'a pas l'air d'aller ?

— J'ai une question à te poser. Dans quelle mesure peut-on te considérer comme un policier ? Si je soupçonnais un problème éventuel, est-ce que tu pourrais enquêter ?

— Eh bien, j'ai une expérience d'enquêteur, mais j'avais l'habitude d'avoir le labo de la crim en renfort. J'appartenais au plus gros gang de L.A., tu sais, ajouta-t-il avec un sourire en coin.

— Gang ?

— Le LAPD. Une logistique à toute épreuve. Tu m'expliques ?

Melinda inspira un grand coup.

— Je ne peux pas te fournir de noms ou de pièces à conviction. C'est juste une intuition qui me taraude depuis un moment.

— Je t'écoute.

Elle regarda droit dans les yeux.

— Je crains qu'un violeur ne sévisse dans la région. Un jeune, je crois. Et que les victimes connaissent. J'ai deux patientes qui ont eu à l'évidence des rapports non consentis – sans vouloir ou pouvoir l'admettre. Malgré des divergences dans les scénarios, il y a des similitudes inquiétantes.

— Continue.

— La première est venue consulter pour se faire prescrire la pilule du lendemain. D'après ce qu'elle m'a raconté, son petit ami et elle ont décidé d'aller jusqu'au bout – ça faisait à peine deux semaines qu'ils étaient ensemble, je précise. Au dernier moment, elle a paniqué, mais il n'a pas pu s'arrêter et l'a forcée. Tu aurais vu les hématomes qu'elle avait. La malheureuse était manifestement bouleversée, mais elle affirme qu'il n'y a pas eu viol. Quant à la deuxième, elle s'est rendue à une fête entre jeunes quelque part dans le coin. C'était la première fois qu'elle allait à une soirée avec de l'alcool, même si elle reconnaît avoir déjà bu une ou deux bières auparavant. Elle semble avoir perdu connaissance et ne se rappelle pas avoir eu des rapports. À l'en croire, les autres étaient tous ivres et personne ne se souvient de rien…

— Ben voyons.

— C'est ce que j'ai essayé de lui expliquer. Vu son état – elle s'est retrouvée enceinte – quelqu'un n'était sans doute pas si ivre que ça.

— Sans doute ? répéta Mike. Je croyais que c'était une loi de la nature.

— Moi aussi. Il était trop tard pour détecter des contusions, mais elle m'a raconté qu'elle avait très mal partout, notamment au niveau du sternum.

— On l'aurait maintenue tandis qu'elle se débattait, suggéra-t-il. Des hématomes à l'intérieur des cuisses ?

— Elle n'y a pas prêté attention tellement elle avait la nausée. La première, par contre, avait des empreintes de doigts très nettes à l'intérieur des cuisses. Pour les deux, le dépistage aux chlamydiae est positif. Celle qui était enceinte a fait une fausse couche et tient, on la comprend, à oublier toute l'affaire. Encore faut-il qu'elle le puisse. Ni l'une ni l'autre n'a accepté de me donner le nom ou même l'âge du ou des garçons.

Mike fit la grimace, puis leva les yeux au ciel.

— Mon Dieu, soupira-t-il.

— Je ne peux raconter cette histoire à personne. Je n'ai même pas de raison de faire un rapport si au moins l'une d'elles ne concède pas la possibilité d'un viol. Dans la deuxième affaire, la fille n'a pas le souvenir d'avoir beaucoup bu. Je me demande s'il n'y a pas une histoire de drogue là-dedans.

— Rohypnol ? GHB ? Ça aurait pu la rendre très malade.

— Elle s'est réveillée couverte de vomi.

— Elle a eu de la chance de se réveiller. Le GHB a pour effet secondaire d'inhiber le réflexe de déglutition. Elle aurait pu décéder par suffocation.

— Cette histoire me ronge, Mike. Je me sens impuissante. J'ai juste pu faire un prélèvement sur ma première patiente, mais le rapport remontait déjà à deux jours, et même en cas de présence d'un ADN, encore faudrait-il qu'il y ait enquête pour que cette pièce à conviction soit d'une quelconque utilité.

— Bon réflexe quand même. Tu n'as pas pris des photos des bleus, par hasard ?

— Non. La jeune fille était au bord de l'hystérie et niait le viol avec véhémence. Si elle l'avait reconnu, même à demi-mot, j'aurais rédigé un rapport. Mais en l'état actuel de la situation, tout ce que j'ai, c'est un gros nœud d'angoisse au creux de l'estomac à l'idée qu'on a un ado violeur qui court dans la nature.

— On dirait que le moment est venu pour moi de faire connaissance avec la jeunesse de Virgin River.

— Ouf ! J'espérais que tu accepterais de m'aider. Si tu savais, ça me fait déjà un poids en moins.

— Tu en as parlé à quelqu'un d'autre ?

— Oui, j'ai téléphoné à mon amie June Hudson à Grace Valley. John Stone, son associé au cabinet, et elle vont ouvrir l'œil, au cas où ils remarqueraient des symptômes similaires chez leurs patientes. J'ai aussi fait part de mes inquiétudes au centre de planning familial d'Eureka. Mais ce qui me rend malade, Mike, c'est que ça se soit passé ici même, à Virgin River.

— Soit un ado victime d'une montée massive de testostérone, soit un nouvel arrivant en ville. Je vais m'y intéresser.

— Merci.

— Évidemment, si d'autres jeunes filles se présentent au cabinet…

— Je te préviens tout de suite, bien sûr.

— Je vais commencer par discuter à droite et à gauche.

— Merci, vraiment, fit Melinda, qui s'adossa à son siège, l'air visiblement soulagé.

— Moi aussi, je voulais te parler de quelque chose, Melinda. En fait, je suis prêt à arrêter l'antidépresseur que tu m'avais prescrit.

Elle lui sourit.

— Tu te sens mieux ?

— Plus solide, oui. C'était une bonne idée à l'époque, je te l'accorde, mais…

— Bien sûr, pas de problème. On avait parlé de quelques mois. Mais il faut te sevrer en douceur. On va réduire les doses progressivement et d'ici quinze jours tu en auras terminé. Qu'en dis-tu ?

— Parfait.

À trente-trois ans, John – Vic pour les intimes – en connaissait un rayon sur la guerre, la cuisine, la chasse et la pêche. Il avait servi douze ans dans les marines et suivi Jack à Virgin River où il s'était révélé l'un des meilleurs cuisiniers de la région, même s'il était encore peu connu. Son expérience des femmes, par contre, était toute récente.

Avant sa rencontre – et son mariage – avec Paige, il en avait connu très peu et était loin de se considérer comme un amant hors pair. Au début, il était même terrorisé à l'idée de lui faire du mal : elle était si menue et délicate, comparée à sa carcasse de lutteur. Mais avec le temps, elle lui avait donné confiance en lui et il s'était métamorphosé.

Le jour, Paige travaillait à ses côtés au bar et en cuisine ; la nuit, elle était son ange entre ses bras. À deux, ils élevaient Christopher, quatre ans, qu'elle avait eu de son premier mariage, et Vic savourait désormais un bonheur qu'il avait longtemps cru réservé aux autres. Seule petite ombre au tableau : Paige et lui désiraient un enfant ensemble, mais elle avait arrêté la pilule depuis plus de six mois et toujours rien.

Si Vic était déçu, pour Paige c'était bien pire. Un an plus tôt, lorsqu'elle avait débarqué en catastrophe à Virgin River, elle était enceinte et, à la suite d'une monstrueuse agression de celui qui était encore son mari, elle avait fait une fausse couche. Elle redoutait à présent des séquelles irréversibles qui l'empêcheraient d'avoir le bébé qu'elle désirait tant avec John, et en ressentait une angoisse qui la plongeait parfois dans une profonde mélancolie.

Chaque soir, Vic nettoyait le bar et les cuisines, puis éteignait le néon *OUVERT* et verrouillait la porte. Après le bain de Christopher, il le couchait et lui faisait la lecture, puis regagnait le petit appartement qu'il partageait désormais avec sa femme. Chaque nuit entre ses bras, c'était comme s'il renaissait à la vie.

Il trouva Paige dans la salle de bains, vêtue d'un de ses immenses tee-shirts. Elle pleurait en silence. Il ne l'avait pas vue en larmes depuis très longtemps et son cœur se serra.

— Viens ici, dit-il avec douceur en l'attirant dans ses bras puissants. Pourquoi pleures-tu ?

Elle s'essuya les joues et leva les yeux vers lui.

— Ce n'est rien. C'est juste que je viens d'avoir encore mes règles.

— Tu n'étais même pas en retard, fit remarquer Vic, qui la connaissait par cœur.

— À l'heure près, ajouta-t-elle, et une grosse larme roula le long de sa joue.

— Cette fois, il faut agir, décida-t-il en l'essuyant avec son pouce. Tu devrais en parler à Melinda. Ou à John Stone. Il y a peut-être des analyses à faire.

— J'ai l'impression que ça risque de coûter cher.

— Ne t'inquiète pas pour ça, la rassura-t-il. L'argent n'est pas un problème. C'est de notre bonheur qu'il s'agit. Si nous voulons un bébé, nous devons mettre toutes les chances de notre côté, pas vrai ?

— John, je suis tellement désolée...

— Pourquoi ? Nous sommes deux dans le même bateau.

— À chaque mois qui passe...

— Nous allons demander conseil. Il y aura forcément une solution. S'il te plaît, chérie, arrête de pleurer.

Mais Paige laissa sa tête aller contre son torse et ne put retenir ses larmes. Au désespoir de Vic qui n'avait qu'un but dans la vie : faire son bonheur.

— Tu as mal au ventre ? Tu veux que je te masse le dos ?

— Non, merci. Ça va.

Il lui souleva le menton et l'embrassa avec tout l'amour dont il était capable.

— Je connais un moyen qui t'aiderait à te sentir mieux...

Paige laissa échapper un profond soupir.

— Je crois que je vais juste prendre une douche et me coucher. Ce soir, je ne sais que m'apitoyer sur mon sort.

Il tendit la main derrière elle et ouvrit le robinet de la douche. Puis il remonta la main le long de sa cuisse, sur ses fesses et la glissa sous le tee-shirt, l'attirant contre lui pour capturer à nouveau ses lèvres. Lorsqu'il desserra son étreinte, il fit passer lentement son tee-shirt par-dessus sa tête. Il adorait cette façon qu'elle avait de se tenir nue devant lui en toute décontraction, tandis qu'il dévorait des yeux ses courbes parfaites. Il abaissa la bouche jusqu'à son sein et en titilla doucement la pointe de la langue. La tête de Paige bascula en arrière et elle laissa échapper un soupir d'aise. Leur vie amoureuse avait ceci de merveilleux que l'un comme l'autre succombaient aisément à leur excitation mutuelle. Et il savait exactement comment chasser ces larmes.

Il repoussa le rideau de la douche, afin qu'elle puisse monter dans le bac, puis s'empressa de se déshabiller et la rejoignit sous le jet. L'enlaçant, il reprit ses caresses.

— Rien ne t'y oblige, murmura Paige contre ses lèvres.

— Jamais je ne le ferais si je n'en avais pas envie, tu le sais très bien, répondit-il en l'embrassant sur le front. Tu vas voir, ça va te changer les idées. Chérie, je t'aime tellement.

Melinda et Jack venaient de terminer leur dîner quand Paige s'approcha de leur table.

— Melinda, tu aurais une minute ? J'ai un conseil à te demander. D'ordre médical.

— Bien sûr. On va faire d'une pierre deux coups. Je dois nourrir mon petit sauvage. On pourrait peut-être s'installer chez toi.

Jack lui tendit le bébé.

— Je m'occupe du bar.

Melinda n'avait pas souvent l'occasion d'aller dans l'appartement derrière le bar, mais les rares fois où elle s'y rendait, des souvenirs chaleureux lui revenaient en mémoire. C'était là que vivait Jack lorsqu'elle était arrivée à Virgin River. Là aussi où, sans aucun doute, David avait été conçu.

Aujourd'hui, l'influence de Paige était visible dans le salon – photos de Christopher, quelques jouets dans un angle, un bouquet de fleurs sur la table. La jeune femme était entrée dans leur vie un an plus tôt, presque jour pour jour. Battue par son mari, elle était en fuite et, grâce à Vic, elle avait trouvé la force de divorcer et de l'envoyer derrière les barreaux.

Paige s'assit sur le canapé et Melinda prit place dans le grand fauteuil. Elle installa David sur ses genoux. Il se nicha confortablement contre elle, lui pétrissant doucement le sein de sa petite main dodue.

— John tenait à ce que je te parle, dit Paige en guise d'introduction. Désolée de te déranger le soir, mais tu n'étais pas beaucoup chez Doc ces deux derniers jours.

— Pas de problème. Tu ne me déranges pas du tout. Celui qui me dérange, c'est ce petit bonhomme, ajouta-t-elle avec un sourire. Il est grincheux ce soir. On a sans doute trop couru aujourd'hui. Sans parler des biscuits qu'il me réclame. Alors, raconte, qu'est-ce qui te tracasse ?

— Je n'arrive pas à tomber enceinte. Je n'ai arrêté la pilule que depuis six mois environ, mais avant, j'avais l'impression que c'était un jeu d'enfant. Qu'est-ce que je devrais faire selon toi ?

— Voyons… as-tu des règles régulières ?

— Comme du papier à musique.

— On peut donc supposer que tes ovulations sont régulières, elles aussi. En général, pour les tests de fertilité, on commence par le père – on s'assure que les spermatozoïdes sont présents en nombre suffisant. C'est le test le plus rapide et le moins onéreux. Et puis, inutile de faire subir un bilan de fertilité complet à la mère tant que le père n'est pas hors de cause. Et après tout, nous savons que tu es capable de concevoir.

— Oui, enfin… avant.

— N'empêche, rien ne permet de penser que la fausse couche ait pu laisser une quelconque séquelle, argumenta Melinda. L'hémorragie a cessé juste après le curetage et, depuis, il n'y a aucune anomalie à signaler, n'est-ce pas ? Comme des règles très abondantes ou anormales ?

— Non, pas du tout.

— Et vous avez des rapports réguliers ?

Paige leva les yeux au ciel.

— Je te rappelle que John vient juste de découvrir le sexe, répondit-elle avec un sourire un peu timide.

— Oh, fit Melinda d'un air malicieux, j'imagine que ça signifie…

— Qu'il n'en a jamais assez. Mais jusqu'à présent, je n'avais jamais eu de partenaire tendre et aimant, alors je ne me plains pas.

— Tu sais, c'est peut-être là que réside le problème. Une vie sexuelle intense n'est pas la solution pour tomber enceinte. Les rapports multiples épuisent la concentration du sperme en spermatozoïdes. Avant de vous lancer dans une batterie d'analyses onéreuses, je te conseille d'aller à Fortuna acheter un test d'ovulation à la pharmacie et de demander à Vic de s'économiser. Il faut au minimum quarante-huit heures au sperme pour se reconstituer. Alors fais-le attendre. Tous les deux ou trois jours, et juste une fois – pas de marathon. Et assure-toi qu'il a fait le plein avant le jour J, ajouta-t-elle avec un sourire. Le jour de l'ovulation, vous pourrez vous en donner à cœur joie.

— Dis donc, lâcha Paige, un peu effarée.

— Vous le voulez, ce bébé, oui ou non ? En fait, il se peut que vous ne tiriez pas le gros lot dès le premier mois. Il faudra peut-être poursuivre à ce rythme pendant deux ou trois mois. Même si vous êtes tous les deux fertiles, tu n'as pas pour autant l'assurance de tomber enceinte du premier coup.

— C'est John qui va être content, soupira Paige. Je vais devoir lui rappeler que c'est sur son conseil que je suis venue te voir.

— Si vous préférez, on peut d'abord commencer par le spermogramme – mais si le résultat est faible, il faudra de toute façon attendre pour voir si la concentration remonte. D'un autre côté, si le résultat est vraiment élevé avec une vie sexuelle aussi active, il n'y aura aucune raison de lui imposer la moindre abstinence. Tu es du genre qui aime les paris ?

— Hmm, je pressens de quel côté la balance va pencher. John tient à faire les choses bien, mais…

Melinda ne put s'empêcher de rire.

— Le pauvre, il est si heureux depuis quelques mois. J'imagine déjà la soupe à la grimace. Mais je maintiens mon conseil : essayez cette méthode pendant trois mois avant de vous lancer dans un bilan de fertilité – en commençant par un spermogramme. Tu es sûre d'en avoir envie ? demanda-t-elle, calant David sur son épaule pour le renvoi.

— Je veux un bébé, c'est sûr. Mais John a été le premier à dire qu'il voulait des enfants avec moi.

— Vous pouvez toujours attendre jusqu'à la fin de l'année et vous aviserez ensuite, suggéra Melinda.

— J'en parlerai à John, répondit Paige sans s'engager.

Quelques jours plus tard, Melinda déjeunait au comptoir quand Jack s'arrêta à sa hauteur et lui remplit son verre d'eau.

— J'ai une question à te poser, lui dit-il. Je n'ai absolument aucune idée de ta réponse.

— Tu me fais peur.

Elle porta à sa bouche une cuillerée de la succulente soupe au poulet de Vic.

— Question de perspective. Voilà : c'est bientôt la fin des classes pour Ricky et je tiens à assister à la cérémonie de remise des diplômes. Enfin, que *nous* y assistions.

— Bien sûr, répondit-elle avec un haussement d'épaules.

— Nous deux, seuls.

Elle déglutit.

— Seuls ?

Il hocha la tête.

— Je crois que c'est important, Melinda. Nous devons nous réserver un peu de temps rien que pour nous.

— Tu te sens négligé ?

— Pas du tout. En fait, je suis même plutôt gâté. N'empêche, ce serait bien de prendre le large de temps en temps. Histoire d'oublier un peu le bar, le bébé, les patients, et de se retrouver à deux.

Elle le gratifia d'un demi-sourire séducteur, et arqua un sourcil.

— Eh bien, Jack…

— Ce n'est pas la question, objecta-t-il. Enfin, ça peut l'être aussi, ajouta-t-il avec un sourire en coin.

Les mains à plat sur le comptoir, il se pencha vers elle.

— Tu es la femme de ma vie et ma meilleure amie. J'ai envie de t'avoir pour moi tout seul de temps en temps.

— Et comment je fais pour allaiter David ?

— Tu vas t'organiser, j'en suis sûr. Tu tires toujours du lait en prévision et, de toute façon, il ne dépend plus du sein maintenant – il a l'habitude des biberons. Je connais beaucoup de gens qui seraient contents de le garder une ou deux nuits, mais j'ai pensé à Brie. Elle n'a pas encore repris son travail et adorerait avoir une excuse pour venir ici. Et puis, je ne l'ai pas vue depuis un bail.

Il embrassa Melinda sur le front.

— Viens avec moi, Melinda. Juste deux nuits.

— Avec plaisir. Je vais téléphoner à Brie cet après-midi.

Melinda laissa David faire sa sieste chez Doc et se rendit sur le chantier. Elle se gara et descendit du Hummer. Adossée contre le capot, elle regarda Jack fixer une plaque de plâtre sur l'ossature de leur future maison. Lorsqu'il l'aperçut, il interrompit son travail et la rejoignit. Il ouvrit les bras et elle s'y nicha, ravie. « Dieu merci, songea-t-elle, mon mari m'est revenu ! » Les jours de silence morose semblaient révolus.

— Que fais-tu là ? s'étonna-t-il.

— J'ai une nouvelle à t'annoncer. Brie va venir. Elle est enthousiaste à l'idée de faire du babysitting. Elle a l'intention de rester au moins une semaine, sans doute deux. Rien d'urgent ne l'attend à Sacramento, m'a-t-elle dit.

Elle leva les yeux vers Jack et devina son dilemme. Il était à l'évidence tiraillé entre l'envie de s'occuper de sa sœur et celle de savourer sa vie conjugale retrouvée. Et au chalet, ils n'avaient pas du tout d'intimité : tout le monde profitait du moindre bruit.

— C'est une bonne chose qu'elle vienne, reprit Melinda. Ça va lui faire du bien de quitter un peu Sacramento. Et quand cette maison sera finie, nous devrions essayer d'acheter le chalet à Hope. Ce sera pratique lorsque la maison sera pleine à craquer. Tu as une très grande famille.

Il lui sourit.

— Eh bien, madame Sheridan, on dépense sans compter aujourd'hui, on dirait.

Elle haussa les épaules.

— Nous avons plein d'argent. On devrait songer à embaucher des ouvriers pour faire avancer ce chantier. Si tu t'ennuies, on te trouvera quelque chose d'autre à construire.

— Je voulais faire ça pour toi. Pour te prouver que je peux travailler dur.

— Je le sais déjà, tu ne penses pas ?

— Tu plaisantes ? s'exclama Vic.

— C'est ce que Melinda m'a dit, assura Paige.

— Qui aurait pensé que l'abstinence est la meilleure méthode pour tomber enceinte, bougonna-t-il, tête basse, tel un enfant en pénitence.

— John, rien ne nous y oblige. Pour l'instant, en tout cas.

— Non, on va le faire. Je veux ce bébé autant que toi et, si tu pleures chaque fois que tu as tes règles, on ne peut pas continuer comme ça.

Il secoua la tête.

— Comment je saurais quand on peut ?

— Eh bien… il faut attendre quelques jours chaque fois. Et ne le faire qu'une fois. Sauf le jour de l'ovulation, ajouta-t-elle avec un sourire. Ce jour-là, on peut s'en donner à cœur joie, a dit Melinda.

— Quand même, ça va être dur, grommela-t-il.

— John, je n'ai pas de point de comparaison, mais je ne pense pas que beaucoup de gens fassent autant l'amour que nous.

— Ah bon ? fit-il, décontenancé.

Paige ne put s'empêcher de rire.

— Tu as acheté le test dont Melinda t'a parlé ?

— Je passerai à la pharmacie cet après-midi, quand j'irai à Fortuna faire les courses pour le bar. J'en prendrai plusieurs parce que, d'après Melinda, il faudra peut-être plus de deux mois avant que ça marche – si ça marche.

— Plus de deux mois ? répéta-t-il d'une voix faible.

« Surtout ne ris pas », s'adjura Paige.

— Nous allons essayer deux ou trois mois, reprit-elle. Et si ça ne marche pas, tu passeras un test et on avisera.

— Dis donc, soupira Vic, qui se prit la tête entre les mains. C'est bon, on va y arriver, ajouta-t-il en la redressant avec courage.

Elle posa la main sur son bras.

— John, l'ovulation est pour bientôt. Deux semaines. Ce sera ta récompense.

— Ce sera *ta* récompense, Paige, je te le jure.

Bigre, se dit Paige, voilà qui promettait d'être intéressant.

— Je crois que ce jour-là, il faudra trouver une baby-sitter pour Christopher et fermer le bar, ajouta Vic.

Avant le départ de Jack et de Melinda, une nouvelle venue se présenta un midi à Virgin River. La clientèle du déjeuner s'était dispersée et Jack se tenait derrière le comptoir quand une jeune femme entra. Elle avait des cheveux blond-roux et un teint doré qui laissait entrevoir une nuée de taches de son. Elle arborait un sourire si radieux que Jack le lui rendit, la tête inclinée de côté, se demandant de qui il pouvait bien s'agir. Elle se dirigea droit vers le comptoir et s'y accouda.

— Jack Sheridan ?

— En personne.

Elle lui tendit la main.

— Je suis Vanessa Rutledge, la femme de Matt Rutledge. Nous avons des amis communs.

— Et comment, répondit Jack en lui serrant la main, à commencer par votre mari. Comment va-t-il ?

— Il est reparti au Moyen-Orient, malheureusement. Depuis quelques mois déjà. Pendant son absence, je vis chez mon père qui a une maison près d'ici. Matt m'a demandé de venir vous voir. Il voudrait savoir quand vos hommes vont venir vous rendre visite, parce que son meilleur ami – qui était aussi son témoin à notre mariage – est Paul Haggerty.

— C'est vrai, je m'en souviens maintenant que vous m'en parlez. Je les avais tous les deux sous mes ordres quand ils n'étaient encore que des gamins. Paul, Matt, Vic, Mike Valenzuela. Ils étaient encore dans ma section lors de ma dernière mission en Irak et nous sommes restés proches. Paul est passé il n'y a pas très longtemps. Il a prévu de revenir bientôt. Nous essayons toujours de profiter un peu de la chasse, même si tout le monde n'est pas forcément disponible.

— Paul et Matt ont tout fait ensemble : l'école, l'armée. Ils étaient même ensemble quand j'ai rencontré mon mari.

— Vic et Mike vont adorer, assura Jack, qui se détourna et frappa sur la cloison des cuisines pour prévenir son ami.

— Je suis au courant pour le mariage de Vic, dit la jeune femme. Paul parle beaucoup de vous et de ce bar. Quelle drôle de coïncidence que mon père se soit installé dans les environs !

— Où est-il exactement ?

— Il y a deux ans, juste avant sa dernière mission, il a acheté un vieux ranch à la sortie de la ville. Il y a fait faire des travaux et à sa retraite, il a quitté Washington D.C. pour s'y installer avec mon frère cadet et leurs chevaux.

— Sa dernière mission ?

— Il est retraité de l'armée. Général en chef Walter Booth.

Une surprise amusée se peignit sur le visage de Jack.

— Un général étoilé qui laisse sa fille épouser un engagé ?

Vanessa Rutledge haussa un sourcil délicat et un pétillement s'alluma dans ses jolis yeux aigue-marine.

— Je n'obéis aux ordres de personne, pas même d'un général, répliqua-t-elle, ce qui les fit rire tous les deux.

Vic sortit des cuisines, l'air renfrogné, se demandant ce qu'on lui voulait. À la vue du sourire rayonnant de la jolie rousse au comptoir, il se radoucit quelque peu.

— Vous devez être Vic, fit-elle en lui tendant la main, sans se laisser rebuter par sa silhouette massive et son abord un peu rude. Je vous reconnaîtrais n'importe où, sauf qu'on vous avait décrit comme un grand costaud chauve. Et maintenant vous êtes juste un grand costaud. Vanessa Rutledge, la femme de Matt.

— C'est pas vrai ! s'exclama Vic, qui lui serra la main avec enthousiasme. J'ai appris qu'il s'était marié. Que devient-il ?

— Devinez, répondit-elle avec un haussement d'épaules et un demi-sourire. Il est en Irak. À Bagdad, aux dernières nouvelles.

— Ma pauvre, commenta Vic, compatissant. Et vous êtes ici ?

— Mon père vient d'emménager dans un ranch à la sortie de la ville avec mon petit frère, Tom.

— Non ! Ici même ? Je n'y crois pas !

— Le monde est petit, n'est-ce pas ?

La jeune femme s'écarta du comptoir et ouvrit les pans de sa veste, révélant son ventre rond.

— Je vais de ce pas voir la femme de Jack. Je vais avoir besoin de ses services.

— Félicitations, dit Jack. C'est votre premier ?

— Oui. Plus que quelques mois.

— Matt sera de retour pour la naissance ?

— Non, mais si nous nous organisons bien, il devrait avoir une longue permission vers les deux mois du bébé.

Elle jeta un coup d'œil circulaire, notant le bois massif du décor et les trophées de chasse aux murs.

— Si vous saviez comme j'ai entendu parler de cet endroit !

— Les garçons l'adorent, avoua Jack. Quand Matt aura quitté l'armée, on organisera une belle fête ici avec tout le monde.

— Matt ? Quitter l'armée ? Vous croyez que ça arrivera un jour ? Il est presque plus marié avec sa carrière qu'avec moi.

Mais son sourire trahissait sa fierté et, fille de général, elle connaissait d'autant mieux les rigueurs de la vie militaire.

— Il n'y a rien qui presse, dit Jack. On n'est pas près de bouger d'ici.

Vic appela Paige afin qu'elle fasse la connaissance de Vanessa. Mike arriva peu après et fut ravi de rencontrer la femme de Matt. Jack chargea celle-ci de transmettre une invitation au général : il était le bienvenu quand il le souhaitait pour boire un verre aux frais de la maison. Il promit aussi de les prévenir avant l'arrivée prochaine de Paul à la prochaine réunion Semper Fi.

— Quoi que vous fassiez, ne dites pas à Paul que nous sommes ici, demanda Vanessa. J'aimerais lui faire la surprise.

5

Mike Valenzuela commençait à prendre conscience que, sous ses apparences tranquilles, une petite ville pouvait cacher une criminalité, souvent mineure et prévisible, mais parfois d'une nature beaucoup plus insidieuse. Et lors de ses visites de voisinage informelles ou de ses conversations avec les jeunes qui fréquentaient le lycée de la ville voisine, il songeait souvent aux deux patientes dont Melinda lui avait parlé.

Zach Hadley passait boire une bière chez Jack une ou deux fois par semaine, et Mike en profitait pour faire davantage connaissance. Sa proximité avec les lycéens s'avéra presque aussitôt payante : l'enseignant lui apprit qu'en dehors des fêtes au lycée ou au domicile de certains élèves – en présence ou non des parents – ils avaient quelques repaires à l'extérieur et organisaient parfois des soirées dans les bois. Il avait notamment entendu parler d'une ancienne aire de repos isolée sur la Route 109 où demeuraient encore quelques foyers de barbecue, des tables de pique-nique et des toilettes. Très fréquentée avant la construction de l'autoroute, la Route 109 voyait aujourd'hui encore un peu de passage dans la journée, mais la nuit elle était pour ainsi dire livrée à la jeunesse locale. L'endroit idéal, quand le temps le permettait, pour vider un tonneau ou des caisses de bières. À Los Angeles, où Mike avait grandi, les fêtes avaient lieu dans le désert ou sur la plage. Ici, ils avaient la forêt.

— Tant qu'ils ne s'enfoncent pas trop dans les bois, à l'écart des villes, ils ne risquent sans doute pas grand-chose avec la faune sauvage ou les planteurs de marijuana, commenta Mike.

Mais étaient-ils en sécurité les uns avec les autres ? C'était moins sûr.

— Alors c'est vrai, ces histoires de cultures illégales ? demanda Zach.

Mike confirma.

— Écoutez, si jamais vous avez des soucis et que je peux vous aider, je ne révélerais pas mes sources.

— En fait, je suis tombé sur quelque chose, avoua le jeune professeur à voix basse. Un mot griffonné qui m'a alarmé. Mais je n'ai pas la moindre idée de ce que je peux faire.

— Racontez toujours.

— Ce sont juste des ragots d'ados, vous savez. À cet âge, ils peuvent parfois tenir des propos choquants – et entièrement imaginaires. Mais ce message-là était une mise en garde contre ces fêtes. Selon une rumeur, une fille était tombée enceinte sans se souvenir d'avoir couché.

Mike n'en revenait pas de sa bonne fortune.

— Comment êtes-vous tombé là-dessus ?

— Un cahier oublié en classe, répondit Zach avec un haussement d'épaules. Je l'ai feuilleté.

Mike sourit.

— Voilà une curiosité qui me plaît. À qui appartenait ce cahier ?

— Aucune idée. Je l'ai laissé là où je l'ai trouvé, et après le déjeuner, il avait disparu. J'ai surveillé les élèves, jeté un coup d'œil à ce qu'ils apportaient en cours, mais je ne l'ai plus revu. À en juger par les griffonnages, il appartient à une fille. J'en suis quasiment sûr.

— Restez vigilant, d'accord ? lui suggéra Mike. Il pourrait s'agir d'une affaire grave.

— Je sais que certains élèves boivent de la bière. Mais si ce qui se raconte est vrai, c'est carrément des beuveries.

— Exact, approuva Mike qui, en son for intérieur, pariait que la bière n'était pas en cause. Tenez-moi au courant. Et soyez tranquille, je serai discret.

Mike allait prendre le pouls du côté du lycée. Il se présenta, s'efforçant de se montrer aussi cool et sympa que possible. S'il creusait un peu, il savait qu'il trouverait de l'herbe. Il y avait aussi des rumeurs à propos d'amphétamines. Mais pas un mot sur la drogue du viol. Avoir Zach dans son camp était un atout indéniable, mais il espérait trouver parmi les lycéens eux-mêmes un informateur discret qui lui livrerait quelques noms. La police locale interviendrait en cas de consommation d'alcool ou de drogue par des mineurs, mais en ce qui concernait les soupçons de viol, à moins qu'une plainte ne soit officiellement déposée, il ne pouvait s'en remettre qu'à lui-même.

Mike fit un détour par la fameuse aire de repos sur la 109. Dans la poubelle, il trouva quelques canettes vides et des préservatifs. Il décida de passer régulièrement jeter un coup d'œil. Peut-être même s'essaierait-il à un peu de planque dans les bois. Mais l'hiver arrivait vite dans ces montagnes, et il suspectait sa fenêtre d'intervention d'être sur le point de se refermer pour la saison.

Il découvrit vite qu'il n'y avait qu'un nouveau dans le coin depuis la rentrée : Tom Booth, dix-sept ans, le fils du général et frère cadet de Vanessa. Sa présence lui semblait trop récente pour qu'il puisse être soupçonné – d'ailleurs, à l'époque de la soirée où la jeune patiente de Melinda s'était réveillée enceinte, il se trouvait encore à Washington. Le général Booth, qui demanda d'emblée à Mike de l'appeler Walt, était veuf. Il lui présenta son fils qui lui parut intelligent et sympathique. Poli et franc. Il aurait sans doute du succès auprès des filles, mais ne connaissait pas encore grand monde. Dommage, s'il avait été mieux intégré, il aurait pu lui servir de source d'information.

Il y avait aussi tout un tas de garçons qui avaient passé l'âge de la puberté. Une surcharge en testostérone liée à un manque de repères pouvait constituer un cocktail explosif.

Comme on pouvait s'y attendre, la seule personne avec qui il aurait voulu discuter de la situation était Brie. Mais il avait conscience de ne pouvoir lui infliger une telle conversation. Sa propre agression était encore trop récente.

Mike ne s'attendait pas à se retrouver si vite dans le bureau du shérif, mais il se sentait dans l'obligation de le prévenir de ses investigations. Comme il n'y avait ni victime officielle, ni suspect, ni pièce à conviction, il s'attendait que le shérif le remercie poliment et le congédie en lui demandant de le tenir au courant. À sa grande surprise, celui-ci fit venir un inspecteur, un certain Delaney qu'il présenta comme leur représentant d'une unité spéciale des stups interagences au niveau local et fédéral.

— Nous avons un inspecteur chargé des agressions sexuelles, mais ce serait brûler les étapes. Je lui demanderai quand même s'il a des infos, assura le shérif.

Mike le remercia.

— J'ai cru comprendre que c'est une région où l'on cultive pas mal de marijuana, dit-il à l'inspecteur Delaney.

— Exact, mais nous avons aussi de plus en plus de problème avec le trafic de drogues dures. Amphés, coke, héro. On tient absolument à prendre de l'avance sur ce terrain-là.

— Vous avez entendu parler d'ecstasy, de GHB ?

— Ecstasy, un peu, mais c'est rare dans le coin. Quant au GHB, pas du tout. Mais si vous avez du solide…

— Tenez-nous informés, l'interrompit le shérif.

— Pas de problème, fit Mike. Mais vu la réticence des victimes potentielles à témoigner, ça pourrait prendre du temps.

— Raison de plus pour que je me réjouisse que vous vous en occupiez, commenta le shérif. Sans victime ou plainte, impossible de libérer l'un de mes hommes pour le mettre sur cette enquête. J'apprécie votre aide, ajouta-t-il, la main tendue. Virgin River a de la chance de vous avoir.

Mike le remercia, mais ne précisa pas que, dans cette affaire, sa motivation dépassait le simple sens de la justice. Il était personnellement concerné. À cause de Brie…

Le lendemain, il se rendit à Eureka et acheta un ordinateur portable avec une imprimante. Il était temps d'utiliser Internet et ses contacts pour ses recherches.

À son arrivée à Virgin River, Brie passa deux jours avec Jack, Melinda et le bébé avant que son frère et sa belle-sœur ne se mettent en route pour San Diego au petit matin. Elle changea les draps du grand lit dans la chambre voisine de celle de David, toute contente de profiter de deux jours tranquilles au chalet. Elle donna le bain à son neveu, puis son repas, et lut pendant sa sieste matinale avant de descendre en ville avec lui à l'heure du déjeuner.

David avait l'habitude qu'on l'emmène partout. Quand ses parents travaillaient, il était soit chez Doc, soit au bar, sous la surveillance de diverses personnes. C'était un bébé facile, mais du fait de l'emploi du temps mouvementé de ses parents, il avait tendance à se lasser vite. Rester tout l'après-midi à la maison ne serait pas à son goût. Brie décida donc de faire quelques visites.

Elle passa un peu de temps avec Paige qui lui confia leurs efforts, à John et elle, pour avoir un bébé. Puis elle déjeuna au bar tandis que David mangeait de bon cœur avec les doigts une assiette préparée spécialement à son intention. Tandis qu'il faisait sa sieste chez Doc, elle joua au rami avec le vieux médecin. Ensuite, elle rendit visite à Connie à l'épicerie du coin et regarda avec elle et sa meilleure amie, Joy, la série de l'après-midi dont elles ne manquaient jamais un épisode. Pour le plus grand plaisir des deux femmes d'âge mûr, l'actrice principale – une pétasse de première – couchait à l'écran avec une énième conquête. Lorsqu'elle regagna le bar, l'heure du dîner approchait et les clients commençaient à arriver. Brie prit une bière, tandis que Vic réchauffait de la purée de légumes pour David avec du lait qu'il but dans son petit gobelet à bec. Chaque nouvel arrivant adressait à la sœur de Jack un salut amical, mais la vedette du lieu était incontestablement David qui avait toujours droit à des câlins, grimaces, bisous, chatouilles, ou quelques minutes de jeu.

Vers 17 heures, Mike arriva à son tour et se joignit bien sûr à Brie. Il but une bière, tandis qu'elle finissait la sienne, puis ils dînèrent ensemble. Il lui parla un peu des contacts qu'il prenait à droite et à gauche dans les localités environnantes. Il commençait à cerner sa mission qui n'était pas si différente de celle de la police de proximité dans une grande ville.

Peu après le repas, David commença à s'agiter. Il était temps de rentrer le changer et lui donner son biberon avant de le coucher.

— Je dois y aller, annonça Brie, qui se leva et récupéra la poussette.

Mike se leva aussi.

— Tu veux un peu de compagnie ce soir ? s'enquit-il.

— Je te remercie, mais je vais me concentrer sur mon travail de baby-sitter, répondit-elle avec un sourire. Quand ses parents seront de retour, on pourrait organiser quelque chose.

— Quelque chose d'amusant. Il n'est peut-être pas encore trop tôt pour voir les baleines – elles devraient migrer vers le sud bientôt.

— Pourquoi pas ?

Lorsque Brie arriva au chalet, elle fut d'emblée frappée par la profonde obscurité. Elle n'avait laissé aucune lumière allumée et, bien qu'il ne fût pas tard – à peine plus de 19 heures – la nuit tombait vite. Les arbres gigantesques qui entouraient la clairière projetaient de longues ombres. Cet endroit lui avait toujours inspiré un sentiment de paix et de sécurité, et elle s'étonna de se sentir à ce point tendue. Elle s'efforça d'ignorer l'angoisse qui montait peu à peu.

— Viens, mon bonhomme, dit-elle à David. Je vais m'occuper de toi. Tu as passé une bonne journée, hein ? Bien sûr que oui, tu t'es bien amusé.

Et puis, il y avait la porte qu'elle n'avait pas pris la peine de verrouiller. Son cœur en manqua quelques battements. Elle entra tout de même, alluma en hâte l'interrupteur et tourna la clé dans la serrure. Elle courut à la porte de derrière et poussa le verrou. Ses deux premières nuits avaient été si tranquilles et reposantes, jamais elle n'aurait imaginé qu'elle serait si nerveuse ce soir. Bien que David s'agitât, pas content du tout, elle le déposa dans son lit et sortit son 9 mm de son sac à main. Brandissant le revolver, elle fouilla le chalet de fond en comble, pressée d'en avoir le cœur net. Elle jeta un coup d'œil dans les placards, sous les lits, sur la mezzanine. Il ne lui fallut pas longtemps pour se tranquilliser, Dieu merci, parce que son neveu braillait dans son berceau. Elle posa l'arme sur la table de nuit près de son lit et alla s'occuper du bébé. Elle le changea, puis réchauffa le lait maternel que Melinda avait laissé dans le réfrigérateur.

L'absence de rideaux ou de stores aux fenêtres la dérangeait. Mais pourquoi Melinda et Jack s'en seraient-ils souciés ? Qui pouvait regarder par la vitre au beau milieu de la forêt à part un ours ? Quoi qu'il en soit, ce détail ne l'avait pas inquiétée jusqu'à ce soir. Mais à présent, ces ouvertures béantes sur les ténèbres la mettaient affreusement mal à l'aise. Elle réalisa alors qu'elle n'avait pas passé une nuit seule depuis juin.

— Tu vas devoir surmonter ta peur, s'encouragea-t-elle à voix haute.

Une fois David nourri et couché, elle se demanda ce qu'elle allait bien faire de sa soirée, toute seule dans ce petit salon avec l'impression que tout le monde pouvait la voir, devant une télé à l'image floue parce que Melinda et Jack n'avaient jamais pris la peine d'acheter une parabole. En désespoir de cause, elle éteignit les lumières et se déshabilla dans le noir. Elle enfila un survêtement léger, mais bien couvrant, et se souvint avec une pointe de nostalgie du temps où elle dormait en tenue d'Ève sans la moindre crainte. Cela ne lui était plus arrivé depuis la nuit fatidique. Elle se coucha alors qu'il n'était même pas 20 heures. Son cœur battait trop vite et elle s'efforça de se raisonner : « Personne ne te veut de mal là, dehors… Tu es seule dans ces bois… Personne n'est au courant de ta présence ici. »

Allongée sur le dos, les bras croisés, son revolver sur la table de nuit, elle se força à garder les paupières closes une minute, deux, puis le plus longtemps possible. Une éternité sembla s'écouler avant que son pouls ne s'apaise et qu'elle ne se détende un peu. À chaque bruit dû au vent, elle se mettait à trembler. « Si j'arrive à tenir une nuit, je tiendrai une autre », s'encouragea-t-elle. Elle jeta un coup d'œil au réveil sur la table de chevet. 20 h 15. 20 h 30. 20 h 45.

Elle dut s'assoupir à un moment donné, car elle se réveilla en sursaut, en proie à une terreur brutale. Ravalant un cri, elle se redressa brusquement dans le lit et se rendit compte qu'elle était en nage, haletante, le cœur battant à tout rompre. Elle s'empara de son arme et la braqua vers la porte, aux aguets. Un murmure inquiétant s'éleva dans le silence de la nuit : le souffle du vent dans les pins. Un bruit étouffé lui parvint de la chambre de David. Elle se leva et, le canon du revolver dirigé vers le plafond, se glissa dans la chambre de son neveu afin de s'assurer qu'il n'y avait personne. Le petit s'agitait dans son sommeil ; il devait rêver. Il se pelotonna dans sa turbulette.

« Tu as perdu la tête, ma pauvre fille, s'admonesta-t-elle. Te balader dans la chambre de ton neveu avec une arme chargée ! » Les larmes lui montèrent aux yeux.

Elle se rendit dans la cuisine plongée dans le noir, décrocha le téléphone et appela Mike.

— Désolée de te déranger, lâcha-t-elle dans un souffle, quand il décrocha. J'ai peur.

— Que se passe-t-il ? s'inquiéta-t-il aussitôt.

— Rien. Pour autant que je sache. Les portes sont fermées à clé. J'ai passé la maison au crible et pourtant, je ne peux m'empêcher de rôder dans la maison, mon revolver chargé à la main. Je suis complètement dingue.

— Peux-tu poser cette arme, s'il te plaît ? lui demanda-t-il d'un ton posé. Je serai là dans dix minutes.

— D'accord, répondit-elle d'une voix chevrotante, soudain accablée par un terrible sentiment d'échec.

Vis-à-vis de Melinda et de son frère. Vis-à-vis d'elle-même.

— S'il te plaît, pose ce revolver, répéta Mike. J'arrive.

— D'accord.

Mais Brie n'obéit pas. Elle se laissa glisser sur le carrelage froid de la cuisine et resta assise là, adossée contre le placard d'angle d'où elle voyait toute la pièce. Si quelqu'un l'attaquait, elle lui tirerait dessus. « Seigneur, songea-t-elle alors avec effroi, heureusement que David ne marche pas encore ! » Dans l'état de tension extrême où elle se trouvait, elle risquait de tirer sur tout ce qui bougeait, ou même dans le vide, et une balle pouvait blesser ou tuer l'enfant par ricochet ! Elle s'efforça de laisser l'index le long du barillet, à l'écart de la détente. « N'agis pas avant d'être sûre à cent pour cent », se répétait-elle en boucle.

Dix minutes. Autant dire une éternité quand on est effrayé. Et il n'y a rien de pire que la peur, avec ou sans raison. L'adrénaline lui laissait un goût métallique dans la bouche et son pouls caracolait à une vitesse insensée. Au bout de ce qui lui parut des heures, les articulations blanchies tant sa main était crispée sur la crosse, elle entendit le ronflement d'un moteur dans la clairière, puis un léger coup de klaxon. C'était Mike qui la prévenait de son arrivée.

Brie se releva, posa le revolver sur le plan de travail et déverrouilla la porte. Elle ouvrit et le découvrit sur le seuil, vêtu d'une veste en daim, une arme de poing dans son holster. Elle se sentit rassurée qu'il soit armé, comme s'il prenait ses craintes au sérieux – si infondées fussent-elles.

Elle se laissa aller contre lui avec gratitude.

— Quelle froussarde je suis ! J'ai peur de mon ombre !

— Calme-toi, ce n'est rien, la rassura-t-il en lui caressant doucement le dos. Ces choses-là prennent du temps.

Il la tint un peu contre lui, mais sans insister.

— Je me sens stupide.

— Il ne faut pas. C'est aussi compréhensible que prévisible, assura-t-il en s'écartant d'elle, les mains sur le haut de ses bras. C'est ta première nuit seule ?

— Oui. Sincèrement, je n'ai rien vu venir. Je me sentais en pleine forme depuis mon arrivée. Jamais je n'avais aussi bien dormi.

— Tu veux que je jette un coup d'œil dans la maison ?

Elle hocha la tête.

— Même si je l'ai déjà fait. Et peut-être dehors aussi.

— Avec plaisir. Assieds-toi, respire à fond et essaie de te détendre.

Mike vit le revolver sur le plan de travail et toucha la crosse. Encore chaude. Elle était si terrifiée qu'elle n'avait pas réussi à le poser.

Il inspecta chaque pièce, puis monta dans la mezzanine, actionnant les interrupteurs au fur et à mesure de son passage. Puis il alla prendre une lampe torche dans sa voiture et fouilla les abords de la maison. Tout était en ordre – aucune empreinte de pas suspecte, pas d'herbe ou de buisson piétinés. De retour à l'intérieur, il ferma à clé derrière lui, ôta son arme et son holster qu'il posa sur le plan de travail à côté de l'autre revolver. Il enleva sa veste et la suspendit au dossier d'une chaise de cuisine. Il alla ensuite s'accroupir devant la cheminée du minuscule salon et, après avoir disposé quelques bûches dans le foyer, démarra un feu à l'aide de pommes de pin. Il contempla un moment les flammes en se frottant les mains, puis s'assit près de Brie sur le canapé.

— Merci, fit-elle d'une petite voix.

— De rien. Tu dois te sentir parfaitement en sécurité pour bien t'occuper de David. C'est tout ce qui importe.

— Je t'ai quand même dérangé au milieu de la nuit. Tu as le droit d'être agacé.

— Voyons, Brie, dit-il avec un sourire amusé. Il n'est même pas 22 heures.

— C'est vrai ? J'ai dormi moins d'une heure !

Il pouffa de rire et se pencha pour enlever ses bottes.

— Maintenant, tu vas dormir à poings fermés. Je passe la nuit ici.

— Tu crois, fit-elle, nerveuse. Je ne pense pas que ce soit une bonne idée…

— Pas de panique, *mija*. J'ai fait beaucoup de choses impardonnables, je sais, mais je suis un gentleman. Et tu as besoin de sommeil.

Brie réfléchit à peine une seconde.

— Je sais que, si tu pars, je vais craquer. Bon sang, je n'en verrai donc jamais la fin !

— Bien sûr que si. C'est juste encore un peu tôt, voilà tout. Inutile d'être gênée, ça restera entre toi et moi. Personne ne surveille mes allées et venues, et le chalet est à l'abri des regards.

Avec un soupir, Brie se cala contre les coussins.

— Je déteste la femmelette que je suis devenue. Je me croyais plus forte.

— Arrête, Brie. Ce que tu as subi est déjà assez dramatique sans culpabiliser en prime. Ce genre de traumatisme n'est pas facile à surmonter.

Elle replia les jambes sous elle et se massa les tempes du bout des doigts.

— Mal à la tête ? s'enquit Mike.

— Juste un peu de tension nerveuse. Ça va passer.

Elle laissa échapper un petit rire.

— Quand je pense que j'avais hâte de revenir ici pour m'amuser un peu. Avant cette histoire, je réfléchissais à toutes les façons de te briser le cœur.

Il inclina la tête de côté et sourit.

— Tiens donc. J'ai hâte de voir ça.

— Vraiment ? Tu serais anéanti. Laminé.

— Ah bon ? Tu pourrais me donner quelques détails ?

— Et puis quoi encore ?

— Alors là, je suis déjà anéanti, plaisanta Mike, qui alla chercher deux bières dans le réfrigérateur.

Il déboucha les bouteilles et lui en tendit une avant de reprendre sa place au bout du canapé. Il espérait ne pas trahir le bonheur qu'il éprouvait juste à la contempler à la lueur dorée du feu. Les cheveux emmêlés, les pieds nus, les joues rosies par l'anxiété… Il la trouvait belle à couper le souffle. Mais il avait conscience de l'angoisse que lui inspirait toute présence masculine, au point qu'elle était incapable d'assister à un cours de gym mixte. Et il était assez réaliste pour ne pas se considérer comme une exception, pas même après tout le temps qu'ils avaient passé ensemble. Certes, ils pouvaient partager un canapé, à distance respectable. Mais s'il essayait de l'approcher maintenant, elle s'affolerait et s'enfuirait à toutes jambes.

— Tu devrais peut-être songer à reprendre ton travail, suggéra-t-il.

— J'y ai pensé, mais j'ai perdu tout intérêt à poursuivre les criminels. Le droit me passionne toujours, mais je ne sais pas quel domaine choisir. J'ai une expérience purement pénale et pas la moindre envie de me replonger là-dedans.

— Et travailler avec des victimes de viol ?

Elle poussa un profond soupir.

— Je m'efforce de ne plus en être une moi-même, même si je me rends bien compte que je ne pourrai jamais oublier complètement. Quand je pense que j'ai coaché des victimes de viol pendant des années, poursuivit-elle en secouant la tête, et maintenant je fais partie du lot, moi aussi. Si seulement je réussissais à tourner la page !

— Tu as toutes les chances d'y parvenir. Peut-être y a-t-il un moyen d'utiliser ton expérience de procureur du côté de la défense.

L'horreur se peignit sur le visage de Brie.

— Jamais je ne pourrais défendre un criminel contre le ministère public. Encore moins maintenant.

— Il doit bien y avoir quelque chose. Les droits de l'homme ? La lutte contre les discriminations ? Contre les inégalités face au travail ? La défense des femmes ? Des libertés civiles ?

Elle accueillit ces suggestions avec un haussement d'épaules.

— Tu as l'habitude d'avoir une mission, une injustice à réparer. Tu es une bosseuse dans l'âme. Je ne suis pas sûr que tout ce temps passé à ruminer soit bon pour toi.

Brie étira les jambes et posa les pieds sur la table basse pour les réchauffer devant les flammes. Mike l'imita, veillant à ne pas la toucher. Elle se surprit à se demander – et ce n'était pas la première fois – si toutes les femmes qu'il avait allègrement trompées avaient aussi été ses amies au début. Avait-il passé de longues heures durant des mois à échanger avec elles des propos aussi raisonnables qu'inoffensifs avant de coucher avec elles, de les épouser, puis de les trahir ? Voilà qui aurait exigé un incroyable investissement en temps. Poussant plus loin le raisonnement, elle se demanda si elle aussi était capable de tomber dans le panneau. Elle but une gorgée de bière.

— Après le retour de Melinda et de Jack, si tu n'es pas trop pressée de retourner à Sacramento, que dirais-tu de passer une journée sur la côte ? reprit-il. Je ne sais pas si nous verrons les baleines, mais il y a des tas de choses intéressantes là-bas.

Galeries d'art, bars à vin, chemins de randonnée dans les terres, balades sur la plage, bons petits restaurants. On jouerait aux touristes d'un jour.

— Dis-moi, tu ne verrais pas ça comme une sorte de… rendez-vous galant, par hasard ?

Il afficha son plus beau sourire.

— Si, admit-il.

La bouche de Brie se releva aux commissures.

— Pourquoi pas ? fit-elle avec un pétillement amusé dans le regard. Étais-tu bon copain avec tes épouses avant de leur passer la bague au doigt ?

— C'est un terrain sur lequel je préférerais ne pas trop m'engager.

Elle se redressa un peu.

— Et pourquoi donc ?

— Ça pourrait te donner un avantage déloyal dans tes tentatives pour me briser le cœur. Je tiens à jouer à la régulière.

Sa remarque la fit rire – à moins que ce fût la bière. C'était l'une des choses qui lui plaisaient chez lui : il ne la prenait pas trop au sérieux tout en la prenant très au sérieux. Et elle avait confiance en lui, ce qui la rassurait et la préoccupait tout à la fois. Elle replia les jambes en tailleur et se tourna vers lui.

— Alors ? insista-t-elle.

— Non. Je te l'ai déjà dit, j'étais un dragueur invétéré.

— L'histoire va plus loin que ça.

— Pas beaucoup.

— Je ne peux pas m'empêcher de tout analyser, soupira-t-elle. Mon agression, par exemple. C'est facile. Impossible à croire, mais parfaitement concevable : ce n'était ni plus ni moins qu'une revanche.

— Une embuscade, suggéra-t-il.

— Une embuscade, répéta-t-elle, songeuse.

— C'est aussi ce qui m'est arrivé, ajouta Mike. La seule chose contre laquelle on ne peut vraiment pas se protéger.

— Exact, approuva Brie. Exact.

— C'était pour moi la partie de l'équation la plus difficile à résoudre – comprendre qu'il n'y avait vraiment rien que j'aurais pu faire différemment. Ou plus intelligemment. Tu y as été confrontée, toi aussi ?

Elle se mordilla la lèvre inférieure et réfléchit un instant.

— Oui. Mais le truc qui me ronge encore, c'est mon échec avec Brad. Bizarrement, depuis le viol, c'est comme si toute la douleur du divorce remontait à la surface.

— Qu'est-ce qui te fait penser que c'est ton échec ?

— Jamais je n'aurais imaginé qu'il puisse être le genre d'homme à me trahir. Je n'ai rien vu venir. J'ai examiné à la loupe chaque jour de notre relation – depuis notre tout premier rendez-vous. Chaque jour de notre mariage. Je me suis peut-être trop investie dans mon travail – j'avais des horaires à rallonge. J'aurais pu faire davantage attention. À aucun moment, je ne me suis dit…

— Et si c'était sa faute et pas la tienne, l'interrompit Mike, qui ôta les pieds de la table basse et les posa sur le sol. Lorsque j'ai fait ta connaissance, à l'époque de ton mariage, tu n'avais d'yeux que pour lui. Tu ne pouvais être une épouse plus aimante, plus attentive, plus dévouée. Si ce n'était pas assez pour Brad, tu ne peux pas t'en vouloir.

— Parle-moi d'elles. Raconte-moi pourquoi tu les as épousées. Pourquoi ça n'a pas marché.

Mike tendit la main et lui caressa les cheveux.

— Ce n'est pas franchement intéressant. Et ça ne t'aidera pas à comprendre Brad. Le seul point commun entre lui et moi, c'est que nous étions tous les deux des idiots.

— Raconte, insista-t-elle d'une voix douce.

Il inspira un grand coup.

— Carmel avait dix-neuf ans quand elle a été engagée dans l'entreprise de mon père comme secrétaire et comptable. Nous nous sommes rencontrés à l'occasion d'une de mes permissions.

Nous avons entamé une correspondance qui d'amicale est devenue plus enflammée au fil des lettres. Six mois plus tard, lors de ma permission suivante, nous avons fait l'amour et, très vite, elle a eu des envies de mariage. Je l'ai épousée juste avant qu'on m'envoie en Irak. À mon retour, elle était prête à tourner la page. Elle m'a brisé le cœur et sauvé la vie en même temps, parce que je n'aurais pas su la quitter et j'aurais été un mauvais mari. Je vivais dans l'instant. Je ne pensais qu'à moi et mon plaisir.

— Et la suivante ?

Mike haussa les épaules.

— Nous nous sommes mariés par culpabilité. Elle était avec un autre homme quand nous avons commencé à sortir ensemble. Elle l'a quitté pour moi. C'était son choix – je ne lui avais rien imposé. Mais, comme Carmel, elle a commencé à parler mariage. Sans doute avions-nous l'un et l'autre du mal à assumer – la culpabilité, ça me connaît, je ne suis pas catholique pour rien. Nous avons essayé de transformer une aventure sexuelle en véritable amour et ça n'a pas marché. Au bout de six mois, elle m'a plaqué. C'était une erreur depuis le début, mais j'ai mis un certain temps à retenir la leçon. Dès qu'une femme était consentante, je fonçais tête baissée. Je ne cherche pas à me dédouaner, mais je n'avais que vingt-six ans à l'époque de mon deuxième divorce, et je n'étais encore qu'un incorrigible idiot. À cela s'ajoutait le fait que je ne prenais pas le mariage au sérieux. Je pensais que je trouverais une femme sans problème. Il me suffirait de viser et, bang, je me retrouverais marié et père de famille. Pour mes frères et sœurs, ça s'est passé comme ça, précisa-t-il avec un haussement d'épaules. Et ils sont tous heureux en ménage. Il ne m'est jamais venu à l'idée qu'ils savaient ce qu'ils faisaient.

— Tu voulais des enfants ?

— Bien sûr. Dieu merci, je n'en ai pas eu. Je détesterais que des enfants soient victimes de mes erreurs de calcul. Avant mon agression, je n'avais aucune patience. Et pas vraiment de scrupules. Il y a quatre ans, j'aurais été capable de te draguer si tu n'avais pas été à l'évidence aussi amoureuse de ton mari.

— Qu'est-ce que cette agression a changé en toi ?

— Tu plaisantes, là ? J'ai failli y laisser ma peau. Et pendant ma convalescence, j'ai eu tout le temps de réfléchir à mes erreurs, à tous ces gens que j'avais dû décevoir – moi le premier. Je n'étais pas si différent de Brad : le genre de type qui prend beaucoup trop de risques, des risques qu'un homme sensé ne prendrait jamais. Et qui, au bout du compte, perd tout. Mes épouses n'étaient peut-être pas parfaites, conclut-il après une gorgée de bière, mais je ne peux m'en prendre qu'à moi-même.

— Tu vois ! s'exclama-t-elle. Tu mérites complètement d'avoir le cœur brisé !

— C'est ce qui me pend au nez.

— Ce que je n'arrive pas à dépasser, c'est la peur que ça recommence. Et si je tombe amoureuse d'un homme avec qui j'aurais envie de refaire ma vie. Tout serait merveilleux. Parfait. Mais le doute serait là…

— Ah, Brie, il n'y a aucune garantie dans la vie – tu es mieux placée que quiconque pour le savoir. Au bout du compte, ça pourrait être *toi* qui ne l'aimerais plus. Ou alors, poursuivit-il, ses yeux noirs luisant à la lueur du feu, tu aurais eu raison sur toute la ligne – ses sentiments et les tiens –, ce serait l'amour parfait, destiné à durer éternellement, et un événement imprévu se produirait – il tomberait dans un ravin ou se noierait en mer. Alors, tu vois, conclut-il en lui tapotant le bout du nez de l'index, si tu te trouves en position d'être tentée par le bonheur de croire en quelqu'un au point de prendre ce genre de risque, la personne en qui tu dois avoir le plus confiancc, c'est toi-même.

Ils bavardèrent ainsi jusqu'à presque minuit, puis Brie commença à bâiller. De plus en plus, jusqu'à s'en décrocher la mâchoire.

— Va donc te coucher, suggéra Mike. Je vais rester ici pour monter la garde, comme ça, tu pourras dormir sur tes deux oreilles.

— Tu es sûr ?

— Oui. Ce chalet est une forteresse et toutes les issues sont bouclées. Et puis, au moindre bruit, je serai debout dans la seconde. Ce n'est même pas un choix. C'est à cause de toutes ces années passées à piquer du nez en planque. Et je ne te parle même pas du sommeil léger qu'on a en Irak.

— Hmm, je serais tentée de te croire. C'est la vérité, n'est-ce pas ?

— L'entière vérité. Je ne t'ai encore jamais menti.

Brie songea à toutes ces confidences qu'il lui avait faites sur lui-même – des détails peu flatteurs qui la dissuaderaient à coup sûr de s'engager plus avant avec lui – et décida qu'il disait vrai.

— Alors d'accord, dit-elle en se levant. Merci, sincèrement. Je ne pense pas être capable de m'en sortir seule pour l'instant. Tu veux un oreiller ou autre chose ?

— Non, ça ira.

Brie partit se coucher. Mike l'entendit se brosser les dents dans la salle de bains, puis s'affairer dans la chambre. Il s'allongea sur le canapé, cala ses jambes trop longues sur l'accoudoir – le lendemain matin, il aurait les pieds engourdis, mais il s'en moquait ; il tenait à lui rendre ce service.

Peu de temps s'était écoulé lorsqu'il rouvrit les yeux et la trouva debout au-dessus de lui.

— Euh… bredouilla-t-elle, mal à l'aise. Est-ce que tu peux… ? C'est très gênant de te demander ça, mais… pourrais-tu partager le lit avec moi ? Tout habillé et sans rien faire… Je veux dire, même dans ton sommeil ?

— Je suis très bien ici, Brie. Ne te tracasse pas pour moi.

— Je ne me tracasse pas pour… Enfin, je me disais juste que ce canapé est trop petit. Il y a un lit à l'étage, mais je n'ai pas envie que tu sois tout là-haut. Tu peux t'allonger près de moi sans…

— Je ne tenterai rien avec toi, Brie. Je sais que tu ne le supporterais pas.

— Je ne pense pas pouvoir fermer l'œil à moins que tu ne sois... plus près, avoua-t-elle dans un souffle.

— Oh, mon ange...

— Allez, viens.

Et elle tourna les talons, direction la chambre.

Mike resta un moment immobile à peser le pour et le contre. Il ne lui fallut pas longtemps. Il mourait d'envie d'être auprès d'elle, mais savait se montrer raisonnable. Maintenant, si elle avait besoin de lui... Il se leva et, après avoir enlevé son ceinturon, inconfortable pour dormir à cause de sa grosse boucle, il la rejoignit dans la chambre.

Pelotonnée sous la couette, le dos tourné, Brie lui avait laissé suffisamment de place. Il s'étendit, sur la couette, une sécurité de plus.

— Ça te va comme ça ? s'enquit-il.

— Ça me va, murmura-t-elle.

Le lit n'était pas large ; impossible de laisser beaucoup d'espace entre eux. Il s'installa dans le même sens qu'elle, le visage contre ses cheveux soyeux d'où émanait un parfum délicat, son corps épousant les courbes du sien. Malgré l'épaisseur des vêtements et de la couette, il mit très longtemps à trouver le sommeil. Brie, de son côté, s'endormit rapidement, à en juger par sa respiration régulière. En la sentant se détendre contre lui, Mike éprouva un bonheur sans nom.

Lorsqu'il se réveilla le lendemain matin, elle s'était retournée dans son sommeil et dormait nichée dans le creux de son bras, tout contre lui, son souffle tiède lui caressant la joue. « Bon sang, elle a raison, réalisa-t-il soudain, cette histoire finira par me briser le cœur. »

Jack et Melinda se rendirent en voiture jusqu'à Eureka et prirent un vol avec escale pour San Diego. Ils arrivèrent la veille de la cérémonie d'intégration de Rick, ce qui leur laissa un peu de temps à deux. Ils passèrent un moment à la piscine du bel hôtel où ils étaient descendus, savourèrent un délicieux dîner, puis une longue et merveilleuse nuit en amoureux. La première où ils parvinrent à se concentrer complètement l'un sur l'autre. Mais à la première heure le lendemain, Melinda appela Brie pour s'assurer que tout allait bien avec David.

— Il me manque tellement, se plaignit-elle à Jack.

— Je sais. À moi aussi. Merci de faire cela pour moi, répondit celui-ci en l'attirant dans ses bras.

— C'est aussi pour moi. Mais il me manque trop.

— Ce n'est que pour deux nuits, chérie. Après, on rentre à la maison, et on ne quittera plus David avant longtemps.

À la vue de Rick au garde-à-vous pendant la cérémonie d'intégration dans le corps des marines, une immense fierté submergea Jack, d'autant que le jeune homme volontaire et intelligent qu'il considérait presque comme son propre fils était sorti major de sa promotion. Lorsque l'officier rompit les rangs, les jeunes marines reculèrent tous d'un pas et pivotèrent sur leurs talons, lançant en chœur un tonitruant « chef, à vos ordres, chef ! ». Melinda glissa le bras sous celui de Jack, émue aux larmes. Sur le terrain, c'était le moment des poignées de main et des embrassades. Les jeunes recrues remerciaient leur sergent instructeur dans une ambiance bon enfant. Jack enlaça sa femme et la serra contre lui. Au bord du terrain, ils attendirent que Rick les repère.

Lorsqu'il les rejoignit, Jack échangea avec lui une poignée de main virile.

— Beau travail, je suis fier de toi, mon garçon.

— Merci, Jack.

En larmes, Melinda ne put que le serrer dans ses bras.

— Eh, Melinda, il ne faut pas se mettre dans un état pareil, fit-il en lui tapotant le dos, le sourire aux lèvres.

— Oh, Ricky, tu es si beau ! Regarde-toi.

— Voilà ce que je te propose, dit Jack. Si tu veux, on peut aller chercher tes affaires et tu viens avec nous à l'hôtel. Pas de chambrée pour ce soir. On dîne dans un resto sympa et on prend l'avion tôt demain matin. Mais peut-être que tu as des projets avec tes camarades, auquel cas je peux passer te prendre demain.

— J'ai assez vu leurs têtes.

— Il y a sûrement une fête prévue pour ce soir.

— Je suppose que oui, mais je suis prêt à quitter la base. Va pour ta première idée.

Jack se doutait que certains jeunes marines prendraient eux aussi des chambres à l'hôtel, mais pour se saouler et lever des filles. Après ce que Rick avait subi l'année passée avec sa petite amie, il n'était probablement pas intéressé. Ils l'emmenèrent donc dîner dans un grill et écoutèrent ses anecdotes sur les classes. Après le repas, Melinda alla se coucher et Jack rejoignit Rick dans sa chambre avec un pack de bières. Il frappa à la porte et le garçon vint lui ouvrir. Torse nu, en pantalon de survêtement, il sortait visiblement de la douche.

— Eh, mon meilleur ami ! s'exclama celui-ci, apercevant la bière.

Jack fut impressionné par son physique, affûté par les semaines d'entraînement. Il secoua la tête en riant.

— Dis donc, tu n'as plus l'air d'un gamin de dix-huit ans.

— Dans ma tête, non plus. J'ai l'impression d'en avoir cent dix, répliqua Rick, qui s'empara d'une bouteille et choqua le goulot contre celle de Jack. Merci d'être venu. C'était important pour moi.

— Et plus encore pour moi.

Jack prit place dans un des fauteuils près de la table basse, tandis que Rick s'asseyait au bord du lit.

— Quelques copains viennent la semaine prochaine pour la chasse au cerf, reprit Jack. Tu es le bienvenu.

— Avec plaisir. Mais j'ai d'abord une ou deux choses à faire. Passer un peu de temps avec ma grand-mère et aller à Eureka voir comment va Liz, expliqua-t-il, baissant les yeux.

— Tu as des nouvelles.

— Un peu. Dans les moments difficiles, en général. Je me dis qu'elle n'en a pas eu tous les jours, sinon j'aurais reçu davantage de lettres. Que dit Connie ?

— Pas grand-chose. Qu'elle s'en sort. C'est à peu près tout. Et toi, comment te sens-tu ?

— M'engager était la bonne solution. La plupart du temps, j'étais trop crevé ou j'avais trop la trouille pour réfléchir.

— Et maintenant, comment vois-tu les choses ?

— Je commence à encaisser le coup, répondit Rick avec un haussement d'épaules. Mais Liz n'est encore qu'une gamine.

Rick n'avait que deux ans de plus, et pourtant il endossait l'entière responsabilité de ce qui s'était passé, comme s'il était le seul fautif. Lui aussi en avait vu de toutes les couleurs.

— Au risque de me répéter, mon grand, tu n'y es pour rien si le bébé n'a pas survécu.

— Juste qu'il ait eu un bébé, murmura-t-il.

— On est des hommes, Rick. Des idiots de première. Demande à Melinda.

— C'est vrai, approuva le jeune homme avec un rire désabusé.

— Fais ce que tu as à faire et ensuite viens chasser avec nous. Les copains vont t'abreuver de conseils que tu n'auras pas demandés, mais tu fais partie des nôtres maintenant. On ne pourra pas les retenir.

— J'imagine. Et toi, tu vas chasser ?

Jack bomba imperceptiblement le torse.

— Oui. Je vais défier ma reine et partir avec mon fusil dans les bois. Mais si je fais mouche, je te collerai tout sur le dos.

6

Lorsque Melinda, Jack et Rick arrivèrent à Virgin River, l'heure du dîner approchait. Le jeune marine eut juste le temps d'aller chercher sa grand-mère, Lydie, qui ne venait au bar que pour les grandes occasions.

Il était encore tôt, mais beaucoup de monde était déjà là en prévision du retour de Rick. Brie et le bébé avaient passé la plus grande partie de l'après-midi en ville. À la seconde où David aperçut Melinda, il agita les bras vers elle en poussant des petits cris de joie. Elle se précipita pour le serrer contre son cœur. Pressée de l'allaiter, elle se retira dans l'appartement de Vic et de Paige, le temps de savourer les retrouvailles avec son petit bonhomme.

Vic avait confectionné un grand gâteau rectangulaire orné en son centre d'un médaillon remarquablement réussi représentant un marine. Il avait aussi préparé tout un assortiment de viandes grillées avec un grand panier de petits pains, de la salade de pommes de terre et des haricots rouges – les plats favoris de Rick. L'endroit ne tarda pas à se remplir. Mike arriva juste quelques minutes avant Rick et Lydie, et lorsque le jeune homme franchit le seuil, le bar résonna d'acclamations et d'applaudissements. Tout le monde salua et félicita la jeune recrue à grand renfort d'embrassades et de claques dans le dos.

Lors de ce genre de soirée à l'ambiance festive et chaleureuse, au milieu des amis et voisins, Jack se réjouissait doublement d'avoir ouvert cet établissement. Ces soirs-là, on oubliait les additions : un bocal posé sur le comptoir servait à récolter l'argent que les invités pouvaient y glisser à leur convenance, sans obligation. Il y avait de la bière et des sodas gratuits à profusion – seuls les cocktails étaient payants.

Après son tendre tête-à-tête avec sa mère, David passa gaiement de main en main tout au long de la fête. Rick le prit à son tour, sidéré de découvrir combien il avait grandi en si peu de temps.

À sa place favorite derrière le comptoir, Jack se pencha vers sa sœur, perchée sur un tabouret.

— Alors, comment ça s'est passé, Brie ?

— David a été adorable. Un ange. Nous n'avons pas arrêté de nous balader et de faire des visites à droite et à gauche.

— Et toi, ça a été ?

— Très bien, assura-t-elle avec un sourire. J'ai passé un excellent moment. La prochaine fois que tu as besoin d'une baby-sitter, je suis partante.

Se penchant davantage, Jack déposa un baiser sur son front.

— Merci.

— Et vous, votre escapade ? s'enquit-elle.

— Parfaite. David a beaucoup manqué à Melinda, et, je l'avoue, à moi aussi.

Après un copieux repas et le passage de nombreux visiteurs, l'affluence commença à diminuer. Dans cette région d'agriculture et d'élevage, les gens se levaient très tôt.

Rick se hissa sur un tabouret, un sourire radieux aux lèvres.

— Fantastique, cette soirée, Jack. Ça fait du bien d'être de retour. Je vais ramener ma grand-mère à la maison – c'est une couche-tôt –, et ensuite je prends la route pour Eureka.

— Ce soir ? s'étonna Jack. Tu vas arriver tard.

— Je parie qu'elle m'attendra. Merci pour tout, fit-il en lui tendant la main.

— De rien, mon grand.

« S'il te plaît, sois prudent », se retint d'ajouter Jack. Il suivit son protégé du regard tandis qu'il sortait du bar en compagnie de sa grand-mère.

Le bébé calé sur la hanche, Melinda s'approcha et glissa le bras autour de sa taille.

— Rick part pour Eureka ce soir, lui apprit-il.

— Tout va bien se passer, Jack.

Il se ressaisit et baissa les yeux vers elle.

— Bon sang, je me sentirais tellement mieux s'ils avaient une dizaine d'années de plus d'un coup de baguette magique.

— Je sais. Tu es une vraie mère poule. Bon, je crois que je vais rentrer coucher David. Je suis épuisée – la journée a été longue. Reste aussi longtemps que tu veux.

Jack l'embrassa sur le crâne.

— À tout à l'heure.

Brie sauta à bas de son tabouret.

— Je pars avec toi, Melinda.

Tandis que cette dernière franchissait le seuil avec David, Brie fit un détour pour rejoindre Mike, en conversation avec Paige de l'autre côté de la pièce. Elle lui prit la main et, sans la lâcher, lui glissa quelques mots à l'oreille qui le firent sourire. Il lui déposa un baiser sur la joue, lui serra brièvement le haut du bras, puis elle s'en alla.

Jack se rembrunit. Brie ne connaissait pas Mike aussi bien que lui.

Une fois l'invité d'honneur parti, le bar se vida rapidement. Paige monta coucher son fils, laissant les trois hommes seuls en bas. Jack prit trois verres, servit à Vic son whisky favori, puis se choisit un single malt.

— Mike ?

— Avec plaisir.

— Alors, comment ça s'est passé en notre absence ? s'enquit Jack en le servant.

— Très bien, répondit Mike avec un haussement d'épaules. Pas vrai, Vic ?

— Pas de problème, confirma celui-ci. Pour autant que je sache. Le gamin a l'air en pleine forme, hein ? Les classes ne nous l'ont pas trop démoli, apparemment.

— Je crois qu'il y a déjà pris goût, répondit Jack.

— Aucun doute là-dessus, approuva Vic qui vida son verre d'un trait. Vous pourrez fermer en partant ?

— Bien sûr.

Tandis que Vic regagnait ses quartiers, Jack reversa un trait de whisky à Mike et à lui-même.

— Ce n'était pas prémédité, mais puisque nous sommes en tête-à-tête, parle-moi de Brie.

— Comment ça ?

— Quand elle est partie… il m'a semblé qu'il y avait quelque chose…

— Vas-y, crache le morceau.

— Brie et toi ?

— Quoi ?

Jack inspira un grand coup, mal à l'aise.

— Es-tu avec ma sœur ?

Mike avala une gorgée de whisky.

— Demain, je prends ma journée pour l'emmener à Mendocino.

— En quel honneur ?

— Elle m'a dit qu'elle aimerait profiter de son séjour ici pour faire une balade sur la côte.

— D'accord, mais tu vois où je veux en venir…

— Précise quand même ta pensée, histoire d'éviter tout malentendu.

— J'aimerais connaître tes intentions envers ma sœur.

— Tu penses vraiment avoir le droit de me poser cette question ? répliqua Mike.

— Dis-moi juste ce qui s'est passé entre vous en notre absence.

— Jack, lâche-la donc un peu. De mon point de vue, nous sommes bons amis, voilà tout. Si tu veux connaître le sien, tu vas devoir le lui demander. Mais à ta place, je m'abstiendrais – elle pourrait se sentir offensée. Malgré ce que tu as l'air de penser, elle a tendance à se considérer comme une adulte.

— Elle vient de passer une très sale année, ce n'est pas un secret pour toi.

— Ce n'en est pas un, confirma Mike.

— Tu ne me facilites pas la tâche…

— Je pense plutôt que c'est *toi.* Tu as passé du temps avec elle ce soir. Est-ce qu'elle t'a paru perturbée ou quoi que ce soit ? Selon moi, elle va bien et tu te fais du souci pour rien.

— Pour rien ? Je sais très bien pourquoi je m'en fais, du souci. Parce que Brie semble chercher du réconfort auprès de toi, et que tu pourrais en profiter.

— C'est-à-dire ? insista Mike, qui leva son verre sans boire.

— C'est-à-dire faire quelque peu usage de ton charme latino sur elle puis de la planter là, répondit Jack avant d'avaler son whisky. Et je ne veux pas que tu traites ma sœur ainsi.

Mike posa son verre sur le comptoir sans y avoir touché.

— Jamais je ne ferais de mal à Brie. Et ça n'a rien à voir avec le fait qu'elle est la sœur de qui tu sais. Bonne nuit, Jack.

Sur ces mots, il quitta le bar.

Mike dut faire l'effort de se remémorer sa propre attitude envers ses sœurs pour trouver quelques circonstances atténuantes à Jack. Si son ami avait regardé l'une de ses jeunes sœurs comme il regardait sans doute Brie, lui aussi aurait été remonté. Les grands frères avaient tendance à se montrer possessifs. Pas glorieux, mais c'était ainsi.

Il était furax, mais surtout préoccupé. Il ne pensait pas vraiment avoir ses chances avec Brie pour des tas de raisons, mais il ne voulait pas que son meilleur ami en fasse partie.

Il regrettait de ne pas avoir bu ce whisky.

Ce soir-là, il mit longtemps à s'endormir, alors même qu'il avait à peine fermé l'œil les deux nuits précédentes. Si seulement Melinda et Jack étaient partis un peu plus longtemps. Il avait passé deux nuits merveilleuses aux côtés de Brie. Platoniques, mais enivrantes. Dans son sommeil, Brie venait se pelotonner contre lui et se nicher au creux de son bras. En toute confiance. Le souvenir de son parfum flottait encore dans sa mémoire, si présent qu'il avait presque l'impression de pouvoir encore la toucher.

Malheureusement, il était seul. Et quand le sommeil vint enfin, il fut agité et peuplé de rêves. Le genre de rêves qu'il n'avait pas eus depuis bien longtemps.

Comme d'en haut, il voyait leurs corps nus, alanguis sur le lit. La blancheur ivoire délicate de Brie contre sa peau basanée de Mexicain, ses larges paumes plaquées sur sa chute de reins parfaite. Quoique spectateur, il sentait le contact léger des doigts de Brie dans ses cheveux, ses lèvres veloutées sur son cou, son torse, son épaule. Tout en goûtant sa peau lui aussi, il froissait par poignées ses cheveux soyeux couleur miel contre son visage. Il était en elle et imprimait à leurs corps enfiévrés un rythme à la fois tendre et intense. Ses gémissements de plaisir résonnaient dans la chambre, tandis qu'il lui murmurait des mots d'amour à l'oreille. Il lui soufflait qu'il l'aimait, l'adorait, ne pourrait jamais imaginer sa vie sans elle. Et Brie lui répondait en espagnol. « *Estas en mi corazón* – tu es dans mon cœur. *Te quiero* – j'ai envie dc toi. *Te quiero mucho, Miguel* – j'ai tellement envie de toi, Miguel… »

Soudain elle laissa échapper un cri, et il sentit ses muscles intimes se resserrer spasmodiquement autour de lui. Tandis qu'elle répétait son nom encore et encore, il explosa à son tour, submergé par l'orgasme le plus fabuleux qu'il ait jamais connu.

Mike se réveilla en sursaut, le souffle court, le cœur emballé dans un galop échevelé, le drap collé à la peau. « Victoire, exulta-t-il, je ne suis pas mort finalement ! »

C'était une chance, réalisa-t-il dans la foulée, non sans soulagement, qu'il n'ait pas fait ce rêve érotique alors qu'il dormait avec elle au chalet. Il lui aurait flanqué une peur bleue.

Brie prit la précaution de se lever de bonne heure. À trois, il risquait d'y avoir de la bousculade dans la salle de bains. Elle était à peine sortie de la douche et s'enroulait dans sa serviette quand elle entendit Melinda et Jack dans leur chambre répondre à mi-voix au babil joyeux de David. Puis il y eut de l'animation dans la salle de bains. Une fois habillée, elle descendit à la cuisine. Lorsque Jack la rejoignit peu après, elle avait déjà une tasse de café fumant à la main.

Il la détailla de la tête aux pieds : un gilet sur un chemisier et une jupe – pas vraiment la tenue décontractée qu'elle portait d'habitude ici, à la campagne. Voilà qui sentait le rendez-vous galant à plein nez. Son ventre se noua.

— Mike m'a dit qu'il t'emmenait à Mendocino, fit-il en se servant une tasse de café.

— En effet. Nous allons jouer aux touristes d'un jour.

— Écoute, Brie, il y a une chose qu'il faut que tu saches au sujet de Mike. Il a été marié deux fois.

— Je suis au courant.

Melinda entra dans la cuisine juste à temps pour entendre ce dernier échange. Elle sortit une tasse du placard, s'empara de la cafetière et foudroya son mari du regard tout en soupirant. Il l'ignora royalement.

— Il est connu pour être… disons… volage.

— Ça aussi, je le sais.

Jack posa sa tasse.

— Écoute-moi. Je connais le loustic depuis toujours. Il a une réputation de Don Juan.

— Oh ? fit-elle, faussement surprise. Aurait-il harcelé les honnêtes femmes de Virgin River avant de leur briser le cœur ?

Jack se renfrogna.

— Ici, c'était une parenthèse, le temps de sa convalescence. Maintenant, il est guéri.

— Jack, ne t'en mêle pas, le prévint Melinda.

Brie rit au nez de son frère.

— Détends-toi, Jack. Je me sens bien avec Mike. C'est un bon ami. Nous avons beaucoup parlé depuis juin. Nous avons même déjeuné ensemble plusieurs fois. Il m'a été d'un grand soutien.

La stupéfaction se peignit sur le visage de Jack. Il demeura un instant estomaqué.

— Quoi ?

— Il a téléphoné pour avoir de mes nouvelles et nous avons pris l'habitude de parler régulièrement au téléphone. Il est même venu jusqu'à Sacramento pour me faire sortir de la maison un après-midi. Crois-moi, son aide n'a pas été inutile. Nous avons un vécu commun, tu sais. Nous sommes tous deux des victimes d'agressions violentes.

— Et personne ne m'en a rien dit ? lâcha Jack, accablé. Trahi.

— Mike comprend mieux que personne certaines des épreuves par lesquelles je suis passée, fit remarquer Brie.

— Pourquoi personne ne m'en a parlé ? C'est mon ami. Tu es ma sœur.

Elle haussa les épaules.

— Peut-être que personne n'avait envie d'affronter tes foudres.

— Papa était au courant ? demanda-t-il, incrédule.

— Jack ! intervint de nouveau Melinda. Laisse tomber !

— Évidemment, répondit Brie. Jamais je ne quitterais la maison sans lui dire où je vais. Et tu sais très bien que je ne réponds pas au téléphone !

— Brie, écoute. Je confierais ma vie sans hésitation à Mike. Mais pas nécessairement ma *sœur*, insista Jack avec une gravité teintée de désespoir.

— Tu ne confierais pas ta sœur au pape, rétorqua-t-elle. Sans Mike, je serais encore vautrée sur le canapé à regarder des séries stupides à la chaîne, effrayée à l'idée de mettre le nez dehors au milieu de la journée !

— Je t'avais dit que si tu avais besoin de quoi que ce soit…

— Et mon grand frère se serait précipité à Sacramento à ma rescousse ? riposta Brie. Qu'est-ce qui te fait croire que tu aurais su quoi faire, hein ? Je suis reconnaissante à Mike qui le savait, lui !

Melinda émigra sur la terrasse avec sa tasse de café, agacée d'entendre encore la dispute qui s'envenimait à l'intérieur. D'ici cinq minutes, ils auraient réveillé le bébé. Et dans une demi-heure ou moins, elle assassinerait Jack.

— Ah, il a vraiment le chic ! fulmina celui-ci. Il sait toujours exactement ce qu'une femme attend.

— *Attend ?* Espèce d'idiot, je n'attends rien du tout ! J'essaie juste de recoller les morceaux et de réapprendre à vivre !

— C'est bien, très bien, mais si tu m'avais au moins dit comment tu envisageais de t'y prendre…

— Je sais que vous avez combattu en Irak et été quelquefois à la chasse ensemble ici, mais que penses-tu connaître de Mike que je n'aurais pas réussi à cerner en quelques mois ? demanda Brie un peu trop fort. Et en quoi serait-il différent de toi avec les femmes avant que tu ne te cases ?

Melinda but une gorgée de café, s'efforçant désespérément de se convaincre que les conflits étaient monnaie courante dans une fratrie. Avec sa sœur Joey, elle n'avait certes pas connu de crêpage de chignon en règle depuis la mort de Mark, son premier mari, mais la cohabitation jusqu'à l'âge adulte n'avait pas non plus été une sinécure.

— Je n'ai pas divorcé deux fois, moi ! se défendit Jack.

— Sans doute pas grâce à ta sagesse légendaire ! ricana Brie.

La Jeep de Mike pénétra dans la clairière. Melinda le salua d'un sourire et d'un signe de la main avant de rentrer dans le chalet.

— Brie, Mike arrive, annonça-t-elle avec davantage de calme qu'elle n'en éprouvait.

La jeune femme foudroya son frère du regard et attrapa son sac à main posé sur le plan de travail.

— Tu as ton nouveau revolver là-dedans ? ironisa Jack.

— Non, il est en haut dans ma valise. Si je l'avais eu à portée de main, tu aurais peut-être un trou dans ta stupide caboche à l'heure qu'il est.

Sur ces mots, elle pivota sur ses talons et sortit au pas de charge.

Une fois seuls dans la cuisine, Melinda et Jack se jaugèrent une seconde du regard avant qu'il ne lui tourne le dos. Il venait de se faire aligner par sa sœur et n'était pas d'humeur à en reprendre une louche avec sa femme.

Le bébé se mit à pleurer.

— Bravo, tu as gagné, bougonna Melinda, qui quitta la cuisine pour s'occuper de David.

Brie monta dans la Jeep, incapable de dissimuler son énervement.

— Tu m'as l'air sur les nerfs, fit remarquer Mike. Tu veux en parler ?

— Non ! lâcha-t-elle sèchement. Jack et moi avons eu… des mots, ajouta-t-elle après un silence. À propos de mon nouveau revolver – que je n'ai pas sur moi, détends-toi.

Il passa une vitesse.

— D'accord, si tu te détends d'abord, répondit-il avec un sourire.

— Accorde-moi cinq minutes.

Elle prit quelques profondes inspirations. Voilà, ça allait déjà mieux. Et soudain, le déclic se fit dans son esprit. Un lent sourire se dessina sur ses lèvres. Elle avait tenu tête à son frère ! Elle n'était pas une froussarde pleurnicheuse et chochotte. Bon, d'accord, Jack n'était pas un prédateur psychopathe, mais quand même… Elle avait toujours recherché son approbation et pour la première fois de sa vie, elle venait de se dresser contre lui. Son cas n'était peut-être pas désespéré au bout du compte. Elle se laissa aller contre le dossier de son siège.

— Ah, fit-elle avec satisfaction, une journée de vacances. J'en ai bien besoin.

« Loin de mon emmerdeur de frère », ajouta-t-elle pour elle-même.

Melinda décida d'accorder à Jack un peu de temps pour lâcher la vapeur et se faire à l'idée que Brie était partie avec Mike pour la journée. Elle comprit vite qu'en réalité c'était elle qui avait besoin de souffler. Son mari l'avait rendue folle de rage et elle avait des envies de meurtre.

Une fois David installé pour sa sieste matinale dans le berceau chez Doc, elle laissa le Hummer au cabinet médical et se rendit sur le chantier dans le vieux pick-up du médecin. En cas d'urgence, celui-ci ferait appel à Paige pour s'occuper du petit. À son arrivée dans leur propriété, elle ne vit pas Jack, mais entendit la scie circulaire à l'intérieur. Elle se gara juste devant la maison et sauta à bas du pick-up. Agrippant une planche solide, elle se hissa sur les fondations et découvrit Jack qui lui tournait le dos. Il ne prit même pas la peine de lui faire face. Le sang de Melinda ne fit qu'un tour. Il se rendait *toujours* compte de sa présence. Dès que le vrombissement de la scie s'arrêta, elle ne put se contenir plus longtemps :

— Comment oses-tu feindre de ne pas savoir que je suis là ?

Il se retourna avec une lenteur calculée, affichant cet air buté qui l'horripilait.

— Jack Sheridan ! Arrête ce cinéma !

— C'est ma sœur. Elle en a bavé, répondit-il d'une voix rocailleuse et excédée.

— C'est vrai – et elle a le droit de s'amuser un peu. De vivre comme elle l'entend. Si elle veut passer du temps avec Mike, elle n'a pas besoin de ta permission.

Jack s'avança vers elle.

— Tu ne comprends pas. J'ai vu comment il se comporte avec les femmes.

— J'imagine, en effet ! Et il pourrait en dire autant de toi !

— C'est différent ! Quand je t'ai rencontrée, j'avais tourné la page !

— Peut-être que lui aussi !

— C'est ça ! Tu ne comprends rien ! Ce type passe d'une fille à l'autre sans y réfléchir à deux fois…

— En quoi est-ce différent de toi avant ?

— Il a déjà deux divorces au compteur ! Après tout ce que Brie a enduré, je ne veux pas qu'elle souffre encore !

— Alors tu ferais mieux de te mêler de ce qui te regarde, sinon, c'est toi qui la feras souffrir !

— Jamais je ne lui ferais de mal ! Je ne veux que son bien !

Les poings sur les hanches, Melinda arqua ses sourcils délicatement dessinés.

— Comme la fois où tu as voulu éloigner Vic de Paige ? Au risque de lui gâcher le plus grand bonheur de son existence !

— C'était une erreur, je l'admets.

— Là aussi, c'en est une ! Quelles qu'en soient les conséquences, tu n'as pas le droit de te mêler d'une relation librement consentie. Jack, poursuivit-elle en s'avançant vers lui, Brie se sent seule et désemparée. Si elle a la chance de trouver une petite parcelle de bonheur, ce n'est pas à toi de juger si elle fait le bon choix. Laisse-la voler de ses propres ailes.

— Si elle souffre à cause de lui, je ne sais pas ce que je lui ferai. Si ! Je le tuerai, voilà ce que je ferai !

— Il faut lui dire la vérité – que *tu* ne supportes pas de la voir trébucher en essayant de reconstruire sa vie.

Melinda inspira un grand coup, tandis que Jack gardait les yeux rivés sur ses pieds.

— Pour moi, c'était exactement pareil, Jack. Quand je t'ai rencontré, j'étais si heureuse que j'ai fait preuve d'une naïveté sidérante au sujet de tes nombreuses conquêtes et de ton incapacité à t'engager. Si j'avais eu un grand frère prêt à m'affranchir, j'aurais pu passer à côté de tout ce bonheur.

Une première larme roula le long de sa joue.

— Melinda…

Il voulut s'approcher, mais elle l'arrêta d'un geste de la main.

— Je n'ai jamais subi de viol, mais côté cabossage émotionnel, je n'ai pas été épargnée. Avec toi, ça n'aurait jamais dû marcher, continua-t-elle dans un murmure, secouant tristement la tête. C'est vrai, tu ne valais guère mieux que Mike ! Tu étais sans doute même pire ! Tu enchaînais les aventures sans lendemain. Hop, un coup vite fait et chacun reprend sa route de son côté. Pas d'engagement, pas d'amour. J'aurais dû connaître le même sort. Au bout d'un mois ou deux, tu te serais lassé et tu aurais fini par aller voir ailleurs…

— Melinda, enfin…

Cette fois, rien ne put le retenir et il l'attira dans ses bras.

— Voyons, chérie, où vas-tu chercher tout ça ?

— Et voilà que je suis tombée enceinte ! Cette fois, impossible d'y couper, hein ?

— Bon sang, qu'est-ce que tu racontes ?

— Il s'agit de Mike, lâcha-t-elle dans un souffle. Un ami que tu as veillé pendant dix longs jours jusqu'à ce qu'il sorte du coma. Un héros qui a protégé tes hommes des insurgés à Fallujah. Il est venu à Virgin River, près de nous, pour sa convalescence. Crois-tu sincèrement qu'il pourrait manquer de respect à Brie ? Enfin, Jack, il te considère comme son *frère !* Où est passée ta cervelle ?

Il resserra son étreinte.

— En cet instant, je n'en ai pas la moindre idée, admit-il en l'embrassant sur le sommet du crâne. Sois franche avec moi. Es-tu sérieuse quand tu dis que je pourrais me lasser ? Tu ne penses quand même pas qu'on est ensemble juste à cause de David ? Réponds-moi.

Melinda leva vers lui un visage baigné de larmes et fit non de la tête.

— Mais si j'avais su ce que Mike sait sur toi… j'aurais pris mes jambes à mon cou.

— Je ne t'ai pas menti, Melinda. À la seconde où je t'ai vue, ma vie a basculé. Je te l'ai assez prouvé, non ? Dis-moi que tu me crois.

Elle posa la paume sur sa joue.

— Je te crois. Et tu ne m'as jamais donné la moindre raison d'en douter.

Jack soupira de soulagement et la serra plus étroitement contre lui.

— Par pitié, ne me balance pas mon passé peu glorieux à la figure comme ça. Tu sais bien que je n'ai aucun argument valable pour m'en sortir.

— D'accord, mais j'ai le droit d'intervenir quand je suis outrée par ton attitude. Tu ne peux pas t'ingérer ainsi dans la vie de ta sœur. Ses choix ne regardent qu'elle.

— C'est dur, soupira-t-il, mais je comprends.

Elle noua les bras autour de sa taille, appuya la tête contre son torse et se mit à pleurer à chaudes larmes. Jack la consola de son mieux, à grand renfort de caresses et de baisers sur les cheveux, mais au fond de lui il trouvait ce désarroi très inhabituel de la part de sa femme. Elle n'hésitait jamais à lui remonter les bretelles, mais de là à se mettre dans un état pareil… Il lui arrivait parfois de pleurer, mais toujours pour des événements qui tireraient des larmes à la plus forte des femmes – la perte d'un enfant, l'anniversaire du décès d'un proche. « Il y a un truc qui cloche », ne put-il s'empêcher de penser.

Melinda finit par se calmer. Elle leva les yeux vers lui, essuya ses larmes d'un revers de main.

— Désolée, s'excusa-t-elle. J'étais si furieuse contre toi que j'avais des envies de meurtre.

— Bienvenue au club de ceux qui veulent ma peau. Tu es le deuxième membre avec Brie, répondit-il avec un sourire. Merci de m'avoir épargné. Tu as raison – je dois cesser de couver ma sœur. C'est une adulte. Et elle est plus intelligente que moi. Je vais faire un effort.

— Plus qu'un effort. Laisse tomber, point final. Quand elle vient vers toi, accueille-la à bras ouverts et encourage ses tentatives pour reconstruire sa vie. Et, par pitié, n'oublie pas que tu peux avoir confiance en Mike.

— Tu as raison, approuva-t-il. J'ai retenu la leçon. Je t'écouterai désormais.

— Franchement, ce n'est pas une sinécure d'être la voix de la sagesse dans un couple.

— J'imagine que la pression est terrible, renchérit-il avec un sourire.

Du bout des doigts, elle lui effleura les tempes.

— Tu commences à grisonner un peu de ce côté-là. Pas beaucoup, mais quand même. J'y suis pour quelque chose, j'imagine.

— Sans doute. Mais je suis costaud – j'encaisse.

Elle se blottit à nouveau dans ses bras.

— S'il te plaît, Jack, je ne veux plus jamais me disputer avec toi.

Il lui souleva le menton de l'index.

— Ne fais pas ta chochotte. Tu t'es battue comme une lionne. Et en prime, tu as gagné.

— Mais c'était horrible. Depuis l'agression de Brie, il y a eu des moments où tu pouvais être si distant. C'est juste que… ça me fait peur.

— Peur ? Tu ne devrais jamais avoir peur. Pas tant que tu es ma femme. C'est à moi de tout mettre en œuvre pour que ça n'arrive pas.

— Sache une chose en tout cas : mon plus cher désir est de mourir dans tes bras. Je ne pourrais pas vivre un jour sans toi. Tu comprends ?

Il hocha la tête.

— Pas question de mourir, objecta-t-il cependant. Nous allons vivre très vieux et nous rider ensemble, j'insiste sur ce point.

Tom avait conscience de ne pas franchement cacher son jeu. Il appelait Brenda tous les soirs, et quand elle entrait en salle de physique, il ne pouvait réprimer un sourire jusqu'aux oreilles. Après les cours, ils faisaient régulièrement leurs devoirs ensemble chez elle à Virgin River, et il aurait tout aussi bien pu s'agir d'un rendez-vous au Ritz, tant il était sur un petit nuage. Lorsqu'elle le raccompagnait à son pick-up, elle le laissait lui tenir la main.

Cette fille se mouvait avec une assurance posée qu'il adorait. Un de ces jours, il la prendrait dans ses bras et l'embrasserait. C'était sans doute la plus jolie fille du lycée. Peut-être même du monde.

Il adorait l'accompagner à ses cours, mais à la seconde où celui de physique prenait fin, elle se retrouvait entourée de copines et le petit groupe s'égaillait telle une nuée de moineaux. Alors il se consolait avec les coups de fil et les séances de travail après l'école.

— On devrait sortir, proposa-t-il. Tu sembles complètement remise de ta grippe.

— Il y a le bal du lycée dans quelques semaines.

— Tu as ton cavalier, lui promit-il. Mais je déteste devoir attendre aussi longtemps. On pourrait peut-être faire autre chose avant, histoire de s'échauffer.

Elle pouffa de rire.

— Tu es trop marrant. Arrête de me regarder et concentre-toi sur tes devoirs de physique.

Quand il venait, la mère de Brenda ne les lâchait pas d'une semelle. Bref, aucune marge de manœuvre pour des câlins. Mais il se faisait une raison, trop heureux de leur petit moment d'intimité sur la terrasse au moment du départ. Un soir, il s'enhardit et glissa le bras autour de sa taille. Elle se laissa aller contre lui et il lui effleura la joue d'un baiser.

— Hmm, tu sais que tes cheveux sentent la vanille ?

— Évidemment que je le sais.

— Grâce à toi, les devoirs, c'est devenu beaucoup plus marrant qu'avant.

— Contente de pouvoir t'être utile.

— Eh, ça te dirait de venir à une fête ?

— Où ça ?

— J'ai entendu parler d'un truc sur l'aire de repos…

Brenda s'écarta de lui si brusquement qu'il en resta sidéré. Elle arborait une expression de terreur pure.

— Qu'est-ce qui t'arrive ? s'inquiéta-t-il.

— Je ne vais pas à ce genre de fête.

— Comme tu veux, c'est pas grave. Je pensais juste…

— Et *toi*, tu y vas ? demanda-t-elle avec colère.

Tom haussa les épaules.

— Je n'y suis pas encore allé. J'en ai juste entendu parler. Pourquoi ? Ça craint ?

— La bière coule à flots et beaucoup picolent à mort. Au point de vomir.

Il fit une grimace.

— Beurk, pas franchement engageant. Bon d'accord, plutôt un film à Fortuna alors ?

— Peut-être.

— Eh, j'ai dit un truc qu'il ne fallait pas ?

— C'est juste que… ces fêtes là-bas ont vraiment mauvaise réputation. Et je ne veux pas d'une mauvaise réputation.

Il lui sourit.

— Pour autant que je sache, la tienne est au top. Pas de problème, ajouta-t-il avec un haussement d'épaules, on fera l'impasse sur les fêtes à l'aire de repos.

— Tu bois de la bière ?

— Une de temps en temps, mais je n'exagère pas. Il faut que tu fasses la connaissance de mon père, ajouta-t-il, hilare. Tu comprendras tout de suite que je n'ai pas envie de le rendre furax.

Brenda parut se détendre quelque peu.

— Je pourrais aller au ciné avec toi. Mais pas seuls.

— C'est-à-dire ?

— On pourrait y aller avec une de mes copines et son petit ami.

— Si ça te fait plaisir. Moi, en tout cas, j'ai envie de sortir un peu, parce que toujours faire ces devoirs, ça me rend si intelligent que j'en ai presque du mal à me supporter.

Elle lui sourit.

— C'est d'accord, Tom. Appelle-moi plus tard.

7

Brie n'arrivait pas à croire qu'elle avait passé toute sa vie en Californie sans jamais visiter la côte de Mendocino. Elle tomba aussitôt sous le charme de la région – panoramas à couper le souffle, villages victoriens pittoresques, galeries d'art et restaurants gastronomiques. Ils déjeunèrent dans un adorable petit établissement avec vue sur mer. Avant la fin du repas, ils observèrent aux jumelles – une paire était laissée à la disposition des clients sur chaque table – un groupe de baleines qui migraient vers le sud.

— Au printemps, lorsqu'elles passent avec leurs petits, elles s'approchent beaucoup plus près de la côte, expliqua Mike. Nous reviendrons.

En plus d'observer les baleines, ils visitèrent des galeries d'art, goûtèrent du vin dans des caves de dégustation, admirèrent l'océan du haut des promontoires rocheux et flânèrent le long des sentiers de randonnée jusqu'aux criques et plages privées. Ils découvrirent aussi le jardin botanique, montèrent au sommet d'un phare et mangèrent du pop-corn, assis sous un arbre dans le parc. Ils rirent, plaisantèrent, se tinrent par la main.

La journée fila beaucoup trop vite.

— Nous devrions au moins rester jusqu'au coucher de soleil, suggéra Mike. Il n'y a rien de plus beau qu'un coucher de soleil sur le Pacifique. Ça te dit ?

— Bien sûr. Tu crois que je devrais prévenir Jack ?

Mike haussa les épaules.

— J'ignore quel arrangement vous avez, tous les deux. Il s'inquiéterait, tu crois, si tu ne rentrais pas avant la nuit ?

En particulier aujourd'hui, faillit-elle répondre, songeant à leur altercation du matin.

— Je vais l'appeler par politesse, se contenta-t-elle de répondre. Je m'amuse vraiment trop pour rentrer tout de suite.

Il lui caressa la joue du dos de la main.

— C'est vrai ? demanda-t-il avec douceur.

— La question ne se pose même pas.

— Il y a une cabine là-bas, de l'autre côté de la rue. Tu as de la monnaie ?

— Plein.

— Je vais nous chercher des boissons. On les emportera sur les falaises où nous serons aux premières loges.

Au bar, ce fut Jack qui décrocha. Malgré les efforts de Brie pour garder une voix neutre et ne pas paraître sur la défensive, elle s'attendait à des remarques acerbes lorsqu'elle expliqua à son frère qu'elle passait un excellent moment et avait l'intention d'assister au coucher du soleil avant de rentrer. Ce fut tout le contraire.

— Désolé pour ce matin, Brie. J'ai dépassé les bornes. Je tiens à ce que tu t'amuses. Je suis sincère.

— Dis donc, Jack, fit-elle, un brin narquoise. Tu t'es vite calmé.

— Je sais. Je suis un génie dans le genre.

— Je parie plutôt que Melinda a éclairé ta lanterne.

— Ça multiplie toujours mon intelligence au moins par dix.

— Je t'adore, frérot, s'exclama-t-elle en riant. À plus tard.

Brie riait encore lorsqu'elle traversa la rue pour rejoindre Mike.

— Qu'est-ce qu'il a dit ?

— De bien nous amuser, répondit-elle en pouffant.

— Qu'est-ce qu'il y a de drôle ?

— Eh bien, ce matin avant mon départ, il m'a mise en garde contre ton comportement irresponsable avec les femmes. Et maintenant il est aussi docile qu'un agneau, me présente ses excuses en me disant de bien m'amuser.

— Il commence à me gonfler avec son couplet sur les femmes, bougonna Mike en lui prenant le coude pour l'entraîner en direction des falaises. C'est de l'histoire ancienne. Il pourrait me lâcher avec ses sermons. C'est l'hôpital qui se moque de la charité : il est sorti avec un million de femmes avant Melinda. Deux, même !

Brie éclata de rire.

— Tu ne lui as jamais parlé de tout ce temps que nous avons passé ensemble cet été, fit-elle remarquer.

— Je te l'ai dit, ça n'avait rien à voir avec le fait que tu sois la sœur de Jack. Je t'ai rencontrée grâce à lui, mais je t'apprécie pour toi-même.

— Tu lui as dit que tu as dormi dans mon lit en son absence ?

Ce fut au tour de Mike de s'esclaffer.

— Tu crois que je me baladerais en un seul morceau avec toi en ce moment si je le lui avais dit ? Tu sais très bien que ça le mettrait dans une rage noire.

— Tu aurais pu lui expliquer que c'est moi qui t'ai demandé de venir.

— La petite sœur de Jack Sheridan ? Il s'attendrait que je monte la garde sur la terrasse comme un toutou, point final.

— Tu ne lui as pas dit que j'avais paniqué ?

Avec prudence, il glissa le bras autour de sa taille sans serrer.

— Tu le lui aurais dit toi-même si tu voulais qu'il le sache.

— Lequel de nous deux protèges-tu ? répliqua-t-elle en riant.

Elle n'avait pas repoussé son bras.

— Toi et moi, notre intimité. Ce qui se passe entre nous ne le concerne pas. Si tu tiens à le savoir, il m'a posé la question. Je ne sais pas comment il a deviné, puisque selon toute vraisemblance personne ne l'a mis au courant. Je dois perdre la main. J'avais l'habitude d'être plus habile. Enfin bref, il voulait savoir s'il y avait quelque chose entre nous.

— Et tu lui as répondu… ?

— Que jamais je ne te ferais de mal et qu'il n'avait qu'à te poser la question. Je lui ai quand même conseillé de la jouer prudent, vu que tu te considères comme une adulte.

Elle éclata d'un rire joyeux.

— Oh, je parie que tu l'as mis hors de lui !

— Il s'en remettra. Il m'a bien énervé aussi.

Ils suivirent le sentier jusqu'aux falaises et s'assirent sur une hauteur herbeuse. Le soleil était déjà bas et Brie se surprit à espérer qu'il ne se coucherait pas trop vite. Ils étaient loin d'être seuls – il y avait beaucoup de promeneurs, d'enfants qui couraient, de couples qui s'arrêtaient pour s'enlacer et s'embrasser.

Mike avait allongé les jambes devant lui. Brie s'était assise en tailleur, appuyée sur le bras, près de lui. Il l'attira doucement en arrière.

— Viens par ici. Mets-toi à l'aise.

Adossée contre son torse musclé, elle se détendit comme cela ne lui était pas arrivé depuis des mois. Après la belle journée qu'ils venaient de passer ensemble, elle était en proie à une insouciance dont elle ne se croyait plus capable. « Je me trompais, se prit-elle à penser, je peux encore éprouver des sentiments. » L'amitié et la confiance, pour commencer. La sécurité. Avec Mike, elle se sentait à l'abri, et pas seulement du danger. Toutes les mises en garde à son endroit, elle les balayait d'un revers de main.

Au fur et à mesure que le ciel s'assombrissait, les promeneurs alentour se firent plus rares et bientôt, Mike et Brie eurent presque l'impression d'être seuls. Ils contemplèrent l'océan jusqu'à ce que l'obscurité soit presque complète. Les ténèbres ne l'angoissaient plus désormais. Pas avec Mike.

— Y a-t-il quelque chose entre nous ? finit-elle par demander à mi-voix.

— Oh, je crois, oui.

— Raconte…

— Eh bien, je suis déterminé à faire tout ce que je peux pour toi, et tu es déterminée à me briser le cœur. Ça crée des liens.

Elle pouffa de rire. Mike baissa la tête et enfouit le visage dans ses cheveux.

— Brie, murmura-t-il avec une soudaine gravité, *tu inflamas mi corazón* – tu mets le feu à mon cœur.

Elle se raidit quelque peu, mais ne bougea pas.

— Qu'est-ce que ça signifie ? demanda-t-elle dans un souffle.

— Tu touches mon cœur.

Avec tendresse, il glissa le bras autour de sa taille et l'attira davantage contre lui, veillant toutefois à garder le bras lâche afin qu'elle ne se sente pas oppressée.

— *Deberías sentir estas manos amorosas sobre tu cuerpo* – tu devrais sentir ces mains amoureuses sur ton corps.

Le cœur de Brie s'emballa un peu. Ce n'était pas de la peur qu'elle ressentait, elle en avait conscience. *A condición que sean tus manos* – à condition que ce soient les tiennes, voulut-elle répondre. Mais elle n'était pas encore prête.

— L'espagnol est une belle langue, murmura-t-elle à la place.

— *Quiero que estés en mis brazos*, s'enhardit-il – j'ai envie de te tenir dans mes bras.

— Qu'as-tu dit ? le pressa-t-elle.

— Rien de spécial, juste quelques paroles affectueuses. C'est une langue très romantique.

Brie aurait pu lui avouer à cet instant qu'elle parlait couramment l'espagnol, qu'elle savait qu'il mentait. Mais elle ne voulait pas briser la magie qu'il avait créée, persuadé qu'elle ne le comprenait pas.

— Dis-moi autre chose, l'encouragea-t-elle sans se retourner. Quelque chose qui vient du fond du cœur.

Mike lui caressa la tempe et glissa les doigts dans ses cheveux.

— *Te quiero desde más tiempo que lo imaginas* – je te désire depuis plus longtemps que tu ne peux l'imaginer.

Elle ferma les yeux.

— Qu'as-tu dit ? demanda-t-elle dans un souffle.

— Tu mérites tout le bonheur du monde, mentit-il de nouveau.

Un petit sourire flotta sur les lèvres de Brie. S'il savait…

— *No te merezco* – je ne te mérite pas. *Te quiero en mi vida* – j'ai envie de toi dans ma vie.

— À mon avis, ton espagnol est une arme de séduction.

— Quand tu es avec moi, sache que je te considère comme n'importe laquelle de mes sœurs. Ou ma mère, qui est la reine du monde.

Brie pouffa de rire.

— Tu me compares à ta mère ? Sympa…

— Je veux juste que tu comprennes qu'avec moi tu es en sécurité. Je te le promets, tu n'as rien à craindre de moi.

— Je crois que tu me manipules.

— Allons bon, fit-il, une pointe d'humour dans la voix.

— Tu me berces dans une illusion de sécurité pour essayer de me faire oublier mon objectif, à savoir te briser le cœur une centaine de fois.

Mike s'esclaffa.

— Tu es une femme très déterminée, je sais, fit-il en caressant sa longue chevelure, et si ton objectif est de me briser le cœur, tu n'auras de cesse d'y parvenir.

— Je vais te réduire en chair à pâté.

— Je n'en doute pas.

Brie pivota vers lui. Il faisait si sombre qu'elle remarqua à peine le feu qui couvait dans son regard. Elle se pencha et posa les lèvres sur les siennes. Un baiser timide, fugace. Mais si édifiant.

— J'imagine que la première étape de mon piège consiste d'abord à gagner ta confiance.

— Bonne idée, approuva-t-il, conscient que sa voix s'était faite un peu rauque. *Tus labios me fascinan, besame* – tes lèvres me fascinent, embrasse-moi.

Se penchant à son tour, Mike effleura sa bouche, lui mordilla la lèvre inférieure avec une tendresse empreinte de sensualité. Il mourait d'envie de la caresser, mais n'était pas sûr qu'elle l'accepterait. Avec délicatesse, il posa la main sur sa taille sans toutefois l'attirer à lui.

— Plutôt agréable, cette tentative pour gagner ma confiance, commenta-t-il. Je savais que cette histoire de cœur brisé me plairait, au bout du compte.

— Je ne m'en croyais pas capable, avoua Brie, le souffle un peu court.

— Moi si. Je te l'avais dit. C'était une simple question de temps.

— Je te trouve bien sûr de toi. Ce ne serait pas une contre-offensive, par hasard ? Pour essayer de me briser le cœur le premier ?

— Non, je t'assure. Vas-y, donne tout ce que tu as. J'encaisserai. Je suis dur à la douleur.

— Embrasse-moi. Juste une fois, comme si je n'étais pas une pauvre petite chose fragile.

— Tu es sérieuse ? fit-il avec un rire bas.

— Juste une fois, insista-t-elle dans un souffle.

Mike la prit par la taille et l'attira sur ses genoux. Elle posa les mains sur ses épaules, et attendit la suite. Après un instant d'hésitation, sa bouche comme suspendue au-dessus de la sienne, il lui frôla les lèvres. Avec lenteur, afin de lui laisser le temps de se raviser, il accentua la pression. Lorsqu'elle glissa les mains autour de son cou et plaqua la paume sur l'arrière de son crâne, toute réticence le quitta. Avec un grognement de désir, il se laissa emporter par sa passion et, pour son plus grand bonheur, elle répondit à son baiser avec la même fougue. Il aurait voulu mourir tant sa bouche était délicieuse. Enhardi, il resserra son étreinte, sentit la pointe durcie de ses seins contre son torse.

Là se produisit le miracle qu'il n'attendait plus depuis des mois. La vague d'excitation qui le submergea fut si puissante que, l'espace d'un instant, il fut tenté de renverser Brie sur l'herbe et de lui prouver sur-le-champ la vigueur de son désir. Mais comment oserait-il se comporter de la sorte alors qu'elle était encore si fragile et vite paniquée ? Ce baiser, ce merveilleux baiser était déjà un pas immense pour elle, et il ne voulait pas l'effaroucher.

Malgré les soupirs de plaisir que cette étreinte arrachait à Brie, il trouva la force de s'arracher à ses lèvres.

— Désolé, je ne peux pas, murmura-t-il.

— Comment ça, tu ne peux pas ?

— Je ne peux pas t'embrasser comme ça. Tu me tentes. Et tu n'es pas prête à être avec un homme en proie à la tentation. Je dois te ramener à la maison.

Un peu secouée, Brie se laissa glisser de ses genoux et, assise sur l'herbe, lissa sa jupe.

— Dis donc…

Il laissa courir sa main de son épaule à son poignet.

— Ça va ?

— Hmm, ça va, oui.

— Il faut y aller. Il fait nuit à présent. Et la journée a été bien remplie.

Jack fendait des bûches comme à son habitude quand Mike sortit de son camping-car.

— Bonjour, lança ce dernier tout en se dirigeant vers le bar, les mains dans les poches.

— Mike, le rappela Jack.

Comme Mike se retournait, il posa sa hache contre la souche.

— Je devrais sans doute dire quelque chose pour l'autre soir. Mais je ne sais pas quoi.

Mike ne put retenir un sourire.

— Dommage, j'aurais bien aimé entendre ce que tu aurais trouvé.

— Que dirais-tu de « Je ne me mêlerai plus de tes oignons » ?

— Je n'en crois pas un mot, mais ça me plaît.

— Tu as des sœurs. Tu comprends ce que je peux ressentir.

Mike fit un pas vers lui.

— Oui, je comprends.

— Je me fais du souci pour elle. C'est normal.

Mike lui tendit la main.

— Je refuse de parler d'elle avec toi, point final, dit-il quand Jack la serra.

— Les copains vont arriver d'ici deux jours. Je vais à Eureka faire des provisions.

— Tu as besoin d'un coup de main ?

— Non, ça va aller. Il te faut quelque chose pendant que je suis là-bas ?

— C'est bon.

— Merci, ajouta Jack.

— En quel honneur ?

— Pour refuser de parler de Brie, c'est plus simple ainsi.

Posant la main sur son épaule, Jack l'entraîna en direction du bar.

— Allons boire un café.

Une heure plus tard, Jack était parti pour Eureka et le Hummer de Melinda était garé devant le cabinet médical.

Mike grimpa dans sa Jeep et se rendit au chalet. En s'engageant dans la clairière, il donna trois brefs coups de klaxon. Puis il se gara, descendit de son véhicule et s'adossa à la carrosserie.

Quelques instants plus tard, Brie sortit sur la terrasse, frottant dans une serviette ses cheveux humides ramenés sur l'épaule. Avec son jean slim et ses mocassins, elle avait l'air si jeune, si vulnérable. Son beau visage s'illumina d'un sourire.

— Qu'est-ce que tu fais là ?

Mike repoussa son Rio Concho en arrière.

— Je viens voir comment tu vas ce matin.

Elle jeta la serviette sur l'Adirondack et descendit les marches de la terrasse pour le rejoindre.

— Bien, répondit-elle. Très bien.

— Tu parais quinze ans, fit-il remarquer, sentant le poids de chacune de ses trente-sept années.

Elle avança encore d'un pas et il posa les mains sur ses hanches. Puis il la souleva, amenant son visage à la hauteur du sien.

— Tu m'as manqué. Je n'ai pas cessé de penser à toi.

— C'est vrai ? Tu me fais des avances ?

— Brie, je t'en fais depuis six mois. Comment je m'en sors ?

— Tu n'es pas très discret.

— Je ne peux pas m'en empêcher. Je n'ai aucun savoir-faire.

Elle éclata de rire et lui ôta son chapeau.

— À mon avis, tu en as plus qu'il n'en faut. Bien assez, en tout cas, pour être dangereux.

— Avec toi, je suis aussi innocent que l'agneau qui vient de naître, assura-t-il avant d'effleurer ses lèvres d'un baiser timide. L'époque où j'étais dangereux pour les femmes est révolue.

— Ah bon ? Et depuis quand ?

Il haussa les épaules.

— Il y a quelques mois, j'ai commencé à perdre tout intérêt pour les autres femmes. Depuis quelques semaines, c'est fini, il n'y en a qu'une.

— Je rêve ou tu me dragues ?

— J'essaie, oui.

— Si tu es sérieux, tu devrais m'embrasser.

— J'espérais tellement que tu le proposerais.

Il captura sa bouche en un baiser passionné, l'enlaçant avec fougue, ravi de sentir la même fièvre la gagner aussi. Impossible de se souvenir quand il avait embrassé une femme pour la dernière fois avant Brie. Il y avait un millier d'années certainement. Ses lèvres avaient le goût du miel, si douces et pures.

— Tu veux entrer ? souffla-t-elle quand, à contre-cœur, leurs bouches se séparèrent.

Il déclina l'invitation avec un sourire.

— Non, tu n'es pas vraiment prête.

— Prête à quoi, je me demande. En voilà des façons d'attiser ma curiosité.

Elle l'embrassa de nouveau, avec ardeur.

— Nous en reparlerons plus tard, murmura-t-il contre ses lèvres. Quand le moment sera venu de la satisfaire.

— Tu pourrais tirer parti de ma faiblesse, insista-t-elle.

Mike la reposa sur ses pieds et lui plaqua un tendre baiser sur le front.

— Il ne sera pas question de prendre, *mi amor*. Juste de donner.

— Mon Dieu, je comprends pourquoi les femmes t'épousent sur un claquement de doigts.

Il lui toucha le bout du nez.

— Brie, ça n'a jamais été comme ça.

— Je ne te crois pas.

— Je ne me croirais pas non plus, mais c'est pourtant la vérité.

Mike l'attira à lui et elle l'enlaça, la tête nichée contre son torse. Ils demeurèrent ainsi un long moment, savourant en silence cette toute nouvelle intimité. Il lui caressait doucement le dos, parsemant sa chevelure humide de baisers légers. Il ne s'était pas senti aussi vivant depuis bien longtemps, et même si les choses n'allaient pas plus loin entre eux, c'était déjà comme s'il avait décroché le gros lot.

— Tu sais que nos copains d'armée viennent pour la chasse ? demanda-t-il.

— Oui, Jack s'occupe des préparatifs. Tu vas chasser, toi aussi ?

— Bien sûr. Ce qui signifie que je ne serais pas souvent en ville dans la journée. Si tu as besoin de moi, tu devras me prévenir à l'avance.

— J'ai promis d'aider Melinda pour un gros projet qui lui tient à cœur. Un programme de mammographies gratuites pour les femmes du coin.

— À plus tard alors ?

— À plus tard.

Après un dernier petit baiser sur la bouche, il rompit doucement leur étreinte, récupéra son chapeau et remonta dans sa Jeep. En s'éloignant, il jeta un coup d'œil dans le rétroviseur et vit avec émotion qu'elle attendait devant le chalet qu'il fût hors de vue.

Lorsque Melinda entra dans le bar pour son café du matin avec David dans sa poussette, elle trouva Paige assise à l'une des tables, le journal étalé devant elle.

— Comment ça va ? s'enquit-elle.

Elle rangea la poussette près de la table avant d'aller se chercher une tasse.

— Bien, répondit Paige. Salut, toi, lança-t-elle au bébé, qui lui sourit en réponse.

Machinalement, elle prit une croûte de toast dans son assiette presque vide et la tendit au bambin ravi afin qu'il fasse ses dents.

Melinda revint avec sa tasse et s'assit avec Paige.

— C'est bon, hein ? dit-elle à son fils qui grignotait sa croûte de pain avec vigueur. Où sont les autres ? ajouta-t-elle à l'adresse de Paige.

— Hmm, je crois que Jack est parti à Eureka faire des courses. Je lui ai proposé de m'en charger – les garçons vont bientôt arriver –, mais il a dit qu'il s'en occupait et s'est volatilisé. John est en cuisine ; il prépare le déjeuner avec Christopher dans les jambes, comme d'habitude.

— Et Mike ?

Paige haussa les épaules.

Vic sortit de la cuisine avec un casier de verres qu'il glissa sans ménagement sous le comptoir.

— Salut, Vic, fit Melinda. Où est Mike ?

— Je ne suis pas censé le surveiller, grommela-t-il avant de disparaître en cuisine.

— Bigre, il est mal luné, commenta Melinda.

Elle se tourna vers Paige et remarqua le pétillement malicieux dans ses yeux.

— Quelque chose de drôle m'échappe ?

— John est un peu tendu, apparemment. Je me demande comment il a tenu le coup tant d'années sans sexe tous les jours.

— Tous les *jours ?* Mazette, son compteur devait être pour ainsi dire à zéro ! Alors, continua-t-elle avec un regard par-dessus son épaule, afin de s'assurer qu'elles étaient seules, comment supporte-t-il l'abstinence ?

— Comme tu peux le constater, il est un peu grognon, répondit Paige, amusée. Je n'arrête pas de lui répéter que rien ne l'y oblige, qu'on peut faire des ajustements. Mais il tient à faire les choses dans les règles.

— J'espère qu'il ne va pas exploser, fit remarquer Melinda distraitement.

— Figure-toi qu'il a demandé si on pouvait fermer le bar le jour de l'ovulation.

Les yeux de Melinda s'écarquillèrent de surprise et toutes deux éclatèrent de rire.

Jack n'avait pas vu Rick depuis son retour, deux jours plus tôt. Il était à peine rentré d'Eureka que le garçon arriva. Deux chasseurs prenaient un brunch à l'une des tables. Rick se percha sur un tabouret au comptoir et Jack lui servit un café.

— Bienvenue à la maison.

— La fête était fantastique, Jack. Merci encore pour l'accueil.

— Je n'y suis pour rien, tu sais. Les habitants de Virgin River ont l'habitude de célébrer le retour des gens importants.

— Je suis allé voir Liz, lui apprit Rick. Elle va très bien. Tu n'imagines pas à quel point elle est belle. Superbe, en fait. Je ne pensais pas qu'elle pourrait devenir encore plus belle.

— Cette visite semble t'avoir fait beaucoup de bien, fit remarquer Jack en levant sa tasse. Tu as déjà le teint plus clair.

Rick se mit à rire.

— Je me sens plutôt bien, oui. Cette fille me fait vraiment un effet bœuf. Depuis toujours. Il va juste nous falloir un peu de temps pour savoir si c'est du sérieux entre nous, ou juste une aventure sans lendemain.

— Tu ne veux prendre aucun risque, hein ?

— Bien sûr que non. Elle est encore si jeune. Et je ne veux pas que tu te tracasses. Que tu me considères comme un idiot parfait qui n'écoute jamais tes conseils.

Jack posa la main sur l'avant-bras du garçon.

— Je ne pense pas ça de toi.

— Merci, murmura Rick, qui garda le silence un instant. Si tu savais comme c'est agréable maintenant qu'il n'y a plus tout ce chagrin entre nous. Toutes ces larmes. Ça fait du bien.

— Je veux bien le croire, mon garçon. Tu viendras chasser avec nous ? Ou tu comptes juste passer toute ta permission à t'occuper de ton teint ?

Rick sourit.

— Je viens avec vous, répondit-il avant d'avaler une gorgée de café. Ce n'est pas souvent qu'on va à la chasse, hein ?

Toute la ville attendait toujours avec impatience la visite des marines grâce à qui l'atmosphère était à la camaraderie et à la fête. Le premier à débarquer dans son pick-up équipé d'une coque de camping fut Zeke, de Fresno. Il arriva au début de l'après-midi. À peine deux heures plus tard, ce fut au tour de Joe Benson et de Paul Haggerty avec une caravane à sellette. Bons amis, il leur arrivait de travailler souvent ensemble – Paul construisait les maisons de Joe chaque fois que c'était possible. Puis vint Corny, descendu en voiture de l'État de Washington. Et ensuite Phillips et Stephens – surnommés Josh et Tom – tous deux du Nevada, juste de l'autre côté des Sierras. À 18 heures, toute l'équipe était réunie, Rick compris, et dans le bar, le nombre de décibels atteignit un niveau record.

Au milieu de la foule, le Dr Mullins savourait son unique whisky de la journée, tandis que David passait de bras en bras, soupesé comme il se doit par chacun des marines. Rick fut abreuvé de conseils qu'il n'avait pas demandés. Quant à Melinda, Brie et Paige, elles faillirent y laisser leurs os, broyés par les accolades à la chaîne. Connie, Ron et leurs amis Joy et Bruce firent également une apparition. Harv passa boire une bière après son travail, tout comme Doug Carpenter et Fish Bristol.

Paul posa le bras sur les épaules de Melinda.

— Qu'est-ce que c'est que cette tête d'enterrement ? Tu ne t'amuses pas ?

— Je déteste la chasse. Un canard, passe encore, mais un cerf, non. Je veux dire, je ne veux pas juger – j'aimerais juste que mon mari ne tue pas un cerf.

— Oh, ne t'inquiète pas ! J'ai déjà chassé avec ton mari. Les cerfs sont en sécurité.

— Melinda, nous aurons du gibier tout l'hiver. Tu vas adorer, intervint Jack.

— Pas de souci, Melinda, lui murmura Paul. Il n'en touchera pas un. Ils le sentent venir.

La porte du bar s'ouvrit et Melinda reconnut Vanessa, sa dernière patiente en date. L'homme d'un certain âge qui l'accompagnait devait être son père. Abandonnant Paul, elle alla accueillir la jeune femme qui lui présenta son père, Walt.

Paul demeura immobile, le regard soudain perdu dans le vague, un sourire au coin des lèvres. *Vanessa !* La femme de son meilleur ami. À cet instant, elle l'aperçut et se précipita vers lui, les bras ouverts. Il l'étreignit, la berçant d'avant en arrière, puis la tint à bout de bras et contempla d'un œil approbateur son ventre arrondi.

— J'ignorais totalement que tu étais ici, dit-il, incapable de la lâcher.

— Je voulais te faire la surprise. Mon père a pris sa retraite et s'est acheté un ranch à la sortie de la ville. Je vis chez lui pendant que Matt est en Irak. C'est Melinda qui va mettre mon bébé au monde.

— Quand ?

— Dans quelques mois. Dieu que ça fait plaisir de te voir ! La dernière fois, c'était…

— À ton mariage, acheva-t-il à sa place. Bon sang, Vanessa, tu es sublime !

Il lui toucha le ventre.

— Eh, il m'a flanqué un coup de pied.

— Nous ignorons encore le sexe.

— Sûrement un garçon, dit Paul.

Son père la rejoignit et tendit la main à Paul.

— Heureux de vous revoir, mon général, fit celui-ci. Permettez que je fasse les présentations.

Si parmi les anciens marines plusieurs connaissaient Matt, le seul dans la pièce à avoir déjà rencontré Walt Booth était Mike, dans le cadre de son enquête sur les adolescents. Le général à la retraite demanda qu'on l'appelle par son prénom, mais seules les femmes s'y risquèrent. Pour un militaire, le grade gardait ses privilèges. Le général Booth déclina l'invitation à la partie de chasse. Une prochaine fois, assura-t-il. Au bout d'une vingtaine de minutes de présentations et de conversation, Paul entraîna Vanessa par la main jusqu'à la table la plus proche de la cheminée et s'y assit avec elle, bien décidé à tout savoir sur Matt, son petit frère Tom et sa vie ici, si loin de tout.

La jeune femme se montra, elle aussi, curieuse d'apprendre ce qu'il devenait. Paul avait trente-cinq ans, comme Matt, mais il avait quitté les marines au bout de quatre ans, se contentant d'être réserviste, tandis que son ami restait dans l'armée de métier. À la fin de ses études, il avait rejoint l'entreprise en bâtiment familiale à Grants Pass, dans l'Oregon, non loin de la frontière californienne.

— Tu vois quelqu'un ? demanda-t-elle, prenant sa main sur la table.

— Non, pas vraiment. J'attends qu'une fille aussi jolie que toi se présente.

— Tu as toujours été trop timide. À l'heure qu'il est, tu devrais être marié et avoir une ribambelle d'enfants. Tu ferais un père génial.

— Possible.

— Tu m'as manqué, Paul. On se verra plus souvent, maintenant que je suis ici ?

— Bien sûr, oui. Je descendrai de temps en temps.

Vers 20 heures, l'assistance s'éclaircit. Melinda et Brie rentrèrent avec David, non sans avoir prévenu Jack qu'il avait tout intérêt à rester dormir dans le canapé-lit du camping-car de Mike si jamais les retrouvailles avec ses hommes s'accompagnaient d'un abus de boisson. Paige était déjà montée donner son bain à Christopher. Le général ramena sa fille à la maison, non sans avoir promis de repasser le lendemain pour une bière et le débriefing de la chasse. Rick rentra chez sa grand-mère ; il préférait se coucher tôt s'il voulait être à 4 heures du matin au bar pour le départ dans les bois.

Lorsque les marines se retrouvèrent entre eux, les cartes, l'argent et les cigares firent leur apparition. Vers 22 heures, Paige traversa le nuage de fumée et tapota l'épaule de Vic. Il replia ses cartes et se leva. De toute façon, il n'avait pas de jeu.

— Je reviens tout de suite.

— Bon sang, ça fait bizarre de voir Vic se conduire comme un petit toutou, commenta Stephens.

— Petit ?

— Vous voyez ce que je veux dire. Paige n'a qu'à lever le petit doigt et il est à genoux.

— Tu es bigleux ou quoi ? Elle n'aurait qu'à lever le petit doigt dans ma direction et, moi aussi, je serais à genoux, lança Joe.

— Le petit toutou ne ferait qu'une bouchée de toi, intervint Jack.

— Je veux dire, si elle n'était pas mariée. Eh, les vieux chnoques, vos femmes vous mènent vraiment à la baguette !

— Et ça nous plaît, précisa Jack. Ça nous plaît même beaucoup.

Vic revint, porta son cigare à ses lèvres et en tira une bouffée.

— Je ne chasse pas demain, annonça-t-il. Je vais devoir rester ici.

— Pourquoi ?

— C'est le jour de l'ovulation, répondit-il, imperturbable.

— C'est *quoi ?* s'exclamèrent trois joueurs en chœur.

— Le jour de l'ovulation, branleurs. On essaie d'avoir un bébé et, si je rate ce jour-là, qui sait combien de temps je vais devoir encore attendre. Et je n'ai pas envie d'attendre. Je ne fais que ça !

Après un silence stupéfait – personne, pas même Jack, n'était au courant de ce projet d'enfant –, un éclat de rire retentit dans le bar, si tonitruant et débridé que certains faillirent tomber de leur chaise.

— Vous trouvez ça drôle, vous ? bougonna Vic, quand l'hilarité se fut quelque peu calmée. Pas moi.

— Non, ce n'est pas drôle, Vic, reconnut Joe. C'est mignon, voilà tout.

— Franchement, Vic, tu devrais aller à la chasse et me laisser ta place, suggéra Zeke. Je ferais sans doute un plus beau bébé que toi.

— Tu en as déjà fait assez, chaud lapin. Ta femme t'envoie chasser ici pour souffler un peu. Bon, à qui de donner ?

Tandis qu'ils jouaient encore quelques plis, Jack remarqua que Paul ne riait pas autant que les autres. Et qu'il buvait davantage. Il ne tarda pas à quitter la partie. Après s'être servi à la bouteille sur le comptoir, il s'assit sur un tabouret avec son whisky. Jack déclara lui aussi forfait et passa derrière le bar. Paul leva vers lui des yeux injectés de sang.

— Aïe, fit Jack, tu vas t'en vouloir.

— Comme si je ne le savais pas, répondit son ami d'une voix un peu pâteuse avant d'avaler une nouvelle gorgée.

— Tu veux m'en parler ?

— De quoi donc ?

— Je crois que ça a un rapport avec Vanessa, dit Jack.

— Matt est mon meilleur ami. Ça ne serait pas bien.

— Que s'est-il passé ?

— Rien du tout. De mon côté, en tout cas.

Paul reposa son verre vide sur le comptoir.

Il avait déjà eu sa dose, Jack en avait conscience, mais il le resservit.

— C'est uniquement pour profiter de toi, par pure curiosité, fit-il remarquer. Elle a dit que vous étiez ensemble, Matt et toi, le soir de votre rencontre.

— Ouais. J'aurais dû arrêter de sortir en virée avec lui il y a un bail. C'est quand même moi qui l'ai repérée le premier.

Jack haussa les sourcils.

— Comment se fait-il qu'elle se soit retrouvée avec lui, alors ?

Paul vida son whisky d'un trait.

— Je crois que ce salaud a dit… trois, deux, un, c'est parti.

Sa tête tomba sur le zinc et il resta là, ivre mort.

Tel était donc le fin mot de l'histoire. Matt avait été le premier à l'aborder. Tout simplement. À l'évidence, Vanessa avait été séduite, et Paul n'avait pu rien faire, parce qu'un marine ne drague jamais la copine d'un frère d'arme. Même Valenzuela respectait cette règle d'or. C'était la frontière à ne pas franchir. Si on tenait à la vie…

Et maintenant, elle était mariée, enceinte. Et Paul souffrait en silence, fou amoureux d'elle. Dur.

— Je rentre, annonça-t-il aux autres. Rendez-vous demain matin à 4 heures. Quelqu'un va devoir border Haggerty. Et essayez de ne pas foutre le feu à la baraque, ajouta-t-il en enfilant sa veste.

8

Melinda avait demandé à Brie de l'aider sur un projet qui lui tenait à cœur depuis la naissance de David. Si elle se réjouissait d'apporter son soutien à sa belle-sœur, Brie fut tout de même un peu surprise de découvrir combien cela l'enthousiasmait. À l'époque où Melinda était beaucoup à la maison avec son nouveau-né, elle avait eu le temps de naviguer sur Internet et de passer pas mal de coups de fil. La plupart des femmes de Virgin River ne possédaient pas d'assurance médicale, et réglaient les frais de consultation et les traitements en nature ou en services. Certains agriculteurs ou éleveurs étaient couverts pour les maladies ou accidents résultant d'une catastrophe, mais l'assurance ne prenait pas en charge le coût des visites de routine, comme les frottis ou les mammographies. Melinda avait réussi à accroître le nombre de frottis en ne facturant que les frais de laboratoire – et en revenant inlassablement à la charge auprès de ses patientes. Mais en ce qui concernait la prévention du cancer du sein – qui nécessitait selon elle une mammographie annuelle à partir de quarante ans –, la majorité de ses patientes se limitaient à l'autopalpation. Il y avait en ville quatre-vingt-douze femmes de plus de dix-huit ans, dont quarante-huit de plus de quarante ans. Au moins quarante ne pratiquaient pas de mammographie.

Elle avait appris l'existence d'une unité mobile gérée par une fondation, et le Dr June Hudson, de Grace Valley, et elle s'efforçaient d'organiser un passage de ce bus dans leurs villes. June avait eu une idée de génie pour financer les frais. La foire commerciale d'automne de Grace Valley approchait – elle aurait lieu le deuxième week-end d'octobre – et elles y tiendraient un stand où seraient vendus des produits faits main, des travaux d'aiguille aux tartes maison. L'événement attirait toujours une foule de citadins à la recherche d'un peu de couleur locale. La mission de Melinda consistait à rassembler les dons à Virgin River.

Son idée de recruter Brie s'avéra non seulement utile, mais amusante pour elle, ravie de présenter sa belle-sœur. Les jours où les marines partaient à la chasse, les deux femmes parcouraient les petites routes de Virgin River, rendant visite à toutes les femmes que Melinda connaissait. L'hospitalité des gens du cru étant légendaire, elles avaient chaque fois droit à au moins un café et le plus souvent des biscuits maison ou une part de gâteau, si bien qu'à la fin de la journée, elles étaient trop rassasiées pour même penser à dîner. Bien entendu, David les accompagnait, récoltant des tas de câlins et de biscuits, car les femmes de la campagne ne pouvaient supporter l'idée de ne pas glisser un cookie dans sa petite main potelée.

Fidèles à leur réputation de générosité, les femmes de Virgin River multiplièrent les promesses de dons. Ceux-ci seraient collectés la veille de la foire ou apportés directement sur place par les femmes elles-mêmes.

À leur retour en ville, elles constatèrent que les chasseurs étaient rentrés, eux aussi, et Melinda se réjouit de ne voir aucune trace d'animaux massacrés dans le coffre ou sur le toit des pick-up. Hélas, sa joie fut de courte durée ! Dans le bar, elle apprit qu'ils avaient tiré deux cerfs, des seize cors. Les bêtes avaient déjà été apportées chez le boucher pour être préparées.

— Oh, souffla-t-elle, émue. Qui les a tués ?

Jack regardait ses pieds. Il tenta le coup.

— Je crois que c'est Ricky.

Le regard de Melinda croisa celui du garçon qui leva les paumes vers elle en signe d'innocence. Elle se laissa alors aller contre son mari et, inexplicablement, fondit en larmes. Jack secoua la tête avec incrédulité, puis l'entraîna avec douceur dans les cuisines. David faisait des bonds sur la hanche de Melinda, agitant les bras tel un moulin à vent en direction de son père.

— Tu savais que nous allions chasser. Nous n'avons pas torturé ces cerfs. Nous aurons du gibier.

— Je déteste la chasse, pleurnicha-t-elle.

— Je sais, mais ça n'a rien de cruel. C'est probablement plus humain que l'abattage du bétail de boucherie.

— N'essaie pas de me consoler à bon compte.

— Loin de moi cette idée, se récria-t-il. Melinda, qu'est-ce qui t'arrive ?

— Je ne sais pas. Il faut croire que j'ai la larme facile en ce moment.

— Sans blague. Donne-moi David. Il a l'air surexcité.

— C'est le sucre, expliqua-t-elle. Je dois l'allaiter.

— Il fera du vélo que tu l'allaiteras encore.

— Il a envie de continuer.

— Ça se comprend. Mais tu es vannée. Tu devrais peut-être rentrer te coucher.

— Je ne dors pas avant lui. Et il ne va pas fermer l'œil avant d'avoir assimilé tout ce sucre.

Jack lui prit David des bras.

— Écoute, fais ce que tu veux. Pleure, lave-toi la figure ou repose-toi un peu. Je m'occupe de ce petit démon le temps qu'il se calme un peu. Ça ne te ressemble pas du tout, ajouta-t-il en l'embrassant sur le front. Même pour des cerfs.

— À propos, tu sens vraiment très mauvais, fit-elle remarquer.

— Merci, mon amour. Toi, en revanche, tu sens très bon. Je prends une douche dès que je rentre, d'accord ?

Tandis qu'il rejoignait les autres avec David, Melinda alla à la salle de bains.

— Elle va bien ? s'inquiéta Brie.

— Oui, ne t'en fais pas. C'est juste qu'elle adore les cerfs.

— Tu veux que je prenne David ?

— Non, ça va aller. Il a besoin d'évacuer son trop-plein d'énergie. Laisse-moi deviner... vous avez fait étape dans chaque ferme de Virgin River et il a mangé cinquante biscuits.

— Cinquante, c'est un peu exagéré...

Jack observa son fils. Le regard farouche, il arborait un sourire aussi radieux que baveux, battant des bras comme s'il voulait s'envoler.

— Il aurait fallu faire un peu attention. Prends donc une bière, Brie. En fait, on devrait lui en donner une, à lui aussi. Une vraie pile électrique, regarde un peu.

Il venait à peine de le suggérer que Mike apporta une bière à Brie. Lorsqu'elle la prit, il lui entoura les épaules du bras avec une familiarité qui hérissa Jack. Mike n'avait vraiment pas besoin de dire quoi que ce soit, songea-t-il, car quoi qu'il se passe entre eux, ils en avaient des étoiles dans les yeux. Il s'efforça de se détendre.

— Alors, vous l'avez fait, ce bébé ? hurla quelqu'un à Vic.

— Je crois bien, répondit-il, bombant légèrement le torse.

Paige apporta un plateau d'ailes de poulet grillées.

— Tais-toi, John, lui lança-t-elle.

— Enfin, j'espère. Pas toi ?

Elle le foudroya du regard et secoua la tête d'un air écœuré.

— En tout cas, tu as fait de ton mieux.

Et elle tourna les talons aussi sec pour regagner la cuisine.

Mike prit Brie à part.

— Tu es la seule femme dans le coin à ne pas être remontée contre ton homme. Et si tu t'éclipsais avec moi maintenant ? Avant que je ne commette une bévue ?

Elle le gratifia d'un sourire amusé.

— Mon homme, rien que ça !

— Enfin, j'espère...

Les prises se montèrent au total à trois cerfs. Pas d'ours. Les marines quittèrent Virgin River, Rick retourna à son service actif et le week-end suivant eut lieu la foire commerciale d'automne. Un panneau *FERMÉ* fut affiché à la porte du bar et, au-dessous, une carte avec l'itinéraire jusqu'à Grace Valley.

Melinda, Brie et Jack prirent la route tôt avec le bébé et un coffre rempli à craquer de dons. Paige, Vic et Christopher les rejoignirent un peu plus tard. Tout au long de la journée, des habitantes de Virgin River vinrent déposer leur contribution. Tout le monde tint le stand à tour de rôle et les marchandises se vendirent comme des petits pains.

Lorsque la plupart des stands commencèrent à fermer, Melinda était épuisée et il n'y avait strictement plus rien à vendre pour le dimanche.

— Je mettrai une banderole et un bocal pour les dons, décréta June. Même si nous ne récoltons que quelques dollars supplémentaires, ce sera toujours ça. À mon avis, nous ne devons plus être loin de la somme nécessaire.

— Ça ne te dérange pas de t'en occuper, tu es sûre ? s'inquiéta Melinda. Je suis vraiment vannée.

— Pas du tout, assura June. Je dois venir de toute façon – le cabinet est ouvert pendant la foire.

À la tombée de la nuit, l'orchestre derrière la buvette ouvrit le bal et la piste de danse ne tarda pas à se remplir, tandis que les enfants profitaient des attractions de fête foraine louées pour l'occasion. Puis le tirage de la tombola eut lieu, suivi d'un feu d'artifice.

Melinda regardait les couples évoluer au rythme entraînant du country quand Jack s'approcha d'elle et l'emmena sur la piste avec David qu'elle portait dans ses bras. Il les fit virevolter avec un étonnant brio.

— Qui se douterait que tu possèdes de tels talents de danseur, fit-elle.

— Je n'y connais pas grand-chose, mais c'est sympa de ta part. Tu es épuisée, lui murmura-t-il à l'oreille. On rentre à la maison quand tu veux.

— La journée a été longue. On devrait peut-être chercher Brie.

— Je l'ai trouvée, répondit Jack.

Melinda suivit son regard, et aperçut sa belle-sœur de l'autre côté de la piste, dansant avec Mike.

— Quand est-il arrivé ?

— Il n'y a pas longtemps. Il a passé la journée à Virgin River, comme beaucoup d'habitants étaient ici aujourd'hui. Si tu veux mon avis, il est venu pour une seule et unique raison.

— Voilà qui pourrait tourner à notre avantage, observa Melinda. Il pourrait la raccompagner.

— Je lui laisse quelques minutes et j'irai lui demander.

À l'autre bout de la piste, Mike serrait Brie d'un peu trop près pour une danse country et l'entraînait avec une habileté qu'elle était loin de posséder, ce qui la faisait beaucoup rire. Puis, à la satisfaction de Mike, le rythme de la musique se fit plus langoureux et ils entamèrent un slow. Incapable de se retenir, il inclina la tête et inspira le parfum enivrant de sa chevelure soyeuse.

— Ah, *mija*, soupira-t-il avant de l'embrasser sur la joue.

Brie prit son visage entre ses mains et s'empara de sa bouche, le gratifiant d'un baiser brûlant qui le fit vaciller de désir.

— Mike, murmura-t-elle contre ses lèvres, je pars demain.

Interloqué, il s'écarta abruptement.

— Tu comptais me dire au revoir ? demanda-t-il, un million de questions au fond des yeux.

— Je te le dis maintenant. Il faut que je passe un peu de temps avec ma famille. Et puis, Melinda et Jack ont besoin de se retrouver à deux.

— Tu reviendras ?

— Oh, je suis sûre que oui, à un moment ou à un autre, répondit-elle avec un haussement d'épaules. Je ne sais pas encore où je veux me poser. Ni ce que j'ai l'intention de faire.

— Va-t'en savoir pourquoi, je m'étais pris à m'imaginer que ce pourrait être ici. Ce n'est rien que tu aies pu dire ou faire, mon ange. Juste un fol espoir. Ça ne t'ennuie pas que je t'appelle là-bas ? Ni que je vienne te rendre visite une ou deux fois ?

— Je serais déçue que tu ne le fasses pas. Pour ainsi dire pas une journée ne s'est écoulée sans qu'on parle.

Il lui caressa les cheveux.

— Tu as repris tant de forces pendant ton séjour ici. Et tu as retrouvé ta bonne mine. Tu resplendis de santé.

— En grande partie grâce à toi. Tes baisers, ta tendresse vont me manquer.

— Tu sais où les trouver dès que tu en auras envie. Dans pas trop longtemps, j'espère. En attendant, si tu veux que je vienne te voir, il te suffit de m'appeler et j'accours.

Son fils dans les bras, Jack interrompit leur conversation.

— Je vais ramener Melinda à la maison. Veux-tu rentrer plus tard ? demanda-t-il à sa sœur.

— Non, répondit-elle, se libérant de l'étreinte de Mike. Je viens avec vous. J'arrive tout de suite.

Tandis que Jack s'éloignait, elle se hissa sur la pointe des pieds et embrassa Mike sur la joue. Il la tint par la taille un long moment, les yeux clos.

— Tu vas me manquer, lui souffla-t-elle avant de pivoter sur ses talons pour rejoindre son frère.

— Pas autant qu'à moi, murmura-t-il tandis qu'elle s'éloignait.

Quelques jours plus tard, Jack fut réveillé par David qui s'agitait dans son lit, mais au lieu des cajoleries habituelles de sa femme, il entendit un bruit peu ragoûtant : elle vomissait dans la salle de bains. Il s'assit au bord du lit, ramassa son caleçon sur le plancher et l'enfila. Puis il alla prendre son fils dans son berceau.

— Bonjour, bonhomme.

Il le déposa sur la table à langer.

— Dis donc, fit-il en lui ôtant sa couche, il y a au moins cinq kilos de pipi là-dedans. Je ne sais pas comment tu fais.

Il le nettoya, lui mit une couche propre et gagna la salle de bains avec lui.

Melinda était agenouillée devant la cuvette, tenant ses cheveux en l'air d'une main.

David calé sur la hanche, Jack humidifia une serviette de toilette et la tendit à sa femme.

— Allez, Melinda, inutile de nier plus longtemps. Nous savons l'un comme l'autre que tu es enceinte.

Elle appliqua la serviette fraîche sur son visage, puis sa nuque. Qu'y avait-il d'autre à dire ? Jack savait. Il faut dire que les indices ne manquaient pas : les larmes, la fatigue, les nausées. Elle leva vers lui des yeux embués.

— Tu t'es relâchée sur l'allaitement, fit-il avec un haussement d'épaules. D'où l'ovulation, et moi, j'ai mis dans le mille.

Melinda fronça les sourcils, n'appréciant à l'évidence pas du tout cette explication. Il lui tendit la main pour l'aider à se relever.

— Tu vas devoir sevrer David. Ton corps ne peut pas nourrir deux enfants. Tu vas t'affaiblir. Tu es déjà épuisée.

— Je ne veux pas être déjà enceinte. Je suis à peine remise de ma précédente grossesse.

— Je comprends.

— Non, tu ne comprends pas. Tu n'as jamais été enceinte.

Jack décida que le moment était mal choisi pour insister sur le fait qu'il comprenait parfaitement, ayant vécu lui-même avec une femme enceinte dont il avait supporté les récriminations.

— Nous devrions aller voir John sans attendre, pour connaître le terme, suggéra-t-il.

— Depuis quand as-tu des soupçons ?

— Je ne sais pas, quelques semaines. C'était un peu plus difficile cette fois…

— Ah oui ?

— Oui, étant donné que tu n'as pas eu une seule fois tes règles depuis que nous recouchons ensemble. Dis donc, pour une femme supposée stérile, tu es une vraie déesse de la fertilité.

Sur ces mots, il lui décocha un sourire radieux, parfaitement conscient que, s'il n'avait pas eu leur fils dans les bras, elle lui en aurait collé une.

Melinda se détourna rageusement et alla s'asseoir sur le bord du lit. Le visage entre les mains, elle se mit à pleurer. C'était exactement la réaction qu'il attendait. Ces derniers temps, il y avait eu beaucoup de larmes, et il se doutait qu'elle serait fâchée à mort. Il s'assit près d'elle et, un bras autour de ses épaules, l'attira contre lui. David tapota la tête de sa mère.

— Ça va aller, la consola Jack. Mais celui-là, je ne le mets pas au monde. Je tiens à ce que ce soit clair.

— Si tu pouvais essayer de ne pas faire ton malin, lui lança-t-elle entre deux hoquets. Je crois que j'ai déjà mal au dos.

— Tu veux que j'aille te chercher quelque chose ? Soda ? Crackers ? Arsenic ?

— Très drôle, lâcha-t-elle, tournant la tête vers lui. Tu es fâché ?

Il fit non du chef.

— Je suis désolé que ça arrive si tôt, c'est tout. Désolé pour toi. Je sais qu'au cours d'une grossesse, il y a des moments méchamment inconfortables et j'aurais voulu que tu souffles un peu.

— Jamais je n'aurais dû partir avec toi.

— À San Diego ? Non. Tu étais déjà enceinte. Tu veux parier ?

— Tu savais déjà avant cela ?

— Je me demandais pourquoi tu étais si émotive, et c'était une hypothèse. Je n'ai jamais avalé ton histoire de stérilité. Mais ça ne me pose aucun problème. Je voulais d'autres enfants. L'idée d'agrandir la famille me plaît. Je suis moi-même issu d'une famille nombreuse.

— Il n'y en aura pas cinq, je te le garantis, lui assura Melinda, les yeux au fond des siens. Coupe-coupe.

— Tu ne vas pas me mettre ça sur le dos, Melinda. J'avais suggéré une contraception. Deux fois, même. C'est toi qui étais persuadée de ne pouvoir retomber enceinte. C'est toi qui m'as expliqué que l'allaitement empêchait l'ovulation. Bonjour, le résultat, hein ?

— Va te faire voir, rétorqua-t-elle d'un ton peu amène.

— Si tu y tiens…

— J'aimerais que tu comprennes que je ne me fiais évidemment pas à l'allaitement. Je suis sage-femme, je sais bien que ce n'est pas infaillible. C'est juste que je ne croyais pas possible de… Et flûte, lâcha-t-elle avec un profond soupir, je commençais à peine à rentrer dans mes jeans.

— Ah, ces jeans… Ils me font tourner la tête. Personne ne porte un jean comme toi.

— Tu n'en as pas un peu marre d'être marié à une grosse dondon ?

— Tu n'es pas grosse. Tu es la perfection même. J'adore ton corps, enceinte ou pas. Tu essaies de m'énerver, je m'en rends bien compte, mais tu auras beau me lancer des piques toute la journée, je ne mordrai pas à l'hameçon. La bataille ne serait pas équitable – tu veux ma peau, nous le savons tous les deux. Tu as des rendez-vous ce matin ?

— Pourquoi ?

— Parce que ce serait bien d'aller à Grace Valley pour une échographie. Je veux savoir quand je dois finir la maison.

Pendant tout le trajet jusqu'à Grace Valley, Melinda revint à la charge, le menaçant des pires représailles s'il frimait devant John Stone. Pour lui, c'était facile d'accepter la situation – combien de bébés de quatre kilos avait-il mis au monde, déjà ? Et s'il se permettait la moindre plaisanterie, elle le lui ferait payer cher, très cher. Peut-être à vie.

Jack pressentait que sa patience allait être mise à rude épreuve durant les mois qui s'annonçaient. John Stone, leur ami gynécologue, trouverait la situation hilarante. Il devrait peut-être lui tordre le cou. Sans compter que, côté sexe, il allait se retrouver à la diète.

— Alors, Melinda, petite cachottière ! fit John avec un grand sourire.

Allongée sur la table d'examen, la main devant les yeux, elle laissa John et Jack examiner la petite masse à peine mouvante à l'écran. Le médecin indiqua les quatre petits bourgeons où se développeraient bientôt les membres.

— À quand remontent tes dernières règles ? demanda-t-il à Melinda.

Elle ôta la main de son visage et foudroya son mari du regard.

— Euh… elle n'en a pas vraiment eu, lâcha Jack.

— Pardon ?

— Enfin, pas que je sache, ajouta-t-il avec un haussement d'épaules.

— Un an et demi, c'est ça ? lâcha-t-elle d'un ton sec. Approximativement. J'ai été enceinte, j'ai allaité, et c'est reparti pour un tour avec les seins douloureux et les chevilles enflées !

— Et direct les sautes d'humeur, on dirait ? ajouta John. Bon, je dirais environ huit semaines, mais c'est une estimation. Je situe la conception entre mi et fin mai. Qu'en pensez-vous ?

— Oh, génial !

— Il faut excuser ma femme, intervint Jack. Elle s'imaginait être toujours stérile. Voilà qui pourrait enfin la convaincre d'abandonner cette illusion.

— Je t'avais prévenu, à la moindre plaisanterie…

— Melinda, la coupa-t-il, la mine sévère, je ne plaisante *pas*.

— Je voudrais bien savoir comment une telle chose est possible ! explosa-t-elle. La naissance de David tient déjà du miracle et avant même de le sevrer, me revoilà encore enceinte !

— Tu sais ce qu'on dit : la grossesse guérit la stérilité, fit remarquer John.

— Je sais ! rétorqua-t-elle, exaspérée.

— Tu comprends de quoi je parle – sans doute mieux que moi. Tu n'as pas pensé que ça pouvait s'appliquer à toi, n'est-ce pas ?

— De quoi parles-tu donc ? demanda Jack.

— De nombreuses pathologies à l'origine de la stérilité connaissent une amélioration grâce à la grossesse – l'endométriose, par exemple. Si bien qu'après une première conception miracle, la situation peut s'arranger d'elle-même. Et puis, le changement de partenaire y est aussi pour quelque chose, il ne faut pas l'oublier. Tu veux continuer d'allaiter ? demanda le gynécologue à Melinda avec un sourire.

Les larmes lui montèrent aux yeux.

— Je n'étais pas tout à fait prête à arrêter, répondit-elle d'une petite voix.

— Melinda avait prévu de continuer jusqu'au service militaire de David, intervint Jack.

— Je pensais que ce serait mon unique enfant et je ne voulais pas le brusquer, expliqua-t-elle d'un air malheureux.

Ému par son désarroi, Jack la redressa et l'enlaça.

— Dans ce cas, on pourrait revoir tes apports en vitamines et minéraux, et limiter les tétées aux deux plus importantes de la journée – celles qui vous apportent le plus de bien-être à David et toi, proposa John. Tu as intérêt à boire beaucoup d'eau – le fœtus a besoin de fluides, lui aussi. Tout va bien se passer, Melinda, la rassura-t-il en lui prenant la main. Tu es en parfaite santé. Ton premier accouchement a été une réussite et, à une époque, tu aurais considéré ton état comme la réponse à tes plus ferventes prières. Essaie juste de ne pas traiter Jack comme un chien.

Ce soir-là, dans les bras de son mari, Melinda demanda :

— Est-ce que je t'ai traité comme un chien ?

— Juste un petit peu. Ce n'est pas comme si je t'avais piégée. Si ma mémoire est bonne, tu as été une complice incroyablement consentante. Incroyablement, répéta-t-il avec un soupir.

— Je suis juste sous le choc. Complètement prise au dépourvu.

— Je sais. As-tu idée de ce que tu es belle quand tu es enceinte ? Tu es radieuse. Tu as les yeux qui pétillent, les joues roses, tu souris et tu te caresses le ventre tout le temps…

— C'est *toi* qui souris et me caresses le ventre tout le temps.

— Je n'arrive pas à croire à ma chance, dit-il avec une pointe de mélancolie. Toi et deux enfants. Quand je pense qu'il y a quelques années, je m'imaginais vivre seul jusqu'à la fin de mes jours.

— Sais-tu l'âge que tu auras quand David entrera à l'université ?

— Où est le problème ? Sam te paraît-il vieux ? Je tiendrai le coup, va.

— Coupe-coupe, dit Melinda en guise de réponse.

Jack leva les yeux au ciel.

— Tout le monde est de mauvaise humeur autour de moi.

— Ah bon ?

— Regarde Vic. Il est franchement irritable quand ce n'est pas le jour de l'ovulation – tu aurais d'ailleurs pu me prévenir, soit dit en passant…

— Ce sont des informations confidentielles.

— Ouais, plus maintenant. À mon avis, Paige est un peu furax qu'il ait raconté à tous les gars qu'il restait à la maison pour coucher avec sa femme.

— Tu crois vraiment ? ironisa Melinda qui ne put s'empêcher de rire.

— Quant à Mike, il est plus que mal luné en ce moment. Sans doute parce que Brie est partie – et, crois-moi, je ne sais pas qu'en penser. Je veux le bonheur de ma sœur, et ce serait bien si Mike était heureux, lui aussi, mais pas grâce à elle, si tu vois ce que je veux dire… D'accord, d'accord, je me réjouis, se dépêcha-t-il d'ajouter avant qu'elle ne récrimine. Et puis il y a toi… cette petite surprise influe sur ton humeur, si je puis me permettre de te le faire remarquer.

— Je ne te le permets pas.

— Je voudrais juste que tout redevienne normal, soupira Jack.

« Normal ? songea Melinda. Quand avaient-ils connu une situation normale ? »

Le calepin que Jack utilisait pour noter ses calculs concernant la maison commençait à être usé et froissé. Il avait l'habitude de le plier en deux pour le fourrer dans sa poche arrière quand il travaillait et certains chiffres étaient maintenant à peine lisibles.

Mais il y était attaché et l'avait ouvert devant lui sur le plan de travail de la cuisine pour passer ses appels, à côté de sa calculatrice et d'un stylo. Il téléphona à une liste d'entrepreneurs dans le bâtiment, tous chaudement recommandés et dont il avait déjà eu l'occasion d'admirer le travail.

Et tous étaient, semblait-il, surchargés de travail.

En désespoir de cause, il appela Paul Haggerty à Grants Pass.

— Je tente le coup à tout hasard, mais te serait-il possible de me donner un coup de main ? Je dois finir la maison le plus tôt possible et je n'arrive pas à trouver un entrepreneur ou une équipe pour les travaux.

— Tu en es où ?

— Eh bien, les cloisons intérieures sont posées, la plomberie est faite, l'électricité presque terminée, le toit est posé – et Melinda a un polichinelle dans le tiroir.

— Eh, quelle nouvelle ! Félicitations, mon vieux !

— Merci. Mais elle est plutôt à cran. Elle a besoin d'une maison.

— Pigé. Laisse-moi passer quelques coups de fil. Je vais voir ce que je peux faire. On pourra peut-être terminer le chantier avant l'arrivée de l'hiver.

— Je paierai en heures supplémentaires. Je vendrai mon âme s'il le faut.

Paul éclata de rire.

— Désolé, mais je ne suis pas sûr d'en vouloir. Elle ne doit pas être hypernickel. Le tarif heures sup, en revanche, aiderait sûrement à tenir des délais serrés.

— J'apprécierais ton aide. J'attends de tes nouvelles.

Lorsque Jack raccrocha, Vic se détourna des légumes qu'il émincait pour sa soupe.

— Qu'est-ce qui se passe ?

— Je dois finir la maison au plus tôt.

— Melinda s'impatiente ?

— Non, Melinda est enceinte.

— Eh, génial, mon vieux ! s'exclama le colosse qui lui tendit la main.

— Merci. Mais j'aime autant te prévenir qu'elle n'est pas très enthousiaste. Fais attention à ce que tu dis.

— Ah bon ? Pourquoi ?

— David est encore petit, et elle a l'impression d'être à peine sortie de sa grossesse précédente. En prime elle a des sautes d'humeur, de gros coups de fatigue, des nausées et est persuadée que je lui ai fait un enfant dans le dos.

— Ah. D'accord, fit Vic. Et toi, ça va ?

— Moi ? À merveille ! J'en aurais bien cinq de plus. Mais si je lui sors un truc pareil, je risque ma peau.

— Est-ce que tu n'as pas l'impression… tu sais… d'être vieux ?

— Pas du tout ! Chaque fois que Melinda est enceinte, je rajeunis de dix ans. Mais si tu lui répètes ça, on est morts tous les deux.

Lorsqu'un policier se voit attribuer un nouveau secteur, l'une de ses premières missions consiste à s'en imprégner. En ville, vu la densité démographique, il faut du temps pour se familiariser avec les rues, les habitants, les commerces, mais au bout d'un moment, on finit par en connaître chaque recoin.

À la campagne ou en montagne, la population et les habitations sont certes plus disséminées, mais le territoire à couvrir est aussi beaucoup plus vaste, avec des tas de petites routes et un labyrinthe de pistes cachées au milieu des bois. Mike passait plusieurs heures par jour à explorer les environs de Virgin River et les localités voisines. Il s'arrêtait souvent à l'aire de repos désaffectée, mais il ne semblait pas y avoir eu beaucoup de mouvement – une fête récente y aurait laissé des immondices révélateurs.

Alors qu'il explorait les bois aux alentours de Clear River, il repéra deux structures : une minuscule maison préfabriquée et, un peu plus loin, une sorte de remise. Des traces de pneus récentes y menaient, appartenant a priori à des véhicules tout-terrain, Jeep ou quad. Il préféra garder ses distances, au cas où il s'agirait de cultures clandestines de cannabis – souvent, il arrivait que ce genre d'endroit soit piégé. Et puis, la lutte contre ces plantations illégales n'entrait pas dans ses attributions.

Les bois regorgeaient de panneaux. Les *Défense d'entrer* ou *Chasse interdite* étaient plutôt courants, mais il y en avait aussi de plus dissuasifs, du genre *Tout intrus sera abattu* ou *Chiens de garde, vous entrez à vos risques et périls.* Ces panneaux-là ne s'achetaient pas à la quincaillerie – ils étaient peints au pochoir ou à la bombe aérosol, plus ou moins habilement. Un autre qui proclamait *Armes à feu interdites dans cette zone* était criblé de chevrotine.

Souvent, il terminait ses rondes à l'endroit où tout avait commencé pour Brie et lui au printemps dernier. Il garait sa Jeep en amont de la rivière et marchait le long de la berge. De temps à autre, il apercevait un pêcheur bien que l'eau soit trop peu profonde pour une prise digne de ce nom. Ou bien un jeune couple assis sur une couverture, occupé à faire ce qui semblait être des devoirs. Lorsque Mike entra dans la clairière, ils levèrent les yeux avec surprise, peut-être aussi un brin de nervosité face à cette présence soudaine. Il les salua donc d'un sourire et continua sa promenade, les laissant seuls.

Il aimait venir à cet endroit en fin d'après-midi, quand il y avait du soleil. Il revoyait encore Brie adossée contre le gros rocher, les paupières closes, son sourire énigmatique aux lèvres. Un jour, il s'attarda jusqu'à la tombée de la nuit. Il était en train de se dire que c'était une idée stupide sans lampe torche, quand il entendit un bruit de moteur. Sans doute des amoureux, même si ce n'était pas l'endroit idéal – loin de la route et sans éclairage. Il remonta la rivière en direction de sa voiture avant d'être repéré lorsqu'un détail l'alerta : le véhicule s'était garé dans la clairière, mais il n'y avait pas eu de claquement de portières. Et des amoureux auraient coupé les phares. Que diable pouvait-on venir faire d'autre dans cette crique isolée à la nuit tombée ?

Le moteur de la voiture tournait toujours. Entre les arbres, Mike distingua la silhouette d'un homme dans l'habitacle. Curieux, il attendit.

Une dizaine de minutes plus tard, un deuxième véhicule pénétra dans la clairière. Un autre pick-up. Les faisceaux des phares illuminaient les arbres. Sans couper le contact, chaque conducteur descendit.

Voilà qui devenait intéressant. Du premier véhicule émergea l'inspecteur Delaney et de l'autre, quelqu'un que Mike reconnut aussitôt au Shady Brady qu'il gardait toujours vissé sur la tête : c'était le planteur clandestin auquel ils avaient déjà eu affaire par deux fois l'année passée. La première, c'était avant son arrivée à Virgin River : l'homme avait emmené Melinda au beau milieu de la nuit jusqu'à une caravane en pleine forêt pour un accouchement. Plus récemment, il les avait conduits à l'endroit où l'ex-mari de Paige détenait celle-ci dans les bois. Sans doute lui avait-il sauvé la vie. Ce type était une énigme : à l'évidence un criminel, mais apparemment doté d'une fibre humanitaire.

Les deux hommes se faisaient face. Delaney s'adossa contre le capot de son pick-up et l'homme au chapeau garda les mains dans ses poches. Ils ne se serrèrent pas la main, n'échangèrent ni argent ni marchandise. Moins de cinq minutes plus tard, ils remontaient dans leurs véhicules respectifs et quittaient les lieux.

Les hypothèses étaient multiples, mais la plus plausible était que Delaney s'était trouvé un indicateur de choix au cœur même du trafic de cannabis.

9

Paul Haggerty était prêt à aider son ami Jack chaque fois qu'il le pouvait – cela allait sans dire. Que le projet qu'il lui proposait fût en outre lucratif ne gâchait rien. Mais s'il voulait être franc, l'argument décisif était sans conteste la présence de Vanessa à Virgin River.

Il trouva six ouvriers prêts à signer immédiatement et rédigea aussitôt un contrat qu'il faxa à Jack, au bar. Ensuite, il loua un grand mobile home qu'il fit livrer sur le chantier ainsi que des toilettes portables et une benne pour les gravats. Ses employés pourraient dormir sur place en semaine et regagner leur domicile le week-end s'ils le souhaitaient. Il tracterait sa propre petite caravane jusque sur le site. Il ferait évoluer l'équipe au fur et à mesure de l'avancement des travaux. Jack devrait le seconder comme contremaître parce qu'il ne pourrait rester tout le temps à Virgin River. Il laissait l'entreprise entre les mains de son père et de ses deux frères, mais devrait rentrer de temps en temps à Grants Pass fournir sa part de travail.

Tandis que le gros œuvre serait en voie d'achèvement, il chercherait dans la région les artisans qui assureraient la suite des travaux : peintres, carreleurs, poseurs de moquette, menuisiers. Jack n'aurait aucun mal à installer lui-même la robinetterie et les luminaires, une fois que Melinda les aurait choisis. La maison avait été commencée au printemps dernier et le chantier avait bien progressé, mais seul, il prendrait à Jack encore une bonne année. Ensemble, avec les ouvriers, ils pouvaient espérer le boucler d'ici quelques mois. Si la météo ne les ralentissait pas trop, au plus tard au début du printemps.

Et pendant tout ce temps, il verrait Vanessa. À cette idée, il en avait presque des frissons. Il adorait être avec elle. Son énergie et sa gaieté l'émerveillaient. Le hic, c'était qu'il la trouvait aussi ravissante et sexy que ce premier soir où Matt lui avait mis le grappin dessus. Ne s'exposait-il pas à une longue série de nuits troublées où il s'apitoierait sur son sort parce que jamais au grand jamais, même sous la torture, il ne toucherait à la femme d'un ami. Rien que d'en avoir envie, il était rongé par la culpabilité.

Mais ce désir ardent qu'il éprouvait pour Vanessa demeurerait son secret. Et tant que Matt serait à la guerre, il veillerait sur elle de temps à autre, histoire de s'assurer qu'elle tenait le coup.

Matt et lui étaient comme des frères. Ils avaient fréquenté le même lycée dans l'Oregon, passé deux années à l'université ensemble, s'étaient engagés dans les marines ensemble. Mais Matt avait toujours été plus sûr de lui avec les filles. Paul, lui, était plutôt timide. Il lui était difficile de faire le premier pas avec une femme. Avec le temps, il avait quelque peu surmonté cette réserve, mais jamais il n'aurait le bagout et l'aisance de son meilleur ami.

Il se souvenait de cette soirée, quelques années plus tôt, comme si c'était hier. Matt était en permission et ils s'étaient retrouvés à San Francisco. Alors qu'ils buvaient un verre dans un bar de la ville, ils avaient repéré un groupe d'hôtesses de l'air en transit.

— Non, mais je rêve ! avait soufflé Paul à son ami. Regarde un peu cette fille !

— Laquelle ? avait demandé Matt.

— La sublime rousse aux longues jambes et au teint doré. Je crois que je vais tourner de l'œil.

— Je vais te la chercher.

— Non ! Ne fais pas ça. Attends que je trouve quelque chose à...

Matt lui avait décoché son sourire provocateur.

— Trois, deux, un... c'est parti.

Mais il ne la lui avait pas ramenée. Il avait fait signe à Paul de les rejoindre et essayé de le brancher avec l'une des copines de Vanessa. Et Paul s'était laissé faire. Quel choix avait-il ? « Arrête ! Je l'ai vue le premier ! Elle est à moi ! » Voilà ce qu'il aurait dû dire s'il avait eu une once de courage. Depuis, il n'avait cessé de regretter sa faiblesse.

Avant la fin du week-end, Matt et Vanessa étaient fous amoureux. Comme elle bénéficiait d'avantages pour voyager avec sa compagnie, et qu'à l'époque Matt était basé aux États-Unis, elle l'avait retrouvé tous les week-ends pendant un an. Encore un an, et Paul était témoin à leur mariage. Il s'était juré que si jamais il rencontrait une femme qui l'attirait, il lui sauterait dessus sans attendre pour ne plus la lâcher.

Aussi loin que remontaient ses souvenirs, il n'avait jamais eu une telle chance avant. Et plus jamais depuis.

À son arrivée à Virgin River, Paul se rendit directement sur le chantier afin de s'assurer que tout était en ordre. Le mobile home était prêt pour ses ouvriers. Son meilleur contremaître, Manny, transporterait les matériaux sur le gros camion et les autres suivraient. Il détacha sa caravane qu'il gara dans un coin du terrain, puis se rendit chez les Booth. À peine garé, il se mit à avoir des scrupules. Peut-être aurait-il dû téléphoner à Vanessa, s'inquiéta-t-il soudain. Mais ne trahirait-il pas ainsi le rôle qu'elle avait joué dans sa venue ? Non, ce n'était pas une bonne idée. Il se contenta donc de frapper à la porte.

Ce fut Walt qui vint ouvrir, ses lunettes repoussées sur le front, un journal à la main.

— Paul ! Quelle surprise ! Que faites-vous ici !

— Je suis ici pour un travail, répondit-il en riant. Mais pour l'instant, nous allons devoir rester discrets – je ne pense pas que ce soit encore officiel.

— Ah bon ? fit le général, qui ouvrit la porte en grand. Entrez donc. Vous allez tout nous raconter. Vanessa ! Tu ne vas pas le croire !

Paul pénétra dans le vestibule et jeta un regard appréciateur à la ronde. L'extérieur ne payait pas de mine – juste un long ranch étroit –, mais l'intérieur, à l'évidence entièrement rénové, était spacieux, avec des plafonds voûtés et de nombreuses baies vitrées donnant sur l'écurie et le corral. Le vestibule s'ouvrait sur un vaste espace salon meublé de beaux canapés et fauteuils en cuir devant une impressionnante cheminée. Lorsqu'il s'avança dans la pièce, Paul découvrit la salle à manger sur sa droite et, en se penchant un peu, une immense cuisine moderne. Au fond du couloir face à lui devaient se trouver les chambres. Par les larges baies vitrées, on apercevait les chevaux dans la pâture et, au-delà, la rivière et les montagnes en arrière-plan. Il était facile de comprendre pourquoi le général avait jeté son dévolu sur cet endroit.

Dehors, un pied calé sur la clôture du corral, un jeune homme observait les chevaux. Tom. Il avait hâte de voir le garçon de plus près. Au mariage, deux ans plus tôt, Paul avait vraiment apprécié son sens de l'humour. C'était un adolescent intelligent, beau gosse et marrant, mais aux manières circonspectes qui lui venaient de son éducation stricte sous la férule d'un général d'armée.

Vanessa remonta le couloir. Un sourire ravi illumina son visage.

— Mon Dieu, Paul ! Tu es déjà revenu ?

— Je vais te raconter dans une minute. Comment vas-tu ? Tu as l'air en pleine forme !

— Je commence à m'empâter sérieusement, dit-elle en s'esclaffant.

— Tu es parfaite. Plus belle que jamais. Tu prends des photos pour Matt ?

— Chaque semaine, mon père photographie mon ventre. Comme ça, Matt voit la progression en accéléré.

— Bonne idée.

— Une bière, ça vous dit, Paul ? s'enquit Walt.

— Pourquoi pas ? C'est Tom, là dehors ?

— Oui. Ce n'est pas son jour aujourd'hui. Asseyez-vous, je vais chercher la bière.

— Viens, dit Vanessa qui l'entraîna par la main au salon jusqu'à un fauteuil flanqué d'une ottomane près des fenêtres qui donnaient sur le corral.

Avant que Paul ait eu le temps de s'installer confortablement face à Vanessa, le général revint avec deux grandes chopes de bière bien fraîche.

— Vanessa, je ne t'ai rien pris.

— Ce n'est pas grave, papa. Je m'offrirai un verre d'eau tout à l'heure. Hmm, que cette bière me fait envie ! Je l'avoue, j'ai hâte de pouvoir en boire de nouveau.

Du haut de son mètre quatre-vingt-cinq, avec sa large carrure, ses cheveux argentés, ses sourcils bruns et sa mâchoire volontaire, Walt Booth possédait la prestance qui sied à un général d'armée. À soixante ans, il avait derrière lui trente-cinq ans d'une magnifique carrière, mais depuis le décès de son épouse – dont Paul avait souvent entendu les louanges, mais qu'il n'avait jamais rencontrée –, il avait perdu tout intérêt dans la chose militaire.

— Que se passe-t-il avec Tom ? s'enquit Paul après avoir avalé une gorgée de bière.

— Ah, les adolescents ! soupira le général. Il traîne avec un gamin que je n'apprécie pas, ce qui lui a valu quelques ennuis : il est allé à une soirée interdite dans les bois, s'est mis à boire de la bière après les cours, et j'ai remarqué que ses notes avaient baissé dans une ou deux matières.

— Le garçon en question a une tête qui ne revient pas à papa, intervint Vanessa.

— Ah bon ? fit Paul.

Le général secoua la tête avec une moue.

— Ce garçon a un regard fuyant et un petit sourire manipulateur qui m'insupportent. D'accord, on a tous eu dix-sept ans. On a bu quelques bières de trop, roulé un peu trop vite en voiture, dragué les filles. Mais là, c'est différent. Je le considère comme un sale petit merdeux et je ne veux pas qu'il entraîne mon fils dans ses conneries. Pardon pour ma grossièreté, Vanessa.

Cette dernière éclata de rire.

— Eh bien, c'est la première fois que j'entends des mots aussi provocateurs dans ta bouche.

— Je le sens comme ça, voilà tout.

Et c'était probablement la vérité, songea Paul. Après toutes ces années passées à sonder des jeunes recrues, le général n'avait sans doute pas son pareil pour percer à jour n'importe quelle personnalité.

— Et alors ? Vous l'avez puni ?

— J'ai bien sûr dû mettre le holà, mais je lui ai aussi demandé de se trouver de meilleurs amis, parce que, s'il me ment encore une fois, c'est fini pour lui. Je l'envoie dans une institution privée loin d'ici. Je pensais que cet endroit serait tranquille et les jeunes dociles. Je les trouve encore plus insupportables qu'en ville. Du moins celui qu'il fréquente. Ce garçon a une mauvaise influence, croyez-moi. Mais assez avec nos petits soucis familiaux. Parlez-nous donc de vous.

Paul regarda Vanessa.

— J'ai expliqué à ton père que nous devions garder le secret jusqu'à ce que la nouvelle soit officielle – je suis ici pour aider Jack à terminer sa maison. J'ai rassemblé une équipe, installé un mobile home sur le chantier, et nous allons nous mettre au travail dès que possible. Figure-toi que ta sage-femme est enceinte et qu'ils ont besoin de place pour l'arrivée du bébé.

— C'est vrai ? Génial !

— Mon petit doigt me souffle qu'elle est loin d'être enchantée – elle n'était pas vraiment prête pour un deuxième enfant. Du coup, Jack, en prince charmant qu'il est, va payer les ouvriers en heures supplémentaires pour finir au plus tôt.

— Comme c'est gentil. La grossesse n'est pas encore officielle, tu dis ?

— Je n'en suis pas sûr, mais je ne voudrais pas être celui qui a vendu la mèche. Alors je préfère me taire. Et j'ignore si elle est au courant pour la maison.

— Mais où vas-tu habiter ? demanda Vanessa. Melinda va forcément s'étonner de ta présence.

— Oh, je suis sûr que Jack va vite la mettre au parfum, parce que, d'après ce que j'ai compris, elle va souvent jeter un coup d'œil sur le chantier. Entre les ouvriers, le mobile home et ma caravane, il y aura de l'animation.

— Ta caravane ? Non ! s'exclama Vanessa. Tu vas habiter ici, avec nous !

— Absolument, approuva le général. Nous avons plein de place.

— Ça ne va pas être possible, objecta Paul. Je vais sans cesse aller et venir, j'aurai des horaires irréguliers. Je passerai sûrement du temps en ville avec Jack et Vic…

— Et alors ? coupa Vanessa. Tu rentres et tu sors à ta guise ! On te donnera une clé ! Non pas qu'une clé soit très utile par ici, ajouta-t-elle en riant, personne ne ferme jamais sa porte.

— Je ferai aussi des allers-retours à Grants Pass pour donner un coup de main dans l'entreprise familiale. Franchement, ça risque de vous déranger…

— Je ne supporte pas l'idée que tu dormes dans une caravane pendant des semaines, et je me moque pas mal de tes horaires ! protesta Vanessa.

— Et pour être franc, Paul, je ne serais pas mécontent de vous savoir ici, renchérit Walt. Je vais à Bodega Bay presque chaque semaine pour deux jours. Au minimum tous les quinze jours. Vous vous souvenez de la cousine de Vanessa, Shelby ? Vous l'avez rencontrée au mariage.

— Bien sûr.

— Sa mère – ma sœur – est gravement malade. Grabataire depuis trois ans maintenant.

— La maladie de Charcot, c'est ça ?

— Exact. Franchement, personne ne s'attendait qu'elle vive aussi longtemps, mais elle est encore avec nous. La femme la plus courageuse que j'aie jamais connue. Comme je ne peux pas convaincre Shelby que sa mère serait aussi bien dans un établissement spécialisé, je me rends là-bas aussi souvent que possible pour les soutenir et donner un coup de main. Vanessa y va aussi de temps en temps. J'avoue que j'aurais l'esprit plus tranquille si quelqu'un était ici pour veiller au grain en mon absence.

— Il veut dire sur Tom, précisa Vanessa avec un sourire. Je suis sûr qu'il préférerait ta surveillance à la mienne.

— Si je peux vous aider, c'est avec plaisir, assura Paul au général. Je suis vraiment navré pour votre sœur.

— Merci. Heureusement, elle ne souffre pas. Le plus dur, c'est pour ma nièce qui s'occupe d'elle à plein temps malgré son jeune âge.

— Shelby a pris sa décision en connaissance de cause, intervint Vanessa. Elle n'en démordra pas. Si c'était ma mère, j'agirais comme elle.

— Nous arriverons à nous organiser, j'en suis sûr, mon général. Si je ne suis pas dans l'Oregon, je serais heureux de m'assurer que tout se passe bien ici. Que personne ne fait de folie.

Il souriait, mais son cœur était passé à la vitesse supérieure. Habiter sous le même toit que Vanessa en l'absence de son père n'allait pas contribuer à la sérénité de ses nuits.

— Vous êtes un homme bien, Paul, déclara Walt.

« Si tel était le cas, je ne serais pas assailli par ces pensées et ces sentiments », songea Paul.

Jack se présenta chez Doc vers 11 heures et trouva Melinda à l'ordinateur. David jouait dans son parc à côté d'elle.

— Salut, fit-il, quoi de neuf ?

— Pas grand-chose. J'organise la journée mammographie. Et toi ?

— J'ai quelque chose à te montrer – si tu peux faire une pause.

— Qu'est-ce que c'est ?

— Tu ne veux pas te laisser surprendre ?

— Je déteste les surprises.

— Je sais. Tu as des progrès à faire là-dessus. Où est Doc ?

— Quelque part dans la maison.

— Eh bien, va le trouver et dis-lui que tu sors un moment. Je surveille David. On va aller faire un tour. Je crois que ça va te plaire.

— Jack, fit Melinda en se levant, je déteste quand tu me fais ce genre de coup.

— Pourquoi ? Jusqu'à présent, tu n'as pas encore eu une seule mauvaise surprise, non ? objecta-t-il en soulevant son fils dans ses bras. Quoi ? C'est vrai ! s'exclama-t-il devant le regard noir de sa femme. Je fais des bébés sublimes, et si tu te laisses surprendre, je pense que c'est ta faute !

— Mouais, c'est ça, remue le couteau dans la plaie.

Il ne fallut à Melinda que quelques minutes pour se préparer, s'excuser auprès de Doc, attraper la trousse médicale qui ne la quittait jamais et enfiler sa veste. Jack installa leur fils dans son siège auto. David était aux anges dès qu'il s'agissait de se balader en voiture, quelle que soit la destination.

Lorsqu'ils quittèrent la route pour s'engager dans le chemin menant à leur nouvelle maison, le visage de Melinda s'éclaira.

— Qu'est-ce qui se passe ? demanda-t-elle avec animation.

— Attends de voir. Ça va te plaire. Tu vas m'aimer de nouveau.

— Je t'aime, voyons – c'est juste que je ne suis pas ravie de découvrir aussi viril, voilà tout.

Comme Jack débouchait au sommet de la colline et émergeait de sous les arbres, elle se redressa sur son siège avec curiosité en découvrant l'activité autour de la maison : un vrai chantier digne de ce nom avec des caravanes, des engins, des toilettes portables, des hommes au travail. Juste devant un semi-remorque, coiffé d'un casque, elle reconnut Paul.

— Qu'est-ce qui se passe ici ? répéta-t-elle, sidérée.

— Paul est venu avec une équipe de l'Oregon pour finir les travaux, ma chérie. Nous allons avoir des courses à faire à Eureka : peintures, moquettes, carrelages, cuisine équipée… Les choses vont aller vite maintenant.

— Jack, lâcha Melinda dans un souffle, médusée.

Elle se tourna vers lui, posa la main sur la sienne.

— Tu seras dans tes meubles avant la naissance, Melinda. Je ferai tout mon possible pour te rendre la vie agréable. Si je pouvais porter le bébé à ta place, je le ferais. Heureusement pour moi, c'est impossible, ajouta-t-il avec un sourire en coin. Après celui-ci, promis, tu auras le temps de profiter de tes enfants. Et nous essaierons ma méthode de contraception à la place de la tienne. Ta bonne humeur me manque. Et tes sourires.

— Je souris, protesta-t-elle.

— Tu n'es quand même pas à prendre avec des pincettes, reconnais-le.

— Je suis désolée, chéri. Ce n'est pas à cause de toi… C'est moi. J'ai l'impression d'être une idiote. Comme l'une de ces adolescentes qui débarquent au cabinet à cinq mois de grossesse sans se douter de rien parce qu'elles ne l'ont pas voulu ainsi. Étant donné ma profession, c'est plutôt embarrassant. J'étais intimement persuadée que David était un miracle. Le seul et unique auquel j'aurais jamais droit. Une sage-femme ne devrait pas connaître ce genre de déni. J'ignore ce qui m'a pris…

— As-tu idée de l'amour que je te porte, Melinda ? Jamais je ne te ferais sciemment du mal. C'est juste que… je ne peux pas m'empêcher de te toucher.

— Je sais, Jack. Et le plus infernal, c'est que je ne sais pas te résister.

— Donc… notre seul problème, c'est que tu es beaucoup plus fertile que tu ne l'imaginais, conclut-il. On devrait réussir à le surmonter. Embrasse-moi.

Se penchant vers lui, Melinda glissa la main sur sa nuque et gratifia Jack d'un baiser des plus passionnés. Il en grogna de plaisir et l'étreignit avec fougue.

— Hmm, voilà ce que j'appelle embrasser. Tes baisers sont tellement délicieux. Viens, allons voir ce que Paul fabrique.

Melinda descendit du véhicule, tandis que Jack extrayait David de son siège. À la seconde où Paul les aperçut, il vint vers eux, les bras ouverts. Il enlaça la jeune femme et la serra dans ses bras.

— Alors, qu'en penses-tu ? Ton mari t'a fait une belle surprise, non ?

— Je n'arrive pas à y croire ! Tu es adorable !

— Je n'y suis pour rien. C'est ton mari qui crache au bassinet. Le résultat sera magnifique, Melinda, je te le garantis. Mais vous avez aussi du pain sur la planche. Il y a des tas d'achats à faire dans les magasins de bricolage et de déco. Certains produits se commandent longtemps à l'avance.

— On va s'y mettre tout de suite. Tu veux habiter chez nous pendant les travaux ?

— Je n'arrête pas d'avoir des propositions d'hébergement, et puis, j'ai ma caravane que, croyez-le ou non, j'apprécie. Quand je ne serai pas ici avec les gars ou à Grants Pass, je pense passer un peu de temps chez le général.

— Parfait, fit Melinda. Dans ce cas, on choisira un soir de cette semaine pour vous inviter tous à manger au bar : toi, Vanessa et sa famille, et toute ton équipe. N'est-ce pas, Jack ?

— Bien sûr, tout ce que tu veux.

Un sourire malicieux se peignit sur le visage de la jeune femme.

— J'aime quand il me parle comme ça. T'a-t-il annoncé la nouvelle ?

— Quelle nouvelle ? répondit Paul, feignant l'ignorance.

Elle lui décocha une tape sur le bras.

— Arrête, je sais que tu sais. C'est la raison de ta présence ici.

Il lui entoura les épaules du bras.

— Si je le sais, c'est parce que tu es radieuse. Une fois de plus.

— Je n'en suis pas si sûre. Le matin, je suis verdâtre jusqu'à environ 9 heures.

— Et juste après, elle est radieuse, confirma Jack, hilare.

L'unité de mammographie arriva un lundi matin à Virgin River et s'installa devant le cabinet médical. Toutes les femmes que Melinda avait contactées se présentèrent en groupe à la première heure, certaines avec leurs enfants, et toutes avec à boire et à manger. Elles se rassemblèrent dans la salle d'attente qui prit des allures de salle des fêtes, tandis qu'une à une elles allaient passer leur examen dans le bus. La journée fut longue et épuisante pour Melinda et Doc mais ô combien gratifiante. Le lendemain, le bus fit escale à Grace Valley au cabinet du Dr June Hudson.

Ce jour-là était celui des rendez-vous, et Melinda avait trois visites prénatales – dont Vanessa Rutledge. Elle ne s'étonna pas que ses deux autres patientes choisissent l'accouchement à domicile – une habitude dans ces familles rurales depuis des générations. La surprise vint de Vanessa, fille de la ville jusqu'au bout des ongles, qui prévoyait de mettre son bébé au monde dans la maison de son père, tout naturellement.

— Plus que trois mois, lui annonça Melinda, et vous êtes en parfaite santé. Que diriez-vous d'aller à Grace Valley passer une échographie ? Nous devrions nous assurer dès maintenant qu'il n'y a pas de complication évidente. Désirez-vous connaître le sexe de votre enfant ?

— Ce serait formidable. Je pourrais le dire à Matt – il se sent quand même à l'écart.

— Que diriez-vous de la semaine prochaine ?

— Je n'ai rien de prévu, répondit la jeune femme avec un haussement d'épaules.

— Ce doit être dur d'être si loin de votre mari alors que vous êtes enceinte.

— Ça l'est, en effet, mais il semblerait que ce soit le destin de la famille Booth. Mon père n'était présent ni pour ma naissance ni pour celle de mon frère. L'armée peut vraiment gâcher les plus beaux projets.

— Je ne sais pas comment vous faites.

— Jack n'a pas été dans les marines pendant vingt ans ? s'étonna Vanessa.

— Un peu plus même. Mais notre rencontre est récente. À mon arrivée ici pour seconder le Dr Mullins, l'année dernière, Jack avait déjà quitté l'armée.

— Et vous avez déjà un enfant ?

— Eh oui ! dit Melinda, qui caressa son ventre encore plat. Et devinez quoi ? C'est reparti pour un tour. Je vais devoir l'isoler dans la maison d'amis au fond du jardin, ajouta-t-elle en secouant de la tête.

Vanessa pouffa de rire.

— Je voulais vous dire... il y a un événement vraiment particulier demain soir chez nous et nous voudrions vous inviter, Jack et vous, Vic, Paige et Mike. Bien sûr, Paul sera là, lui aussi. Mon père nous a inscrits à une opération intitulée « Voix de la maison ». Nous allons pouvoir discuter avec Matt de Bagdad par vidéoconférence. Nous voulons en faire une petite fête et, après la communication, il y aura un grand repas. Pouvez-vous venir ?

— Vanessa, dit Melinda en lui pressant la main, êtes-vous sûre de ne pas vouloir Matt pour vous toute seule ?

— Si, bien sûr, mais Matt est si loin, et il aura l'occasion de parler à quelques-uns de ses meilleurs amis. Après la consultation, j'irai inviter les garçons. Je dirai que vous venez.

— Êtes-vous absolument certaine ? Parce que tout le monde comprendrait que...

— Sûre et certaine ! J'aimerais juste connaître le sexe du bébé pour cette vidéoconférence. Ce serait un beau cadeau pour Matt.

Melinda sourit.

— Je devrais pouvoir vous caser. J'ai des relations, plaisanta-t-elle. Seriez-vous libre aujourd'hui ou demain matin ?

Le visage de la jeune femme s'éclaira.

— Et comment ! C'est vrai ? Vous feriez ça pour moi ?

— C'est bien le moins.

Le jour de la vidéoconférence avec Matt, Tom regagnait son pick-up sur le parking du lycée quand il se fit alpaguer par Jordan qui l'attrapa par le bras.

— Eh, man, t'étais où ?

— À droite, à gauche, répondit évasivement l'adolescent, qui s'était appliqué à l'éviter.

Brenda avait piqué sa curiosité avec ses histoires de soirées à l'aire de repos. Alors il s'était pointé à l'une d'elles un soir où elle avait d'autres projets avec une amie. Comme elle l'avait raconté, c'était plutôt débridé. Il n'y avait pas beaucoup de monde et il faisait froid, mais il se passait des trucs qui ne lui plaisaient pas. Jordan et son copain semblaient attirer certains à l'écart : il ne voyait pas ce qu'ils fabriquaient, mais ils ne partaient pas assez longtemps pour fumer un joint, et revenaient avec une mine un peu trop béate qui lui faisait soupçonner une substance plus musclée : ecstasy ou même amphés.

Tom avait bu une bière et était rentré à la maison… où l'attendait son père qui avait reniflé son haleine. Et c'était là que les ennuis avaient commencé.

— Je t'ai pas vu depuis un siècle. Tu viens chez moi ? Y a de la bière, on va se marrer.

— Non, ça ne me branche pas.

— Depuis quand ?

— Depuis que je me suis fait choper par mon vieux après ta petite fête de l'autre jour. Je dois y aller, j'ai des trucs à faire.

— Qu'est-ce qui te prend de me virer comme ça ? Je connais une fille avec qui je pourrais te brancher.

— J'ai déjà une copine, Jordan. Il faut que j'y aille.

— Attends une minute. C'est qui ?

— Une première qui s'appelle Brenda. On sort ensemble.

— Brenda ? Carpenter ? demanda Jordan, une étincelle dans le regard. Je la connais. Je la connais même très bien, si tu vois ce que je veux dire.

Et il ponctua sa phrase d'un geste de la main, comme pour se rafraîchir d'un coup de chaleur subit.

Le visage de Tom se ferma.

— Tu mens.

— C'est ça, ouais. C'est une bombe, mon pote. Hyperchaude.

Le sang de Tom ne fit qu'un tour. Il se planta devant Jordan, les poings serrés.

— De quoi tu parles, là ?

— De rien, mec. C'était il y a longtemps. On a juste un peu fait la fiesta ensemble, c'est tout.

Tom l'agrippa par le devant de sa chemise.

— C'est des conneries !

— Si tu le dis, ricana l'autre.

Tom recula et lui décocha un coup de poing en pleine figure. Jordan s'affala sur le sol, mais se releva aussitôt et riposta avec une force étonnante pour l'avorton qu'il était. Les coups se mirent à pleuvoir au milieu des injures… jusqu'à ce que deux professeurs interviennent pour les séparer.

Une fois dans le bureau du proviseur, Tom ne se fit pas prier pour expliquer la raison de sa colère, à quoi Jordan répliqua qu'il voulait juste frimer et que ce qu'il avait dit était faux. À la différence d'un lycée urbain, à la campagne, on partait du principe qu'il était normal d'en venir aux mains pour régler ce genre de différend.

— Il me semble que tu l'as bien cherché, mon garçon, déclara le proviseur à Jordan. Si tu avais parlé ainsi de ma petite amie, je t'aurais filé une raclée bien pire. À présent, vous avez intérêt à vous tenir tranquilles, parce que si ce genre d'incident se reproduit, vous êtes bons pour l'exclusion temporaire.

La mise au point s'était malheureusement éternisée, au grand dam de Tom, qui était pressé de rentrer. Il ne voulait pas manquer Matt.

Au fur et à mesure que l'heure de la communication approchait, l'excitation allait crescendo chez les Booth. Le général avait déplacé l'ordinateur dans le salon, avec la webcam fixée au-dessus de l'écran. Spécialement pour l'occasion, il avait acheté un écran plat plus grand. Vanessa courait en tous sens, s'inquiétant de sa coiffure et de son maquillage, tandis que Melinda et Paige s'efforçaient de la rassurer de leur mieux. Dès leur arrivée, Jack et Mike avaient disparu dans la cuisine pour aider le général à servir les boissons et hors-d'œuvre. Le bar était fermé pour l'occasion. Vic occupait Christopher, assis sur ses genoux, pendant que David dormait paisiblement dans une chambre au fond du couloir.

C'était presque l'heure. Le général ouvrit la connexion Internet et la tension grimpa de plusieurs crans. De longues et stressantes minutes s'écoulèrent avant que la communication ne soit établie. Soudain, une voix jaillit dans la pièce.

— Eh ! Il y a quelqu'un à la maison ?

Vanessa se précipita. À la vue du visage de son mari à l'écran, elle resta d'abord sans voix. Elle tendit la main vers lui.

— Eh, Vanessa ! Tu es là ?

— Matt, murmura-t-elle, tout émue, avant de se ressaisir et d'allumer la webcam. Matt ! Mon chéri !

— Vanessa, regarde-toi ! Montre-le-moi… Ton ventre.

Elle se tourna de profil face à la caméra.

— Dis donc ! Tu t'arrondis drôlement ! Tu me fais un bon gros bébé !

— Matt, j'ai tellement de surprises pour toi. D'abord, je l'ai appris ce matin même, c'est un garçon. Un fils, Matt !

Il y eut un silence assourdissant.

— C'est merveilleux, Vanessa, murmura-t-il, la voix vibrante d'émotion. Je t'aime, mon ange. Je t'aime tellement.

— Moi aussi, Matt, je t'aime ! Comment vas-tu ? Est-ce que tout va bien ?

— Tout va bien, pas de souci. Nous travaillons dur, mais c'est pour ça que nous sommes ici. Ça ne sera plus très long. Tu es superbe, chérie !

— Tu as perdu du poids ? s'inquiéta-t-elle.

— Mon cœur, ici tout le monde perd du poids, répondit-il en riant. À mon avis, je n'aurai aucun mal à en reprendre à mon retour. J'ai tellement hâte de te serrer dans mes bras.

— Moi aussi, Matt. Quand tu rentreras, tu pourras nous serrer tous les deux dans tes bras. Il faudrait que tu réfléchisses à un prénom, d'accord ?

— D'accord. Et toi, comment ça va ? Tu te sens bien ?

— Merveilleusement, chéri. J'ai d'autres surprises pour toi. Devine qui est là. Jack, Vic, Mike… venez !

— Salut ! fit Jack avec un sourire, face à la caméra.

Il fut vite rejoint par ses deux amis.

— Comment ça va, le marine ? lâcha Vic avec un froncement de sourcils.

— Je te paie une bière à ton retour, mon pote, ajouta Mike avec un sourire.

Surpris, Matt éclata de rire et se frappa le front du plat de la main.

— Vous avez l'air en pleine forme, les gars ! Vous n'êtes sûrement pas obligés de bosser pour avoir des mines pareilles ! Bon sang, je suis content que Vanessa soit là – je lui avais dit qu'elle se plairait ! Comment va le général ? Vous vous occupez bien de lui ?

Walt se fraya un passage jusqu'à l'écran.

— Comme si j'avais besoin qu'on s'occupe de moi !

— Bonjour, beau-papa ! Comment allez-vous ? Vous avez votre petit-fils à l'œil ?

— À votre retour, je lui aurai appris le garde-à-vous !

Matt éclata de rire, à l'évidence ravi de cette petite réunion.

— Tom est dans le coin ? s'enquit-il.

— Désolé, il est en retard, répondit le général. Je ne comprends pas, il attendait pourtant ce moment avec impatience. Mais il y a quelqu'un d'autre, ajouta-t-il, attirant Paul dans le cadre.

— Haggerty ! Qu'est-ce que tu fais là !

— Je termine la maison de Jack. Il a un enfant et un autre en route…

— *Jack* a un enfant ?

— Eh oui ! C'est dingue, non ? Il avait besoin d'aide pour boucler le chantier avant la naissance. Comment ça va là-bas, vieux ?

— Ça craint. Grosse surprise, hein ? Et toi ? Tu comptes rester combien de temps ?

— Deux mois, j'imagine, avec des allers-retours à Grants Pass. Ce n'est pas au bout du monde. À ton retour, je viendrai…

— Écoute, Paul… si jamais il m'arrive quelque chose…

— Arrête, on ne parle pas de ces choses-là.

— Si les choses tournent mal, tu prendras soin de Vanni, hein ? De toute façon, ajouta-t-il en riant, c'est toi qu'elle a toujours préféré. Mais ne t'inquiète pas, on va leur coller une raclée.

— Je ne m'inquiète pas. Bon, on ne va pas monopoliser le temps qui revient à ta femme. On vous laisse en tête-à-tête, d'accord ?

— Merci, vieux. Tu sais que je t'aime, hein ?

— Moi aussi, mon pote. Tiens bon et montre-leur de quel bois tu te chauffes ! Vanessa, ajouta-t-il, reviens !

Tout le monde émigra dans la cuisine pour laisser un peu d'intimité au jeune couple. Les conversations s'y poursuivirent à voix basse, tandis que Walt servait les boissons.

— Il a l'air en forme, commenta Jack.

— Pour un troufion, plaisanta le général. Je me demande où est passé Tom. Il était censé être là. Encore en retard. Merci à vous pour l'échographie, dit-il à Melinda. C'était une excellente idée, juste avant cette vidéoconférence.

— C'est bien, ces conférences par Internet, fit remarquer Vic. Ça n'existait pas de mon temps. Dommage qu'ils ne puissent pas appeler tous les jours ou toutes les semaines.

Il drapa le bras sur les épaules de Paige et l'attira contre lui. À l'évidence, il ne supporterait pas d'être ainsi séparé de sa femme.

Au bout de quelques minutes, les voix se turent dans le salon. Paul, qui semblait tendre l'oreille, fut le premier à passer la tête dans l'embrasure. L'écran était éteint et, assise devant, Vanessa pleurait, la tête calée sur ses bras repliés.

Il la rejoignit, posa un genou à terre et l'enveloppa de ses bras. Elle se tourna vers lui et, sans un mot, pleura de plus belle, la tête sur son épaule.

— C'était dur, mon petit, je sais ? Mais tu as vu, il va bien, c'est l'essentiel. Il est costaud, Vanessa, tout va bien se passer. Il sera à la maison avant que tu aies eu le temps de dire ouf !

Elle leva la tête.

— Au moins, je n'ai pas craqué pendant qu'il était connecté.

— Tu as assuré comme une pro. Viens te rafraîchir le visage, fit-il en l'aidant à se relever. Ça te fera du bien.

Un bras sur ses épaules, il l'entraîna vers la salle de bains.

Walt fut le suivant à sortir de la cuisine.

— Il va sans doute lui falloir quelques minutes pour se ressaisir, dit-il. Je savais que cet appel serait à la fois une bonne et une mauvaise chose. Mais avec vous tous ici, elle va s'en remettre plus vite et…

La porte d'entrée s'ouvrit à la volée et Tom fit irruption.

— J'arrive à temps ? demanda-t-il avec un regard à la ronde.

— Tu l'as manqué, mon garçon. Où étais-tu donc passé ?

— Euh… désolé, papa. J'ai essayé de rentrer…

Les sourcils froncés, Walt s'avança vers son fils. Ce dernier était aussi grand que lui, mais plus mince. Il avait la lèvre fendue et ses vêtements étaient poussiéreux.

— Tu t'es battu ?

— Pas vraiment… Enfin, si, un peu. Papa, je suis vraiment désolé d'avoir raté Matt. Je t'expliquerai plus tard, mais je te promets, je ne te laisserai plus tomber.

— Dis-moi juste une chose : est-ce que ça a un rapport avec Jordan Whitley ?

Le visage de Tom s'éclaira d'un sourire.

— Oui. Et il est plus amoché que moi. Je ne veux plus entendre parler de lui, papa. Sérieux.

— Eh bien, c'est déjà ça.

À la suite de la vidéoconférence, Paul passait quelques nuits chez le général, parti à Bodega Bay. Il décida de jouer un peu au grand frère. Il trouva Tom à l'écurie, occupé à nettoyer les boxes.

— Salut, ça va ?

— Ça va. Qu'est-ce qui vous amène ?

— Je préfère ne pas être dans les pattes de Vanessa. Je ne suis franchement pas doué pour cuisiner. Je me demandais un truc…

— Ouais ?

— Je ne veux pas me mêler de tes affaires, alors tu me dis si ça ne me regarde pas. Est-ce que tu as des problèmes au lycée ?

— Du genre… ?

— Du genre qui te valent des bagarres, par exemple.

— Ah, ça. Qu'est-ce que mon père vous a dit ?

— Que tu étais copain avec un garçon qu'il n'aimait pas, répondit Paul avec un haussement d'épaules. C'est tout ce que je sais.

— À la seconde où il l'a vu, mon père l'a détesté. Et je ne comprends toujours pas comment on peut savoir au premier regard qu'on a affaire à un crétin.

— Le général a vu défiler beaucoup de jeunes recrues dans sa carrière. Et il avait raison ?

— Et comment, répondit Tom avec un grand sourire.

La douleur à sa lèvre blessée fut si vive qu'il y porta la main.

— Mais ne le lui répétez pas. Il est déjà persuadé de tout savoir.

Paul lui sourit en retour.

— N'aie crainte, ton secret est bien gardé. Comment t'es-tu retrouvé copain avec ce garçon ?

— Le syndrome du nouveau, expliqua Tom en appuyant sa pelle contre le mur de l'écurie. Je suis arrivé trop tard à la fin de l'été pour être pris dans l'équipe de football et je n'avais rien de spécial à faire. Je le trouvais un peu bizarre, mais bon, il est du genre à toujours trouver de la bière ou un endroit pour faire la fête, expliqua-t-il avec un haussement d'épaules. Vous savez comment c'est.

— Je devine, répondit Paul dont l'année de terminale avait été plutôt sage. Alors, c'était quel genre de crétin ?

— Le genre habituel, qui raconte des craques et se vante de coucher avec des filles.

— C'est fréquent autour des casiers.

— On m'a toujours appris qu'un homme digne de ce nom ne la ramène pas avec ça. Et de toute façon, je n'ai rien dont je pourrais me vanter.

— Il n'y a pas de honte à ça, Tom. C'est le moment idéal pour être vraiment prudent, si tu vois ce que je veux dire.

L'adolescent afficha un sourire plus prudent.

— Je vois exactement ce que vous voulez dire, Paul. Ne vous inquiétez pas. Mon père a déjà eu cette conversation avec moi une bonne centaine de fois. En fait, j'étais remonté contre Jordan parce qu'il parlait d'une fille que j'aime bien. On est déjà sortis une ou deux fois, mais on se voit surtout au lycée ou chez elle pour les devoirs. Elle est très sympa. C'est une fille bien, vous comprenez. Et ce salaud parlait d'elle comme s'il se l'était faite. Alors qu'elle ne lui laisserait même pas lui prendre la main. J'ai été obligé de lui casser la figure.

— Dis donc, fit Paul. Et maintenant, vous n'êtes plus copains.

— Bien sûr que non. Chaque fois que je vois sa tête, j'ai envie de le dézinguer.

— Et avec la fille, ça se passe bien ?

— Plutôt bien. Vous la verriez… Elle est sublime. Et super-intelligente. Je crois qu'elle m'aime bien.

— Normal.

— Je n'en reviens pas, avoua Tom en détournant le regard.

Paul rit de sa modestie. Du haut de son mètre quatre-vingts, il avait déjà une carrure et une musculature plus qu'honorable grâce au sport et aux efforts quotidiens que requiert l'entretien de quatre chevaux et d'une écurie. Transporter des balles de fourrage était plus efficace que soulever de la fonte.

— Tu aurais un peu de temps libre par hasard ? risqua Paul. Besoin d'un peu d'argent ?

— Ça se prend toujours.

— Surtout si tu sors avec de jolies filles, renchérit Paul en riant. En fait, j'aurais du travail pour toi sur le chantier, si ça t'intéresse. C'est sale et fatigant – il s'agirait en grande partie de déblayer les gravats et de nettoyer. Mais Jack paie bien. Je peux te proposer quelques heures après les cours ou le week-end.

— Ça marche, dit Tom, le sourire aux lèvres.

10

Le quotidien de Brie à Sacramento manquait singulièrement d'animation, mais un retour au bureau du procureur ne la tentait toujours pas le moins du monde. Ses activités de la journée se limitaient à sa gym chaque matin, le ménage chez son père et la préparation des repas. Quand elle était assez détendue et capable de se concentrer, elle lisait – des romans et rien d'autre. Il y avait quelques endroits en ville où elle parvenait à se rendre sans éprouver de malaise – mais de jour uniquement. Si elle se sentait en sécurité à la supérette et à son club de sport réservé aux femmes, la bibliothèque lui demeurait interdite : les allées étroites entre les rayonnages couverts de rangées de livres compactes provoquaient chez elle des crises de claustrophobie. Elle achetait donc ses livres en ligne et se les faisait livrer à domicile. Elle continuait à être rongée d'angoisse au point de varier chaque jour l'heure à laquelle elle se rendait à sa gym, consciente que les prédateurs surveillaient leurs victimes et étudiaient leurs habitudes avant de passer à l'acte.

Elle passait régulièrement chez ses sœurs qui venaient aussi la voir de temps à autre chez leur père, en plus des dîners du dimanche soir qui rassemblaient toute la famille. Tout le monde avait remarqué que si les habitudes de Brie n'avaient guère évolué, son humeur, elle, s'était nettement améliorée. Elle avait l'esprit plus léger et le rire plus facile.

— J'ai l'impression que Virgin River te fait du bien, observa Donna, sa sœur aînée. Ce n'est pas la première fois que tu vas là-bas après une crise et que tu nous reviens requinquée.

— Ce n'est pas la ville, avoua-t-elle. Et pas Jack non plus.

Quand elle s'était réfugiée à Virgin River après le procès, au moment de la naissance de David, elle était en proie à une grave crise intérieure. Un divorce récent et, en prime, le plus gros flop de sa carrière… À l'époque, elle avait l'impression d'être une ratée, une moins-que-rien. Le néant total. Là-bas, auprès de Mike, elle avait trouvé un endroit – le seul – où elle se sentait de nouveau femme, et non plus victime : dans ses bras.

Depuis son retour à Sacramento, Brie n'avait vu Mike que deux fois en plusieurs semaines – déjeuners à Santa Rosa, main dans la main sur la table, et merveilleux baisers au moment du départ.

Mais elle lui parlait presque chaque soir au téléphone. Elle prenait l'appel dans sa chambre et pendant environ une heure, ils discutaient des événements de la journée. Mike la mettait au courant des dernières nouvelles à Virgin River, et elle n'en revenait pas de la curiosité que lui inspirait la moindre minuscule information sur la petite ville.

Puis, vers la fin de la conversation, le ton se faisait plus doux et intime, les paroles plus intenses.

— Tu me manques, disait-il d'une voix un peu rauque. J'ai hâte que tu me menaces à nouveau de me briser le cœur. En fait, je crois bien que c'est du bla-bla, tout ça, et que mon cœur ne t'intéresse plus.

— Pas du tout, répondait-elle. Te briser le cœur reste l'une de mes priorités. Ne crains rien, je vais revenir.

— Pas assez vite.

— Tes baisers me manquent.

Et il lui murmurait :

— *Te quiero desde más tiempo que lo imaginas* – je te désire depuis plus longtemps que tu ne l'imagines.

Ce qu'il traduisait incorrectement par « je t'embrasserai autant que tu me le permettras », et Brie en avait des frissons dans tout le corps.

Novembre arriva et son cortège de journées froides dans la vallée de Sacramento. Brie entendit à la radio que les premières neiges avaient blanchi les montagnes. Le col qui de Red Bluff permettait d'atteindre Virgin River par les Trinity Alps risquait d'être fermé et il faudrait aller jusqu'à Ukiah et remonter par la vallée de Mendocino. Tant mieux, songea-t-elle, la Route 36 était, certes, spectaculaire, mais traître et lente même avec une météo excellente.

Elle parlait de Mike à ses sœurs, mais toujours une à la fois, et sur le ton de la confidence.

— Il me chuchote des trucs sexy en espagnol, et comme il pense que je ne comprends pas la langue, il me les traduit n'importe comment.

— Qu'est-ce qu'il te dit ? voulut savoir Jeannie.

— Des phrases du genre « je veux te prendre dans mes bras et te faire l'amour », puis il prétend avoir dit qu'il aimerait m'embrasser.

— Tu crois que tu serais de nouveau prête pour ce genre d'intimité ?

— Je suis très nerveuse, mais j'en meurs d'envie, avoua Brie.

— Tu lui fais assez confiance ?

— Quand je suis avec lui, je me sens en sécurité. Il ne me brusque pas et se montre toujours prévenant, prudent même. Mais il y a un feu qui couve en lui, ajouta-t-elle dans un souffle. Je le sens.

Elle était revenue de Virgin River depuis un mois et commençait à envisager d'y retourner après Thanksgiving, quand un événement vint bousculer ses plans et sa vie tout entière.

C'était l'après-midi et Brie réfléchissait à ce qu'elle allait préparer pour le dîner lorsqu'elle entendit son père aller ouvrir la porte d'entrée. Les coups de sonnette lui nouaient l'estomac, même en plein jour. Elle se demandait toujours qui c'était et si son père n'oublierait pas de regarder par le judas.

Sam entra dans la cuisine.

— C'est Brad, annonça-t-il, la mine sombre.

Elle se sécha les mains avec un torchon.

— Ici ?

Son père hocha la tête.

— Je vais dans mon bureau.

Quand Brie pénétra dans le salon, Brad lui tournait le dos. Il avait les mains dans les poches, la tête baissée, et portait la veste en cuir qu'elle lui avait offerte deux Noël plus tôt. En l'observant, elle réalisa combien il ressemblait à Jack. Même stature, même physique athlétique. L'espace d'un instant, elle se demanda si elle ne l'avait pas épousé à cause de cette ressemblance frappante.

Mike, lui, ne ressemblait pas du tout aux hommes Sheridan. Il mesurait un mètre quatre-vingts, plutôt grand à côté de son mètre soixante à elle, mais on ne pouvait parler de stature imposante comme son frère et son père – et Brad. Tout en ayant les épaules et les bras puissants, il était svelte. Avec ses cheveux et ses yeux noirs, ses pommettes hautes, son teint mat et ses dents d'un blanc étincelant, il exerçait sur elle un charme irrésistible. Il avait aussi les mains douces, des doigts fuselés et gracieux. Elle ne l'avait pas encore vu torse nu, mais savait que sa poitrine serait presque imberbe. Ses abdominaux étaient en béton, quant à ses jambes, elles étaient aussi puissantes et sculptées que celles d'un coureur de fond. Elle avait encore en mémoire le contact de ses cuisses musclées lorsqu'elle l'avait embrassé, assise sur ses genoux.

Elle dut se secouer pour revenir à l'instant présent.

— Brad, que fais-tu ici ?

Il releva la tête et pivota sur ses talons. Le sourire aux lèvres, il s'avança vers elle, les bras tendus tel un vieil ami. Elle accepta son accolade, mais s'en dégagea rapidement.

— Il faut que je te parle, Brie. Je ne te dérange pas ?

— Ça va. Assieds-toi, dit-elle, indiquant le canapé.

Lorsqu'il fut installé, elle prit place dans la chauffeuse, un peu de biais.

— Ce n'est pas facile, commença-t-il, baissant le menton. Je cherche comment m'y prendre depuis des mois.

Il fixa le parquet en silence un moment.

— Qu'est-ce qu'il y a, Brad ? demanda-t-elle avec impatience.

Brad inspira un grand coup, puis se jeta à l'eau :

— Christine et moi, on n'est plus ensemble. On a rompu il y a plusieurs mois. Peu après ton… enfin, ce qui t'est arrivé.

Il fallut quelques secondes à la jeune femme pour digérer l'information.

— Eh alors ? fit-elle avec un rire bref. Qu'est-ce que tu veux que je te dise ? Que je suis désolée pour toi ?

Brad voulut lui prendre les mains, mais n'en attrapa qu'une.

— Brie, j'ai commis une terrible erreur. Je ne sais pas ce qui m'a pris. J'ai tout gâché. Mais je t'aime encore. Je n'ai jamais cessé de t'aimer.

Elle retira sa main, la mine incrédule.

— Tu n'es pas sérieux.

Il tendit à nouveau les bras vers elle, mais elle se recula.

— Je sais, c'est fou. On a rompu il y a plusieurs mois, mais en réalité on ne s'entendait plus depuis plus longtemps que ça. On a essayé de recoller les morceaux, surtout après tout ce qu'on avait fait subir à nos conjoints, à nos familles. Brie, je m'en veux tellement.

Le choc se peignit sur le visage de Brie. À nos conjoints ? Au pluriel ? Avait-il conscience de ce qu'il venait de lui révéler ?

— Elle n'était pas divorcée quand ça a commencé entre vous, dit-elle d'une voix posée. N'est-ce pas ?

— Je n'en sais rien, bredouilla Brad. Non, pas vraiment. Glenn n'était pas au courant pour nous, expliqua-t-il avec un haussement d'épaules. À quoi bon savoir ? Leur couple n'aurait pas duré, de toute façon.

La terrible vérité s'imposa à Brie, qui se leva d'un bond.

— Christine et Glenn ont divorcé à cause de *toi !* s'indigna-t-elle. Vous deux, ça durait depuis plus d'un an ! Tu as piqué la femme de ton meilleur ami et il n'est même pas au courant ?

Elle se détourna abruptement. Brad, qui s'était levé, s'approcha d'elle et posa la main sur son épaule.

— Ce n'était pas exactement comme ça. Il y avait des sentiments peut-être. Des tentations, je suppose. Un baiser ou deux. Mais le jour où c'est devenu plus sérieux entre nous, je t'ai avoué la vérité. Je ne suis pas remonté au tout début pour la simple raison que je n'avais pas conscience de ce qui nous arrivait, et où ça allait nous mener. Bon Dieu, Brie, je te jure…

Elle fit volte-face.

— Tu m'as quittée il y a un an. Tu couchais avec elle depuis un an de plus. Mais en réalité vous fricotiez déjà ensemble depuis bien plus longtemps. Tu vivais avec moi dans un mensonge permanent.

— Il y avait un truc physique entre nous… ça ne s'explique pas… c'était comme si je ne pouvais pas m'en empêcher.

— Un truc physique ? explosa-t-elle avec un rire amer. Tu t'entends, Brad ? Tu couchais avec nous deux ! Elle, au moins, a quitté Glenn. Pas toi ! Tu avais deux femmes ! Deux femmes qui t'aimaient, te désiraient ! Ah, tu devais te prendre pour un dieu, hein ? Et tu voudrais que je te pardonne une horreur pareille !

— Je suis désolé. Il n'y a pas de bonne explication. J'étais un idiot.

— Quand je pense que je te verse une pension alimentaire. Alors même que je suis en arrêt de travail !

— J'ai encore l'argent. Je n'ai pas dépensé un sou.

Brie secoua la tête avec incrédulité.

— Je n'aurais jamais imaginé qu'on puisse tomber encore plus bas.

Brad fit un pas vers elle.

— Si tu me redonnais une chance, rien qu'une, pour te prouver à quel point je regrette. On pourrait recommencer de zéro, histoire de voir si on peut ranimer la flamme. Je sais qu'il faudra du temps…

Brie éclata d'un rire dur.

— Mon pauvre Brad… tu es passé de deux femmes follement amoureuses de toi à aucune. C'est le sexe qui te manque, c'est ça ? Tu es pathétique !

— Je comprends que tu sois furieuse – tu as toutes les raisons de l'être. Mais d'une façon ou d'une autre, je réussirai à me faire pardonner. Donne-moi, donne-nous juste un peu de temps…

— Non ! lui hurla-t-elle au visage. *Non !*

Puis elle s'esclaffa de nouveau, au bord de l'hystérie.

— Seigneur, si tu savais combien j'ai attendu que tu me dises ça ! Alors même que je te détestais, j'aurais encore été capable de te reprendre !

Elle secoua la tête.

— Dieu merci, tu ne m'as pas fait ce numéro plus tôt !

— Brie…

— Comment pourrais-je vouloir d'un homme qui trompe sa femme à cause d'un truc physique avec une autre ? Un truc qu'il ne peut même pas expliquer ! Excuse-moi, mais je croyais qu'entre nous aussi, il y avait un truc physique !

— Il y en avait un. Ça reviendra.

— Non. Va-t'en. Tu m'as quittée pour ma meilleure amie et maintenant tu espères ranimer la flamme ? Tu es vraiment un beau salaud ! Je me demande ce que j'ai bien pu te trouver ! Allez, fiche le camp d'ici !

— Attends, Brie, il y a autre chose.

— Ça suffit, j'ai eu ma dose.

— Ils l'ont trouvé.

Elle se pétrifia, comme assommée.

— Quoi ?

Brad inspira un grand coup.

— Jerome Powell. Ils l'ont arrêté en Floride. La procédure d'extradition est lancée. D'après ce que j'ai entendu au boulot, tu devrais recevoir un appel du bureau du procureur demain.

Elle fit un pas vers lui.

— Pourquoi ne me l'as-tu pas dit tout de suite ? articula-t-elle, les mâchoires crispées par la colère.

— Je voulais d'abord que tu saches combien je t'aime. J'aimerais être à tes côtés quand ils le ramèneront. Prendre soin de toi.

— Non, mais j'hallucine, lâcha-t-elle dans un souffle. Tu t'imaginais que j'allais te reprendre par *peur ?* Par désespoir ? Tu es le pire des salauds, doublé d'un abruti !

Il baissa la tête.

— Tu ne réalises pas à quel point je me sens mal depuis ce qui t'est arrivé ? Ça me tue ! Bon sang, Brie, c'est même probablement la cause de ma rupture avec Christine.

Brie se mit de nouveau à rire, mais cette fois les larmes lui perlèrent aux yeux.

— Il ne s'agit que de toi, hein ? Toi, toi, toi !

— Je veux une chance de réparer.

— C'est impossible. Personne ne peut réparer, surtout pas toi. Tu as fait un choix, Brad, il ne te reste plus qu'à l'assumer.

Elle sortit du salon en courant, se réfugia dans sa chambre dont elle claqua la porte.

Brad allait la suivre quand il se retrouva nez à nez avec Sam, qui bloquait l'accès au couloir.

— Je crois que tu ferais mieux de partir, mon garçon, lui dit-il d'une voix patiente, mais ferme.

— Vous avez entendu ?

— Chaque mot, et j'aurais préféré m'en passer. Au revoir, Brad.

Ce dernier tourna les talons et Sam le suivit jusqu'à la porte qu'il verrouilla derrière lui.

Dans sa chambre, Brie pliait déjà ses vêtements en piles bien nettes sur le lit. Prendre soin d'elle ? Brad n'avait pas la moindre idée de ce que cela signifiait !

On frappa doucement à la porte.

— Papa ?

— Oui, c'est moi, Brie.

— Entre.

Quand il poussa le battant, elle se jeta dans ses bras.

— Oh, papa…

— Ça va aller, ma fille. On tiendra le coup.

Elle leva les yeux vers lui.

— Je vais à Virgin River retrouver Mike. Je pars tout de suite. J'ai envie d'être avec lui.

— Veux-tu que je t'emmène ? demanda Sam avec un sourire affectueux. Je ne resterai pas. Ce serait juste pour que tu ne fasses pas le trajet seule.

— Non, merci, fit-elle en lui rendant son sourire. En voiture, ça va. Mais si je ne pars pas tout de suite, je risque la crise de nerfs. Papa, réponds-moi franchement. Me trouves-tu ridicule d'aller le rejoindre ? De lui faire confiance ?

Sam en resta interloqué.

— Tu parles de Mike ? Pourquoi me ferais-je du souci au sujet de Mike ?

Brie haussa les épaules.

— Jack m'a prévenue qu'à l'armée, c'était un sacré coureur de jupons.

Son père ne put s'empêcher de rire.

— Même si ton frère a bien changé, c'est l'hôpital qui se moque de la charité ! Enfin, j'imagine qu'ils se connaissent bien, poursuivit-il en lui glissant quelques mèches derrière l'oreille. Je peux me tromper, ça m'est déjà arrivé, mais je ne vois aucune raison de ne pas faire confiance à Mike. Ton frère lui a fait confiance pendant des années à l'armée, alors c'est forcément un type bien. Et à l'évidence, il tient à toi.

Il la serra dans ses bras avec émotion.

— Ne reste pas absente trop longtemps. Tu vas me manquer.

Quand Brie arriva à Virgin River, il y avait encore des véhicules aux environs immédiats du bar, bien que ce fût presque l'heure de la fermeture. Elle se gara devant le camping-car de Mike installé à l'écart à l'arrière, près de sa Jeep. Elle verrait Jack le lendemain matin ; pour l'instant, elle avait trop besoin des bras de Mike. Elle laissa même ses valises dans sa voiture et se hâta d'aller frapper à la porte du camping-car.

Mike ouvrit et, avec une exclamation de surprise, sauta la marche pour enlacer Brie. Il la souleva du sol et enfouit le visage au creux de son cou.

L'univers de la jeune femme se remit à tourner rond et une bienfaisante chaleur se déploya en elle. Là était sa place et nulle part ailleurs. Dans les bras de Mike.

— Qu'est-ce que tu fais là ? murmura-t-il tout contre sa peau. Pourquoi ne m'as-tu pas prévenu de ton arrivée ?

Elle s'écarta un peu pour le regarder dans les yeux.

— Mon départ a été soudain. Je peux rester avec toi ?

— Tout ce que tu veux, Brie, tant que tu m'expliques.

Durant les cinq heures de trajet, elle avait eu amplement le temps de réfléchir aux différentes approches possibles. Pour finir, elle choisit la plus directe :

— J'ai besoin que tu me fasses l'amour.

Ce fut non pas le choc ou la surprise ravie qui se peignirent sur le visage de Mike, mais l'inquiétude.

— Qu'est-ce qui ne va pas, mon cœur ? Que s'est-il passé ?

Brie secoua la tête, les yeux embués de larmes.

— Brad, lâcha-t-elle dans un souffle, la gorge nouée. Il est venu me demander une deuxième chance. Et dans la foulée, il m'a appris que le violeur avait été arrêté et attendait son extradition vers la Californie.

Il garda le silence un instant, un demi-sourire aux lèvres.

— Et tu penses que je peux résoudre le problème ?

— Non… mais je viens juste d'apprendre que mon mari a couché pendant très longtemps avec moi et une autre avant de choisir l'autre. Et avec ce que Jerome Powell m'a fait… J'ai envie de toi, Mike, mais de là à être capable un jour d'éprouver de nouveau quoi que ce soit, sincèrement, je n'en suis pas sûre.

— Chut, murmura-t-il, effleurant sa bouche de la sienne. Tu éprouves déjà quelque chose, sinon tu ne serais pas ici.

— *Quiero que me abraces. Para amarte durante toda la noche* – je veux que tu me prennes dans tes bras. Pour te faire l'amour toute la nuit.

Un lent sourire apparut sur le visage de Mike.

— Je n'ai aucun secret pour toi, pas vrai ?

— *Nada*, répondit-elle. Pas un seul.

Il rit doucement.

— Bien fait pour moi. J'ignorais que tu parlais espagnol. *Tu debes sentir estas manos amorosas en ti* – ton corps se languit de mes mains amoureuses.

— *Que sean tus manos* – que ce soient les tiennes.

— Brie, es-tu sûre d'être prête ? De vouloir que ce soit moi ?

Elle secoua la tête.

— Prête, je n'en sais rien. Mon uniquc ccrtitude, c'est que je veux essayer. Je veux me sentir de nouveau une femme à part entière avant qu'il ne soit trop tard. Avant que ma confrontation avec cette ordure au tribunal ne me change de nouveau en pierre. Et je veux que ce soit toi. *Te deseo tanto* – j'ai tellement envie de toi.

— Tu as vu Jack ? demanda-t-il en lui pétrissant doucement la nuque sous ses cheveux soyeux.

— Non, je ne suis même pas entrée dans le bar. J'imagine qu'il n'aura pas de mal à comprendre pourquoi je suis là quand il verra ma voiture en partant ce soir.

— Veux-tu qu'on y aille ensemble ?

— Non, non, je le verrai demain.

Elle laissa échapper un rire nerveux.

— Je ne sais pas trop ce que j'ai à offrir. Enfin, je suis absolument sûre de moi et pourtant... Je ne serais pas contre une bière.

No necesitas eso. Nada malo te sucedera en mis brazos – tu n'en as pas besoin, il ne t'arrivera rien de mal tant que tu es dans mes bras.

La main toujours sur sa nuque, il l'attira à lui.

— Et si je suis réellement morte à l'intérieur ? murmura-t-elle.

— Tu n'as jamais été morte. Juste terrorisée. Tu as eu assez de confiance en toi pour venir jusqu'ici. Laisse-moi me charger du reste.

Il lui effleura les lèvres avec tendresse.

— Il faut quand même que tu saches une chose tant qu'il est encore temps pour toi de changer d'avis. Je ne suis pas un bon Samaritain, Brie. Je ne veux pas juste aider une amie chère à renaître à l'amour. Je suis amoureux de toi.

Il se pencha au-dessus d'elle, son haleine chaude et douce contre son visage, et captura sa bouche avec fièvre, embrasant les sens de Brie, qui s'accrocha à lui et laissa échapper un gémissement.

Interrompant à regret ce baiser enflammé, il entraîna la jeune femme dans le camping-car et verrouilla la porte.

— Tu crois qu'il va venir frapper ? demanda-t-elle en se débarrassant de sa veste.

Mike pouffa de rire.

— Aucun risque. À mon avis, même Jack sait quand il joue avec sa vie.

Encadrant le visage de Brie de ses mains, il attira son visage à lui et le dévora de baisers. Puis il s'empara de sa bouche, et l'embrassa encore et encore. Sa langue jouait avec la sienne, si douce, si délicieuse qu'il en avait presque le vertige. La paume à plat sur ses reins, il plaqua doucement Brie contre sa virilité qui, soudain à l'étroit dans son jean, avait retrouvé toute sa vigueur. Elle en laissa échapper un bruit de gorge excitant en diable.

— À toi de décider, Brie. Tu peux encore changer d'avis…

— Non, murmura-t-elle contre ses lèvres. J'ai envie de toi.

Mike l'entraîna par la main à l'autre bout du camping-car. Ils passèrent devant la cuisine équipée et une douche assez grande pour deux. La chambre était occupée par un grand lit qui ne laissait qu'une cinquantaine de centimètres de chaque côté. Les murs étaient tapissés de placards, tiroirs et étagères agencés avec ingéniosité.

Il saisit le bas de son pull-over et le fit passer lentement par-dessus sa tête. Brie se retrouva en soutien-gorge. Capturant ses lèvres en un baiser fougueux, il lui attrapa les mains, qu'elle avait nouées autour de son cou, et les posa sur les boutons de sa chemise. Elle comprit aussitôt. D'un geste impatient, elle tira les pans hors de son pantalon et défit les boutons. La chemise finit au pied du lit. Du bout des doigts, elle effleura la cicatrice sur son épaule droite, puis lui caressa le torse à deux mains.

— J'adore le contact de ta peau, murmura-t-elle, déposant un baiser à la base de son cou. Elle est si douce.

D'un mouvement preste, Mike lui ôta son soutien-gorge et attira Brie à lui, peau contre peau. La caresse de ses doigts sur son dos et la sensation de ses seins fermes contre son torse lui échauffaient les sangs. Il en emprisonna un dans le creux de sa main avant d'abaisser la bouche vers la pointe érigée qu'il titilla de la langue, arrachant à la jeune femme un petit gémissement étouffé.

Fou de désir, il l'embrassa de nouveau tout en la faisant reculer en douceur jusqu'au lit. Avant de s'attaquer à sa ceinture, il fit une pause et chuchota :

— Tu veux qu'on attende encore un peu ?

Elle secoua la tête.

— Non, je suis prête, assura-t-elle d'une voix tremblante.

Mike fit glisser doucement son pantalon le long de ses hanches, puis l'assit sur le lit et, un genou à terre, l'en débarrassa en même temps que ses chaussures. Alors qu'il se redressait pour enlever son propre jean, ses mains hésitèrent sur la boucle de ceinturon. Brie les repoussa et se chargea elle-même de le défaire. Elle ouvrit sa braguette, tira sur son pantalon, libérant son sexe. Il la fit doucement basculer sur le lit, acheva de se déshabiller, puis s'allongea près d'elle dans sa glorieuse nudité.

Il l'enlaça et ferma les yeux. Son rêve devenait enfin réalité. Leurs deux corps nus sur les draps blancs. Peau mate contre peau de lait. Durant de longues minutes, il caressa ses courbes parfaites avec une délicatesse infinie, afin de lui laisser le temps de s'accoutumer à la sensation de leurs corps pressés l'un contre l'autre.

Elle glissa la jambe par-dessus les siennes et ses mains se firent plus audacieuses, s'aventurant jusqu'à ses fesses qu'elle empoigna avec une fougue insoupçonnée, les hanches cambrées vers lui. Mike s'enhardit lui aussi : sa main descendit peu à peu sur son ventre plat, puis plus bas. Avec une surprise émue, il sentit qu'elle lui facilitait le passage, et accueillait ses caresses intimes à grand renfort de soupirs lascifs. Mais il ne voulait pas la brusquer.

La faisant rouler sur le dos, il se dressa au-dessus d'elle.

— Laisse-moi t'admirer, Brie, murmura-t-il. Tu es vraiment divine…

Il déposa une série de tendres baisers sur son épaule, ses seins, son ventre. Parvenu en haut des cuisses, il lui écarta lentement les jambes et explora de nouveau les replis veloutés de son sexe, avec la bouche cette fois. D'abord timides, ses caresses se firent de plus en plus enfiévrées au fur et à mesure que l'excitation gagnait Brie. Cambrée contre lui, elle laissait échapper des gémissements et des cris de volupté avec un abandon auquel il ne s'attendait pas. Sa langue poursuivit sa danse sensuelle jusqu'à ce qu'elle se tende de tout son corps, les doigts crispés sur ses épaules, en proie à un orgasme ébouriffant. Lorsqu'elle s'affaissa sur les draps, comblée, il fit le chemin inverse, déposant une longue traînée de baisers jusqu'à sa bouche.

— Brie, tu es merveilleuse. Délicieuse.

Encore sous le coup de la jouissance, elle avait du mal à reprendre son souffle.

— Mon Dieu… c'était… incroyable…

Elle se nicha au creux de ses bras.

— Mike, j'ai envie de toi.

— Tu es sûre ?

— Certaine, murmura-t-elle.

Malgré sa propre impatience, il ne se pressa pas, lui laissa le temps de reprendre ses esprits, ravivant son excitation à force de baisers et de caresses. Lorsqu'il n'y tint plus, il se pencha sur elle et lui souffla à l'oreille :

— Brie… tu veux que je mette un préservatif ?

Elle se pétrifia entre ses bras.

— Non ! Désolée… je ne peux pas…

— Pas de problème, mon ange. Nous nous en passerons.

Réalisant son faux pas, Mike lui accorda quelques minutes pour se remettre et la gratifia à nouveau de tendres attentions. Puis il se dressa au-dessus d'elle et, un genou entre ses jambes, les écarta doucement. Il contempla son beau visage : paupières closes, elle avait détourné la tête et se mordillait la lèvre inférieure. D'une main sous le menton, il la fit revenir vers lui et l'embrassa avec tendresse. Elle plaqua les mains sur ses hanches et il se demanda un instant si ce n'était pas pour le repousser. Il s'abaissa vers elle et, au moment fatidique, elle tressaillit, se raidit.

— Brie, s'il te plaît, regarde-moi, chérie. C'est moi. Dis mon nom, *mi amor*.

— Miguel, lâcha-t-elle dans un souffle.

— Montre-moi le chemin, Brie. C'est toi qui diriges.

Elle referma les doigts autour de son sexe et Mike eut toutes les peines du monde à se contenir. Il était prêt à faire de son mieux pour la satisfaire de nouveau, mais tiendrait-il assez longtemps ? Rien n'était moins sûr. Elle le guida avec lenteur, précautionneusement.

— C'est toi et moi, Brie. Je t'aime.

— Miguel, murmura-t-elle d'une voix à peine audible.

Il plongea peu à peu dans sa douce chaleur. C'était si bon d'être en elle qu'il crut mourir. Il commença à aller et venir en elle, leurs corps unis ondulant de concert en une danse lascive venue du fond des âges. Brie ne tarda pas à rejeter la tête en arrière avec une sensualité sauvage, les hanches arquées vers lui. Le corps palpitant de désir, elle lui agrippa les fesses à pleines mains et imprima un rythme encore plus enfiévré à ses coups de reins.

— Oh, Brie, *dios*, lâcha Mike dans un râle.

Soudain, elle enfonça ses ongles dans sa chair avec un cri de volupté. Sans lui laisser le temps de se remettre de cette première vague, il reprit ses assauts furieux et, très vite, Brie atteignit un second pic, plus explosif encore que le premier. Satisfait, il s'enfouit une dernière fois en elle avant de basculer à son tour dans l'abîme.

Mike s'affaissa sur le lit à côté d'elle, groggy, sidéré par la violence de leur orgasme. Leurs deux corps étaient couverts d'un voile de transpiration. Il leur fallut un moment pour se remettre de leurs émotions. Les cheveux en désordre sur les oreillers, les paupières closes, Brie souriait aux anges.

— Brie, finit par chuchoter Mike, tu souris.

— C'est fou, dit-elle sans ouvrir les yeux, souriant davantage encore. Je n'avais jamais connu une extase pareille.

En riant, il repoussa les mèches emmêlées qui lui tombaient sur le front.

— Tu es incroyable. Comme une comète.

— Hmm, merci, marmonna-t-elle, les bras au-dessus de la tête.

— Tu te sens mieux ? s'enquit-il entre deux petits baisers délicats. Tu m'as l'air plutôt détendue, ajouta-t-il d'un ton taquin.

— Je sous-estime toujours l'amour physique. Tu ne m'as pas filé un Valium en douce au moins ?

— Non, pas de Valium, assura-t-il en riant. Je voulais juste que tu te sentes bien. Je ne m'attendais pas que tu donnes autant.

— Hmm, moi non plus.

Il lui mordilla doucement le lobe de l'oreille.

— J'ignorais que ça pouvait être ainsi, murmura-t-il. Tu vois, tu ne t'es pas changée en pierre.

Elle entrouvrit à peine les paupières.

— Sans rire, j'espérais que ça me ferait du bien, mais de là à imaginer que tu m'expédierais au septième ciel deux ou trois fois…

Il arqua un sourcil.

— Deux *ou* trois ?

— Je ne sais plus, avoua-t-elle avec un bref haussement d'épaules. Mais ce n'est pas grave, je suis sur un petit nuage. Tu penses pouvoir te rappeler comment tu t'y es pris ?

— Je pourrais tout noter par écrit.

— Moi qui voulais juste me sentir de nouveau une femme à part entière…

— Félicitations, mon ange. Crois-moi, tu as réussi l'examen haut la main. Plus femme, on ne fait pas. Quant à moi, je suis perdu : maintenant, je ne peux plus vivre sans toi.

— Bon, d'accord, je vais traîner dans le coin un moment, le rassura-t-elle avec un petit rire en lui passant la main dans les cheveux. Merci. Jamais je n'aurais réussi sans toi.

Il roula sur le dos.

— Si tu trouves comment faire sans moi, on déposera un brevet. On se retirera dans les Alpes suisses et on mangera du caviar au petit-déjeuner.

Elle pouffa à nouveau de rire.

— Franchement, c'était extraordinaire, soupira-t-elle en se tournant vers lui. Tu m'as dit que tu m'aimais, tu te souviens ?

— Le mot est faible. Mais là tout de suite, après ce qui vient de nous arriver, ça pourrait paraître insincère. Parce que je n'avais jamais connu une extase pareille de toute ma vie.

Basculant sur le flanc, Brie s'appuya sur le coude.

— Vraiment ? fit-elle. Comment est-ce possible ?

— On pourrait en reparler demain ? proposa-t-il. Je détesterais tout gâcher.

— Si tu insistes.

— Mais avant, on retentera l'expérience, histoire de voir si on maîtrise…

— Si tu insistes, répéta-t-elle en riant.

— J'ai encore envie de toi. Déjà. À mon avis, tu exerces un effet magique sur moi.

— Oh, mon pauvre !

— D'ici demain matin, tu pourrais regretter.

Elle soupira.

— Je parie que non.

Sur ce, il entreprit de lui picorer la bouche de tendres baisers.

Quand Jack regagna le chalet, le bébé dormait et Melinda, installée sur le canapé dans une de ses chemises, son portable sur les genoux, faisait des recherches sur Internet ou envoyait des mails.

— J'ai une surprise pour toi, lui annonça-t-il.

— Quoi donc ?

— Brie est de retour en ville. Elle est chez Mike.

— Vraiment ? fit Melinda, soudain très intéressée.

Elle ferma son ordinateur et le posa près d'elle.

— Je ne l'ai pas vue, mais en quittant le bar, j'ai remarqué sa voiture près de celle de Mike. C'est lui qu'elle est venue voir. Pas nous.

Melinda haussa les épaules.

— Logique, il est amoureux d'elle.

— Comment le sais-tu ?

— Et toi, comment peux-tu l'ignorer ? Il faudrait être aveugle !

Jack se laissa choir sur le canapé.

— Je croyais qu'il cherchait juste un plan baise.

— Comme vous tous, répliqua Melinda en riant. Mais certains d'entre vous éprouvent de l'amour pour les femmes qu'ils essaient d'approcher.

— À t'entendre, on ne serait que des mâles en rut avec le cerveau au-dessous de la ceinture, bougonna Jack.

— Non ? Tu crois ? gloussa-t-elle, amusée.

— Alors pour toi, c'est logique ?

— On ne peut plus logique. Ça me rend même nostalgique.

— Assez pour m'entraîner dans la chambre ? s'enquit-il avec un petit sourire diabolique.

— Dis-moi, comptes-tu mettre un jour un terme à ce besoin bizarre que tu as de vouloir contrôler la vie de ta sœur ?

— Ce n'est pas ça, fit-il avec un soupir las. Mais je croyais qu'elle serait heureuse avec ce salaud de Brad. En fait, c'est après Mike que j'en avais – un sacré coureur de jupons, tu peux me croire. Bon, d'accord, ajouta-t-il aussitôt devant le regard réprobateur de sa femme, on ne va pas revenir là-dessus. Tout le monde change. Disons que ce sont surtout ses mariages ratés qui m'horripilent. Alors je peux te jurer que, s'il l'épouse pour la plaquer ensuite, je le tue de mes propres mains !

— Il me paraît complètement raide dingue de ta sœur, fit remarquer Melinda.

— Très bien, je laisse tomber. Elle a choisi son camp.

Jack glissa la main dans la blonde chevelure de sa femme, l'attira doucement à lui par la nuque et la gratifia d'un baiser passionné.

— Comment te sens-tu ?

— Poursuivie de tes assiduités. Et toi ?

— Chanceux.

11

Aux premières lueurs du jour, dans la fraîcheur du matin, Mike se redressa sur le coude et contempla le corps pâle et alangui de sa beauté endormie. Brie dormait sur le ventre et la courbe parfaite de son dos prolongé par sa chute de reins était un spectacle sublime. Il détestait l'idée de la déranger tant son sommeil était paisible, mais ne put y résister. Du bout des doigts, il effleura sa peau d'une blancheur laiteuse de la nuque jusqu'aux fesses. Elle soupira d'aise dans un demi-sommeil et il déposa un baiser délicat au creux de ses reins.

On frappa un coup discret à la porte. Brie releva la tête, ses cheveux cascadant sur son visage.

— Ne bouge pas, lui murmura-t-il, je reviens tout de suite.

Lorsqu'il s'assit au bord du lit pour ramasser son jean par terre, elle remarqua le tatouage sur son dos pour la première fois – un grand soleil entre ses omoplates. Très sexy sur ce large dos bronzé. Elle avait déjà vu l'autre, une chaîne autour du bras. Il enfila son pantalon sur ses fesses musclées.

Ouvrant la porte, Mike découvrit que quelqu'un, Jack ou Vic, avait laissé un plateau juste au bas de la marche. Il jeta un coup d'œil alentour. Personne. Il rentra avec le plateau sur lequel étaient disposés deux plats couverts et une Thermos de café. Il le posa sur la table. La cuisine du camping-car était équipée de tous les ustensiles indispensables, mais il ne s'en servait pour ainsi dire jamais. Il prenait tous ses repas au bar.

Il réalisa soudain qu'il y avait une différence par rapport aux autres matins : pas de corvée de bois malgré une météo qui s'y prêtait. Jack ne se contentait pas de respecter leur intimité… il se refusait même à leur imposer sa présence sur sa propriété.

Mike se débarrassa de son jean qu'il laissa tomber sur le sol et rejoignit Brie dans le lit où il reprit sa contemplation de ses courbes délicieuses. Lui attrapant une poignée de cheveux, il la chiffonna entre ses doigts avant de la porter à ses lèvres. Nouveau soupir d'aise.

— C'était qui ?

— Le room service, répondit-il en riant. Le petit-déjeuner est servi.

— Tu as faim ?

— Pas de nourriture.

Il s'allongea sur elle, veillant à ne pas l'écraser sous son poids, repoussa les cheveux de sa nuque et entreprit d'y déposer une pluie de baisers brûlants qui eurent tôt fait de raviver son ardeur.

— Le petit-déjeuner peut attendre, décréta Brie d'une voix haletante en se tortillant sous lui.

Et il ne risquait pas de la contredire.

Plus spectaculaires encore que ceux de la veille, leurs ébats matinaux les amenèrent au bord de l'épuisement. Lorsque Brie commença à reprendre ses esprits après un orgasme multiple d'anthologie, Mike la délesta de son poids et roula sur le lit à côté d'elle.

Il se redressa sur le coude et contempla son visage d'ange rosi par l'amour.

— Alors, ça t'a plu ?

— Seigneur ! s'exclama-t-elle, la voix encore tremblante. Quel est ton secret ?

— C'est magique. Le fameux point G.

Elle le dévisagea un instant d'un air stupéfait, puis éclata de rire.

— Je croyais que c'était un mythe ! Une légende !

— À l'évidence, ça ne l'est pas.

— Comment peux-tu connaître mieux mon corps que moi-même après une seule nuit ?

Il lui caressa l'épaule, puis le bras et entrelaça ses doigts aux siens.

— Je crois que c'est parce que tu me fais confiance. Que tu t'abandonnes.

— Tu peux recommencer ?

— Pas avant un moment, j'en ai peur, s'esclaffa-t-il.

Elle promena la main sur son torse.

— Ça me sidère. Toutes les choses que tu sais.

— J'ai connu trop de femmes, Brie. Pardonne-moi. Je ne peux pas revenir en arrière. Mais jamais je n'avais partagé une telle intimité avec une femme auparavant. Je n'en reviens pas.

— Moi non plus, fit Brie en riant. Qu'est-ce qu'on va faire ?

— Crois-tu qu'on nous regarderait de travers si on restait au lit et qu'on se faisait livrer nos repas, disons, un mois ou deux ?

Elle pouffa.

— Combien de temps Jack nous fichera la paix, selon toi ?

Mike haussa les épaules et sourit.

— Il faudra bien qu'on finisse par se rhabiller, j'imagine…

— Tu te rappelles quand je suis venue juste après la naissance de David ? Je t'écoutais jouer de la guitare à l'aube.

— C'est vrai ? Je n'en savais rien.

— Je m'imaginais que tu jouais pour moi tant j'étais touchée par ta musique. Tu vois, tu m'attirais déjà.

— Je ne m'en serais jamais douté. À l'époque, tu gardais sacrément tes distances.

— J'étais persuadée que les hommes étaient tous des salauds.

Il lui caressa la joue.

— Je ne suis plus le même depuis que tu es entrée dans ma vie.

— Je n'étais pas certaine d'être de nouveau capable de faire l'amour un jour, avoua Brie à mi-voix. Et maintenant, ajouta-t-elle avec un sourire, je ne suis pas sûre de pouvoir arrêter.

— Dis-moi, fit Mike, soudain grave, la nuit dernière quand j'ai parlé de préservatif, tu t'es raidie…

Brie ferma brièvement les yeux et secoua la tête. Puis elle plongea son regard dans le sien.

— Je ne pouvais pas. À la seule pensée d'un contact avec du latcx, je…

— Je sais, mon cœur, murmura Mike avec sollicitude. Ce n'est pas grave. Juste un petit flash-back.

— Heureusement, ça n'a pas duré. Tu as su me faire oublier très vite mon angoisse – et avec quel brio !

— Tu dois garder à l'esprit que ces flash-back peuvent se reproduire, fit-il remarquer avec douceur en lui caressant les cheveux. Au moment où tu t'y attends le moins.

— Je sais. En thérapie, les psychologues ont essayé de m'y préparer. C'est ce qui m'est arrivé la première nuit où je me suis retrouvée seule au chalet. Ça m'est tombé dessus par surprise.

Il lui sourit.

— Nous avons tous au moins un fantôme qui revient nous hanter. Le meilleur moyen de le chasser, c'est de l'affronter. Sinon, reprit-il après un bref silence, il n'y a aucun risque de maladie. Je n'ai pas fréquenté de femmes depuis mon agression et, à l'hôpital, j'ai passé tous les examens possibles et imaginables. Il y a quand même un autre souci… Tu prends la pilule ?

Elle fit non de la tête.

— Ah… Melinda pourra sûrement t'aider.

— Et si je n'allais pas la voir ?

Mike se redressa, un peu surpris.

— J'imagine que tu as eu une éducation sexuelle en cours de biologie.

— La probabilité est faible, fit-elle remarquer avec un haussement d'épaules.

— Si le risque de conception était lié au plaisir que nous avons éprouvé, nous aurons une centaine de bébés d'ici la fin de la semaine.

— Si tu veux que j'aille voir Melinda, j'irai. Je ne veux surtout pas te brusquer.

— Aucun risque de me brusquer, Brie. De mon côté, je suis prêt à tout te donner. Mais je préférerais que tu réfléchisses encore un peu, histoire d'être sûre.

Un sourire éclaira le visage de la jeune femme.

— Au fait, j'ai oublié de te dire… si je suis revenue, c'est avant tout parce que je ne pouvais supporter d'être séparée de toi une seconde de plus. Tu es l'ami le plus cher que j'aie jamais eu. En six mois, on est devenus si proches que ça dépasse toutes mes espérances – eh oui, c'est moi qui ris jaune aujourd'hui. Et si tu fais semblant, tu mérites l'Oscar du meilleur acteur.

— Je ne fais pas semblant, Brie. Je t'aime de toute mon âme.

— Moi aussi, je t'aime.

— Sérieux ?

— *Sí*, Miguel. Je n'arrive plus à imaginer ma vie sans toi.

— *Nunca soñe que pudiera ser tan feliz en mi vida* – jamais je n'aurais rêvé d'un tel bonheur dans ma vie.

— J'ignorais même que ça pouvait exister.

— C'est ce que tu veux ? insista-t-il. Laisser la nature suivre son cours.

— Le risque n'est sans doute pas très élevé. Après mon mariage avec Brad, j'ai arrêté de prendre la pilule. On évoquait l'idée d'avoir un enfant et je pensais lui faire la surprise. J'ignorais qu'il fricotait déjà avec ma meilleure amie… Cela datait de plus d'un an avant la rupture.

— Et il t'a avoué ça hier ? s'indigna Mike. En même temps que l'arrestation de Powell ?

— Il l'a laissé échapper incidemment. J'imaginais qu'elle avait flanqué son mari à la porte à cause de leurs nombreuses disputes, mais, en fait, c'était parce qu'elle était amoureuse de Brad. Et il était au courant.

— Mince alors…

— Mais, pour autant, il n'a jamais cessé de coucher avec moi. La pauvre cruche qui ne se doutait de rien et essayait de lui faire la surprise d'un bébé ! Pour finir, je ne suis pas tombée enceinte.

Il lui caressa le bras.

— C'est peut-être mieux ainsi, vu les circonstances. Mais ici, tu sais, c'est différent. J'ai entendu dire qu'il faut se méfier de l'eau à Virgin River. Et puis réfléchis-y quand même à deux fois : je vis dans un camping-car en pleine cambrousse.

— Détails sans importance, affirma-t-elle avec un sourire radieux. Jamais je ne me suis plus sentie chez moi qu'ici. Si nous avons fait un bébé la nuit dernière, il sera magnifique, et je le désire plus que tout au monde.

— Alors, ainsi soit-il, murmura Mike avant de capturer ses lèvres avec passion.

Jack n'avait pas surveillé le camping-car de toute la matinée, même s'il n'avait cessé d'y penser. C'est donc par le plus grand des hasards qu'il vit la porte s'ouvrir et Brie en descendre. Il jeta un regard à sa montre : 11 heures. Presque l'heure du déjeuner. Mike la suivait de près. Jack aurait sans doute dû tourner les talons, mais il n'en fit rien. Sa sœur lui paraissait si gamine avec son jean, ses mocassins, sa veste en daim à franges et sa longue chevelure châtain doré qui lui frôlait la taille.

Elle se tourna vers Mike, qui lui souleva le menton et l'embrassa sur la bouche. Malgré la distance, ils n'étaient à l'évidence pas pressés de se séparer. Au bout d'un moment toutefois, Mike interrompit leur baiser et se dirigea vers sa Jeep, tandis que Brie gagnait l'entrée de service du bar.

Jack passa en hâte derrière le comptoir pour ne pas être surpris à les espionner. Il attrapa un verre parfaitement propre qu'il feignit d'essuyer avec un torchon. La porte s'ouvrit et lorsque sa sœur apparut, il en resta sidéré : jamais il ne l'avait vue aussi radieuse. Son expression, son regard lumineux et ce sourire énigmatique qui flottait sur ses lèvres étaient plus éloquents que tous les discours. Sans hésiter, elle le rejoignit derrière le comptoir et noua les bras autour de sa taille. Il se débarrassa du verre et du torchon, et l'étreignit avec affection.

Depuis juin dernier, il rêvait de retrouver sa sœur telle qu'elle était autrefois, heureuse, pleine de vie et d'énergie. Ce souhait semblait exaucé au-delà de ses espérances, même s'il regrettait de ne pas avoir été l'artisan de cette véritable renaissance. C'était une nouvelle Brie qu'il découvrait aujourd'hui, une jeune femme vibrante de bonheur.

Parfois, il lui fallait du temps pour admettre l'évidence. Une vérité dont il avait pourtant eu lui-même la révélation dans les bras de sa femme. Ce dont Brie avait besoin, comme tout le monde, c'était de l'amour parfait. Lui l'avait trouvé avec Melinda, Vic avec Paige et maintenant… Il l'embrassa sur le sommet du crâne.

Levant les yeux, sa sœur murmura :

— Tu ne douteras plus jamais de lui. Jamais.

Il lui caressa les cheveux avec tendresse et fit non de la tête.

« Décidément, ma femme a toujours raison à propos de tout », songea-t-il.

Pour Melinda, le cauchemar frappa à sa porte sous les traits d'une jeune fille de seize ans, Sophie Landau. Celle-ci craignait que « quelque chose ne lui soit arrivé » et, avant d'en entendre davantage, Melinda eut un mauvais pressentiment.

— Avec ma copine Becky, on est allées à une fête en cachette – j'ai dit chez moi que je passais la nuit chez elle et pareil pour elle. On était invitées par Brendan Lancaster. Il est plus âgé que nous – il a fini le lycée il y a deux ans. Maintenant il travaille à Garberville. Il coule du béton avec son oncle, expliqua-t-elle, les lèvres rougies à force de les mordiller.

Sophie était assise sur la table d'examen, encore habillée. Adossée contre l'armoire, Melinda l'écoutait avec appréhension. C'était une adolescente potelée avec des cheveux bruns raides qui lui frôlaient les épaules. Elle avait un léger souci d'acné et les dents de travers. Elle était nerveuse à en juger par ses ongles rongés et cette façon qu'elle avait de tortiller une mèche de temps à autre.

— Il y avait du monde à cette fête ? demanda Melinda pour l'encourager à poursuivre.

— Non. Six ou sept personnes.

— Ce Brendan, il habite seul ?

— Il vit chez sa mère, mais elle n'est pas souvent là. Elle était absente pour le week-end. Il n'y avait pas d'adulte dans la maison.

— Et... ?

— On a bu de la bière, fumé un ou deux joints. On a fini par être tous un peu défoncés et j'ai tourné de l'œil. Becky aussi. Enfin, elle croit.

— Elle *croit* ?

— Elle avait trop bu, alors elle est allée s'allonger dans la chambre de la mère de Brendan et s'est réveillée vers 3 heures du mat. Moi, je devais être drôlement dans les vapes, parce que j'ai repris mes esprits dans la chambre de Brendan seulement le matin. On n'était plus qu'à quatre dans la maison – Becky, Brendan et deux autres qui dormaient dans le salon.

— Et... ?

— Je me sentais vraiment mal, comme si j'avais reçu une brique sur le crâne. Et une envie de vomir carabinée. En rentrant chez moi, j'ai raconté à ma mère que j'avais attrapé une gastro chez Becky et je suis montée me coucher. Et là, en me déshabillant, j'ai remarqué que mon slip était à l'envers et dans le mauvais sens.

« Aïe, songea Melinda. Une de plus. »

— Je ne me suis pas inquiétée plus que ça – je me suis dit que j'avais ça toute seule tellement j'étais bourrée.

— Tu bois beaucoup ?

La jeune fille baissa la tête.

— Non, pas tellement. J'étais déjà allée à deux ou trois fêtes avec ces garçons. Mais jamais je ne m'étais retrouvée dans un état pareil.

— Avais-tu mal quelque part ? Des bleus ou autre ?

— Juste un peu là, répondit-elle, les yeux sur son entrejambe. Je me suis dit que c'était impossible. Parce que sinon, je me serais réveillée, vous comprenez ? Et puis, plus tard, dans le vestiaire avant le cours de gym, j'ai entendu une fille dire à une de ses copines de ne jamais aller à ces fêtes. Elle a ajouté un truc du genre « si je te racontais ce qui m'est arrivé, tu ne me croirais pas ! » Et là, ne me demandez pas comment, mais j'ai compris.

— Tu crois que tu as peut-être été violée ?

— Peut-être, oui. Je n'en sais rien. C'est juste que ces garçons… ce sont des copains. Pas du tout le genre à…

— As-tu un retard de règles ?

— Je prends la pilule. Parce que j'ai des règles irrégulières, vous comprenez ? Je les ai eues environ une semaine plus tard, mais maintenant je commence à me demander si je n'ai pas attrapé un truc.

— On va faire des analyses, ne t'inquiète pas. Tu seras vite tranquillisée. Mais vois-tu, Sophie, ce n'est pas la première fois que j'entends cette histoire et je me fais du souci. J'aimerais que tu parles à l'un de mes amis, un policier qui…

— Un policier ? Attendez, je ne veux pas d'ennuis.

— Tu n'auras pas d'ennuis, Sophie. Mon ami voudra sans doute savoir qui était présent, juste pour voir s'il existe des similitudes entre ton expérience et… certains autres témoignages.

— Et s'il y en a ? Mes copains auront des ennuis ? Parce que je ne veux pas que ça arrive.

— Sophie, je peux t'assurer que personne n'aura d'ennuis pour avoir bu de la bière. L'herbe ne m'intéresse pas non plus. Toutes tes déclarations resteront confidentielles. Nous voulons juste savoir ce qui se passe. C'est grave, tu sais.

— Et s'il ne se passe rien ?

— Alors il n'y aura pas de suite, répondit Melinda – mais elle en doutait fortement. Mon ami a beaucoup d'expérience et l'habitude des jeunes. Bavarder avec toi l'intéressera beaucoup, je t'assure. Réfléchis, Sophie, tu pourrais empêcher que ça n'arrive à d'autres.

L'adolescente baissa la tête.

— Peut-être. Laissez-moi réfléchir.

Une fois les examens et prélèvements d'usage effectués, Melinda avait convaincu Sophie de parler à Mike. Elle lui demanda d'attendre un instant, le temps d'aller le chercher. Mieux valait que cette conversation ait lieu dans l'intimité du cabinet, à l'écart des parents et amis de Sophie. Elle priait pour que Mike soit dans les parages. Sinon, elle devrait demander à l'adolescente de revenir, ce qui n'était pas gagné

Comme d'habitude en milieu d'après-midi, le bar était calme. Le pick-up de Jack n'était pas là – ce dernier était sûrement parti faire un tour sur le chantier. En cuisine, elle trouva Paige et Vic occupés à commencer les préparatifs du dîner.

— Salut, vous deux ! Quelqu'un a vu Mike ?

— Sa voiture est là, mais je crois qu'il est en tête-à-tête dans le camping-car avec… Au fait, tu sais que Brie est de retour ?

— Oui, répondit Melinda, qui décrocha le téléphone de la cuisine et composa le numéro de Mike. Allô, Mike. Désolée de te déranger, mais j'ai besoin de toi en urgence. À propos d'une situation dont on a déjà discuté – c'est professionnel. Merci, ajouta-t-elle après un bref silence, je te revaudrai ça.

Elle passa derrière le comptoir et se servit un verre d'eau gazeuse. La rapidité avec laquelle Mike la rejoignit la rassura : elle aurait détesté débouler comme un chien dans un jeu de quilles.

— Que se passe-t-il ? s'enquit-il.

— Sortons sur la terrasse.

Une fois dehors, Melinda lui rapporta à voix basse les confidences de sa jeune patiente, puis l'emmena au cabinet où elle fit les présentations. Elle savait certes que Mike était un pro, pourtant, elle fut agréablement surprise par la façon dont il sut mettre la jeune fille à l'aise. Comme il n'y avait pas d'autres patients, il l'emmena dans la cuisine de Doc. Quelques instants plus tard, il ressortit pour demander un bloc et un stylo, puis referma la porte.

Melinda avait très envie d'aller voir Brie, mais elle se sentait obligée de rester au cabinet pendant l'entretien. Et puis, David, qui faisait sa sieste à la réception, commençait à s'agiter. Il ne tarda pas à la réclamer et elle dut le prendre pour le changer et le câliner. Plus d'une heure s'écoula avant que Mike ne réapparaisse, escortant la jeune Sophie. Il la remercia pour son aide. Au regard enamouré qu'elle lui lança, il était évident qu'il avait plus que gagné sa confiance.

Après le départ de l'adolescente, Mike se tourna vers Melinda, la mine sombre.

— Nous avons bien un violeur dans la nature, c'est ça ?

Il hocha la tête.

— Peut-être même plusieurs. Maintenant j'ai des noms, dont sans doute celui d'une des filles à qui tu as eu affaire.

Je vais pouvoir parler à ces autres jeunes puisque je n'ai pas eu leur identité par toi.

— Que comptes-tu faire ?

— Les interroger le plus vite possible. Et aussi trouver un soutien pour Sophie – elle va devoir se confier à un professionnel.

— Le planning familial pourrait être utile. Et le comté a une cellule d'aide psychologique pour les victimes d'agressions sexuelles.

Mike secoua tristement la tête.

— Quand j'ai accepté ce poste, c'était bien la dernière chose à laquelle je m'attendais.

— Brie vient à peine d'arriver, dit Melinda avec sympathie.

— Elle comprendra. En fait, je vais devoir lui en parler.

— Je n'ai rien dit à Jack.

Il hocha la tête.

— Je lui demanderai de rester discrète. Mais après ce qu'elle a vécu, je dois faire preuve de la plus grande franchise avec elle. Je ne peux pas lui cacher une histoire pareille. C'est vital pour nous. Notre relation débute à peine…

Melinda leva la main.

— C'est toi qui sais, Mike. Ce qui est sûr, c'est que nous ne pouvons pas laisser ces adolescentes exposées à un danger pareil.

Elle fit sauter David, qui commençait à s'agiter sur sa hanche.

— J'aimerais voir Brie, dit-elle. Je peux y aller quand, tu crois ?

— D'ici une dizaine de minutes. Tu me laisses une longueur d'avance ?

— D'accord.

Quand Mike posa la main sur la poignée de porte du camping-car, son cœur tressauta d'allégresse à la seule pensée que Brie était là, à l'attendre. Il régnait soudain dans son univers une harmonie parfaite. Elle avait rangé leurs vêtements et fait le lit. Assise à la petite table, elle était occupée à écrire sur un bloc-notes. Elle leva vers lui son doux regard lumineux. Il ne put s'empêcher de se pencher pour l'embrasser.

— Que fais-tu ? demanda-t-il en s'asseyant en face d'elle.

— Je rédige ma lettre de démission au bureau du procureur. Et je fais une liste. Je vais commencer par chercher un bureau. Si je reste ici, il faut que je travaille. Et je suis décidée à rester ici.

— Un bureau ?

— Oui. J'ignore encore ce que je vais faire, mais je suis juriste. Je ne peux pas travailler dans un espace aussi exigu. Il me faut mon ordinateur, mes livres, mes dossiers…

— J'adore t'entendre faire ce genre de projets. Tu es sûre de vouloir vivre à Virgin River ?

— Pourquoi pas ? Mais trouver un bureau dans une ville aussi petite, j'ai des doutes. En fait, je serai peut-être obligée de travailler dans une ville plus grande et de faire les trajets. Et toi, Mike, tu comptes rester à Virgin River ? Parce que, je crois que tu le sais, j'irai n'importe où avec toi.

Il lui prit les mains par-dessus la table.

— J'adore vivre ici. Mes meilleurs souvenirs sont liés à cet endroit. J'ai une suggestion à te faire. Au lieu d'un bureau, si on cherchait une maison ? Une maison assez grande pour aménager un bureau à domicile. Tu pourrais travailler de chez nous.

— Tu crois ?

— Si nous voulons laisser faire la nature, mon petit doigt me dit que nous aurons besoin de plus d'espace d'ici peu. Qu'en penses-tu ?

Un sourire radieux illumina le visage de Brie.

— J'aime cette idée d'aller de l'avant avec toi.

— Je vais trop vite ? C'est du rapide, j'en ai conscience. Toute ta famille va nous le faire remarquer. Les gens vont nous dire qu'on est fous.

— Ça m'est égal. Je ne me suis pas sentie aussi bien depuis une éternité. J'ai bien le droit d'être un peu folle de bonheur. Quand va-t-on redescendre sur Terre, tu crois ?

— Plus tôt que tu ne l'imagines. J'ai un travail à faire. Une enquête. Ça va pas mal m'occuper, mais c'est important.

— Tu peux m'en parler ?

— J'en ai envie, mais c'est un sujet sensible, qui pourrait être pénible.

— Vas-y toujours. Les sujets sensibles, ça me connaît. Je vais essayer de tenir le choc.

— Melinda n'en a dit mot à personne, pas même à Jack. Elle espère que je pourrais l'aider. Je l'ai prévenue que je tenais à t'en parler pour plusieurs raisons, mais tu vas devoir rester discrète avec ton frère. Il est entièrement digne de confiance, là n'est pas la question, mais Melinda tient beaucoup à la confidentialité dans son métier, alors je la respecte.

— D'accord.

— Elle soupçonne plusieurs de ses jeunes patientes d'avoir croisé le chemin d'un violeur. Un ou plusieurs garçons qu'elles connaissent. À mon avis, ses craintes sont fondées. J'ai fini par obtenir des noms qui, je l'espère, vont faire avancer l'enquête.

Brie ne put réprimer un frisson. Mike lui laissa un instant pour se ressaisir.

— C'est horrible, finit-elle par murmurer en secouant la tête. Tu as déjà travaillé sur des cas d'agressions sexuelles ?

— Pas à proprement parler, mais j'ai participé avec quelques inspecteurs spécialisés à des enquêtes transversales, et j'ai pas mal d'expérience avec les ados. Je peux commencer mes recherches sans ton aide, mais j'aurai sûrement besoin de tes conseils. Tu t'en sens la force ?

— J'essaierai. Il se trouve que je connais bien le sujet – et pas seulement à cause de mon expérience personnelle. J'ai coaché de nombreuses victimes de viol pour les procès.

— Merci, j'espérais que tu accepterais. Je dois aller parler à plusieurs personnes, enchaîna Mike. Melinda meurt d'envie de te voir.

— Elle est chez Doc ?

— Elle devrait plutôt être là, dehors.

Il ouvrit la porte et repéra Melinda près de la porte du bar qui donnait sur la cour, le petit David dans les bras. Il lui fit signe d'approcher, mais Brie se précipita à sa rencontre et l'étreignit avec effusion comme une sœur.

Melinda assit David près d'elle sur la banquette, à la petite table de la cuisine du camping-car, tandis que Brie sortait des sodas du réfrigérateur.

— Alors, quel effet ça te fait d'être dans ma cuisine ? demanda-t-elle.

— Il t'a fallu longtemps, répondit Melinda avec un sourire.

— La décision demandait réflexion.

— En tout cas, tu es rayonnante.

— Tu crois qu'ils parlent ? Les hommes ?

— Comme nous ? Non. Mike ne parlera pas de toi à Jack, j'en suis certaine. Jack s'est vraiment comporté en idiot.

— Ça lui a passé, fit remarquer Brie. Quelqu'un a déposé le petit-déjeuner devant notre porte ce matin. Je soupçonne Jack.

— Tant mieux, il était temps. Je te présenterais bien mes excuses pour l'obstination de ton frère, mais tu le connais depuis plus longtemps que moi, fit Melinda en riant. On aurait dû me prévenir qu'il pouvait être aussi insupportable à se mêler de ce qui ne le regarde pas. Et autoritaire avec ça. Pourtant, ajouta-t-elle en inclinant la tête, un regard suffit pour comprendre que vous êtes faits l'un pour l'autre. Il faudrait décerner une auréole à Mike.

— C'est un ange. Jamais je n'ai été traitée avant tant de gentillesse et de tendresse. Jamais.

— Mike est un homme bien, confirma Melinda. Je suis heureuse de ce qui vous arrive. Et que tu nous sois revenue.

Brie secoua la tête, émue. C'était dans des moments comme celui-ci que ses sœurs risquaient de lui manquer le plus. Mais avec Melinda, elle avait trouvé cette indispensable complicité féminine.

— J'avais besoin de réfléchir, mais si je suis ici, c'est parce qu'il y a du nouveau à Sacramento.

Melinda haussa les sourcils.

— Tu veux en parler ?

— Je n'ai pas encore eu l'occasion de prévenir Jack, mais Mike est au courant. La raison de mon retour soudain, c'est Jerome Powell. Brad est venu m'annoncer qu'il avait été interpellé en Floride et que le bureau du procureur avait engagé une procédure d'extradition.

Melinda posa la main sur la sienne.

— Mon Dieu, Brie. Que va-t-il se passer ?

— Je vais témoigner contre lui. Évidemment. Mais d'ici là, je reste à Virgin River.

— Tu peux compter sur nous tous, tu sais.

— Le plus grotesque dans tout ça, c'est qu'avant de me parler de Powell, Brad a osé me demander une deuxième chance. Figure-toi qu'il a rompu avec Christine.

— Mince alors, lâcha Melinda en s'adossant à la banquette, estomaquée. Et comment as-tu réagi ?

Un lent sourire étira les lèvres de Brie.

— Je l'ai mis à la porte et, dans la foulée, j'ai fait mes bagages. Ce chapitre de ma vie est clos. J'ai tourné définitivement la page.

Son sourire s'évanouit.

— L'autre chapitre, le procès, s'annonce un peu plus difficile. Qu'est-ce que je raconte ? *Beaucoup* plus difficile.

Mike eut pour la toute première fois l'occasion de montrer officiellement son insigne dans le bureau de la surveillante générale de Valley High School. Mme Bradford était une femme prudente et sérieuse qui, quoique cordiale, n'était pas prête à lui livrer ses élèves sans avoir pris quelques précautions. Il lui expliqua comment il avait été amené à devenir policier municipal à Virgin River, et l'invita à vérifier ses références auprès du shérif du comté. Il prit soin de préciser que ses attributions excluaient toute arrestation ou interpellation d'aucune sorte, mais que les témoignages qu'il recueillerait pourraient contribuer à faire avancer une enquête. Les élèves, assura-t-il, ne risquaient aucun ennui, mais lui révéleraient peut-être des informations utiles sans même en avoir conscience.

Mme Bradford s'absenta une vingtaine de minutes. À son retour, elle accepta de convoquer quelques élèves dans son bureau. Sans doute avait-elle été rassurée par le shérif.

Mike interrogea d'abord deux jeunes filles, qui lui fournirent les noms des adolescents présents avec elle à des fêtes. Moins d'une heure plus tard, il put s'entretenir en tête-à-tête avec Brenda Carpenter, dont il connaissait les parents. Il sortit de nouveau son badge.

— Qu'est-ce que vous me voulez ?

— Tu n'as aucun ennui, rassure-toi, dit-il en guise de préambule. Rien ne t'oblige à me parler, mais j'espère que tu coopéreras. Je voudrais évoquer une soirée, disons un peu arrosée, à laquelle tu pourrais avoir assisté. Récemment ou il y a quelque temps déjà.

— Je ne vais pas à ce genre de soirée.

— Ton nom est apparu sur une liste de jeunes présents lors d'une ou plusieurs de ces fêtes. Je vérifie, c'est tout. Ça peut remonter à l'année dernière. J'essaie d'avoir des informations sur la présence éventuelle de drogue à ces soirées.

— Je ne me drogue pas.

— Je ne parle pas d'herbe, mais de substances beaucoup plus insidieuses qui auraient pu circuler à ton insu.

— Dans ce cas, comment puis-je vous aider ?

— Pour commencer, sache que tout ce que tu me diras restera entre nous. Je n'en parlerai ni à tes parents ni à personne d'autre, promis. Je cherche des informations sur une ou plusieurs soirées où des jeunes ont carrément perdu connaissance parce qu'ils avaient bu.

Les pupilles de la jeune fille s'étrécirent brusquement. Elle plissa les yeux, l'air soudain inquiet.

— Pardon ?

— T'es-tu déjà trouvée personnellement à l'une de ces fêtes ?

Brenda bondit de son fauteuil.

— Qui vous a raconté ça ? Personne n'était censé en parler !

— Une élève que j'ai interrogée affirme que ça lui est arrivé. Je ne peux pas te révéler son identité – c'est confidentiel. Je voudrais juste savoir si tu étais présente ou non.

— Ce n'est pas un adulte qui vous en a parlé, vous êtes sûr ?

— Je peux te l'assurer, Brenda. Peux-tu me répondre ? C'est très important.

— Ah oui ? Pourquoi ?

— Parce que le scénario semble se reproduire, et que je dois y mettre un terme avant que… Je vais être franc avec toi, Brenda, ce genre de situation pourrait être fatal. Si j'avais des informations, je n'aimerais pas les garder pour moi.

— Fatale ? Juste en buvant un coup de trop ?

— Si une drogue versée dans de la bière fait perdre connaissance à la personne qui la boit, oui.

Elle croisa les bras sur la poitrine.

— Que voulez-vous savoir ?

— As-tu déjà participé à une soirée où c'est arrivé ?

— Je suis allée une fois, une seule, à une fête où des gens avaient trop bu. Il y a longtemps. Mais je ne crois pas que ça corresponde à ce que vous cherchez.

Mike haussa les épaules.

— Ça pourrait, s'il y avait quelque chose dans la boisson.

— Comme je viens de vous le dire, c'était il y a longtemps.

— Te rappelles-tu qui était présent ?

— Pourquoi ?

— Tout ce qui m'intéresse, ce sont des noms. Pour voir par recoupements si certains apparaissent plusieurs fois. Régulièrement.

La stupéfaction qui se peignit sur le visage de Brenda se métamorphosa bientôt en colère. Elle venait de comprendre qu'elle n'était pas la seule victime.

Mike tourna vers elle un bloc-notes avec un stylo.

— Le moindre détail peut être utile. Si quelqu'un est resté juste un peu ou plus longtemps, qui organisait la soirée, qui a apporté la bière, ce genre de choses.

Lorsque Mike relut les listes, trois quarts d'heure plus tard dans sa voiture, il savait que Brenda était sans doute la patiente tombée enceinte sans savoir comment. Soudain, un détail lui sauta aux yeux. Il en éprouva à la fois du soulagement et y vit une chance à saisir. Un nom connu apparaissait sur la liste de Sophie. Un garçon présent brièvement en début de soirée. Le nom revenait une autre fois, une seule, à une soirée bière sur l'ancienne aire de repos, de nouveau pour peu de temps. Mais il n'était mentionné ni sur la liste de Brenda concernant la soirée à laquelle elle avait participé au printemps dernier ni sur aucune autre. Ce garçon n'était autre que Tom Booth. Tom connaîtrait les garçons présents à la fête où Sophie avait perdu connaissance.

Mike aurait pu retourner au lycée et demander à Mme Bradford de le convoquer dans son bureau, mais la dernière sonnerie de la journée ne lui laissa pas le temps d'y réfléchir : les élèves jaillirent en flot continu du bâtiment pour s'égayer vers les voitures ou les bus sur le parking. Il se souvint d'avoir entendu Paul dire qu'il employait Tom sur le chantier de Jack après les cours. Avec un peu de chance, peut-être tomberait-il sur lui là-bas.

Tout bien réfléchi, il ferait d'une pierre deux coups. Brie avait passé la nuit dans ses bras – une situation beaucoup plus intime qu'une excursion sur la côte ou quelques pas de country à un bal de campagne. Si Jack comptait lui chercher des noises à ce sujet, il préférait régler le contentieux en l'absence de Brie.

Le pick-up de Tom n'était pas là quand Mike arriva sur le chantier, mais celui de Jack était garé près de la maison qui résonnait du bruit des travaux.

À l'intérieur, il trouva toute l'équipe à l'œuvre, et Jack, à genoux sur le carrelage, occupé à poser les plinthes de la cuisine équipée qui venait d'être installée.

— Ça prend forme, commenta-t-il après l'avoir regardé s'activer un moment.

Jack s'assit sur ses talons et sortit un mouchoir de sa poche pour essuyer la transpiration et la sciure sur son visage. Puis il se leva avec un regard qui n'était pas sans rappeler à Mike celui dont un père gratifierait le petit ami de sa fille. Ni vraiment assassin ni vraiment amène. Quelque part entre les deux. À dessein indéchiffrable, ne trahissant aucune émotion.

— Merci, répondit Jack, laconique.

— J'ai pensé que si tu avais un truc à me dire, j'allais t'en donner l'occasion pendant que Brie est occupée ailleurs.

— J'ai en effet un truc à te dire. Nous en avons déjà parlé, mais je le répète encore une fois, histoire que les choses soient bien claires. Cette relation entre ma sœur et toi, je la voyais d'un très mauvais œil…

— Je sais.

— Parce que je suis un idiot, termina Jack qui secoua la tête de frustration. Bon Dieu, Valenzuela, après tout ce que tu as fait pour moi au combat, je ne comprends pas pourquoi je suis monté sur mes grands chevaux comme ça. Je voulais sans doute enfermer Brie dans un cocon, histoire qu'elle ne souffre plus jamais – le pire service à lui rendre. Je suis vraiment désolé, mon vieux, conclut-il avec une sincérité touchante. Je sais qu'avec toi, elle est entre de bonnes mains.

Mike ne put s'empêcher de rire.

— Ben, mon vieux, tu as dû sacrément te faire tirer les oreilles par Melinda.

Jack se rembrunit.

— J'aimerais bien savoir pourquoi c'est toujours Melinda qui récolte les lauriers chaque fois que je commence à entendre raison. Qu'est-ce qui te fait croire que je n'ai pas juste réfléchi et…

— Laisse tomber, l'interrompit Mike, la main tendue. J'apprécie.

Jack la lui serra, et le sourire de Mike s'envola.

— Jack, dit-il, l'air soudain grave, je te donne ma parole de faire tout ce qui est en mon pouvoir pour rendre ta sœur heureuse. Au péril de ma vie s'il le faut.

— Tu as intérêt, maugréa Jack, la mine sévère. Sinon je ne donne pas cher de ta peau.

Mike ne put réprimer un sourire.

— On était pourtant bien partis.

— Ouais, eh bien…

— Je ne te décevrai pas, Jack.

Celui-ci garda le silence un instant.

— Je sais. Merci. Des hommes avec notre passé…

— Oui, s'esclaffa Mike. Qui aurait cru ça possible, hein ?

Jack passa la main sur sa nuque en sueur.

— En tout cas, méfie-toi, mon vieux. Sinon tu risques de te retrouver à élever une équipe de basket avant d'avoir eu le temps de dire ouf !

— Je ferai attention, promis. Montre-moi donc la maison. On dirait que les travaux avancent bien.

— D'accord. On va demander à Paul de nous faire la visite. J'aurais fait du bon boulot, mais avec lui, ce sera un chef-d'œuvre.

Après avoir admiré les réalisations de Paul en détail pendant une demi-heure, Mike vit le pick-up de Tom Booth entrer dans la clairière. Le garçon se gara et se mit aussitôt au travail. Tandis que le soir tombait, Mike minuta son approche, parlant de tout et de rien avec Jack et Paul. Jack finit par rentrer prendre une douche rapide au chalet avant d'aller aider pour le service au bar et Paul retourna à l'intérieur faire les dernières mises au point avec son équipe avant la fin de la journée.

Mike se dirigea vers Tom.

— Salut, lança-t-il. Tu pourrais m'accorder une minute ?

— Bien sûr, dit l'adolescent, qui laissa tomber son sac de gravats à ses pieds et ôta ses gants.

— Tu te souviens, je t'avais parlé de certaines fêtes il y a un moment.

— Oui, et je vous ai dit que j'avais fait un tour à une ou deux par curiosité. Quel est le problème ?

— Un problème de drogue.

— De drogue ? J'ai vu passer quelques joints. Alors j'ai préféré partir. Vous connaissez mon père. S'il me prenait à fumer de l'herbe, je serais bon pour la maison de correction. Bref, je serais carbonisé. Mon père n'est pas du genre libéral.

— C'est ce qui m'avait semblé, commenta Mike avec un sourire. En fait, ce que je voudrais savoir, c'est si tu as remarqué quelque chose d'inhabituel ces soirs-là.

Tom réfléchit un instant avec une moue dubitative.

— Je n'ai rien vu de particulier. Sincèrement, je suis parti quand j'ai vu les joints commencer à tourner. Quoique… maintenant que vous m'en parlez…

Mike patienta quelques secondes.

— Oui ? insista-t-il.

— Une fois, en sortant, j'ai remarqué un comportement pas net, répondit Tom avec un haussement d'épaules. Il y en a deux qui sont partis à l'écart, comme pour faire un trafic en douce. Mais ils sont vite revenus.

— Tu soupçonnes quoi ? demanda Mike, en alerte.

— Aucune idée. De l'ecstasy, peut-être. Ou des amphés ? Je n'en sais rien. Moi, je voulais juste boire une bière. Déjà les joints, c'était limite, mais là, avec mon père, j'aurais été carrément…

— Carbonisé, acheva Mike à sa place. Qui organisait la soirée ?

Tom baissa les yeux et secoua la tête.

— Écoutez, ça ne me dérangerait pas de causer des ennuis à ce petit enfoiré – en fait, j'adorerais. Mais franchement, je n'ai pas la moindre idée de ce qui s'est passé. Si ça se trouve, ils échangeaient juste leurs numéros de téléphone. Je ne peux quand même pas accuser quelqu'un sans certitude.

Mike garda le silence un long moment.

— Je comprends. On va passer en revue les gens présents, d'accord ?

— D'accord.

12

Parmi toutes les femmes de Virgin River chez qui Melinda pouvait redouter une mammographie positive, Lilly Andersen, qui avait mis au monde et allaité sept enfants, était la dernière. Mais les faits étaient là. Le radiologue avait téléphoné : Lilly, si chère au cœur de Melinda, devait voir un spécialiste de toute urgence.

Un autre symptôme inquiétant venait renforcer ses craintes : Lilly avait considérablement maigri ces derniers temps, et Melinda priait pour que cette perte de poids soit imputable au surcroît d'exercice qu'à un an, la petite Chloé lui forçait à faire.

Chloé.

Seules quatre personnes connaissaient la vérité – Melinda, Doc, Lilly et Buck Andersen. Tout le monde pensait que Chloé, abandonnée à la naissance, avait été recueillie à trois mois par les Andersen. Or la petite fille était en réalité la fille biologique de Lilly.

Et maintenant elle devait apprendre à cette femme, son amie, qu'elle avait selon toute vraisemblance un cancer du sein.

— Je suis navrée, Lilly. Mais au moins la tumeur a été dépistée, et vous allez pouvoir vous concentrer sur le traitement. Je vous ai pris un rendez-vous à Eureka pour demain.

— Si tôt ? demanda celle-ci non sans nervosité.

— Le plus tôt sera le mieux. Buck peut-il vous emmener ou avez-vous besoin de moi ?

Avec sa gentillesse coutumière, Lilly lui tapota la main et lui adressa un sourire réconfortant.

— Ne vous inquiétez pas, Melinda. Je demanderai à Buck de prendre un jour de congé.

— Souhaitez-vous que je lui parle ? Parce que c'est important.

— Non, je m'en charge. Mais ils ne vont rien me faire, comme m'opérer tout de suite, n'est-ce pas ?

— Non, juste des examens. Une biopsie, des analyses de sang, d'autres radios. En revanche, s'ils décident d'opérer, l'intervention aura lieu rapidement. Le radiologue a parlé d'une grosseur significative. Vous n'aviez rien remarqué d'anormal, comme une boule sous la peau ?

— Pas vraiment, mais je suis plutôt enrobée.

— Lilly, vous allez avoir besoin d'aide pour Chloé. Sincèrement, je pense que vous devriez dire la vérité à vos enfants.

— On va s'en sortir, Melinda. Ne vous faites pas de souci.

— Je ne m'en fais pas. Les thérapies ont fait de gros progrès et, aujourd'hui, le taux de survie est très élevé. Mais si vous devez subir un traitement, il se peut que vous ne vous sentiez pas bien. Il me semble qu'ils méritent de connaître la vérité. Vos enfants sont tous formidables ; ils ne vous en tiendront pas rigueur.

Lilly se mit à rire.

— Si vous ne m'en tenez pas rigueur, qui le pourrait, je vous le demande ?

— Surtout n'oubliez pas – s'il y a une réaction, elle sera temporaire. Le temps que les esprits se calment. N'ayez pas peur d'eux, Lilly. Ils vous adorent.

— De ce côté-là, j'ai de la chance.

Mais la chance de Lilly s'arrêtait là. Son cancer en était à un stade avancé. D'une forme particulièrement agressive, il s'était déjà propagé au système lymphatique et aux poumons. Après une mastectomie bilatérale totale pratiquée dans la semaine suivant son premier rendez-vous, son cancérologue lui avait prescrit un traitement de choc alliant radiothérapie et chimiothérapie qui l'épuisait et la rendait malade.

Chloé vivait désormais chez sa sœur aînée, Amy.

Malheureusement, il n'était pas rare dans la police d'identifier assez vite les coupables sans posséder la moindre pièce à conviction permettant une interpellation, ni même la délivrance d'un simple mandat de perquisition. Mike s'imaginait que son travail serait plus facile dans une ville si petite où tout le monde semblait au courant de tout. Grossière erreur. À Virgin River, il se retrouvait confronté aux mêmes difficultés qu'à Los Angeles.

Depuis ses entretiens avec les lycéens, il disposait d'environ vingt listes de noms couvrant plusieurs fêtes, de mai dernier à la période récente. Il y en avait peut-être eu davantage, mais il n'en savait rien. Il fit un saut à Garberville pour parler à Brendan Lancaster, dix-neuf ans, le seul avec l'ancien copain de Tom, Jordan Whitley, à être présent à chaque soirée. Les quelques autres dont les noms étaient mentionnés plus de deux fois étaient selon toute vraisemblance hors de cause : lors de l'entretien, ils étaient tombés des nues avec une sincérité qui lui avait paru authentique, à la différence de Lancaster et de Whitley qui lui avaient servi un numéro assez peu convaincant. Rares étaient les noms de filles à apparaître plus d'une fois.

Mike fut vite convaincu que Tom Booth n'était nullement impliqué. S'il n'avait jamais vu quelqu'un perdre connaissance à l'une de ces fêtes, c'était sans doute parce que, chaque fois, il était parti tôt. Il ne connaissait pas beaucoup de monde, mais lui avait donné quelques noms et, une fois de plus, la piste menait tout droit à Whitley et à Lancaster.

— Je vais te donner un indice, lui confia Melinda. Mes patientes présentaient toutes une infection à chlamydiae. C'est forcément par eux qu'elles l'ont attrapée.

— Le problème, c'est que je n'ai rien pour les coincer. Impossible de pousser mes investigations plus avant.

— Alors il va peut-être falloir les débusquer.

— Peut-être, dit Mike, qui s'imagina en planque, attendant que ces ordures droguent et violent une jeune fille sans méfiance.

À cette seule pensée, il eut presque la nausée. Sans doute serait-il obligé de retourner voir le shérif, mais pour obtenir son assistance, il lui faudrait davantage qu'une simple liste d'ados qui avaient bu et peut-être fumé un peu d'herbe. Tant qu'il n'aurait pas plus conséquent à se mettre sous la dent, il était dans une impasse. À part poursuivre ses interrogatoires auprès des jeunes et demander à Zach Hadley de tendre l'oreille au lycée, il n'avait guère les moyens de faire progresser son enquête.

Thanksgiving approchait et Mike se débattait toujours dans cette affaire, quand Paul transmit une invitation à dîner pour Brie et lui de la part de la famille Booth – une idée généreuse de Vanessa pour souhaiter à cette dernière la bienvenue dans la communauté. Tandis que les femmes et le général, seul maître à bord dans sa cuisine, étaient occupés, Paul et Mike sortirent boire une bière devant le corral recouvert d'une fine pellicule de neige tombée en fin d'après-midi. Paul était en train de parler de Tom, qui travaillait dur sur le chantier et méritait l'argent qu'il gagnait, lorsque deux cavaliers apparurent au bout de la longue allée qui menait à la propriété : le jeune homme en galante compagnie.

— Voilà notre Roméo, commenta Paul.

— Il a une petite amie ? demanda Mike qui, les yeux plissés, les regardait approcher.

— La merveilleuse Brenda. Ça faisait un moment qu'il avait des vues sur elle, mais je crois que grâce aux chevaux, c'est dans la poche.

Catastrophe, songea Mike. Si elle le voyait ici, elle allait paniquer.

— Euh… écoute, j'ai un problème. Je t'expliquerai plus tard, mais rends-moi service, d'accord ? Dès qu'ils arrivent, entraîne Tom à l'écart. Raconte-lui que tu as besoin de son aide, je ne sais pas moi, pour porter du bois ou autre chose. Je m'occuperai de son cheval. Je dois parler un instant en tête-à-tête à sa copine.

— Il y a un problème ? Parce que c'est une fille bien…

— Je sais. Elle n'a aucun ennui, je t'assure. Je dois juste lui toucher un mot en l'absence de Tom.

— C'est à cause de ton enquête, c'est ça ?

— Exact.

— Tu as intérêt à marcher sur des œufs, parce que Tom semble avoir de nouveau la tête sur les épaules après quelques accrochages avec son père, et c'est peut-être justement grâce à cette fille.

— Ne t'inquiète pas, je sais m'y prendre.

Comme Mike s'y attendait, Brenda montra des signes d'affolement en le repérant près du corral. Elle tira sur les rênes pour ralentir sa monture. Il essaya de lui faire comprendre d'un discret signe de tête qu'il n'avait pas parlé, mais elle semblait désemparée. Il se mettait à sa place. Pas question que son nouveau petit ami apprenne ce qu'elle avait enduré. Pas question de passer le dîner à trembler de peur, assise à table avec un flic.

— Tom, tu peux m'aider une seconde ? s'enquit Paul. J'ai besoin d'un coup de main pour rentrer du bois. Mike va s'occuper de ton cheval.

— Vous croyez ? objecta l'adolescent en descendant de sa monture. Il vaudrait peut-être mieux que Mike s'occupe du bois, pendant que j'aide Brenda avec les chevaux.

— C'est à cause de son bras, tu sais. Il le travaille encore un peu. Viens.

— Ça va aller avec le cheval, Mike ? s'inquiéta Tom.

— Pas de problème. Ta copine va m'expliquer ce que je dois faire.

— Euh... je vous présente Brenda. Brenda, Mike Valenzuela, un ami de la famille.

— Enchanté de faire ta connaissance, dit Mike qui tendit la main à la jeune fille.

Elle la serra mollement sans un mot, sur la défensive.

Mike regarda par-dessus son épaule Paul entraîner le garçon en direction de la maison. Brenda mit pied à terre et mena sa monture vers l'écurie.

— Pas de panique, Brenda. Personne n'est au courant que je t'ai parlé, d'accord ?

— D'accord, répéta-t-elle avec nervosité.

— Ne pars pas en courant à cause de moi. J'ai croisé tes parents au moins dix fois depuis notre conversation et je n'en ai pas soufflé un mot. Je te l'ai dit, c'est confidentiel.

— Peut-être, mais vous êtes venu interroger plein d'élèves au lycée. Les gens parlent.

— Oui, et ils me parlent aussi à moi. Écoute, j'ai une confidence à te faire au sujet de Tom. Je commence à mieux le connaître et, à mon avis, c'est un garçon intelligent et fiable. Si tu t'inquiètes qu'il découvre certaines choses, il vaudrait peut-être mieux qu'elles viennent de toi. Mais c'est juste mon opinion. En tout cas, je peux t'assurer qu'il n'apprendra rien par moi.

Brenda s'arrêta à l'entrée du box.

— Vous en savez plus que vous ne le dites, n'est-ce pas ?

— Exact.

— Vous savez qui c'était ? demanda-t-elle sans entrer dans les détails.

Mais il les connaissait déjà. Il pouvait continuer à jouer l'innocent avec elle, ou prendre des risques dans l'espoir que cela paierait.

— Oui, répondit-il.

— Vous pouvez me le dire ?

— Non.

— Pourquoi ?

— Je n'ai pas de victime. Impossible d'arrêter quelqu'un ou d'engager des poursuites sans victime.

— Il pourrait y en avoir plus d'une ?

Mike la fixa sans ciller.

— À ton avis ?

Les larmes montèrent aux yeux de la jeune fille à la pensée que d'autres avaient pu subir les mêmes outrages qu'elle.

— Mon Dieu…

— Oui, c'est moche, n'est-ce pas ? Si jamais tu veux m'en parler, surtout n'hésite pas. Tu sais comment me joindre. Sois tranquille, je ne viendrai pas te harceler et je ne dirai pas un mot de ta vie privée. Tout ce que je te demande, c'est d'essayer de me faire un peu confiance, d'accord ? Allez, on va soigner ces chevaux. Et faisons comme si nous étions devenus bons amis.

— Je ne sais si je vais pouvoir, souffla-t-elle, désemparée.

— Bien sûr que si. On va passer une bonne soirée chez les Booth. Je te présenterai à Brie, mon amie – tu vas l'adorer, assura Mike avec un sourire. Je parie qu'elle te ressemblait beaucoup à seize ans. Bonnes notes, une famille sympa, des petits copains sérieux. Ça va aller, Brenda, fais-moi confiance. Je n'ai jamais trahi personne.

— Et si vous ne trouvez jamais de victime pour l'arrêter ?

— Je finirai quand même par l'avoir. Je trouverai bien une idée qui ne t'implique pas.

Ils enlevèrent la selle et le harnais aux chevaux et entreprirent de les bouchonner.

— Merci, Mike, murmura Brenda au bout de dix minutes.

— De rien. Je crois qu'on est dans le même camp, toi et moi. On ne veut pas que quelqu'un d'autre souffre.

Brie n'était pas à Virgin River depuis deux semaines, mais Mike avait l'impression qu'ils avaient toujours vécu ensemble. Quel que soit leur emploi du temps dans la journée, à peine se retrouvaient-ils en tête-à-tête, derrière la porte close du camping-car qu'ils se jetaient dans les bras l'un de l'autre. Mike ne cessait de penser à elle à longueur de temps et savourait leurs lents ébats délicieux le soir venu. Et aussi le matin…

— Personne ne fait l'amour autant que nous, lui murmura-t-elle, le souffle court, repue.

— Pas même moi avant. Jamais, répondit-il, tout aussi essoufflé.

— C'est comme une lune de miel, fit-elle remarquer.

— J'en ai connu deux, et ça n'avait rien à voir avec ça.

— Moi aussi, enfin une seule. Aucune comparaison possible, renchérit-elle en riant. Tu es stupéfiant, Mike.

Il se dressa au-dessus d'elle et la regarda au fond des yeux.

— Tu es une femme passionnée, Brie. Quant à ta libido, elle bat tous les records. C'est une bonne chose que tu aies choisi un Latino, ajouta-t-il avec un sourire. Nous avons la réputation de savoir nous y prendre avec les femmes sensuelles comme toi.

— Tu sais t'y prendre, aucun doute là-dessus. Crois-tu que notre belle ardeur va se calmer bientôt ?

— Si la nature suit son cours, forcément. Voilà pourquoi je profite le plus possible de toi maintenant. Je sais ce qui nous attend quand tu seras enceinte.

— Toute la journée, j'ai des frissons rien qu'à l'idée que le soir…

— Moi aussi, avoua-t-il en roulant sur le dos. C'est un miracle, ni plus ni moins. Je n'étais même pas sûr d'y arriver.

— Comment ça ?

Il bascula de nouveau sur le flanc.

— Quand j'ai émergé du coma, j'avais, disons, quelques défauts de fonctionnement. Les érections, entre autres.

— Vraiment ? s'exclama Brie, les yeux écarquillés. Parce que maintenant tu en as plus que ta part.

— Il m'a fallu presque un an pour que la machine se remette en route. Et encore, c'était imprévisible. Lorsque je t'ai allongée pour la première fois sur ce lit, j'ignorais si ça marcherait, et combien de temps…

— Et pourtant tu n'as pas hésité ?

Mike haussa les épaules.

— Je savais déjà l'effet que tu me faisais. J'avais bon espoir.

— Mendocino, dit-elle avec un sourire malicieux qui le fit fondre.

— Je me demandais si tu t'en étais aperçu.

Il fit courir sa main sur son épaule nue, descendit jusqu'à sa hanche.

— Tout ce qui m'importait, c'était de te donner du plaisir, et je m'étais préparé aux plus délicieuses alternatives.

— Il n'y a pas à dire, tu sais vraiment y faire, souffla-t-elle en fermant les yeux.

Mike laissa échapper un rire rauque et mit un point d'honneur à lui offrir sur-le-champ un échantillon de ses talents. Rien ne le comblait davantage que lorsqu'elle succombait de plaisir sous ses caresses. Il adorait aussi les moments tendres qui suivaient leurs ébats, lorsqu'ils se murmuraient des mots doux dans le cocon de la nuit ou aux premières lueurs de l'aube. Puis il y avait les conversations « sérieuses » où ils envisageaient l'avenir : des enfants, une maison sur une colline, une vie à deux jusqu'au grand âge. Tout cela le comblait, conférait à son existence une substance qui lui avait toujours manqué. En Brie, il avait trouvé pour la première fois de sa vie une véritable partenaire.

Brie se cala sur le coude et sa chevelure de soie se déploya sur ses épaules.

— C'est bientôt Thanksgiving. Tu es sûr de vouloir rester ici ?

Il haussa les épaules.

— Melinda et Jack ne peuvent pas partir – elle a deux patientes qui vont bientôt accoucher. Vic et Paige restent aussi – c'est comme une famille. Si tu veux rendre visite à Sam, je t'accompagnerai, mais je n'ai pas encore envie d'aller à Los Angeles.

— Tu ne me caches pas aux Valenzuela au moins ?

— Bien sûr que non ! Je leur ai annoncé la nouvelle, à chacun d'entre eux. Je leur ai même conseillé de se méfier – tu es bilingue et roublarde. Mais je ne suis pas prêt à te partager. Avec ma pieuse mère, pas question de partager le même lit en dehors des liens sacrés du mariage. On ferait chambre à part, bien que j'aie trente-sept ans et qu'elle sache qu'on vit ensemble. Il reste la solution de l'hôtel, mais je préfère que tu me laisses un peu de temps. Je n'ai jamais été aussi heureux de ma vie et toute la journée, mon rêve le plus cher, c'est de me retrouver enfin seul avec toi.

— Et pour Noël ?

— Quoi Noël ?

— Les tiens nous en voudront-ils si nous allons chez mon père ? Toute la famille se réunit – il y a aussi la sœur de Melinda, son mari et ses enfants. J'ai envie d'être avec eux.

— Dans ce cas on ira. Nous rendrons visite aux Valenzuela une autre fois. La famille est si nombreuse que mes parents ne s'attendent jamais à recevoir tous leurs enfants avec leur progéniture. On fêtera Noël avec eux l'année prochaine.

Thanksgiving tomba le dernier jeudi du mois et, fidèle à la tradition qu'il avait instaurée, Vic organisa un repas de fête au bar. Le général Booth et sa famille étaient invités, mais ils avaient prévu une visite à Bodega Bay. Il y avait donc Doc et Hope McCrea, Connie et Ron de l'épicerie, la grand-mère de Rick, Lydie, Joy et Bruce qui habitaient un peu plus bas dans la rue. Maintenant que Vic et Jack étaient tous deux mariés, ils fermeraient le bar à Noël, mais Vic tenait à ce moment de partage en cette journée si riche de symboles.

Dès son arrivée avec Jack et David, Melinda contacta ses deux patientes sur le point d'accoucher et, comme celles-ci confirmèrent le statu quo, elle s'autorisa son unique verre de vin du trimestre.

— L'une a un léger retard et l'autre a l'habitude d'accoucher avant terme, expliqua-t-elle en levant son verre pour trinquer avec Brie. Bref, d'un instant à l'autre, je vais aider à mettre au monde non pas un, mais deux bébés !

— Tu dois être si impatiente.

— J'avoue que j'ai hâte. Les bébés, c'est toute ma vie.

— Et toi, comment te sens-tu ?

— Je suis malade comme un chien avec cette deuxième grossesse. Mais je m'accroche. Jack m'a promis de ne plus m'infliger ce supplice. Et j'envisage une petite intervention chirurgicale pendant son sommeil.

La dinde était une des plus réussies de Vic et les accompagnements étaient parfaits. Les tourtes étaient l'œuvre de Paige, qui avait développé d'incroyables talents culinaires depuis qu'elle vivait à Virgin River.

Après le repas, Melinda et Brie participèrent à la vaisselle et Jack aida au nettoyage, David calé sur la hanche. Mike essuya le comptoir et les tables. Mais Vic fut quand même si occupé avec le rangement qu'il manqua l'heure de la lecture à Christopher après le bain. Il monta quand même dire bonsoir à son petit bonhomme, sachant qu'il ne passerait pas une bonne nuit s'il ne le faisait pas. Puis il redescendit fermer le bar à clé en traînant les pieds et regagna ses quartiers où il s'allongerait auprès de la femme de ses rêves pour une nuit platonique, attendant désespérément le signal qui annoncerait la fin de l'abstinence forcée.

Lorsqu'il entra dans la chambre, il découvrit Paige assise dans le lit, le dos calé contre les oreillers. Le drap remonté sur ses seins nus, elle arborait un sourire énigmatique. Devant sa mine perplexe, elle exhiba le test de grossesse qu'elle cachait sous le drap.

— On a réussi ! Bravo, papa !

Vic faillit en tomber à la renverse. Ses yeux s'embuèrent. Il enfouit le visage entre ses mains, mais impossible de se maîtriser. Il était bouleversé. Au bout de trois longs mois de patients efforts, il avait commencé à désespérer d'arriver un jour à concevoir un bébé. Et voilà que tous ses doutes s'étaient envolés. Melinda avait raison !

Il s'approcha du lit, s'accroupit, s'empara du test.

— Seigneur, un bébé ? C'est vrai ?

— Ça m'en a tout l'air.

— Mon Dieu…

Il l'enlaça avec fougue, et l'attira contre son large torse.

— Doucement, John, protesta Paige en riant.

Il la lâcha aussitôt.

— Je t'ai fait mal ?

— Bien sûr que non, le rassura-t-elle. Bonne nouvelle, John ! Si ce test est fiable, fini l'abstinence !

— Tu crois ? fit-il avec une soudaine gravité.

— Oui, John, je crois. Je suis en retard pour la première fois et le test est positif !

— Mon Dieu, mon Dieu… Comment tu te sens ? Ça va ?

— En fait… je suis plutôt excitée.

— Non ?

— Mais si. Ras-le-bol de s'économiser. Tu crois être le seul à avoir rongé ton frein ?

— Eh bien… tu as été fâchée pendant un moment…

— Voyons, John, tu as dit *à tout le monde* que c'était mon jour d'ovulation ! À l'avenir, tu vas devoir apprendre à faire preuve de davantage de discrétion.

— Tout ce que tu veux, chérie.

— D'accord. Alors déshabille-toi et viens ici tout de suite !

Mike était en route pour le chantier. C'était la première semaine de décembre, le temps était froid et humide. Vic avait reçu l'appel au bar et lui avait demandé d'aller annoncer la nouvelle pendant qu'il rangeait et fermait l'établissement.

Jack et Paul étaient tous deux dans la maison, occupés à installer des placards. Les ouvriers avaient terminé leur journée de travail et dînaient ensemble dans le mobile home. Tom Booth traînait un dernier sac de déchets jusqu'à la benne. Mike descendit de sa Jeep et attendit qu'il revienne dans sa direction. Il s'avança vers le jeune homme.

— Je vais te reconduire chez toi, mon garçon. J'ai une mauvaise nouvelle. C'est Matt. Il y a eu une explosion à Bagdad.

L'horreur se peignit sur le visage de Tom. Quelques secondes, il demeura comme pétrifié. Puis il hurla à pleins poumons :

— *Paul !*

Un cri de désespoir.

Paul et Jack se précipitèrent sur la terrasse. La porte du mobile home s'ouvrit et plusieurs visages apparurent dans l'encadrement.

Tom se retourna vers Mike.

— Il est mort ? parvint-il à articuler.

Mike hocha la tête et les yeux du jeune garçon s'emplirent de larmes.

— Viens, je te reconduis chez toi. Laisse ton pick-up ici. Je m'occuperai plus tard de te la faire ramener. Essaie de tenir le coup pour ta sœur. On s'effondrera plus tard.

L'adolescent hocha la tête et partit en courant vers la voiture de Mike.

Paul sauta de la terrasse sans emprunter la planche posée là où seraient bientôt construites les marches. Il courut vers Mike, Jack sur ses talons.

— Les marines sont chez le général, annonça Mike devant leurs regards interrogateurs. C'est Matt. Une voiture piégée a explosé à Bagdad. Il est mort.

— Mon Dieu, murmura Paul, effaré. *Vanessa !*

Il s'élança vers son pick-up avant que Mike ait pu l'en empêcher.

— Jack, j'ai envoyé Melinda chez les Booth pour Vanessa et le bébé. Tu peux la rejoindre directement là-bas. Brie viendra avec David tout à l'heure.

Jack arriva à la propriété des Booth quelques instants après Tom, Mike et Paul. Quand il poussa la porte, il découvrit un officier des marines et un aumônier dans la vaste pièce à vivre, visiblement mal à l'aise. Walt se tenait debout près de sa fille, assise sur l'ottomane. Tom était appuyé contre son père.

Il s'apprêtait à entrer lorsque Melinda arriva. Elle se gara devant la maison et se hâta vers l'entrée. Jack l'arrêta sur le seuil.

— Tu vas tenir le coup ?

— Ça va aller, Jack. Je dois voir Vanessa.

— Bien sûr.

Sa sacoche médicale à la main, Melinda se dirigea droit vers sa patiente. Posant une main réconfortante sur son épaule, elle murmura :

— Je suis là, Vanessa. Pour vous.

Elle s'abstint d'ajouter : et pour le bébé, afin de m'assurer que cette triste nouvelle n'ait pas de répercussions sur sa santé.

Vic et Paige arrivèrent avec Christopher peu après. Brie suivait avec David. Vic avait apporté les plats qu'il avait préparés pour le dîner, ainsi que deux bonnes bouteilles d'alcool.

L'officier s'entretint avec Walt au sujet des arrangements à prendre pour les obsèques. Ils restaient à leur disposition une fois ces décisions prises. Un détachement similaire s'était rendu au domicile des parents de Matt dans l'Oregon.

Paul emmena la pauvre Vanessa, et adressa un regard à Melinda par-dessus son épaule pour lui demander de les suivre. Dans sa chambre, Vanessa s'allongea sur le lit. Tandis qu'elle pleurait toutes les larmes de son corps, Paul s'assit près d'elle et lui frotta le dos avec sollicitude. De son côté, Melinda vérifia les fonctions vitales, s'assura que le pouls du fœtus était normal et administra à la jeune femme un sédatif léger sans danger pour le bébé.

— Paul, si tu veux bien, et si Vanessa est d'accord, reste donc un peu auprès d'elle, suggéra-t-elle, pour la première fois consciente du lien fort qui les unissait. Une présence amicale lui fera du bien.

— Vanessa ? demanda-t-il.

Elle se tourna vers lui et hocha la tête sans cesser de sangloter. S'appuyant alors contre la tête de lit, les jambes allongées devant lui, il l'attira contre lui.

— Appelle-moi en cas de besoin, dit Melinda. Je suis juste à côté.

Un long moment s'écoula avant que les sanglots ne commencent à s'apaiser. La respiration encore entrecoupée, Vanessa leva vers Paul des yeux rougis et gonflés.

— Il savait, tu crois ?

— Quoi donc, Vanessa ?

— Qu'il allait mourir ? Je l'ai entendu te dire de prendre soin de moi s'il arrivait quelque chose. C'était presque comme s'il savait…

— Il n'en savait rien, crois-moi. Au combat, un soldat a toujours ce genre de pensées. C'est normal. En outre, il n'avait même pas besoin de le demander ; il savait que je serais là pour toi.

— Que vais-je devenir maintenant ?

La jeune femme éclata de nouveau en sanglots.

— Tu t'en sortiras, Vanessa. Tu es entourée de gens qui t'aiment.

— Il ne verra jamais son fils.

— Bien sûr que si. Je le connais, je sais qu'il regardera de là-haut.

Personne ne vint les déranger. Paul entendait le murmure assourdi des voix dans l'autre pièce, mais tout ce qui comptait pour lui en cet instant, c'était Vanessa et son enfant. Elle était étendue sur le flanc, la tête calée contre son épaule, le ventre contre sa hanche. À un moment, il sentit le bébé bouger et un immense soulagement l'envahit. Ce que vivait Vanessa était déjà suffisamment tragique, s'il arrivait en plus quelque chose à son fils… Au fils de Matt.

La nuit était tombée. Seul un rai de lumière sous la porte éclairait la chambre. La respiration de Vanessa était devenue calme et régulière. Elle dormait, sans doute grâce au sédatif. Paul se dégagea à contrecœur. Il aurait voulu rester à ses côtés, mais savait qu'il n'avait aucune raison avouable de prolonger inconsidérément ce moment d'intimité. Mais quel crève-cœur de la quitter…

Dans le salon, il retrouva tout le monde.

— Elle s'est endormie, annonça-t-il. Melinda, j'ai senti le bébé bouger, j'imagine donc qu'il va bien.

— Elle en est à son dernier trimestre. À ce stade, le bébé est déjà bien résistant. J'ai confiance, elle le gardera, assura Melinda. Malgré la profondeur abyssale de son chagrin.

— Paul, accepteriez-vous d'appeler ses parents ? demanda Walt.

— Je m'en occupe. Avez-vous une idée des souhaits de votre fille pour les obsèques ?

— Oui, mais je ne sais pas si ce sera possible, répondit le général. En cas de malheur en Irak, ils avaient décidé qu'il reposerait ici.

— Ici, c'est-à-dire… ?

— Sur ma propriété. Je ne quitterai jamais cet endroit. Il sera le point d'ancrage de Vanessa. Et puis… il est important de maintenir un lien entre l'enfant et son père.

— Et avec moi, ajouta Tom.

— Oui, bien sûr, fit Paul.

Il commençait à avoir hâte de se retrouver seul pour pleurer son meilleur ami. Mais ce moment ne semblait pas près d'arriver. Ces gens, réalisait-il, avaient besoin qu'il soit fort.

Il fallut obtenir un permis pour l'inhumation sur une propriété privée et engager une équipe de fossoyeurs d'un cimetière de Fortuna. Un site visible de la maison fut choisi, au sommet d'un petit tertre sous un grand arbre, d'où l'on dominait la vaste propriété du général Booth. Un contingent de marines apporta la dépouille, qu'il ne fut pas possible de voir. Personne ne sut vraiment – la question ne fut jamais soulevée – si c'était une pratique habituelle chez les marines qu'une garde d'honneur tire vingt et un coups de fusil dans un ranch perdu dans les montagnes ou si c'était le genre de miracle que pouvait réussir un général trois étoiles grâce à quelques coups de fil.

Vanessa avait pris place avec son père et son frère au premier rang, sur les chaises pliantes disposées autour de la tombe. Paul était assis près de Tom, et les parents de Matt se trouvaient à côté du général. Vic, Paige, Jack, Melinda, Mike et Brie venaient ensuite. Joe, Zeke, Josh Phillips et Tom Stephens, frères d'armes de Matt, avaient fait le déplacement.

Le drapeau fut enlevé du cercueil, plié avec précision et remis à Vanessa qui le pressa contre son sein avec émotion. La salve des coups de feu retentit, suivie du chant funèbre du clairon pour la sonnerie aux morts.

Melinda, qui tenait la main de Jack, la posa sur son ventre. Le bébé tressaillit et elle leva les yeux vers lui.

— Plus jamais tu ne m'entendras me plaindre à cause de ce bébé, lui souffla-t-elle à l'oreille. Je remercie le ciel de t'avoir… toi et tes enfants.

13

Malgré tout, ou peut-être justement pour conjurer le malheur, Noël à Sacramento fut un moment de joie et de rires. Avec tant de mains pour s'occuper de David, Melinda eut l'occasion de se reposer un peu. Quant à Mike, il fut accueilli dans la famille Sheridan avec chaleur et enthousiasme. Tous étaient tellement soulagés et reconnaissants de voir combien Brie était heureuse.

Joey, la sœur de Melinda, son mari Bill et leurs trois enfants se joignirent aux cinq sœurs Sheridan, leurs conjoints et, avec David, aux neuf petits-enfants, soit un total de vingt-cinq personnes, dont onze faisaient du camping chez Sam, occupant chaque chambre libre et jusqu'au dernier canapélit.

La première soirée fut plutôt tranquille – les sœurs de Brie et de Jack passèrent juste dire bonjour avec leurs maris et rentrèrent tôt. Mais le réveillon de Noël donna sa pleine mesure : la rue devant la maison prit des allures de parking, et le dîner fut pantagruélique, avec une vaisselle à l'avenant. Mais la fête ne faisait que commencer.

— Nous avons quelques traditions dans la maison, expliqua Bob, l'aîné des beaux-frères, à Mike. Première étape, le patio.

— Tous au patio ! lança Ryan, troisième par ordre d'âge dans la hiérarchie.

— C'est là qu'on se réunit après le dîner, précisa Jack à Mike. D'abord, on boit un coup. Puis c'est tournée de cigares, et on finit par un cognac – après quoi les femmes sont en général furax.

— Ça me rappelle chez moi, avoua Mike.

Tandis que les femmes se rassemblaient au salon, fidèles à leur habitude, Sam alluma les chauffages dans le patio.

— Pratique-t-on aussi la ségrégation par sexe chez les Valenzuela ? demanda-t-il à Mike.

— Oui, mais chez nous, les hommes vont au garage, qui est équipé d'une table de billard et d'un réfrigérateur plein de *cerveza*. C'est un peu comme un club-house.

— Un billard ? Hmm, je pourrais en acheter un, dit Sam, songeur.

À l'intérieur, les femmes prenaient le café sans quitter des yeux le petit David qui battait des records de vitesse à quatre pattes et s'accrochait aux meubles pour essayer de se redresser. Melinda lui avait déjà enfilé son pyjama et attendait que le niveau sonore baisse un peu dans la maison pour le coucher.

Donna, la plus proche du vestibule, fut la seule à entendre le coup de sonnette. Elle alla ouvrir. Lorsqu'elle revint dans le salon, elle se pencha vers Brie et lui murmura quelques mots à l'oreille.

— C'est vrai ? fit celle-ci. Hmm, tu pourrais aller chercher Mike pour moi ?

— Bien sûr, ma grande.

Brie trouva Brad dans le vestibule avec un petit paquet et un grand panier garni de victuailles orné d'un ruban festif.

— Bonjour, Brad, le salua-t-elle. Que fais-tu ici ?

— Je me suis dit que tu avais peut-être eu le temps de réfléchir à tête reposée. J'ai un cadeau pour toi, et ceci pour ta famille.

« Il s'attend que je l'invite, songea-t-elle. Il s'imagine encore qu'on va s'embrasser et se réconcilier. L'imbécile. »

— Ça, je prends, répondit Brie, qui s'empara du panier et le posa sur la console derrière elle. Mais tu peux garder ton cadeau. Je transmettrai ton bonjour à ma famille.

— Allez, Brie, laisse-moi une chance.

Elle secoua la tête, l'air affligé.

— Brad, c'est beaucoup trop tard.

Mike arriva dans son dos. Elle sentit sa présence avant même qu'il pose la main sur son épaule. Elle la couvrit de la sienne et il glissa l'autre bras autour de sa taille. Les souvenirs de Noël passé lui revinrent à l'esprit : Brad avec l'autre femme et ses enfants ; elle, seule et déboussolée au milieu de sa grande famille. Et aujourd'hui dans les bras si sécurisants de Mike.

Brad fit une drôle de tête et laissa échapper un rire narquois.

— C'est une blague !

— Tu ferais mieux de t'en aller, lui dit Brie.

— Arrête, insista-t-il, incrédule, ne me dis pas que tu es avec ce type.

— Joyeux Noël, Brad.

— J'aurais dû m'en douter. Il était à l'hôpital quand tu…

Brie tourna la tête et sourit à Mike. Son ex pouvait toujours courir pour qu'elle lui donne le moindre détail sur leur relation.

Brad baissa un instant les yeux, mal à l'aise, puis, croisant le regard de Brie :

— Tu es sûre ?

— Jamais je n'ai été plus sûre de quoi que ce soit.

Il pivota lentement sur ses talons et sortit sans un mot. Une fois seule avec Mike, Brie se laissa aller contre lui, savourant son souffle chaud sur sa nuque.

— Bon sang, il me fait pitié, lui confia-t-il.

— Vraiment ?

— Oui. Ça doit être une torture pour lui de réaliser ce qu'il a perdu.

— Tu crois qu'il s'en rend seulement compte ?

— Voyons, Brie, il a beaucoup de défauts, mais il n'est pas stupide. Il a largement eu le temps de comprendre qu'il a renoncé à une femme formidable. Un homme n'a pas beaucoup d'occasions comme ça dans sa vie. Crois-moi, j'en sais quelque chose, ajouta-t-il en l'embrassant dans le cou. À ton avis, qu'y avait-il dans le paquet-cadeau ?

— Je m'en moque éperdument, répondit Brie avec un haussement d'épaules. En parlant de cadeau, que veux-tu pour Noël ?

— Toi, répondit-il en la faisant pivoter face à lui. Tu es sûre que ça va ? s'enquit-il en la regardant au fond des yeux.

— Il ne m'affecte plus, Mike.

— Plus d'interrogations sur ce qui n'a pas marché entre vous ? demanda-t-il en lui caressant la joue du revers de la main.

Elle secoua la tête.

— Il y a six mois encore, je ne trouvais guère de raisons de continuer à vivre. J'étais loin de me douter que je trouverais le bonheur avec toi.

— Moi, j'étais certain que ça n'arriverait pas. Comment puis-je avoir autant de chance ? Je sais que je ne la mérite pas.

— Tout a commencé avec ma promesse de te briser le cœur, lui rappela-t-elle, amusée. J'ai dû être distraite en route.

— Brie, veux-tu m'épouser ? C'est mon vœu le plus cher. Être ton mari, ton partenaire pour la vie. Es-tu capable de me faire confiance ?

— *Sí*, Miguel. Je te fais entièrement confiance.

C'était le premier Noël depuis plusieurs années que Paul Haggerty ne passait pas à Grants Pass avec ses parents, ses frères et leurs familles – parce que Vanessa avait besoin de lui. Elle lui avait demandé s'il pouvait rester. Sa présence, avait-elle ajouté, lui rendrait les fêtes plus supportables. Comme si elle avait besoin de demander ? Pour elle, il aurait remué ciel et terre !

Cependant, celui qui avait peut-être encore plus besoin de lui, c'était Tom. Le garçon était effondré. S'il adorait sa sœur davantage que n'oserait l'admettre n'importe quel adolescent de dix-sept ans, il vouait à Matt une admiration grandissante pour sa bravoure et son patriotisme. Il est fréquent qu'un enfant emprunte le chemin opposé à celui de ses parents, mais malgré les prises de bec régulières entre Tom et son père, ce dernier avait à l'évidence élevé un jeune soldat. L'adolescent avait déjà été admis à la prestigieuse école militaire de West Point et semblait destiné à faire son chemin dans l'armée, peut-être même une carrière. Le décès de Matt l'avait anéanti.

Paul s'efforçait de passer le plus de temps possible avec lui. Il l'aidait à prendre soin des chevaux et le conduisait sur le chantier où il donnait un coup de main à droite et à gauche. Le matin de Noël, la neige tomba, métamorphosant les pins et les sentiers en décor féerique. Ils décidèrent d'aller faire une balade à cheval.

— Tu crois qu'il a eu peur ? demanda Tom de but en blanc.

Aucune confusion possible quant à la personne qu'il évoquait.

— Peut-être pas à ce moment-là, puisque l'explosion était une complète surprise. Mais dans ce genre de situation, tout le monde a peur. Tu voudrais disparaître dans un trou de souris et attendre que ça passe. D'un autre côté, il y a quelque chose d'exaltant à prendre des risques extrêmes. Surtout lorsqu'on est guidé par un idéal. C'est la raison de l'engagement d'hommes tels que Matt. Ou Jack. Jack a vingt ans d'active derrière lui. Si Matt avait, lui aussi, servi vingt ans, il aurait été aussi décoré que lui.

— Je ne sais pas si j'ai l'étoffe, commença Tom. Je veux bien faire, mais…

— Ce n'est pas une bonne idée de s'engager dans cette voie si tu ne te sens pas la vocation. C'est déjà assez dur quand tu l'as.

— Comment as-tu su que tu l'avais ?

Paul haussa les épaules.

— Impossible de te répondre. Je n'étais sûr de rien jusqu'à mon premier départ en mission. Pour Matt et moi, c'était l'Irak. Mais une fois sur le terrain, j'ai compris que ma place était là-bas. C'est à ce moment-là que nous avons rencontré Jack, Vic et Mike.

— Pourtant tu as quitté l'armée.

— La réserve me suffisait – je n'ambitionnais pas une carrière professionnelle. Mais l'aventure s'est terminée à Fallujah, où j'ai pris une balle et perdu ma rate. Aujourd'hui, je fais un métier que j'adore. Le plus important, c'est de ne surtout pas oublier que rien ne t'oblige à prendre une décision maintenant. Tu as encore des années devant toi.

— Tu crois que Vanessa va s'en sortir ? s'inquiéta le garçon.

— Elle va devoir faire son deuil, répondit Paul en toute franchise. Et ça risque de durer un moment. Mais elle finira par reprendre le cours de sa vie, parce que je ne connais personne qui aime autant la vie que ta sœur. Et elle aura un fils à élever. Elle se remettra, tu verras. Ce n'est qu'une question de temps.

— Je l'entends pleurer la nuit.

— Je sais, dit Paul. Moi aussi.

Ils dirigèrent les chevaux sur un sentier longeant la partie la plus étroite de la rivière qui traversait la propriété. Soudain, Paul tira sur les rênes.

— Tom, murmura-t-il, regarde là-bas.

Au bord de l'eau se tenait le cerf le plus majestueux que Paul eût jamais vu. Un douze-cors avec une épaisse gorge blanche et un long museau noir. C'était une bête magnifique.

— C'est un vieux monsieur, chuchota-t-il. Il a évité les chasseurs depuis quelques années déjà.

— Regarde-moi ça ! s'extasia Tom. Jamais je ne serais capable d'abattre une splendeur pareille.

— Quand bien même tu le pourrais, sa viande serait un peu trop coriace. Il va falloir qu'on pense à apporter un appareil photo quand on se balade en forêt.

Ils admirèrent le cerf en silence. Au bout d'un moment, l'un des chevaux hennit et l'animal releva brusquement la tête. Il huma l'air, puis pivota et disparut entre les arbres.

— Il a souffert, tu crois ? demanda Tom, et Paul comprit que c'était à Matt qu'il faisait de nouveau allusion.

Paul se rapprocha de lui et posa une main ferme sur son épaule.

— Il n'a rien senti. Si ça se trouve, il se balade au paradis en ce moment même et se demande ce qui a bien pu lui arriver. Aucune douleur. Et ce ne sont pas des conjectures – ton père a parlé au commandant de sa section.

Comme ils rebroussaient chemin, Tom lui demanda de lui parler de Jack et des autres.

— Quand Matt et moi avons rencontré Jack, commença Paul, il était déjà tireur d'élite, alors que nous n'étions que des gamins. J'ai servi à nouveau sous ses ordres lorsque mon unité de réserve – le groupe d'amis que nous formons encore aujourd'hui – a été mobilisée. Il a été engagé sur cinq terrains d'opération et est bardé de décorations pour ses nombreux faits d'arme. C'est un véritable héros. Lorsqu'il a pris sa retraite de l'armée, il s'est installé à Virgin River, a ouvert le bar et épousé Melinda quelques mois après l'arrivée de celle-ci pour assister le Dr Mullins. Aujourd'hui, il mène la vie de monsieur Tout-le-monde, sauf que Jack n'est pas monsieur Tout-le-monde ; il a gardé son esprit affûté de combattant. L'année dernière, Melinda a été victime d'une agression chez Doc. Un junkie qui en avait après la pharmacie. Il est entré par effraction et l'a menacée d'un couteau cranté. Doc a entendu du bruit et prévenu Jack qui dormait en face. Ce dernier a juste pris le temps d'enfiler son jean et d'attraper son 9 mm avant de se précipiter au cabinet médical. Il s'est retrouvé nez à nez avec ce malade en manque qui collait son couteau sur le cou de sa femme. Tu sais comme il vénère Melinda. Pas question pour lui de mettre sa vie en péril. Eh bien, il lui a fallu une seconde pour réagir. Il a abattu le type en pleine tête, à ça de celle de Melinda, expliqua Paul qui leva le pouce et l'index, à peine écartés.

— Pas possible !

— Je te jure. C'est le genre de type qui n'hésite jamais. Il sait ce qu'il fait. Et il connaît ses limites.

— Quel mec ! s'exclama Tom, ce qui fit rire Paul.

— Et Mike ?

— Après notre service, il est entré au département de police de Los Angeles tout en restant réserviste, comme moi. Nous avons été mobilisés en même temps. En Irak, c'était chaud, mais il est revenu avec quelques médailles. Grâce à ses talents d'artilleur, il a réussi à repousser pendant des heures un groupe d'insurgés à Fallujah, sauvant ainsi toute la section. Joe et moi, on pissait le sang, et il y avait d'autres blessés. Mais Mike a tenu bon jusqu'à ce que Jack et le reste des hommes viennent à la rescousse. Mais il y a environ un an, alors qu'il était sergent dans l'antigang à L.A., un gamin de quatorze ans lui a collé trois balles. Il a failli y rester. La police l'a mis à la retraite, et il est venu ici récupérer – Melinda l'a aidé pour la kiné. À présent, il est policier municipal à Virgin River – je parie qu'il ne l'avait pas vu venir. Brie, tu la connais déjà, n'est-ce pas ?

— Qu'est-ce qu'il y a à raconter sur elle ?

— Ce n'est pas un secret et tu l'apprendras tôt ou tard. Brie était substitut du procureur à Sacramento. Grâce à elle, un certain nombre de criminels se sont retrouvés derrière les barreaux. Mais l'année dernière, elle a poursuivi un violeur en série et a perdu le procès. Le type, un dangereux récidiviste, a été libéré. Quelque temps plus tard, il s'en est pris à elle. Il l'a agressée et violée un soir chez elle.

— Mais c'est horrible ! s'indigna Tom, révolté.

— Mike m'a appris que le type avait été retrouvé et qu'il allait y avoir un procès. Brie est déterminée à témoigner contre lui.

— C'est dingue, toutes ces histoires. On n'imaginerait jamais que des drames pareils puissent arriver à des gens qui vivent dans une petite ville aussi tranquille avec ses forêts, sa rivière et ses cerfs paisibles.

— Et je ne t'ai pas encore parlé de Vic et de Paige, ajouta Paul en riant.

Chez les Booth, le repas de Noël fut servi de bonne heure – en petit comité, car, bien sûr, personne n'avait le cœur à la fête. Paul et le général firent la vaisselle et, peu après, Vanessa se retira dans sa chambre. Paul savait qu'elle souffrait d'insomnie – il l'entendait souvent la nuit –, pourtant elle se couchait de plus en plus tôt, sans doute pour pleurer tout son soûl sans importuner ses proches.

Une fois les hommes entre eux, Paul s'excusa et partit rendre visite à Paige et à Vic en ville. Tom grimpa dans son pick-up et prit la même direction pour aller voir Brenda.

Lorsqu'il arriva devant la maison de la jeune fille, les fenêtres étaient encore éclairées et il semblait y avoir beaucoup de monde. Il aurait dû téléphoner, il en avait conscience, mais ces derniers temps il avait du mal à penser correctement. Ce fut Brenda qui vint répondre à son coup de sonnette.

— Tom ! Salut ! Tu veux entrer ?

— Euh… je me demandais si tu n'aurais pas envie de venir faire un tour avec moi.

— Attends, je vais en parler à ma mère. Entre.

Elle le prit par la main et l'attira à l'intérieur.

Dès que la mère de Brenda l'aperçut, elle se leva de la table autour de laquelle étaient réunis sa famille ainsi que quelques amis, s'avança vers lui et l'étreignit avec une affection toute maternelle.

— Comment vas-tu, Tom ? Tu tiens le coup ?

— Ça va, répondit ce dernier avec un haussement d'épaules. Excusez-moi, j'aurais dû appeler avant.

— Ce n'est pas grave, ne t'inquiète pas. Et Vanessa, comment va-t-elle ?

Il espérait que l'émotion n'allait pas lui nouer la gorge.

— Euh… c'est plutôt dur pour elle en ce moment. Il va lui falloir un peu de temps.

— Maman ? intervint Brenda. C'est d'accord si je fais un tour avec Tom ? Pas longtemps ?

— D'accord, chérie. Mais ne rentrez pas trop tard. Tom, tu gardes un œil sur ta montre, promis ?

— Promis, madame Carpenter.

Il tint son anorak à Brenda, tandis qu'elle l'enfilait, puis lui prit la main et l'entraîna dehors jusqu'à son pick-up garé devant la terrasse. Une fois à l'intérieur, toujours main dans la main, Tom murmura :

— Désolé de ne pas avoir donné de nouvelles, Brenda. Je ne t'ai pas accordé beaucoup d'attention.

— Je comprends, tu sais. Ta famille et toi, vous vivez des moments vraiment difficiles. Tu te sens mieux ?

— En ce moment, avec toi, ça va déjà beaucoup mieux. Ça te dirait une balade jusqu'aux bois, peut-être au chantier de Jack ? J'ai envie de tenir quelqu'un dans mes bras, ajouta-t-il avec un sourire. Et tu es mon premier et unique choix.

Elle lui pressa la main.

— D'accord.

Tom démarra et se dirigea vers la sortie de la ville.

— Tu sais, tu es ce qui m'est arrivé de mieux, et de loin, depuis que je suis ici. Sans toi, cette année serait... complètement merdique.

— Moi, pareil, avoua-t-elle avec un petit rire. Mon année n'avait pas bien commencé. C'était loin d'être aussi pénible que toi, mais quand même... merdique, c'est le mot.

— Depuis qu'on se connaît, tu as été tellement sympa avec moi.

— Toi aussi.

— Non, sérieux. Beaucoup de filles sont compliquées. Depuis qu'on sort ensemble, tu n'as jamais été lunatique ou à te prendre la tête pour des bricoles. Brenda, tu es la fille la plus géniale que j'aie jamais connue.

— Merci. Je te renvoie le compliment. À ce que je sache, tu n'as qu'un seul défaut.

— Ah bon ? fit Tom, souriant malgré lui. Lequel ?

— L'année prochaine, tu ne seras pas là.

— C'est vrai. Elle risque d'être longue. Mais je reviendrai pendant les vacances. Et tu peux toujours choisir un établissement pas trop loin de West Point après ton bac. Enfin, c'est à toi de voir. Je ne te demande rien.

— Ça ne me dérange pas que tu le demandes, assura-t-elle.

— Ça t'embêterait peut-être d'avoir un copain attitré en terminale.

— Et toi, ça t'embêterait d'être le mien ?

— Tu rigoles ? Le problème, c'est qu'à mon avis qu'ils ne laissent pas beaucoup sortir les bizuths à West Point. Et puis, si tu étais ma copine attitrée, je n'aurais plus à y penser. Ce serait le plus grand bonheur qui puisse m'arriver, sans blague.

Il quitta la route pour bifurquer dans le chemin qui menait à la maison en construction, au sommet de la colline. Il s'arrêta, mais laissa le moteur tourner et alluma le plafonnier.

— J'ai quelque chose pour toi.

Il ouvrit la boîte à gants et en sortit une petite boîte enveloppée dans du papier-cadeau.

— Je l'ai acheté avant… avant Matt. J'avais prévu le grand jeu pour te l'offrir – une belle soirée à deux. Sûrement pas dans ma voiture sur un chantier. Vas-y, ouvre-le.

— Tu n'étais pas obligé, Tom.

— Je sais, mais j'en avais envie.

Brenda déchira le papier, ouvrit l'écrin et découvrit une fine gourmette en or avec son prénom gravé au recto.

— *Avec mon amour, Tom*, lut-elle au verso. Waouh, elle est magnifique !

— Elle te plaît ?

— Je l'adore ! Tiens, attache-la.

Une fois le fermoir en place, Tom posa la main sur sa chevelure soyeuse.

— C'est vrai, tu sais, je t'aime.

— Tom…

— Tu n'es pas obligée de le dire. Je te brusque un peu, je sais. Mais j'aurai peut-être droit à un baiser ?

— C'est bien le moins, répondit-elle avec un sourire.

Elle se pencha vers lui par-dessus le levier de vitesse et posa les mains sur ses épaules, tandis qu'il glissait les siennes sur sa taille. Leurs lèvres se joignirent et ils échangèrent un long baiser passionné.

— Merci, murmura-t-elle quand ils s'interrompirent, le souffle un peu court. C'est le plus beau cadeau qu'on m'ait jamais fait.

Tout ce que Tom désirait en cet instant, c'était sentir son corps tiède contre le sien. D'habitude leurs séances de câlins étaient beaucoup plus confortables – chez elle, quand il n'y avait personne, sur l'herbe au pied d'un arbre lors de leurs balades ou dans le foin frais à l'écurie.

— J'ai une idée, dit-il soudain, coupant le contact.

Il descendit et contourna la voiture pour lui ouvrir la portière.

— Viens. J'espère que Paul n'est pas un obsédé des portes verrouillées.

— Qu'est-ce que tu mijotes ? s'enquit Brenda qui le suivit en riant.

Il l'emmena jusqu'à la caravane et découvrit – Dieu bénisse Paul ! – que la porte n'était pas fermée à clé. Il entra et attira Brenda à l'intérieur, droit dans ses bras. Il reprit ses lèvres avec ardeur, puis la fit basculer sur le lit et l'enlaça étroitement.

— C'est mieux comme ça, murmura-t-il. Beaucoup mieux.

— Tom… on ne va quand même… tu sais… le faire ?

— J'espère qu'on le fera. Mais pas ce soir. Je ne mentais pas – j'avais juste envie de te serrer dans mes bras. Je me sens si vide. Et si seul.

— Mais je parie que tu as un préservatif dans ta poche.

Tom éclata de rire et enfouit le visage au creux de son cou.

— À ton avis ? Je te rappelle que j'ai dix-sept ans.

— Ah, tu vois !

— Il va rester dans ma poche, ne t'inquiète pas. Les mecs de dix-sept ans n'ont même pas envie de l'utiliser, mais la loi, c'est la loi.

— Tu as de l'humour, toi.

— Et ça marche avec les filles, plaisanta-t-il. Viens te blottir dans mes bras. C'est trop bon.

— Tom ?

— Hmm ?

— Je t'aime aussi. Vraiment.

Il resserra davantage son étreinte.

— Voilà des mots que j'adore entendre.

— Et si on s'endort ici, on est fichus.

— Tu plaisantes, là ? dit-il en riant.

Il glissa la main sur son sein et Brenda la couvrit de la sienne.

— Avec ce qu'on va faire, on ne risque pas de s'endormir.
— Je m'en doute, murmura-t-elle contre sa bouche.

Vic déverrouilla la porte et Paul pénétra dans le bar. Ils se serrèrent la main avec une accolade virile.

— Salut, mon vieux.

— Joyeux Noël. Tu as passé une bonne journée ?

— Pas mal. Entre. Paige m'a demandé de l'appeler dès ton arrivée. On va boire un verre ensemble, ça te dit ?

— Juste ce qu'il me fallait, avoua Paul avant de s'approcher du comptoir.

Vic alla prévenir Paige, puis passa derrière le bar.

— Comment ça va chez le général ?

— C'est dur. Très, très dur.

— Je n'ose même pas imaginer, dit Vic.

Il prit deux verres.

— Et Vanessa ?

— Elle tient le coup comme elle peut. Elle s'efforce d'être courageuse, surtout en ces jours de fête, mais c'est la douleur incarnée. Ça me tue de la voir comme ça. Et elle s'arrondit de jour en jour.

— C'est quand même bien qu'elle attende ce bébé. Cette petite partie de Matt. Elle doit y puiser un peu de réconfort, supposa Vic qui servit deux whiskies. Et c'est bien aussi que tu sois là.

— Je ne sais pas si c'est une bonne idée. Nous passons énormément de temps à parler de Matt, à nous rappeler les bons moments, mais ça se termine toujours par une crise de larmes.

— À mon avis, on ne peut pas y couper, mon vieux. C'est normal qu'elle pleure. Au moins elle a un ami à ses côtés.

Les deux hommes trinquaient lorsque Paige entra dans le bar. Elle se dirigea droit vers Paul qu'elle serra dans ses bras.

— Comment est-ce que tu t'en sors ? voulut-elle savoir.

— Ça va, Paige, je te remercie. Et vous deux ? Comment s'est passé Noël ? Je parie que le petit bonhomme a été gâté.

— Tu t'en doutes. Il ne lui manque plus qu'une voiture et le permis.

— Et toi ? Ton mari te gâte comme tu le mérites au moins ?

— Tu n'as pas idée, répondit Paige. Nous avons une nouvelle à t'annoncer. Nous allons avoir un bébé.

— Ça alors ! s'exclama Paul. Alors, mon pote, ajouta-t-il avec un clin d'œil à l'adresse de son ami, tu as fini par mettre dans le mille le jour de l'ovulation ?

— Faut croire que oui, répondit Vic qui ne put s'empêcher de se rengorger un peu.

— Et John m'a promis qu'à l'avenir, il n'irait pas crier sur tous les toits les détails de notre vie privée. Comme par exemple que nous devons faire l'amour toute la journée et que je dois faire le poirier entre deux.

— Tu sais, il en faut plus pour nous démonter, répondit Paul sans pouvoir réprimer un sourire. C'est une excellente nouvelle, Paige. Je suis vraiment heureux pour toi !

— Tu sais, ce n'est pas facile, intervint Vic. Être marié à une femme comme Paige et devoir attendre le jour de l'ovulation. Je trouve que j'ai plutôt bien assuré. Je devrais avoir droit à davantage de compliments.

— Tu parles que ça ne doit pas être facile ! s'exclama Paul qui leva son verre en riant. Félicitations à vous deux ! Voilà une nouvelle qui fait vraiment du bien, et j'en avais besoin. À la nouvelle année, qu'elle soit meilleure que la précédente, et au nouveau bébé !

— Je vais vous dire bonsoir et vous laisser entre hommes, déclara Paige qui, se hissant sur la pointe des pieds, embrassa Paul sur la joue. Et surtout n'hésite pas à venir si jamais tu as besoin de parler ou de décompresser. Nous serons toujours là pour toi.

— Merci, Paige.

Les deux hommes bavardèrent encore un moment, puis Paul s'en alla. Il avait envie d'un peu de solitude afin de laisser libre cours à ce chagrin qu'il devait si souvent contenir. Le seul endroit qui lui vint à l'esprit fut le chantier. Mais lorsqu'il pénétra dans la clairière, il aperçut le pick-up de Tom. Il éteignit aussitôt ses phares. Sans doute s'était-il garé là pour être tranquille avec Brenda. Il remarqua alors que le véhicule était vide.

Aïe ! Tom était dans sa caravane. Seul avec sa copine. Et un peu déboussolé depuis les événements des deux dernières semaines. Ne manquait plus que le lit – ce maudit lit qu'il ne repliait jamais dans cet espace exigu – et le cocktail devenait explosif.

Paul fit demi-tour et ne ralluma les phares qu'après avoir quitté la clairière. Il retourna chez les Booth et trouva Walt endormi dans son fauteuil devant le téléviseur allumé, son journal sur les genoux. Il se réveilla à son entrée.

— Bonsoir, fit Paul.

— J'ai dû m'assoupir. Comment s'est passé Noël chez Vic et Paige ?

— Bien. Ils m'ont appris une grande nouvelle : Paige est enceinte.

— Ah, il a finalement assuré le jour de l'ovulation, s'amusa le général.

Paul se mit à rire.

— Il est dans un sacré pétrin pour s'être montré trop bavard.

— J'imagine. Mais ça lui ressemble tellement, vous ne trouvez pas ? Bon, je vais me coucher.

Walt se leva et s'étira.

— Ça vous ennuie si je veille un peu ? La télévision ne va pas vous déranger ?

— Faites comme chez vous, répondit le général, qui vint lui serrer la main. Merci d'être resté, Paul. J'ai conscience que c'est aussi dur pour vous. Et je sais que vous êtes ici parce que Vanessa vous l'a demandé.

— Je suis à la disposition de votre fille, monsieur. J'ai donné ma parole à Matt. Et j'ai beaucoup d'affection pour Vanessa.

— Vous êtes un homme bien.

Walt Booth lui donna une tape amicale sur l'épaule et gagna le couloir à pas lents. Il semblait à Paul qu'il avait beaucoup vieilli au cours de ces deux dernières semaines. L'ancien militaire qu'il était avait enterré bon nombre de soldats dans sa carrière, mais ce dernier était de trop.

À 22 heures, Paul mit CNN. Une heure plus tard, il regarda le journal de San Francisco. À minuit, il envisageait de retourner sur le chantier quand la porte d'entrée s'ouvrit enfin. Tom parut surpris de le trouver encore debout.

Paul hésitait sur la conduite à tenir, mais il se devait de réagir tant que le général n'était pas au courant et qu'il y avait encore une porte de sortie.

— Ça tombe bien, dit le garçon, j'avais justement un truc à te dire. Je vais me chercher un soda. Tu veux quelque chose ?

— Non, merci.

Tom revint dans la spacieuse pièce à vivre avec son verre et s'assit tout au bord du fauteuil en face de Paul. Un peu nerveux, apparemment.

— Tu n'enlèves pas ta parka ?

— Si, bien sûr, dit l'adolescent qui posa son verre et se débarrassa de son anorak. Écoute, il faut que je t'avoue quelque chose. J'ai, disons, emprunté ta caravane ce soir. J'espère que tu n'es pas fâché.

Paul haussa les sourcils, attendant la suite.

— J'aurais dû te demander la permission, je sais, mais je te jure, ça n'avait rien de prémédité.

— Tu veux bien essayer de m'expliquer ?

— Euh… oui. En fait, j'avais un cadeau pour Brenda. Je l'avais acheté avant… Matt. J'avais dans l'idée de l'inviter à dîner quelque part, peut-être un restaurant sympa sur la côte. Et pour finir... Enfin, bref, ce soir, je l'ai emmenée sur le chantier pour lui offrir la magnifique gourmette que je lui avais achetée. Avec ton argent, soit dit en passant, ajouta-t-il avec un sourire espiègle.

— Et que s'est-il passé ?

— Eh bien, elle l'a adorée. Ce qui m'a valu pas mal de baisers, si tu tiens à le savoir. Mais on était à l'étroit dans mon pick-up, tu comprends ? Alors j'ai eu l'idée de la caravane. Sincèrement, Paul, j'aurais dû demander, mais ça ne m'est même pas venu à l'esprit dans le feu de l'action...

— Et vous avez fait l'amour dans ma caravane ?

— Bien sûr que non ! se récria Tom. Qu'est-ce que tu vas imaginer ? Je ne couche pas avec Brenda. Enfin, pour l'instant, on se contente de gros câlins.

— Écoute, Tom, on devrait peut-être parler...

— Laisse tomber. J'ai déjà eu cette conversation une bonne centaine de fois. Pas de sexe pour bibi. À ma grande déception, crois-moi. Mais Brenda est une fille bien et elle a envie de prendre son temps – ce qui me plaît bien, du reste. Et puis, je suis encore vierge. Attention, si tu le dis à qui que ce soit, je serai obligé de te faire la peau.

Paul ne put s'empêcher de sourire.

— Alors, qu'avez-vous fait dans ma caravane ?

— Hé, Paul, c'est de la curiosité mal placée, tu ne trouves pas ?

— Vu les circonstances...

— Je voulais juste un peu de tendresse, tu comprends ces dernières semaines ont été horribles. Et ce soir... ce soir, elle m'a dit qu'elle m'aimait, ajouta-t-il, le regard soudain perdu dans le vague.

— Dis donc !

— Je suis à peu près sûr que c'est à cause de la gourmette.

— Attends, tu as peut-être aussi un peu de mérite, non ?

— Si. Celui d'avoir pensé à la gourmette. Mince, Paul, j'adore cette fille.

— N'empêche, vous ne pouvez pas vous servir de ma caravane pour vos séances de pelotage, décréta Paul. Vous allez finir par sauter le pas, je vois ça venir gros comme une maison. J'aurais l'impression d'être complice.

— J'espère que tu as raison, s'esclaffa Tom. Mais ce n'est pas pour tout de suite. C'est un sujet qui préoccupe beaucoup Brenda. Et toi ? Quand est-ce que tu as… ? Enfin, tu vois ce que je veux dire.

Paul lui sourit.

— J'avais plus de dix-sept ans, mais je crois qu'on va en rester là. Tu as des préservatifs au cas où ?

— D'après toi, soupira Tom. Le général a-t-il donné des préservatifs à son fils ? Évidemment ! Il m'a même forcé à m'entraîner à les enfiler sur des bananes ! Si ça se trouve, il les recompte tous les jours quand je suis au lycée. Je serais presque tenté d'en jeter quelques-uns, juste pour voir sa tête. Alors, pour répondre à ta question : oui, j'ai des préservatifs. Et avec Brenda, on n'en est pas encore là du tout. Tu es content ?

— Je suis sur la bonne voie.

— Je n'ai aucune intention de profiter de la situation. Je tiens trop à elle pour ça. Je n'ai pas envie de tout gâcher.

Bon sang, se dit Paul, c'est du sérieux. Et il en éprouva un brin de nostalgie. Il se souvenait d'une certaine fille au bal de fin d'année. Il était sûr que c'était l'élue de son cœur. Et pour finir, non. Le coup de foudre, le vrai, s'était produit plus tard, au moment où il s'y attendait le moins. Il se prit presque à espérer que le gamin puisse aller jusqu'au bout avec sa dulcinée.

— Alors, tu n'es pas fâché pour ce soir ? insista Tom.

— Non, j'y survivrai. Tu es sûr qu'il ne s'est rien passé, même avec un préservatif ? Parce que sinon, il est toujours temps d'agir.

— Je sais ça aussi. La petite pilule magique du lendemain. Crois-moi, la seule chose que j'ignore au sujet du sexe, c'est à quel point c'est bon.

14

Le procès de Jerome Powell arriva trop vite. La troisième semaine de janvier, Brie et Mike retournèrent à Sacramento. Ils s'y rendirent à l'avance, afin qu'elle bénéficie d'une préparation. Jack tenait à être présent à l'ouverture du procès, mais Melinda ne pouvait quitter ses patientes – Lilly était désormais très malade et Vanessa, toujours déprimée, approchait du terme. Paige et Vic promirent de soutenir Melinda, tout comme John Stone, mais la séparation fut quand même un crève-cœur pour Jack.

Pendant la constitution du jury et les déclarations préliminaires, Brie se retrouva donc dans la même pièce que son violeur. Elle était fort heureusement bien entourée – Mike, son frère, son père et ses sœurs –, mais aurait-elle été protégée par un bataillon entier de marines qu'elle ne s'en serait pas moins sentie vulnérable. Elle ne pouvait s'empêcher de se repasser l'agression en boucle. Tous espéraient que cette torture prendrait vite fin.

Le dossier contre Powell était solide. Malgré le port d'un préservatif, les prélèvements effectués à l'hôpital avaient révélé la présence de poils. En outre, la police avait découvert que l'accusé était en possession du revolver de Brie. Il prétendait l'avoir trouvé.

Cependant, la défense avait réussi à interdire tout témoignage concernant les arrestations ou procès antérieurs : impossible donc à Brie d'expliquer qu'elle avait identifié l'inculpé parce qu'elle l'avait poursuivi précédemment. La défense suggérait qu'elle pourrait l'accuser à tort parce qu'elle avait perdu son procès contre lui.

Brie n'était pas obligée d'être présente aussi souvent qu'elle se l'imposait – elle aurait pu attendre d'être appelée à témoigner. Mais elle tenait à s'endurcir avant de se présenter à la barre. Et faire sentir à Powell qu'elle n'allait pas le lâcher. Le crime reproché étant une vengeance à l'encontre d'un magistrat, le ministère public n'accepterait aucune négociation.

Mais loin d'endurcir Brie, cette confrontation quotidienne avec son agresseur avait sur elle un effet délétère. Elle savait désormais exactement ce que ressentaient ses propres témoins quand elle était encore substitut. Elle souffrait d'insomnie et avait du mal à avaler la moindre bouchée. Ces angoisses irrationnelles l'agaçaient : après tout, Powell était en détention et ne pouvait l'atteindre. Pourtant, chaque fois qu'elle le regardait, elle en avait la nausée.

Jerome Powell, un mètre quatre-vingts, une épaisse tignasse blonde mi-longue, la peau hâlée depuis son séjour en Floride. La mâchoire volontaire, il arborait un sourire de tombeur auquel certaines femmes pouvaient ne pas rester insensibles. Il avait des mains comme des battoirs et des bras musclés – il était ouvrier dans le bâtiment. Souvent, il posait les yeux sur Brie – des yeux sombres, rapprochés, enfoncés dans leurs orbites, inquiétants. Mais le pire, c'était quand il lui adressait un petit sourire en coin, calme et arrogant. Elle avait alors l'impression de se liquéfier. Et sentait Jack et Mike se crisper à ses côtés.

Le jour de la déposition de Brie arriva enfin. Elle s'avança avec calme et courage à la barre pour prêter serment. Toute évocation de ses poursuites à l'encontre de Powell pour des crimes antérieurs ayant été déclarée irrecevable, elle devait se limiter à décrire les détails de son viol. Comme elle s'asseyait et regardait la salle d'audience, elle aperçut Brad au fond. Bien qu'agacée, elle songea qu'après tout il faisait partie de sa vie, qu'elle le veuille ou non. Ce procès serait peut-être l'occasion de tourner définitivement la page.

— J'avais dû travailler tard et je ne suis rentrée chez moi qu'après minuit, commença-t-elle. J'ai ouvert la porte du garage, mais je me suis garée dans l'allée parce que l'intérieur était plein de bazar dont je comptais me débarrasser depuis des mois. Je n'avais même pas refermé ma portière quand on m'a agrippé les cheveux par-derrière. On m'a cogné la tête contre la carrosserie. Puis un bras s'est enroulé autour de mon cou, m'étranglant presque. J'ai lâché mon porte-documents et tenté d'ouvrir mon sac où je conservais un revolver. Mais le sac m'est tombé des mains – j'ignore si c'est lui qui me l'a arraché ou si je l'ai lâché dans la lutte.

— Vous êtes-vous débattue, madame Sheridan ?

— De toutes mes forces. Il m'a frappée, trois ou quatre fois au visage. J'ai perdu connaissance. Quand je suis revenue à moi, j'étais allongée par terre et il était penché au-dessus de moi. Il arborait un sourire si terrifiant que j'en suis restée pétrifiée. C'est alors qu'il a glissé la main sous ma jupe et m'a arraché, ou plutôt baissé, mon collant et mon slip. Il serrait une main autour de ma gorge pour que je me tienne tranquille, pendant qu'il déboutonnait son pantalon de l'autre. Je suffoquais.

Elle regarda Mike et son frère. Jack avait baissé la tête, mais Mike soutint son regard. Sans ciller. Elle avait conscience de l'épreuve que cela constituait d'écouter ainsi les détails sordides de son calvaire, mais il tenait bon, le front haut. Pour elle.

— A-t-il dit quelque chose ? demanda le procureur.

— Objection, votre Honneur !

Le juge posa la main sur le micro et se pencha vers Brie.

— Pouvez-vous répondre à la question sans évoquer d'information non recevable ?

— Bien sûr.

Elle dut se concentrer sur le visage des avocats.

— Il m'a dit : « Regarde-moi. Je veux que tu voies mon visage. Je ne vais pas laisser de traces. Je ne vais pas te tuer. Je veux que tu vives. »

— Ces paroles vous ont-elles rassurée ? voulut savoir le procureur.

— Tout en parlant, il enfilait un préservatif. Il m'a violée aussitôt après, la main serrée autour de mon cou. J'ai cru mourir étranglée. J'avais l'impression d'être déchirée. Quand il a eu terminé, il a remonté son pantalon avec le préservatif à l'intérieur. Puis il s'est relevé et m'a décoché plusieurs coups de pied. J'ai à nouveau perdu connaissance.

Brie enchaîna avec la description des blessures qu'il lui avait infligées, tandis que des photographies prises à l'hôpital passaient de main en main sur le banc des jurés. Sa voix était posée, son vocabulaire bien choisi et ses phrases intelligibles, mais des larmes roulaient le long de ses joues et gouttaient sur ses mains jointes sur ses genoux. La nausée lui soulevait l'estomac, et elle devait lutter pour ne pas se plier en deux.

— A-t-il dit autre chose ?

— Objection, votre Honneur !

— Accordée, dit le juge.

— C'est tout pour l'instant, annonça le procureur.

L'avocat de la défense se leva et entreprit de l'interroger. Quelle heure était-il ? Était-elle fatiguée ? Portait-elle des lunettes ? Faisait-il noir ou l'allée était-elle bien éclairée ? Toutes ces questions n'avaient qu'un seul but : jeter le doute sur sa capacité à identifier l'accusé. La salle se mit à tanguer sous les yeux de Brie. Le juge se pencha vers elle et lui demanda si elle était en état de poursuivre.

— Vous êtes un peu pâle, fit-il remarquer.

— Finissons-en, murmura-t-elle.

Une heure durant, l'avocat de la défense la bombarda de questions sur son emploi du temps, sa santé, son équilibre mental et même son divorce.

— Avez-vous reconnu le suspect lors d'une séance d'identification ? demanda-t-il pour finir.

— Non. Il était en fuite.

— La police vous a-t-elle montré des photos ?

— J'ai regardé des photos, en effet.

— Quand ?

— Il y a sept mois, répondit-elle, la peau moite de transpiration.

— Voyez-vous dans cette salle l'homme que vous avez identifié comme votre violeur ?

— Ici même, répondit-elle, l'index braqué sur le box des accusés. Jerome Powell.

— Et vous êtes sûre que cet homme est celui que vous avez identifié il y a sept mois sur photo ?

Brie redressa la tête avec un soudain intérêt. Son instinct de procureur venait de l'alerter.

— Oui ou non, madame Sheridan ?

Elle se pencha en avant.

— Non.

À son expression, elle vit que l'avocat de la défense avait aussitôt compris sa bourde.

— Votre Honneur, pouvons-nous approcher ? demanda l'avocat de Brie.

Les avocats se réunirent face au juge et une vive discussion s'ensuivit dont Brie ne perdit pas une miette. Le procureur argumenta qu'il était parfaitement en droit désormais d'examiner cette dernière réponse sous tous ses aspects, tandis que l'avocat de la défense assurait qu'il y ferait objection pour témoignage irrecevable. Finalement le juge prévint ce dernier qu'il avait lui-même ouvert la porte et que l'accusation était autorisée à poursuivre.

— Madame Sheridan, demanda le procureur, pourquoi ne pouvez-vous affirmer avec certitude que l'homme identifié sur photo est bien l'accusé ici présent ?

— Parce que j'ai certes regardé des photos, mais je ne l'ai pas identifié sur une photo.

— Comment avez-vous identifié votre agresseur ?

— J'ai donné son nom à la police. Je le connaissais.

— Et comment le connaissiez-vous ?

— À l'époque de mon agression, j'étais substitut du procureur. J'avais engagé des poursuites contre lui pour une série de six viols… et il a été acquitté.

Le tumulte qui ébranla la salle d'audience fut tel que le juge dut faire usage à plusieurs reprises de son marteau et menacer d'évacuer la salle.

Lorsque le vacarme se calma, le procureur demanda à Brie :

— Vous a-t-il dit autre chose, madame Sheridan ?

— Oui. Il m'a dit : « Je veux que tu essaies encore une fois de me coincer, et que tu me regardes te filer sous le nez. »

Le brouhaha reprit de plus belle et le juge s'acharna de nouveau sur son marteau. À cet instant, Brie s'autorisa un regard en direction de Mike. Les yeux rivés aux siens, elle ébaucha un sourire. Malgré la distance, elle voyait de la fierté dans ses yeux. Il lui rendit son sourire avec un petit hochement de tête presque imperceptible. Elle avait réussi. Elle le tenait.

— Je n'ai rien d'autre à demander à Mme Sheridan, conclut le procureur.

La défense essaya de reprendre la main en demandant à Brie si elle ne s'acharnait pas sur l'accusé parce qu'elle avait échoué à le faire condamner auparavant. D'une voix claire et forte, consciente que cette hypothèse pourrait être retenue dans la plaidoirie de la défense, elle se porta en faux contre ce coup bas :

— Et laisser un autre violeur dans la nature ? *Mon* violeur ? Sans même que la police le recherche, croyant tenir le bon suspect ? Vous n'y pensez pas !

— Peut-être n'avez-vous pas pu identifier votre violeur, madame Sheridan, et avez-vous profité de l'occasion pour en finir avec l'accusé.

— Objection, votre Honneur ! s'insurgea le procureur.

Le juge plongea le regard dans celui de l'avocat de la défense.

— S'agit-il d'une question ou juste d'un test pour voir jusqu'où vous pouvez aller avant que je vous condamne pour outrage à magistrat ?

— Est-ce une possibilité, madame Sheridan ? insista l'avocat.

— Absolument pas, répondit Brie avec fermeté. Je l'ai vu. Je le connaissais. Je l'ai identifié sans l'ombre d'un doute.

— Vous pouvez regagner votre place, madame Sheridan, lui dit le juge.

Elle se leva, les jambes flageolantes, soulagée d'en avoir terminé. Et en beauté. Maintenant que la porte était ouverte sur les motivations de Powell, rien n'empêchait plus l'accusation d'explorer son passé, ses condamnations précédentes. Surtout, aucun juré ne pouvait l'acquitter au bénéfice du doute.

Brie descendit de l'estrade et se dirigea vers Mike. Avant même d'avoir rejoint sa place, elle s'effondra.

À la fin de sa déposition, Mike vit Brie blêmir à vue d'œil. Alors qu'elle s'avançait vers lui, il remarqua que ses yeux étaient devenus vitreux et qu'elle ne marchait pas droit. Il bondit à l'instant où elle perdit connaissance.

— Brie !

L'huissier voulut l'arrêter.

— Laissez, c'est le mari, intervint le substitut du procureur.

Mike se précipita auprès de Brie. Lorsqu'il lui souleva la tête, ses yeux papillonnèrent.

— J'ai réussi, chéri, murmura-t-elle d'une voix sans timbre.

— Quelqu'un peut-il appeler une ambulance ? cria Mike.

— Les secours sont en route, monsieur.

— *Lo siento mucho*, lâcha-t-elle dans un souffle, je suis désolée de t'avoir infligé tout ça. *Te amo*, Miguel.

— *Te amo mucho*, chuchota-t-il. Cette fois, c'est fini, mon ange.

Chaque après-midi, juste avant la sieste de David, Melinda se rendait au ranch des Andersen. Doc y allait le matin, et souvent aussi le soir. Ils avaient organisé ce roulement depuis la deuxième semaine de janvier, quand les traitements de Lilly avaient été arrêtés. Au lieu de rester à l'hôpital en soins palliatifs, celle-ci avait préféré retrouver la dignité et la paix de son foyer.

À son arrivée, Melinda salua la famille et installa David dans l'ancien berceau de Chloé avec son biberon de l'après-midi. Il dormirait ensuite au moins deux heures. Puis elle se rendit dans la chambre de Lilly, l'embrassa sur le front et vérifia sa perfusion de morphine.

— Alors, comment vous sentez-vous aujourd'hui ?

— Je crois que le moment est venu de parler aux enfants, répondit la malade d'une voix affaiblie. Je ne veux pas manquer l'occasion.

— D'accord.

— Vous allez m'aider, n'est-ce pas ?

— Bien sûr. Voyons qui nous pouvons rassembler.

Melinda trouva les filles de la maison au salon et à la cuisine. Les fils travaillaient dans la grange avec leur père.

— Votre mère a quelque chose d'important à vous dire. Pourriez-vous aller chercher votre père et vos frères ?

— J'y vais, proposa Sheila.

De retour dans la chambre, Melinda se rassit au chevet de Lilly et lui prit la main.

— Tout va bien se passer, j'en suis sûre.

— Je vous dois tellement, Melinda.

— Et moi donc. Si je n'avais pas trouvé Chloé devant chez Doc, je serais partie dans le Colorado, je n'aurais jamais épousé Jack, ni été mère.

Sur les sept enfants de la famille Andersen, seuls cinq étaient présents. Assez pour décharger sa conscience. Buck resta dans la cuisine avec Chloé qu'il fit sauter sur ses genoux comme les six autres avant elle.

— Ce que j'ai à vous dire va vous faire un choc, déclara Lilly à ses grands enfants. J'espère que vous saurez me pardonner. Je vous ai menti. J'avais un peu perdu la tête.

Elle fut interrompue par une violente quinte de toux qui la contraignit à se reposer un instant, tandis que ses enfants échangeaient des regards perplexes.

— Chloé n'a pas été adoptée, annonça-t-elle, quand elle eut recouvré quelques forces. Je lui ai donné naissance ici même, dans ce lit. J'avais caché ma grossesse avec des vêtements amples et je l'ai déposée devant la porte de Doc. Melinda ?

— Je vais essayer de prendre le relais, dit celle-ci. Votre mère est si fatiguée. Alors voilà. Lilly était affolée à l'idée d'avoir un nouvel enfant à élever à quarante-huit ans, alors qu'elle avait déjà sept petits-enfants. Elle s'est dit qu'un jeune couple gentil, en mal d'enfant, pourrait adopter le sien et que ce serait mieux pour tout le monde. Mais comme personne ne s'est présenté, elle a repris Chloé.

— J'ai tellement regretté, intervint Lilly. Votre père pensait que c'était de la folie, mais il avait encore plus peur de ce dont je serais capable s'il refusait de me laisser faire. Alors j'ai fait semblant de la recueillir. Mais elle est votre sœur biologique. Je ne pouvais pas partir sans vous avouer la vérité.

Sa fille aînée, Amy, s'assit au bord du lit et lui prit la main qu'elle embrassa avec affection.

— Eh bien, voilà qui explique pourquoi Chloé ressemble tant aux Andersen, dit-elle avant de déposer un tendre baiser sur sa joue.

— Je suis désolée de vous avoir menti à tous.

— Tu as bien fait de la ramener à la maison, maman. Mais on aurait pris soin d'elle de toute façon…

— L'important, c'est que vous sachiez, intervint Melinda. Pas seulement pour des raisons médicales, mais aussi pour qu'elle connaisse ses origines. On ne voudrait pas que notre Chloé parcoure la Californie en tous sens à la recherche d'une famille qu'elle ne risquerait pas de trouver.

— Si vous lui apprenez la vérité un jour, surtout dites-lui bien combien je l'aimais. Et que je suis désolée. Je suis si fatiguée, soupira Lilly. J'espère que ça ne durera plus trop longtemps.

Melinda se leva et augmenta le dosage de morphine dans la perfusion.

Un par un, les enfants se penchèrent sur le lit et embrassèrent leur mère.

— Harry, dit Lilly à son fils aîné qui resta le dernier, prends bien soin de ton père. Il est vraiment perdu, tu sais.

— Ne t'en fais pas, maman, je m'occuperai de lui.

Les deux femmes se retrouvèrent seules.

— Voilà, fit Lilly. Je voulais le faire depuis longtemps. Merci.

— Je n'y suis pour rien. Vous avez une famille formidable. Les gens les plus adorables que je connaisse.

— C'est plus facile de partir en sachant qu'on laisse du bon travail derrière soi. Franchement, une femme ne pourrait pas rêver d'une meilleure famille que la mienne. Je suis si fière d'eux.

— Et eux sont fiers de vous aussi, vous savez.

Quatre jours plus tard, Lilly Andersen fermait les yeux pour la dernière fois. Elle fut portée en terre dans la propriété familiale, entre le verger et la prairie. Presque toute la ville vint lui rendre un dernier hommage. Melinda regretta que Jack ne puisse être à ses côtés ce jour-là, mais n'en fut pas moins soulagée à l'idée que son amie ne souffre plus.

Jack regagna Virgin River dès qu'il sentit qu'il pouvait quitter Brie – il la savait de toute façon entre de bonnes mains avec Mike. Sa sœur tenait à assister au verdict, mais lui était pressé de rentrer. Bien qu'il ait eu Melinda plusieurs fois par jour au téléphone, il détestait avoir dû la laisser enterrer une bonne amie sans lui.

Comme il remontait la rue principale, il l'aperçut, emmitouflée dans sa parka, avec David dans les bras, qui traversait la rue en direction du bar. Il se gara et se hâta de rejoindre sa petite famille qu'il enlaça avec effusion.

— Bon sang, vous m'avez manqué, avoua-t-il. Je dois devenir sentimental – je ne supporte plus de dormir seul.

— Moi, je n'ai pas dormi seule. J'avais quelqu'un dans mon lit toute la nuit, répliqua Melinda, qui fit sauter David dans ses bras.

Le bébé tendit sa bouche toute dégoulinante vers son père pour avoir un bisou.

— Beurk, fit Jack en l'embrassant. Je me demande combien de temps il va encore baver comme ça !

— Alors, comment va Brie ?

— Elle se repose. Le procès s'est révélé plus traumatisant qu'elle ne l'imaginait, mais elle s'en sort plutôt bien. Devine qui était au tribunal ?

— Dis-moi.

— Brad. Assis au fond. Quand Brie est tombée dans les pommes et que Mike s'est précipité vers elle, il a quitté la salle, tête basse. Il a fait la connerie de sa vie et il le sait.

Glissant la main sur le ventre de sa femme, il ajouta :

— Et comment va celui-là ?

— Bien. Il semble que les jours sombres des nausées soient derrière moi et que je vogue sur les eaux calmes du deuxième trimestre avant d'enfler comme une baudruche. Nous devons aller faire une échographie. J'ai hâte de savoir ce que tu m'as fabriqué cette fois.

— Une fille, j'espère.

— C'est vrai ?

— Mon petit doigt me dit qu'après deux, tu vas peut-être dire stop.

— Je ne suis pas ravie de vomir ou de me dandiner comme un canard, mais j'adore porter tes enfants. Tu as raison, tu fais des bébés sublimes.

— À chacun ses talents.

Brie et Mike demeurèrent deux semaines supplémentaires à Sacramento, attendant l'issue du procès. Les audiences avaient rouvert les anciennes blessures. Parfois, c'était l'odeur de cette nuit de juin fatidique qui revenait la hanter. Parfois, la puanteur écœurante de sa sueur. Son regard de dément ou la pression de sa main sur son cou peuplaient ses cauchemars, et elle se réveillait en sursaut, suffoquant, persuadée qu'elle allait mourir.

Mike ne la quittait pas un instant. Lorsqu'une terreur nocturne l'arrachait au sommeil, il la ramenait en douceur au présent dans le cocon protecteur de ses bras. Et si elle tremblait de tout son corps, baignée d'une sueur glacée, il la berçait et lui murmurait des paroles réconfortantes jusqu'à ce que ses angoisses s'apaisent. En quelques jours, Brie retrouva son calme et ses forces, et commença à entrevoir avec davantage d'optimisme le jour où elle parviendrait enfin à tourner la page sur ce drame affreux.

Cette crise renforça Mike dans sa détermination à résoudre son enquête à Virgin River. Il détestait l'idée qu'une femme puisse affronter un traumatisme pareil et s'il y avait un malade dans sa ville qui traquait les jeunes filles innocentes, il mettrait tout en œuvre pour l'empêcher de nuire et le traduire devant la justice.

À leur retour à Virgin River, Brie et Mike apportaient dans leurs bagages un verdict de culpabilité et des alliances assorties. Ils étaient enfin prêts à aller de l'avant.

Tandis que Jack aidait Paul à apporter les touches finales à la maison, Brie aidait Melinda à choisir meubles et accessoires. Cette dernière se rendait régulièrement au ranch des Andersen afin de s'assurer que la famille allait bien. La plupart du temps, lorsqu'elle avait des visites, elle confiait David à sa belle-sœur. Elle passait aussi une fois par semaine chez les Booth pour examiner Vanessa dont le terme approchait.

Avec sa sœur prête à accoucher à tout instant et la maison de Jack pour ainsi dire terminée, Tom restait souvent chez lui, ce qui lui laissait le temps de faire des balades à cheval avec Brenda après les cours. Le temps était froid, mais clair, et le sol glacé crissait sous les sabots des chevaux. Il adorait ces moments à deux. Leurs longues conversations. Et les baisers qui suivaient.

— Tu étais au courant pour le viol de Brie ? Je veux dire, le procès et tout ça ? demanda-t-elle un après-midi alors qu'ils rentraient les chevaux.

— Oui, Paul m'en a parlé. Peu de temps après le décès de Matt. Ça remonte à l'année dernière.

— Ça ne te fait pas bizarre de savoir que quelqu'un ait pu lui faire un truc pareil ?

— Brenda, elle n'a rien fait de mal. En fait, elle a pris tous les risques pour s'assurer que ce type finisse au trou. Il en faut du courage, tu ne crois pas ?

Brenda mit pied à terre devant la grange.

— Ça doit faire bizarre à un homme que sa copine se soit fait violer, non ? Si ça trouve, il n'a plus envie… enfin, tu vois… de la toucher après.

— Comme si elle était salie, tu veux dire ? N'importe quoi ! Quand un truc pareil arrive à la fille qu'on aime, on l'aime encore plus fort.

— Tu crois ?

— Évidemment.

— Elle devait être morte de trouille. Pour le procès et tout ça. Je me demande si elle a envisagé de ne pas le faire… Témoigner, je veux dire.

— J'en doute. Il lui a fallu beaucoup de courage, mais elle a tenu bon jusqu'au bout.

Tom prit les rênes de la monture de Brenda et rentra les chevaux dans leurs box. Il les débarrassa des selles et brides qu'il alla ranger dans la sellerie. Lorsque Brenda le suivit, il se retourna et l'attira dans ses bras. C'était son moment favori.

— Tu veux qu'on se trouve une belle botte de foin ? proposa-t-il.

Il réalisa alors qu'elle pleurait.

— Brenda, qu'est-ce qui t'arrive ?

— J'ai quelque chose à te dire qui ne va pas te plaire.

Il essuya les larmes sur ses joues.

— Quoi donc ? demanda-t-il avec douceur.

— Je ne suis plus vierge, répondit-elle en reniflant.

Tom resserra son étreinte et s'esclaffa.

— Oh, et tu te mets dans un état pareil pour ça ? Ce n'est pas si important pour moi que tu sembles le penser. C'est drôle, ajouta-t-il en s'écartant un peu pour plonger son regard dans le sien, tu es gênée de ne plus être vierge et moi, de l'être encore.

— Ce n'est pas en sortant avec un garçon.

— Qu'est-ce que tu racontes ?

— Je suis presque sûre d'avoir été violée.

Il fronça les sourcils, perplexe.

— Presque sûre ?

Maintenant, Brenda en avait trop dit ou pas assez. Elle s'affaissa contre lui en sanglotant. Tom n'était pas un expert en filles, mais il était suffisamment intelligent pour deviner qu'il n'apprendrait pas le fin mot de l'histoire avant qu'elle ne se calme un peu. Il s'assit sur le banc de la sellerie et l'attira sur ses genoux. Tandis qu'elle pleurait toutes les larmes de son corps, il lui murmura des mots de réconfort en lui caressant le dos. Il fallut un bon moment à Brenda avant de pouvoir parler.

— Je t'ai menti, Tom, hoqueta-t-elle, s'essuyant le visage d'un revers de main. Je suis allée à une de ces soirées à l'aire de repos. Avec deux copines et un garçon avec qui je ne suis sortie que cette fois-là. On avait apporté des sacs de couchage pour dormir sur place, tu sais, à cause de l'alcool. Apparemment, j'ai trop bu et je n'ai pas tenu le choc. Je me suis évanouie. Quand je suis revenue à moi, j'avais vomi partout, et deux des types m'ont dit que j'avais une sacrée cuite et que j'étais drôlement marrante bourrée, mais je ne me souviens plus de rien. Deux mois plus tard, j'ai découvert que j'étais enceinte.

Tom n'en croyait pas ses oreilles.

— C'est dingue…

— Oui, fit-elle avec un petit rire embarrassé. Je comptais me faire avorter, mais j'ai fait une fausse couche. Et celui qui m'a fait ça m'a refilé une saloperie d'infection. J'espère qu'il en crèvera. Voilà… tu sais tout. Maintenant tu peux rompre.

— Pourquoi je romprais ? Je te l'ai dit, je t'aime, répondit Tom en lui caressant les cheveux. C'était qui ?

— Je n'en sais rien. Et je ne tiens pas à le savoir. Il y avait six garçons à cette soirée. J'ai donné les noms à Mike. Il voudrait que je raconte mon histoire au shérif, mais à quoi bon ? Je ne suis pas comme Brie, Tom. Je n'ai aucune idée de son identité. Et je n'ai pas son courage. En plus, je n'ai aucune envie que tout le lycée sache que j'ai été enceinte. Et tu imagines, s'il n'y en avait pas qu'un ? Ô Seigneur…

Elle fondit de nouveau en larmes.

— Chut, ça va aller, Brenda…

— Que vas-tu penser de moi ?

— Je te l'ai dit – ce n'est pas ta faute et je t'aime.

— Je ne veux plus entendre parler de cette histoire. Pas question de témoigner ou quoi que ce soit.

— Il y a peut-être un moyen de coincer le coupable sans t'impliquer.

— Et si ce n'était pas vraiment un viol, pour finir ? Et si j'avais juste été assez stupide pour prendre une cuite et laisser un garçon…

— Impossible, la coupa Tom. On sort ensemble depuis cinq mois. Ça nous est déjà arrivé de boire une bière ou deux. Tu n'es pas comme ça.

— Il y avait peut-être quelque chose dans mon verre. Je ne sais pas, moi… de la drogue.

Il resserra les bras autour d'elle. C'était dur, mais il s'efforça de contenir la rage sourde qui bouillonnait en lui à l'idée de ce qu'avait subi sa copine avant même qu'elle ne le devienne. Il se remémora la bagarre avec Whitley. Il avait envie de gerber à l'idée que cette petite ordure ait pu droguer Brenda pour abuser d'elle. Mais pour l'heure, il devait la consoler. La convaincre que jamais il ne lui en voudrait de ce qui s'était passé.

— C'est possible, admit-il.

— Depuis que c'est arrivé, je me sens comme une moins-que-rien. Quand on s'est parlé la première fois à l'école, tu te souviens ? Je t'ai dit que j'avais été malade. Eh bien, c'était ça.

— Tu n'es pas une moins-que-rien, murmura-t-il, craignant que sa voix ne trahisse sa colère. Tu es un ange. Un cœur pur. Tu n'as rien fait de mal.

— C'est pourtant l'impression que j'ai, souffla Brenda, malheureuse. Tu sais, j'attendais de rencontrer quelqu'un de vraiment spécial. Quelqu'un comme toi. Que j'aimerais… Maintenant, c'est fichu.

— Bien sûr que non, voyons. Quand le moment sera venu… enfin, si ça doit nous arriver, ce sera spécial, je te le promets.

— Comment veux-tu ? Ce ne sera plus la première fois !

Il repoussa les mèches qui lui tombaient dans les yeux.

— Qu'est-ce que je dois faire pour te prouver que je t'aime tout autant qu'avant ? Que je te respecte ?

— Je n'en sais rien…

— Moi, je sais. Viens. On va s'occuper des chevaux et après, on va se faire plein de câlins dans le foin jusqu'à ce que tu me croies. Tu verras, tout va s'arranger.

— J'avais tellement peur de te le dire.

— Je sais. Je ne veux plus que tu t'inquiètes pour ça, d'accord ?

Tom se montra un peu plus taciturne que d'ordinaire au dîner, mais vu l'ambiance qui régnait dans la maison depuis des semaines, ce changement d'humeur passa complètement inaperçu. Un peu plus tard, il annonça à son père qu'il allait faire un tour en ville et qu'il serait de retour d'ici une heure. Walt supposa qu'il allait voir Brenda.

Il se gara dans la cour derrière le bar, au cas où les Carpenter viendraient boire un verre avec leurs amis, les Bristol, comme cela leur arrivait de temps en temps. Il frappa à la porte du camping-car de Mike.

— Je peux vous parler une minute ? demanda-t-il lorsque ce dernier vint ouvrir.

— Bien sûr. Tu veux entrer ?

— Je préférerais dehors.

Mike attrapa sa veste et sortit.

— C'est à propos de ces soirées dont vous m'aviez parlé, commença Tom, le regard fixé droit devant lui. Où des gens avaient peut-être pris de la drogue contre leur gré.

— Oui.

— C'est possible qu'il soit arrivé des choses à ces gens alors qu'ils étaient inconscients ?

— C'est possible, oui.

Tom fit face à Mike.

— Je crois savoir qui deale. Et je pense réussir à le convaincre de faire affaire avec moi.

— Et d'où sors-tu tout ça ?

Tom haussa les épaules.

— Je suis un détective de génie.

— Tu serais prêt à faire un deal ? Il faudrait mettre la police dans le coup, tu sais.

— Je sais. Il se pourrait que ce soit du lourd. Ecstasy, amphés ou pire. Ça vous intéresse ?

— Tout ce qui peut contribuer à assainir la ville m'intéresse, répondit Mike. Si tu penses pouvoir m'être utile, j'apprécierai ton aide.

— Alors c'est d'accord.

15

Vanessa avait demandé à Paul s'il pouvait rester jusqu'à la naissance et il avait répondu que si tel était son souhait, ça ne posait pas de problème. D'après ses calculs, le chantier serait bouclé peu ou prou au moment de l'accouchement. Il resterait à Jack et à Melinda quelques travaux à terminer – peintures, revêtements de sol et pose de l'électroménager –, mais la présence d'un entrepreneur ne serait plus nécessaire. La maison prenait forme : les parquets massifs avaient été poncés et vitrifiés ; la salle de bains principale était terminée, y compris la plomberie et les luminaires ; les murs étaient enduits, prêts à recevoir la peinture, et l'étanchéité de la terrasse venait d'être achevée. Les livraisons de meubles étaient programmées, et Melinda passait ses soirées au chalet à faire des cartons.

Quant à Vanessa, elle devenait énorme.

Ces derniers temps, elle pleurait moins. Son attention semblait presque entièrement focalisée sur les préparatifs en vue de l'accouchement. Il y avait bien encore quelques larmes de temps en temps, ce qui était on ne peut plus normal. Mais elle se montrait forte, et Paul admirait sa force de caractère.

À son retour du chantier, un soir, elle vint à sa rencontre dans le vestibule.

— Viens avec moi, lui dit-elle. Il faut que je te parle d'un truc.

— Je devrais d'abord me laver.

— Laisse tomber, viens.

Elle s'empara de sa main, l'entraîna dans la pièce à vivre, le fit asseoir dans un fauteuil en cuir capitonné et prit place dans celui d'à-côté. Elle avait les joues roses et le regard brillant. Paul ne l'avait pas vue aussi animée depuis bien longtemps.

— Paul, le bébé sera bientôt là.

Il sourit.

— Ça commence à se voir franchement.

— Tu es mon meilleur ami, tu sais.

— Merci, Vanessa, dit-il, mais il ne put s'empêcher de froncer les sourcils, vaguement méfiant.

— Je veux que tu sois avec moi pendant l'accouchement.

— Avec toi ? Comment ça ?

— Eh bien, que tu sois là pour m'encourager, me tenir la main. Me soutenir, quoi.

— Euh… ce n'est pas le boulot de Melinda ?

— Melinda sera là pour me guider, mais c'est la sage-femme et elle aura de quoi faire ailleurs. Surtout au moment de l'expulsion. J'ai besoin de toi, Paul.

— Mais je suis un *homme*.

— Je sais. C'est justement le rôle des hommes.

— Écoute, Vanessa, je ne peux pas te voir… comme ça. Ce ne serait pas… convenable.

— En fait, j'avais pensé à mon frère ou à mon père, mais franchement l'idée ne me tente pas du tout. J'ai emprunté un documentaire sur l'accouchement à Melinda, enchaîna-t-elle en saisissant une vidéo sur la table basse.

— Par pitié…

Vanessa se leva et glissa le CD dans le lecteur, puis se rassit, la télécommande à la main.

— Jack a mis son propre fils au monde, lui rappela-t-elle.

— D'accord, mais si tu tiens à le savoir, il n'était pas emballé du tout. Et il refuse de recommencer – il a été catégorique là-dessus. Et puis, Vanessa, ce n'est pas mon fils. C'est celui de mon meilleur ami.

— Justement, Paul. Il te serait si reconnaissant, assura-t-elle tout en lançant la vidéo. Concentre-toi sur ce que fait le partenaire, d'accord ? Ne te préoccupe pas de la mère. Durant le travail, tu seras la plupart du temps derrière moi, ou bien tu m'aideras à marcher ou à m'accroupir pour favoriser la dilatation, ou tu me rappelleras de respirer correctement. Ce n'est pas comme si tu allais avoir le nez sur le champ des opérations.

— Je commence à me sentir un peu patraque. Dis-moi, pourquoi ne demandes-tu pas à Paige ou à Brie ?

— Je pourrais, reconnut-elle, mais pour être honnête, je me sens beaucoup plus proche de toi. En outre, je t'ai sous la main. Tu vas y arriver. On va regarder le film ensemble et si tu as des questions, surtout n'hésite pas.

Paul se tourna vers l'écran sans enthousiasme. Il plissa les yeux. Derrière un ventre proéminent grimaçait une parturiente au visage ingrat encadré de longues mèches plaquées par la sueur, les sourcils hirsutes pour ainsi dire d'un seul tenant et, cerise sur le gâteau, une paire de grosses chaussettes en accordéon aux pieds.

— Vanessa, cette dame a les mollets très poilus.

— Si c'est ce qui te préoccupe, je peux prendre la peine de m'épiler, même si je dois admettre que l'intérêt m'échappe un peu en ce moment.

Par chance, la blouse d'hôpital drapait le ventre de la future mère, si bien que lorsqu'elle se redressa en position assise et agrippa de toutes ses forces ses cuisses écartées pour pousser, son intimité demeura couverte. Pas pour longtemps. Quelqu'un – gynécologue ou sage-femme – repoussa prestement le tissu du « champ des opérations » et Paul découvrit le sommet d'un crâne émergeant du corps de la patiente.

— De mieux en mieux, gémit-il, se prenant la tête à deux mains.

— Observe le type derrière, je t'ai dit, le réprimanda Vanessa. Laisse tomber la femme.

— Facile à dire ! Ça n'a rien d'évident de ne pas regarder.

— Concentre-toi.

Paul fixa un instant l'homme au second plan, sans doute le mari, qui tenait les épaules de la parturiente et l'encourageait à pousser. Mais très vite, son regard fut de nouveau attiré vers le crâne du bébé. Impossible de résister.

— C'est cruel de m'imposer ce spectacle, marmonna-t-il.

— Tu as fait la guerre et tu abats des animaux à la chasse – de gros animaux –, alors tu es sûrement capable de supporter la naissance d'un enfant, rétorqua Vanessa. C'est la nature, quand même !

— D'accord, mais tout le monde n'a pas l'habitude, grommela Paul.

Il regarda l'homme à l'écran qui répétait en boucle à sa femme de faire le petit chien, avant de s'égosiller : « Pousse, pousse, pousse ! » Plutôt facile, ça, se dit-il. La femme, elle, suait à grosses gouttes comme si elle venait de courir un marathon. Elle s'agrippa à nouveau les cuisses et poussa avec un grognement digne d'un haltérophile soulevant trois cent cinquante kilos de fonte. Et là, sous les yeux effarés de Paul, la tête du bébé jaillit des entrailles de sa mère en plan rapproché et en technicolor !

— Alors, là, non !

Il bondit de son fauteuil et tourna le dos au téléviseur.

— Vanessa, où est ton père ?

— Je l'ai envoyé avec Tom à l'écurie le temps qu'on regarde cette cassette.

— Excuse-moi, mais je ne peux pas. Ce n'est pas comme si j'attendais cet événement depuis longtemps. Ou comme si tu étais, je ne sais pas moi, une étrangère qui accouche dans mon taxi…

— Regarde, Paul, dit-elle, l'index braqué vers l'écran.

Il risqua un coup d'œil par-dessus son épaule et vit le corps tout entier du nouveau-né, recouvert d'une répugnante pellicule blanchâtre et sanguinolente glisser dans les mains du médecin. Le bébé était toujours attaché au cordon bleuâtre qui disparaissait dans le ventre de sa mère.

Paul jugea préférable de se rasseoir, la tête entre les genoux. Il ne manquerait plus que Vanessa soit obligée de le ranimer !

— Vanessa, dit-il d'une voix faible, tu commets la plus grosse erreur de ta vie.

Elle posa la main sur son genou.

— On peut se repasser le documentaire plusieurs fois, le temps que tu t'habitues, suggéra-t-elle. Comme une désensibilisation.

— Tu n'as donc aucune pitié.

— S'il le faut…

Relevant la tête, il constata que le cordon avait été coupé et le bébé placé sur le ventre de sa mère. À cet instant, une masse sanglante qu'il identifia comme le placenta fut expulsée avec un gargouillement répugnant. Là, c'était la goutte d'eau qui fait déborder le vase. Il allait rendre l'âme ici même, à la seconde.

À côté de lui, Vanessa laissa échapper un cri.

« Ah tu vois ! faillit-il lui lancer. Tu ne supportes pas non plus ! » Mais d'un regard il comprit que là n'était pas le problème.

La main crispée sur le ventre, le visage déformé par la douleur, elle donnait l'impression d'avoir été rattrapée un peu trop vite par la réalité.

— Cette fois, on y est, confirma-t-elle. Mais nous avons tout le temps. On peut regarder encore le CD si tu en as besoin.

— Pas question, répliqua-t-il sombrement. Plus jamais !

— Ça va aller, alors ?

— Je n'irais pas jusque-là, non.

— Très bien, fit-elle, décidée de toute évidence à l'ignorer royalement. Je crois que tu devrais prendre une douche. J'ai eu des contractions toute la journée, mais maintenant, elles deviennent violentes. Je vais appeler Melinda pour la dernière ligne droite.

— Tu plaisantes, là ?

— On va y arriver, Paul. Je sais que tu ne me laisseras pas tomber.

— Tu parles ! Si j'arrive à rester debout pendant une épreuve pareille, ce sera un miracle. Un *miracle*, crois-moi !

— J'ai besoin de toi, insista-t-elle. Puisque Matt ne peut pas m'assister, tu veux bien le faire ? S'il te plaît ?

« Je suis fichu, se dit Paul. Elle sort son va-tout Matt. »

— S'il te plaît ? répéta-t-elle.

— Vanessa, je ferais n'importe quoi pour toi, tu le sais bien. Mais ça, c'est une erreur.

Soudain, elle s'empoigna le ventre à deux mains et, sous les yeux horrifiés de Paul, s'efforça de surmonter une nouvelle contraction. Lorsque la douleur reflua, elle leva vers lui ses beaux yeux aigue-marine et le gratifia d'un regard farouche, telle une louve prête à défendre sa progéniture.

— À la douche, lâcha-t-elle d'un ton sans appel.

Puis elle se leva et, la main sous le ventre, alla téléphoner.

Paul récupéra en hâte des vêtements propres dans sa chambre et fila à la salle de bains. Après une douche rapide, mais consciencieuse, il prit même la peine de se raser. Pourquoi ? se demanda-t-il. Pour avoir les joues bien lisses quand il tournerait de l'œil ? Alors qu'il rapportait ses vêtements sales dans sa chambre, il entendit des voix. Masculines au bout du couloir, féminines dans la chambre de Vanessa. Et des rires – comme s'il y avait de quoi rire !

Il se dirigea vers le salon où il espérait qu'une âme compatissante viendrait le tirer de ce mauvais pas. Il y trouva Jack avec David calé sur la hanche, Walt et Tom.

— Salut, lui lança Jack. Comment ça va ?

Paul s'approcha de lui.

— Écoute, tu n'as pas idée de ce qu'elle attend de moi, lui souffla-t-il à l'oreille.

— Si. Elle l'a dit à tout le monde. Melinda va nous rejoindre dès que Vanessa sera installée.

— Tu serais plus doué que moi.

— Sans doute, répondit Jack avec un sourire en coin. Mais on ne m'a rien demandé.

— Je ne peux pas, murmura Paul.

Jack lui flanqua une claque virile dans le dos.

— Bien sûr que si. Estime-toi heureux – au moins tu as une sage-femme avec toi. Ce sera une bonne expérience, assura-t-il.

— Tu te trompes, j'en suis sûr.

— Paul ! appela Melinda. On t'attend !

— Misère…

— Du cran, mon vieux, le prévint Jack. Ou tu n'as pas fini d'en entendre parler.

Paul s'avança dans le couloir à contrecœur. Melinda l'attendait devant la chambre de Vanessa avec un sourire joyeux.

— Comment tu te sens ?

— Pas trop bien, Melinda. Je suis presque sûr de ne pas être à la hauteur. Je suis complètement inexpérimenté.

— Ça va aller, ne t'inquiète pas. Le bébé ne sera pas là avant un bon moment. Pour l'instant, tout ce dont Vanessa a besoin, c'est de quelqu'un qui lui masse le dos, lui rappelle de respirer entre les contractions ou lui applique un linge humide sur le front. Rien de plus.

— Ça paraît dans mes cordes.

— Bien. Si tu ne tiens pas la distance, ce n'est pas grave. Aide-nous déjà jusque-là, d'accord ?

— Je ferai ce que je peux.

Quand il entra dans la chambre, il fut soulagé de voir Vanessa, vêtue d'une blouse qui ne révélait rien, assise en tailleur sur son lit, souriante. Il lui sourit en retour.

— Comment te sens-tu ? s'enquit-il.

— Pour le moment, bien.

— Vanessa, tu aurais dû me prévenir depuis longtemps. Là, tu me prends complètement à froid. Je ne suis pas du tout préparé.

— Ne te fais pas de souci, Paul. Tu vas assurer.

— Je n'en suis pas si sûr…

Il se tut, notant soudain qu'il n'avait plus son attention. Le regard perdu dans le vague, Vanessa se frottait le ventre en cercles tout en expirant très lentement. Un instant plus tard, une grimace lui déforma le visage et sa respiration s'accéléra. Puis elle poussa un gémissement. La douleur commença ensuite à refluer peu à peu, et elle reprit ses mouvements circulaires et ses lentes expirations jusqu'à ce soit fini. Elle leva alors les yeux vers Paul et sourit de nouveau.

Melinda réapparut, des serviettes à la main.

— Comment va le dos ?

Vanessa posa la main sur ses reins.

— Ça appuie ici, mais ça va.

— Essaie de te pencher un peu en avant, suggéra Paul, qui lui massa l'endroit douloureux du bout des doigts. Ça va mieux ?

— Ah, oui, ça fait du bien.

Il remonta le long du dos jusqu'aux épaules qu'il pétrit en douceur.

— Hmm, c'est agréable, murmura la jeune femme.

Pendant ce temps, Melinda s'affairait dans la chambre, disposant le matériel nécessaire à l'accouchement – instruments, serviettes, gants, bassine. Lorsqu'une nouvelle contraction s'annonça, elle laissa Vanessa entre les mains de Paul. Cette fois, la douleur fut si vive qu'elle ne put se pencher en avant, et il dut se contenter de lui masser les épaules et la nuque.

— Melinda ? Tu ne pourrais pas lui donner quelque chose ?

— Non, elle s'en sort très bien, assura Melinda. Les contractions se rapprochent, ajouta-t-elle après avoir consulté sa montre.

Une fois la dernière passée, elle demanda à Vanessa de se lever.

— La gravité va aider un peu, expliqua-t-elle. Paul, donne-lui un coup de main, tu veux ?

Vanessa bascula les jambes sur le côté et se leva avec l'assistance de Paul. La vague suivante la força à se rasseoir au bord du lit et il put lui masser le dos plus aisément. Melinda s'éclipsa, refermant la porte derrière elle. Lorsque la douleur s'apaisa, Paul aida Vanessa à se lever, puis se rasseoir à plusieurs reprises, comme le leur avait indiqué Melinda. À l'instant où celle-ci revenait, Vanessa laissa échapper une longue plainte et la poche des eaux se rompit, inondant les chaussures de Paul ainsi que la moquette.

— C'est bon signe, déclara la sage-femme. J'étale quelques serviettes et je vous examine. Au fait, une petite fête s'est improvisée de l'autre côté.

— Ah bon ? fit Vanessa, avant de se plier en deux, le souffle coupé.

— Quand Jack a vendu la mèche, Paige et Vic sont venus – Christopher s'endort sur le canapé devant une vidéo. Mike et Brie sont là, eux aussi. Ils préparent quelques bricoles à manger dans la cuisine et tiennent compagnie à votre père et à Tom. Jack donne son biberon à David et...

Elle s'interrompit pour aider Vanessa à se rallonger, enfila ses gants et posa une main sur son ventre, tandis que l'autre disparaissait entre ses jambes.

— Ça progresse très bien, annonça-t-elle. Si vous le pouvez, restez dans cette position lors de la prochaine contraction. Je vais voir si je peux favoriser un peu la dilatation. Prenez la main de Paul et concentrez-vous sur votre respiration. Ce geste est un peu douloureux, mais pourrait permettre de gagner du temps.

Paul s'agenouilla près du lit et lui tint la main.

— Ça va aller ? murmura-t-il en la regardant dans les yeux.

— C'est épuisant, répondit-elle, haletante.

— Je sais, Vanessa. J'aimerais pouvoir faire plus.

— Tu fais déjà tant. Oh, c'est reparti. Aaahhh !

— C'est très bien, l'encouragea Melinda, qui glissa de nouveau la main entre ses jambes. Et maintenant, la respiration du petit chien.

Vanessa fit de son mieux et laissa échapper un gémissement de douleur. Spontanément, Paul posa les lèvres sur son front et la soutint.

— Beau travail, Vanessa. Vous êtes déjà presque prête à pousser.

Quand elle ôta ses gants, Paul remarqua un peu de sang.

— C'est normal ? s'inquiéta-t-il.

— Parfaitement normal, assura-t-elle. On en verra un peu plus tout à l'heure. Tu tiens le coup ?

— Oui. Je vais chercher un linge humide pour Vanessa. Je reviens.

« Elle m'a bien eu, se dit-il. Comme si je pouvais la laisser tomber maintenant. »

Il remonta le couloir jusqu'à la salle de bains et s'aspergea d'abord le visage, avant de mouiller le linge qu'il essora. Il jeta un coup d'œil à sa montre. Incroyable, trois heures s'étaient écoulées depuis son retour du chantier. Il se hâta de regagner la chambre.

Le travail semblait être passé à la vitesse supérieure. Vanessa avait le visage luisant de sueur et déformé par la douleur. Il s'agenouilla de nouveau auprès d'elle. Melinda avait étalé plusieurs serviettes sur la moquette, mais les genoux de son pantalon étaient déjà mouillés. Il essuya le front de Vanessa et lui tint la main, tandis que les contractions, de plus en plus violentes, se succédaient à un rythme rapproché. Puis Melinda donna le signal.

— C'est bon, Vanessa, on y va. Si vous en ressentez le besoin, poussez à la suivante.

— Dieu merci, murmura la jeune femme.

— Paul, tu vas la soutenir par-derrière et l'aider à se relever un peu. Vanessa, vous savez quoi faire.

Paul commença à la relever, mais Vanessa l'arrêta.

— Pas encore, souffla-t-elle.

Un instant plus tard, elle fut comme soulevée du lit par une force irrésistible. Cette fois, sans avoir, besoin d'instructions, il lui soutint le dos par-derrière, tandis qu'elle poussait de toutes ses forces en ahanant.

— Il est sorti ? demanda-t-il, lorsqu'elle s'effondra sur les oreillers.

— Non, répondit Melinda. L'expulsion va prendre un moment.

— Mais dans le documentaire…

— Ce n'était pas son premier enfant, expliqua-t-elle. Pour les premiers, ça prend toujours du temps.

— Combien ?

— Le temps qu'ils veulent.

Melinda souleva la blouse du ventre de Vanessa et écouta le pouls du bébé au fœtoscope.

— C'est un costaud. Il va vous en faire voir la nuit.

Paul se concentra sur sa mission – il épongeait le front de Vanessa, lui tenait la main, lui prodiguait des encouragements. Une heure s'écoula. Elle se fatiguait de plus en plus.

— Attendez encore un peu, dit Melinda. Voilà… Et maintenant inspirez et on pousse !

Elle étala la serviette réservée au nouveau-né sur le lit, prépara la ventouse, les pinces et les ciseaux.

— La prochaine devrait être la bonne, annonça-t-elle. Encore un petit effort, Vanessa, faites en sorte que la poussée soit efficace.

— Une poussée efficace, d'accord, Vanessa ? s'entendit dire Paul. Vas-y, pousse, pousse, pousse !

Melinda lui tendit la serviette.

— Étale-la sur le ventre de Vanessa. Dès que le bébé sera là, je le poserai dessus. On l'essuiera avant de l'envelopper dans une couverture chaude, d'accord ?

— D'accord, répondit-il mécaniquement, comme hypnotisé.

Vanessa se redressa de nouveau et poussa.

— On y est presque ! Une dernière et c'est bon ! l'encouragea Melinda.

Malgré lui, Paul se penchait en avant pour voir le bébé arriver, impliqué à cent pour cent désormais. Il entendit le premier cri du nouveau-né et l'exclamation joyeuse de Melinda. Il s'empara de la serviette, l'étala, et elle y déposa un petit être un peu gluant, recouvert d'une pellicule blanchâtre, braillant à pleins poumons.

— Dis donc, il a l'air drôlement furax ! s'exclama-t-il, hilare.

Vanessa se mit à rire, bouleversée.

Paul contemplait avec émerveillement cette vie toute neuve, sidéré devant l'exploit que Vanessa venait de réaliser. Puis il se rappela qu'il avait encore des tâches à accomplir. Tout en aidant Melinda à essuyer le nouveau-né, il ne put s'empêcher de compter les minuscules doigts et orteils. Il regarda pincer et couper le cordon, puis il emmitoufla le bébé dans une couverture propre et le prit dans ses bras avec d'infinies précautions. Vanessa tentait de se redresser sur ses oreillers. Le bébé calé au creux du bras, Paul l'aida à s'installer plus confortablement, puis lui tendit son fils dont elle embrassa le petit crâne rond avec tendresse.

À peine conscient de ce qu'il faisait, Paul s'agenouilla et déposa un baiser sur l'épaule de Vanessa. Elle tourna la tête vers lui et, du bout des doigts, essuya ses joues mouillées de larmes. Des larmes qu'il n'avait même pas senti couler.

— Beau travail, dit Melinda. Félicitations !

Paul était épuisé. Il cala la tête sur l'épaule de Vanessa un instant, repensant à l'effort phénoménal qu'elle venait de fournir. Il sentit ses doigts glisser dans ses cheveux.

— Vanessa, murmura-t-il, c'était incroyable.

Elle esquissa un sourire, puis son visage se décomposa et ses yeux s'emplirent de larmes.

— J'aurais tant voulu qu'il voie son fils, murmura-t-elle d'une voix cassée.

Paul lui essuya doucement les joues.

— De là-haut, il le voit. Il est aux premières loges.

— Oui, sûrement, répondit la jeune femme en pleurant de plus belle.

Paul glissa le bras autour de ses épaules et la tint contre lui tandis qu'elle sanglotait sans bruit. Et il lui mouilla les cheveux de ses propres larmes.

— Vanessa, il est temps de mettre cet enfant au sein, intervint Melinda. Les roux sont de gros gourmands.

— D'accord, fit celle-ci d'une petite voix chevrotante.

D'un geste maladroit, elle saisit sa blouse, mais celle-ci semblait un peu coincée et ses mains tremblaient. Paul tira sur le tissu, révélant un sein. Il n'en éprouva pas de gêne, considérant la chose naturelle. La suite logique de l'accouchement. Il aida Vanessa à positionner le bébé, qui vagissait de plus belle. Il se calma presque instantanément et se mit à fouir, cherchant le mamelon. Très vite il le trouva, et se mit à téter goulûment sous le regard émerveillé de sa mère et de Paul.

Ce dernier ne s'aperçut que Melinda était sortie que lorsqu'elle revint avec une bassine d'eau, qu'elle posa sur la table à langer. Elle examina rapidement la jeune mère, puis la recouvrit.

— Bon, je vais faire la toilette du petit bonhomme. Comment vous sentez-vous, Vanessa ?

— Bien, répondit celle-ci, en s'essuyant les yeux.

Paul l'embrassa sur le front.

— Tu as été formidable.

— Toi aussi, murmura-t-elle avant de fermer les paupières.

Pendant la toilette du bébé, Paul resta à genoux près du lit sans quitter des yeux le visage de Vanessa. Peu à peu, elle sombra dans le sommeil. Au bout de quelques minutes, Melinda lui tapota l'épaule. Elle tenait dans les bras le bébé emmailloté.

— Emmène-le donc voir son grand-père et son oncle. Pendant ce temps, je m'occupe de la maman.

— Tu es sûre ?

— Absolument, dit-elle en lui tendant l'enfant. Tu l'as bien mérité.

L'arrivée du nouveau membre de la famille fit forte impression sur Walt, Tom et toute l'assemblée. On prit des photos et on souleva la couverture pour le voir agiter ses petites jambes et s'extasier sur la taille de ses pieds.

— Paul, je parie que tu as besoin d'un petit remontant, lança Vic.

— Tu n'imagines pas à quel point, mon vieux, répondit celui-ci, se massant la nuque.

— Qu'est-ce que tu as sur ton pantalon ?

Paul baissa les yeux.

— Du liquide amniotique, je crois. La moquette va avoir besoin d'un bon shampooing.

— Pas de doute, commenta Vic, qui versa une dose de whisky dans plusieurs verres. Je serai présent pour l'accouchement de Paige, tu sais. J'en meurs d'envie.

— Eh bien, j'espère que tu seras mieux préparé que moi. J'ai vraiment été pris au dépourvu.

— Mais tu ne regrettes pas, au moins ?

— Pas du tout. C'était extraordinaire.

— C'est tout ce que je veux entendre, déclara Vic. Ah, ces hommes, ils se font tirer l'oreille et, après coup, ils veulent nous faire croire que l'idée venait d'eux. Zeke l'a fait quatre fois. À ce qu'il raconte, il en ferait bien encore autant, mais je ne pense pas que sa femme soit d'accord.

— Zeke est infirmier, lui rappela Paul. Ça lui donne un avantage.

— Exact, approuva Vic qui but une gorgée. C'est aussi un obsédé sexuel, je pense. Un obsédé sexuel qui adore être père.

Jack se joignit à eux.

— Alors, tu as tenu le coup ?

— Jack, tu es mon héros. C'était déjà un tel exploit d'être juste présent. Franchement, je ne sais pas comment tu as fait pour mettre David au monde.

— J'ai suivi les instructions, répondit celui-ci en levant son verre. Mais pas question de remettre ça. La prochaine fois, je ne la lâche pas d'une semelle. Je veux juste assister en spectateur.

On trinqua à la naissance, mais dans le calme pour ne pas faire pleurer le bébé ou réveiller Vanessa qui avait bien mérité un peu de repos. Christopher dormait du sommeil du juste sur le canapé et David en faisait autant sur le lit de Walt, calé avec des oreillers. Melinda rejoignit bientôt l'assemblée et eut droit aux félicitations pour le travail accompli. Chacun à son tour porta le bébé qui fut ensuite ramené dans la chambre de sa mère.

Tout le monde se rassembla dans la salle à manger avec son verre. Paul demeura debout dans l'embrasure de la porte. Brie s'assit sur les genoux de Mike. Vic enveloppa les épaules de Paige d'un bras protecteur, tandis que Jack, debout derrière Melinda, lui massait les épaules. Walt avait accordé une bière à Tom qui la maniait, semblait-il, comme un pro.

— Alors, quand les Valenzuela vont-ils sauter le pas ? s'enquit Walt.

— On y travaille, répondit Mike avec un sourire avant d'embrasser Brie sur la joue. Pas vrai, chérie ?

— Mike se donne beaucoup de mal, en effet, confirma celle-ci en riant.

— Oh, il faut faire attention, intervint Vic. Demandez à Melinda. Si dingue que ça paraisse, faire l'amour tous les jours n'est pas indiqué pour concevoir un enfant.

— John ! s'exclama Paige.

— Tous les jours ? s'exclamèrent au moins trois personnes avant qu'elle puisse le sermonner.

— Et alors ? Ce n'est pas illégal, à ce que je sache ! bougonna Vic, ce qui fit redoubler les rires.

— Vic, vous êtes mon héros, s'exclama Tom. Plus tard, je veux être exactement comme vous !

Walt lui ébouriffa les cheveux.

— Mon fils est un fieffé menteur. Il veut être comme vous, mais avant l'étape des enfants !

— Pas faux, admit Tom. C'est vrai que les bébés, ça ne me branche pas trop. Mais pour le reste, ça paraît cool.

Il fut bientôt question de départ et on chercha Paul, qui avait disparu. Jack alla jeter un coup d'œil dans la chambre de Vanessa ; elle dormait paisiblement. Il demanda aux autres d'attendre à l'intérieur le temps qu'il aille voir si Paul n'était pas sorti prendre l'air. Il enfila sa veste, fit le tour de la maison, passa devant les écuries et le corral. Pas besoin d'être grand clerc pour deviner où son ami s'était rendu après une journée aussi chargée en émotions. Il le trouva sur le tertre qui dominait la propriété du général, sur la tombe de Matt.

Paul regarda par-dessus son épaule en entendant le sol gelé crisser sous les bottes de Jack. Puis il se retourna vers la pierre tombale sur laquelle était gravé :

Ci-gît Matt Rutledge
mari, père, fils, frère et ami bien-aimé.

Jack posa la main sur son épaule.

— Il serait heureux de savoir que tu étais là aujourd'hui.

— Ce n'était pas ma place. C'est lui qui aurait dû être là. Il lui manque tellement.

— Nous empruntons tous des chemins différents.

Paul renifla et s'essuya les yeux.

— La maison est presque terminée. Vanessa sera très vite de nouveau sur pied. Je n'ai pas de raisons de m'attarder davantage ici. Il faut que je rentre à Grants Pass.

— Oui, mais tu reviendras bientôt. Tu as des attaches fortes ici.

— Je n'en sais rien…

— Laisse-lui du temps, Paul. La blessure est encore à vif, mais elle finira par cicatriser.

— Qu'est-ce que tu veux dire ?

— Ah, tu ne te souviens pas. Je me demandais justement. Tu te rappelles ta cuite du premier soir ? Tellement carabinée que tu as laissé échapper un petit secret : que c'était toi qui l'avais vue le premier.

— Non ! Je n'ai pas fait ça !

— Pas de panique, il n'y avait que moi. Tu as eu la bonne idée de piquer du nez avant d'aller le raconter ailleurs. Alors écoute-moi pour une fois, d'accord ? Parce que c'est important. En ce moment, tu te crois le seul à t'être retrouvé dans cette situation. N'oublie pas que j'ai épousé une veuve. Ça n'a pas été facile. Ça n'a pas été rapide. J'ai mis du temps à trouver ma place, je peux te l'assurer. Une sacrée leçon d'humilité. Mais Paul, crois-moi, je ne regrette pas une seule nuit blanche. Il faut juste laisser du temps au temps.

Paul garda le silence, les lèvres pincées.

— Il faut que je rentre à Grants Pass, finit-il par dire. Je ne peux plus rester ici, Jack. Ça me ronge. C'était mon meilleur ami, il est mort, j'ai vu son fils naître et…

— Tu es amoureux de sa femme. C'est un chemin difficile, je sais. Mais tu n'es pas du genre à tourner le dos et à fuir en courant, tu t'en voudrais trop.

Paul baissa la tête.

— Allez, viens. Tout le monde veut te dire bonsoir.

— Tu ne peux pas plutôt me laisser ici ?

La main sur sa nuque, Jack entraîna son ami vers la maison.

— Non, pas possible. Le général a quelque chose à t'annoncer. Matt avait choisi un prénom. Enfin, il y a eu un petit changement – une idée de Vanessa. Matt voulait appeler son fils Paul. Ils sont tombés d'accord sur Matthew Paul. Ça mérite de trinquer, non ? Et d'y réfléchir.

16

Tom bouchonnait les chevaux avec Brenda. Il était plus silencieux que d'ordinaire, mais c'était sans importance car elle parlait pour deux à la vitesse d'une mitraillette. Il l'avait invitée à venir voir le bébé, âgé d'à peine une semaine, et elle en était encore tout excitée. Ils firent une courte balade et il l'écouta discourir à n'en plus finir sur les auditions des pom-pom girls de terminale qui devaient avoir bientôt lieu. Il avait déjà accepté d'être son cavalier au bal du lycée – en février –, et elle avait un million de trucs à dire sur le sujet. Une fois les chevaux dans leurs box, il lui attrapa la main et l'entraîna dans la sellerie. Il s'assit sur le banc, l'attira sur ses genoux et l'embrassa avec un mélange de fougue et de tendresse.

— Il faut que je te parle, lâcha-t-il finalement.

— De quoi ?

— Tu sais que je t'aime. Pourtant, je vais faire un truc qui pourrait me coûter cher. Je risque de tout perdre. Toi et tout ce que nous partageons.

— Qu'est-ce que tu racontes ?

— J'ai parlé à la police.

Elle bondit de ses genoux.

— Quoi ? s'exclama-t-elle, secouant la tête avec incrédulité. Non !

Il essaya de lui prendre la main, mais elle se déroba et recula, les yeux écarquillés d'horreur. Alors il se leva et lui fit face.

— Pas seulement à Mike. À une unité spéciale de la police. Je vais les aider à coincer le type qui t'a droguée – parce qu'il existe bel et bien.

Elle secoua de nouveau la tête.

— Qu'est-ce que tu en sais, hein ?

— Nous le savons l'un comme l'autre. Je n'avais pas le choix, Brenda.

Les larmes ruisselant sur ses joues, elle recula encore d'un pas.

— Si, tu l'avais ! Rien ne t'y obligeait !

— Laisse-moi t'expliquer. Je n'ai pas envie de perdre le sommeil à imaginer un pauvre ballot comme moi dans un mois ou l'année prochaine essayant de consoler sa copine qui lui avouera avoir été violée. Je n'ai pas envie qu'une fille sérieuse se réveille enceinte d'une cuite qu'elle était bien incapable de prendre. Même si tu ne me parles plus jamais, je dois essayer d'arrêter cette ordure.

— Mais je te l'ai dit, je ne sais pas ce qui s'est passé ! Je ne peux rien faire ! Et même si je pouvais, je n'en ai pas la moindre envie ! Tu ne comprends pas, Tom, je ne veux pas que ça se sache !

— Je n'ai pas parlé de toi à la police, mais ils finiront par interroger tous les participants à ces soirées. Je regrette que ça te tombe dessus, mais il fallait que je le fasse. Tu leur raconteras ce que tu veux…

— Je te déteste !

Tom baissa la tête, puis regarda de nouveau Brenda dans les yeux.

— Moi, je t'aime et je suis désolé que tu sois fâchée. J'espère qu'un jour, peut-être dans un million d'années, même si tu me détestes encore, tu me respecteras un peu pour avoir agi comme il fallait.

Elle éclata en sanglots.

— Pourquoi tu as fait ça ? Je n'aurais jamais dû t'en parler. Je pensais pouvoir te faire confiance ! Maintenant tout le monde va penser que je suis une pute !

Il tendit la main, mais elle recula d'un bond.

— Ne me touche pas ! Ne me touche plus jamais !

Il la prit tout de même dans ses bras, tandis qu'elle pleurait à chaudes larmes, secouée de spasmes.

— Pourquoi ? ne cessait-elle de répéter. Ce n'était pas à toi de le faire. C'était à moi ! Si je voulais !

— Ah oui ? Et si ça arrive à une autre parce que tu n'as rien dit ? Et si quelqu'un meurt ? demanda-t-il sans animosité, en la serrant contre lui. Je me fiche que tu ne parles pas. C'est ton choix. Mais moi, je veux pouvoir me regarder dans une glace.

Brenda s'arracha à son étreinte.

— Eh bien, j'espère que tu pourras, lâcha-t-elle.

Il la fixa un long moment.

— Ne t'en fais pas pour moi, finit-il par répondre. Viens, je te ramène chez toi.

Le lendemain, après le lycée, Tom se rendit au domicile de Jordan Whitley. Il se gara devant le porche et gravit les marches au pas de course. Ce fut Jordan qui vint lui ouvrir.

— Salut, tu as ce que je t'ai demandé ?

— Ouais, mon vieux, répondit l'autre en riant. Tu vas adorer.

Il sortit de sa poche un petit sachet et une enveloppe. Tom tendit la main.

— Eh, t'oublies pas quelque chose ?

— Ah oui. Combien, tu as dit ?

— Cent billets. Je te jure, tu vas en avoir pour ton fric.

— Qu'est-ce qu'il y a là-dedans ?

— GHB, ecstasy, amphés. Du sur mesure.

— J'ai changé d'avis pour les amphés, annonça Tom, et Jordan récupéra le petit sachet. Tu me fais une remise alors ?

— Tu rigoles. C'est pas dans les habitudes de ces mecs-là.

— Ah. GHB, tu dis ? Tu utilises beaucoup ce truc ?

Jordan haussa les épaules.

— De temps en temps, juste pour l'éclate.

— C'est ça, pour l'éclate, répéta Tom avec un sourire.

Il lui tendit une liasse de billets, prit la drogue et tourna les talons.

Aussitôt, deux inspecteurs en civil jaillirent de leur planque de chaque côté de la maison et brandirent leurs insignes sous le nez de Jordan – une jeune femme avec une queue-de-cheval sous une casquette de base-ball qui aurait pu passer pour une étudiante et un grand costaud en jean et blouson. Tous deux portaient un revolver, des menottes et un Taser au ceinturon.

— Police ! Jordan Whitley, vous êtes en état d'arrestation. Nous avons un mandat de perquisition. Tournez-vous, les mains sur le mur !

Tom faillit sourire en voyant sa tête. L'horreur pure. Impayable.

— Hé ! Qu'est-ce qui vous prend ! Je vous interdis de…

Sans lui laisser le temps de finir sa phrase, la femme flic le fit pivoter d'un bloc vers le mur et écarter les jambes sous le regard de son collègue qui semblait dire « ne t'avise pas de bouger ».

Tandis qu'ils lui passaient les menottes, il regarda Tom par-dessus son épaule.

— Tu vas t'en mordre les doigts, mec.

— Sans doute. Mais je ne regretterai jamais.

Sur ce, il tendit l'enveloppe à l'inspecteur et descendit les marches. À cet instant, une voiture de patrouille se gara devant la maison et un policier en uniforme en émergea. Plus loin dans la rue se trouvait un SUV noir aux vitres teintées. Un véhicule de police banalisé. À l'intérieur, assistant à l'arrestation, devaient se trouver l'inspecteur Delaney et Mike.

Tom regagna son pick-up et rentra annoncer à son père ce qu'il venait de faire.

La caravane était attachée à l'arrière du pick-up et les bagages attendaient dans l'allée, devant la maison du général. À l'intérieur, Paul étreignit Vanessa et son bébé, puis l'embrassa sur la joue.

— S'il te plaît, reviens très bientôt, murmura-t-elle. Je n'aurais jamais tenu le coup sans toi.

— Moi non plus, tu sais. Ça va aller maintenant, Vanessa. Si tu as besoin de moi, il te suffit d'appeler.

— Tu vas me manquer plus que tu ne l'imagines. Tu fais partie de la famille.

— Je sais.

« Voilà pourquoi je dois partir, songea-t-il. Parce que je ne supporte plus d'être comme un frère pour elle. »

— Merci encore pour votre hospitalité.

— C'était tout naturel, Paul. C'était si bien de t'avoir ici. Maintenant que la maison est finie, tu n'auras plus beaucoup l'occasion de venir, j'en ai peur.

— Bien sûr que si. Je viens régulièrement retrouver mes amis ici. Même s'il n'y a plus de chantier, des occasions, il y en aura toujours.

— J'ai prévu d'aller à Grants Pass avec le bébé voir les parents de Matt. Je te passerai un coup de fil, d'accord ?

— Tu as intérêt, dit-il en déposant un baiser sur son front, puis sur celui de son fils. On se parlera bientôt, j'en suis sûr.

Paul sortit sur le perron où l'attendaient le général et Tom. Vanessa lui emboîta le pas. Il serra la main de Walt.

— Merci pour tout, monsieur.

— Ne soyez pas ridicule. C'est nous qui vous sommes redevables.

Il serra la main de l'adolescent et lui donna l'accolade.

— Je suis sacrément fier de toi, mon garçon. Agir comme tu l'as fait, ça n'avait rien de facile. J'espère que tout va s'arranger.

Le général tapota le dos de son fils.

— Merci, murmura Tom. Tu vas me manquer.

— À moi aussi, tu vas me manquer. Je viendrai te voir. Pour la remise des diplômes par exemple.

— La porte vous est ouverte, assura Walt. Vous serez toujours le bienvenu.

Paul hocha la tête, puis ramassa sa valise et son paquetage. Il rejoignit son pick-up et déposa ses bagages sur la banquette arrière. Après un salut de la main et un coup de klaxon, il démarra. Dans le rétroviseur, il vit Walt poser le bras sur les épaules de son fils pour l'entraîner vers la maison. Mais Vanessa resta jusqu'à ce qu'il disparaisse, tapotant le petit paquet emmailloté blotti contre son épaule.

« Un jour peut-être », songea-t-il.

Jack rangea le dernier carton sur la plate-forme de son pick-up et se pencha dans l'habitacle pour actionner le klaxon. Melinda sortit du chalet et tourna en rond sur la terrasse, chassant une poussière imaginaire sur l'accoudoir d'un des fauteuils Adirondack. Il secoua la tête avec un sourire. Elle avait vraiment du mal à partir.

— Melinda, on y va !

— J'arrive.

Mais elle restait plantée là dans son jean, ses boots et son pull-over jaune déjà bien tendu sur son ventre arrondi. Avec ses boucles blondes qui encadraient son visage d'ange, on aurait dit une adolescente enceinte, fragile et désemparée.

Voyant qu'elle ne bougeait toujours pas, Jack la rejoignit. Il gravit les marches, lui souleva le menton et vit qu'elle avait les larmes aux yeux.

— Tu vas encore pleurer ?

— Non ! se récria-t-elle.

Il pouffa de rire.

— Nous sommes propriétaires de ce chalet, Melinda. Tu ne l'abandonnes pas.

— Ce sont les souvenirs, expliqua-t-elle. Tu te rappelles le soir où tu m'as ramenée ici et mise au lit parce que j'avais deux whiskies sur un estomac vide ?

— Comme si c'était hier.

— Tu m'avais offert du matériel de pêche que j'ai trouvé à mon réveil.

Il la revoyait encore lancer sa ligne dans le jardin, assise dans un Adirondack avec ses cuissardes neuves.

— Je pensais sincèrement avoir toutes les chances de conclure ce soir-là.

— Tu as conclu dans ce chalet plus de fois que je ne peux compter. David est né dans ce lit.

— La cerise sur le gâteau, dit Jack, qui l'attira dans ses bras en riant. Si l'envie te prend de venir ici en douce revisiter le passé, je suis ton homme.

— Je me souviens encore comment était cet endroit à mon arrivée – il y avait même un nid d'oiseau dans le four. Tu l'as remis en état du sol au plafond pour me convaincre de rester.

— À la seconde où je t'ai vue, j'ai su que j'étais perdu. Franchement, je ne sais pas ce que je serais devenu si tu n'étais pas restée.

— Tu aurais eu moins d'enfants, j'imagine. J'ai passé tellement de jours heureux – et de nuits – dans ce petit chalet. C'est ici que ma vie a basculé.

— Et la mienne. Maintenant viens, chérie. Une nouvelle maison nous attend.

— Crois-tu que nous serons aussi heureux là-bas qu'ici ?

Il l'embrassa sur le bout du nez.

— Je te le garantis.

Avec un profond soupir, Melinda descendit les marches à sa suite et grimpa dans le pick-up. Elle regarda par la vitre avec nostalgie et vague à l'âme tandis qu'ils traversaient la ville, comme si elle déménageait dans un autre État, alors qu'il y avait à peine vingt minutes de trajet. Elle soupira de plus belle, une fois arrivée, lorsqu'elle se dirigea vers sa nouvelle maison.

Jack lui prit la main jusqu'à la terrasse. Puis il la souleva dans ses bras pour franchir le seuil. L'intérieur était fabuleux – Paul s'était clairement surpassé. Le parquet massif rutilant était superbe, ainsi que le plafond voûté de la spacieuse pièce à vivre. Les élégants canapés et fauteuils de cuir fauve disposés autour de la cheminée en pierre donnaient envie de s'y asseoir. Il continua jusqu'à une immense cuisine contemporaine qui deviendrait, Jack en était persuadé, le cœur de nombreuses réunions à venir. Avec son électroménager en inox, ses plans de travail en granit noir et ses placards en chêne massif, elle était tout bonnement magnifique. La longue table assortie pouvait accueillir au moins dix personnes.

— Qu'est-ce que tu fais ? demanda Melinda comme Jack la portait jusqu'à la spacieuse suite parentale meublée d'un lit extra-large et de commodes monumentales.

— Le tour du propriétaire. Alors, comment trouves-tu ta nouvelle aire de jeu ? demanda-t-il en désignant le lit du menton.

Elle resserra les bras autour de son cou en riant et il la gratifia d'un long baiser ardent.

— Je pense qu'on a le temps d'inaugurer la nouvelle maison avant l'arrivée de Brie et de Mike avec David.

— Jack, on a des tas de choses à faire.

Il la déposa en douceur sur le lit et entreprit de lui ôter ses boots.

— Oh, oui, approuva-t-il. Des tas de choses.

Les inspecteurs du bureau du shérif se montrèrent très coopératifs avec Mike, qui fut autorisé à assister à certains des interrogatoires de Jordan Whitley, Brendan Lancaster et des victimes potentielles. À Virgin River, celles-ci se limitaient à trois adolescentes, ce qui était heureux, car la liste était de toute évidence beaucoup plus longue. À peine deux semaines après l'arrestation de Whitley et de Lancaster, les rapports s'accumulaient sur le bureau du substitut nommé sur l'affaire par le procureur du comté.

La réputation de Brie dépassait les frontières de la vallée de Sacramento et lorsqu'elle proposa à ce dernier ses services comme consultante, son aide fut accueillie avec gratitude. Elle se sortit admirablement d'une tâche dont elle ne se croyait plus capable : elle participa aux interrogatoires des adolescentes agressées. Grâce à ses compétences, mais surtout sa compassion, elle parvint à convaincre l'une d'elles de porter plainte, une démarche qui pouvait ouvrir la voie à un procès. Carra Jean Winslow savait exactement ce qui lui était arrivé et qui l'avait violée.

Mike découvrit, sans grande surprise, que les inculpés ne brillaient franchement pas par leur intelligence. Deux abrutis de première qui avaient juste eu accès à des drogues dangereuses et l'occasion de les utiliser. Lancaster avait assisté à plusieurs raves sur la côte où il s'était procuré du GHB, dont il avait fait profiter son comparse. Il était aussi en cheville avec un dealer local qui lui échangeait de l'herbe contre des amphétamines et de l'ecstasy.

À la grande satisfaction de Delaney, qui cherchait depuis longtemps à coincer quelques gros poissons, il ne fallut pas longtemps à Lancaster pour craquer et dénoncer ses fournisseurs. Pour ainsi dire seul témoin des viols, il accepta aussi de balancer Whitley qui, malheureusement pour lui, n'avait de son côté personne d'autre que son complice à accuser : les charges de viol seraient donc selon toute vraisemblance retenues contre lui.

Aucun nom d'adolescents ne fut publié dans la presse locale, ce qui n'empêcha pas l'histoire de se propager. À Virgin River, certains habitants tinrent à témoigner leur gratitude à Mike : il se vit offrir une caisse de bon vin, un demi-veau débité et une douzaine de conserves de tomates de l'été précédent. Il réserva deux bouteilles à Brie et donna tout le reste à Vic pour le restaurant – depuis son entrée en fonction, Jack et Vic refusaient qu'il paie ses repas au bar. C'était la règle de la maison.

Adossé contre sa Jeep, Mike attendait devant les locaux du shérif. Une adolescente en sortit, svelte dans son jean, un sac de livres jeté sur l'épaule. C'était Brenda Carpenter qui venait de répondre pour la troisième fois aux questions des inspecteurs. Il l'interpella et elle se retourna.

— J'ai convaincu ton père de me laisser te raccompagner. Je me suis dit qu'on pourrait peut-être parler quelques minutes.

— Encore des questions ? fit-elle avec un haussement d'épaules. J'ai déjà tout raconté en long et en large à vos collègues.

Il lui ouvrit la portière côté passager.

— Non, plus de questions. J'ai juste un ou deux trucs à te dire.

Avec un profond soupir, elle monta dans le véhicule. Mike s'empressa de s'asseoir au volant avant qu'elle ne se ravise.

— Brenda, ce que tu as fait était très courageux.

— Je n'avais pas franchement le choix.

— Peut-être, mais tu aurais pu nier, refuser de témoigner, prétendre que tu étais malade… J'ai conscience de l'effort que ces aveux représentaient pour toi et je tenais à t'en remercier.

Elle tourna la tête vers lui.

— En quel honneur ?

— Crois-moi, je sais d'expérience à quel point il est difficile de répondre à ce genre de questions.

— C'est vrai, votre femme. Vous devez trouver que je suis une sacrée froussarde comparée à elle.

— Pas du tout. D'abord, ma femme a trente et un ans. Ensuite, c'est un procureur expérimenté qui a l'habitude de poursuivre de dangereux criminels. Et enfin, elle a pu compter sur de nombreux soutiens – Jack, moi et tant d'autres. Toi, tu n'étais qu'une jeune fille livrée à elle-même, sans réelle certitude quant à ce qui lui était arrivé. Les obstacles étaient bien plus difficiles à surmonter.

— J'imagine. Merci.

— Avec tout ce que nous avons vécu, Brie et moi, nous avons la peau dure désormais. Mais notre plus cher désir, c'est une vie paisible dans une ville paisible. J'espère que ce n'est pas trop demander, conclut-il en riant.

Brenda garda le silence un moment.

— Vous êtes fière d'elle ? De votre femme ?

— Et comment ! Elle a été extraordinaire. Elle était pourtant terrorisée, et si vulnérable… Mais, l'âge venant, on se rend compte qu'il vaut mieux affronter la menace malgré la peur que de chercher à l'esquiver. Parce que, au final, l'important est de ne pas avoir de regrets.

— Les policiers m'ont dit qu'ils ne savent pas ce qui va arriver à ces deux types… Ils ne savent même pas s'il y aura un procès.

— Ni même s'ils iront en prison. Je pense que la plupart des charges concernant le trafic et la consommation de drogues ont été revues à la baisse en échange d'informations utiles à la police dans des affaires plus graves. Je ne crois pas que ce soit le cas pour les charges de viol, mais si j'étais l'avocat de Whitley, je lui conseillerais de négocier plutôt que d'aller au procès. Devant un jury, il serait cuit.

— Ils n'iront pas en prison ?

— Ne t'inquiète pas, Brenda. Whitley ne remettra pas les pieds à Virgin River. Il a demandé à être libéré sous caution et aura obligation de résidence chez son père dans une autre ville. S'il revenait ici, je ne donne pas cher de sa peau, je te le garantis.

L'adolescente réfléchit un instant.

— Et si j'avais parlé plus tôt ? Est-ce que j'aurais sauvé quelqu'un ?

— Je n'en sais rien, répondit Mike en toute franchise. Mais l'essentiel, c'est d'avoir témoigné. Tu peux être fière de toi, comme nous le sommes tous.

Le lendemain après-midi, vers 16 heures, Mike se rendit à la propriété du général Booth. En se garant devant la maison, il aperçut Tom près du corral, accoudé à la clôture, le pied calé sur la barre inférieure. C'était justement lui qu'il cherchait. Il s'engagea dans la pente.

— Eh, Tom !

L'adolescent se retourna.

— Salut. Ça va ?

— Bien. Et toi ?

Mike le rejoignit et s'accouda à son tour à la clôture.

— On fait aller.

— Des soucis au lycée ?

— Non. Ça parle beaucoup, mais je ne réponds pas aux questions.

— Et qu'est-ce qu'on raconte ?

Tom haussa les épaules.

— Certains croient savoir que c'est moi qui ai fait arrêter Jordan, mais personne n'en est sûr. Enfin, à part Brenda.

— En tout cas, tu as fait du bon boulot, mon garçon. Je sais que ce n'était pas facile.

Tom laissa échapper un rire amer.

— Pas vraiment. En fait, le choix était simple : soit je le dénonçais, soit je le réduisais en bouillie.

— J'aurais ressenti exactement la même chose.

— Alors, vous lui avez fait cracher le morceau ?

— Il s'est mis à table presque dès le début. Pendant un moment, il a essayé de mettre tout sur le dos de Lancaster, mais il s'avère que celui-ci est amateur de drogue et de cuites carabinées, alors que l'objectif de Whitley, c'était clairement les filles.

Tom fit la grimace.

— Charmant. J'aurais dû le tuer.

— Ça t'aurait valu quelques ennuis. Alors, quels sont tes projets ?

— Après le bac, je fais mes classes, et ensuite, j'intègre West Point. J'ai hâte d'y être. Pour l'instant, je ronge mon frein.

— Et Brenda ?

— C'est fini avec elle. Je l'ai trahie. Elle ne veut plus de moi.

— Tu en es sûr ?

— Oh, oui. Elle ne me regarde même plus.

— Je l'ai vue chez le shérif. Elle porte encore le bijou que tu lui as offert. La jolie gourmette avec son prénom dessus.

— Je sais. À mon avis, c'est pour me punir en me donnant de faux espoirs.

— Tu sais, la colère et la peur font parfois dire des choses qu'on regrette ensuite. Ce n'est peut-être pas vraiment fini entre vous.

— Si seulement, soupira Tom, les yeux baissés. Non, elle m'a dit qu'elle me détestait, et tout dans son attitude le confirme.

— Tu regrettes ce que tu as fait ?

— Pas du tout. Il fallait arrêter ce malade. Mais il y a un prix à payer, et ça, c'est dur.

Mike posa la main sur son épaule.

— Tom, tu as bien agi. Tu es quelqu'un de bien, sur qui on peut compter.

— J'espère, dit le garçon. En tout cas, je suis content que vous l'ayez coincé.

— Je suis venu avec quelqu'un qui voulait te voir.

Tom se redressa.

— Ah oui ? Qui ?

Mike inclina la tête vers son épaule, et l'adolescent se retourna. À quelques mètres derrière eux se tenait Brenda, les mains nouées devant elle. Tom les regarda tour à tour.

— Brenda ?

Il avança de quelques pas et elle s'élança vers lui. Mike prit ses distances et assista aux retrouvailles avec un sourire mélancolique. Brenda se jeta au cou de Tom qui la souleva de terre. Puis ils demeurèrent là, enlacés, et il entendit ce qui ressemblait à des rires mêlés de larmes, étouffés sous des baisers passionnés.

— Tu la ramèneras chez elle, d'accord ? lança Mike sans être sûr qu'ils l'aient entendu.

Il secoua la tête, amusé, et remonta vers la maison. Alors qu'il s'en approchait, il aperçut le général qui observait la scène derrière l'une des grandes baies vitrées. Walt leva lentement le bras et lui adressa un salut militaire.

Mike le lui rendit.

À son retour en ville, c'était déjà l'heure du dîner. Il avait envie d'une bière, mais passa d'abord au camping-car pour vérifier si Brie était rentrée – elle aidait son frère et sa belle-sœur à s'installer dans leur nouvelle maison et, entre les papiers peints à poser et les affaires à ranger, les tâches ne manquaient pas.

Six longues semaines s'étaient écoulées depuis le procès de Sacramento. Brie avait retrouvé sa bonne mine et ses yeux pétillants. Elle trouvait sa mission de consultante auprès du procureur du comté d'Humboldt très gratifiante et appréciait aussi l'aide qu'elle apportait à Melinda et à Jack, car elle passait de bons moments avec son neveu. La voir aussi radieuse était pour Mike la plus belle des récompenses.

— Tu es rentrée, dit-il en allant l'embrasser.

— Aujourd'hui, j'ai tapissé la chambre du futur bébé. Sans l'aide de David, je précise.

— Tu as faim ?

— Je suis affamée. Et toi ?

— La journée a été longue, admit-il.

— Et ton affaire ? Le dossier avance ?

— Beaucoup plus vite que je ne l'espérais. Le bureau du procureur fait un travail fantastique, et ton rôle a été déterminant. Il sera bientôt bouclé et les victimes pourront tourner la page.

— Et nous aussi, ajouta-t-elle.

Il glissa les doigts dans sa longue chevelure de sirène et lui caressa doucement la nuque.

— Il y aura d'autres enquêtes pour toi, *mija*. Tes compétences sont précieuses ici. Merci à toi.

— Nous avons aussi d'autres projets, Miguel. Le bébé, pour commencer. Nous devons nous y mettre.

Mike sourit de toutes ses dents.

— Je croyais que c'était déjà le cas.

— Tu fais de ton mieux, j'en suis sûre, même si tu as été quelque peu distrait par le travail. Maintenant que cette histoire est en passe d'être réglée, nous allons nous y consacrer sérieusement.

— Que dirais-tu de commencer tout de suite et de dîner après ?

En guise de réponse, Brie se leva et entreprit de dénouer la ceinture de son peignoir.

Mike songea aux épreuves que tous deux avaient endurées. Un an et demi plus tôt, il était sur un lit d'hôpital entre la vie et la mort, tandis que Brie, abandonnée par son mari, allait être victime quelques mois plus tard d'une odieuse agression.

Jamais ils n'auraient imaginé à l'époque connaître un jour le bonheur parfait qui était le leur aujourd'hui. Cet amour qui les comblait et leur donnait l'impression que tout était possible.

— As-tu seulement idée de ce que je t'aime ? souffla-t-il, attendri.

— Tu sais le plus drôle ? répondit Brie. Eh bien, oui.

Virgin River
Livre 4

Traduit de l'anglais (États-Unis)
par Maud Godoc

Ce roman est dédié à Valerie Gray,
mon éditrice et amie,
dont l'engagement et le soutien
ont rendu l'aventure possible.

Prologue

Paul Haggerty était enfin de retour à Grants Pass après presque six mois passés à Virgin River, et la douleur dans sa poitrine ne s'apaisait pas. Les six mois qui venaient de s'écouler avaient été un enfer.

Il s'était rendu là-bas à l'automne pour aider Jack Sheridan à terminer sa nouvelle maison. À sa grande surprise, il avait découvert que Vanessa Rutledge vivait à Virgin River avec son père et son frère cadet, pendant que son mari, Matt, était en Irak. Elle était enceinte et plus belle que jamais. La première fois qu'il avait posé les yeux sur elle, des années auparavant, il avait ressenti un véritable coup de foudre. Ces retrouvailles n'avaient fait que ranimer ses sentiments. Pourtant, c'était son meilleur ami qu'elle avait épousé.

Juste avant la naissance du bébé, ils avaient tous participé à une vidéoconférence avec Matt, organisée surtout à l'intention du couple qui ne s'était pas vu depuis six mois. Ensuite, tout le monde s'était succédé pour lui parler, et quand le tour de Paul était venu, Matt lui avait demandé de veiller sur sa femme « si jamais les choses tournaient mal ».

En fait, les choses n'auraient pu tourner plus mal. Matt avait été tué dans une explosion à Bagdad la première semaine de décembre. L'épreuve avait été terrible et Vanessa avait demandé à Paul de rester jusqu'à la naissance du bébé – deux mois plus tard. Bien entendu, il avait accepté, et durant tout ce temps il avait tenu bon afin qu'elle puisse se reposer sur lui. Mais le stress, son amour secret et le chagrin d'avoir perdu son meilleur ami le rongeaient.

Il pensait que son retour à Grants Pass allégerait la douleur ou du moins l'en distrairait, mais la pression continuait à s'accumuler. Il avait l'impression d'être un mort-vivant qui se traînait le jour, et ne cessait de tourner et de virer durant d'interminables nuits blanches.

Sans réfléchir, il appela une fille avec qui il était sorti une ou deux fois. Terri. Ils ne s'étaient pas vus depuis six mois, mais il avait besoin de se changer les idées, et Terri était tout indiquée pour cela, parce que leur amitié était sans complications ni attentes. Et puis elle n'avait pas son pareil pour le faire rire. C'était juste une fille sympa, un peu plus jeune que lui – elle avait vingt-neuf ans et lui trente-six –, la seule qu'il ait fréquentée ces deux dernières années.

Il l'invita à dîner, non sans s'être assuré au préalable qu'elle n'avait pas de petit ami – il ne tenait pas à lui compliquer l'existence.

— J'aimerais bien, répondit-elle en riant. Non, Paul, pas de petit ami. En fait, je suis à peine sortie ces derniers mois. Allons dans un endroit tranquille et sans chichis, d'accord ? On a sûrement plein de choses à se raconter.

C'était exactement la réponse qu'il attendait.

Lorsque Terri vint lui ouvrir, Paul réalisa qu'il avait oublié combien elle était jolie. Petite et menue, avec de beaux cheveux noirs qui lui arrivaient aux épaules et de grands yeux bruns, elle lui décocha le sourire enjoué qui l'avait séduit d'emblée. Puis elle éclata de ce rire qui n'appartenait qu'à elle et se jeta à son cou.

— C'est vraiment génial de te revoir ! J'ai hâte d'entendre ton excuse pour avoir disparu pendant des mois.

— Tu te souviens de *Chez Rosa* ? Le petit mexicain qui ne paie pas de mine ? Que dirais-tu d'aller dîner là-bas ?

— Je dirais que c'est une excellente idée.

Durant le trajet, Paul regarda droit devant lui, les mâchoires serrées, pianotant sur le volant. Cette soirée n'était peut-être pas une si bonne idée après tout.

Le seuil franchi, Terri désigna un box dans un angle sombre.

— Tu n'es pas du genre bavard, Paul, attaqua-t-elle une fois assis, mais à l'évidence quelque chose ne va pas.

— Je reviens de Californie. Je suis un peu déconnecté.

Elle secoua la tête.

— C'est plus grave que ça. Tu es nerveux et soucieux. Je n'avais pas l'intention d'en parler, mais tu as aussi des valises sous les yeux. À croire que tu n'as pas dormi depuis des jours. Pour être franche, tu as la tête de quelqu'un qui sort de prison. Vas-y, dis-moi ce qui ne va pas.

Il n'en fallut pas davantage à Paul. Il commanda une bière pour lui et un verre de vin pour Terri, puis lui raconta : le décès de son meilleur ami, sa femme enceinte, lui s'efforçant de la soutenir envers et contre tout.

— Quelle histoire, murmura-t-elle, compatissante. Tu aurais pu m'appeler, tu sais. Traverser une épreuve pareille sans personne à qui parler, c'est la porte ouverte à la déprime.

— Ça m'ennuie de t'embêter ainsi avec mes soucis.

— Tu ne m'embêtes pas. Je suis une fille et les filles aiment parler de leurs soucis. Et puis, si tu ne les exprimes pas, ils vont te ronger de l'intérieur.

— C'est exactement l'impression que j'ai, admit Paul. Comme si j'avais avalé de l'acide. Matt et moi sommes devenus amis au collège. J'ai deux frères, mais Matt était fils unique, et il passait plus de temps à la maison que chez lui. Nous avons servi dans les marines ensemble – il est resté dans l'active et j'ai intégré les troupes de réserve. Mes parents ont été aussi affectés que moi par son décès. Comme si c'était leur propre fils. Mais sa femme était inconsolable. Si tu savais, Terri, jamais je n'ai vu un chagrin aussi déchirant. La pauvre était sur le point d'avoir son premier enfant et pleurait jusqu'à l'épuisement. Tout ce que je pouvais faire, c'était la serrer dans mes bras. C'était encore pire la nuit, quand ses sanglots résonnaient dans la maison silencieuse.

Terri posa sa main sur la sienne.

— Paul…

— À la naissance du bébé, elle a voulu que je sois présent à ses côtés. L'aider à mettre son enfant au monde a été à la fois la pire épreuve et la plus belle aventure de ma vie. J'étais si fier de tenir le bébé de Matt.

Il détourna la tête, le temps de se ressaisir.

— Sur la pierre tombale, ses parents ont fait graver *Matt Rutledge, époux, père, frère, fils et ami bien-aimé*. Frère, c'était pour nous, les frères d'armes. Je n'arrive pas à me dire qu'il n'est plus là. Et si je suis dans cet état, alors je comprends que Vanessa soit à ramasser à la petite cuillère.

À cet instant, on leur apporta leurs plats. Paul commanda une autre bière et raconta à Terri des anecdotes sur leur jeunesse à Matt et à lui.

— Après deux années d'université, on s'est engagés dans les marines. Mes parents étaient loin d'être ravis, mais les siens sont entrés dans une colère noire. La mère de Matt était persuadée que je l'avais entraîné, alors que c'était le contraire. J'ai signé pour ne pas le laisser partir seul. Ou peut-être parce que je n'avais pas envie de rester en arrière. Comme ma mère avait coutume de dire, on était aussi inséparables que des frères siamois.

Le serveur emporta leurs assiettes et Paul continua ses confidences devant le café.

— Je n'ai jamais perdu quelqu'un d'aussi proche, avoua Terri. Je ne peux pas imaginer à quel point ce doit être dur. Tu aurais dû m'appeler, Paul.

— Quand je t'ai téléphoné, je n'avais pas l'intention de vider mon sac. En tout cas, pas consciemment. Je me disais juste que passer un moment avec toi me changerait les idées. Mais parler à une personne extérieure au drame fait du bien, reconnut-il. Là-bas, à Virgin River, toute la famille était tellement bouleversée que je ne pouvais pas baisser la garde un seul instant. Même chose chez mes parents – ma mère fond en larmes dès qu'on prononce le nom de Matt. J'en viens parfois à regretter de ne pas avoir été là-bas avec lui. C'est dingue, je sais, mais j'aurais voulu être à sa place.

Terri secoua la tête, effarée.

— Non, mon Dieu, non !

— Il avait une famille. Sa place était auprès d'eux. Tu n'as pas idée de l'homme que c'était. La loyauté incarnée. Je pouvais toujours compter sur lui.

— Lui aussi comptait sur toi. Il t'a demandé de veiller sur sa femme…

— Il n'avait même pas besoin de le demander.

— Paul, tu as fait pour lui ce qu'il aurait fait pour toi.

Il demeura un instant songeur. Il était reconnaissant à cette femme, avec qui il avait couché à l'occasion, de lui apporter tant de réconfort et de compréhension.

— Merci pour ton soutien, Terri. Je ne me rendais pas compte à quel point j'avais besoin d'en parler.

Elle lui sourit.

— Ah, les hommes ! Tant de stoïcisme vous détruit l'estomac. Et provoque aussi des migraines, en général.

Il lui rendit son sourire.

— Je crois que mon mal de crâne est en voie de guérison.

Terri jeta un coup d'œil autour d'elle.

— Il n'y a quasiment plus personne, dit-elle. Nous ferions bien d'y aller avant qu'ils retournent les chaises sur les tables et commencent à laver le sol.

— D'accord. Merci encore de m'avoir écouté.

Paul la raccompagna jusqu'à sa porte.

— Tu entres boire un dernier verre ? lui proposa-t-elle.

Elle avait déjà fait beaucoup pour lui ce soir, il ne voulait pas profiter de la situation.

— Je ne préfère pas. Mais merci pour l'invitation.

Avec un sourire enjôleur, elle lui prit la main et l'attira à l'intérieur.

— Je ne devrais pas, protesta-t-il sans conviction.

Quand la porte se referma, ses mains étaient déjà sur les hanches de Terri et sa bouche cherchait la sienne. Se hissant sur la pointe des pieds, elle se pendit à son cou.

— Non, murmura-t-il contre ses lèvres. Je suis trop perturbé. Dis-moi non.

Terri se cambra contre lui.

— Je détesterais faire une chose pareille, répondit-elle dans un souffle.

Elle l'embrassa à pleine bouche et Paul sut qu'il était perdu. Son cerveau était comme tétanisé. Il n'avait plus une once de jugement ni de volonté. Cela faisait des mois qu'il ne s'était pas senti aussi léger et insouciant. À peine une minute plus tard, il allongeait Terri sur le canapé, la couvrait de baisers tout en la caressant, tandis qu'elle répétait en boucle des « oui » langoureux de plus en plus pressants.

Il eut un sursaut de raison avant de plonger la main sous son chemisier.

— Terri, ce n'est pas une bonne idée… Je ne t'ai pas appelée pour ça… Je n'avais pas prévu…

— Moi non plus, murmura-t-elle en fermant les yeux. Mon Dieu, comme tu m'as manqué.

Paul n'était plus que désir brut et sensation physique. Sous lui, Terri semblait dans le même état. Tandis qu'il pétrissait son sein nu et que sa langue suivait la courbe de son cou, il sentit ses mains fébriles déboucler sa ceinture, puis s'attaquer aux boutons de son jean. Il la déshabilla en hâte, poussant son excitation à son paroxysme, puis extirpa un vieux préservatif de son portefeuille dans la poche de son pantalon.

— Tu es couverte de ton côté ? s'enquit-il d'une voix rauque.

— La pilule, tu te souviens ?

En gentleman, il poursuivit quelques instants les préliminaires, puis quand les soupirs de Terri se muèrent en gémissements, il s'enfonça en elle. Après une série de puissants coups de reins, elle se cabra sous lui en poussant un cri de bonheur. Il se laissa alors aller à son tour à l'ivresse de l'orgasme, comme libéré de toute entrave.

À la jouissance explosive succéda une impression de profond soulagement. Une satisfaction physique primaire, aussi puissante qu'une drogue. Puis les remords suivirent presque dans la foulée. Il n'aurait pas dû. Ils avaient beau s'être mis d'accord sur ce que serait leur relation dès le début, il sentait que Terri éprouvait des sentiments pour lui.

Or il en aimait une autre.

« Haggerty, tu n'es qu'un sombre abruti ! » se réprimanda-t-il tout en repoussant une mèche du front de Terri, qui redescendait lentement de son nuage.

— Ça va ? souffla-t-il.

Elle hocha la tête, le sourire aux lèvres.

— Si tu savais, tu m'as tellement manqué.

Il effleura sa bouche d'un baiser tendre.

— Je n'aurais pas dû. Je ne sais plus où j'en suis. Mais merci.

Elle posa la main sur sa joue.

— Tout le plaisir était pour moi, assura-t-elle, radieuse.

Paul la délesta de son poids et, bien qu'il se sentît aussi stupide que coupable, il parvint à lui sourire.

Au bout d'un laps de temps qui lui parut raisonnable, il murmura :

— Je suis désolé, mais je ne vais pas pouvoir rester.

— Je sais. J'espère juste que tu n'attendras pas six mois avant de me rappeler.

Ce n'était pas son intention. Il reprendrait contact, l'emmènerait boire un verre, et essaierait de lui expliquer que, même s'il n'avait guère de raisons d'être optimiste, son cœur était pris ailleurs. Et tant que ce serait le cas, il ne pourrait avoir de relations intimes avec elle. C'était une fille bien. Elle méritait mieux.

1

Vanessa Rutledge se tenait devant la tombe de son mari, sa flamboyante chevelure rousse malmenée par le vent vif de mars.

— C'est une étrange requête, j'en ai conscience. Matt, tu sais que je t'aime, que je t'ai toujours aimé, que je te vois dans les yeux de ton fils chaque jour. Mais, chéri, si je veux pouvoir aimer de nouveau, j'ai besoin de ta bénédiction. Et si tu pouvais aussi donner un petit coup de pouce à celui qui sera peut-être mon avenir. Lui faire comprendre qu'il n'y a rien de mal. S'il te plaît ?

— Vanessa !

Sur la terrasse, son père tenait le bébé à bout de bras, comme s'il venait de souiller son uniforme d'apparat. L'heure du départ était déjà passée. Le petit Mattie avait six semaines et, ce matin, Vanessa et lui allaient voir Melinda Sheridan pour leur première visite depuis sa naissance. Son père, le général en retraite Walt Booth, leur servait de chauffeur afin de surveiller le bébé pendant qu'elle aurait sa consultation.

— J'arrive, papa ! cria-t-elle. Nous continuerons cette conversation plus tard, ajouta-t-elle avant d'envoyer un baiser en direction de la tombe.

Elle redescendit en hâte le petit tertre, passa devant les écuries et remonta jusqu'à la maison.

Jamais elle n'aurait pensé se retrouver un jour dans une petite localité de montagne comptant à peine six cents âmes. Quand son père avait choisi cette propriété, deux ans plus tôt, avant de prendre sa retraite de l'armée, Matt et elle étaient venus en visite. Matt était aussitôt tombé sous le charme. « À ma mort, enterre-moi là-haut sous l'arbre », avait-il déclaré. « Ne dis donc pas de bêtises ! » avait-elle protesté avant de lui donner une tape sur le bras en riant. Ni l'un ni l'autre n'aurait imaginé alors que ces paroles se révéleraient prophétiques.

Quelques années avant sa rencontre avec Matt, munie d'un diplôme en communication, Vanessa avait envisagé une carrière comme présentatrice à la télévision. Consciente des exigences du métier, elle avait décidé d'attendre un an avant de se lancer et, sur un coup de tête, était devenue hôtesse de l'air. En fait d'une année, cinq s'étaient écoulées, tant elle adorait ce qu'elle faisait. Elle travaillait encore pour la même compagnie lorsque Matt était parti pour l'Irak. La solitude et sa grossesse avancée l'avaient conduite à poser ses valises à Virgin River. Son séjour devait être provisoire – le temps d'accoucher, puis elle accompagnerait son mari dans sa prochaine affectation. Hélas, le destin en avait décidé autrement !

Elle ne pleurait plus autant, même si Matt lui manquait terriblement. Ses rires, leurs longues conversations le soir, ses bras solides au creux desquels se blottir.

Walt avait jeté le sac à langer sur son épaule et se dirigeait vers la voiture.

— Vanessa, tu passes trop de temps à ruminer devant cette tombe, crois-moi. Nous aurions dû enterrer Matt ailleurs.

Elle esquissa un sourire amusé et haussa les sourcils.

— Matt ne se plaint pas que je le dérange, que je sache.

— Ce n'est pas drôle.

— Tu te fais trop de souci, papa, dit-elle en lui prenant le bébé des bras pour le déposer dans son siège auto. Rassure-toi, je ne rumine pas. C'est juste qu'il y a certaines choses que seul

Matt peut entendre. Et puis, je l'ai à portée de main, alors autant en profiter.

— Vanessa, par pitié ! Cesse cet humour macabre, protesta le général avant de soupirer. Ce qu'il te faudrait, ce sont des copines.

Vanessa se mit à rire.

— Mais j'en ai plein.

Et en effet, elle avait beaucoup d'amies, et même si celles-ci n'habitaient pas à proximité, elles restaient en contact, ce qui lui permettait de s'épancher.

— D'ailleurs, tu seras content d'apprendre que ma copine Nikki vient passer le week-end, enchaîna-t-elle.

Walt se glissa derrière le volant.

— On la voit souvent, ces derniers temps. Soit elle ne peut plus se passer du bébé, soit il y a de l'eau dans le gaz entre elle et ce…

Il laissa sa phrase en suspens.

— Elle ne peut plus se passer de Mattie *et* il y a de l'eau dans le gaz entre Craig et elle. À mon avis, il y a de la rupture dans l'air.

— Je n'ai jamais aimé ce type, bougonna Walt.

— Personne ne l'aime. C'est un abruti.

Sa meilleure amie ne souhaitait rien tant qu'un mari et des enfants, mais elle était coincée depuis des années dans une relation sans avenir et se sentait presque aussi seule qu'elle-même.

Ici, à Virgin River, Vanessa avait aussi commencé à tisser des liens avec la sage-femme, Melinda Sheridan, Paige qui travaillait avec son mari dans l'unique bar-grill de la ville, et Brie, la belle-sœur de Melinda. Mais il y avait certaines choses que seul Matt pouvait comprendre.

Quand on vit dans un endroit comme Virgin River où le cabinet du médecin n'ouvre que le mercredi pour les consultations, il y a fort à parier qu'il n'y aura pas foule dans la salle d'attente. De fait, Melinda les attendait sur le seuil. À leur arrivée, son visage s'éclaira et elle tendit les bras vers le bébé.

— Viens par ici, mon bonhomme, dit-elle d'une voix chantante. Laisse-moi t'admirer.

Elle le souleva comme pour le soupeser, puis le nicha au creux de son bras.

— Il a l'air en pleine forme, Vanessa. Et comment va le grand-père ? demanda-t-elle à Walt.

— Le grand-père ne serait pas contre davantage de sommeil, répondit l'intéressé.

Vanessa fit une grimace.

— Tu n'as aucune raison de te lever, papa. Pas pour m'aider à allaiter, en tout cas.

— Je me réveille, c'est tout. Alors autant aller voir si tu n'as besoin de rien.

Melinda sourit au général.

— Vous êtes un bon grand-père. Vous allez voir, il fera ses nuits avant que vous ayez le temps de dire *ouf*.

— Quand David a-t-il fait ses nuits ? voulut savoir Vanessa.

— La première fois ou la dernière ? plaisanta Melinda. Mieux vaut éviter cette question – nous avons des problèmes de sommeil à la maison. Et maintenant Jack le laisse venir dans notre lit. Suis mon conseil, ne commence jamais ce petit jeu-là !

Vanessa jeta un coup d'œil au ventre proéminent de la sage-femme. Son fils David venait d'avoir un an, et l'arrivée de leur deuxième enfant était prévue pour mai.

— J'espère que vous avez un très grand lit, commenta-t-elle.

— Il y aura beaucoup de place quand j'en aurai chassé Jack. Viens, je vais d'abord ausculter Mattie et m'occuper de ses vaccins.

Melinda gagna la salle d'examen, Vanessa dans son sillage. Elle avait mis au monde Mattie, et il s'était créé entre les deux femmes un lien profond et solide. Il ne fallut pas longtemps à Melinda pour constater que le bébé prenait du poids normalement et était en excellente santé. Ses vaccins faits, elle annonça :

— Je l'amène à Walt pendant que tu enfiles une blouse d'examen.

Quelques minutes plus tard, elle était de retour.

— Ton père a emmené Mattie chez Jack pour boire un café. Et bavarder un peu entre hommes, j'imagine.

Vanessa avait pris place sur la table d'examen. Melinda ausculta son cœur, vérifia sa tension, puis la fit mettre en position pour un examen pelvien.

— Tout est en ordre, annonça-t-elle. Tu as eu un accouchement idéal, Vanessa. Tu es en excellente forme. Et tu as vite perdu tes kilos en trop. L'allaitement, c'est miraculeux, n'est-ce pas ?

— Je ne rentre pas encore dans mes jeans d'avant.

— Je parie que tu n'en es pas loin. Tu peux te rasseoir, fit Melinda en lui tendant la main. Quelque chose dont tu souhaiterais me parler ? demanda-t-elle devant l'air tracassé de la jeune femme.

— Je peux te poser une question personnelle ?

— Vas-y, répondit Melinda qui griffonna quelques notes dans son dossier.

— Je sais qu'avant ton mariage avec Jack tu étais veuve…

Melinda s'arrêta d'écrire. Elle referma le dossier et regarda Vanessa avec un sourire compatissant.

— Je me doutais que nous aurions cette conversation.

— Combien de temps ? murmura Vanessa, et Melinda comprit aussitôt à quoi elle faisait allusion.

— J'ai rencontré Jack neuf mois après le décès de mon mari. Je l'ai épousé six mois plus tard. Et si tu consultes l'historien de la ville ou écoutes les potins, tu apprendras que j'étais enceinte d'au mois trois mois à l'époque. Plus près de quatre.

— Nous avons un historien à Virgin River ?

Melinda s'esclaffa.

— Environ six cents. Si tu as un secret à garder, mieux vaut songer à déménager dans une autre ville.

— Matt n'est décédé que depuis quelques mois, mais il était parti depuis presque un an… Et ce n'était pas en voyage d'affaires. Il était au combat, sans possibilité de communiquer. Je lui ai parlé trois fois en tout, une seule par webcam. Les lettres étaient brèves et rares. Et ça fait vraiment très longtemps que…

Melinda posa une main rassurante sur le genou de Vanessa.

— Il n'y a pas de règle en la matière. D'après mes lectures sur le veuvage, et il y en a eu beaucoup, quand une personne entame une nouvelle relation assez vite après la perte de son conjoint, c'est le signe qu'il y avait du bonheur dans son couple. Le mariage constituait pour elle une expérience positive.

— Je n'étais même pas certaine d'être enceinte quand Matt est parti en Irak, au mois de mai dernier. Je ne pense pas à me remarier, évidemment, mais… je me dis quand même que je n'ai pas envie de vivre seule éternellement.

— Bien sûr que non, voyons. Tu as la vie devant toi.

Vanessa sourit.

— Devrais-je songer à un moyen de contraception ?

— Nous pouvons en parler. Tu ne voudrais pas être aussi mal préparée que ta sage-femme, tout de même. Surtout avec un bébé en bas âge.

Avec un soupir, Melinda se passa la main sur le ventre.

— Je refusais de me projeter dans l'avenir. Ma sœur m'a dit un jour qu'elle connaissait des veuves qui s'étaient remariées et étaient heureuses. J'ai failli lui arracher la tête tant j'étais épouvantée. J'étais convaincue que jamais je réussirais à tourner la page.

— Pourtant, la suite des événements t'a prouvé le contraire.

— Et comment ! À mon arrivée ici, j'étais déterminée à finir mes jours seule et malheureuse, mais ce maudit Jack m'a tendu une embuscade. Je crois que je suis tombée amoureuse de lui au premier regard, mais je ne voulais pas l'accepter. C'était comme si, d'une certaine façon, j'étais infidèle à la mémoire de mon mari, ce qui était absurde. Il aurait été le premier à souhaiter que l'amour entre à nouveau dans ma vie. Et je parie que le tien aussi.

— On n'envoie pas un homme à la guerre sans aborder certaines questions fondamentales – ce sont mes parents qui me l'ont appris. L'un des indices qui nous mettaient la puce à l'oreille, à mon frère et à moi, quant à l'imminence d'une mission pour notre père, c'était quand la paperasse était de sortie. Testaments, fidéicommis, et j'en passe. Pas seulement au cas où quelque chose lui arriverait à lui, mais que se passerait-il si maman avait un souci pendant qu'il était dans la jungle ou en plein désert ? Matt ne s'appesantissait pas sur le scénario catastrophe, continua Vanessa avec un sourire un peu mélancolique, mais il n'avait pas pour habitude de tourner autour du pot. Il disait que je n'étais pas du genre à me complaire dans le malheur et qu'il serait déçu si je le faisais. Il avait clairement exprimé ses dernières volontés – où il voulait être enterré, que faire de ses affaires personnelles. Il tenait aussi à ce que j'aille voir régulièrement ses parents si nous avions des enfants. Et… si un homme bien venait à se présenter, je ne devais pas hésiter. Je lui ai tenu à peu près le même discours, ajouta-t-elle avec un soupir. Si je devais avoir la chance de rencontrer quelqu'un capable de rivaliser ne serait-ce qu'à moitié avec Matt, il serait préférable que je sois prête.

— Absolument. D'autant que cela n'a rien d'impossible, même dans notre bonne petite ville de Virgin River. Souhaites-tu une pilule compatible avec l'allaitement ? Ou plutôt un diaphragme ? Un stérilet ? Tu as déjà réfléchi à la question ?

Vanessa lui adressa un sourire reconnaissant. Bien sûr, elle y avait réfléchi.

— Je préférerais un stérilet.

— On va regarder les modèles, dit Melinda. Au fait, il n'y a plus de contre-indication pour les rapports intimes. Au cas où…

— Ne mettons pas la charrue avant les bœufs, répliqua Vanessa. Mais c'est toujours bon à savoir.

Elle avait bel et bien un homme en tête. Voilà pourquoi elle avait demandé sa bénédiction à Matt. L'homme en question n'était autre que le meilleur ami de son défunt mari, et le sien : Paul Haggerty. Il avait passé des mois à Virgin River à la soutenir et à la réconforter, acceptant même de passer Noël loin de sa propre famille. Ils avaient beaucoup parlé, pleuré, évoqué leurs souvenirs avec émotion. Sans la force de Paul, jamais elle n'aurait tenu le coup. Il était son roc.

Sa relation avec Paul remontait à beaucoup plus loin, bien sûr. En fait, le soir de sa rencontre avec Matt, c'était d'abord Paul qui avait attiré son regard de l'autre côté du bar. Il était si grand qu'il ne passait pas inaperçu dans une foule. Et séduisant en diable avec ses cheveux blond-roux qu'il devait porter courts parce qu'ils défiaient toute tentative de coiffage. Mais c'était surtout sa simplicité virile qui avait retenu son attention : il lui faisait penser à un bûcheron qui se serait mis sur son trente et un pour aller en ville. Il avait un sourire engageant qui révélait une dent un tout petit peu de travers sur le devant, et une fossette sur la joue gauche. D'épais sourcils, des yeux d'un brun chocolat profond – des détails qu'elle n'avait remarqués que bien plus tard, évidemment. Elle n'avait même pas fait attention à Matt.

Pourtant, le coup de foudre, c'était pour Matt qu'elle l'avait eu lorsqu'il l'avait abordée. L'avait fait rire et rougir. Tandis que Paul restait en retrait, timide et silencieux, Matt avait su la charmer, puis faire naître en elle le désir et un amour profond. Rien à voir avec un lot de consolation – c'était un homme comme il en existe peu. Un mari dévoué, et fou amoureux.

Je n'aimerai jamais personne d'autre que Matt, avait-elle déclaré à Paul à la naissance de Mattie. Mais à mesure que les semaines s'écoulaient, elle avait réalisé que rien ne l'obligeait à cesser d'aimer Matt, et Paul pas davantage. Matt les accompagnerait tous les deux pour toujours. Il était dans l'ordre naturel des choses que Paul entre dans sa vie, à présent. Mais rien n'indiquait qu'il ressentait pour elle davantage qu'une tendre amitié. Paul l'aimait, tout comme il aimait le petit garçon, cela ne faisait aucun doute, mais ce n'était apparemment pas le genre d'amour qui réchaufferait ses nuits solitaires.

Elle lui avait téléphoné plusieurs fois depuis son retour à Grants Pass. Ils avaient eu des conversations polies et divertissantes à propos du bébé, des amis de Paul ici, à Virgin River, de son père et de son frère, même parfois de Matt.

— Mattie a déjà pris presque un kilo, lui avait-elle annoncé. Il a déjà tellement changé.

— À qui ressemble-t-il ? avait demandé Paul. Il a encore les cheveux bruns ou du même roux flamboyant que sa maman ?

— Toujours un petit Matt. J'aimerais que tu le voies. Que tu le prennes dans tes bras.

Et moi aussi.

— Il faudra que j'essaie de venir.

Il ne lui avait pas encore rendu visite et ne trahissait jamais le moindre désir à son endroit, ni même une pointe de nostalgie. Vanessa se sentait idiote, mais à quoi bon le nier ? Il lui manquait terriblement.

Alors que Melinda raccompagnait Vanessa, celle-ci aperçut la petite amie de son frère dans la salle d'attente.

— Brenda !

Elle alla l'embrasser.

— Si les consultations n'ont lieu que le mercredi, j'imagine qu'on a toutes les chances de rencontrer quelqu'un qu'on connaît, observa-t-elle en riant.

— J'imagine, répondit la jeune fille avec un haussement d'épaules gêné, les joues un peu colorées.

— Je dois voler au secours de mon père avant qu'il ne soit contraint d'affronter une couche sale. Il est avec le bébé chez Jack. On se revoit plus tard… Sans doute ce soir au dîner ?

— D'accord, fit Brenda. À plus tard.

Vanessa sortit en coup de vent et Brenda s'affaissa dans son fauteuil. La salle d'attente était l'ancien petit salon de la vieille maison et en avait conservé la décoration. D'épais rideaux de velours crème habillaient les fenêtres. Retenus par de larges embrases, ils restaient toujours ouverts. Un vieux sofa tendu de velours bourgogne était flanqué de deux bergères à oreilles aux pieds ouvragés. Le brocart jaune qui les recouvrait avait perdu son lustre depuis longtemps. Quelques fauteuils en rotin étaient disposés le long des murs de la pièce qui était rarement pleine. Seuls Melinda et le Dr Mullins recevaient les patients et, à moins d'un imprévu, les rendez-vous étaient toujours confortablement espacés.

Un coude sur le genou, Brenda cala le front dans sa main.

— Évidemment, il a fallu que je tombe sur Vanessa, murmura-t-elle. Pas de bol.

— Ne t'inquiète pas pour cela, fit Melinda. Allez, suis-moi.

— Mais c'est la sœur de Tom ! Et si elle me demande la raison de ma visite ?

— Brenda, il n'y aura aucun problème.

Melinda pénétra dans la salle de consultation. Tandis que Brenda restait debout près de la porte, elle remplaça le papier de protection sur la table d'examen. Puis elle tendit une blouse à sa patiente, et sortit son dossier qu'elle ouvrit.

— Donc, tu viens me voir à cause de règles abondantes…

— Oui, sauf que…

— Je sais, tout va bien de ce côté-là.

— En fait, fit Brenda, les yeux baissés, je voudrais prendre la pilule.

De l'index, Melinda lui releva le menton.

— Bien sûr, je sais. Mais si jamais Vanessa te demande la raison de ta venue, tu n'auras qu'à répondre que tu te faisais du souci à cause de tes règles abondantes, que je t'ai auscultée et que tout va bien. D'accord ?

— Vraiment ?

— Je ne parle jamais de mes patientes, lui assura Melinda. Secret médical oblige. Enfile cette blouse. Après l'examen de contrôle, nous discuterons de ce qui t'amène. Ne t'inquiète pas, tout va bien se passer.

— Ma mère n'est pas au courant. Elle pense que c'est à cause de mes règles.

— D'accord.

Sue Carpenter n'était pas née de la dernière pluie. Elle devait savoir *exactement* de quoi il retournait. Après tout, Tom et Brenda sortaient ensemble depuis la rentrée et il était évident que leur relation était sérieuse.

— Je reviens dans cinq minutes, dit Melinda.

Rares étaient les adolescentes de dix-sept ans capables de parler contraception sans éprouver de gêne, même avec la plus ouverte des mères. À son retour, Brenda était prête pour l'examen.

— Je vais faire un frottis de contrôle et, si tu n'y vois pas d'inconvénient, un test de dépistage des MST pour être sûre de ne pas passer à côté d'une infection. Devons-nous parler de pilule du lendemain ?

— Pardon ?

— As-tu eu récemment des rapports non protégés ?

— Non. En fait, Tom ne veut pas m'approcher tant que je n'ai pas ma propre contraception, même s'il a… vous comprenez…

— Des préservatifs ? suggéra Melinda.

— Oui. Il dit que ça ne suffit pas.

— Brave garçon.

Cette fille adorable, et élève douée promise à de brillantes études, avait été victime d'une agression sexuelle moins d'un an plus tôt, avant l'arrivée de Tom. Elle s'était rendue en cachette dans les bois à une fête arrosée avec quelques amis. Trois mois plus tard, elle avait découvert qu'elle était enceinte sans savoir comment c'était arrivé. Comme si le traumatisme n'était pas suffisant, Brenda avait souffert d'une infection aiguë à chlamydia qui avait pu contribuer à sa fausse couche spontanée.

Melinda pratiqua l'examen, fit quelques prélèvements pour analyse, puis délivra à l'adolescente des plaquettes de pilules pour trois mois et une ordonnance.

— Je te recommande de prendre soin de ta santé, Brenda. C'est un peu angoissant de demander ce genre d'aide à ton âge, j'en ai conscience. Mais mieux vaut prendre des précautions.

— Et si ma mère vous pose des questions sur cette consultation ?

— Je doute qu'elle le fasse, mais au cas où, je lui dirai que tout va bien.

— Ça suffira, vous croyez ?

— Si tu savais, ma grande. Je suis devenue très, très douée pour garder des secrets. Demande à Jack, ajouta-t-elle en riant. Tu peux commencer à prendre la pilule tout de suite, mais la protection ne sera efficace que d'ici une quinzaine de jours. Essaie d'y penser à la même heure tous les jours – juste avant de te coucher ou au saut du lit le matin. La fiabilité s'en trouvera accrue.

— Il va partir, vous savez, murmura Brenda à brûle-pourpoint. Juste après les examens, il part faire ses classes, et ensuite à West Point.

Melinda caressa doucement les cheveux soyeux de la jeune fille.

— Pour commencer, tu ne voudrais pas d'un autre petit ami que Tom. Et puis, ce n'est pas parce que tu prends la pilule que tu dois te sentir obligée de sauter le pas si tu n'es pas prête. Tu me suis ?

Brenda hocha la tête.

— Il reviendra pour les permissions et les vacances. Vous échangerez des tas de lettres – des lettres merveilleuses.

Nouveau hochement de tête.

— Des mails, rectifia Brenda.

— Il faut vivre avec son temps. Ces pilules sont un garde-fou, Brenda. Rien ne t'oblige à le laisser partir avec un souvenir. Surtout, pas de pression.

— Je comprends ce que vous voulez dire, répondit l'adolescente avec douceur. Mais Tom ne me mettrait jamais la pression. Et puis, je l'aime.

Melinda lui sourit.

— C'est merveilleux. Tom est un jeune homme exceptionnel. Et tu l'es tout autant. Ton corps t'appartient, ne l'oublie jamais.

Nikki Jorgensen se gara devant le ranch des Booth et appuya brièvement sur l'avertisseur avant de descendre. En entrant dans la maison, elle trouva Vanessa assise près de Mattie, allongé sur une courtepointe, entouré de jouets avec lesquels il était beaucoup trop petit pour s'amuser.

— Viens vite ! cria cette dernière. Il sourit !

Nikki jeta son sac à main sur un fauteuil et courut s'agenouiller en face de son amie. Toutes deux étaient si différentes

– Vanessa était une rousse sculpturale et Nikki une petite brune dont la longue chevelure raide tombait presque jusqu'à la taille, tel un fourreau. Vanessa était intrépide et sûre d'elle, Nikki du genre calme qui détestait le conflit. Cette dernière se plaisait à dire qu'au lycée, pendant qu'elle étudiait les dernières coiffures à la mode, Vanessa, en vraie fille de militaire, apprenait à vider une maison en six heures et à franchir comme un chef les douanes des pays étrangers.

Elles passèrent quelques minutes à gazouiller avec le bébé, puis Vanessa lâcha :

— J'ai hâte de dire à Paul qu'il sourit pour de vrai.

Cette phrase les plongea dans le silence.

— Tu as des nouvelles de lui ? finit par demander Nikki d'une voix douce.

Vanessa détourna les yeux et secoua la tête.

— Enfin, si, je l'appelle. Deux fois par semaine. Mais il ne m'a téléphoné qu'une fois.

— Oh, Vanessa ! murmura son amie, compatissante.

— Ce n'est pas grave. Il est sans doute soulagé de ne plus avoir d'obligation envers la veuve Rutledge…

— Je suis sûre que non, voyons, objecta Nikki.

— Il y a deux mois, jamais il ne me serait venu à l'esprit que je pourrais avoir des sentiments pour lui. Je veux dire, ce genre de sentiments. Je le considérais comme mon point d'ancrage, mon roc. Puis, peu à peu, il a commencé à signifier davantage à mes yeux. Depuis qu'il est parti… il me manque terriblement. Et pas juste parce que son amitié m'était d'un grand soutien.

— Qui pourrait t'attirer davantage que quelqu'un à qui Matt manque autant qu'à toi ? Qui aime le petit Mattie autant que Matt l'aimerait ? Et puis, ce n'est pas comme si tu venais de faire sa connaissance. Tu le connais mieux que quiconque. Tu n'as certainement pas à te demander quel genre d'homme c'est.

— J'ai juste un peu peur… Je ne suis pas sûre d'être prête à tourner la page.

— Vanessa, tu n'as pas à tourner la page. Et Paul non plus. Matt sera pour toujours dans votre cœur.

Vanessa gratifia son amie d'un sourire reconnaissant.

— C'est ce que je me disais ces derniers temps, avoua-t-elle. Ce n'est pas comme s'il fallait choisir, n'est-ce pas ?

— Pas du tout.

— Alors, comment ça va entre Craig et toi ?

Le sourire de Nikki s'évanouit.

— Toujours pareil. Je lui ai donné un ultimatum. On se fiance ou c'est terminé entre nous. Il n'arrête pas de me répéter qu'il a besoin de temps. Mais combien ? Ça fait cinq ans. Il sait que je veux fonder une famille et mon horloge biologique tourne.

Vanessa secoua la tête, sceptique.

— Il ne renoncera jamais à toi, assura-t-elle, mais au fond, elle craignait que Nikki ne le quitte jamais, même s'il ne lui offrait pas le dixième de ce qu'elle méritait.

Celle-ci redressa le menton avec défi.

— Ah oui ? Tu paries ?

— Nikki, tu es sérieuse cette fois ? Vraiment ?

Son amie caressa le pied de Mattie.

— Je n'ai pas envie d'arriver au bout de ma vie sans avoir au moins tenté cette aventure-là. C'est de l'égoïsme, sans doute, mais je veux tout. Et sur ce plan-là avec Craig, rien n'est négociable.

Paul était de retour à Grants Pass depuis un peu plus de six semaines et n'avait pas repris contact avec Terri comme promis. Lorsqu'elle vint le voir au travail et lui demanda s'il pouvait s'échapper un moment pour une conversation, il s'imagina que c'était pour cette raison.

À tort.

Il casa ses longues jambes dans l'habitacle exigu de la petite Toyota garée devant son bureau, puis demanda :

— Que se passe-t-il ?

Nerveuse, les larmes aux yeux, Terri lui avoua qu'elle était enceinte. Et qu'elle n'avait couché avec personne d'autre que lui.

— Enceinte ? répéta-t-il, abasourdi. Tu es *enceinte* ? Comment ça a pu arriver ? Tu m'as dit que tu prenais la pilule, et j'avais un préservatif.

— Je ne sais pas, geignit-elle en reniflant. C'est sans doute ma faute. Je suis désolée.

— Ta faute ? Comment ça ?

— Je n'avais pas de relation depuis si longtemps que j'ai été un peu négligente avec la pilule. Il m'est arrivé d'oublier de la prendre. Ton appel m'a prise de court. J'étais si heureuse d'avoir de tes nouvelles, je ne voulais pas laisser passer cette occasion de te revoir. Mais tu avais un préservatif, et j'étais sûre que tout irait bien… Je ne sais pas ce qui a pu se passer. Peut-être les pilules oubliées, ou ton préservatif, qui était défectueux… Je ne vois pas d'autre explication.

— Bon sang, quelle merde, maugréa Paul.

Il inspira un grand coup, s'efforçant de dominer la panique qui s'était emparée de lui, et prit la main de Terri.

— Bon, dis-moi ce dont tu as besoin.

— Un mariage serait envisageable ?

Même pas la peine d'y réfléchir. Il y avait quelqu'un d'autre. Depuis très, très longtemps.

— Voyons, Terri, on ne peut pas se marier. Comment tu nous appelais : des amis avec privilèges ? On est des adultes qui s'apprécient et se respectent. C'est beaucoup, et en même temps pas assez. Tu comptes pour moi, mais on n'entretient pas le genre de relation qui pourrait déboucher sur un mariage – et faire en sorte qu'il dure.

— Ça n'a rien à voir.

— On ne se connaît même pas vraiment.

— Assez pour que je sois enceinte.

— J'en conclus que tu as décidé de garder le bébé ?

— J'ai presque trente ans, s'énerva-t-elle. Évidemment que je le garde.

— D'accord, c'est bon…

Même si le bon sens lui soufflait que ce n'était pas raisonnable, Paul en était soulagé. Il avait beau ne pas vouloir la situation dans laquelle il se retrouvait, il ne souhaitait pas pour autant en arriver à cette extrémité.

— Je peux t'aider financièrement. Et faire de mon mieux pour te soutenir moralement. Je ne te laisserai pas tomber, je te le jure, Terri. Mais aller plus loin serait une erreur, pour toi comme pour moi.

— Pourquoi ? demanda-t-elle, les larmes aux yeux.

Il glissa le bras autour de ses épaules et l'attira contre lui autant que le permettait l'espace réduit.

— Pour des tas de raisons, à commencer par la conversation que nous avions eue avant qu'il se passe quoi que ce soit entre nous – nous n'étions ni l'un ni l'autre en quête d'une relation sérieuse. Nous nous sommes vus combien de fois en un an ? Trois ? Quatre ? Bon sang, je suis désolé, Terri, mais c'est arrivé parce que je ne savais plus où j'en étais et que tu as eu la gentillesse de me prêter une oreille attentive. Ça n'a rien d'une relation amoureuse.

— Qu'est-ce que tu en sais pour moi ?

— Nous nous sommes parlé une seule fois en six mois. Si tu éprouvais ce genre de sentiments, je ne m'en suis jamais douté. Terri, tu es formidable, continua-t-il en resserrant son étreinte, mais il n'empêche que nous sommes deux personnes capables de passer six mois sans se parler ni se voir.

Il secoua la tête.

— Je savais que cette soirée était une erreur. Je me suis trop ouvert à toi et tu t'es trop attachée. Ce sont mes problèmes et ta compassion qui nous ont menés là. Nous marier ne ferait que t'empêcher de trouver celui dont tu as vraiment besoin et, crois-moi, ce n'est pas moi.

— Mais qu'est-ce que je vais faire ?

« Et moi ? » se demanda-t-il égoïstement.

— À toi de décider. Je t'aiderai de mon mieux. Je suis désolé, mais tu mérites un mari qui t'aime autant que tu l'aimes.

— Mais je suis enceinte de toi ! s'exclama-t-elle, au désespoir.

— Je suis prêt à faire tout ce que je pourrai, Terri, sauf me marier. Ça ne durerait pas.

— Je serais un choix si terrible comme épouse ? souffla-t-elle, et sa détresse le remua.

Terri n'avait absolument rien à se reprocher. Le problème venait de lui. Il la trouvait séduisante, désirable, drôle et gentille. Voilà pourquoi il appréciait de la fréquenter à l'époque où Vanessa était mariée à son meilleur ami. Il était seul, elle était disponible. Une simple histoire de testostérone. Il aurait été plus simple pour lui de tomber amoureux d'elle, mais les sentiments ne se commandent pas. Quand il pensait à Vanessa, sa tension grimpait en flèche et son cœur s'emballait. Il se sentait envahi par la peur, le désir et un espoir ridicule. Terri, elle, ne lui inspirait qu'un sourire parce qu'elle était mignonne et sympa, et qu'elle le faisait rire. Il l'aimait bien, mais c'était de Vanessa dont il était fou. Pourquoi ? Il n'en savait rien. Il soupçonnait un mauvais sort qui le condamnait à convoiter un trésor inaccessible.

C'était injuste pour Terri, mais il n'y pouvait rien. L'appeler après le décès de Matt alors que Vanessa était la seule femme au monde avec qui il souhaitait être se révélait aujourd'hui une erreur fatale. Mais il avait si désespérément besoin de compréhension, d'amitié.

— Tu feras une épouse merveilleuse, quand tu auras trouvé l'homme qu'il te faut. Ce n'est pas moi, mais je ne me défilerai pas. Mon Dieu, Terri, si tu savais comme je suis désolé. Sincèrement.

Joe Benson dessinait des maisons pour Haggerty Construction depuis une dizaine d'années, et il s'inquiétait au sujet de son ami Paul. Ils s'étaient croisés sur deux chantiers et avaient bavardé devant une bière, mais Paul s'était montré évasif, distrait, morose. À la limite de la dépression. Pas étonnant, vu ce qu'il avait enduré avec le décès de Matt. Il donnait l'impression d'être une cocotte-minute au bord de l'explosion. Alors Joe fit ce que tout ami proche ferait en pareille situation : il le poussa à s'épancher. Il était temps que Paul vide son sac afin de pouvoir tourner la page.

Il lui donna rendez-vous dans un petit bar sombre et tranquille, un endroit où un homme pouvait se confier en toute discrétion. Il consulta sa montre plusieurs fois, se demandant si Paul n'allait pas lui poser un lapin. Il avait déjà commandé une bière et hésitait entre tenter de le joindre sur son portable ou laisser tomber quand Paul arriva d'un pas pesant, tête baissée. La douleur incarnée.

— Une Heineken, commanda-t-il au barman derrière le comptoir avant même de dire bonjour.

Joe prit son verre presque vide.

— Dis donc, ça n'a pas l'air d'être la grande forme, fit-il remarquer.

Paul garda le silence jusqu'à ce que sa bière arrive.

— Pas la grande forme, non, acquiesça-t-il après avoir bu une longue gorgée.

— Écoute, si tu veux, on peut en parler…

— Crois-moi, ce n'est pas une bonne idée.

— Les affaires, ça va ? risqua Joe, conscient de tourner autour du pot.

L'entreprise familiale de Paul était une bonne petite affaire qui proposait des constructions de qualité. Matt avait peut-être été le meilleur ami de Paul depuis l'enfance, mais Joe était le plus proche depuis l'opération Tempête du désert, quand ils avaient rejoint la même unité de réserve des marines. Ils avaient travaillé ensemble depuis et étaient retournés en Irak ensemble.

— Les affaires vont bien, répondit Paul. Ce n'est pas le problème.

— Ces derniers temps, tu n'es plus toi-même, mon vieux. Depuis Matt, tu as du mal à aller de l'avant. Il n'aurait pas voulu ça, tu sais.

— Je sais.

— Ça va peut-être au-delà de Matt, insista Joe. Tu donnes l'impression d'être en proie à un démon intérieur.

— Ah bon ? fit Paul avec un rire sans joie. Depuis quand tu es médium ?

Il avala une longue gorgée de bière.

— Tu veux qu'on prenne un peu de temps pour en discuter ? suggéra Joe. Parce que si tu continues à boire aussi vite, je ne vais pas pouvoir suivre.

Paul secoua la tête.

— Si tu savais comme j'ai merdé, Joe. Je me suis fourré dans un pétrin dont je ne vais pas pouvoir me sortir.

Joe le dévisagea un long moment, demanda une autre bière au barman, puis lâcha tout de go :

— Tu me fiches la frousse à parler comme ça, tu t'en rends compte ?

— Ouais. Tu devrais te trouver des gens moins perturbés pour boire un coup.

Après un silence, Paul se jeta à l'eau :

— J'ai mis une fille enceinte.

— Non, fit Joe, sidéré. Tu es trop intelligent pour ça.

Paul s'esclaffa.

— Il faut croire que non. Je devrais peut-être porter plainte contre le fabricant de préservatifs.

— La vache, pas de bol. C'est quelqu'un à qui tu tiens, j'espère.

— C'est une fille sympa, fit Paul avec un haussement d'épaules. Mais ce n'était pas… tu comprends… on n'était pas… Enfin bref, c'était juste une histoire d'un soir. Je la connais depuis un an environ, mais on n'est sortis ensemble que deux ou trois fois. Il n'y avait rien de sérieux entre nous…

— La vache, répéta Joe.

Paul continua sur sa lancée :

— Tout le temps que je suis resté à Virgin River, je ne lui ai pas parlé une seule fois – pour te dire à quel point ce n'était pas sérieux. Je suis revenu ici régulièrement, et pas une fois je ne lui ai téléphoné. Et elle non plus, du reste. Mais…

— Mais ?

— À mon retour de là-bas, j'étais tellement secoué que je l'ai appelée. Sans vraiment réfléchir. Tu devines la suite.

— Ouais, bougonna Joe. Et qu'est-ce que tu comptes faire ?

— Je n'ai pas vraiment le choix, non ? répondit Paul en secouant tristement la tête. Je vais prendre soin d'elle, de mon enfant. J'en ai envie, ajouta-t-il. C'est stupide, je sais. Je ferais probablement mieux d'essayer d'acheter ma tranquillité… Mais si je dois avoir un enfant, je tiens à assumer mon rôle. Je suis dingue, tu crois ?

Joe sourit.

— Je ne sais pas. Sans doute que non. Mais la mère ? Elle va se montrer coopérative, tu crois ?

— Je l'ignore. Elle veut que je l'épouse. Je ne peux pas. Le mariage, ce sera une seule fois, avec une fille que j'aimerais tellement que rien ne pourra m'en empêcher. Si j'épousais cette fille, ce serait lui faire encore plus de tort qu'elle n'en a déjà subi. Je suis incapable de feindre – pas lorsqu'il s'agit d'un engagement aussi important. Je serais le pire des maris. On ne se marie pas comme ça, sur un coup de tête.

— C'est une sacrée décision, qui t'engage pour longtemps. Tu es le seul à savoir si tu t'en sens capable. Dans le cas contraire, fais pour le mieux, lui conseilla Joe. Prends tes responsabilités et occupe-toi d'elle.

— Le problème, c'est que j'ai couché avec elle alors que j'en aime une autre. Comment ai-je pu ? Il faut être un pauvre type pour faire un truc pareil ! Qu'est-ce qui m'est passé par la tête ?

Joe tombait des nues. Paul, amoureux ? Bon, d'accord, les hommes n'ont pas pour habitude de se raconter leurs histoires de cœur, mais là, c'était la surprise totale. Il le connaissait depuis longtemps et savait qu'il avait eu très peu d'aventures. Même en opération à l'étranger, quand il y avait beaucoup de tension à évacuer, ce n'était pas son genre.

Le barman servit une autre bière à Paul qui l'entama aussitôt.

— Comment ça, tu en aimes une autre ? risqua Joe.

— J'ai le chic pour tout foutre en l'air…

— Tu es amoureux ?

— C'est mal, point final. Je n'avais pas le droit…

— Paul, réponds-moi à la fin ! Tu es *amoureux* ?

— Oui, de Vanessa. La femme de mon meilleur ami, tu imagines ? Et ça depuis toujours. Tu parles d'un meilleur ami. Mais je ne peux pas m'en empêcher.

Joe avala une lampée de bière. Il était prêt à aider Paul à se sortir d'à peu près n'importe quel mauvais plan, mais là il n'avait pas vu le coup venir. Pourquoi ? Sans doute parce qu'à sa place, lui aussi aurait soutenu jusqu'au bout la veuve dans l'épreuve.

— Eh ben, mon vieux, finit-il par murmurer. Quel bordel…

— Tu l'as dit. Tu n'as pas idée de la culpabilité que je ressens. J'ai tout fait pour me raisonner. Parfois, j'y réussissais presque. Je gardais mes distances. Parce que je pouvais parler à Matt sans problème. Mais dès que je voyais Vanessa, mon cœur était au bord de l'explosion… Bon sang.

Il se prit la tête entre les mains.

— Et maintenant, j'ai mis une autre enceinte. Dans le genre, difficile de faire pire, pas vrai ?

— Tu es sûr que cet enfant est de toi ? Si ça se trouve, tu n'es même pas le père.

— J'y ai pensé. Puis je me suis dit qu'il ne fallait pas rêver. Elle m'a affirmé qu'elle n'avait eu personne dans sa vie depuis un bon moment, d'où sa négligence avec la pilule. Et moi, je n'avais dans mon portefeuille qu'un vieux préservatif qui croyait ne jamais quitter son emballage. J'ai dû le percer rien qu'en m'asseyant dans mon pick-up. Non, je suis le père de cet enfant, c'est évident.

— Mais tu vas t'en assurer avant de lui ouvrir un compte épargne pour ses études, quand même ?

— Bien sûr. Mais, pour l'instant, je ne veux pas trop la brusquer. La pauvre est dans tous ses états. Elle n'arrête pas de pleurer. Si elle commence à penser que je vais la laisser tomber, qui sait de quoi elle serait capable. Je ne veux pas qu'elle décide d'avorter juste par peur que je me défile. Alors je vais partir du principe que ce bébé est de moi, hypothèse la plus probable de toute façon. Nous réglerons les détails plus tard.

— Et que comptes-tu faire au sujet de Vanessa ?

— Que veux-tu que je fasse ? Tu crois que ça l'aiderait si je lui avouais que je l'aime depuis toujours, mais que, pour finir, j'ai mis enceinte une fille que je connais à peine ?

Joe sourit malgré lui.

— Il faudrait qu'on retravaille un peu la formulation, observa-t-il. Mais arrête de te prendre la tête. Ce n'est pas comme si tu avais trompé Vanessa.

— Pourquoi est-ce que c'est l'impression que j'ai, alors ?

— Parce qu'entre la culpabilité et le regret, tu ne sais plus où tu en es, c'est tout. Pour commencer, tu dois arrêter de t'en vouloir pour Matt. Tes sentiments pour Vanessa n'ont jamais interféré dans leur couple ou dans votre amitié.

— Même si je n'ai aucune chance avec Vanessa, je dois lui avouer mes sentiments, articula Paul. Mais la disparition de Matt est encore trop récente. Tu dois me croire, je n'ai jamais souhaité qu'il lui arrive malheur.

— Bien sûr que non. Mais cette histoire avec Vanessa ? Tu te dois à toi-même de savoir où tu en es avant de risquer tous ces ennuis.

Paul baissa la tête.

— C'est vrai. Je suis sûr qu'elle va s'empresser de me tourner le dos, emballé c'est pesé.

— Là encore, tu ne peux pas savoir, fit remarquer Joe. Si ça se trouve, la situation tournera à ton avantage pour une fois. Auquel cas, juste après qu'elle aura dit « moi aussi, je t'aime », tu devras ajouter « je vais être bientôt père ». Pas une mince affaire.

Joe laissa échapper un rire sans joie.

— Ça va faire mal. À mon avis, mon vieux, tu es foutu. Dans un sens comme dans l'autre.

Paul lui jeta un coup d'œil.

— Il va me falloir beaucoup d'autres bières.

2

Chargé du respect de l'ordre à Virgin River, Mike Valenzuela passait une grande partie de son temps à parcourir les petites routes des environs, histoire de se familiariser avec la configuration des lieux, les gens, les véhicules. Une technique imparable pour repérer les détails inhabituels.

Il descendit de sa Jeep et s'enfonça entre les arbres et les broussailles en toute discrétion. Il arriva en vue d'une caravane flanquée d'un petit hangar métallique qu'il surveillait depuis un moment. Le groupe électrogène dissimulé entre les deux et le filet de camouflage tendu au-dessus des toits entre les arbres laissaient à penser qu'il s'agissait d'une plantation clandestine de cannabis. Il n'avait cependant jamais remarqué une quelconque activité alentour. Il préféra toutefois rester à distance – certaines installations étaient parfois piégées.

Cette fois, il eut la chance d'apercevoir un véhicule qui s'en allait. Un 4 × 4 Ford noir aux vitres teintées. Son propriétaire était connu dans la région pour être un trafiquant ; les grosses coupures dont son portefeuille était bourré sentaient la marijuana fraîchement coupée. Peu après son arrivée à Virgin River, Melinda avait été contrainte de le suivre jusqu'à une caravane au milieu des bois, une autre installation clandestine semblable à celle-ci, pour aider une femme dont l'accouchement se présentait mal. Quelque temps plus tard, alors que la femme de Vic, le cuistot du grill, avait été enlevée par son ex-mari violent, l'intervention de ce type avait facilité sa libération. Plus déroutant encore, Mike l'avait surpris en conciliabule au milieu des bois avec un inspecteur du bureau du Shérif. L'endroit n'avait sans doute pas été choisi au hasard. Virgin River avait la réputation d'être tranquille côté drogue, et, à sa connaissance, il n'y avait pas un seul trafiquant à proximité.

Mike décida d'aller jeter un coup d'œil à la caravane. La relation de ce type avec un policier l'intriguait et il voulait savoir de quoi il retournait. Arrivé à moins de dix mètres, il remarqua que le cadenas sur la porte était ouvert. Plutôt négligent, se dit-il. Il progressa à pas lents et précautionneux, à l'affût d'un déclic, de la tension d'un fil de détente. En règle générale, les trafiquants, s'ils tiennent à protéger leurs cultures de la concurrence, n'ont aucune envie de faire des victimes parmi les forces de l'ordre, pas même un modeste représentant de la loi à titre officieux tel que lui.

Mais là, pas la moindre petite installation dissuasive. Mike ôta le cadenas et ouvrit doucement la porte. L'endroit était presque vide. Il y avait quelques plants de taille moyenne près de la porte, si peu que leur culture serait légale sur prescription médicale avec un permis. En revanche, tout l'équipement nécessaire à une culture d'envergure était là : pots, tuyaux d'irrigation, lampes, fertilisants. Ce type avait acheté tout ce qu'il fallait pour une opération à grande échelle, sauf qu'il n'y avait pas de culture. Bizarre.

Soudain, le déclic se fit. L'homme était soit un agent infiltré appartenant à la brigade des stups, soit un informateur. Il fallait du temps pour ne serait-ce que saluer les autres planteurs, et même en cas de relation amicale, ils ne se montraient jamais leurs planques. Ils se repéraient à la quincaillerie, chez le pépiniériste lorsqu'ils chargeaient par sacs entiers du fumier de fiente de poule à l'arrière de leurs pick-up, mais ne s'invitaient pas à dîner pour autant.

Autre réalité dont il fallait tenir compte : du fait de leurs budgets et effectifs limités, les forces de l'ordre n'arrivaient pas à suivre le rythme des cultures clandestines. Elles laissaient filer beaucoup de petites affaires mineures qui leur faisaient perdre un temps précieux pour se concentrer sur les gros poissons – plus de mille plants pour une condamnation, et au moins dix mille pour l'ouverture d'un procès devant un tribunal fédéral.

Alors ce type qui se fondait dans le paysage depuis un moment, essayant de se faire passer pour un trafiquant… il était sans aucun doute sur une piste. Mike sortit de la caravane et balaya les environs d'un œil circonspect. Puis il posa les yeux sur le cadenas. C'était à l'évidence un oubli de sa part. S'il ne craignait de compromettre sa mission, il irait le trouver, lui dirait qu'il avait compris et lui conseillerait de se montrer plus prudent. Pour l'heure, il se contenta d'enlever le cadenas qu'il glissa dans sa poche.

Les yeux rivés sur sa tasse de café, Paul attendait dans un petit restaurant italien de Grants Pass. Il leva la tête à l'arrivée de Terri. Lorsque leurs regards se croisèrent, il sourit et se leva, un peu gêné, imaginant sa jolie silhouette bientôt épanouie par la maternité. Mais il avait beau la trouver séduisante et adorable, son cœur ne s'emballait pas comme avec Vanessa. Rien à voir avec l'alchimie explosive qui existait entre eux.

Il lui tira sa chaise.

— Tout va bien ? s'enquit-elle, un peu tendue.

— Oui, tout va bien. Nous n'avons pas parlé depuis la semaine dernière. Je m'en excuse. J'aurais dû t'appeler plus tôt.

— Ce n'est pas grave. Que se passe-t-il ?

— Je me suis dit que nous devrions avoir une conversation. La dernière fois, le choc et les larmes nous ont empêchés de régler quoi que ce soit. Cela dit, je ne vois pas comment il aurait pu en être autrement, ajouta-t-il en lui tapotant la main par-dessus la table.

— Régler ?

— Tu ne m'as pas vraiment expliqué ce que, à ton avis, je pouvais faire pour toi.

— Je viens juste d'apprendre ma grossesse, je n'ai pas eu vraiment le temps d'y réfléchir. De toute façon, le scénario que j'espérais ne se réalisera pas.

Paul garda le silence, peu désireux de reprendre cette discussion. Mais il baissa les yeux, mal à l'aise. Même si, comme il le craignait, sa relation avec Vanessa ne débouchait sur rien, il n'éprouvait pas pour Terri la passion qui, selon lui, constituait l'indispensable préambule à un mariage.

— Je veux parler de couverture sociale, de soutien financier.

— J'ai un bon emploi, Paul. Je serai couverte pendant ma grossesse par l'assurance maladie, même si je n'ai pas encore prévenu mon patron. Mais je ne crois pas que ce soit le genre d'aide dont j'aie besoin.

— Comment te sens-tu physiquement ?

— Bien, assura-t-elle. En pleine forme.

Un serveur leur tendit les menus, prit la commande de boissons et s'éclipsa.

— Choisis ce que tu veux, Terri.

— Pour être franche, je n'ai pas très faim.

— Tu dois manger pour deux.

Il lui sourit avec gentillesse.

— Écoute, moi aussi, je suis un peu nerveux. Si nous voulons que ça marche, il va falloir essayer de prendre sur nous.

— D'accord, murmura Terri qui se plongea dans son menu.

Paul ne voyait pas son visage, mais un mouvement derrière le menu lui suggéra qu'elle se tamponnait les yeux.

— Je vais juste prendre une salade, dit-elle au serveur qui revenait avec une eau minérale et un thé.

— Et moi, les lasagnes. Avec du pain, s'il vous plaît. Et apportez aussi un minestrone avec la salade. Ne t'inquiète pas, Terri, fit-il, rassurant, après le départ du serveur. Ça va s'arranger.

— Je ne vois pas comment.

— Tu l'as annoncé à tes parents ?

Elle baissa les yeux.

— À ma mère. Mes parents sont divorcés et je n'ai plus vraiment de contact avec mon père. Elle aimerait bien te rencontrer un de ces jours, ajouta-t-elle en lui glissant un regard timide.

Paul se cala contre le dossier de sa chaise.

— Bien sûr. Quand nous y verrons un peu plus clair, d'accord ?

Terri hocha la tête en silence. Elle n'avait plus rien du feu follet qu'il avait rencontré un an plus tôt. Elle avait perdu son entrain, se montrait empruntée et soumise. Il ne la connaissait pas beaucoup, mais à cet instant, c'était comme s'il ne la connaissait pas du tout. De toute évidence, elle accusait le coup et il ne s'en voulait que davantage.

— Et toi, tu as prévenu tes parents ? s'enquit-elle.

— Pas encore. Je crois que je vais attendre un peu.

— Ils vont flipper ?

Il laissa échapper un rire bref.

— Oh, ce sera une surprise, sans aucun doute ! En fait, je devrais peut-être rafraîchir mes connaissances en techniques de réanimation.

— C'est à ce point-là ? s'inquiéta Terri.

Paul lui prit la main.

— Ne t'inquiète pas. Mes parents sont des gens bien. Ils ne te causeront aucun ennui. Même s'ils sont très déçus par moi, ils vous considéreront, ton enfant et toi, avec gentillesse et respect.

— Notre enfant, corrigea-t-elle après un silence.

Il ne releva pas. Pour l'instant, il n'en était pas encore là. Dans sa tête, c'était *son* bébé, pas le *leur*.

— Tu as vu un médecin ?

— Juste une fois. Pour confirmer ce que je savais déjà. La grossesse n'est pas encore très avancée, tu sais.

Oh, que oui, il le savait !

— Et la naissance est prévue pour…

— Novembre. Le vingt.

— Tu es contente de ton médecin ?

— Ça va, répondit Terri avec un haussement d'épaules. Elle m'a été recommandée.

Au grand soulagement de Paul, leurs plats arrivèrent. Il attendit qu'elle avale quelques bouchées avant de toucher à ses lasagnes, comme pour s'assurer qu'elle mangeait. Au bout de quelques minutes d'un silence pesant, il sortit de sa poche de chemise une carte de visite qu'il glissa vers elle sur la table.

— Tiens, ce sont mes numéros de téléphone, domicile, travail et portable. J'ai ton numéro personnel, mais je ne sais pas où tu travailles. Tu es secrétaire, c'est ça ?

— Secrétaire juridique. J'envisage de m'inscrire à une formation d'assistante.

— C'est formidable.

— Enfin, je l'envisageais avant…

Il appréciait qu'elle ait des objectifs pour elle-même, un but à atteindre. Et puis, ce serait un moyen d'augmenter ses revenus, un atout non négligeable pour une mère célibataire.

— Écoute, il est difficile de faire des projets à long terme quand c'est déjà compliqué à court terme, mais si c'est une idée qui te tient à cœur, surtout n'y renonce pas. Les choses finissent toujours par s'arranger. Tu serais surprise de découvrir à quel point.

— Pour l'instant, j'ai un peu de mal à y voir clair.

— Qu'est-ce qui te préoccupe prioritairement ?

— Eh bien, j'habite un deux-pièces à l'étage. Un bel appartement, tu le sais. Les femmes célibataires préfèrent les étages, c'est plus sûr. Il y a moins de risques d'effraction. Mais pour une mère seule, c'est sans doute moins pratique. En outre, les bébés ont besoin de beaucoup de matériel.

Poussette, sac à langer, siège auto, lit pliant… Pendant des années, il avait vu ses frères débarquer chez leurs parents chargés comme des baudets. L'escalier de son immeuble était raide. Elle devrait plutôt vivre dans une maison, songea-t-il. Dans un quartier sûr et tranquille. Il sentit son mal de crâne revenir.

— Je n'ai pas d'économies, continua-t-elle. Je gagne bien ma vie, mais mon salaire n'est pas mirifique non plus. Le cabinet me paie un congé maternité de six semaines, plus un congé sans solde supplémentaire de six mois si je le souhaite. J'ai déjà le sentiment que six semaines, ce sera trop court. Et ensuite, il faudra faire garder le bébé. Je ne l'ai même pas encore senti bouger que je m'inquiète déjà de le laisser à une inconnue.

Paul lui sourit.

— Essaie de ne pas te prendre la tête pour l'instant, Terri. Il ne faut pas que ça t'empêche de dormir. Je serai là pour te soutenir.

— Comment ça ?

— Eh bien, financièrement et, je l'espère, en te donnant un coup de main.

— Tu veux qu'on partage les frais de garde ?

— Non, je veux t'épauler concrètement.

— Tu as l'intention de coller le bébé à ta mère ?

— Je m'en sors plutôt bien avec les bébés. Je pensais m'en occuper un peu moi-même.

— Oh ! souffla-t-elle, surprise. Merci. C'est gentil de ta part.

« Gentil de ma part », se répéta-t-il, honteux. Elle lui parlait comme si elle s'attendait à devoir se débrouiller seule puisqu'il refusait de l'épouser. Il en rougit presque.

— Je te l'ai dit, je ne te laisserai pas tomber. Y a-t-il quelque chose que je puisse faire pour t'aider dès maintenant ?

— À vrai dire, que tu montres un peu d'intérêt m'est déjà d'une grande aide. Un soutien moral, répondit-elle avec un sourire, le premier depuis leur arrivée, même s'il était un peu crispé.

— Écoute, Terri, les raisons de sourire te semblent peut-être peu nombreuses pour l'instant. Mais sache que je suis sincère, je tiens à t'aider. Et ce serait plus facile si tu me disais ce dont tu as besoin.

— Maintenant ? Je veux que mon enfant ait un père. Un bon père. Quelqu'un qui se sente concerné.

— Crois-moi, je me sens concerné. Je ne suis pas très doué avec les mots, et le choc de la nouvelle m'a peut-être empêché de te prodiguer le réconfort que tu étais en droit d'attendre, ce dont je suis désolé. Mais je persiste à croire que ce serait une erreur de vouloir transformer une belle amitié en mariage. Cela dit, nous allons avoir un enfant et je suis prêt à assumer ma part de responsabilités envers lui. À vie. Tu peux être tranquille de ce côté-là.

— Et tes parents, que vont-ils en penser ?

— La même chose que moi. Terri, j'ai trente-six ans. J'ai passé l'âge de quémander l'approbation de mes parents. Il va falloir trouver le moyen de collaborer. Le bien-être de cet enfant doit passer avant tout.

Elle soupira, les larmes aux yeux.

— Jamais je n'aurais cru que tu agirais ainsi. Je pensais que tu disparaîtrais ou que tu nierais la paternité. Tu es un homme bien, Paul.

« Si j'étais un homme bien, tu ne serais pas enceinte », eut-il envie de lui rétorquer.

— Je suis loin d'être parfait, mais je vais faire de mon mieux, assura-t-il.

— Merci. Tu n'imagines pas à quel point ça compte pour moi.

Le déjeuner achevé, il raccompagna Terri à sa voiture, et elle l'étreignit.

— De te savoir si proche, c'est très rassurant. Je pensais ne plus jamais entendre parler de toi. Parfois, je me sens si seule. Je n'ai peut-être pas de mari, mais j'ai au moins l'impression d'avoir un compagnon. Merci, Paul.

— Euh… Je t'en prie. Ne t'en fais pas, nous allons nous organiser au mieux.

Les bras toujours noués autour de sa taille, elle leva vers lui ses grands yeux tristes.

— Je pourrais peut-être t'inviter à dîner ce week-end et…

Il fit non de la tête avant même qu'elle ait achevé sa phrase.

— Terri, nous allons être parents, mais la relation qui était la nôtre n'est plus possible. Ça ne ferait que compliquer davantage une situation qui l'est déjà suffisamment.

Le visage de la jeune femme s'assombrit. Elle baissa les yeux.

— Je vois.

Glissant l'index sous son menton, il lui releva la tête et plongea son regard dans le sien.

— Nous sommes dans le même bateau, mais nous ne sommes pas pour autant un couple. Nous ne l'avons jamais été.

Elle inspira un grand coup.

— Si je dois porter cet enfant, ce ne serait pas désagréable de recevoir aussi un peu d'affection.

Il déposa un baiser léger sur son front.

— D'accord. En tant que mère de mon enfant.

— Tu es absolument certain que rien ne pourra exister entre nous ? Avec ce bébé que nous allons avoir ensemble ?

— Si ç'avait dû être le cas, ce serait déjà fait. Mais nous pouvons être de bons amis, de bons parents. Nous allons nous y employer, d'accord ?

— D'accord, acquiesça-t-elle avec un sourire malheureux. C'est déjà ça, je suppose.

— Je suis désolé, Terri, mais je n'ai pas davantage à offrir.

Elle laissa retomber les bras le long de ses flancs.

— Je vais devoir me contenter de cela, conclut-elle.

« Et si elle m'enlève mon enfant ? se demanda Paul soudain pour la première fois. Si elle se trouve un mari qui endosse le rôle de père ? Et si je deviens un obstacle ? » Il décida de se renseigner sur ce genre de situation et les moyens d'action dont il disposerait.

— Je t'appelle, dit-il en lui pressant amicalement l'épaule.

Vanessa avait étalé presque toute sa garde-robe sur son lit. Désireuse d'apparaître sous son meilleur jour, elle s'efforçait de décider quels vêtements emporter à Grants Pass pour rendre visite aux parents de Matt. Elle avait demandé à Carol, sa belle-mère, si cela ne l'ennuyait pas d'inviter Paul à dîner. Elle ne l'avait pas revu depuis son départ de Virgin River et avait très envie de retenir son attention. Mais lorsqu'elle regarda son reflet dans le miroir, elle vit une taille encore trop épaisse, une poitrine trop lourde et des cuisses qui ressemblaient à des troncs d'arbre. Elle ne rentrait dans aucun de ses vêtements d'avant et il était hors de question qu'elle se rabatte sur des tenues de maternité. Mattie avait presque deux mois !

Vanessa avait toujours été si pleine d'assurance. Sa mère la traitait de petite bagarreuse, son père de sauvageonne indomptable. Au travail, ses amies la décrivaient comme une extravertie intrépide et comptaient sur elle pour gérer les situations difficiles avec les pilotes et les passagers. Quant à Matt, il la surnommait sa lionne aux cheveux de feu.

Avec Carol, toutefois, elle perdait un peu de sa superbe. Sa belle-mère était parfaite, élégante, sûre d'elle à un point inimaginable. Les deux femmes semblaient en désaccord sur tout, et Carol parvenait toujours à ses fins en affichant son sourire le plus engageant. C'était peut-être la seule femme au monde à qui Vanessa avait du mal à tenir tête. Et maintenant, pour couronner le tout, voilà qu'elle se trouvait *grosse*.

Contrariée, Vanessa enfila un jean à taille élastique et ses bottes de cheval. Elle trouva son père dans la grande pièce à vivre.

— Salut, papa. Mattie devrait dormir encore une heure ou deux. Peux-tu le surveiller pendant que je fais un tour à cheval ? Je ne serai pas longue.

— Prends ton temps, répondit-il, levant à peine les yeux de son livre.

— Merci.

Au moins avait-elle de nouveau le droit de monter. L'exercice physique et le splendide temps printanier devraient lui faire du bien au moral. En pénétrant dans les écuries, elle remarqua que la porte de la sellerie était entrouverte et entendit comme un chuintement. Poussant le battant, elle découvrit son frère, Tom, assis sur le banc, occupé à feuilleter un livre.

— Qu'est-ce que tu fais ?

Il sursauta, referma vivement le livre et le cacha dans son dos. Les joues en feu, il donnait l'impression de vouloir rentrer sous terre. Vanessa s'approcha de lui et lui prit le livre. *Les Joies du sexe.*

— C'est le mien ? demanda-t-elle.

Il haussa les épaules.

— C'est le *mien* !

— Allez, Vanessa, sois sympa…

— Où l'as-tu trouvé ?

— Papa m'a demandé de nettoyer le garage.

— Mais il était sûrement rangé dans mes affaires, observa-t-elle. Tu ne t'en sers quand même pas pour… enfin… tu vois ce que je veux dire ?

— Quoi donc ?

Il plissa le front, perplexe, puis le déclic se fit.
— Mais non, voyons ! Bien sûr que non !
— Alors qu'est-ce que tu fabriques avec ?
— Je m'instruis, c'est tout.
Elle feuilleta le livre. C'était un manuel d'éducation sexuelle qui commençait à dater, mais était plutôt explicite.
— Vous n'avez pas assez de joie, Brenda et toi ?
Tom se renfrogna. Parfois, il lui arrivait de détester sa sœur.
— Non, si tu tiens à le savoir.
— Elle t'a suggéré quelques devoirs à la maison ?
— Vanessa, on n'a encore rien fait, d'accord ?
Elle leva la tête, étonnée.
— C'est vrai ? fit-elle avec un sourire narquois.
Là, c'était sûr. Il la détestait.
— Oui, c'est vrai.
— Tu es encore puceau ?
— Laisse tomber, tu veux ?
Ainsi donc, son frère n'avait pas encore sauté le pas à dix-huit ans ? Quel exploit, songea-t-elle. Soit il n'était pas aussi motivé que la plupart des garçons de son âge, soit il était extraordinairement bien élevé. Soudain, elle eut une illumination. Son père et elle seraient à Grants Pass avec le bébé pour le week-end.
— Oh oh !...
— Ne commence pas, la mit-il en garde.
— Tu as prévu de l'animation ce week-end ?
Il se prit la tête entre les mains.
— Mince alors, si seulement j'avais un grand frère...
— Je présume que tu vas prendre tes précautions ?
— Je te jure que si jamais tu en parles à qui que ce soit, surtout à...
— Tu vas prendre tes précautions ? insista-t-elle.
Tom lui adressa un regard presque suffisant.

— D'après toi ? Le fils du général possède-t-il toutes les réponses en matière de responsabilité sexuelle ? A-t-il un tiroir plein de préservatifs, ainsi que la documentation intégrale sur le contrôle des naissances à la disposition de l'armée américaine tout entière ? Connaît-il tous les détails sur les MST ? On a le même père, non ? Alors lâche-moi un peu, tu veux !

Il avait raison. Leur père avait dû aborder ces questions avec lui dès l'âge de trois ans.

— C'est bon, j'ai compris.

Elle ouvrit le livre à un chapitre et le lui rendit.

— Lis cette page. Apprends-la même par cœur. Je vais faire une balade.

Elle sella l'un des chevaux et partit faire un tour sur le sentier qui longeait la rivière. Depuis combien de temps n'avait-elle pas savouré à l'avance le plaisir de faire l'amour ? Matt était parti depuis presque un an et n'était pas revenu. Elle enviait Tom et était franchement étonnée qu'il soit encore vierge.

Quoi qu'il en soit, si son frère comptait sauter le pas avec Brenda, elle espérait qu'au moins il s'en sortirait bien. En ce qui la concernait, sa première fois avait été assez lamentable. Peut-être que Brenda aurait plus de chance – la page qu'elle avait conseillée à Tom de lire dévoilait tous les mystères du clitoris.

Carol et Lance Rutledge étaient venus deux fois à Virgin River ces derniers mois. La première, fin décembre pour l'inhumation de leur fils unique dans la propriété du général. Une épreuve d'autant plus douloureuse qu'ils n'avaient pas eu leur mot à dire quant au lieu de sa sépulture, et Carol avait accueilli avec une colère rentrée ces décisions qu'elle suspectait Vanessa d'avoir prises seule.

Puis les Rutledge étaient revenus juste après la naissance de leur premier petit-fils. Ces visites avaient été tendues, même si

Carol s'était un peu radoucie avec le bébé. Il y avait des limites, toutefois – la grand-mère très chic et encore séduisante avait poussé les hauts cris quand Mattie avait eu un renvoi de lait caillé sur son élégant chemisier en soie.

Le petit Mattie ayant presque deux mois, c'était au tour de Vanessa et de Walt de se rendre à Grants Pass. Vanessa avait toujours détesté ces visites, même du vivant de son mari. Lance Rutledge était un homme facile à vivre et flegmatique. Matt et lui passaient beaucoup de temps ensemble et ne prêtaient pas attention à la discorde qui régnait entre les deux femmes.

Vanessa n'était pas la seule à avoir du mal à s'entendre avec Carol. Matt et elle s'amusaient de son attitude envers Paul, à qui elle reprochait d'avoir convaincu son fils d'abandonner ses études universitaires pour s'engager dans les marines. Paul avait ensuite repris ses études et décroché un diplôme d'ingénieur en bâtiment, tandis que Matt rempilait à l'armée.

Perchée sur une colline au bout d'une longue allée carrossable, la maison des Rutledge était bien trop grande pour deux personnes. Lance était orthodontiste, et Carol, agent immobilier depuis des années à Grants Pass, était un personnage très influent dans la communauté économique de la ville. Forts de leur réussite professionnelle, ils auraient pu aspirer à une retraite bien méritée, mais tous deux aimaient trop leur métier et les mondanités qui allaient avec.

Carol Rutledge ne faisait pas son âge. Mince, en excellente forme physique, elle avait une abondante chevelure auburn qu'elle portait courte, des ongles manucurés, une garde-robe à tomber et, quoique ce fût censé être un secret, elle s'était offert un lifting si bien qu'on lui donnait plutôt cinquante ans que soixante. Avant sa grossesse, Vanessa se considérait sur un pied d'égalité avec elle. Mais en ce moment, avec sa poitrine qui tendait ses chemisiers, ses hanches trop larges et ses ongles taillés court, elle se sentait mal dans sa peau et n'avait pas l'impression d'être à la hauteur.

À leur arrivée, Lance prit aussitôt Mattie dans ses bras pour le câliner, tandis que Carol se tenait près de lui, se contentant de tapoter le dos du bébé de temps en temps. Vanessa déambula dans la maison, spacieuse et décorée avec goût. Pour finir, elle alla jeter un coup d'œil dans la chambre que Matt occupait adolescent. Tous ses souvenirs étaient là : photos, distinctions sportives, trophées, posters, maquettes d'avions. La pièce n'avait pas été préservée, mais reconstituée, un peu comme un lieu de pèlerinage. Un petit portrait encadré du bébé était posé sur la commode, comme si Matt allait revenir sous peu. Vanessa en eut les larmes aux yeux.

Ce soir-là, tandis que Lance faisait griller des steaks sur le barbecue avec Walt et les deux femmes pour lui tenir compagnie sur la terrasse, Vanessa apprit que Carol lui réservait une surprise.

— J'ai prévu un autre invité au dîner de demain soir. Un ami à nous – un jeune médecin dont j'ai fait la connaissance par mon travail. Il s'appelle Cameron et c'est un amour.

— Carol, vous n'essayez pas de me caser, j'espère ?

— Bien sûr que non ! Mais, à mon avis, il n'est pas trop tôt pour rencontrer quelqu'un. Si vous vous entendez, peut-être qu'un jour…

— Elle essaie de te caser, confirma Lance.

— C'est bien ce qui me semble, approuva Walt.

— Par pitié, soupira Vanessa, l'air malheureux.

— Arrêtez, tous autant que vous êtes, trancha Carol. Nous avons déjà invité Cameron à dîner. C'est un garçon charmant qui me plaît, voilà tout.

— Mais, Carol, il y aura aussi Paul.

— Je sais, ma chérie. Je suis sûre qu'ils s'entendront très bien. Si Matt était ici avec nous, il adorerait Cameron, j'en suis certaine.

Quelle maestria, songea Vanessa. Sa belle-mère n'avait pas son pareil pour la faire culpabiliser, comme si Matt avait voulu qu'elle rencontre ce Cameron. Engoncée dans ses vêtements, elle se sentit soudain encore plus mal à l'aise. Demain, il lui faudrait affronter non seulement le regard de Paul, mais celui d'un inconnu. Avec Carol, elle s'attendait à tout, mais là, c'était le bouquet : une jeune veuve avec un bébé de deux mois et deux célibataires à un dîner.

— Nous devrions parler de ce que tu comptes faire ensuite, reprit Carol de sa voix suave. Si tu t'intéresses ne serait-ce qu'un peu à l'immobilier, je pourrais te faire entrer dans notre agence. Tu aurais des horaires flexibles pour le bébé. Le marché est favorable en ce moment, ce serait un début de carrière prometteur. Tu travaillerais à mes côtés le temps que tu t'aguerrisses.

Vanessa aurait préféré qu'on lui plante une hache dans le crâne plutôt que de travailler jour après jour avec sa belle-mère.

— Euh… l'immobilier ne m'attire guère, j'en ai peur.

— Tu ne peux pas envisager de reprendre ton ancien métier, insista Carol. Sincèrement, je pourrais t'aider. Essaie au moins.

— Merci. Il est encore trop tôt pour y réfléchir. Mais je vous tiendrai au courant.

Carol lui tapota le genou avec un sourire.

— C'est bien.

Décidément, se dit Vanessa, elle ne comprendrait jamais sa belle-mère. Elle semblait essayer de faire son possible pour l'aider, mais en définitive balayait chaque « non, merci » d'un revers de main et agissait à sa guise. Cette manie qu'elle avait de se mêler de tout avait fait de son mariage un cauchemar. À l'époque, la mère de Vanessa était décédée depuis peu et Carol avait voulu assumer son rôle. Finalement, elle avait pris le pouvoir. Elle n'aimait pas la couleur des robes des demoiselles d'honneur – elle préférait le corail au vert pâle. En arrachant l'accord des demoiselles d'honneur et en payant pour un modèle à son goût, elle pensait avoir résolu le problème. Sauf que Vanessa trouvait les nouvelles robes hideuses. Quand elle en avait appelé à Matt, il avait demandé où était le problème. « C'est joli et les filles aiment bien », avait-il fait remarquer.

— Peut-être, mais cette couleur jure avec mes cheveux ! avait-elle déclaré, au bord des larmes. Tu imagines sur les photos…

Il avait plaidé la cause de sa mère en soldat de la paix.

— Écoute, elle n'a pas de fille. Pourquoi ne pas céder sur quelques détails ?

Vanessa avait donc cédé. Et Carol avait changé les lis calla, sa fleur favorite, en roses blanches et gypsophile. Elle avait ajouté une centaine de noms à sa liste d'invités et organisé la réception d'une poigne de fer, menant à la baguette les traiteurs et fleuristes tel un pharaon de l'Égypte antique.

— Essaie de ne pas te prendre la tête avec des bagatelles, lui avait conseillé Matt. Franchement, elle veut juste aider. Elle tient à ce que tout soit parfait.

Vanessa s'était retrouvée prise entre deux feux, position ô combien inconfortable, condamnée à se disputer soit avec son futur mari, soit avec sa future belle-mère.

Le lendemain soir, le fameux Cameron arriva une bonne demi-heure avant Paul pour l'apéritif. Soupçonnant une nouvelle manœuvre de Carol, Vanessa était plus que méfiante au sujet du « garçon charmant » qu'elle lui réservait.

Mais l'homme qui se présenta n'avait absolument aucune excuse pour être encore célibataire à trente-cinq ans. Il était si séduisant qu'une femme ne pouvait que tomber en pâmoison devant lui. Subtilement musclé, il était habillé comme dans une annonce pour *GQ*. Un mètre quatre-vingts, d'épais cheveux bruns et des sourcils expressifs, il avait un sourire à fossettes et des dents d'une telle blancheur qu'on en avait presque le souffle coupé quand il souriait. Et il sourit jusqu'aux oreilles quand on lui présenta Vanessa.

— Vous êtes médecin, m'a dit ma belle-mère.

— Pédiatre.

Décidément, Carol s'était surpassée. Qu'y avait-il de plus sexy qu'un homme craquant qui adorait les enfants ?

— Vous n'avez pas d'enfants ?

— Le temps m'a manqué. Et maintenant que j'en ai, les femmes qui pourraient me plaire semblent toutes déjà prises. Mais j'ai encore le temps d'avoir des enfants. Vous ne pensez pas ?

Sourire ultrabright.

Oh, que si ! songea Vanessa. Et il serait sûrement très doué pour les faire, aucun doute là-dessus.

Carol les dirigea vers une paire de fauteuils confortables séparés par une petite table basse. Après les présentations, Lance et Walt regagnèrent la terrasse afin que le couple improvisé – ha ! – puisse faire plus ample connaissance tranquillement. Carol leur servit à boire, puis les laissa en tête à tête, prétextant qu'elle avait à faire à la cuisine.

Vanessa bavarda donc avec Cameron Michaels, et la conversation s'avéra très agréable.

Il était associé avec d'autres pédiatres et venait juste d'acquérir sa première maison – par l'intermédiaire de Carol, bien entendu. Elle était beaucoup trop spacieuse pour lui seul, mais il n'avait pas pu résister. Et il se disait qu'il n'était pas trop tard pour y fonder une famille si la femme idéale se présentait. Il lui posa des questions sur Virgin River et son fils, et s'avoua admiratif qu'elle ait accouché à domicile avec l'aide d'une sage-femme. Vanessa commençait à réviser son a priori défavorable sur Cameron quand le carillon de l'entrée résonna.

Elle n'eut pas le temps de se lever que Carol jaillit de la cuisine telle une fusée, et fonça vers la porte.

— Ne bouge pas, je m'en occupe. C'est sûrement Paul. Cameron, vous allez *adorer* Paul, dit-elle en passant.

Vanessa jeta un regard autour d'elle. Comme par hasard, les deux fauteuils étaient isolés du reste du salon, formant un petit coin intime. Impossible que Paul se joigne à eux. Elle sous-estimait toujours sa belle-mère, réalisa-t-elle. Elle avait tout mijoté. Et prévoyait sans doute d'expédier Paul sur la terrasse avec Walt et Lance juste après les présentations.

Mais ce n'était pas ce qu'elle-même avait en tête.

Elle se leva, s'excusa auprès de Cameron, et se dirigea vers le vestibule alors que Paul entrait.

À l'instant où elle le vit, elle se sentit revivre. Paul n'était pas aussi séduisant que Cameron, ni Matt d'ailleurs. Du haut de son mètre quatre-vingt-dix, il possédait un charme plus viril et rugueux, avec sa musculature puissante et ses cheveux taillés en brosse courte comme à l'armée. Elle courut presque vers lui et l'étreignit avec fougue. Il la souleva dans ses bras.

— C'est génial de te voir, dit-il en la reposant. Laisse-moi te regarder. Mais tu es superbe, Vanessa. Tu as retrouvé ta taille de guêpe.

Elle se mit à rire.

— Menteur.

— Je peux le voir ?

— Bien sûr.

Elle lui prit la main et l'entraîna à sa suite dans le couloir, plantant Carol dans le vestibule. Mattie dormait, mais elle le souleva délicatement et le tendit à Paul.

— Tiens, prends-le, chuchota-t-elle.

Sans hésiter, Paul nicha le bébé contre lui.

— Il a drôlement grandi. C'est son portrait tout craché, tu ne trouves pas ? murmura-t-il, levant les yeux vers Vanessa.

— C'est vrai, approuva-t-elle avec un sourire. J'ai comparé leurs photos au même âge. C'est une copie conforme. Un petit Matt miniature.

Carol passa la tête dans l'entrebâillement de la porte.

— Venez, vous deux, fit-elle avec entrain. Nous avons de la compagnie.

Puis elle s'esquiva, s'attendant à l'évidence qu'ils obéissent au doigt et à l'œil.

Paul adressa un regard interrogateur à Vanessa qui soupira.

— Figure-toi que Carol essaie de me caser, murmura-t-elle.

— Vraiment ? Et tu en penses quoi ?

— Je ne suis pas ravie. Ce n'est pas la faute de ce pauvre garçon – il semble tout à fait sympathique –, mais…

— Tu n'es pas encore prête, termina-t-il à sa place.

— Pas pour lui en tout cas, répondit-elle avec un froncement de sourcils. Viens, allons montrer notre savoir-vivre, sinon nous risquons de nous faire taper sur les doigts. Paul, ajouta-t-elle en posant la main sur son bras, tu m'as tellement manqué. À Tom aussi. Il faut que tu viennes bientôt à Virgin River. Promis ?

— Promis.

Vanessa récupéra son fils et le recoucha dans son berceau. Puis elle prit Paul par la main et ils gagnèrent le salon. Cameron se leva à leur entrée. Carol intercepta Paul, sépara leurs mains jointes et le poussa vers l'invité.

— Cameron, je vous présente Paul Haggerty. Il était le meilleur ami de mon fils. Vanessa et lui sont comme frère et sœur.

Les deux hommes se serrèrent la main, mais leur attitude respective trahit une réticence réciproque – les propos de Carol ne les avaient dupés ni l'un ni l'autre. Vanessa prit l'initiative de traîner un fauteuil à travers la pièce pour Paul, sans se soucier de la mine réprobatrice de sa belle-mère qu'elle avait captée du coin de l'œil. Lorsqu'ils passèrent à table, Carol les plaça selon le plan établi par ses soins : Lance et elle en bout de table, Paul à côté de Walt et Vanessa à côté de Cameron.

Autre talent de Carol, elle n'avait pas son pareil pour alimenter la conversation et mettre de l'huile dans les rouages afin d'éviter toute tension pendant un dîner. À plusieurs reprises, elle glissa que Paul avait été le témoin de Matt à son mariage, que Paul et Vanessa étaient amis depuis des années, que Paul travaillait dans le bâtiment et que Cameron était *pédiatre*.

Il y avait un sujet que Carol ne pouvait contrôler, c'était Virgin River, et trois des convives qui adoraient l'endroit ne manquèrent pas d'en chanter les louanges.

Paul fut le premier à prendre congé, ce qui, songea Vanessa, dut ravir sa belle-mère. Mais elle se consola en prenant l'initiative de le raccompagner.

— Je ne te considère pas comme un frère, lui dit-elle.

Il s'esclaffa.

— Tu n'es pas davantage une sœur pour moi.

— J'aurais préféré qu'elle s'abstienne de faire son numéro.

— Carol n'en fait qu'à sa tête. On ne la changera pas, tu le sais aussi bien que moi.

— J'aurais voulu passer plus de temps avec toi. Comment te sens-tu ?

— Ça va. Et toi ? Sincèrement ? Tu te remets ?

— Il me manquera toujours autant qu'à toi, Paul.

— Oui, fit-il, tête baissée, on n'y peut rien, n'est-ce pas ?

— Mais je ne pleure plus si souvent. Matt ne le voudrait pas – du reste, il me l'avait fait promettre. Et puis, Mattie me demande beaucoup d'énergie et me donne tant de joie. Je recommence à monter à cheval, tu sais. Cela me fait un bien fou. Viens donc passer un week-end, Paul. Bientôt. On fera du cheval ensemble. On jouera avec le bébé.

La porte du salon s'ouvrit sur Carol.

— Vanessa ? Je crois entendre le petit.

Celle-ci soupira.

— Eh bien, prenez-le s'il pleure. Ou demandez à mon père – il sait s'en occuper.

— Très bien, fit Carol. Mais tu arrives bientôt ?

— Oui, lâcha Vanessa avec une pointe d'agacement.

La porte se referma en douceur et Paul se mit à rire doucement.

Vanessa se massa les tempes du bout des doigts.

— Mon Dieu, cette femme…

— Ce n'est que Carol. Personne ne la prend au sérieux.

— À leurs risques et périls. S'il te plaît, insista-t-elle, viens à Virgin River. Tu manques à toute la famille. Surtout à moi.

— D'accord, j'y songerai. Alors… que penses-tu de ce type ? Au moins elle t'a dégoté un médecin.

Ce fut au tour de Vanessa de rire.

— Il faut au moins lui reconnaître ce mérite, non ? Il a l'air plutôt sympa, admit-elle avec un haussement d'épaules. Et ce n'est pas sa faute s'il s'est fait brancher sur quelqu'un qui n'est pas intéressé.

— Tu seras prête un de ces jours.

« Je le suis déjà », faillit-elle répondre.

Paul l'embrassa sur le front.

— Je t'appelle, d'accord ?

— S'il te plaît, dit-elle, consciente à l'extrême que c'était toujours elle qui téléphonait depuis la naissance de Mattie.

Elle le regarda partir avec un pincement au cœur. « Je ne le considère peut-être pas comme un frère, songea-t-elle, mais à ses yeux, je suis encore l'épouse de son meilleur ami. » Et elle redoutait qu'il en aille toujours ainsi.

Tom s'était donné beaucoup de mal pour organiser un week-end en amoureux avec Brenda en l'absence de son père et de sa sœur, mais tous ses préparatifs semblaient se retourner contre lui. Brenda était à cran. Peut-être effrayée. Pas prête, en tout cas. Au bout d'un quart d'heure, il comprit que la soirée ne prendrait pas la tournure qu'il avait escomptée. Et qu'elle lui avait assuré souhaiter aussi.

Il décida de faire machine arrière.

— Détends-toi. On va juste regarder un film. On n'est pas obligés de faire quoi que ce soit.

— Tu seras déçu sinon, dit Brenda.

— Bien sûr que non, mentit-il. Je te l'ai dit cent fois : on ira jusqu'au bout seulement quand tu te sentiras prête. On va regarder un film, d'accord ?

— Je suis désolée. Je ne sais pas pourquoi je réagis comme ça. Je pensais être prête.

— Tu n'as pas à t'excuser, Brenda. C'est une grande décision. J'apprécie que tu y accordes une longue réflexion. Je tiens à ce que tu sois sûre. Que tu sois heureuse après, pas que tu culpabilises. Que dirais-tu de piquer une ou deux bières au général pour notre soirée ciné ?

— D'accord, acquiesça-t-elle en riant.

— Tu choisis le film, et moi, la bière.

Bien sûr, il fallut que ce soit un film de filles. Une histoire à l'eau de rose gnangnan en prime, mais si Brenda était contente, alors lui aussi. À la moitié du film et de la bière, ils commencèrent à s'embrasser, et Tom bénit intérieurement les films de filles. Ils étaient peut-être ennuyeux à mourir, mais n'avaient pas leur pareil pour créer les conditions propices aux câlins.

Ils s'allongèrent sur le canapé et reprirent leurs baisers fougueux. Brenda se cambrait sans retenue contre son érection, un exercice des plus satisfaisants pour l'un comme pour l'autre, qu'ils pratiquaient depuis quelque temps déjà. Mais si Tom ne voulait pas la brusquer au risque qu'elle regrette ensuite, il mourait d'envie d'essayer ce qu'il avait appris à la page quatre-vingt-dix-sept. Il voulait la toucher *là*. Juste une fois. Et voir ce qui se produirait.

Relevant son chemisier, il dégrafa son soutien-gorge et prit dans ses paumes ses seins aussi doux que du velours. Brenda adorait qu'il la caresse ainsi, et le lui prouvait par ses soupirs langoureux. Au bout d'un moment, elle semblait si éperdue de désir qu'il décida de se jeter à l'eau.

— Brenda, je peux te toucher là ? demanda-t-il dans un souffle en posant la main sur son bas-ventre. Juste avec la main ?

— Si tu veux, répondit-elle contre ses lèvres.

Tom crut mourir d'excitation. Il fit sauter le bouton de son jean et glissa lentement la main sur son ventre plat, plus bas, jusqu'au mystère sombre et humide qu'il convoitait, cherchant l'endroit décrit à la page quatre-vingt-dix-sept comme la source de l'orgasme féminin. À la seconde où le contact se produisit, Brenda fut comme électrisée.

— Tom, murmura-t-elle.

— C'est agréable, non ? fit-il, sa bouche contre la sienne.

Elle gémit, et s'arc-bouta vers ses doigts.

« Laisse-toi aller, Brenda », l'encouragea-t-il en silence. Il s'appliqua de son mieux à mettre en pratique les conseils préconisés dans le guide, et elle ne tarda pas à se contorsionner en émettant des gémissements à la limite du cri. Et soudain, le miracle se produisit. Le souffle coupé, elle se pétrifia, et il ressentit sous ses doigts un spasme des plus étranges qui le stupéfia.

— Tom, lâcha Brenda, épuisée et heureuse, avant de s'effondrer entre ses bras, d'où connais-tu ce truc merveilleux que tu viens de me faire ?

Pas question de lui avouer qu'il l'avait découvert dans un vieux bouquin de sa sœur.

— Tout le monde sait ça, mentit-il, se demandant si la moitié de la population masculine était aussi lamentablement informée qu'il l'avait été.

Il se leva du canapé et lui tendit la main.

— Viens, on va continuer dans un endroit plus confortable.

— Je ne suis pas sûre de pouvoir me lever, soupira-t-elle, alanguie.

— Allez, viens, insista-t-il en la tirant par la main.

Il l'emmena dans sa chambre sans prendre la peine d'arrêter le lecteur de CD. Ils se laissèrent tomber sur le lit tout en s'embrassant. Très vite, il ôta son sweat, puis le chemisier de Brenda, et la reprit dans ses bras, ses seins nus plaqués contre son torse. Le moment tant attendu arrivait enfin. Comme elle avait envie qu'il reprenne son petit jeu, il ne lui fallut pas longtemps pour la convaincre d'enlever son jean. Mais lorsqu'il commença à le faire glisser sur ses cuisses, elle l'arrêta.

— Je ne suis pas sûre.

— S'il te plaît, dis-moi vite quand tu seras prête, parce que moi, je suis sûr. Plus que sûr, même…

— Tu pourrais peut-être juste te mettre sur moi sans rien faire. Juste me toucher un peu… tu sais… le temps que je m'habitue au contact…

— Je veux bien essayer, dit Tom, convaincu que sa suggestion dépassait de loin le domaine du possible.

Mais, après tout, il avait réussi à lui faire enlever son pantalon, ce qui était déjà un exploit en soi. Alors, à la guerre comme à la guerre…

Ils n'étaient encore jamais allés aussi loin, mais Brenda avait toujours insisté pour que leur première fois soit extraordinaire. Après l'épisode sur le canapé, il ne voyait pas comment elle pouvait l'être davantage. Il pêcha un préservatif dans le tiroir de la table de chevet et déchira l'emballage.

— Deux précautions valent mieux qu'une, hein ? Ce serait vraiment trop bête.

— D'accord, approuva-t-elle, s'abandonnant sur les oreillers avec une lascivité que Tom ne lui connaissait pas.

Il rit malgré lui.

— Ça te plaît, on dirait.

— Oui, ça me plaît.

Au paroxysme de l'excitation dans son fourreau de latex, Tom reprit ses caresses. Ce petit bouton magique était un véritable miracle anatomique. Il le frôlait à peine et Brenda démarrait au quart de tour, frémissant et haletant sous lui, tandis que lui n'en pouvait plus de se retenir. L'effort commençait à le rendre dingue, d'autant qu'il la sentait de nouveau proche de l'extase. Une vraie torture. À un moment, ce fut au-dessus de ses forces.

— Je t'en supplie, Brenda, laisse-moi venir en toi, l'implora-t-il en désespoir de cause. Dis oui.

Elle bascula légèrement le bassin vers lui et il glissa la main sous ses fesses.

— Oui, Tom. Vas-y.

— Tu es sûre ?

— J'en suis sûre.

Il entra en elle avec des précautions infinies. La sensation qui le submergea alors dépassait ses rêves les plus fous. Dans une autre dimension, il s'appliqua à poursuivre ses caresses intimes, et Brenda ne tarda pas à se cabrer de plaisir. Il ne lui fallut pas longtemps pour atteindre la jouissance. Sans doute ne s'en rendit-elle pas compte, mais le spasme qui venait de la faire chavirer propulsa Tom illico au septième ciel. L'expérience la plus fascinante de sa jeune vie d'homme. Il était si ébranlé que son corps entier tremblait. Tout juste s'il était capable d'aligner deux pensées cohérentes.

C'était encore plus extraordinaire que ce qu'il avait imaginé.

— C'est dingue, murmura-t-il d'une voix enrouée.

— Oh, Tom ! fit Brenda, à la fois heureuse et sidérée. On l'a fait.

— Eh oui.

— C'était… génial !

— Génial, approuva-t-il, encore secoué.

— Viens, on recommence.

À cet instant, Tom apprit que si les femmes peuvent repartir aussitôt pour un tour, les hommes se retrouvent au bord de la route avec une crevaison à réparer ; autrement dit, ils ont besoin d'un délai de récupération.

— Je crois qu'il va falloir m'accorder un petit moment.

— Combien de temps ? demanda-t-elle avec impatience.

— Si tu veux, Brenda, on peut minuter.

Elle pouffa de rire.

— Tu savais que ce serait si merveilleux ?

— Si je l'avais su, je ne pense pas que j'aurais pu attendre aussi longtemps, avoua-t-il.

— Je t'aime, murmura-t-elle.

— Moi aussi, je t'aime, chuchota-t-il avant de l'embrasser avec tendresse.

Comment aurait-il pu deviner qu'après avoir surmonté sa nervosité initiale, sans parler de ses réticences, Brenda se révélerait une bombe au lit ? « Quand je pense qu'on prétend que la première fois n'est pas terrible pour une fille, se dit-il, non sans fierté. Quelle bonne blague ! »

Elle se lova contre lui en riant.

— Qu'est-ce qu'il y a de drôle ? voulut-il savoir.

— À la fin, tu m'as suppliée.

Il soupira.

— C'est vrai. Je t'avais juré de ne pas insister.

— Pas grave. C'est fini, tout ça.

— Tant mieux.

Il l'embrassa de nouveau, puis repoussa une mèche qui lui tombait dans les yeux.

— J'ai un truc à te dire… Quand je serai à l'armée, j'ai bien l'intention de te rester fidèle. À moins que tu ne me dises que tu veux être libre ou que tu as quelqu'un d'autre, c'est du sérieux entre nous.

— Oh, Tom ! murmura Brenda, émue. Pour moi aussi, c'est du sérieux.

— Peut-être qu'un jour, plus tard, après nos études, ce sera encore plus que ça…

— Voilà une idée qui me plaît, acquiesça-t-elle avec un sourire. Je voulais te faire la surprise, mais tant pis, je ne peux pas attendre… Pour mes demandes d'inscription à l'université, j'ai décidé de me concentrer sur New York.

— Près de West Point ?

— Oui. Je ne veux pas être loin de toi, Tom. Pas plus que nécessaire.

Il resserra son étreinte.

— Brenda, c'est génial comme nouvelle.

Il glissa la main sur son ventre.

— Bon, tu as minuté ?

— Non, pourquoi ?

— Parce qu'à mon avis, il s'est écoulé assez de temps…

— Super ! s'exclama-t-elle, ravie.

Les Booth rentrèrent au ranch le dimanche soir. Tom avait lavé ses draps, nettoyé la maison et pris soin des chevaux. À leur arrivée, il faisait ses devoirs. Vanessa paraissait fatiguée et irritée à l'extrême. Il alla droit vers elle et lui prit Mattie des bras.

— Alors, vous vous êtes bien amusés ?

— Tout dépend de ce que tu entends par « s'amuser », répondit-elle dans le couloir qui menait à sa chambre.

Tom lui emboîta le pas.

— Que s'est-il passé ?

— J'avais demandé à Carol d'inviter Paul, que je n'avais pas vu depuis la naissance. Ce qu'elle a fait, mais elle a aussi invité un autre type avec qui, figure-toi, elle essaie de me caser. J'étais mal à l'aise, tu n'imagines pas. Je n'ai pour ainsi dire pas eu l'occasion de bavarder tranquillement avec Paul.

— Quel genre de type ? demanda-t-il.

— Quelqu'un de sympa. En d'autres circonstances, j'aurais apprécié la rencontre. C'est un pédiatre de Grants Pass.

Tom ne put s'empêcher de rire.

— Eh bien, j'imagine que si tu tombais amoureuse de ce bon parti, tu pourrais l'épouser, t'installer à Grants Pass près de mamie, et lui donner ainsi l'occasion de frimer.

Vanessa se rembrunit encore davantage.

— Mais bien sûr, c'est ça ! Elle veut me caser avec un type du coin pour nous avoir sous sa coupe ! Dans ce cas, enchaîna-t-elle, songeuse, pourquoi est-ce qu'elle n'essaie pas avec Paul ?

— Paul travaille dans le bâtiment. Et c'est un ancien marine. Le nouveau, lui, est *pédiatre* ! fit remarquer Tom. Et puis, ajouta-t-il avec un haussement d'épaules, Paul ne tolérerait pas le cinéma de Carol. Pas longtemps, en tout cas.

Carol était très snob, elle n'en avait que pour le prestige et l'argent. Elle avait toujours laissé entendre que la décision de Vanessa de travailler comme hôtesse de l'air malgré ses diplômes n'était qu'une lubie, une parenthèse. Elle lui demandait toujours ce qu'elle comptait faire *ensuite*.

— Tu connais Carol, reprit Tom en riant. Plus vite elle réussira à te caser à sa guise, moins elle s'inquiétera que tu tombes amoureuse d'un type qui vit en Floride. Il faut toujours qu'elle contrôle tout.

Il déposa le bébé dans son berceau.

— Et Mattie, comment a-t-il supporté le voyage ?

— Très bien. Il adore se balader.

— Et comment va mon copain Paul ?

— Bien. Je n'arrête pas de le supplier de venir, mais il ne se décide pas. Et toi, bon week-end ?

Il baissa la tête.

— Sympa. Hier soir, on a regardé un film avec Brenda.

— Tu me parais plutôt détendu, observa-t-elle avec un sourire en coin.

— Je ne te dirai rien.

— Pas de problème, frérot. Tout s'est bien passé en notre absence.

— Oui, répondit-il en quittant la chambre.

Puis il repassa la tête dans l'embrasure.

— Tu sais, ce que je t'ai dit, que je préférerais avoir un grand frère ? Eh bien, je le retire.

Et il disparut.

3

Moins d'une semaine après sa visite à Grants Pass, Vanessa alla ouvrir lorsqu'on sonna à la porte du ranch. Et se retrouva nez à nez avec Cameron Michaels.

— Bonjour, le salua-t-elle, surprise.

Il lui décocha son sourire sexy à fossette.

— Bonjour. J'ai décidé de venir jeter un coup d'œil à cette petite ville, histoire de voir si elle mérite sa réputation.

— C'est vrai ? Vous auriez dû téléphoner. Nous aurions pu organiser quelque chose ensemble.

— C'est trop tard ? En fait, j'avais juste prévu de faire un tour en voiture dans le coin. Peut-être passer boire un verre dans ce bar dont Paul et vous parliez avec tant d'enthousiasme. Si vous n'êtes pas trop occupée…

— Ça fait un peu loin juste pour jeter un coup d'œil, observa-t-elle.

Il haussa les épaules.

— Comme je suis de garde ce week-end, j'ai deux jours de congé, alors je me suis dit pourquoi pas ? C'était une décision de dernière minute.

Vanessa croisa les bras, et haussa un sourcil.

— Vous n'avez pas eu de mal à trouver la maison, apparemment.

Il eut la bonne grâce de rire et détourna les yeux, démasqué.

— Carol, avoua-t-il.

— Écoutez, j'ai beaucoup de respect pour ma belle-mère, mais elle peut avoir des méthodes, disons, un peu dirigistes et…

Il l'interrompit d'un geste.

— Vanessa, c'est moi qui lui ai demandé. Et si je n'ai pas téléphoné, c'était à dessein. Je ne voulais pas te laisser le temps de réfléchir à une excuse. On peut se tutoyer, n'est-ce pas ? En débarquant à l'improviste, je me disais que tu accepterais peut-être de passer quelques heures avec moi. Tu me puniras plus tard de ces mauvaises manières.

Vanessa lui sourit.

— J'en ai bien l'intention.

— Alors, tu as un peu de temps ?

— Ce n'est pas que je sois très occupée, mais j'ai un bébé et je l'allaite encore souvent.

Cameron inclina la tête de côté avec un sourire en coin.

— J'ai plutôt l'habitude des bébés, tu sais.

— Tu m'étonnes, répondit-elle sur le ton de la plaisanterie. Entre.

Il franchit le seuil et découvrit la spacieuse pièce à vivre.

— C'est magnifique, s'extasia-t-il. De l'extérieur, on dirait une maison ordinaire.

— Mon père a fait abattre les cloisons et réaménager l'intérieur pendant sa dernière mission. L'été dernier, il a emménagé avec mon frère Tom. Je les ai rejoints à l'automne.

Elle trouva ses bottes près d'un fauteuil et s'assit pour les chausser, tandis que Cameron s'approchait de la fenêtre qui donnait sur les écuries et la pâture.

— Tu montes à cheval ? s'enquit-elle.

— Ça m'est arrivé il y a des années. Je n'ai pas mis le pied à l'étrier depuis l'adolescence.

— Tu aimes les chevaux ?

— J'ai beaucoup de respect pour eux. La dernière fois que je me suis approché d'un cheval, il m'a marché sur le pied. Résultat, une fracture.

— Eh oui, ils devraient klaxonner quand ils reculent. Il faut toujours rester sur ses gardes.

Elle se leva et lissa son jean.

— Mattie ne devrait pas tarder à se réveiller. Je vais l'allaiter, le changer, le supplier de bien se tenir, après quoi nous pourrions faire une petite balade dans les environs. Qu'en dis-tu ?

— Exactement ce que j'espérais.

— Tu es très présomptueux, tu sais, fit-elle remarquer, mais elle souriait.

Il lui rendit son sourire, sûr de lui.

— Tu es très belle, tu sais.

Elle sentit ses joues s'empourprer.

— Sers-toi donc à boire dans la cuisine. Je m'occupe de mon fils.

— Prends ton temps. Mets-le de bonne humeur.

Trois quarts d'heure plus tard, ils quittaient le ranch dans le gros Tahoe de Walt. Cameron était venu en Porsche et l'habitacle était trop exigu pour accueillir un siège auto. Vanessa prit la Route 299 à travers les forêts de séquoias, puis l'emmena s'asseoir au bord de la Virgin River où seuls s'affairaient deux pêcheurs, car ce n'était pas la meilleure saison pour la pêche. Elle lui expliqua les activités au fil de l'année – pêche à la mouche l'été, au saumon en automne et en hiver, chasse à l'ours et au cerf de septembre à octobre, au gibier d'eau d'octobre à janvier. La saison des feux de forêts de juin jusqu'à octobre. Les randonneurs et campeurs qui investissaient la région tout l'été.

Tout en baladant Cameron, elle apprit qu'il était originaire de Portland, avait fait ses études de médecine à Stanford. Ses parents vivaient encore à Portland, ainsi que son frère et sa sœur, tous deux mariés avec des enfants. Après un internat en médecine généraliste, il avait opté pour la pédiatrie, sa passion de toujours.

— J'ai déçu mes parents côté petits-enfants, mais je ne crois pas qu'ils devraient se résigner si vite.

— Certainement pas. Melinda, ma sage-femme, et son mari, Jack, se sont mariés alors qu'il avait quarante ans, et ils attendent leur deuxième enfant. Jack dit que chaque grossesse le fait rajeunir. Il a droit aux gros yeux de Melinda chaque fois. À mon avis, les bébés sont un peu trop rapprochés à son goût.

— Les études de médecine, plus l'internat, c'est très prenant. À trente ans, je me suis retrouvé avec d'énormes traites à rembourser, et ça n'a pas été facile de trouver un cabinet de pédiatrie qui ait besoin de mes services dans l'Oregon.

— Il fallait que ce soit dans l'Oregon ?

— À l'époque, je le pensais, oui. Je suis devenu beaucoup plus flexible depuis.

— Mais tu tiens à ton cabinet.

— Oui. Mes associés, une femme et deux hommes, sont d'excellents praticiens.

Vanessa poursuivit la visite par une promenade dans les collines où paissaient des troupeaux de moutons et de bovins, puis descendit dans la vallée où les vignes commençaient tout juste à renaître à la vie. Alors que l'après-midi touchait à sa fin, elle décida d'emmener Cameron chez Jack. À leur arrivée, Mattie commença à s'agiter. Elle n'eut pas le temps de dire ouf que Cameron l'avait sorti de la voiture et le faisait sauter doucement sur son bras, le sac à langer sur l'épaule. C'était agréable qu'un homme prenne les choses en main. Tous n'en étaient pas capables, et faire preuve d'autant d'assurance avec un bébé était peu ordinaire. À cet instant, Vanessa réalisa à quel point elle se sentait seule en dépit du soutien sans faille de son père. La présence d'un homme lui manquait. Elle avait envie d'un compagnon. Et d'un papa pour Mattie.

Lorsqu'ils pénétrèrent dans le bar, elle constata avec satisfaction que plusieurs de ses amis étaient là. Elle commença les présentations par Jack.

— Jack, je te présente le Dr Cameron Michaels, un ami des parents de Matt. Cameron, voici Jack Sheridan.

Calant le bébé contre son torse, il lui serra la main.

— Enchanté, dit-il. J'ai tellement entendu parler de cet endroit que j'ai eu envie de venir y faire un tour.

— Bienvenue, fit Jack. Que puis-je vous servir ?

— Pourquoi pas une bière ?

— Ça marche. Cameron, je vous présente Paige, enchaîna Jack. C'est la femme du vrai patron de cet établissement – notre cuistot, Vic.

— Heureux de faire votre connaissance, dit Cameron. La cigogne est en route, apparemment.

— C'est pour bientôt – cet été, répondit-elle avec un sourire timide.

Jack posa une bière sur le comptoir.

— Paige, puis-je abuser de ton hospitalité quelques minutes ? intervint Vanessa. Il faudrait que je nourrisse Mattie – nous nous sommes promenés tout l'après-midi et il est affamé.

— Pas de problème. Tu connais le chemin.

Vanessa reprit son fils des bras de Cameron.

— Jack, peux-tu présenter Cameron aux autres ? Je reviens dans un petit moment.

Elle gagna l'appartement de Vic et Paige, derrière le bar, et s'installa dans le fauteuil en cuir souple pour allaiter son fils. Malgré sa détermination à se montrer forte, les larmes lui montèrent aux yeux. Cameron avait fait toute cette route depuis Grants Pass dans l'espoir de la voir. Elle avait passé un moment agréable avec lui. Mais où était Paul ? Elle aurait donné n'importe quoi pour être avec lui, mais il ne prenait même pas la peine de téléphoner. « Parce que je ne suis pas une femme à ses yeux, décida-t-elle. Je suis l'épouse de son meilleur ami. Il m'aime comme une sœur, qu'il l'admette ou non. »

Cameron fit la connaissance de Vic qui se montra très accueillant, quoiqu'un peu distrait par la préparation du repas. Avec lui en cuisine se trouvait Christopher qu'il lui présenta comme son fils, sauf que le garçon l'appelait John. Puis il rencontra Mike Valenzuela et la sœur de Jack, Brie. Cameron s'assit avec eux un moment et apprit que Mike avait été inspecteur de police et Brie, adjointe du procureur. Il n'imaginait pas rencontrer des professionnels avec un parcours aussi haut de gamme dans une si petite localité.

On lui servit un travers de porc accompagné de purée à l'ail et de haricots verts, mais il préféra attendre Vanessa. Dans l'intervalle, une superbe blonde enceinte jusqu'aux yeux fit son entrée, suivie d'un vieux monsieur qui portait un petit garçon. La femme se pencha par-dessus le comptoir pour embrasser Jack qui prit aussitôt le relais avec l'enfant et présenta les nouveaux arrivants à Cameron : le Dr Mullins et Melinda Sheridan. Deux tables supplémentaires furent rapprochées des autres et ils se joignirent au groupe, tandis que Jack, son fils calé sur la hanche, allait chercher la chaise haute dans la cuisine.

— Melinda, je suis fasciné par votre travail, avoua Cameron. Il paraît que vous mettez au monde la plupart des enfants de cette ville.

— J'assiste principalement les femmes qui n'ont pas les moyens de se payer une assurance maladie. Ou j'interviens dans les cas particuliers, comme Vanessa. Elle n'en a pas l'air, mais elle est plutôt branchée nature. Elle tenait à accoucher dans le ranch de son père et s'en est sortie à merveille. Un accouchement modèle, suivi d'une mémorable fête de naissance.

— Une fête de naissance ? répéta Cameron.

— En fait, ç'a été improvisé. Quand j'ai été appelée, Jack a vendu la mèche. Vic et Paige ont préparé une collation et fermé le bar. Mike et Brie sont venus donner un coup de main avec les enfants. Avec le général et Tom, Jack et David, et bien sûr Paul, qui assistait Vanessa pour l'accouchement, la maison était vivante et joyeuse.

— En dépit du fait que l'enfant qui venait de naître n'avait plus de père ? s'étonna Cameron.

— Les bébés ont le pouvoir de donner tant d'espoir. Tant de joie.

— C'est l'impression que vous donnez lorsqu'on vous regarde, en effet, commenta-t-il en riant.

Melinda passa la main sur son ventre proéminent.

— Plus pour longtemps. Jack m'a promis qu'on ferait une pause après celui-ci. Et s'il ne tient pas parole, il est prévenu que je lui tordrai le cou dans son sommeil.

Cameron continua de discuter boutique avec le Dr Mullins, qui sirotait un whisky, et Melinda, puis il interrogea Mike sur ses fonctions de policier municipal. Il apprit aussi que Brie se chargeait désormais de petites affaires telles que les divorces, bornages de propriétés, conflits de voisinage et autres. Le procureur local faisait également appel à elle de temps en temps. Vanessa ne tarda pas à les rejoindre avec Mattie, repu, et Cameron le lui prit des bras par-dessus la table.

— Commande-toi donc une bière. Tu as de la chance, c'est recommandé aux mères qui allaitent.

Quand Jack revint, tout le monde était attablé pour le dîner.

Cameron était sous le charme. Visiter Virgin River était un prétexte pour revoir Vanessa, mais cette excursion dépassait tous ses espoirs. La ville et ces gens réunis chez Jack l'enchantaient.

— Vous dormez chez le général ? s'enquit ce dernier.

— Non, j'ai repéré un motel à Fortuna.

— Tu es le bienvenu chez nous, cela va sans dire, intervint Vanessa.

— Je peux vous proposer une autre option, fit Jack. Melinda et moi venons d'emménager dans notre nouvelle maison, et le chalet que nous occupions, ici même à Virgin River, est meublé et disponible. Il y a des draps propres sur le lit, des serviettes dans la salle de bains. Il manque juste des provisions dans le frigo. Si vous voulez, il est à vous. Je peux même vous préparer un panier de victuailles, je suis très copain avec le cuistot.

— Vous êtes sûr ? hésita Cameron.

— Certain. Je vais vous faire un plan. La porte n'est jamais verrouillée.

— C'est très gentil à vous, merci beaucoup. Il commence à se faire tard, j'apprécie d'autant votre offre.

— Je vais aussi vous noter mon numéro et celui du bar, dit Jack qui dessinait déjà l'itinéraire au dos d'une serviette en papier. N'hésitez pas à appeler en cas de besoin.

— Combien vous dois-je ?

— Ne soyez pas ridicule. Ce chalet est destiné aux amis et à la famille, répondit Jack qui termina sa carte et la tourna vers Cameron. Et les amis de Vanessa sont les nôtres.

La nuit était tombée depuis peu quand Mike et Brie prirent congé. Peu après, Jack et sa famille les imitèrent, suivis de près par le Dr Mullins.

Cameron avait passé une excellente soirée. Le petit Mattie dans les bras, il ne s'était pas gêné pour contempler à loisir la sublime Vanessa de l'autre côté de la table. Le portrait craché de Julia Roberts, voilà ce qu'elle était. De longues jambes sculpturales, une poitrine opulente, une chevelure rousse mêlée de blond, un grand sourire spontané, un rire franc et sonore. Jamais, de sa vie, il n'avait rencontré une beauté pareille.

— Il est temps d'aller coucher ce bébé, qu'en penses-tu ? dit-il.

— Tu as raison, répondit-elle avec un sourire, comme si elle aussi avait apprécié la soirée.

— Si tu n'es pas trop occupée demain, tu pourrais peut-être me présenter aux chevaux avant que je reprenne la route ? suggéra-t-il.

— Volontiers. Je te propose même d'aller faire un tour. Les ours commencent juste à sortir d'hibernation. Et les faons sont déjà nés.

— J'adorerais. Mais tu es sûre qu'il n'y a pas de risques avec les ours ?

Elle éclata de rire.

— Pas pour toi. J'emporte toujours un fusil. Je te protégerai.

Et elle rit de plus belle.

Lorsqu'ils sortirent, ils s'immobilisèrent un instant sur la terrasse du bar. Cameron leva les yeux ; le ciel indigo piqueté de milliers d'étoiles était d'une limpidité magique. Au loin, il entendit le pincement doux et mélodieux d'une guitare espagnole. Le bébé calé contre son torse, il glissa son bras libre autour de la taille de Vanessa.

— Tu entends ?

— Hmm. C'est Mike. Miguel, en fait. C'est beau, n'est-ce pas ?

Il l'attira contre lui.

— J'adore cet endroit.

Une fois Melinda et David couchés, Jack se rendit dans la cuisine et passa un appel longue distance.

— Paul, c'est moi.

— Eh, Jack. Quoi de neuf ?

— Ce docteur, voilà ce qu'il y a de neuf. Cameron Machinchose. Il est venu ici tenter sa chance avec Vanessa. Paul, je ne te le dirai pas deux fois : tu n'as pas intérêt à laisser passer la tienne.

— Écoute, Jack. Elle n'est pas prête.

— Tu es sûr que ce n'est pas plutôt toi qui n'es pas prêt ?

— J'étais présent quand elle a rencontré ce type chez les parents de Matt. Elle me l'a avoué – elle n'est pas prête.

— Le problème, c'est que lui, il l'est. Ne sois pas stupide, mon vieux.

Ils discutèrent encore un instant, puis, après avoir raccroché, Jack rejoignit Melinda entre les draps et glissa la main sous son tee-shirt pour lui caresser le ventre.

— Voilà que tu recommences, hein ? murmura-t-elle.

— Je te croyais endormie.

— Tu te mêles encore des affaires des autres.

— Melinda, je ne comptais pas t'en parler, mais je vais le faire parce que tu es une sacrée curieuse. Paul est amoureux de Vanessa.

— Je sais.

— Alors pourquoi m'agresses-tu ainsi ?

— Parce que c'est à eux de régler leur problème. Pas à nous.

— Ce Cameron est sympa, il a tout pour lui, il sait y faire. Je ne pouvais quand même pas rester sans rien dire, s'entêta Jack.

— C'est à eux de régler le problème, je te dis.

— Qu'est-ce que tu veux que je fasse, alors ?

— Ne t'en mêle pas.

— Mais, et si…

— Ne t'en mêle pas. Tu es une vraie mère poule.

— Je dois bien à Paul de…

— Jack, si Paul n'est pas assez futé, déterminé ou amoureux pour prendre le taureau par les cornes, Vanessa est peut-être mieux lotie avec le pédiatre.

— Comment peux-tu dire une vacherie pareille ?

— Ce n'est pas une vacherie. De nous deux je suis la plus raisonnable, voilà tout. Toi, tu es trop émotif.

— N'importe quoi.

— Alors pourquoi as-tu proposé le chalet à Cameron si tu n'aimes pas le voir tourner autour de Vanessa ?

— Parce que, comme ça, ce bellâtre ne traînera pas sous le toit du général cette nuit.

Melinda éclata de rire.

— Jack Sheridan, quel faux jeton tu fais. Je ne reconnais jamais assez tes mérites !

Le lendemain matin, Cameron fut invité à prendre le petit déjeuner avec Vanessa et son père, suivi d'une balade à cheval. Tom étant au lycée, le général fut réquisitionné comme babysitter. Vanessa montait le cheval de son frère, un hongre baptisé Chico plutôt fougueux, et choisit pour Cameron leur jument la plus douce, Foison – le diminutif de Soucis à foison. Il y avait quatre chevaux dans les box, tous de bonnes montures, l'étalon du général, Liberty, étant le plus difficile à dominer. Comme promis, Vanessa avait un fusil sanglé sur sa selle.

— Tu montes à cheval, tu tires, tu accouches à la maison… Je croyais pourtant que tu avais grandi en ville ?

— Lorsqu'on est fille de militaire, on apprend des tas de choses intéressantes. Et ma mère venait de la campagne.

— Quand est-elle décédée ?

— Il y a quelques années. C'était une femme extraordinaire. Belle et forte. Et très dynamique. Elle montait à cheval et chassait. Elle avait aussi son brevet de pilote et suivait papa dans le monde entier. À la naissance de ses deux enfants, il était sur un théâtre d'opérations. Il était aussi absent pour certains des événements majeurs dans notre famille, mais jamais elle ne s'est plainte, jamais elle ne lui a cassé du sucre sur le dos. Elle l'admirait et respectait son métier ; ils étaient de véritables partenaires dans la vie. C'est la femme la plus forte que j'aie jamais connue. Elle a été tuée dans un accident de la circulation à Washington.

— Je suis navré, murmura Cameron. Tu lui ressembles, n'est-ce pas ?

— Je l'espère. Ce serait le plus beau compliment qu'on puisse me faire.

Ils longèrent la rivière un moment, savourant l'air vif, le vert tendre des feuillages printaniers. Au-dessus de leurs têtes, les ponderosa, sapins et autres pins entre lesquels se dressaient d'imposants séquoias s'élançaient vers le ciel et tapissaient les contreforts des collines.

— Tu te débrouilles plutôt pas mal, fit remarquer Vanessa.

— Si cette vieille demoiselle ne s'emballe pas, je devrais tenir le coup.

La piste qui suivait la rive déboucha sur un champ et Vanessa tira sur les rênes.

— Regarde, souffla-t-elle.

À l'autre bout de la prairie deux cerfs, plusieurs biches et leurs petits broutaient tranquillement.

— Et ce n'est même pas le meilleur moment de la journée pour les apercevoir.

Une brise légère lui caressa la peau. Elle ôta son chapeau et écarta ses cheveux de sa nuque pour profiter de la fraîcheur.

— On ne peut qu'adorer cet endroit, n'est-ce pas ?

— Absolument, approuva-t-il. Et si on s'arrêtait un peu ? On pourrait se balader à pied.

— Volontiers.

Vanessa mit pied à terre et conduisit Chico au bord de l'eau. Cameron fit de même avec Foison, pendant qu'elle contemplait à nouveau la petite troupe dans la prairie.

Elle eut conscience que Cameron s'approchait dans son dos, si près qu'elle sentait la chaleur de son corps, même s'il ne la touchait pas. Puis il lui effleura le bras d'une main, tandis que, de l'autre, il lui repoussait les cheveux de derrière l'oreille.

— C'est la première fois de ma vie que je fais presque quatre cents kilomètres pour voir une femme que je connais à peine, murmura-t-il.

Vanessa se mordit la lèvre. Incapable de trouver le sommeil, elle avait passé une partie de la nuit à réfléchir. Elle savait que Cameron s'intéressait à elle, le problème, c'est qu'elle ne pensait qu'à Paul.

Elle pivota vers lui.

— Cameron, je suis très vulnérable en ce moment, l'avertit-elle.

— Je sais. Je saurai faire preuve de délicatesse.

— Tu devras aussi faire preuve de patience. Pour l'instant, je ne suis pas prête à t'offrir davantage qu'une amitié.

— Je serais pourtant curieux de voir où ça va nous mener.

— Une simple amitié, répéta-t-elle. Ou rien du tout.

Il inclina la tête avec un sourire, beau joueur.

— Est-ce que des amis peuvent s'embrasser ? Histoire de voir si… une alchimie se produit ?

Elle secoua la tête.

— Pas tout de suite.

— Voilà qui est déjà plus encourageant qu'un non catégorique. J'imagine que des amis peuvent s'embrasser quand ils se connaissent un peu mieux et se font confiance. J'ai raison ?

Vanessa laissa échapper un profond soupir. S'il n'y avait pas eu Paul, elle aurait pu être attirée par Cameron. Séduisant, sexy, gentil, il avait tout pour plaire.

— C'est trop tôt. En nous présentant, ma belle-mère est allée un peu vite en besogne et…

— Carol n'y est pour rien. C'est moi qui vais vite en besogne, rectifia-t-il avec un haussement d'épaules. Parce que tu es belle et pétillante. Allez vas-y, descends-moi.

Elle lui sourit.

— Avec des compliments aussi flatteurs, je ne crois pas que ta vie soit en danger. C'est très gentil. Mais je ne peux pas m'engager dans une relation avec toi pour le moment.

Il lui caressa les cheveux.

— Tu disais qu'on pouvait être amis.

— Alors comporte-toi en ami, Cameron. En boy-scout.

Il se mit à rire.

— Tu m'en demandes beaucoup. Je vais me tenir, mais regardons les choses en face : je ne suis qu'un homme et tu es attirante en diable.

— Dois-je m'inquiéter que tu puisses oublier tes bonnes manières ? demanda-t-elle en arquant un sourcil.

— Absolument pas, promit-il. C'est toi qui décides.

— Alors pas de contact jusqu'à… Pas de contact.

Cameron glissa les mains dans ses poches.

— À ta guise, Vanessa. Je veux juste…

À cet instant, Foison s'écarta de la rivière avec un hennissement, puis s'enfuit au galop.

— Oh, non ! soupira Vanessa. Qu'elle est pénible.

Elle poussa Cameron, attrapa les rênes du hongre et grimpa en selle.

— Je reviens. Ne bouge pas, lui cria-t-elle en riant – comme s'il risquait d'aller quelque part, perdu qu'il était au milieu des bois.

Du bout des rênes, elle fouetta l'arrière-train de Chico et s'éloigna à bride abattue. Les cerfs levèrent la tête, puis se réfugièrent à l'abri des arbres tandis que Foison traversait la prairie, savourant sa liberté retrouvée. Mais elle ne faisait pas le poids à côté de Chico, le plus rapide de l'écurie après Liberty. Vanessa la rattrapa à l'autre bout du champ, se pencha pour attraper les rênes et la ramena sur le sentier.

Elle remit son cheval à Cameron sans pouvoir s'empêcher de rire.

— J'avais oublié de préciser que c'est une coureuse. Elle n'a pas son pareil pour filer en douce.

— En douce ? Elle s'est enfuie sous notre nez comme une effrontée.

— Eh oui, mieux vaut aimer les femmes qui ont du tempérament.

Juste après le départ de Cameron pour Grants Pass, le téléphone sonna au ranch. C'était Nikki.

— C'est fini, annonça-t-elle tout de go.

— Oh, ma pauvre ! murmura Vanessa. Il s'est passé quelque chose de grave, j'imagine. Une grosse dispute ?

— Ça a commencé comme d'habitude, expliqua Nikki, en larmes. Je lui ai répété pour la énième fois que j'avais besoin de savoir où nous allions, et lui a invoqué son premier mariage catastrophique pour expliquer ses réticences. Puis il a lâché sa bombe. Figure-toi qu'il y a deux ans, sans m'en informer, il a subi une vasectomie.

— Quoi ? Mais comment s'y est-il pris pour que tu ne t'en rendes pas compte ?

— J'ai fait un ou deux voyages d'un peu plus d'une semaine. Or c'est une opération qui ne nécessite que quelques jours de convalescence. Je n'ai jamais rien soupçonné, avoua Nikki, entre deux sanglots. Craig avait peur que j'arrête la pilule et essaie de lui faire un enfant dans le dos. Il m'a dit qu'il était désolé, mais qu'il n'avait aucune envie de fonder une famille et en avait marre de lutter.

Vanessa se laissa choir dans le fauteuil près du téléphone.

— C'est franchement… incroyable.

— Il a ajouté que si je ne pouvais pas me contenter de ce que nous avions, il vaudrait sans doute mieux pour nous deux que je mette ma menace à exécution. Vanessa, gémit-elle, quand est-il devenu aussi horrible ?

Vanessa fut tentée de lui répondre qu'il avait toujours été ainsi – un emmerdeur égoïste et insensible qui prenait beaucoup plus qu'il ne donnait. Mais Nikki avait déjà le cœur brisé, inutile d'en rajouter une couche.

— Ma pauvre, je suis vraiment navrée. Quel salaud.

— Mon père m'a aidée à déménager – toutes mes affaires sont dans le garage chez mes parents. Je vais habiter chez eux le temps de trouver une location. Je t'appelle de la voiture. J'ai quelques jours de congé. Je peux venir ?

— Évidemment ! Tu sais que tu es toujours la bienvenue.

Nikki et elle étaient amies depuis leurs débuts comme hôtesses de l'air. Elles s'étaient serré les coudes lors d'une série de ruptures avec des petits amis nuls. Mais rien de semblable à aujourd'hui – Nikki et Craig étaient ensemble depuis cinq ans.

Son amie avait été sa demoiselle d'honneur à son mariage. Vanessa aurait été perdue sans son soutien pendant les missions de Matt en Irak. À la mort de ce dernier, Nikki avait passé des heures au téléphone à tenter de la consoler. À présent, c'était son tour de lui remonter le moral.

— Je me sens si stupide. Comment ai-je pu tomber amoureuse d'un type pareil ?

— On ne choisit pas, soupira Vanessa. Viens vite au ranch. On va manger des trucs qui font grossir, jouer avec Mattie, embêter Tom, se balader à cheval et planter des aiguilles dans une poupée à l'effigie de Craig. Il est temps de tourner la page, Nikki, tu le sais – il n'était pas assez bien pour toi.

— Vanessa, c'est quoi notre problème ? Pourquoi faut-il que nous aimions des hommes qui ne nous aiment pas ?

Vanessa tressaillit. « Pourquoi en effet ? se demanda-t-elle. Et ensuite, nous nous sentons si stupides. Comme si c'était un échec personnel. Ça ne va pas. Non, ça ne va pas du tout. »

— Je l'ignore, répondit-elle, mais nous allons remédier à cela, ma grande. L'une comme l'autre.

Joe Benson reçut un appel de son vieil ami Vic. Pour l'instant, Paige et lui occupaient l'ancien appartement de Jack derrière le bar – un deux-pièces conçu pour un célibataire –, tandis que Chris, le fils de Paige âgé de quatre ans, dormait dans la chambre que Jack prêtait auparavant à Vic, au-dessus de la cuisine. Avec l'arrivée du bébé, et peut-être d'autres à l'avenir, ils devaient prendre des dispositions. Ils avaient d'abord pensé acheter une maison, mais en fait ils adoraient vivre sur leur lieu de travail.

Vic avait alors demandé à Jack l'autorisation d'agrandir l'appartement. Celui-ci avait trouvé l'idée excellente – la valeur du bar s'en trouverait au moins doublée. Il avait fait une proposition à Vic : s'il prenait en charge les travaux, il ferait rédiger un contrat dans lequel il serait un associé à part entière et propriétaire à cinquante pour cent. Si le bar venait à être vendu, ils partageraient le produit de la transaction.

Mais avant d'aller plus loin, il importait d'avoir l'avis d'un architecte sur la faisabilité du projet. La place ne manquait pas, le terrain était plutôt vaste. Vic voulait trouver un arrangement qui leur garantirait beaucoup d'espace sans trop perturber le commerce durant les travaux.

C'était là que Joe intervenait. S'il approuvait l'idée et acceptait de dessiner les plans, Vic pourrait commencer à chercher un maître d'œuvre.

Joe était toujours prêt à sauter sur la première excuse venue pour passer un jour ou deux avec Jack et Vic. En outre, il était flatté que ses camarades de l'armée fassent appel à lui – il leur faisait toujours un prix sur les plans.

— Je dois étudier l'espace disponible et la structure, prendre des mesures. Ce n'est pas une friche, Vic. Une extension, c'est toujours un peu compliqué – la construction existante doit supporter les mètres carrés supplémentaires. Voilà ce que je te propose. Je viens demain, je passe la nuit…

— Demain ? Mais c'est génial, mon vieux !

— Pour Paige et toi, c'est un honneur.

Il tint parole. Le mardi avant midi, il était à Virgin River, et savoura un déjeuner prolongé avec Jack, Melinda, Vic et Paige. Il découvrit, surpris, que Vic avait des idées très précises au sujet de l'extension. Il souhaitait une vaste pièce à vivre, un espace de jeux pour les enfants, un petit bureau pour lui-même et quatre chambres. Il tenait à ce que toute la famille soit réunie. Pas comme maintenant où il leur fallait traverser la cuisine et emprunter l'escalier de derrière pour aller à la chambre de Christopher. Il voulait une maison comme n'importe quelle maison, avec des dégagements pratiques dans chaque pièce. Et peut-être une cheminée. La seule pièce dont ils n'avaient pas l'utilité, c'était une cuisine.

Joe se mit au travail tout de suite après le repas. Il inspecta l'appartement sous toutes les coutures, prenant des notes au passage. Dans le jardin sur l'arrière se dressaient plusieurs grands arbres magnifiques auxquels il préférait ne pas toucher. Idem pour l'imposant barbecue en brique. Il voyait le potentiel pour une jolie maison spacieuse, reliée au bar par la cuisine, et avec deux entrées indépendantes. Le rez-de-chaussée pouvait être suffisamment agrandi pour abriter une grande pièce à vivre, une suite parentale avec salle de bains et une salle à manger. Du coup, la surface gagnée devrait permettre l'ajout d'une mezzanine et de plusieurs chambres à l'étage.

Seul inconvénient, Vic et sa petite famille seraient obligés de déménager pendant presque toute la durée des travaux, qu'il estimait entre quatre et six mois. Mais ils avaient plusieurs options – dont le chalet de Melinda et Jack, petit mais fonctionnel.

Il était presque 17 heures quand Joe fut prêt à faire un premier point avec ses amis. Comme tous trois étaient occupés au bar ou en cuisine, il referma son carnet de croquis et son bloc-notes, et décida de se détendre devant une bière.

C'est là qu'il l'aperçut. Une ravissante petite brune, de profil, avec une longue chevelure soyeuse. Vanessa se pencha vers elle et lui parla à l'oreille. Joe en resta un instant bouche bée. Puis se ressaisit.

— Vanessa ?

Celle-ci regarda dans sa direction.

— Joe ?

— Eh oui, fit-il en riant.

Elle abandonna aussitôt sa bière pour le rejoindre. Ils s'étaient déjà rencontrés à plusieurs reprises, bien sûr, la dernière aux obsèques de Matt. Joe avait fait la connaissance de Matt par l'intermédiaire de Paul et le voyait à Grants Pass quand il était en permission.

— Que fais-tu ici ? demanda-t-elle en l'étreignant.

— Un peu de travail d'architecte pour Vic et Paige. Avec l'arrivée du bébé, ils ont besoin de s'agrandir.

Parler de bébé lui rappela sa conversation avec Paul, quelques semaines plus tôt. Paul était amoureux de cette fille et s'était fourré dans un tel pétrin qu'il n'avait sans doute pas une chance. Il jeta un coup d'œil à la jolie brune qui accompagnait Vanessa. Même de profil, elle était d'une beauté exquise.

— Nikki, tu veux venir une seconde, l'appela Vanessa.

Elle les rejoignit, un sourire timide aux lèvres.

— Je te présente Joe, un ami de Matt et de Paul. Joe, voici ma meilleure amie, Nikki.

Il lui tendit la main.

— Enchanté de faire votre connaissance.

— Moi de même, répondit-elle avant de baisser les yeux.

— C'est vraiment bête, Joe, reprit Vanessa. Si j'avais su que tu venais, j'aurais prévu quelque chose. Un dîner, par exemple.

— Si vous restez, je vous invite avec plaisir à manger, proposa-t-il.

— Merci, c'est gentil, mais mon père fait du baby-sitting depuis un moment déjà et j'ai commandé à Vic un repas à emporter. J'allaite encore et je ne peux m'échapper que très peu de temps. Mais si tu veux nous accompagner au ranch, je peux demander à Vic de rajouter une portion.

— J'aimerais bien, mais je dois discuter boulot avec les gens de la maison.

— Pas de chance. La prochaine fois, préviens-moi. J'aimerais bien qu'on passe un peu de temps ensemble.

— Promis. J'aurai de toute façon l'occasion de revenir.

Et elle ? se demanda-t-il. Reviendrait-elle ? Nikki. Il ne risquait pas d'oublier ce prénom.

À cet instant, Paige sortit de la cuisine avec la commande de Vanessa. Celle-ci pêcha son portefeuille dans son sac, mais Joe l'arrêta.

— Laisse, c'est pour moi. Histoire de me faire pardonner de ne pas t'avoir appelée.

Il sortit deux billets de vingt dollars qu'il posa sur le comptoir, s'empara du sac en papier contenant le repas à emporter et le tendit à Vanessa.

— Préparez-vous à déguster la meilleure cuisine du monde, dit-il à Nikki, qui lui adressa un petit hochement de tête.

— Eh, merci ! Si je m'attendais ! s'exclama Vanessa avant d'embrasser Joe sur la joue. C'est très gentil.

— Tout le plaisir est pour moi. Content de vous avoir rencontrée, Nikki.

Il espérait qu'elle aussi l'embrasserait sur la joue, mais il n'eut droit qu'à un nouveau hochement de tête.

Les deux jeunes femmes s'en allèrent et Joe retourna à sa bière. Jack parvint à se libérer au bout d'un bon moment, et le rejoignit en s'essuyant les mains dans un torchon à vaisselle.

— Alors, comment tu t'en es sorti ? demanda-t-il, désignant du menton le carnet de croquis.

— J'ai quelques idées intéressantes, je crois. Avec le bon entrepreneur, ça pourrait marcher au poil.

— C'est justement le problème. Quand j'ai voulu boucler les travaux de ma maison, je n'ai trouvé personne ici. Voilà pourquoi j'ai fait appel à Paul.

— On va commencer par voir si mes idées vous plaisent, suggéra Joe. Au fait, c'était qui la fille avec Vanessa ?

— Une hôtesse de l'air. Sa meilleure amie, je crois. Elles se connaissent depuis des années.

— Elle est incroyable.

— Elle vit à San Francisco, lui apprit Jack avec un clin d'œil. Elle rentre chez elle demain.

— Moi aussi, fit Joe en levant son verre. C'était moins une.

Jack s'esclaffa et partit servir un client.

Joe était allé cinq fois à San Francisco l'année passée et n'avait pas croisé une seule fille qui arrivât à la cheville de Nikki. Comment se faisait-il qu'il tombe sur elle ici, dans ce patelin paumé ?

Jack revint avec un café à la main.

— Tu sais quoi ? fit Joe. Par moments, cet endroit me fout les jetons.

— Ne m'en parle pas, dit Jack. C'est ici que j'ai rencontré Melinda. Ce genre de miracle n'est pas censé se produire.

4

Paul savait que Jack avait raison, il lui fallait se montrer à Virgin River, et sans tarder. Pas question de laisser le toubib seul dans les starting-blocks en attendant que Vanessa soit prête à tourner la page. Il téléphona donc au général et lui demanda s'il pouvait venir passer le week-end au ranch.

Le samedi matin, il se leva tôt et fit le trajet en un temps record. Il se gara devant la maison et la scène qu'il découvrit de l'allée lui serra le cœur. Vêtue d'une chemise en chambray aux manches retroussées sur un jean délavé et des bottes de cheval, Vanessa se tenait devant la tombe de Matt. Elle se passa soudain la main dans les cheveux, puis s'essuya les yeux. « Je le savais, songea-t-il. J'avais bien dit à Jack qu'elle broyait encore du noir. »

Il descendit de son pick-up, mais au lieu d'aller frapper à la porte, il la rejoignit sur le tertre. Elle regarda par-dessus son épaule en l'entendant approcher, puis se détourna et s'essuya les yeux d'un revers de main. Il s'arrêta derrière elle et enroula les bras autour de sa taille.

— Une journée sans ? demanda-t-il avec douceur.

— Oui. De temps en temps, je me sens vraiment seule.

— Je sais, Vanessa. Ça finira par s'arranger.

— Papa s'inquiète parce que je viens souvent ici, avoua-t-elle avec un rire gêné. Il pense que je rumine trop. Mais je ne rumine pas, tu sais. C'est juste que, parfois, je ne trouve personne d'autre à qui me plaindre.

— Tu peux te plaindre à moi.

Elle pivota, une lueur agacée dans le regard, et il laissa ses bras retomber le long de ses flancs.

— Ah oui ? fit-elle. Et comment ? On se parle à peine. Quant à se voir, c'est quasiment jamais.

— Je suis désolé. C'est compliqué, Vanessa. Mais je peux t'expliquer.

— Plus compliqué que de perdre un mari ? répliqua-t-elle d'un ton cassant. Ô mon Dieu, Paul, excuse-moi, je ne sais pas ce qui m'a pris. Tu as perdu ton meilleur ami, tu n'as pas à te justifier.

— Je crois que si. À mon retour à Grants Pass, j'étais sous pression, vois-tu. Un peu comme une grenade dégoupillée. J'étais à côté de la plaque et il m'a fallu prendre mes distances quelques semaines pour essayer d'y voir plus clair. Et puis, je ne voulais pas que nous ne partagions que le deuil de Matt, tu comprends ? Il y a tellement plus entre nous.

— Vraiment ? fit-elle, pleine d'espoir.

— Je t'ai aidée à mettre ton enfant au monde, quand même.

Du pouce, il lui essuya la joue, juste sous l'œil.

— Désolé, j'ai les mains calleuses.

— Mais non, tes mains sont très bien, assura-t-elle. As-tu idée à quel point tu m'as manqué ?

— Moitié moins qu'à moi, répondit-il en lui prenant la main. Nous avons traversé tant d'épreuves, toi et moi.

Il ne pouvait pas lui parler maintenant, devant la tombe de Matt, avec le général qui les attendait à l'intérieur.

— Va te préparer, reprit-il. Tom a sûrement d'autres projets pour ce soir, mais j'ai l'intention de vous inviter à dîner, ton père et toi.

Elle sourit.

— Un endroit particulier en tête ?
— Ton grill favori. J'ai réservé.

Quand Paul arriva au bar avec le général, Vanessa et le bébé, les quelques clients du début de soirée étaient sur le départ. Plusieurs tables furent rassemblées et le groupe habituel y prit place. Les nuits d'avril étant encore fraîches, Jack avait allumé une flambée dans la cheminée. Il partageait son temps entre les tables et son poste favori, derrière le comptoir. Paul l'y rejoignit.

— Dis donc, mon vieux, ta femme est vraiment enceinte jusqu'aux yeux ! s'exclama ce dernier. Cela dit, elle a l'air d'avoir une de ces pêches.

— Je sais, fit Jack, et ça me rend dingue. Je fais mon possible pour qu'elle mette la pédale douce. J'aimerais bien qu'Emma attende encore au chaud au moins deux semaines.

— Elle a vraiment la bougeotte. Un peu comme Vanessa le jour où elle m'a infligé la vidéo sur l'accouchement.

— Ouais. Je n'ai pas assez d'expérience pour savoir jusqu'à quand c'est trop tôt. J'ai pensé appeler John… Mais je vois que tu as pris la peine de venir jusqu'ici, enchaîna-t-il avec un sourire complice, changeant abruptement de sujet. Bonne initiative. Des progrès avec Vanessa ?

Paul se rembrunit.

— À mon arrivée tout à l'heure, elle pleurait devant la tombe. Je te l'avais dit, elle est encore très fragile.

— Si tu veux mon conseil – que, dixit Melinda, je ne suis pas censé te donner même sous la torture –, fais en sorte d'être dans le coin quand elle aura repris du poil de la bête.

— Jack, j'ai à te parler d'un truc ou deux. Mon histoire avec Vanessa, eh bien… elle se complique sacrément.

— Ah oui ?

— Pour commencer, j'ai un rival très sérieux…

— Bienvenue au club, mon vieux.

— C'est vrai, le mari de Melinda était médecin.

— Médecin urgentiste. Un type qui sauvait des vies et était, en prime, parfait en tous points. Séduisant, intelligent, plein d'humour, et sans doute génial au lit. Un vrai dieu, quoi. En théorie, je n'avais aucune chance. Et pourtant…

— Il n'y a pas que ça… Il faut que je te parle. Tu seras sans doute de bon conseil.

— Paul, tu n'as pas besoin de mes conseils. Contente-toi de lui avouer tes sentiments.

Paul baissa brièvement la tête.

— Je crains que ça ne soit pas si simple. J'aimerais en discuter avec toi demain.

— Passe à la maison dans ce cas. J'essaie de ne pas trop m'éloigner ces temps-ci. J'arrive au bar un peu plus tard dans la matinée.

Quand Paul retourna s'asseoir près de Vanessa, elle le regarda avec un pétillement si envoûtant dans ses yeux aigue-marine qu'il faillit fondre. Puis, dans la foulée, il se dit qu'ils étincelleraient sûrement de rage lorsqu'il lui avouerait la vérité. Songeant à son tempérament de feu, il réprima un frisson. Il remarqua alors sa main posée sur sa cuisse, tout près de la sienne, et la prit sous la table.

Il n'était pas très tard quand ils regagnèrent le ranch. Vanessa s'excusa : elle devait allaiter son fils et le coucher. Walt fit du feu dans la cheminée, puis s'en alla, laissant Paul seul dans la grande pièce à vivre.

Il avait envie d'un verre, mais n'osait pas se servir de crainte que l'alcool ne le désinhibe un peu trop. Lorsque Vanessa le rejoignit, il remarqua qu'elle s'était brossé les cheveux. Ceux-ci retombaient en cascade soyeuse sur ses épaules, et il avait envie de les froisser entre ses doigts.

— Où est papa ? demanda-t-elle en se lovant dans le grand fauteuil en cuir près du sien.

— Il a préparé le feu et il a disparu. C'est un peu tôt pour aller se coucher, non ?

— Il va peut-être revenir. Je te sers un dernier verre ?

— Non, merci, répondit-il, un peu nerveux. Alors, il paraît que le médecin est venu la semaine dernière…

Vanessa sourit.

— Melinda avait raison. Si on veut garder un secret, il faut quitter cette ville !

— Tu voulais que ça reste secret ? fit-il en haussant les sourcils.

— Quelle raison aurais-je eue ? Ce n'est pas moi qui l'ai invité. En effet, il est passé. Je lui ai fait visiter la région, je l'ai emmené dîner chez Jack et faire une balade à cheval. Soit dit en passant, il n'est pas très doué sur une selle, commenta-t-elle avec un sourire moqueur.

— Et sur le plancher des vaches, il est comment ? s'entendit-il demander.

Vanessa s'esclaffa.

— Très sympathique, à première vue. Mais ça, nous le savions déjà.

— Une femme dans ta situation est sans doute très intéressée par un homme dans son genre.

— Ce n'est pas désagréable d'attirer enfin un peu l'attention d'un homme, je dois le reconnaître. Je ne suis pas veuve depuis si longtemps, je sais, mais ça fait presque un an que…

Elle laissa sa phrase en suspens et détourna les yeux.

— Que ? insista-t-il, réalisant aussitôt qu'il venait de mettre les pieds dans le plat.

Vanessa reporta lentement le regard sur lui, un demi-sourire mystérieux aux lèvres. Elle faillit pouffer de rire en pensant à la tête que ferait ce pauvre Paul si elle répondait « qu'un homme ne m'a pas fait grimper aux rideaux ». Paul était gentil et tendre, mais beaucoup trop timide et renfermé. Elle se rappela qu'il fallait le traiter avec ménagement. Il était très circonspect avec les femmes. Sinon, il serait marié depuis des années et aurait une ribambelle d'enfants.

— Que rien, Paul. Rien du tout.

— Désolé, murmura-t-il en baissant les yeux, je ne voulais pas être indiscret.

Elle rit de nouveau.

— Tu n'étais pas aussi timide durant l'accouchement. Qu'est-ce qui t'arrive ?

Il inspira un grand coup.

— Vanessa… j'ai des choses à expliquer. Des choses difficiles. Je ne parais pas du genre à avoir une vie compliquée, je sais – en fait, je donne plutôt l'impression de ne pas avoir de vie du tout –, mais avant Matt… avant que je vienne ici pour terminer la maison de Jack… je suis sorti de temps en temps, tu comprends ?

Vanessa sourit.

— Même si tu n'es pas du genre causant et que tu te montres plutôt timide avec les femmes, j'ai toujours supposé…

— Stupide, l'interrompit-il. Je suis surtout stupide avec les femmes.

— Tu manques d'assurance, peut-être. Mais si les circonstances s'y prêtent…

— Exactement, dit-il, presque soulagé. Quand les circonstances s'y prêtent, il peut se produire des choses qu'on n'avait pas prévues.

Elle fronça légèrement les sourcils.

— Paul, je comprends que tu sois sorti avec des femmes. Tu es bel homme, célibataire.

— C'est au sujet de mon absence depuis la naissance de Mattie. J'avais un problème à régler.

— Un problème à Grants Pass ?

Il se passa la main sur la nuque, puis se jeta à l'eau.

— Avant de venir ici, je suis sorti une ou deux fois avec une femme. Une relation occasionnelle. Rien de sérieux. Et puis, le monde a basculé. Il y a eu le décès de Matt, la naissance du bébé… Durant la période qui a suivi, nous nous sommes beaucoup rapprochés toi et moi. Au début, c'était peut-être à cause du deuil et de Mattie, mais pas seulement. Nous sommes vraiment devenus très proches.

— Comme un frère et une sœur ? risqua-t-elle, dans l'espoir qu'il la détromperait.

— Beaucoup plus que ça, Vanessa. Du moins dans mon esprit. Puis je suis rentré à Grants Pass. Mais j'avais changé. Je n'étais plus du tout le même, alors que là-bas, tout était toujours…

— Pareil ? suggéra-t-elle.

Il y avait une femme à Grants Pass, conclut Vanessa. Quelqu'un qui avait peut-être pris de l'importance dans sa vie.

— Cette femme avec qui tu es sorti une ou deux fois, quand l'as-tu rencontrée ?

— Pourquoi ? demanda-t-il, déconcerté.

— Quand ?

Paul frotta ses paumes moites sur son jean.

— Je ne sais plus trop… Il y a environ un an.

— Un *an* ? Bon sang, Paul, pourquoi tu ne m'as rien dit ?

— Dit quoi ?

— Qu'il y a une femme dans ta vie !

— Non, non… je l'ai juste vue une ou deux fois et…

Vanessa se leva d'un bond.

— Dans ce cas, la situation n'a rien de compliqué.

Il se leva à son tour.

— Écoute, un problème *inattendu* a surgi. Mais quand je l'aurai réglé, je serai beaucoup plus présent. Promis.

— Par pitié, avoue donc la vérité ! lâcha-t-elle d'un ton cassant. Tu as une relation là-bas, et passer du temps ici contrecarre tes projets !

— Pas du tout, protesta-t-il, de plus en plus nerveux.

— Tu sais tout de moi, et tu ne m'as jamais dit, même incidemment, qu'il y avait quelqu'un dans ta vie !

— Ce n'est pas du tout ça. Écoute, j'ai juste besoin d'un peu de temps. D'un peu de patience de ta part. Je sais que je n'ai pas été aussi présent que je l'aurais dû et…

— Tais-toi ! Je ne t'ai jamais rien demandé d'autre que de garder le contact, alors cesse de geindre !

Paul se renfrogna et son cou s'empourpra.

— Je geins, moi ? N'importe quoi !

— En tout cas, ce n'est pas ce que j'appelle avoir une discussion. Comporte-toi en homme, bon sang !

— J'essaie ! Mais je ne peux pas en placer une !

Elle avait encore quelques reparties bien senties en réserve, mais se retint, les lèvres pincées. Durant les mois qu'il avait passés à Virgin River, il était rentré un jour ou deux à Grants Pass presque chaque semaine. Soi-disant pour s'assurer de l'avancement des chantiers en cours. Tu parles ? Il allait là-bas pour *elle*, oui ! Elle devait avoir du mal à accepter qu'il s'absente autant pour s'occuper de la veuve de son meilleur ami. Quelle tête elle ferait s'il lui disait qu'il devait maintenant faire de fréquents séjours à Virgin River pour s'assurer que la veuve et le bébé allaient bien. Compliqué, en effet ! Eh bien, ce genre de relation ne l'intéressait pas.

— Qu'est-ce que tu essaies de me dire ? Qu'il y a une femme à Grants Pass qui compte pour toi ? Que tu as des obligations là-bas ?

— Ce n'est pas faux, avoua-t-il piteusement. Mais Vanessa, j'ai des obligations aussi ici. Mattie et toi, vous comptez énormément pour moi…

Vanessa vit rouge.

— Surtout ne t'en fais pas pour nous. Nous nous en sortons très bien – mieux de jour en jour. Puisque tu as une vie à Grants Pass, je ne voudrais pas être un obstacle !

— Tu ne m'écoutes pas, répliqua Paul, haussant le ton. Je veux être ici avec toi, le plus souvent possible. Je fais tout pour ça, bon sang !

— Ce n'est pas l'impression que tu donnes.

— Excuse-moi, mais il arrive parfois des imprévus dans la vie.

— Oh, vraiment ? fit-elle, sarcastique. À qui le dis-tu ?

Elle non plus ne s'attendait pas que son mari meure. Ou à tomber amoureuse de Paul.

— Mais je suis sûre que tu vas tout arranger, enchaîna-t-elle. Sache en tout cas que tu n'as aucune *obligation* ici. Nous nous débrouillerons très bien. Je m'étonne que tu ne m'aies rien dit, c'est tout. Qu'est-ce que tu imaginais donc ? Que je ne comprendrais pas que tu aies quelqu'un chez toi qui compte sur toi ?

— Ce n'est pas du tout ça !

— Tu aurais pu m'en parler ! s'entêta-t-elle.

— Vanessa, pour l'amour du ciel !

Walt entra dans le salon, à la fois peiné et sidéré.

— Vous vous disputez ?

— Non ! répondirent-ils avec un bel ensemble.

— Ah ! Sans doute un nouveau genre de poésie, alors ?

Vanessa laissa échapper un soupir excédé tandis que Paul se contentait de secouer la tête.

— J'entends Mattie pleurer, marmonna-t-elle avant de quitter la pièce au pas de charge.

— Moi aussi, j'entends quelque chose, dit Paul qui fonça dans la direction opposée et laissa la porte d'entrée claquer derrière lui.

Walt se retrouva seul dans le salon.

— Eh bien, murmura-t-il, je suis rassuré de savoir que ce n'était pas une dispute.

Vanessa s'en mordait les doigts. Elle avait perdu son sang-froid. Elle n'avait guère laissé l'occasion à Paul de s'expliquer. D'un autre côté, comme il était parti, il lui aurait fallu une année pour en venir au fait. Allongée sur son lit tout habillée, elle en aurait trépigné de rage. Il lui arrivait d'être soupe au lait, elle le savait, mais ses éclats atteignaient rarement ces sommets. Cela dit, Paul n'y avait pas été de mainmorte côté frustration. Comment pouvait-on à la fois aimer et détester le caractère d'une personne ? Elle adorait sa timidité et sa réserve ; le fait qu'une femme devait être importante à ses yeux pour qu'il lui adresse la parole. Mais elle détestait son incapacité à s'affirmer. À revendiquer ses droits ! Il aurait dû lui dire bien avant la naissance de Mattie qu'il voyait quelqu'un à Grants Pass !

Elle ne commettrait pas la même erreur que Nikki. Espérer changer l'esprit ou le cœur d'un homme, c'était peine perdue. Et puis, de toute façon, elle ne voulait rien avoir à faire avec l'homme d'une autre femme !

Mais malgré sa colère, les larmes se mirent à rouler sur ses joues. Et elle se maudit de pleurer.

Paul passa une nuit agitée. Il s'était ridiculisé en se lançant sans préparation dans une tentative d'explication et, par sa maladresse, n'avait fait qu'empirer la situation. Évidemment, la présence du général au bout du couloir, risquant d'entrer dans le salon au moment où il annonçait « et elle est enceinte ! » n'avait pas aidé. Mais ce n'était pas une excuse.

Il lui fallait finir ce qu'il avait commencé, une perspective qui lui tordait l'estomac.

S'il devait devenir père, il comptait bien être un père dévoué. Il était prêt à s'occuper du petit Mattie et espérait – non, implorait le ciel – que de son côté, Vanessa serait prête à accepter son enfant. Mais comment lui avouer la vérité ? Par moments, son tempérament explosif le terrifiait.

Le jour venait à peine de se lever et la maison était silencieuse. Paul s'habilla, prépara du café et emporta une tasse aux écuries avec dans l'idée d'avoir une petite conversation matinale avec les chevaux. Peut-être seraient-ils de bon conseil.

Adossé à un box, il entendit un bruit. Il se retourna et vit que la porte de la sellerie était entrebâillée. Pensant qu'il s'agissait du général, il poussa le battant. Tom était assis sur le banc, les coudes sur les genoux, tête baissée. Sa veste était jetée en travers du banc près de lui et il avait roulé ses manches.

— Bonjour, dit Paul.

Tom leva la tête, l'air préoccupé.

— Tu as passé toute la nuit dehors ?

— Je suis sorti tard, oui. Et après, j'étais chez Brenda. Je suis rentré il y a une heure.

— Vous vous êtes bien amusés ?

Tom fut secoué d'un frisson qui n'échappa pas à Paul.

— Oui, lâcha-t-il dans un souffle.

— Que se passe-t-il ? s'enquit Paul.

— Rien. Je réfléchis, c'est tout.

— Si tu réfléchis un peu plus fort, je pourrai peut-être t'aider.

Tom l'observa un moment.

— J'en doute sincèrement, Paul.

— Essaie toujours. Je suis plus âgé que toi, je suis peut-être déjà passé par là.

— Si c'est le cas et que tu es encore célibataire à trente-six ans, je n'ai pas vraiment besoin de tes conseils, répliqua Tom, la mine sombre.

— Dis donc, qu'est-ce qui t'arrive ? Tu penses déjà au mariage à dix-huit ans ?

— Pas vraiment, non. C'est juste que… Brenda… Mince, j'adore cette fille. Je ne pensais pas qu'on pouvait aimer à ce point.

— Jusqu'à présent, je ne vois pas trop où est le problème. À moins qu'elle ne partage pas tes sentiments.

Les joues de Tom se colorèrent et il secoua la tête.

— Oh si, elle les partage !

— On dirait que vous avez sauté le pas, tous les deux.

Tom se leva, se frotta les mains sur son jean, puis lâcha :

— Il devrait y avoir une sorte de mise en garde.

Paul posa le pied sur le banc et se força à boire tranquillement son café en priant pour que le jeune Tom ne se soit pas fourré dans le même guêpier que lui.

— Ah oui ? fit-il.

— Je peux en parler, tu crois ? Ça ne fait pas de moi un pauvre type ? Mon père m'a toujours dit qu'un homme digne de ce nom ne parle pas de sa vie intime.

— Ça ne sortira pas d'ici. Nous ne sommes plus au lycée, Tom. Je crois que tu peux me faire confiance.

— C'est juste que… Oh, et puis tant pis ! Elle a drôlement pris son temps, tu sais. Et je me suis montré vraiment patient, même si j'ai cru devenir dingue. Mais je ne me serais pas senti à l'aise si elle n'avait pas été sûre. Nous avions pris toutes les précautions possibles et imaginables. Nous nous aimons, Paul.

— Et ?

— Je croyais qu'il nous faudrait un peu de temps pour nous habituer. Qu'on serait peut-être un peu maladroits au début, tu comprends ?

— Hmm, oui, fit Paul qui se demandait où le garçon voulait en venir.

Tom plongea son regard dans le sien.

— Ça n'a pas été le cas.

— C'est-à-dire ?

— Ça n'a pas pris de temps du tout. On n'était pas maladroits. C'était complètement incroyable. *Elle* est complètement incroyable.

Paul secoua la tête, un peu perdu.

— Je ne vois toujours pas où est le problème.

— Je pars bientôt. Juste après le bac, je vais faire mes classes, puis direction West Point. Pour des années.

« Ah, songea Paul, le gamin a découvert le pot de miel et le trouve plus doux que la vraie vie. » Et il s'apprêtait à être bouclé quatre ans à West Point, sans possibilité de vivre en dehors de l'école, ni d'en sortir diplômé s'il se mariait.

— Tu ne seras pas parti pour toujours, observa-t-il.

— C'est pourtant l'impression que j'ai.

— Je m'en doute. Mais si elle partage tes sentiments, ça te donnera une très agréable motivation pour après. Quand le moment sera venu. Tu sais, même s'il n'y avait pas West Point, reprit Paul après une gorgée de café, dix-huit ans, c'est franchement trop jeune pour s'engager pour la vie.

— Ça arrive, ce genre de situation ? Que des jeunes comme Brenda et moi tombent amoureux et restent ensemble après ?

— Plus souvent qu'on ne le pense, assura Paul. Mon pote Zeke, tu sais, celui qui est pompier à Fresno ? Eh bien, il a épousé sa copine de lycée et pour l'instant ils en sont à quatre enfants. Et ce malgré les séparations imposées par l'armée pendant au moins deux ans. Phillips et Stephens se sont mariés plutôt jeunes, et eux aussi ont de jolies petites familles. Et ils sont encore si dingues de leurs femmes que c'en est presque ridicule. À les voir, on croirait qu'ils viennent de se rencontrer.

— Je ne m'attendais pas du tout que ce soit si naturel, si génial. Du coup, j'ai l'impression de ne pas pouvoir vivre sans elle. À la seule pensée qu'elle puisse être avec un autre, j'ai l'estomac noué. Et je ne peux pas m'imaginer non plus avec une autre fille.

Paul rit malgré lui. Il posa la main sur l'épaule du jeune garçon.

— Dis-toi bien que des hommes ont fait la guerre pour moins que ça, Tom. L'amour donne le sentiment de pouvoir tout risquer, renoncer à n'importe quoi. Tu te réveilles en sueur au milieu de la nuit…

— La vache, soupira Tom. C'est sans doute pour ça qu'on dit que l'amour fait souffrir.

— Bien sûr que non. C'est merveilleux d'aimer et de faire l'amour. Ne te trompe pas de cible : ce qui fait souffrir, c'est la séparation, la rupture, l'infidélité. Mais l'amour, c'est le bonheur, notre raison de vivre.

— À t'entendre, on dirait que tu sais de quoi tu parles. Pourtant, ce n'est pas l'impression que tu donnes.

Paul se renfrogna.

— Je sais. J'ai encore certains détails à régler.

À 9 heures, Paul jeta son paquetage à l'arrière de son pick-up. Il serra la main de Tom, puis du général qu'il remercia pour son hospitalité, et après avoir constaté que le regard de Vanessa s'était radouci et qu'elle n'allait pas le mordre, il glissa le bras autour de sa taille et l'embrassa sur le front.

— Je t'appelle ce soir. Il faut qu'on parle. Peut-être plus calmement.

Elle leva vers lui ses yeux turquoise pétillants.

— Je serai là.

Avant de reprendre l'autoroute pour l'Oregon, Paul fit un détour par chez Melinda et Jack. Il frappa doucement à la porte et ce fut son ami qui vint ouvrir, David encore en pyjama calé sur la hanche.

— Bonjour, tu reprends la route ?

— Oui. Mais si tu as quelques minutes…

— Bien sûr. On va s'asseoir dehors pour ne pas réveiller Melinda. Elle a mal dormi cette nuit à cause de ses douleurs au dos, du coup elle se rattrape. J'ai fait du café. Tu en veux une tasse ?

— Avec plaisir, répondit Paul, déjà remonté comme un coucou avec tout le café qu'il avait ingurgité.

Jack lui confia David, le temps d'aller chercher le café et un bol de Cheerios pour ce dernier. Ils s'installèrent dans les fauteuils adirondack sur la terrasse avec vue sur la vallée, David à leurs pieds, son bol de céréales entre les jambes.

— Ça n'a pas l'air d'aller fort, fit remarquer Jack.

— Pas trop, en effet. J'ai vraiment fait une grosse connerie, attaqua Paul. À mon retour à la maison après la naissance de Mattie, j'étais plutôt secoué. Ces mois passés à soutenir Vanessa sans prendre le temps de faire mon deuil moi-même ont dû me perturber. J'avais besoin de lâcher du lest, j'imagine. Il y a cette fille que je connais à Grants Pass…

— Tu as lâché du lest avec elle ?

— Tu ne crois pas si bien dire. Elle est enceinte.

— Bravo ! Qu'est-ce qui t'est passé par la tête ?

— C'était censé être un rapport protégé. Comment tu trouves mon timing ? Impressionnant, hein ?

— Que comptes-tu faire ?

— L'aider, naturellement. Elle va mettre au monde mon enfant. Mais pas question de l'épouser… Je ne lui rendrais pas service. C'est une fille que j'ai rencontrée dans un bar il y a un peu plus d'un an. On est sortis ensemble deux ou trois fois avant la mort de Matt. On ne se voyait même pas régulièrement. Il n'y a rien entre nous. Si tu savais comme je me sens mal avec cette histoire.

— Sacré pétrin.

— Qu'est-ce que tu me conseilles ?

— Elle est enceinte de combien ?

— C'est arrivé juste après mon retour à Grants Pass. Deux mois maintenant. Je vais devoir le dire à Vanessa. Le plus tôt sera le mieux. J'ai essayé hier soir, mais j'ai merdé. Sans même connaître les détails, elle a pété un câble et failli m'arracher la tête en s'imaginant que j'avais une petite amie dont je lui aurais caché l'existence. Bon sang, cette fille démarre au quart de tour. Elle va me tuer. Et pas au sens figuré – elle sait manier les armes à feu.

— Ne te précipite pas, lui conseilla Jack. Une chose à la fois. Tu devrais d'abord te faire dépister pour les MST – fais-le dès demain. Si tu as utilisé un préservatif, je ne sais pas… il y a peut-être une chance pour que cet enfant ne soit pas de toi.

— J'y ai pensé. Mais elle m'a dit qu'elle n'avait pas eu d'autre relation depuis un bail et qu'elle s'était montrée un peu négligente avec la pilule. Quant à moi, j'ai utilité un préservatif qui traînait depuis des mois dans ma poche…

— Elle a suggéré le mariage ?

— D'emblée, oui.

— Écoute, Einstein, et si elle n'est pas enceinte, hein ? Les chances sont minces, mais c'est possible. Avant de t'engager pour la vie à soutenir quelqu'un que tu connais à peine, mieux vaut rassembler tous les faits. Pas de précipitation, mon vieux.

— Je dois appeler Vanessa ce soir pour le lui dire. Pour l'instant, je n'ai réussi qu'à l'embrouiller et à la rendre furieuse…

— Paul, tu ne peux pas lui annoncer une nouvelle pareille au téléphone !

— Mais…

— Elle va te raccrocher au nez ! Et la prochaine fois que tu la verras, elle te logera une balle dans le crâne. Et Walt l'aidera à viser.

— Que veux-tu que je fasse ? Elle est persuadée que j'ai une femme dans ma vie ! Elle ne m'a pas laissé en placer une…

Melinda apparut sur le seuil, son peignoir tendu sur son ventre proéminent. Ses joues étaient toutes roses d'avoir été savonnées, mais elle avait encore les cheveux ébouriffés. Elle sourit à Paul, puis alla s'asseoir sur les genoux de Jack.

— Bonjour, Paul, je n'ai pas pu m'empêcher d'entendre. J'ai hâte d'apprendre pourquoi tu vas te faire descendre.

— Oh, non…

— Détends-toi, mon pote, intervint Jack. Sincèrement, Melinda est *la* personne à qui te confier. Et elle ne raconte jamais rien. C'est exaspérant.

Paul lui exposa les faits, embarrassé au plus haut point. Pendant son récit, il osa à peine regarder Melinda, mais lorsqu'il eut terminé, lorsque ses yeux croisèrent les siens, d'un bleu limpide, il fut sidéré qu'ils ne soient pas écarquillés d'horreur.

— C'est une histoire que tu connais déjà par cœur, pas vrai ? murmura-t-il.

— Plus ou moins, oui, admit-elle. J'imagine que ton premier souci, c'est de savoir si tu es réellement le père de cet enfant ?

— Euh… je suppose que je le suis, mais…

— Vérifie-le dès que possible. Souviens-toi, Paul, la femme sait qu'elle est la mère. Tu as le droit d'avoir la même certitude. Demande-lui de te la fournir.

— Bon sang, Melinda, comment me suggères-tu de faire un truc pareil ?

— En te montrant honnête et direct. Une échographie, par exemple, permet de définir avec exactitude la durée de la gestation. Si de ton côté, tu arrives à te souvenir des fois où vous avez eu des rapports…

— De *la* fois, corrigea-t-il. Juste une seule.

— … tu auras une idée assez précise de la date de la conception, ce qui confirmera ou non ta paternité. Mais si elle a eu un autre partenaire dans la même période approximative, une recherche du groupe sanguin, voire un test ADN, s'avéreront nécessaires.

— Je ne veux pas la contrarier. Ou l'offenser.

Melinda eut un sourire patient.

— Si j'ai bien compris, vous ne vous étiez pas parlé depuis six mois et le soir où vous vous êtes vus, c'est devenu intime à vitesse grand V. Paul, si elle est offensée par ton désir de savoir si tu es réellement le père de ce bébé avant de t'engager personnellement et financièrement, alors tu n'auras pas la vie facile avec elle, tu peux me croire. C'est une requête on ne peut plus raisonnable. Si elle est absolument sûre d'elle, je suis certaine qu'elle coopérera.

— Et si elle refuse ?

— Dis-lui que tu feras appel à un avocat qui défendra tes droits paternels. Elle peut se voir interdire d'avorter ou de confier le bébé à l'adoption, et tu auras l'obligation de subvenir aux besoins de ton enfant, ce que tu es prêt à faire de toute façon, j'imagine.

— Si elle porte mon enfant, je m'occuperai d'elle. Ça tombe sous le sens.

Melinda sourit.

— Je sais.

— Et Vanessa ? demanda Paul.

— Elle le prend très mal ? fit Melinda,

— Elle n'est pas au courant. J'ai essayé de le lui dire hier soir, mais je lui avais à peine parlé du rendez-vous avec cette fille à Grants Pass qu'elle est sortie de ses gonds, m'accusant de lui avoir dissimulé la vérité tout ce temps.

Melinda fit une grimace.

— Règle ce problème, Paul. Si tu as des sentiments pour Vanessa, ce n'est pas juste de la laisser dans le doute et la confusion. Elle mérite de savoir.

— Elle va me réduire en chair à pâtée.

— J'en doute. Toutefois, il se peut qu'elle ait besoin d'un peu de temps pour analyser la situation. Paul, tu as tourné autour du pot trop longtemps. Si tu tiens à elle, explique-toi. Tu ne l'as pas trahie. Tu n'as pas enfreint la loi. Tu dois assumer tes responsabilités envers ces deux femmes.

— Tu as raison.

— Tout va s'arranger, tu verras. Les bébés sont des miracles de la vie, quelles que soient les circonstances. N'oublie jamais cela.

— Tu as raison, répéta-t-il en se levant.

Puis il se pencha vers elle, et l'embrassa sur le front.

— Merci, Melinda.

— Je t'en prie. Bonne chance.

Paul serra la main de Jack, ébouriffa les mèches blondes de David et rejoignit son pick-up. Après qu'il eut fait demi-tour et quitté la propriété, Melinda se tourna vers Jack qui souriait jusqu'aux oreilles.

— Je rêve ou tu viens de te *mêler* des affaires de quelqu'un ? fit-il.

Elle haussa un sourcil vengeur.

— Tu as vraiment envie de chercher des poux dans la tête d'une femme enceinte de presque dix-sept mois ?

— Je dis juste…

— Essaie plutôt de la boucler, lui conseilla-t-elle. On m'a demandé conseil, que je sache.

Il s'esclaffa.

— Je n'en reviens pas, tu l'as fait ! Tu as fourré ton sale petit nez dans une histoire de couple. Admets-le, c'est irrésistible. Tu es tout aussi fouineuse que moi.

Elle le foudroya du regard.

— Jack, personne ne peut être aussi fouineur que toi.

Juste après le départ de Paul, le téléphone sonna. Jack savait qui c'était. Un rituel du dimanche. Il souleva Melinda, la déposa sur la terrasse et s'empressa d'aller décrocher.

Rick était comme un fils pour lui. Il l'avait pris sous son aile à l'âge de treize ans, alors qu'orphelin, il vivait chez sa grand-mère. Jack lui avait appris à chasser et à pêcher, et avait fait de son mieux pour l'ouvrir au monde. Avec fierté, il l'avait vu devenir un jeune homme fort et droit, capable d'encaisser la tête haute les revers les plus douloureux de l'existence.

À dix-huit ans, Rick s'était engagé, une décision presque logique pour le protégé d'une bande de marines endurcis. Cela lui avait réussi. Excellent élément, il était entré dans les troupes aéroportées à l'issue de ses classes, puis avait intégré la prestigieuse unité d'élite SERE – Survie, Esquive, Résistance, Évasion. Dans chaque programme d'entraînement, il était le meilleur. Aujourd'hui, à dix-neuf ans, c'était un grand gaillard musclé et compétent, fier d'appartenir au corps des marines.

Il annonça à Jack qu'il aurait dix jours de permission dans deux mois. Après quoi, il recevrait son ordre de mission pour l'Irak.

— Pas de pleurnicheries, Jack, dit-il. Souviens-toi quand ç'a été à ton tour d'y aller, tu ne voulais pas que tes parents et tes sœurs se comportent comme si tu avais déjà un pied dans la tombe, non ? Alors, on boira un coup, on fumera peut-être un de ces horribles cigares que Vic et toi aimez tant. On se racontera quelques bonnes blagues salaces. Et je vous laisserai peut-être même me piquer un peu de fric en trichant au poker.

— Excellente idée. Je rameuterai même la troupe, tant qu'à faire…

— Tu n'es pas obligé d'inviter tout le monde. Ce n'est même pas la saison de la chasse.

— Nous verrons. Virgin River aura envie de faire honneur au fils du pays. Nous n'envoyons que les meilleurs.

— Merci. J'ai vraiment hâte de vous revoir.

Jack se redressa, inspira un grand coup et se dit qu'ils allaient lui organiser une fête mémorable pour son départ – pas de tristesse, pas d'inquiétude. Après tout, lui-même était parti cinq fois en mission, et la seule blessure vraiment sérieuse qu'il avait récoltée, c'était une malheureuse balle dans la fesse. Tous les soldats ne revenaient pas infirmes de la guerre. Ou pas du tout. Rick était un garçon brillant. Et puis, c'était son choix.

Rick avait grandi trop vite. Il avait perdu ses parents dans un accident si jeune qu'il ne se souvenait même pas d'eux.

À seize ans, il était tombé fou amoureux d'une fille de deux ans sa cadette. Ils avaient eu un bébé qui n'avait pas survécu.

Melinda entra dans la cuisine et trouva Jack appuyé au plan de travail, plongé dans ses pensées. Il leva les yeux.

— Rick rentre dans deux mois, lui annonça-t-il. Il a dix jours de permission.

— Ah, fit-elle, pressentant que la nouvelle n'était pas si bonne.

— Ensuite, il part pour l'Irak.

Melinda demeura silencieuse. Ses yeux s'embuèrent tandis qu'elle pinçait les lèvres pour réprimer un juron.

5

Paul s'arrêta pour dîner à son arrivée à Grants Pass, passa à son bureau pour vérifier les messages et s'occuper de la paperasse qu'il avait laissée en attente. Il y avait deux messages de Terri qui lui demandait de rappeler. Lorsqu'il arriva enfin chez lui, après 19 heures, il trouva encore plusieurs messages de Terri sur son fixe, égrenés tout au long du week-end. Il devait rappeler d'urgence. Dans le dernier, elle était en pleurs et bredouillait entre deux sanglots qu'elle ne supportait plus d'être aussi ignorée, aussi seule. « Tout ça n'en vaut peut-être pas la peine », marmonnait-elle en guise de conclusion. L'appel remontait à une petite heure. Paul composa son numéro. Pas de réponse. Il courut jusqu'à sa voiture et fonça à son appartement. « Par pitié, ne me fais pas ce coup-là », supplia-t-il durant tout le trajet.

Terri vint lui ouvrir, les yeux bouffis et le nez rouge comme si elle avait pleuré toute la journée. Elle lui accorda à peine un regard, puis tourna les talons et le planta là sans un mot. Il la suivit jusqu'au salon où elle se laissa choir sur le canapé, se recroquevilla contre les coussins et pleura de plus belle dans un mouchoir.

— Terri, que se passe-t-il ? Pourquoi ne répondais-tu pas au téléphone ?

— Je l'ai éteint.

— Pourquoi me demander de rappeler si tu éteins ton téléphone ?

— Parce que, répondit-elle en se mouchant, je t'ai laissé plein de messages et que tu les as tous ignorés. Je n'en pouvais plus d'attendre que le téléphone sonne. À quoi bon me donner tes numéros si tu ne réponds jamais à mes appels ?

Paul s'assit près d'elle sur le canapé. Pas trop près.

— Quand on a déjeuné ensemble la semaine dernière, tout allait bien. Tu as des problèmes avec ta grossesse ?

— Oui, j'ai des problèmes ! Je n'ai personne à qui parler et je me sens horriblement seule !

— Je n'étais pas en ville, expliqua-t-il. Je n'ai pas écouté mes messages.

— Et ton portable ? Tu l'avais éteint ? s'emporta-t-elle.

— J'étais à Virgin River, et là-bas il n'y a pas de réseau. Je ne l'avais même pas sur moi. Il est resté dans mon pick-up tout le week-end. Désolé, je ne pouvais pas savoir que tu aurais besoin de moi. Du reste, je ne comprends toujours pas pourquoi tu pensais avoir besoin de moi.

— J'étais bouleversée ! Tu m'avais dit que tu me soutiendrais, non ? J'avais besoin de parler. Et s'il y avait eu un problème plus grave ? Combien de temps il t'aurait fallu pour l'apprendre ? Je devrais peut-être m'en débarrasser – ça te ferait moins de souci.

Il posa la main sur son genou qu'il pressa doucement.

— Ne fais pas ça.

— Tu veux vraiment que j'aie cet enfant ? Parce que ça ne se voit pas, figure-toi !

Paul sentit une bouffée de colère lui échauffer le cou, puis le visage.

— Si tu avais voulu avorter, tu l'aurais déjà fait. Je n'aurais jamais été au courant. Alors cesse ces menaces en l'air histoire de me faire la leçon.

— Si tu savais… je me sentais… abandonnée…

Son visage se plissa de chagrin. Elle replongea le nez dans son mouchoir et ses pleurs reprirent de plus belle. Résigné, Paul se rapprocha, l'attira contre lui et la laissa sangloter contre sa poitrine.

— Qu'est-ce qu'il peut bien y avoir… à Virgin River qui t'empêche… de penser à nous ici ? hoqueta-t-elle.

— Allons, ressaisis-toi, murmura-t-il, éludant la question. Je n'ai pas l'intention de t'abandonner.

— Et si j'ai besoin de toi ?

— Je ferai mon possible pour être là. Mais il vaudrait mieux fixer certaines limites. Je ne suis pas prêt à me laisser balader comme ça.

— Que veux-tu dire ?

— Tu le sais très bien. Je veux bien t'aider, mais je n'ai pas l'intention de me faire manipuler.

— Et si je le donne à l'adoption ?

— Alors j'exercerai mon droit parental et ce sera moi qui le recueillerai.

— Pour que tu l'élèves avec *elle* ?

— Elle ?

— Il y a forcément une femme ! Sinon, tu nous laisserais une chance.

Paul soupira. Pourquoi faire simple quand on pouvait faire compliqué ? Il lui prit le menton et leva vers lui son visage gonflé d'avoir trop pleuré.

— Écoute, cette histoire, c'est entre toi et moi. Même si nous ne sommes pas un couple, nous allons avoir un enfant ensemble. Et nous devons trouver un moyen pour que ça marche.

— C'est vrai alors ?

— Ce n'est pas faux, admit-il. Mais même s'il n'y avait pas…

— Il y a une femme !

— Peut-être pas quand elle sera au courant. Mais ça ne change rien à notre relation, Terri. J'ai de l'affection pour toi et je ferai mon possible pour t'aider, mais ça n'ira pas plus loin.

Elle garda le silence un moment.

— Quand nous nous sommes rencontrés, murmura-t-elle, quand nous avons… Tu disais qu'il n'y avait personne dans ta vie…

— C'est vraiment compliqué.

— Tu l'as trompée. Et lorsqu'elle le découvrira, elle va…

— Terri, je ne l'ai pas trompée, d'accord ? Je t'ai dit la vérité. Je n'étais avec personne.

— Je ne comprends pas. Tu viens juste de la rencontrer ? Après que…

— Écoute, tu veux ? Nous n'étions pas ensemble. Je savais que j'éprouvais des sentiments très forts pour elle, mais quand je t'ai rencontrée, il n'y avait rien entre nous, et je n'avais aucune raison de croire que ça puisse être le cas un jour. Je t'ai dit la vérité – j'étais célibataire et je n'avais aucune envie d'une relation sérieuse. De ton côté, tu m'as aussi affirmé être sans attaches et heureuse de l'être.

Elle se mura dans un silence buté.

— Et maintenant ? finit-elle par demander.

Paul détourna le regard.

— La situation a changé. Sur bien des plans.

Elle fondit à nouveau en larmes.

— Ô mon Dieu… la femme de ton ami ! Celui qui vient de mourir !

Paul réalisa que ce serait pire que tout ce qu'il avait imaginé. « Je le jure devant Dieu, se dit-il, plus jamais je ne ferai l'amour de ma vie. »

— Calme-toi, voyons, lui intima-t-il le plus posément qu'il put. Pleurer ne fera pas avancer les choses. Écoute, en cas de souci je ne pourrai pas toujours être disponible. Il doit bien y avoir quelqu'un à qui tu peux parler si tu n'arrives pas à me joindre. Ta mère, peut-être ? Tu peux te confier à elle ?

— Pas vraiment, répondit Terri en reniflant. Elle me trouve folle de t'écouter. Elle est persuadée que tu ne tiendras pas parole.

Il inspira un grand coup.

— J'irai la voir avec toi. Ça la rassurera peut-être un peu.

Elle releva la tête, l'air étonné.

— C'est vrai ?

— Oui, c'est vrai. Après que je t'aurai accompagnée chez ton gynécologue.

— Pourquoi viendrais-tu avec moi ?

— J'ai quelques questions à lui poser. Je tiens à m'assurer que tout va bien, tu comprends ?

— Comment ça ?

— Ta santé, celle du bébé, des histoires d'assurance, ce genre de chose. Une fois les premiers mois passés, nous irons rassurer ta mère sur mes intentions. Qui est ton médecin ?

— Pourquoi ?

— Nous devons nous assurer que tu as le meilleur suivi possible, répondit-il avec un haussement d'épaules. C'est qui ?

— Charlene Weir.

— Quand ton prochain rendez-vous est-il prévu ?

— Pas avant un moment. J'y suis allée il n'y a pas si longtemps.

— Quand ?

— Quelques semaines. Trois, je crois.

— Tu me communiqueras la date du prochain rendez-vous, d'accord ?

— Et si tu me donnais une liste de questions ? Je te transmettrai ses réponses.

— Non, s'entêta-t-il, repoussant une mèche de son front. Je tiens à venir. À participer.

— D'accord, céda-t-elle avec une lueur attendrie dans le regard. Tu vas rester avec moi ce soir ?

— Je ne peux pas, Terri. On a parlé de limites, tu te souviens ?

— Ce n'est pas comme si je pouvais tomber enceinte…

— Terri, je te l'ai dit, nous ne sommes pas un couple et il n'est plus question de relations intimes entre nous.

Elle se blottit contre lui et sanglota encore un peu.

— Je suis si bouleversée que je n'en mange plus, je n'en dors plus. C'est comme si tu me traitais en étrangère parce que je suis enceinte. Ce n'est pourtant pas ma faute !

— Chut, ce n'est la faute de personne… Il va falloir que tu essaies de te montrer plus raisonnable. Ce n'est bon ni pour toi ni pour le bébé. Calme-toi un peu, d'accord ?

— Comme si c'était facile. On n'a peut-être pas été beaucoup ensemble, mais on l'était, c'était merveilleux. On s'entendait bien, on s'aimait bien. Je me disais qu'en apprenant que j'étais enceinte, tu laisserais au moins une chance à notre couple. Mais non, tu n'y as pas songé une seconde.

— On s'entendait bien, c'est vrai, admit-il. On a passé de bons moments ensemble – quatre fois en tout et pour tout en une année. À mon avis, un mariage heureux réclame davantage que cela. Mais sais-tu ce que je voudrais ?

Elle leva vers lui un visage plein d'espoir.

— Quoi donc ?

— On va être parents ensemble. Pas sous le même toit, mais quand même, on forme une équipe. J'aimerais qu'on puisse coopérer comme des amis. Deux personnes qui ne partagent pas la même vie, certes, mais font de leur mieux pour être de bons parents. Ça va demander quelques efforts, je crois.

— Tu crois ?

— Oh oui ! dit-il avec un soupir las. Beaucoup, même.

— Cette femme, risqua Terri, tu as su tout de suite que tu l'aimais ?

— Tout de suite, acquiesça-t-il.

Elle resta un moment songeuse, puis murmura :

— Alors, tu sais exactement ce que je ressens.

Paul songea que c'était aussi logique pour Terri de se croire amoureuse de lui après quelques nuits ensemble que lui d'avoir eu le coup de foudre pour Vanessa à la seconde où son regard s'était posé sur elle. Et elle n'était pas plus disponible à l'époque que lui pour Terri aujourd'hui.

— Va t'allonger sur ton lit. Je vais rester avec toi le temps que tu te calmes et que tu t'endormies. Mais je ne peux pas passer la nuit, tu comprends ?

— Je crois, oui. Ça ne me plaît pas, mais je comprends. Je n'ai pas l'habitude d'être aussi hystérique.

— Ce n'est pas grave, ne t'inquiète pas. Il faut que tu te reposes. Pour ton bien et celui du bébé.

— Il n'y a vraiment aucun espoir pour nous deux, Paul ?

— Il y a l'espoir d'avoir ce bébé et d'être de bons parents. À mes yeux, c'est déjà beaucoup.

Tôt, le lundi matin, le téléphone sonna au ranch des Booth et Vanessa se jeta sur le combiné. C'était Cameron et elle laissa échapper un soupir déçu qu'il n'interpréterait pas mal, espérait-elle. Paul occupait toutes ses pensées. Elle se faisait du souci pour lui. Un sang d'encre, en fait. Il n'avait pas appelé comme promis et vers 22 heures, la veille, et elle s'était décidée à téléphoner chez lui. Elle avait laissé plusieurs messages sans obtenir de réponse. Elle avait à peine fermé l'œil, redoutant qu'il ait eu un accident sur la route du retour. Ce contentieux qu'il y avait à régler entre eux la mettait à cran.

Elle se ressaisit.

— Bonjour, Cameron.

— Vanessa, comment vas-tu ?

— Très bien, merci. Et toi ?

— Bien. Écoute, je me demandais si tu aurais envie de quitter ton petit coin de paradis pour le week-end.

— Un week-end ? répéta-t-elle, prise au dépourvu.

— Je connais un hôtel formidable en bord de mer. À Mendocino, plus exactement. Il y a beaucoup de choses à faire dans la région. De quoi s'amuser et se détendre.

— Cameron, j'ai un bébé.

Il s'esclaffa.

— Je me suis dit que je pourrais amener un pédiatre.

— Mais… je ne suis pas du tout prête pour…

— Pas de panique. Nous prendrons deux chambres. C'est l'occasion d'apprendre à se connaître, rien de plus. Et non, je n'ai pas parlé de ce projet à Carol.

— Euh… écoute, j'apprécie l'invitation, mais tout ça va un peu trop vite pour moi…

— Je me comporterai en boy-scout, promis, insista-t-il en riant. Deux chambres, de superbes panoramas, des repas gastronomiques, un peu de détente, de conversation, sans pression…

— J'apprécie, sincèrement. C'est très gentil de ta part, mais…

— Ce n'est pas grave, coupa-t-il. Ça valait la peine d'essayer. Et si je casais un petit séjour à Virgin River dans ce cas ? J'ai le numéro de Jack. Je pourrais réserver son chalet…

— Tu es le bienvenu quand tu veux.

— Pourquoi pas ce week-end, puisque, du coup, je n'ai plus rien de prévu ?

— Volontiers, répondit-elle sans enthousiasme. Tiens-moi au courant si tu décides de venir.

Une heure d'inquiétude plus tard, le téléphone sonna de nouveau. Cette fois, c'était Paul. Vanessa lui aurait volontiers arraché la tête.

— Où étais-tu passé ?

— Vanessa, je suis désolé. Je n'ai eu tes messages que ce matin.

— Oublie mes messages – ce n'est pas moi qui t'ai demandé d'appeler ! Tu m'avais dit que tu le ferais ! J'ai eu peur qu'il ne te soit arrivé quelque chose de grave. Je me suis fait un sang d'encre toute la nuit !

— Il y a eu un imprévu et j'ai dû... euh... aller aider quelqu'un. Je suis rentré trop tard pour te téléphoner. Je n'ai écouté ma messagerie que ce matin.

Elle poussa un profond soupir. Ce n'était pas son genre de paniquer, mais ces dernières années, elle avait perdu beaucoup trop d'êtres chers, et Paul lui donnait l'impression d'être le dernier en date.

— Si tu ne m'avais pas promis de...

— Je suis navré, Vanessa. Ça ne se reproduira plus.

À peine rentré, il avait eu tôt fait d'oublier la veuve et l'orphelin dans les bras de cette fille qui l'attendait à Grants Pass. « Rends-toi à l'évidence, ma pauvre fille, tu es le cadet de ses soucis », se morigéna-t-elle. Pourtant, elle s'entendit demander :

— Quel est ce problème qui t'a retenu si tard ?

— Euh... rien d'important pour finir. C'était moins grave que je ne l'ai cru sur le moment. Je te raconterai, Vanessa, mais je préférerais le faire en tête à tête. Excuse-moi encore de t'avoir laissée sans nouvelles.

— Tu as ta vie privée. Inutile de te justifier.

— Je ne voudrais pas que tu te méprennes...

— Me méprendre ? J'en doute fort. Ne t'inquiète pas, Paul. Le principal, c'est que tout aille bien. On discutera plus tard.

— Cette semaine, d'accord ? Je viendrai te voir ce week-end.

— C'est ça.

Vanessa raccrocha et se réfugia dans sa chambre. Elle s'assit au bord du lit. À la nervosité qui perçait dans la voix de Paul, elle avait deviné qu'il lui mentait : il n'était rentré pas trop tard pour appeler – en fait, il n'était pas rentré du tout. Il avait passé la nuit avec cette femme. La femme qui avait compliqué sa vie.

« Il faut qu'on parle », lui avait-il dit la veille avant de partir. Elle était stupide ou quoi ? C'était clair comme de l'eau de roche. Le mieux à faire, à présent, c'était d'essayer d'aller de l'avant. Elle se remémora l'époque où Nikki et elle se serraient les coudes pour affronter les ruptures. « Lève la main droite et répète après moi : je ne serai pas pitoyable. Je ne serai pas pathétique », avait coutume de dire Nikki.

Vanessa alla jeter un coup d'œil à Mattie. Il dormait à poings fermés. Elle s'essuya les yeux. C'était ridicule de pleurer – Paul lui était dévoué et attaché de bien des façons. Sans doute était-il son meilleur ami. Il éprouvait de la tendresse et de l'affection pour elle, mais de l'amour, non. Il n'en avait jamais été question. Elle allait devoir s'y faire.

Une perspective en tout cas lui était absolument insupportable : Cameron et Paul ensemble, à Virgin River, pour le week-end – l'un tenterait de la séduire, l'autre de lui faire comprendre maladroitement que son cœur était pris ailleurs. Le supplice chinois de la goutte d'eau lui serait plus agréable.

Elle regagna le salon et resta quelques minutes assise près du téléphone, songeuse. Puis elle décrocha et composa un numéro.

— Cameron ? J'ai réfléchi et je me dis qu'une petite balade au bord de la mer me ferait le plus grand bien. Mattie et moi serions heureux de venir. Mais j'insiste sur les deux chambres. Et je veux être certaine que tu n'attends rien en échange. Je ne tiens pas à te décevoir.

— Je comprends ta position, Vanessa. On va juste passer un bon moment, c'est tout.

— Voilà qui semble prometteur. Pourrait-on se retrouver tôt samedi et rentrer dimanche assez tôt aussi ?

— Sans problème.

— Très bien. Je serai prête.

Et elle raccrocha, et regarda son père. Il avait plié son journal sur ses genoux, et la dévisageait par-dessus la monture de ses lunettes de lecture.

— Vanessa, que se passe-t-il ?

— Je… euh… je vais passer le week-end à la mer avec Cameron. J'emmène Mattie, bien sûr.

Il avait entendu les trois conversations et elle le savait.

— L'histoire ne semble pas s'arrêter là, je me trompe ? À quoi rime cette dispute avec Paul ? Et ce rendez-vous avec le pédiatre ?

— Ce n'est vraiment rien, papa. Ça ne t'ennuie pas que je parte ce week-end, n'est-ce pas ?

— Tu es majeure.

— Paul a prévu de venir.

— Et tu ne seras pas là ?

Elle se leva.

— Il ne vient pas pour me voir. Je vais aller faire un tour à cheval. Ça ne te dérange pas de prêter l'oreille, au cas où Mattie se réveillerait ?

— Pas du tout, assura-t-il. Ménage le cheval.

Si Cameron avait espéré impressionner et charmer Vanessa, il était certainement sur la bonne voie. Pour commencer, il avait emprunté le SUV de son frère, plus à même que sa Porsche d'accueillir un siège auto, une poussette et un lit pliant. Elle avait quelques doutes à partir avec lui pour le week-end, d'autant que sa motivation première était d'éviter Paul. Mais durant le trajet, il lui raconta des anecdotes qui la firent rire malgré elle – récits d'enfance entre son frère et sa sœur, blagues d'étudiant, histoires d'horreur de carabin. Elle se sentit immédiatement à l'aise et décida qu'en définitive, éviter Paul comportait quelques avantages.

Cameron l'emmena dans un motel qui ressemblait à une auberge de campagne : l'entrée dans les chambres se faisait par le parking, tandis que l'arrière s'ouvrait sur un patio privatif joliment meublé d'un salon de jardin qui donnait sur les falaises et l'océan en contrebas. Sur les côtés, de généreuses potées de géraniums flanquaient de luxuriantes fougères. Dans sa chambre, qui communiquait avec celle de Cameron, Vanessa trouva un bouquet de fleurs fraîches et une coupe de fruits.

Après le déjeuner dans un adorable petit restaurant en bord de mer, elle installa Mattie dans sa poussette et ils firent une promenade le long des falaises. Ils étalèrent ensuite une couverture sous un arbre, et évoquèrent leur passé, leurs expériences, leurs goûts.

— Je ne serais pas étonnée d'apprendre que toutes les mères qui t'amènent leurs enfants tombent amoureuses de toi, déclara-t-elle.

— En ce qui me concerne, j'attends encore de rencontrer la femme idéale.

— Tu n'as jamais été tenté par le mariage ?

— Une ou deux fois, je ne suis pas passé loin.

— Je parie que tu as eu au moins un million de petites amies.

Il éclata de rire.

— C'est me faire trop d'honneur. Ou pas assez, je ne sais pas. J'en ai eu quelques-unes. Et pas mal d'histoires qui n'ont rien donné.

— Ah ! Tu es difficile.

Il haussa un sourcil amusé.

— C'était peut-être elles qui l'étaient.

— Arrête. Tu n'as pas été amoureux une centaine de fois ?

— Pas tout à fait. Sans compter le lycée et mes débuts à l'université, quand je tombais amoureux d'une fille différente chaque semaine, j'ai eu mon premier coup de foudre en fac de médecine. J'étais fou d'une étudiante de ma promotion. Ç'a été une histoire aussi intense que brève. Très douloureuse. Après ça, je me suis rangé des voitures pour un moment.

— Vraiment ? Moi qui te prenais pour un bourreau des cœurs.

— Pas du tout, assura-t-il. J'ai réalisé que jusque-là j'avais éprouvé du désir, mais pas de véritable amour. J'avais eu mon lot d'aventures, mais cette fille m'a littéralement ensorcelé. À vingt-quatre ans, je lui aurais promis la lune. Elle était avec un autre avant que j'aie compris ce qui m'arrivait. Puis un deuxième, et un troisième. Je l'ai perdue de vue durant l'internat où j'ai appris qu'elle sortait avec le major de sa promotion. Ma fierté en a pris un sacré coup.

— Il y en a eu d'autres ? demanda Vanessa.

— Oh oui ! admit-il. Une fois, j'ai vécu avec une fille. Pas longtemps – je ne crois pas qu'on ait dépassé trois mois. Ç'a été ma seule tentative. J'avais vingt-neuf ans, ajouta-t-il avec un haussement d'épaules, et il me semblait qu'il fallait au moins faire l'effort d'avoir une relation monogame stable. Une expérience atroce.

— Atroce ? Comment ça ?

— Hmm, pour commencer, elle n'a pas été stable du tout. En réalité, cette fille était folle, avoua-t-il avec un sourire.

— Vraiment ?

— Je t'assure. Une dingue en liberté. Elle me jetait des objets à la tête. J'ai failli devenir sourd à cause de ses hurlements.

— Tu as emménagé avec elle sans savoir tout cela ?

Cameron rougit.

— J'aurais sans doute dû le deviner, mais j'étais dans le déni, parce qu'elle était vraiment… très, très sexy. Je me disais que tout s'arrangerait si seulement je…

Il laissa sa phrase en suspens.

— Ah, les hommes ! soupira Vanessa.

— Eh oui, je plaide coupable. Et toi, tu as connu le grand amour à l'université ?

Elle pouffa de rire.

— Bret McDoughal. Capitaine de l'équipe de foot et président du club de rhétorique. Je m'attendais qu'il devienne au moins sénateur.

— Que fait-il aujourd'hui ?

— Il vend des voitures d'occasion en Virginie. Il passe des spots publicitaires salaces à une heure tardive et s'affuble d'une drôle de banane gominée. À la fac, il donnait l'impression de pouvoir conquérir le monde. J'étais dingue de lui.

— Comment a-t-il pu te laisser lui filer entre les doigts ?

— Je n'étais pas la seule à être dingue de lui. Il avait une capacité de concentration très limitée.

— Quel imbécile.

— Je crois que je l'ai vraiment échappé belle, s'esclaffa Vanessa.

Cameron posa sa main sur la sienne.

— Peux-tu me parler de Matt ? Ce n'est pas trop difficile ?

— Ça va. J'aime l'évoquer.

Elle ne put s'empêcher de penser à Paul avec qui il lui était si facile et agréable de partager ses souvenirs.

— Matt était un homme merveilleux. Un ami formidable. Il était si drôle, si débordant d'énergie. Ce qui m'a attirée d'emblée chez lui, c'est son sens de l'humour – il me faisait rire à en pleurer. Il y avait aussi son engagement vis-à-vis de l'armée qui me remplissait d'admiration. Vis-à-vis de ses hommes aussi. Et de moi, bien sûr, ajouta-t-elle avec une pointe d'émotion dans la voix. Lorsque quelque chose comptait pour lui, il le défendait avec une détermination sans faille. Il était fort, pas seulement physiquement, mais aussi émotionnellement. Mais tu aurais dû voir ses biceps et ses épaules. Il aurait pu faire des pompes à longueur de journée.

— Costaud comme tous les hommes de Virgin River, commenta Cameron.

— Ce n'était pas non plus une armoire à glace. Il mesurait moins d'un mètre quatre-vingts. Quand je portais des talons, nous faisions la même taille. Il avait les cheveux bruns, des yeux bleus aussi. Il était tendre, sensible, ouvert.

L'émotion voila le regard de Vanessa.

— Parfois, il me manque tellement, souffla-t-elle. Excuse-moi.

— Tu n'as pas à t'excuser, voyons. Tu as eu beaucoup de chance d'avoir une relation aussi extraordinaire. Et cet adorable petit bonhomme.

— C'est vrai. Je préfère n'avoir partagé que ces quelques années avec lui plutôt que de ne l'avoir pas connu.

Elle prit une profonde inspiration, le regard perdu au loin.

— C'est gentil de ta part de ne pas éluder le sujet. De ne pas faire comme si Matt ne faisait pas partie de ma vie.

— Il fait partie de ta vie. Pour toujours.

— Oui. Je ne sais pas si c'est une source de réconfort ou non. Mais je lui suis reconnaissante pour tout, ajouta-t-elle, tournant les yeux vers Cameron avec un sourire. Tout sauf la fin.

— Nous ferions mieux de rentrer, suggéra-t-il. Je vais prendre une douche avant le dîner. Et tu apprécieras certainement un peu de tranquillité avec ton fils.

— À quelle heure, le dîner ?

— Apéritif à 18 h 30, dîner à 19.

— Où ?

— Ici.

— Ici ?

— J'ai commandé un repas chez un traiteur. Une fois Mattie couché, nous mangerons tranquillement dans le patio, ainsi tu pourras l'entendre s'il se réveille. Pas de panique, ajouta-t-il en riant. Je n'ai pas d'arrière-pensée – il y aura un serveur. Je n'essaie pas de te piéger. T'impressionner, oui, mais pas te piéger.

Paul ne vit pas Terri de la semaine, mais il l'appela deux fois pour prendre de ses nouvelles et ne s'éternisa pas au téléphone. Il avait reçu un appel de Joe qui sollicitait ses lumières au sujet de la construction d'une extension chez Jack. C'était l'alibi professionnel idéal pour son week-end à Virgin River, même s'il se doutait bien que Terri n'était pas dupe. Il promit de lui téléphoner pendant le week-end, mais ne lui donna pas le numéro du ranch. Cette fois, il vérifierait ses messages.

— Passe un bon week-end, Paul, conclut-elle, à sa grande surprise.

Il lui en fut si reconnaissant qu'il laissa entendre qu'il pourrait essayer de la voir la semaine suivante, peut-être pour le déjeuner.

— Ce serait sympa, répondit-elle.

À son arrivée au ranch le samedi, Vanessa n'était pas là et le général arborait sa mine des mauvais jours.

— Elle ne m'a pas dit qu'elle serait absente, s'étonna Paul.

— Non, en effet. Et j'en ignore la raison. Mais vous avez peut-être votre petite idée ?

— Je l'avais pourtant prévenue que je venais. Elle est peut-être fâchée contre moi parce que je ne l'ai pas appelée, comme promis, à mon retour.

— Elle est partie pour le week-end avec le pédiatre, lâcha Walt.

— Merde ! Pardon, s'excusa Paul, je voulais dire…

— Je sais ce que vous vouliez dire, coupa le général.

— C'est un malentendu, monsieur. Je peux vous expliquer…

Le père de Vanessa l'arrêta d'un geste de la main.

— Inutile. J'en ai déjà trop entendu. Mais il me semble plus qu'urgent que vous ayez une explication avec Vanessa.

— Oui, vous avez raison. Euh… je dois aller voir Jack et Vic pour leur extension. Voulez-vous m'accompagner ?

— En fait, un verre me ferait le plus grand bien.

À leur arrivée au bar, le coup de feu du déjeuner était passé et les derniers clients terminaient leur repas. Tous deux avaient besoin d'une bière, pour des raisons identiques qu'ils se gardèrent toutefois d'évoquer. Walt ignorait ce qui arrivait à sa fille, mais son instinct paternel lui soufflait qu'il s'agissait d'une peine de cœur, d'où ce retournement de dernière minute avec le pédiatre. Quant à Paul, il était persuadé que sa complète inaptitude lui vaudrait de perdre Vanessa. Une fois de plus.

— Joe m'a dit que vous prévoyez des agrandissements, dit Paul lorsque Jack leur servit deux pressions bien fraîches.

— Exact, confirma ce dernier. Vic a besoin de place pour sa famille. Maintenant qu'il a compris comment faire des enfants, il veut une maison assez grande pour abriter toute une smala. Je trouve que c'est une bonne idée et, d'après Joe, c'est simple à réaliser. Il a laissé des croquis, mais n'a pas encore dessiné les plans. Il a besoin de l'avis d'un entrepreneur sur certains points concrets comme la charpente, les fondations, etc.

— Je peux m'en charger. Tu as quelqu'un en vue pour les travaux ?

— C'est le problème dans la région. La main-d'œuvre ne manque pas, j'en suis sûr, mais les entreprises de bâtiment sont une denrée rare et les délais d'attente sont faramineux. Tu te souviens pour ma maison ? Et puis, il y a du nouveau.

— Du nouveau ?

— Mike et Brie cherchent à acheter une maison depuis des mois et n'en trouvent aucune à leur convenance. À l'étroit comme ils sont dans leur camping-car, impossible d'envisager de fonder une famille. J'ai un grand terrain. Je peux leur en céder une parcelle sur laquelle ils feraient construire. Ils ont l'intention d'en parler bientôt à Joe. Mais ils sont confrontés au même problème : la pénurie criante d'entrepreneurs. Franchement, conclut Jack en secouant la tête, il y a des jours où je regrette que tu ne vives pas à Virgin River, mon vieux.

— Montre-moi donc ces croquis, fit Paul, éludant la question.

Jack sortit un grand rouleau rangé sous le comptoir.

— Ce ne sont que des brouillons.

— Pas de problème. J'ai l'habitude de ses pattes de mouche. Même s'il invente régulièrement de nouvelles abréviations. Par défi, j'imagine. Vic est là ?

— Il nettoie la cuisine.

— Dans ce cas, je vais aller le voir.

Paul but la moitié de sa bière en parcourant les croquis, puis s'arracha à son tabouret et alla retrouver Vic.

Il connaissait les lieux comme sa poche, mais pour faire justice à l'architecte, il en examina chaque recoin avec les yeux de l'entrepreneur et compléta les notes de Joe. Puis il fit le tour du bâtiment à l'extérieur et examina la surface où l'extension serait rattachée à la construction existante.

Mike l'aperçut de son camping-car au fond du terrain, et le rejoignit.

— Salut, Paul. Jack t'a dit qu'on avait l'intention de faire construire, nous aussi ?

— Oui. C'est une bonne idée.

— L'idéal, ce serait de connaître un entrepreneur de qualité, comme toi. Il doit bien exister un moyen de te convaincre d'accepter un chantier dans le coin, fit remarquer Mike avec un sourire en coin.

— J'adore cet endroit, tu le sais. Mais j'ai des obligations à Grants Pass. J'ai laissé mon père et mes frères s'occuper seuls de tous les chantiers en cours à l'automne dernier.

Sans parler d'une autre obligation moins avouable. Peut-être que Virgin River serait un endroit plus stratégique pour gérer la situation. Il pourrait rester en contact téléphonique avec Terri, mais la distance, et donc l'absence de disponibilité, l'empêcherait de nourrir de faux espoirs.

— Je vais tout de même y réfléchir, reprit-il. Mais il y a un tas de facteurs à prendre en considération.

Vanessa Rutledge n'était pas l'un des moindres.

6

À seulement deux mois et demi, Mattie était devenu un compagnon de voyage très coopératif. Après la promenade sur les falaises, il avait eu droit à une agréable sieste avec sa mère, puis son bain et un moment de jeu. Et après une longue tétée tranquille, il avait retrouvé son berceau. Vanessa avait pris une douche, enfilé une robe d'été et s'était pomponnée. Après une courte attente, on frappa doucement à la porte de communication et Cameron entra.

— Il dort ? chuchota-t-il.

— Oui.

Il s'approcha du berceau, contempla un instant le bébé endormi, puis il s'empara du châle de Vanessa sur le lit et en drapa ses épaules nues.

— J'avais prévu qu'il se joigne à nous pour le dîner, plaisanta-t-il.

Il la prit par la main et l'entraîna jusqu'à la terrasse où la table avait été élégamment dressée. Le soleil amorçait tout juste sa descente. Cameron tendit un verre à Vanessa.

— À un week-end de dépaysement total !

— Merci, murmura-t-elle. Je n'avais pas réalisé à quel point j'avais besoin de changer d'air.

Il lui tira un fauteuil qu'il orienta de façon qu'elle profite du coucher de soleil qui promettait d'être magnifique.

— Assieds-toi et profite du spectacle. Tu as assez chaud ?

Elle resserra son châle et hocha la tête.

— Ton métier d'hôtesse de l'air ne te manque pas trop ?

— Ce sont surtout mes amies qui me manquent. Nous étions quatre à combiner nos emplois du temps, si bien que chaque mission de quatre jours était comme une soirée pyjama géante. Deux vivent à Los Angeles., les deux autres à San Francisco, mais nous sommes restées proches.

— Tu as l'intention de voler à nouveau ?

— Non, cette page-là de ma vie est tournée. Je ne m'imagine pas quitter Mattie plusieurs jours. Le problème, c'est que je n'ai aucune idée de la suite à donner à mon existence. Rester une mère célibataire qui vit chez son père, très peu pour moi.

Cameron ne put s'empêcher de rire.

— Vanessa, tu vas rebondir. Carol m'a parlé d'une collaboration avec elle dans l'immobilier…

Ce fut au tour de Vanessa de s'esclaffer. Elle fut prise d'une envie irrésistible de lui avouer qu'elle préférerait se faire arracher toutes les dents plutôt que de travailler avec sa belle-mère, mais elle s'en abstint, consciente que l'amitié de Cameron avec celle-ci précédait la leur.

— Non, se contenta-t-elle donc de répondre. Je lui ai dit que l'immobilier ne m'intéressait pas, mais comme à son habitude elle ne m'a pas écoutée et m'aménage sans doute déjà un bureau à l'agence.

— C'est une femme redoutable. Être sa belle-fille ne doit pas être facile tous les jours. Mais je lui dois d'avoir négocié ma maison à un prix défiant toute concurrence. Elle a réussi l'exploit de faire baisser le prix sans même que j'aie à faire une offre.

— Elle a sans doute tanné les propriétaires jusqu'à ce qu'ils cèdent. Elle m'a fait le coup une ou deux fois.

On frappa discrètement à la porte et Cameron se leva pour faire entrer un serveur chargé d'un grand plateau. La camionnette du traiteur était garée juste devant la porte de la chambre et l'homme fit plusieurs allers-retours jusqu'à ce qu'il les invite à passer à table. Pendant le repas, il se tint en retrait près de la porte, intervenant de temps à autre pour remplir les verres et assurer la suite du service.

Après une délicieuse salade italienne, ils dégustèrent du poulet au marsala et ses petits légumes de printemps craquants arrosé de chardonnay. Le repas se conclut par une mémorable farandole des desserts.

— Cameron, tu as fait des folies, murmura Vanessa.

— Ça en valait la peine, non ? répondit-il en terminant sa crème brûlée. Le directeur de l'hôtel m'a fourni les coordonnées d'un traiteur local, qui m'a conseillé le menu et s'est occupé de tout. Je trouvais plus agréable de dîner ici où Mattie peut dormir tranquillement plutôt que de tenter un grand restaurant.

— Avec le risque d'imposer les pleurs d'un bébé aux autres clients ? pouffa Vanessa. Je suis sûre qu'ils nous en sont tous très reconnaissants. C'était une idée très attentionnée, merci beaucoup. Je n'imagine pas de week-end à la mer plus réussi.

— Tant mieux. Tu as apprécié ?

— Énormément. Et en prime, tu t'es comporté en vrai boy-scout.

— J'avais des instructions, lui rappela-t-il en riant.

Le serveur leur proposa du café.

— Hmm, comme je n'allaite pas et que je ne conduis pas, je vais prendre un digestif, décréta Cameron. Et toi, Vanessa ?

— Un décaféiné, si vous avez.

Le serveur le lui apporta, puis entreprit de débarrasser. Tandis que Cameron sirotait tranquillement son verre, la porte se referma sans bruit et ils se retrouvèrent seuls.

Ils parlèrent longuement de leurs familles respectives, de leurs amis, des endroits où ils avaient vécu, des voyages qu'ils avaient faits, de leurs années d'étudiants avec leur lot de chambres et de voitures minables. Ils rirent beaucoup, se posèrent mutuellement un tas de questions, et devinrent amis, comme Vanessa l'avait souhaité. Sauf qu'à l'origine, c'était seulement pour refroidir les ardeurs romantiques de Cameron. Et qu'elle était maintenant un peu surprise de constater à quel point elle l'appréciait et espérait son amitié.

Elle consulta sa montre. Trois heures s'étaient écoulées. La journée avait été parfaite et lui avait agréablement changé les idées. L'escapade idéale avec un vrai gentleman.

— C'est presque le moment pour Mattie de se faire entendre, fit-elle remarquer.

— Il se réveille encore la nuit ?

— Une ou deux fois, mais il se rendort aussitôt après la tétée. J'ai un bébé facile, paraît-il. Dieu merci, c'est déjà ça.

— Je suis content que tu aies tiré un bon numéro. Avec les enfants, on ne sait jamais. Certains peuvent être pénibles.

Vanessa se leva.

— Je vais y aller. Il est encore tôt pour toi, je sais, mais après la prochaine tétée, j'irai me coucher.

Il se leva à son tour.

— Je suis à côté si tu as besoin de quoi que ce soit.

Puis il la raccompagna à la porte qui donnait sur l'autre chambre.

Elle se tourna vers lui.

— Sincèrement, je ne sais comment te remercier. J'ai passé une journée exceptionnelle.

— Ne me complimente pas trop, répondit-il avec un sourire en coin. Tout cela fait partie d'un plan diabolique.

— Vraiment ?

— Oui. Je me suis dit que si j'arrivais à te faire passer un bon moment et à te mettre en confiance, peut-être que le jour venu, j'aurais ma chance…

Elle inclina la tête de côté et le dévisagea avec un pétillement amusé dans le regard.

— Quel stratège retors tu fais. Je suis sous le charme.

Touché par le compliment, Cameron baissa les yeux.

— Je n'avais encore jamais été attiré par une jeune veuve avec un enfant, avoua-t-il, et je trouve que ce genre de relation comporte certains points délicats.

— Ah bon ?

Il glissa la main sous ses cheveux, la referma sur sa nuque.

— Oh oui ! Pour commencer, tu sens si délicieusement bon. Si la situation était différente, tu devrais me repousser *manu militari*. Je suis fou de toi.

— Je n'aurais peut-être pas dû venir, souffla Vanessa, qui n'écarta pas sa main pour autant. Je détesterais te donner de faux espoirs…

— Voyons, ce n'est pas ta faute si je craque pour toi et cherche désespérément à t'impressionner.

— Impressionnée, je le suis, assura-t-elle avant de se pencher pour déposer un baiser affectueux sur sa joue. Je m'en voudrais de te décevoir.

Leurs regards se croisèrent et, l'espace d'un instant, le temps parut se suspendre. Puis Cameron l'attira doucement à lui. Vanessa savait qu'il allait l'embrasser, et qu'elle le laisserait faire. Mattie choisit cet instant pour commencer à s'agiter et à pleurnicher dans son berceau. Elle se redressa avec un sourire contrit.

— Le devoir m'appelle, chuchota-t-elle. Merci pour cette merveilleuse journée. Et pour être si charmant et compréhensif.

— De rien, Vanessa, dit-il en laissant retomber sa main. Tout le plaisir était pour moi.

— Bonne nuit, Cameron.

Bien entendu, Vanessa ne put fermer l'œil, déboussolée par le désir un peu effrayant qui la tourmentait. Elle n'avait pas fait l'amour depuis si longtemps. Après la naissance de Mattie, lorsque son corps s'était de nouveau éveillé à la sensualité, il n'y avait eu qu'un homme dont le contact pouvait la tenter. La tenter *vraiment*. Le meilleur ami de Matt. Et le sien.

Elle en était si furieuse que les larmes lui piquèrent les yeux. Maudit Paul ! Il était tellement moins beau parleur, moins romantique que Cameron. Moins séduisant aussi. Et Cameron, lui au moins, la désirait.

Puis elle se souvint de cette fois où il avait pleuré sur son épaule juste après la naissance du bébé, de sa tendresse lorsqu'il avait glissé les bras autour de sa taille alors qu'elle pleurait sur la tombe de Matt, de la ferveur avec laquelle il les avait longuement serrés dans ses bras avant son départ, Mattie et elle… Cette fois, elle ne put retenir ses larmes. Pourquoi ne pouvait-elle aimer l'homme qui la désirait, au lieu de celui qui n'avait pas de place pour elle dans sa vie ? Ce serait tellement plus simple.

Au cours de la nuit, Cameron fut réveillé par un bruit léger qu'il n'identifia pas d'emblée. Il se redressa dans son lit et tendit l'oreille. Des pleurs. Mais ce n'étaient pas ceux d'un bébé. Il se leva, s'approcha sur la pointe des pieds de la porte qui le séparait de la chambre de Vanessa. C'était elle qui pleurait. Des sanglots étouffés.

Il tourna doucement la poignée. Elle n'avait pas fermé à clé – une marque de confiance, songea-t-il. Il enfila son pantalon et pénétra dans sa chambre.

— Vanessa ? appela-t-il à voix basse.

Elle se redressa dans son lit.

— Cameron ? fit-elle en reniflant.

— Que se passe-t-il ?

— Rien. Rien du tout.

Il s'approcha du lit, s'assit au bord du matelas.

— Mon Dieu, Vanessa, si c'est à cause de moi que tu pleures, je m'en voudrai terriblement !

— Non, ce n'est pas ta faute. Tu n'y es pour rien. Tu as été merveilleux. C'est juste que, parfois, je réfléchis trop. Je dois apprendre à me libérer de certaines choses.

— Ça viendra.

— Je suis désolée.

Il s'adossa à la tête de lit et l'attira contre lui.

— Tu n'as pas à l'être. Nous savons tous deux combien il est difficile de tourner la page, mais ça va aller. Tu as tout ton temps, Vanessa.

Elle pivota vers lui et, blottie contre son torse nu, pleura toutes les larmes de son corps. Il la serra dans ses bras. Il comprenait sa douleur et souffrait pour elle. Tourner la page ne s'avérerait pas facile.

Mais ce n'était pas grave. Il était prêt à affronter l'épreuve avec elle, parce que c'était exactement le genre de femme qu'il souhaitait avoir à ses côtés. Une femme capable d'un engagement sans faille, de sentiments profonds, d'un amour indestructible.

Lorsqu'il se réveilla quelques heures plus tard, toujours sur le lit de Vanessa, il l'aperçut assise dans le fauteuil en face, occupée à allaiter son enfant. Le visage baissé vers lui, une larme solitaire roulait le long de sa joue. Chaque fois qu'elle regardait son fils, songea Cameron, le cœur serré, elle voyait son époux décédé.

Ce n'était pas le lendemain matin qu'il avait imaginé ou espéré. Il regagna sa chambre et se doucha. Puis il commanda un petit déjeuner pour deux qu'ils prirent dans l'intimité du patio. Il s'occupa du petit Mattie dans ses bras tandis que Vanessa mangeait.

— Ça va mieux ? s'enquit-il.

— Un peu. Excuse-moi, Cameron. Tu ne mérites pas ça.

— Je te l'ai dit, je comprends. Mais je crois que nous ferions mieux de rentrer. Tu as besoin d'être un peu seule. Ma présence ne t'est pas très utile pour l'instant.

Elle posa la main sur la sienne par-dessus la table.

— Je persiste, Cameron, ce week-end a été merveilleux. Il m'a permis de m'échapper un peu, et j'en avais vraiment besoin. Mais le chagrin ne s'efface pas d'un coup de baguette magique.

— Avec le temps, ça s'arrangera, tenta-t-il de la réconforter.

— Sans doute, répondit-elle sans conviction.

Le trajet de retour fut assez silencieux. Cameron fit quelques tentatives pour amorcer la conversation, mais Vanessa ne se montrait guère bavarde. Ils s'arrêtèrent sur une aire de repos, le temps pour elle d'allaiter et de changer Mattie, tandis qu'il faisait un tour sans trop s'éloigner, à la fois protecteur et désireux de préserver son intimité. Au volant, il lui prit plusieurs fois la main par-dessus le levier de vitesse et elle la serra avec affection, mais son sourire empreint de tristesse et de regret lui inspira un mauvais pressentiment. Lui qui avait souhaité que ce week-end marque le début d'une histoire, il avait plutôt l'impression que c'était l'inverse.

Ils atteignirent le ranch vers 14 heures. Cameron s'arrêta à quelque distance de l'entrée, derrière le SUV du général, la voiture de Tom et le pick-up de Paul qui occupaient l'allée circulaire devant la maison.

Vanessa pinça les lèvres en apercevant ce dernier sur la terrasse couverte. À la vue de la voiture de Cameron, il s'était levé, les pouces coincés dans les poches de son jean. Son regard anxieux était rivé sur Vanessa qui ne le quittait pas davantage des yeux.

— Bon Dieu, bougonna Cameron, je suis vraiment un imbécile !

Elle tourna la tête vers lui, le menton levé.

— Ce n'était pas de penser à ton mari qui te faisait pleurer, reprit-il, comprenant soudain bien plus qu'il ne l'aurait voulu. Pourquoi ne m'as-tu rien dit ?

Les yeux de Vanessa s'embuèrent.

— Parce qu'il n'y a rien à raconter.

— Ah oui ? Et lui ?

Il désigna Paul du menton.

— Je ne sais pas ce qu'il fait ici. Il a quelqu'un dans sa vie.

— Je n'en suis pas si sûr.

— Moi, si.

— Mais tu l'*aimes.*

Elle en eut un hoquet d'émotion.

— Je ne sais plus du tout où j'en suis. Nous étions très proches. Matt, le bébé, tout…

— Vanessa, depuis le début tu n'as pas été honnête avec moi.

— Comment l'aurais-je pu alors que je ne sais même pas où je vais ? J'ai fait de mon mieux pour tourner la page. Sincèrement.

— D'accord, soupira-t-il en secouant la tête. Ne pleure pas, s'il te plaît.

— Je t'ai dit que je ne voulais pas te donner de faux espoirs, lui rappela-t-elle, ravalant ses larmes. À ses yeux, nous sommes juste de bons amis, crois-moi.

— J'en doute. Il est là à t'attendre. Tu aurais pu me dire que tu avais des sentiments pour lui. Moi, j'ai joué franc jeu avec toi. Tu savais que j'avais des vues sur toi. Tu aurais dû me dire clairement que tu n'étais pas disponible.

— Cameron, je t'avais prévenu. Je t'en prie, n'aggrave pas la situation. Ne va surtout pas croire que je me suis servie de toi.

— Ce n'est pas du tout le cas. Tu aurais pu. Je n'aurais pas été contre, bien sûr, mais non, tu n'étais pas prête. Et maintenant je comprends pourquoi, conclut-il avec un rire amer.

Bon sang, je me suis ridiculisé. Voilà ce que nous allons faire, reprit-il après un soupir. On va laisser passer un peu de temps et je reprendrai contact avec toi. Peut-être seras-tu disponible. Ou pas. Mais il n'est pas question que je reste dans ce triangle.

— Ce n'est pas un…

— Oh que si !

Cameron lâcha la pédale du frein et avança en roue libre. Il s'arrêta devant l'entrée et descendit ouvrir la portière à Vanessa. Puis il sortit sa petite valise et la poussette du coffre et les tendit à Paul qui s'était approché.

— Tenez, mon vieux, rendez-vous utile.

Paul emporta les affaires.

Cameron sortit Mattie de son siège auto et, avant de le donner à Vanessa, déposa un long baiser sur son petit crâne duveteux. Puis il effleura les lèvres de sa mère.

— Je regrette tellement que ça n'ait pas marché, souffla-t-il.

— Tu n'es en rien responsable.

— Tiens, voilà ton petit bonhomme, dit-il en lui tendant son fils.

— J'ai passé un moment merveilleux, Cameron. Merci pour tout.

Incapable de résister, il lui caressa les cheveux, les yeux au fond des siens.

— J'espère avoir l'occasion de te prouver que je vaux mieux que lui, fit-il, sachant que Paul ne pouvait pas l'entendre. Jamais je ne t'abandonnerai ni te laisserai dans l'expectative quant à mes sentiments. Jamais. J'espère que tu seras déçue, conclut-il avec un soupir.

— C'est sans doute ce qui me pend au nez, répondit-elle avec un rire sans joie.

Son fils serré contre son cœur, elle frôla de la main la joue de Cameron.

— Merci d'être si compréhensif. Tu as fait montre d'un savoir-vivre irréprochable.

Ce fut à son tour de rire.

— À l'origine, ce n'était pas mon intention, dit-il avant de retrouver son sérieux. Tu as mon numéro, au cas où tu serais prête à tourner la page. Je veux dire, vraiment.

La valise dans une main, la poussette dans l'autre, Paul les regarda se dire au revoir. Ce fut un pur supplice. Le tendre baiser, les murmures complices, la caresse de Vanessa sur le visage de l'autre. Catastrophe, se dit-il, épouvanté. Je l'ai perdue pour toujours. Une fois de plus.

Quand Cameron remonta dans sa voiture et démarra, Vanessa gagna le perron d'un pas vif. La mine de chien battu qu'arborait Paul l'agaça au plus haut point. Il lui ouvrit la porte et elle passa sans s'arrêter.

— Bonjour, Paul. Tu as passé un bon week-end ?

— Pas vraiment. Et toi ?

— Charmant, merci.

— Il faut que je te parle. C'est important.

— Que peut-il bien y avoir de si important ? Bonjour, papa, lança-t-elle à son père en traversant le salon pour gagner le couloir qui menait à sa chambre.

Paul lui emboîta le pas avec les bagages.

— Accorde-moi juste quelques minutes. Je t'ai attendue.

Elle posa Mattie sur la table à langer et s'affaira avec sa couche.

— Eh bien, tu n'aurais pas dû. Tu n'avais qu'à répondre à mes appels. Ou téléphoner. Tu n'arrêtes pas de me seriner que tu veux me parler et ensuite je n'ai plus de nouvelles.

— C'est justement ce qu'il faut que je t'explique. Vanessa, s'il te plaît.

Elle lui glissa un regard en coin et vit qu'il était malheureux, ce qui ne lui fit ni chaud ni froid. Elle espérait qu'il souffre le martyre.

— D'accord. Vas-y.

Il jeta un coup d'œil nerveux par-dessus son épaule.

— On peut aller dans un endroit tranquille ?

— Pourquoi ?

Il se pencha vers elle.

— Parce que c'est très personnel, voilà pourquoi.

— Tu peux fermer la porte si tu veux, suggéra-t-elle avec un haussement de sourcils narquois.

Paul sentait la moutarde lui monter au nez. « Surtout ne t'énerve pas », s'adjura-t-il.

— Et si on allait faire une balade ?

— Je ne crois pas, non. J'ai plusieurs heures de voiture derrière moi. Laisse-moi changer Mattie et, si tu veux, on ira dans le jardin. Ça te convient ?

— Il faudra bien, répondit-il avec une moue butée.

Puis il se laissa peu à peu distraire par le bébé qu'il s'amusa à faire sourire. La couche enlevée, un jet impressionnant d'urine prit Paul par surprise. Il l'esquiva de justesse, tandis que Vanessa s'empressait de couvrir la fontaine, ce qui leur arracha un éclat de rire à tous deux.

— Bon d'accord, on va faire un tour dans le jardin. Tout va bien pour Mattie ? Il n'a pas faim ?

— Je l'ai nourri en route. Je vais l'installer dans son transat près de mon père. Il sera très bien.

Paul recula un peu et se força à glisser les doigts dans les poches arrière de son jean, tant il mourait d'envie de prendre Vanessa dans ses bras, ce qui aurait été pour le moins malvenu. À en juger par son expression, elle n'était pas dans les meilleures dispositions.

Une fois le bébé confié à Walt, Vanessa et Paul sortirent sur la terrasse, puis descendirent les marches en direction des écuries. Il essaya de lui prendre la main, mais elle esquiva.

— Écoute, je ne suis pas sûr que tu comprennes les sentiments que j'éprouve pour toi…

— Oh si, je comprends ! coupa-t-elle. Tu as été très clair. Tu as une femme dans ta vie, et elle est à Grants Pass.

Il s'arrêta net. Elle l'imita.

— Pas du tout, se défendit-il. Tu comptes beaucoup pour moi.

— Je sais. J'apprécie ta sollicitude. Tu as été très bon envers Mattie et moi.

— Je croyais qu'on était proches.

— On l'est, j'imagine, répondit-elle avec un haussement d'épaules. Comme un frère et une sœur, non ?

— Vanessa, je te dois des explications…

— Tu n'arrêtes pas de me le répéter. Tu vas y arriver un jour, tu crois ?

Il serra les dents de frustration.

— J'avais mes raisons d'attendre, riposta-t-il, s'efforçant de garder son calme. Et puis, je ne voulais pas précipiter les choses pour toi… mais j'ai comme l'impression d'avoir un train de retard.

Ils allèrent jusqu'au corral. Vanessa s'adossa à la clôture. Les coudes en arrière, un pied calé sur la latte inférieure, elle lui faisait face.

— Je peux commencer par le commencement ? reprit-il. Tu vas m'écouter ?

— Je t'en prie, prends ton temps, l'invita-t-elle avec un geste ample de la main.

— Bien avant ton arrivée à Virgin River et les événements qui ont suivi, je voyais une fille de temps en temps…

Malgré elle, Vanessa détourna le regard. L'entendre reconnaître qu'il avait une femme dans sa vie n'était pas facile, même si c'était dans la logique des choses.

— Je l'ai rencontrée il y a longtemps. Nous avons passé une nuit ensemble. Même pas entière, précisa-t-il avec un haussement d'épaules. Il n'y avait rien entre nous. Ce n'est pas très glorieux, je sais.

— Tu as fait quelque chose de mal ?

— Sur le moment, il était clair que non. Nous avions un arrangement. Tu sais comment c'est.

— En fait, non, je ne sais pas. Je n'ai jamais eu ce genre d'arrangement. Mais vous, les hommes…

— Arrête ! Tu as sans doute plus fait l'amour pendant le week-end que moi en une année !

Vanessa en resta interloquée.

— C'est ce que tu crois ? répliqua-t-elle, le menton levé avec défi.

À cet instant précis, elle regretta de ne pas s'être autorisée à le faire. Faire l'amour sans amour, pour les hommes, ce n'était à l'évidence pas un problème.

— Mais je m'en moque éperdument, ajouta-t-il, au supplice. Là n'est pas la question. À mon retour après la naissance, je ne savais plus où j'en étais. La mort de Matt m'avait mis K-O, je ne voulais pas te laisser, rester avec toi me rongeait et…

Il baissa les yeux et soupira avant de poursuivre :

— J'ai essayé de relâcher un peu la vapeur en sortant boire un coup avec mes frères et les ouvriers des chantiers. Mais là où j'ai commis une erreur fatale, c'est quand j'ai rappelé cette fille. Juste pour dîner et parler. J'étais mal, Vanessa, j'avais besoin de me confier. Jamais je n'aurais dû lui téléphoner.

— Vous n'avez pas fait que parler, j'imagine…

— Non. Et maintenant, elle affirme qu'elle est enceinte. De moi.

L'horreur submergea Vanessa telle une vague glaciale. Juste quand elle commençait à penser que la situation ne pouvait être pire.

— Dis donc, lâcha-t-elle dans un souffle, estomaquée.

— Tu vois que je ne plaisantais pas quand je disais que c'était important. Et personnel.

Elle se décolla de la clôture, bouillonnante de colère, mais s'efforça de demeurer imperturbable.

— Eh bien, on peut dire que tu as des problèmes. Dis-moi, Paul, que doit faire une femme pour avoir droit à autant d'attention de ta part ?

Il baissa la tête.

— Je n'en suis pas fier. Et j'ai présenté mes excuses. Mais des excuses ne changeront rien.

— Vous allez vous marier, je suppose ?

— Non, il n'en est pas question. La semaine dernière à mon retour, alors que j'étais censé t'appeler, je suis tombé sur un flot de messages hystériques en arrivant chez moi. J'ai dû y aller…

— J'imagine que tu devais la consoler. De toute façon, le mal est fait.

— Vanessa, qu'est-ce que tu crois ? Je n'ai pas couché avec elle. Je ne coucherai plus jamais avec elle. Je suis allé la calmer. C'est ce qui m'a retenu. Il n'y a rien entre cette femme et moi. Je ne lui avais pas parlé une seule fois en six mois l'année dernière. Mais si elle porte mon enfant, je vais devoir m'occuper d'eux. Tu comprends, n'est-ce pas ?

— *Si* ?

— Elle m'avait affirmé prendre la pilule. Et j'ai utilisé un préservatif. Il y a une faible chance pour qu'il s'agisse d'une erreur. J'en doute, mais qui sait ? Il est encore tôt. Je voulais attendre d'être sûr…

— Franchement, vous êtes tous les mêmes, vous les hommes. Incapables de la garder dans votre pantalon, lâcha Vanessa avec dégoût.

— Tu ne crois pas que c'est une sacrée leçon pour moi ? Et le pédiatre et toi, c'est une affaire entendue ? Tu l'aimes ?

— Ça ne te regarde pas ! rétorqua-t-elle, indignée. Il tient beaucoup à moi, figure-toi.

— Et toi ? Tu tiens beaucoup à lui ?

— Quelle différence ça fait ? Tu vas être *père* !

— C'est ce qu'il semble, oui. Mais je ne serai pas un mari pour autant.

— Cette femme, Paul, elle doit vouloir que tu l'épouses.

— Je t'ai dit qu'il n'en était pas question. Ce serait cruel. Elle mérite d'avoir un mari qui l'aime. Pas un homme amoureux d'une autre.

Vanessa plissa le front. Il fit un pas vers elle. Elle recula d'autant et se retrouva acculée contre la clôture.

— Qu'est-ce que tu racontes ?

— J'ai trop pris de gants avec toi. Je craignais de gâcher mes chances en précipitant les choses. Et il s'avère que j'ai trop traîné. Pourtant, tout dans ton attitude me soufflait que tu n'étais pas prête – ta réaction aux manigances de Carol, tes larmes sur la tombe…

Paul s'avança encore et elle dut lever les yeux pour le regarder. Il lui souleva le menton du doigt.

— Vanessa, murmura-t-il, et il était si près qu'elle sentait son souffle sur son visage, je suis amoureux de toi depuis toujours.

— Et comment étais-je censée le savoir ? articula-t-elle d'une voix faible, sous le choc.

Il posa sa main libre sur sa taille. Leurs lèvres n'étaient plus qu'à quelques centimètres.

— Tu n'étais pas censée le savoir. Tu étais mariée à mon meilleur ami. Jamais je n'aurais pu le trahir. Ne serait-ce que te laisser deviner mes sentiments aurait été une trahison à mes yeux.

— Mais…

— Le premier soir, c'est moi qui ai attiré l'attention de Matt sur toi. Je te trouvais si belle, si pleine de vie et d'énergie. Je n'ai même pas trouvé le cran d'aller te parler. Après, j'ai essayé de t'oublier, parce qu'en étant avec Matt tu étais devenue inaccessible. J'aurais dû t'avouer mes sentiments juste après la naissance. Mais j'avais peur que tu ne sois… je ne sais pas… choquée. Horrifiée. Je craignais de perdre définitivement ta confiance. Que tu me détestes.

Une larme perla au bord des cils de Vanessa.

— Et maintenant tu vas devenir père, lâcha-t-elle dans un souffle.

Il essuya la larme, qui avait roulé sur sa joue.

— J'adorerais être aussi le père de Mattie. Tu sais combien je l'aime, Vanessa. Tu dois me croire – jamais je n'ai souhaité qu'il arrive malheur à Matt. Il était comme mon frère.

— Paul ! Il y a une femme à Grants Pass qui compte sur toi ! Elle a besoin de toi.

— Je ne sais pas si tu peux comprendre quand je t'affirme qu'il n'y a pas de sentiments entre nous. C'était purement physique. Et l'idée ne venait même pas de moi. C'était juste...

Il s'interrompit, honteux.

— Je ferai tout pour l'aider, reprit-il, mais nous ne formerons jamais un couple. Oublie ce Cameron, Vanessa.

— Et si j'ai une liaison avec lui ?

— Ce n'est pas comme avec Matt. Je ne suis pas prêt à m'effacer sans broncher. Je ferai ce qu'il faut pour te conquérir.

— Et si j'ai fait l'amour avec lui tout le week-end ?

— Ça m'est égal. Tout ce qui m'importe, c'est que tu saches la vérité. Je suis amoureux de toi. Je l'ai toujours été. Et être amoureux de la femme de mon meilleur ami était une véritable torture.

— Et si je te demandais de tirer un trait sur cette femme à Grants Pass ? Si je te disais que cette histoire m'est insupportable ?

— Vanessa, tu sais bien que jamais je n'abandonnerais mon enfant. S'il y a un prix à payer, je le paierai – mais pas un enfant innocent.

— Ce n'est pas possible, murmura-t-elle, accablée.

Il revint à la charge.

— Je t'aime. Et tu dois avoir des sentiments pour moi, sinon tu ne serais pas aussi furieuse. Si nous essayions de...

— Vanessa !

L'appel de Walt les fit sursauter. Un frisson parcourut Vanessa, qui poussa Paul et s'élança vers la maison, affolée à la pensée que quelque chose était arrivé à son fils.

— C'est tante Midge, lui annonça son père quand elle le rejoignit, Paul sur ses talons. Je viens d'apprendre son décès. Nous partons tout de suite.

Sur ces mots, Walt tourna les talons et rentra dans la maison d'un pas pressé.

Vanessa demeura un instant pétrifiée. Elle lança un regard perdu à Paul qui voulut lui prendre la main.

— Vanessa, je suis navré. Que puis-je faire ?

Elle secoua la tête.

— Rien…

— Vanessa, dis-moi que tu comprends mon point de vue.

Elle baissa les yeux un moment, puis releva la tête et plongea son regard dans le sien.

— Paul, écoute-moi. Cette femme à Grants Pass va avoir votre bébé à tous les deux. Retourne là-bas. Si quelque chose en elle t'a attiré au point de lui faire un enfant, tu réussiras peut-être à vivre avec elle…

— Non, Vanessa, il n'est pas question…

— Essaie au moins, sinon tu le regretteras toute ta vie.

— Tu n'as pas écouté un mot de ce que je t'ai dit.

— Ma tante vient de mourir, je dois partir, l'interrompit-elle. Fais ce que tu dois faire, Paul.

7

Walt était âgé de soixante-deux ans, mais sa sœur unique Midge n'en avait que quarante-quatre. À dix-huit ans, elle était tombée enceinte, avait été mariée six mois avec le père de son enfant, puis avait vécu toute sa vie d'adulte en mère célibataire avec sa fille. Shelby venait tout juste d'avoir vingt-cinq ans. Elle était encore au lycée quand le diagnostic était tombé : Midge était atteinte de la maladie de Charcot.

Les premières années, Shelby avait pu continuer d'aller au lycée, puis à travailler à temps partiel tout en s'occupant de sa mère. Mais avec le temps celle-ci était devenue dépendante et les soins qu'elle nécessitait impliquaient une présence permanente. Depuis deux ans, la maladie en était au stade terminal. Le drame de cette neuropathie dégénérative, c'était que si le corps se paralysait peu à peu, les fonctions intellectuelles demeuraient inaltérées. Shelby et Midge avaient choisi de considérer comme une bénédiction chaque journée passée ensemble et en profitaient au mieux. Il y a quatre ans, Midge s'était retrouvée en fauteuil roulant, puis deux ans plus tard, grabataire dans un lit médicalisé. Peu après, la paralysie avait été complète. Shelby pouvait comptait sur son oncle qui lui rendait visite presque chaque semaine depuis qu'il était en retraite. Elle avait été secondée par un service de soins à domicile jusqu'à ce qu'il faille hospitaliser sa mère dans un service de soins palliatifs.

Le trajet jusqu'à Bodega Bay durait environ quatre heures. Tom somnolait à l'arrière du SUV avec Mattie, tandis que Vanessa était assise à l'avant côté passager. Ils avaient emprunté cette route quantité de fois – le plus souvent Walt était seul, parfois avec Tom, ou Vanessa quand elle était enceinte. Aujourd'hui, c'était pour rendre à Midge un dernier hommage. Mike Valenzuela avait proposé de prendre soin des chevaux en leur absence.

Vanessa regardait le paysage défiler sans mot dire.

— Au fait, je n'ai pas eu l'occasion de te demander comment s'était passée ta petite escapade avec le docteur, fit son père.

— Bien, répondit-elle. J'étais en train de penser que je n'ai jamais été voir Midge avec Mattie. J'aurais dû y aller d'abord – avant Carol et Lance.

— Ne te fais aucun reproche, la réconforta Walt. La maison d'une invalide est un véritable hôpital. L'accueil d'un bébé aurait été compliqué. Je lui en ai parlé, elle comprenait, crois-moi. Et les parents de Matt avaient la priorité. Ils avaient perdu leur fils – c'était normal que nous y allions d'abord.

— J'aurais mieux fait d'aller à Bodega plutôt qu'à Mendocino, soupira-t-elle.

— Vanessa, Midge aurait préféré que tu passes un week-end agréable là-bas. Elle était en paix avec son destin. C'est ce qui me réconforte, vois-tu. Elle était prête.

— Shelby aura besoin d'aide maintenant, non ?

— Nous en avons discuté maintes fois. Elle veut rester là-bas un moment et continuer avec son groupe de soutien, le temps de trouver ses repères. Elle n'était qu'une toute jeune fille quand la maladie s'est déclarée ; elle n'a pas eu de vie d'adulte en tant que telle. À vingt-cinq ans, il est grand temps qu'elle commence enfin à vivre. Par chance, Midge ne souffrait pas. Émotionnellement, si, bien sûr. Elle avait le sentiment d'être un fardeau. Ma pauvre petite Midge, soupira Walt. Elle n'a pas eu la vie facile.

— Ça va, papa ? s'inquiéta Vanessa.

— En fait, ma chérie, je suis soulagé. Maintenant, elle peut marcher et rire de nouveau…

Shelby était née dans la petite maison de sa grand-mère, qui était veuve, et y avait passé toute son existence. Durant son enfance, pas une fois son père ne s'était montré ni n'avait payé la moindre pension alimentaire. Son oncle Walt, en revanche, avait toujours été là pour sa mère et elle. À la mort de la grand-mère, il avait refusé sa part d'héritage et pris en charge les traites de la maison. Il avait aussi accueilli Shelby dans sa famille durant l'été. Elle avait appris l'équitation et le tir au pigeon d'argile, joué avec ses cousins qui étaient comme un frère et une sœur pour elle, et même voyagé en Allemagne et au Danemark. Bref, grâce à la famille Booth, elle avait eu une enfance enrichissante et épanouissante.

Durant la maladie de sa mère, la maison s'était dégradée et ne pouvait accueillir les visiteurs pour une veillée ou une réception, même si Shelby avait fait enlever le lit médicalisé et le matériel qui allait avec. Les dernières volontés de Midge étaient claires : elle voulait être incinérée – pas question d'emporter son corps torturé dans l'éternité – et souhaitait une cérémonie toute simple avec juste quelques paroles d'amitié. Mais Walt et Shelby avaient pris contact avec un funérarium peu avant son décès et réservé un salon lumineux et spacieux qui accueillerait ceux venus rendre un dernier hommage à Midge. Des rafraîchissements avaient été prévus et des fleurs décoraient le lieu, dont une superbe gerbe envoyée par Paul Haggerty.

Arrivée le dimanche soir, la famille Booth se prépara à repartir le vendredi. Walt souhaitait que Shelby les accompagne à Virgin River, mais elle s'y refusa.

— J'ai beaucoup à faire ici, à commencer par rénover la maison. Et puis, je ne suis pas sûre de vouloir quitter Bodega Bay. J'ai vécu ici toute ma vie.

— Que vas-tu faire maintenant ? s'enquit Vanessa.

— Je ne sais pas encore. Les membres de mon groupe de soutien m'ont mise en garde quant aux bouleversements trop brutaux qui peuvent se révéler dévastateurs. Je ne veux pas tomber dans ce piège.

Walt aida donc sa nièce à dresser la liste des réparations nécessaires pour rendre la maison à nouveau présentable. Aux améliorations essentiellement cosmétiques proposées par Shelby, il ajouta quelques travaux plus conséquents – remplacement des portes et des fenêtres, plomberie à refaire, électroménager à moderniser. Après tout, cette maison avait été celle de sa mère, il s'en sentait responsable. Il s'occuperait en personne des devis et réglerait les factures pour sa nièce.

Shelby elle-même avait besoin de se reprendre en main. Elle avait pris du poids au fil des ans, son teint naturellement pâle n'avait jamais connu le maquillage, et ses longs cheveux blonds étaient sempiternellement coiffés en une tresse enroulée autour de la tête. Elle avait des projets personnels, mais n'en discuta pas avec sa famille parce qu'elle ne savait pas trop par où commencer.

Avant de partir, les Booth tentèrent une dernière fois de convaincre Shelby de venir avec eux, mais elle n'en démordit pas : elle avait besoin d'un peu de temps seule pour faire son deuil et réfléchir à sa nouvelle vie.

— Quelle triste semaine à plus d'un titre, soupira Walt sur le trajet du retour. Mais c'est aussi la fin d'une triste période. Je m'inquiéterais davantage pour Shelby si elle n'avait dû endosser tant de responsabilités ces dernières années.

— Elle a des amis merveilleux, fit remarquer Vanessa.

— Et toi, ça va ?

— Hmm, juste un peu de mélancolie, c'est tout.

— Difficile de dire ce qui te tracasse le plus du décès de Midge ou de ton problème avec Paul.

Vanessa jeta un coup d'œil de biais à son père.

— Tu as envie d'en parler ? lui demanda-t-il.

Elle haussa les épaules.

— Il n'y a pas grand-chose à raconter, papa.

— Tu pourrais éclairer ma lanterne sur une ou deux choses.

— Par exemple ?

— Ne fais pas l'innocente. Tu as posé un lapin à Paul pour partir avec le pédiatre, qui ne t'intéresse pas tant que cela, si je ne m'abuse. En fait, tu n'es pas dans ton assiette depuis le départ de Paul. Tu savais qu'il venait ce week-end – et qu'il venait pour toi.

— Je n'en étais pas si sûre.

— Je t'ai entendue te disputer avec lui, Vanessa. Vous êtes brouillés, Paul et toi ?

— Pas exactement.

Walt inspira un grand coup.

— Vanessa, je ne veux pas donner l'impression de me mêler de ce qui ne me regarde pas, mais tes sentiments pour Paul sont plutôt transparents. Et les siens à ton endroit aussi. Mais quelque chose s'est produit récemment entre vous…

— Les choses se sont compliquées à Grants Pass. Du coup, il ne s'est pas montré très honnête envers moi. Il a des engagements, papa.

— Une femme ? risqua Walt.

Vanessa laissa échapper un rire amer.

— Nous ne devrions être si surpris que Paul ait une femme dans sa vie, non ? Car, oui, apparemment, il y a une femme.

— Bon sang, siffla le général. Il n'est pas marié, quand même ?

— Bien sûr que non. Il ne nous cacherait pas une chose pareille.

— Fiancé ?

— Il a parlé d'une situation compliquée qui rend sa position délicate. Voilà pourquoi nous ne l'avons pas beaucoup vu depuis la naissance de Mattie.

Walt demeura un moment silencieux, puis finit par demander :

— Qu'en est-il de toi, Vanessa ? Tu tiens à lui ?

— Papa, Matt nous a quittés il y a à peine quelques mois. Je ne sais même pas si je suis autorisée à éprouver des sentiments.

— Je t'en prie, ma chérie, ne t'inflige pas cette punition. La vie est trop courte pour souffrir inutilement.

— Que diront les gens si…

— On se fiche pas mal de ce que disent les gens, bougonna son père. Tout le monde a le droit à un peu de bonheur, où qu'il se trouve. Et à mon avis, le tien, c'est du côté de Paul qu'il faut le chercher.

Elle soupira.

— Je me demande pourquoi je pensais avoir une sorte de droit de propriété sur lui. Il s'est montré si bon avec nous tous et je lui en serai éternellement reconnaissante, mais pourquoi ne m'est-il pas venu à l'idée qu'un homme tel que Paul n'aurait aucun mal à attirer l'attention – l'amour – d'une femme ? Je suis si furieuse qu'il ne m'ait rien dit, mais d'un autre côté… pourquoi ne lui ai-je pas posé la question ?

— Et maintenant, il doit faire un choix, c'est cela ?

— Lorsque tu as reçu l'appel de Shelby, nous avions une discussion pas très agréable. Du coup, ses intentions sont restées floues. Mais il y a une chose dont je suis incapable, c'est de demander à Paul de choisir entre moi et une femme envers qui il a une obligation. J'ai essayé de lui faire comprendre que son devoir de meilleur ami de la veuve a expiré. Il n'a plus besoin de s'occuper de moi.

— Si tu veux mon avis, ce qu'il éprouve dépasse de loin le simple devoir, objecta Walt. J'ai le sentiment que ça a toujours été…

— Un homme tel que Paul regretterait toute sa vie une mauvaise décision. Il n'est pas question que je m'interpose. Et, franchement, je ne tiens pas à être celle qui vivra avec ses regrets.

— Bigre, vous avez vraiment besoin d'une sérieuse discussion, tous les deux.

Paul arriva à Virgin River en milieu d'après-midi le samedi. Il laissa son paquetage dans son pick-up au cas où il ne serait pas le bienvenu chez les Booth. Il n'avait pas reparlé à Vanessa depuis le dimanche précédent et la fin abrupte de leur conversation l'avait une fois encore conduit dans le mur. Cette fois, il voulait en avoir le cœur net. Elle allait devoir lui déclarer sans détour qu'elle ne l'aimait pas et ne voulait pas de lui dans sa vie. Il ne renoncerait à elle qu'à cette seule condition. Ils allaient enfin s'expliquer. Fini de tourner autour du pot.

À son immense soulagement, il constata que la voiture du pédiatre n'était pas garée devant le ranch. C'est Tom qui vint lui ouvrir.

— Vanessa est là ?

— Elle vient juste de partir faire une balade à cheval. Elle sera de retour dans une heure environ. Deux tout au plus.

— Je peux l'attendre ?

— Bien sûr. Tu n'as pas l'air dans ton assiette.

— Il faut juste que je lui parle, c'est tout.

— Je sais. Je te souhaite bonne chance parce qu'en ce moment elle n'est pas d'humeur très causante. Un café ?

— Merci, dit Paul. Je vais me servir.

Ainsi ils savaient. Rien d'étonnant à cela. Quand ils s'étaient séparés, le week-end précédent, elle était tellement remontée. Et puis, elle était proche de son père et de son frère, et elle n'aurait pas hésité à leur confier ses problèmes. Leurs problèmes.

Alors qu'il se rendait dans la cuisine, il aperçut le général accoudé à la balustrade de la terrasse. L'autre crainte de Paul, c'était d'affronter Walt avant Vanessa. Mais cette fois, il n'allait pas se défiler ; il lui exposerait clairement la situation et assumerait. Puis il supplierait Vanessa de lui pardonner. Il lui faudrait peut-être du temps, mais il saurait attendre.

Il sortit avec son café sur la terrasse. Walt se retourna.

— Vous êtes venu. Je l'avais prévu.

— Je suis du genre intrépide, répondit-il avant de boire une gorgée de café.

— Vous devez l'être, en effet. Elle est vraiment remontée cette fois. Elle est aux écuries, mais j'aimerais vous parler avant que vous alliez la rejoindre, si cela ne vous ennuie pas.

« Cela m'ennuie énormément, lui aurait volontiers répondu Paul. Mais ai-je le choix ? »

— Bien sûr.

— Vous savez, je suis prêt à pardonner beaucoup de choses à un homme, mais jouer avec les sentiments de ma fille, la blesser après ce qu'elle a subi, c'est trop. J'aurais du mal à le supporter, malgré tout ce que nous vous devons.

— Je ne joue pas avec ses sentiments, croyez-moi. Je veux à tout prix me faire pardonner. C'est juste que j'ai été tellement secoué par le décès de Matt. Mon jugement en a subi les conséquences.

— Je reconnais que cette année a été difficile et douloureuse.

— Merci de votre compréhension.

— Mais pour l'instant, mon unique préoccupation, c'est Vanessa. Pourrais-je savoir quelles sont vos intentions à son sujet ?

— Étant donné les circonstances, votre requête me semble légitime. Je suis amoureux de votre fille…

— Ce fait ne m'a pas échappé, fit remarquer Walt. Toutefois, je n'ai pas l'impression que vous soyez sur la même longueur d'onde, tous les deux.

Avec son épaisse chevelure argentée, sa peau hâlée et ses sourcils broussailleux, le général ne manquait pas d'allure. Il était même carrément intimidant, dut admettre Paul, qui demanda prudemment :

— Elle a mentionné le souci à Grants Pass ?

— Oui. Elle a quelques inquiétudes sur le fait que vous assumiez vos responsabilités.

— Oh, je vais les assumer, il n'y a aucune inquiétude à avoir ! J'ai essayé de lui expliquer que cette relation n'était pas sérieuse. Je n'en suis pas fier, monsieur. Je n'ai vu cette femme que trois ou quatre fois en un an, c'est tout. Mais la vérité est ce qu'elle est… Je ne peux nier cette relation.

— Et maintenant ? voulut savoir Walt.

— Eh bien, même si Vanessa me dit que je n'ai aucune chance avec elle, je n'ai pas l'intention d'aller plus loin avec cette femme. Ce serait l'échec assuré.

Le général fronça les sourcils avec perplexité.

— Vanessa vous aurait-elle mal compris ? Je croyais qu'il était question d'une sorte d'obligation.

— C'est le cas. Je compte bien prendre soin d'elle et de l'enfant à naître. J'ai l'intention d'être un père dévoué et impliqué dans son éducation. Mais en ce qui concerne la mère, j'espère pour elle qu'elle trouvera le mari qu'il lui faut, et non un homme amoureux d'une autre.

Walt en resta sans voix.

— Mon Dieu, finit-il par lâcher dans un souffle, interloqué, vous avez une vie terriblement compliquée.

— Surréaliste, monsieur.

— Et quand aviez-vous l'intention de lâcher cette petite bombe ?

— Pour être franc, je pensais attendre d'avoir quelques certitudes avant d'admettre ma stupidité. Je connais à peine cette femme et je dois m'assurer que cet enfant existe bel et bien, qu'il est vraiment de moi, ce genre de choses. Je voulais aussi que Vanessa comprenne que je me sens aussi engagé envers Mattie qu'envers mon propre enfant. Si elle veut de moi malgré toutes ces complications, s'entend.

Walt croisa les bras sur son torse.

— Vous donnez l'impression d'avoir des femmes et des enfants un peu partout. C'est une situation qui pourrait s'avérer onéreuse, vous ne pensez pas ?

— L'argent ne sera pas le problème le plus important. J'ai une entreprise qui marche, une famille qui me soutient. La garde partagée n'est pas une solution facile et plus d'un homme tiquerait, mais je compte assumer mes responsabilités envers et contre tout.

— C'est tout à votre honneur, commenta Walt avant de secouer la tête avec lassitude. Je suppose que vous en aurez le cœur net assez vite.

— Je ferai tout pour. Une fois les faits établis de manière indiscutable, il ne me restera plus qu'à espérer que Vanessa veuille de moi. Qu'elle m'accepte en dépit de tout…

À cet instant, un bruit leur fit tourner la tête. C'était Vanessa, qui venait d'ouvrir la barrière du corral. Elle enfourcha Chico et quitta le ranch au galop en direction de la rivière.

— Apparemment, elle n'a pas très envie de vous voir, observa Walt. Si vous avez une cause à plaider, je vous conseille d'essayer de la rattraper.

Paul posa sa tasse encore pleine sur la table de la terrasse.

— Puis-je vous emprunter un cheval, monsieur ?

— Foncez, bon sang !

Paul dévala les marches.

Walt le suivit du regard tandis qu'il courait vers les écuries, puis secoua la tête.

— Mon Dieu, quelle histoire, murmura-t-il.

Paul sella Liberty, l'étalon du général, la plus fougueuse et la plus rapide de ses montures. D'ordinaire, c'était Tom qui le prenait, en cavalier plus expérimenté qu'il était, mais s'il voulait rattraper Vanessa, il n'avait pas le choix. Il espérait juste qu'il ne le désarçonnerait pas avant qu'il la retrouve.

Il longea la rive à un trot rapide une bonne vingtaine de minutes avant de l'apercevoir devant lui. Il poussa un peu l'étalon et, quand il fut à portée de voix, siffla. Le son strident déchira l'air et Vanessa tourna sa monture dans sa direction. Mais après un seul regard, elle fit demi-tour et éperonna Chico.

Paul lâcha un juron. Au risque de se faire jeter à terre, il fit claquer le bout de ses rênes sur l'encolure de l'étalon qui se cabra. Paul tint bon, puis se pencha en avant tandis que Liberty partait au grand galop. Il allait la rattraper, la forcer à l'écouter. Pour une fois dans sa vie, il irait jusqu'au bout pour se faire entendre, même s'il devait pour cela la bâillonner !

Grâce à Liberty, il ne lui fallut que quelques minutes pour la rejoindre. Il remonta à sa hauteur et attrapa ses rênes, forçant Chico à s'arrêter. Elle le regarda, la mine farouche.

— Qu'est-ce que tu veux ?

— Que tu m'écoutes !

— Fais vite, alors !

— Tu veux que je fasse vite ? D'accord. Je t'aime, Vanessa. Je t'ai aimée avant même que Matt pose les yeux sur toi, mais je n'ai pas eu le cran de t'aborder, et je le regretterai toute ma vie. Et maintenant j'ai…

— Un bébé en route, l'interrompit-elle, le menton levé avec défi.

— J'en suis sincèrement navré, mais je ne suis pas amoureux de la mère. Comme je te l'ai dit, je m'impliquerai de mon mieux – et pas seulement en signant des chèques. Je ne veux pas que cet enfant voie ses parents échanger des regards de reproche comme s'ils avaient commis une terrible erreur.

— As-tu au moins essayé de donner sa chance à cette femme ?

— C'est une fille bien, Vanessa – elle n'a pas tenté de me faire un enfant dans le dos. Tu veux qu'elle se retrouve coincée avec un homme qui pense à une autre ? Elle mérite mieux. Elle mérite de connaître le grand amour.

— Mais elle t'aime, non ? Elle voulait t'épouser.

— Elle se sent seule et effrayée. C'est la première pensée qui vient à l'esprit. Elle reviendra à la raison quand elle comprendra que je n'ai pas l'intention de la laisser tomber. Et je ne…

— Tout ça parce que tu n'as pas été capable d'ouvrir la bouche pour dire ce que tu éprouvais, s'emporta Vanessa. Je ne te demandais pas grand-chose… Juste un mot, un geste qui m'auraient fait comprendre que tu éprouvais des sentiments pour moi. Au lieu de ça, tu as offert ton pauvre petit cœur blessé à une autre et…

Elle s'arrêta au milieu de sa tirade comme Paul se rembrunissait. Il la fusilla du regard, puis sauta à bas de son cheval. Il conduisit les deux montures non loin de là, au bord de la rivière.

— Qu'est-ce que tu fais ? demanda-t-elle en s'agrippant au pommeau de sa selle.

En silence, il attacha les chevaux à un arbre tombé à terre, puis attrapa Vanessa par la taille et la tira de sa selle sans grand ménagement. D'un geste brusque, il la fit pivoter et la plaqua de tout son corps contre un tronc, les poignets prisonniers au-dessus de sa tête.

— Toi non plus, tu n'as jamais ouvert la bouche, rétorqua-t-il, son visage tout près du sien.

Vanessa était sidérée. Aussi loin que remontaient ses souvenirs, jamais elle n'avait vu Paul se comporter de manière aussi agressive et autoritaire.

Il se pencha davantage.

— Fais-le maintenant, ordonna-t-il avant de capturer ses lèvres avec une fougue qui la laissa pantoise.

Décontenancée par la puissance de l'assaut, elle obtempéra et il l'embrassa avec une passion brûlante à laquelle elle répondit avec la même flamme. Son Paul, si doux, si timide… voilà qu'il laissait exploser une virilité farouche dont elle ne soupçonnait pas l'existence. Il lui lâcha les poignets et l'enlaça. Elle s'abandonna à son étreinte avec un soupir et un frisson de désir, les bras noués autour de son cou.

Fort de cet accueil, Paul ne put se résoudre à interrompre leur baiser qu'il prolongea avec une fièvre redoublée. Ce ne fut qu'à regret qu'il mit fin à la danse sensuelle de leurs langues, s'arrachant à sa bouche sans toutefois s'en éloigner.

— Vanessa, murmura-t-il, tu as un caractère de cochon.

— Je…

— Et tu es la femme la plus tyrannique que je connaisse. Mais maintenant je veux que tu m'écoutes. Je ne peux rien changer aux sentiments qui sont les miens depuis des années. J'ai bien essayé, persuadé que j'étais de n'avoir aucune chance. Jamais je n'aurais imaginé que nous perdrions Matt. Et même maintenant que tu es enfin dans mes bras, je donnerais tout pour qu'il revienne. Mais c'est impossible, Vanessa. Il n'y a plus que toi et moi. Alors cesse de me faire tourner en bourrique, parce que j'ai tellement envie de toi que ma tête va exploser !

— Je n'avais pas idée de tes sentiments.

— Tu n'étais pas censée les connaître.

— J'adorais Matt, tu sais.

— Je sais. Et lui aussi. Je vous aimais tous les deux, ajouta-t-il avec un soupir.

— Mais le soir de notre rencontre, c'est toi qui m'as tapé dans l'œil, avoua-t-elle. Oui, toi. Sauf que tu ne m'as jamais adressé la parole. Peut-être que si tu l'avais fait…

— Il m'a devancé. Et une fois cette étape franchie…

— Qu'a-t-elle fait, Paul ? La femme de Grants Pass ? Comment a-t-elle réussi à attirer ton attention ?

— Je te l'ai dit. Elle était mignonne et j'ai craqué. J'étais paumé, je me suis laissé faire. Et pourquoi résister ? Il n'y avait aucune raison. Tu appartenais à un autre. Et pas n'importe quel autre. Matt.

— Et plus tard ? Quand je n'appartenais plus à personne ?

— J'avais le sentiment que tu appartenais toujours à Matt, à sa mémoire. Et j'étais pas mal à côté de la plaque. C'était stupide. Je te l'ai dit, je ne suis pas doué avec les femmes. Je ne l'ai jamais été, sinon c'est moi que tu aurais épousé, et pas mon meilleur ami.

— Je n'ai aucun regret. Matt m'a rendue heureuse. Il m'a donné un fils magnifique. Je ne regretterai jamais rien de tout cela.

— Vanessa, murmura Paul en repoussant son épaisse crinière cuivrée, en dépit de l'amour que j'éprouvais pour toi et de mes regrets de ne pas avoir eu le cran de te faire la cour avant lui, je ne souhaitais que ton bonheur. Et le sien. Mais aujourd'hui, je veux que nous allions de l'avant. Je veux prendre soin de toi et de Mattie. Et sans doute d'un petit bonhomme en plus…

— Tu n'es toujours pas sûr ?

Il secoua la tête.

— Mais que les choses soient claires : si je suis le père de cet enfant, je ne me défilerai pas.

— Je sais, soupira-t-elle. Ça pourrait faire une grande famille au bout du compte.

— Tu es prête à me soutenir ?

Elle haussa les épaules.

— Tu en ferais autant pour Mattie, non ? Nous n'allons pas laisser un enfant dans la nature sans parents pour l'aimer.

Il lui sourit, les yeux au fond des siens.

— Tu es merveilleuse, souffla-t-il avant de reprendre ses lèvres avec ferveur. Mon Dieu, murmura-t-il entre deux baisers, sais-tu depuis combien de temps je rêvais de t'embrasser ?

— Si tu m'as dit la vérité, je le sais avec précision. Paul, je tiens à ce que tu saches… Quand j'étais la femme de Matt, jamais je n'ai eu une seconde de doute ou de tentation. Je l'aimais sans restriction.

— Je sais…

— Mes sentiments pour toi ne sont venus qu'après la mort de Matt… et je pensais que tu ne me considérerais jamais autrement que comme l'épouse de ton ami, et non pas comme une femme.

Paul glissa les doigts dans sa flamboyante chevelure.

— Oh, je te voyais comme une femme, crois-moi ! Et je culpabilisais d'autant plus. Je voulais te laisser le temps de faire ton deuil et réfléchir à la façon dont j'allais m'y prendre. Mais je n'avais pas prévu de me faire doubler par le pédiatre. Lui, ça ne l'a pas dérangé le moins du monde que tu sois veuve depuis peu.

— Elle est au courant pour moi ? demanda Vanessa à brûle-pourpoint.

— Elle connaît ton existence. J'espère seulement que j'arriverai à m'arranger avec elle, soupira-t-il. Et surtout, que ce ne sera pas un trop gros sacrifice pour toi.

— Je n'aurais pas plus envie que toi d'abandonner ton enfant, voyons.

— Vanessa, je veux t'épouser, m'occuper de Mattie et toi…

— Attends une minute, le coupa-t-elle avec un léger froncement de sourcils. As-tu d'autres révélations en réserve avant de faire ta demande ? Un autre petit secret enfoui ?

— Promis-juré, c'est tout. Jusqu'à très récemment, je menais la vie la plus ennuyeuse de tout Grants Pass !

— Tu en es sûr ? Parce que jusqu'à la semaine dernière, je croyais tout savoir de toi. C'est vrai, je te connais depuis des années, nous avons passé plusieurs mois ensemble, parlé des heures durant…

— C'est tout, je t'assure. Ça ne te suffit pas ? J'ai envie de fonder une famille avec toi. En fait, dès que nous y verrons plus clair, j'aimerais avoir d'autres enfants. Peut-être au moins un ensemble. Je donnerai tout pour ça, Vanessa.

Elle lui sourit.

— Voyons déjà combien tu en as dans la nature avant de faire des plans bébés, d'accord ?

— Et ensuite tu m'épouseras ? demanda-t-il, repoussant une mèche de son front.

— Tu es quelqu'un de fascinant, Paul. Il t'a fallu des années pour m'avouer ton amour, et à peine quelques minutes pour me demander en mariage.

— J'attendrai que tu sois prête, mais je veux que nous vivions ensemble pour toujours.

— On devrait d'abord s'assurer qu'on s'entend sexuellement, tu ne crois pas ? risqua-t-elle avec un sourire en coin.

— Vanessa, on sera parfaits ensemble. Enfin, toi tu seras parfaite, et moi, je finirai par me mettre au diapason, répondit-il avant de l'embrasser. Bon, tu dis oui ou tu veux que je te supplie ?

— Crois-tu que j'ai envie de squatter éternellement chez mon père et de ne te voir que le week-end ? Alors oui, je vais sans doute t'épouser.

Il la plaqua contre son cœur.

— Merci, mon Dieu ! Demain, ça te va ?

— C'est un peu tôt. On doit attendre pour le bébé de Grants Pass, tu te rappelles ? Au final, ça ne fera pas de différence, mais il serait quand même souhaitable de savoir combien de personnes vont entrer dans la famille.

— D'accord, tu es la raison incarnée, approuva-t-il avec un sourire radieux, puis il secoua la tête, émerveillé. Tu es formidable, tu sais. Je ne m'attendais pas à te convaincre aussi facilement. Je pensais que tu allais me rendre dingue…

— J'ai eu le temps d'y réfléchir, figure-toi. Quand c'est arrivé, on ne savait pas où on en était toi et moi. Ce n'est pas comme si tu avais couché avec une autre alors qu'on s'était déjà avoué notre amour.

— Pourtant tu as essayé de me pousser dans ses bras.

— Je devais être sûre que tu n'éprouvais pas de sentiments pour elle. Je ne veux pas de l'homme d'une autre, quand bien même ce serait toi.

— Tu es extraordinaire, tu sais ça ? En fait, toute ta famille est extraordinaire. Ton père l'a plutôt bien pris, lui aussi.

Vanessa écarquilla les yeux.

— Mon père ? répéta-t-elle.

— Oui. Il voulait juste s'assurer que je ne jouais pas avec tes sentiments. Il s'inquiétait aussi de savoir comment je m'en sortirais financièrement. Je lui ai expliqué que mon entreprise marchait bien, que ce ne serait pas un…

— Tu l'as dit à mon *père* ? l'interrompit-elle.

Paul la dévisagea sans comprendre.

— Non, finit-il par répondre. C'est *toi* qui lui en as parlé. Parce qu'il m'a demandé si j'avais l'intention de… Bon sang, qu'est-ce qu'il m'a demandé au fait ? Quelque chose au sujet d'une obligation que j'avais à Grants Pass…

Il se pencha par-dessus son épaule et se tapa le front contre le tronc.

— Et j'ai répondu que je prendrai soin d'elle et de mon enfant…

Vanessa le repoussa gentiment.

— Tu l'as dit à mon père ! s'exclama-t-elle, hilare.

Paul fit la grimace.

— Tu ne lui en avais pas parlé ?

— Bien sûr que non, répliqua-t-elle, le regard pétillant. C'est un peu personnel, tu ne trouves pas ? Et puis, tu disais qu'il te fallait encore lever les derniers doutes.

— Je croyais vraiment que tu lui avais expliqué la situation. Que lui as-tu dit exactement ?

— Que je ne serais pas surprise d'apprendre que tu avais eu des femmes dans ta vie avant de venir à Virgin River. Une en particulier…

Sur ce, elle éclata de rire.

Il la plaqua contre le tronc.

— Ce n'est pas si drôle.

— Tu plaisantes ? C'est hilarant ! Paul, reprit-elle après s'être un peu calmée, mon père a été formé aux techniques d'interrogatoire. Tu es tombé dans le panneau la tête la première !

— Je ne vois vraiment pas où est l'humour là-dedans.

— Si tu n'as pas le sens de l'humour, je me demande si…

Il la fit taire d'un baiser qui ne tarda pas à s'enfiévrer. Après une longue étreinte passionnée, Paul détacha ses lèvres des siennes.

— Fini de rire ? s'enquit-il.

— Oui. Tu m'en as passé l'envie.

Il lui effleura tendrement la bouche du pouce.

— Tu crois que ton père va me descendre ?

— J'en doute, le rassura-t-elle avec un sourire. Mais si tu entends le cliquetis d'un chien qu'on arme, cours te mettre à l'abri.

— Très drôle, bougonna-t-il avant de capturer de nouveau sa bouche.

— Je vais finir par avoir des irritations, souffla-t-elle.

— Tant pis, répliqua-t-il avec un sourire. Ça te va bien, les lèvres en feu.

— Il faut qu'on rentre. Il y a là-bas un bébé qui attend sa mère. Ça fait un moment que nous sommes partis.

— Pas assez longtemps à mon goût.

Il la retint quelques minutes encore.

Elle colla ses hanches aux siennes.

— C'est fou comme me plaquer contre un tronc d'arbre te fait de l'effet, commenta-t-elle en pouffant.

— Tu as remarqué ? Si seulement on pouvait avoir un peu d'intimité.

— Hmm, je ne suis pas contre. Je suis même très, très pour. Et le plus tôt sera le mieux.

Vanessa laissa Paul à l'écurie avec les chevaux tandis qu'elle regagnait la maison pour s'occuper de son fils. Il lui fallut presque une heure pour les desseller et les débrider, puis les bouchonner et les installer dans leur box avec du fourrage frais. Puis il rentra à son tour en traînant un peu les pieds. À son arrivée, Walt se servait un verre devant le buffet de la salle à manger. Pour avoir passé plusieurs mois chez lui, Paul savait qu'il n'avait pas pour habitude de boire pendant la journée, même à l'époque du décès de son beau-fils. Si la tragédie ou la dépression ne le poussaient pas vers la bouteille, il devait sûrement fêter quelque chose.

Walt se retourna vers lui et arqua un sourcil broussailleux.

— Je vous sers à boire, mon garçon ?

— Pourquoi pas ?

Espèce de traître, ajouta-t-il mentalement.

— Bourbon ? Scotch ? Whisky canadien ?

— Du Crown, vous avez ?

— Bien sûr.

Le général choisit une bouteille dans le bar à liqueurs, versa un doigt de whisky avec des glaçons dans un verre avant de le lui tendre.

— Vous n'avez pas fait beaucoup de renseignement dans les marines, j'imagine.

— Non, monsieur.

— Ça se voit, fit Walt qui leva son verre avec jubilation. À ma victoire dans une partie que je n'avais même pas conscience de jouer.

— À votre victoire, dit Paul à contrecœur.

Le père de Vanessa but une gorgée en silence, puis :

— Je vous connais plutôt bien. Avant aujourd'hui, je n'avais jamais douté de vous. Alors je ne vous poserai la question qu'une fois : avez-vous l'intention de traiter ma fille comme elle le mérite ?

— Je la traiterai comme le plus précieux des trésors, monsieur.

— Si elle vous a choisi, cela me suffit.

— Merci, monsieur.

— Mais franchement, ajouta Walt en riant, vous êtes tombé dans le panneau comme un bleu.

Vanessa et son père se ressemblaient tant que c'en était effrayant. « Veux-tu d'une générale pour épouse ? » s'interrogea-t-il. Et la réponse fusa sans hésitation : « Oui, mille fois oui. »

8

Rasséréné de constater que l'ambiance s'était nettement réchauffée entre sa fille et Paul, le général s'éclipsa après le dîner, laissant les deux tourtereaux réconciliés s'occuper de la vaisselle. Tom, lui, tomba des nues lorsqu'il les surprit en train de s'embrasser goulûment.

— Vous avez réglé votre contentieux, on dirait ? lança-t-il au dos de Paul qui plaquait Vanessa contre l'évier.

— Débarrasse-nous de lui, tu veux ? murmura ce dernier à l'oreille de la jeune femme.

— Fiche le camp, ordonna-t-elle à son frère, le souffle un peu court.

— Il était temps, Paul ! Franchement, je commençais à te trouver un peu lent. Bon, je vais chez Brenda.

— Pas de couvre-feu ce soir, fit Paul d'une voix étouffée, le visage niché dans le cou de Vanessa. Reste dehors toute la nuit si tu veux.

Il y eut un éclat de rire, puis la porte d'entrée se referma et les baisers reprirent de plus belle.

— Mon ange, chuchota Paul, si tu préparais un sac pour Mattie et toi ? Vous m'accompagneriez quelques jours dans l'Oregon…

— Hmm. Bonne idée.

— Nous pourrions partir tôt. Disons… dans une heure.

Elle pouffa de rire.

— Nous partirons à 9 heures demain matin. Je ne veux pas bousculer Mattie.

Après un dernier baiser, elle se dégagea et rangea la dernière assiette.

— Je dois lui donner son bain et le préparer pour la nuit.

Paul passa deux heures interminables devant CNN, incapable de se concentrer. Au bout d'une heure, il se leva et se servit un verre, assailli par une nuée de questions.

Il ignorait s'il était un amant doué. Comment un homme pouvait-il le savoir ? Il n'avait pas le souvenir de réclamations, mais il n'avait pas non plus connu beaucoup de femmes. Et jamais une femme telle que Vanessa. Il ne tenait pas juste à la satisfaire – il voulait fusionner avec elle dans le plaisir le plus intense de toute leur existence. À la fois tendre et puissant. Ferait-il un bon mari ? Serait-il à la hauteur ?

Il entendit le bébé pleurer, puis gazouiller dans son bain. Un peu plus tard, la baignoire se remplit à nouveau.

Vanessa pleurerait-elle Matt quand ils auraient fait l'amour ? Lui manquerait-il encore ? « Je l'ai serrée dans mes bras lorsqu'elle versait des torrents de larmes, songea-t-il. Je la soutiendrai encore le temps qu'il faudra. »

Paul alla prendre une douche, histoire de se changer les idées. Lorsqu'il sortit de la salle de bains, il n'y avait plus qu'une lampe allumée dans le salon, sans doute pour Tom. Un rai de lumière était visible sous la porte du général et il entendit le son du téléviseur à travers le battant.

Il sortit sur la terrasse. L'air était si clair qu'il avait l'impression de voir jusqu'aux confins de l'univers. Pieds et torse nus, il contempla la tombe de Matt, puis leva de nouveau les yeux vers le ciel, les poings serrés sur la serviette drapée autour de son cou. *Je ferai de mon mieux, je te le jure, mon vieux. Pour eux deux.*

Il aurait donné tout ce qu'il possédait pour entendre Matt lui balancer l'une de ces vannes bien senties dont il avait le secret.

Paul regagna sa chambre, fouilla dans sa trousse de toilette, puis alla sur la pointe des pieds jusqu'à la porte de Vanessa qu'il entrouvrit sans bruit.

— Je peux entrer ? murmura-t-il.

Elle s'assit dans son lit et alluma la lampe de chevet.

— Qu'est-ce que tu fais là ? demanda-t-elle dans un souffle. Tu es fou !

— Suicidaire, je dirais.

Il entra et referma doucement derrière lui.

— J'avais envie d'être avec toi, avoua-t-il, jetant un coup d'œil dans le berceau pour s'assurer que Mattie dormait.

— Dans mon lit ? Avec mon père au bout du couloir ?

— Il pourrait y avoir toute l'armée américaine au bout du couloir que je m'en ficherais royalement. Puisque tu ne veux pas partir avec moi ce soir, c'est moi qui viens à toi.

Vanessa leva les yeux au ciel et lui sourit. Elle portait un tee-shirt gris arborant l'inscription *ARMY* qui, sur elle, était sexy en diable. Et ce sourire enjôleur, Seigneur !… Elle était si forte, si sûre d'elle. Il aurait dû se douter qu'elle était prête. Sinon, elle le lui aurait dit, parce que c'était Vanessa. Elle savait où elle allait et possédait une volonté de fer à l'image de son général de père.

— Il va falloir essayer de ne pas faire de bruit.

Elle pouffa de rire.

— Vanessa ! Pour une fois dans ta vie, peux-tu te taire ?

— Je ne sais pas, Paul. Qu'est-ce que tu vas me faire ?

Il lui sourit et la gratifia d'un regard de braise.

— J'ai bien envie d'aller faire un tour sous ce tee-shirt de l'armée. À moins que tu ne me dises non.

— Ne sois pas ridicule, j'en rêve. Mais, franchement, tu te montres d'une audace à laquelle tu ne m'as pas habituée…

— J'ai décidé d'entamer un nouveau chapitre. Fini d'attendre une invitation. Fini d'attendre le bon moment. J'ai envie de toi, Vanessa, si tu savais…

Il glissa la main sous son tee-shirt.

— Mais… tu ne portes rien en bas.

Elle sourit.

— Toi, par contre, tu es encore habillé.

— J'essaie de surmonter quelques réticences… enfin, tu comprends…

— Je ne crois pas qu'il va défoncer la porte et t'abattre d'une balle dans la tête, le rassura-t-elle. Il est beaucoup plus direct. Et puis, il n'aime pas quand je suis déprimée. Mais méfie-toi quand même…

Il souleva son tee-shirt et sa bouche se referma sur la pointe d'un sein. Vanessa gémit doucement.

— Éteins la lumière, murmura-t-il.

— Pas avant que tu n'aies enlevé ton jean.

Paul redressa la tête.

— Tu es encore plus dingue que moi, murmura-t-il. Tu me promets de ne pas faire de bruit ?

— Je vais essayer. Et s'il vient frapper ?

— On sera trop débordés pour aller ouvrir, répondit-il avec un sourire espiègle en jetant la serviette qu'il avait autour du cou sur le dossier d'une chaise.

Avant de déboutonner son jean, il sortit plusieurs préservatifs de sa poche et les posa sur la table de chevet.

Vanessa arqua un sourcil amusé.

— Quel optimiste, fit-elle remarquer.

— J'ai peut-être vu un peu grand, concéda-t-il.

Il fit passer le tee-shirt de Vanessa par-dessus sa tête. Elle était d'une beauté à couper le souffle. Et pas le moins du monde embarrassée par sa nudité. Il se leva alors, et ôta en un tournemain jean et caleçon.

Elle ne put s'empêcher d'écarquiller les yeux. Paul était parfait. Une fine toison brune sur le torse, des hanches étroites, de longues jambes musclées, et une virilité très impressionnante.

Il s'assit au bord du lit, la mine soudain sérieuse.

— Tu es sûre que ça va aller ? Avec la naissance…

— Ce qui me préoccupe davantage, c'est de réussir à rester discrète.

Paul éteignit la lumière et se glissa entre les draps. Aussitôt, ses mains s'activèrent, explorant avec fébrilité son corps épanoui : dos, seins, fesses, hanches. De son côté, Vanessa n'était pas en reste.

— J'ai tellement envie de toi, murmura-t-il.

Sa main s'égara sur son ventre, puis s'aventura plus bas, à la naissance de ses cuisses qu'elle ouvrit largement au contact de ses doigts audacieux.

— Hmm, tu es déjà prête…

— C'est toi qui dis cela, répliqua-t-elle dans un souffle. Alors que tu étais déjà au garde-à-vous quand tu as enlevé ton jean.

— Vanessa, j'ai envie de toi depuis des heures…

Elle attrapa un préservatif sur la table de nuit et voulut déchirer l'emballage, mais les caresses de Paul éveillaient en elle de telles sensations qu'elle n'y parvint pas. Elle lui agrippa le poignet.

— Arrête, murmura-t-elle, j'y suis déjà presque.

— Tant mieux, mon ange. Laisse-toi aller.

Ses doigts reprirent leur petit jeu expert avec une ardeur redoublée, tandis que sa bouche se promenait sur son cou, sa gorge, ses seins. Le frémissement voluptueux ne tarda pas à se muer en une vibrante explosion de plaisir. Les doigts crispés sur le préservatif, Vanessa laissa échapper un gémissement que Paul s'appliqua à étouffer d'un baiser. Il continua ses caresses jusqu'au paroxysme de la jouissance, jusqu'à ce qu'elle s'effondre entre ses bras en haletant.

— Tu as eu l'air d'apprécier, chuchota-t-il.

— J'avais dans l'idée de t'attendre, avoua-t-elle avec un soupir alangui.

Il lui prit le préservatif de la main et se mit en demeure de l'enfiler.

— J'aurais dû me douter que tu avais un tempérament volcanique au lit. Mais rassure-toi, nous sommes loin d'en avoir fini. Je peux, mon cœur ?

Avec un frisson d'anticipation, Vanessa replia les jambes et le laissa se glisser entre ses cuisses. Avec une lenteur qui ranima aussitôt son désir, il s'enfonça en elle. Complètement.

— Oh, Paul ! souffla-t-elle, les mains crispées sur ses fesses musclées.

Il se redressa au-dessus d'elle et entama un lent mouvement de va-et-vient, profond et régulier. Elle laissait échapper de longs gémissements si bien qu'il dut lui couvrir la bouche de la sienne.

— Tu es du genre bruyante au lit, hein, mon ange ? murmura-t-il.

Il l'embrassa de nouveau, et ses coups de reins redoublèrent de vigueur jusqu'à ce qu'elle se retrouve propulsée au septième ciel dans une étourdissante explosion de plaisir qui la laissa sonnée.

— Paul, fit-elle d'une voix faible. Et toi ? Qu'est-ce que tu attends ?

Elle devina son sourire tandis qu'il répondait :

— Encore une fois, ma douce, c'est si bon.

— Je n'en peux plus, lâcha-t-elle dans un souffle. Tu m'épuises.

— On va voir ça…

Il entreprit de déposer une exquise traînée de baisers sur ses seins, le long de son ventre, puis sa langue habile s'activa plus bas encore. Vanessa rejeta la tête en arrière et ne put retenir un petit cri de volupté qui se mua vite en halètement.

Il lui plaqua une main ferme sur la bouche, mais elle ne fit que se contorsionner davantage encore. Mettant un terme à ses douces tortures, il la pénétra de nouveau, lui soulevant le bassin afin de créer la friction idéale. Dans la pénombre de la chambre, il distinguait ses yeux grands ouverts, ses lèvres à peine écartées qui laissaient échapper des gémissements de plus en plus pressants.

— Encore une fois, murmura-t-il. Pour nous.

Elle se cambra contre lui, les talons plantés dans le matelas, et il dut de nouveau la faire taire d'un baiser.

— Je t'aime, chérie, dit-il contre sa bouche. Je t'aime tellement.

Elle se pétrifia un instant sous lui avant de s'abandonner sans retenue à la jouissance inouïe d'un orgasme d'anthologie.

Paul n'avait encore jamais connu un plaisir aussi intense. Ivre de désir, il en libéra toute la puissance à l'instant même où elle chavirait de volupté, s'offrant cœur, corps et âme à celle qui serait à jamais la femme de sa vie.

Le temps de retomber sur terre, il la garda serrée contre lui, déposant de tendres baisers sur sa tempe.

— Jamais je n'avais vécu une expérience aussi enivrante, avoua-t-il. Tu es une femme extraordinaire. Je suis l'homme le plus heureux du monde.

— Dis donc, fit Vanessa dans un soupir, j'ai l'impression que tu te rattrapes.

Il laissa échapper un rire rauque.

— C'est si facile avec toi.

— Voyons, Paul, ne fais pas semblant de ne pas le savoir – tu es un amant incroyable. Je sais qu'il y a eu d'autres femmes…

— Pas tant que ça. Et certaines choses sont totalement nouvelles pour moi, assura-t-il en se dressant sur le coude. Ainsi, c'est la première fois que je fais l'amour à une femme dont je veux qu'elle soit ma compagne, ma meilleure amie, la mère de mes enfants, et ce jusqu'à la fin de mes jours. Tu es ce qui manquait à ma vie, Vanessa.

Elle demeura silencieuse un moment, le regard brillant.

— C'est très gentil.

— Et très vrai, ajouta-t-il, picorant de baisers sa joue, son menton, ses lèvres. Veux-tu que je parte ?

— Non, reste avec moi, murmura-t-elle. S'il te plaît.

— D'accord. Aussi longtemps que tu veux de moi.

— Pour toujours. C'est trop long pour toujours ?

Il la serra de nouveau contre lui.

— Peut-être pas assez… Je vais faire un tour à la salle de bains. Je reviens tout de suite.

Il attrapa sa serviette qu'il enroula autour de sa taille. Par chance, il ne croisa personne dans le couloir. Il se dépêcha et rejoignit vite Vanessa. Cette nuit-là, il resta éveillé à écouter sa respiration, à se griser de son parfum. La tenir ainsi nue dans ses bras relevait du miracle. Et en présence d'un miracle, on ne dort pas. On le savoure, on rend grâce qu'il se soit produit.

Au petit matin, il jeta un coup d'œil par la fenêtre. Il aperçut le général qui se dirigeait d'un pas traînant vers les écuries, et décida de regagner sa chambre.

Vanessa était assise dans la cuisine devant une tasse de café, Mattie dans son transat sur la table à côté d'elle, quand son père revint des écuries.

— Bonjour, papa, lança-t-elle joyeusement. Tu t'es levé aux aurores, ajouta-t-elle après avoir consulté sa montre.

Il sortit une tasse dans le placard.

— Non. Je me suis levé à peu près à mon heure habituelle. Tom va me manquer cruellement. Je commence juste à réaliser quel effort cela représentait pour lui de se lever si tôt pour s'occuper des chevaux avant de partir au lycée. Il va me manquer pour bien d'autres raisons, évidemment, ajouta-t-il après avoir bu une gorgée de café.

— Mais tu ne voudrais pas qu'il en aille autrement, fit remarquer Vanessa. Tu es si fier de lui. Il est si brillant.

— Le plus dur, c'est de l'envoyer là-bas, sachant que c'est le mieux pour lui, tout en ayant l'impression que c'est le pire. Et je vais te perdre, toi aussi.

Vanessa imaginait sans mal combien son général de père pouvait apparaître impressionnant pour ses troupes. Mais ce matin, à la table de la cuisine, avec pour seule compagnie sa fille et son petit-fils, il semblait aussi doux qu'un agneau. Elle lui tapota la main.

— Tu ne me perdras pas, papa. Jamais.

— Ce n'est pas un problème, Vanessa, répliqua-t-il en jouant avec le petit pied de Mattie. Tu es une jeune femme dans la fleur de l'âge. Paul est un homme bien, hormis le fait qu'il repeuple la nation…

— Papa…

— Je plaisante. Cet incident de parcours mis à part, c'est un garçon tout ce qu'il y a de respectable.

— Tu ne me perdras pas, papa, répéta-t-elle, mais je pars ce matin à Grants Pass avec lui. Juste quelques jours. Nous serons de retour avant le week-end.

— En fait, je suis surpris que vous ne soyez pas partis à la faveur de la nuit.

— Ton sommeil a été perturbé ?

Walt secoua la tête.

— Nous sommes une famille bizarre, j'imagine. Pas tout à fait la famille stricte et droite que j'avais toujours supposé que nous étions. La vie s'est chargée de mettre du sable dans les rouages, elle nous a forcés à réviser nos attentes – du moins les miennes.

Il baissa les yeux.

— Je vous ai entendus. Ça ne m'a pas trop dérangé. En fait, ce sont des bruits heureux, dit-il en relevant la tête. J'ai souvenir d'autres nuits où je t'ai entendue pleurer – ta mère, ton mari. Et je ne doute pas que certaines nuits, le pauvre Tom, à tout juste quatorze ans, devait se demander quoi faire quand son vieux général de père pleurait dans son lit son épouse décédée.

— Papa…

— La vie est fondamentalement dure, Vanessa, surtout pour les familles de militaires comme la nôtre. Mais nous devons nous montrer forts et faire de notre mieux. Si tu m'assures que tu es heureuse avec Paul…

— Oh, papa, je l'aime tellement ! Je l'aimais déjà avant de tomber amoureuse de lui, si tant est que ça ait un sens. Il m'aime. Et… il t'aime aussi.

— Tout homme qui agirait comme l'a fait Paul après le décès de son meilleur ami mériterait mon respect.

— Merci, papa. Il nous reste encore du temps à passer avec Tom avant son départ, même si je suis absente quelques jours. De toute façon, il aura peut-être du mal à nous caser dans son emploi du temps, observa-t-elle en riant. En ce moment, Brenda est tout en haut de la liste de ses priorités.

— Ce sera dur pour lui aussi de partir, mais il s'intégrera en un rien de temps, j'en suis sûr. La compétition, le besoin de faire ses preuves a quelque chose d'exaltant. Personne ne lui manquera, il n'en aura pas le temps. À part cette fille, bien sûr, rectifia-t-il avec un sourire bon enfant. Il n'a rien d'un eunuque après tout.

— Paul espère avoir quelques chantiers dans les environs. Nous habiterons ici tant que le travail le permettra.

Walt haussa les sourcils.

— C'est toi qui le lui as suggéré ?

— Non. Il adore cet endroit. Il y a de bons amis et serait ravi de construire une maison à Virgin River.

— Ce serait merveilleux, fit Walt, ému. Je peux accepter de te laisser partir si telle est ta volonté, mais, égoïste que je suis, je serais heureux de vous avoir à proximité.

— Il aura des détails à régler. Et puis, il y a cet autre sujet...

Paul choisit ce moment pour pénétrer dans la cuisine.

— Bonjour, monsieur, fit-il en se dirigeant vers la cafetière électrique.

Walt se leva.

— Vanessa me dit que vous envisagez de travailler dans la région.

— En effet, mais ne mettons pas la charrue avant les bœufs. Je dois d'abord en discuter avec mon père et mes frères, leur soumettre l'idée. J'espère que vous ne voyez pas d'inconvénient à ce que j'emmène votre fille avec moi quelques jours.

— Aucun, répondit le général. D'autant que ça me permettra de fermer l'œil.

Sur ce, il quitta la cuisine.

Tandis qu'ils roulaient en direction de l'Oregon, Paul glissa un regard attendri à Vanessa, endormie près de lui. L'appréhension qui l'avait empêché de lui parler plus tôt, et de l'aborder dans ce bar quelques années auparavant, n'était plus qu'un mauvais souvenir. Il posa une main possessive sur son genou. Il se sentait sûr de lui et serein.

Lorsqu'ils ne furent plus loin de Grants Pass, Vanessa se réveilla et voulut savoir quand ils rendraient visite aux parents de Paul et aux Rutledge.

— On a tout le temps, répondit-il. Nous allons faire quelques courses, et passer une soirée tranquille tous les trois. Nous les appellerons demain après-midi.

Quand Vanessa émit l'idée de lui préparer un vrai dîner, histoire de lui faire la démonstration de ses talents culinaires, il l'arrêta net.

— Pas question de passer la soirée en cuisine. On aura d'autres occasions.

Au supermarché, ils achetèrent des couches, du lait maternisé, des céréales, des œufs, du lait, de quoi confectionner des sandwichs et une salade, ainsi qu'un poulet rôti et des légumes.

Vanessa avait déjà pu admirer le travail de Paul – dessinée par Joe, la maison de Melinda et de Jack était le résultat de son talent de bâtisseur. Mais c'est avec fierté qu'il lui montra sa demeure de Grants Pass. Un pur chef-d'œuvre. Une grande double porte en chêne massif s'ouvrait sur un vestibule spacieux dallé de marbre. Quelques marches menaient à une vaste pièce à vivre recouverte d'une épaisse moquette beige clair. Point focal : une majestueuse cheminée en ardoise, à laquelle la hauteur sous plafond et les poutres apparentes conféraient un cachet indéniable. Sur l'arrière, une rangée de portes-fenêtres ouvraient sur une belle pelouse entretenue avec soin. Il y avait deux grandes chambres et, partout dans la maison, de magnifiques rayonnages, des placards encastrés, à quoi s'ajoutait un superbe buffet en acajou massif dans la salle à manger. Une longue terrasse avec barbecue et meubles de jardin en séquoia courait devant la cuisine et la salle à manger. Paul avait réalisé la plupart des travaux de menuiserie intérieure – il s'était installé un atelier complet d'un côté de l'immense garage prévu pour trois véhicules. La cuisine immaculée était une petite merveille : parquet massif, plans de travail en granit blanc, placards munis de portes vitrées.

— C'est magnifique, lâcha Vanessa dans un souffle. Je donnerais n'importe quoi pour avoir une maison pareille.

— Je te construirai la maison de tes rêves, promit-il.

Il installa le lit pliant dans la deuxième chambre, tandis que Vanessa allaitait Mattie dans le salon, puis prépara un plateau avec des amuse-gueule, un verre de vin pour elle et une bière pour lui. Ils jouèrent un peu avec le bébé, et lorsqu'il commença à bâiller, Paul alla le coucher. À son retour, il trouva Vanessa dans la cuisine, occupée à laver la vaisselle.

Il aurait aimé lui dire à quel point sa vie avait été bouleversée en quelques heures, mais les mots lui manquaient. Alors il se contenta de s'approcher d'elle, glissa les bras autour de sa taille et l'embrassa dans le cou. Puis il ferma le robinet et la fit pivoter vers lui avant de la soulever dans ses bras.

— Je n'arrive pas à croire que je vais te porter dans mon lit et te faire l'amour jusqu'à épuisement, murmura-t-il.

— Vite, souffla Vanessa en frissonnant de tout son corps.

Et l'univers bascula à nouveau.

Muriel St. Claire décida que le dimanche après-midi était le moment idéal pour faire un tour dans Virgin River. Tout était tranquille si bien qu'elle ne risquait pas d'attirer les regards. La maison qu'elle avait achetée récemment se trouvait à la lisière de la ville et, jusqu'à présent, elle s'était contentée de parcourir la rue principale en voiture. Petite et compacte, la localité ne semblait posséder qu'un seul commerce dans la grand-rue : un bar-grill sans chichis.

Le néon *OUVERT* était allumé dans la vitrine. Elle gara son pick-up sur le parking et entra. Elle jeta un regard appréciateur à la ronde. C'était un petit établissement pimpant typiquement campagnard : décor en laiton rutilant, lit de braises rougeoyant dans l'âtre, deux vieilles dames partageant une table près du feu, trophées de pêche et de chasse aux murs. Derrière le comptoir, un séduisant barman essuyait les verres.

Elle se sentait un peu trop habillée avec son pantalon à pinces, ses bottines en autruche et sa veste de cuir cintrée sur un chemisier en soie crème. Elle saurait pour la prochaine fois.

Les deux vieilles dames lui jetèrent un coup d'œil et entamèrent aussitôt un conciliabule animé à voix basse.

Apparemment, elles l'avaient reconnue. Le barman inclina la tête et lui adressa un sourire.

Elle s'avança jusqu'au comptoir.

— Bel endroit, commenta-t-elle.

— Merci. Nous en sommes plutôt fiers. Que puis-je vous servir ?

— Un Coca Light, s'il vous plaît.

— Ça marche. Vous êtes de passage ? s'enquit-il en déposant la bouteille avec un verre devant elle.

— En fait, non. Je viens juste d'emménager dans le coin. Je suis née non loin d'ici, et j'ai toujours eu envie d'y revenir à la retraite.

— Votre visage me semble familier, avoua Jack. Comme une impression de déjà-vu. L'espace d'un instant, vous m'avez rappelé ma femme. La première fois qu'elle a poussé la porte, je croyais qu'elle s'était égarée. Une sublime blonde dans mon bar ? Ce n'était pas possible.

— Mais, apparemment, vous avez eu assez de bon sens pour l'épouser.

— Que faire d'autre ? répondit Jack en riant. Jack Sheridan, se présenta-t-il, la main tendue.

— Muriel, dit-elle en la serrant.

— Vous êtes venue récemment ?

— Récemment, non. J'avais l'habitude de rendre visite à mes proches quand ils étaient encore en vie. Mais ces dernières années, je n'ai fait que des séjours très ponctuels pour rechercher une propriété. C'est la première fois que j'entre dans ce bar.

— J'imagine que vous avez trouvé votre bonheur ?

— Un ranch. Tout au bout de Silverton Road.

Jack fronça les sourcils.

— Chez le vieux Weatherby ? Il n'est pas mort, n'est-ce pas ?

— Non. Il a finalement décidé de vendre pour se rapprocher de ses enfants.

— J'ignorais que sa maison était sur le marché.

— Je ne crois pas qu'elle l'ait été. Il y a quelques années, j'avais chargé un agent immobilier de faire des recherches pour moi. À mon avis, elle est allée voir le propriétaire et lui a dit qu'elle avait un acheteur si l'endroit convenait, ce qui était le cas. Vous le connaissiez ?

Jack passa un coup de torchon sur le comptoir.

— Non, il était déjà âgé quand je me suis installé ici, il y a quelques années. Il avait vendu presque toutes ses bêtes, à l'exception de deux chevaux et de deux chiens. Il ne cultivait plus que son jardin. Il est venu une ou deux fois au bar. Il avait une ribambelle d'enfants, mais aucun n'a voulu reprendre le ranch.

Il glissa un regard aux deux femmes qui riaient sottement.

— Ce sont Madge et Beatrice, expliqua-t-il. Elles sont tout excitées. Les nouveaux venus attirent toujours l'attention par ici.

— On dirait.

— La maison du vieux Weatherby doit avoir besoin de travaux, non ?

— Une sérieuse rénovation, en effet, acquiesça-t-elle. Mais c'est une construction solide. Il y a aussi une grange et un corral. Ainsi qu'une maison d'amis. Que pouvait-il bien faire d'une maison d'amis ?

— Si ma mémoire est bonne, sa défunte femme peignait. Elle utilisait l'endroit comme atelier. Après son décès, qui remonte déjà à longtemps, il l'a transformé en un petit appartement qu'il louait aux saisonniers. Une sorte de dortoir.

— Ceci explique cela.

— Que voulez-vous dire ?

— Le bâtiment lui-même est très correct, bien éclairé, avec beaucoup de fenêtres. Mais il était crasseux, expliqua-t-elle après une gorgée de Coca. L'agent immobilier a envoyé une équipe de nettoyage. Ils ont fait du bon travail. J'ai donné une couche de peinture, acheté un grand tapis et apporté un minimum de meubles. J'y vis le temps de faire les travaux dans la grande maison.

— Vous cherchez un entrepreneur ?

— Pas encore. J'aurai besoin d'aide à un moment ou à un autre, mais j'attends depuis si longtemps de m'y mettre que, pour l'instant, j'ai envie de m'occuper des travaux moi-même. Je ne suis pas folle, il me faudra quelqu'un si jamais il faut toucher à la plomberie, à l'électricité, aux parquets ou au toit. Mais je suis très douée avec un pinceau. Et, croyez-moi ou non, je maîtrise à merveille la pose du papier peint.

— Et le carrelage, les cloisons intérieures, les placards de cuisine, les plans de travail, et cetera ?

— Je suis très bricoleuse. J'ai l'intention de restaurer, pas de moderniser. Certaines femmes font de la broderie. D'autres préfèrent poncer et vernir.

Jack s'esclaffa. À cet instant, Melinda entra, David calé sur la hanche. Avant même qu'elle atteigne le bar, elle fut alpaguée par Madge et Beatrice qui reprirent leurs messes basses avec elle, ponctuées de regards peu discrets dans leur direction.

Muriel jeta un coup d'œil à la nouvelle arrivante et devina qu'il s'agissait de la sublime blonde que Jack avait épousée.

Melinda s'approcha, tendit David par-dessus le comptoir à son mari, donna un baiser à ce dernier, puis tendit la main à Muriel.

— Bonjour, je suis Melinda Sheridan. Comme c'est excitant.

Muriel prit sa main tendue et la serra.

— Enchantée.

— Ces dames sont dans tous leurs états, avoua Melinda. Elles n'arrivent pas à croire que c'est vous.

— Oh, c'est vraiment moi ! Je viens d'emménager ici.

— Pour les vacances ?

Muriel secoua la tête.

— Pour la retraite. C'est permanent.

— Vraiment ? fit Melinda qui haussa un sourcil étonné. Une retraite précoce alors ?

— Pas vraiment, répondit Muriel en riant. Je mourais d'envie de changer de rythme. Je tourne des films depuis quarante ans, vous imaginez ?

— Attendez une seconde, intervint Jack. Expliquez-moi, je suis largué.

— Évidemment, fit Melinda. Muriel St. Claire est une actrice très célèbre depuis ses…

— Quinze ans, termina l'intéressée.

Jack fit le calcul.

— Vous avez cinquante-cinq ans ? Eh bien, dites donc, fit-il, bluffé.

Muriel balaya le compliment d'un revers de main.

— Je m'entretiens. J'ai cinquante-six ans et j'en ai assez de tourner. Enfin, plutôt du style de vie qui va avec. Je cherchais un ranch depuis quelques années. Mes parents vivaient dans ces montagnes il y a bien longtemps. Je possède deux chevaux et j'attends deux chiens avec impatience – un labrador chocolat qui est en dressage dans le Kentucky, une vraie beauté, et un chiot labrador qui doit arriver d'ici une quinzaine de jours. Deux bons chasseurs, j'espère.

— Vous chassez ? demanda Melinda, qui s'efforça de ne pas laisser voir combien elle était choquée.

— Vous chassez ? renchérit Jack avec un grand sourire ravi.

— Le canard et le gibier d'eau en général.

— Jack chasse le cerf.

— Je pourrais essayer, admit l'actrice, mais on n'utilise pas de chiens, et j'adore chasser avec des chiens. J'en ai toujours possédé un.

Elle dévisagea Melinda avec un froncement de sourcils, puis :

— C'est curieux, votre visage m'est familier.

— Figurez-vous que nous nous sommes déjà rencontrées. Je ne pensais pas que vous vous en souviendriez – c'était il y a des années. Avant de m'installer ici, je vivais à Los Angeles, et nous avons fréquenté quelque temps le même institut de beauté. Je vous y ai vue une ou deux fois. Il se peut même que nous ayons eu la même esthéticienne. Pour les soins du visage, ajouta-t-elle à l'adresse de Jack qui plissait de nouveau le front, perplexe.

— Incroyable ! s'exclama Muriel. Et chez qui allez-vous ici ?

— Eh bien, il y a quelques instituts convenables à Fortuna et à Eureka, mais sans doute pas du style de ceux dont vous avez l'habitude. Quant à Virgin River, il n'y en a pas, précisa Melinda en remarquant les ongles impeccables de l'actrice. Vous allez devoir faire des kilomètres pour une bonne manucure.

Muriel suivit son regard.

— Avec les travaux de décoration que j'ai prévus, je peux leur dire adieu.

— Vous comptez vous en occuper un peu vous-même ?

— La plus grande partie, répondit-elle, non sans une certaine fierté. Comment êtes-vous arrivée ici ?

— Ah, c'est une longue histoire ! J'avais besoin de changer d'air. J'étais infirmière diplômée et sage-femme à Los Angeles, et j'ai accepté un poste ici. Juste pour un an, au départ, mais Jack m'a mise enceinte.

Ce dernier secoua la tête, l'air atterré.

— Nous sommes *mariés*. Dis à cette dame que tu en es heureuse, au moins.

— Parfaitement heureuse. J'ai trouvé mon bonheur avec Jack, assura Melinda avec un sourire radieux.

— Le ranch de Muriel se trouve juste de l'autre côté de la pâture des Booth, expliqua-t-il. Un peu moins de dix kilomètres en voiture, deux à cheval en longeant la rivière.

— Fantastique, vous allez adorer cette famille, assura Melinda. Walt est un général à la retraite avec deux grands enfants et un petit-fils. Des gens formidables. En fait, Virgin River est une ville de gens formidables. J'ai hâte de vous les présenter.

— C'est très gentil de votre part.

— Remarquez, une fois que Madge et Beatrice auront décroché leurs téléphones, les présentations officielles deviendront inutiles. Peut-être devriez-vous abréger leur supplice en allant les saluer avant qu'elles nous fassent une crise d'apoplexie ?

— Avec plaisir.

— Euh, attendez, on risque de voir débarquer des kyrielles de journalistes et de photographes ? s'inquiéta Jack.

— Des paparazzis ? J'en doute fortement. Aujourd'hui, il y a des tas de jeunes actrices dévergondées et fort peu vêtues pour les occuper.

Tom étant chez Brenda et Vanessa à Grants Pass, Walt se retrouva avec une alternative simple pour le dîner : soit il se grillait un steak au barbecue, soit il allait manger un morceau chez Jack. Il opta pour Jack.

À son arrivée, il y avait une dizaine de personnes, toutes attablées à l'exception de Doc, assis au bar. Walt le rejoignit, laissant un tabouret entre eux. Ils se saluèrent d'un simple signe de tête ; le Dr Mullins n'était pas du genre causant. Jack sourit au nouveau venu et posa une serviette en papier sur le comptoir.

— Bonsoir, qu'est-ce que je vous sers ?

Walt remarqua le porte-bébé vide sur le dos de Jack.

— Vous avez perdu un cavalier ?

— David a droit à un petit « rafraîchissement », expliqua Jack en riant.

— Pourquoi pas une bière pendant que vous me dites ce qu'il y a au menu ?

Jack tira une bière pression qu'il posa devant lui.

— Ce soir, c'est rôti de bœuf braisé à la cocotte. Je ne connais pas le secret de son assaisonnement, mais c'est un régal. Il est cuit avec des légumes, mais Vic accompagne le tout d'une délicieuse purée de pommes de terre. Onctueuse à souhait.

— Parfait, déclara Walt en soulevant sa chope.

— Vous en voulez à emporter chez vous ?

— Ce soir, je suis seul. Vanessa est dans l'Oregon avec Paul pour quelques jours, et je ne vois pas beaucoup Tom tant qu'il est sur le carnet de bal de Brenda.

— Dans l'Oregon ? s'étonna Jack. Vous m'en direz tant. Que vont-ils bien trouver à faire dans l'Oregon ?

— Très drôle, sourit Walt.

— La situation s'est décantée, on dirait. Est-ce que ça signifie qu'on ne verra plus beaucoup le sympathique Dr Michaels par ici ?

— J'ai comme l'impression que la présence du sympathique Dr Michaels a servi de détonateur à Paul. Un type bien, ce Haggerty. Quoiqu'un peu lent.

Jack s'esclaffa.

— Ne soyez pas trop dur avec lui. À mon avis, Vanessa le terrifiait. Elle impressionne par sa beauté ravageuse, et son intelligence pleine de malice.

Walt apprécia le compliment et sourit.

— C'est vrai que parfois elle me fait peur.

— Je vais transmettre votre commande à Vic. Je reviens.

Walt avait avalé la moitié de sa bière, quand Melinda sortit des cuisines et s'installa sur le tabouret près de lui.

— Bonsoir, le salua-t-elle joyeusement.

— Comment vous sentez-vous, jeune fille ?

— Prête à exploser. Mais je tiens bon.

Jack revint, cette fois avec David dans le porte-bébé, et deux assiettes fumantes qu'il déposa devant Walt et devant Melinda.

— Ça ne vous dérange pas si je me joins à vous pour dîner ? demanda celle-ci.

— Pas du tout. Jack ne mange pas ?

— J'ai passé l'après-midi à aider Vic à vérifier la cuisson. J'ai sans doute déjà avalé l'équivalent de trois repas, répondit celui-ci. Vous avez manqué votre nouvelle voisine d'une petite heure.

— Ah ? fit Walt en s'attaquant à son plat. Qui est-ce ?

Melinda posa le coude sur le comptoir.

— Muriel St. Claire, ce nom vous dit quelque chose ?

— Pas vraiment, non, avoua le général. Bon sang, ce Vic, quel génie ! ajouta-t-il après avoir savouré sa première bouchée de bœuf.

— C'est une actrice, expliqua Melinda. Plutôt célèbre, en fait. J'ai vu beaucoup de ses films.

Walt marmonna un vague « ah bon ? » plus intéressé par son assiette.

— Que fait-elle dans le coin ? finit-il par demander.

— Elle est originaire de la région et a décidé d'y revenir pour la retraite.

— Juste ce qu'il nous fallait, marmonna Walt. Une vieille dame de plus. Elle est riche au moins ?

— Elle en a l'air, intervint Jack. Mais elle n'a rien d'une vieille dame.

— Une star de cinéma riche à la retraite ? Que compte-t-elle donc faire dans un ranch ? Un élevage de poules exotiques ?

Melinda pouffa.

— Vous serez peut-être surpris. Elle a emménagé dans la maison du vieux Weatherby, de l'autre côté de votre pâture. Vous devriez confectionner un gâteau et aller lui souhaiter la bienvenue. Je lui ai dit que les Booth étaient une famille très sympathique.

— Je mettrai Vanessa sur le coup à son retour.

Melinda dressa l'oreille.

— Vanessa est partie ?

— Quelques jours à Grants Pass avec Paul, répondit Walt tout en dévorant à belles dents. Ils seront de retour pour le week-end.

— Dites donc, quelle nouvelle. Vous vous y attendiez ?

Walt se tamponna la bouche avec sa serviette.

— Haggerty avait le doigt sur la détente depuis des mois. Ce que je n'avais pas imaginé, c'est le temps qu'il lui faudrait pour appuyer dessus.

Quand Walt rentra au ranch, il régnait dans la maison un silence dérangeant. Il alluma la télévision et prit un livre, histoire de s'occuper. Il aurait aimé que Tom vienne avec Brenda regarder un film, mais ils ne se montreraient sans doute pas. S'ils parvenaient à s'échapper de chez elle, ils iraient sûrement faire un tour en voiture. Il aimait entendre le bébé s'agiter ou Vanessa le câliner. Il n'aurait pas non plus été contre la compagnie de Paul en ce moment – leurs commentaires devant les reportages de CNN étaient assez divertissants.

Par pur ennui, il alluma l'ordinateur et entama une recherche sur Muriel St. Claire, sa nouvelle voisine. Cinquante-six ans, née à Brother Creek, Californie, presque cinquante films, sans compter les contributions pour la télévision. Quand il vit sa photo, il la reconnut, mais seulement parce qu'elle avait joué récemment dans *New York District* et *Les Experts*. Il fit défiler une série de photos tirées de dossiers de presse – dont aucune n'était récente. Elle semblait toujours découvrir l'objectif par-dessus son épaule nue ou aguicher le photographe de son regard sensuel de star. Il y en avait même une où elle était dans un lit, uniquement recouverte d'un drap de satin. Et aussi des clichés pris aux Oscars et au festival de Cannes – avec une imposante quincaillerie.

Sa femme n'avait jamais tellement apprécié les gros bijoux.

Tout cela n'était que poudre aux yeux hollywoodienne, une ode au superficiel. À l'évidence, elle serait plus à sa place dans une demeure en marbre avec piscine. Il ignorait ce qu'elle était venue faire dans le vieux ranch de Weatherby, mais il mettait sa main au feu qu'elle n'y resterait pas longtemps.

— Poules exotiques, tu parles, bougonna-t-il en éteignant l'ordinateur.

9

Il était encore tôt lorsque Vanessa sentit le matelas s'enfoncer à côté d'elle et que Paul déposa entre eux un bébé propre mais affamé.

— Bonjour, mon ange, murmura-t-elle en embrassant Mattie sur la tête.

Il protesta avec vigueur et Vanessa le cala contre son sein pour le nourrir.

Étendu sur le lit, Paul les contempla, caressant avec affection le petit crâne duveteux de Mattie, puis les cheveux emmêlés de Vanessa. Sa succion était très bruyante, ce qui le fit rire.

— Tu l'affames ou quoi ?

— Il a toujours faim. Je crois qu'il va falloir envisager de passer aux aliments solides.

— Tu avais parlé de six mois d'allaitement, non ? Il en a à peine trois.

— C'est vrai, mais regarde-le. Un vrai ogre. Peut-être un peu de céréales…

— En tout cas, il est en pleine forme, observa Paul. Si tu veux, prends contact avec Carol et Lance pour leur demander quand tu peux passer. Ensuite, j'appellerai ma mère.

— Je devrais faire connaissance tout de suite avec ta famille, suggéra Vanessa. Histoire de m'assurer qu'ils ne sont pas tous aussi fous que toi. Tu vas leur dire pour Terri ?

— Pas avant d'être sûr et certain. Mais je veux leur annoncer la nouvelle pour nous – que nous comptons nous marier dès que possible. Ça ne te dérange pas ? Parce que je ne peux pas te regarder sans avoir envie de le claironner à la terre entière.

— C'est la même chose pour moi, avoua-t-elle avec un sourire radieux. Hmm, quel bonheur d'être allongée à côté de toi dans ce lit…

— Avec le bébé entre nous…

Elle pouffa.

— Si tu veux d'autres enfants, il va falloir t'y habituer.

— C'est ce que j'ai toujours désiré, assura-t-il en caressant de nouveau la petite tête de Mattie. Dis-moi, tu crois qu'il y a un délai à respecter entre le premier « je t'aime » et la publication des bans ?

— Quelle différence cela ferait-il ? Nous nous connaissons depuis des années. Nous avons traversé ensemble des épreuves que certains couples mariés ne rencontreront jamais.

— Que dirait ton père si on se mariait tout de suite ?

Elle haussa les épaules, le sourire aux lèvres.

— Papa fait peur à tout le monde sauf moi. Il n'y trouvera rien à redire.

— En fait, je pense aussi à Tom.

— À Tom ? Pourquoi ?

— Nous sommes devenus vraiment proches. Je le considère comme un frère. Il essaie de ne pas le montrer, mais il t'admire beaucoup. On ne peut pas se marier sans lui. Je voudrais qu'il soit mon garçon d'honneur.

— Et ta famille ? Que penserait-elle d'un mariage rapide ?

Il s'esclaffa.

— Ils seraient soulagés, crois-moi. La crainte secrète de ma mère, c'est que je finisse mes jours seul.

— Paul, tu ne peux pas annoncer à tes parents dans la même phrase qu'une femme va avoir un enfant de toi et que tu en épouses une autre.

— Je sais. C'est pourquoi il faut que j'en aie le cœur net le plus vite possible. Mais cela ne change rien au bout du compte. Je ne laisserai pas tomber Terri, mais ma famille, ce sera Mattie et toi, point final.

— Tu as réfléchi beaucoup, on dirait.

— Être allongé près de toi toute une nuit perturbe mon sommeil, apparemment.

— Bizarre que tu n'aies pas perturbé le mien.

— Je suis magnanime, j'ai décidé de t'accorder une pause. Mais sois sans crainte, elle est presque terminée.

Mattie lâcha le mamelon de sa mère avec un soupir repu et s'endormit. Paul se pencha pour déposer un tendre baiser sur la bouche de Vanessa, puis sur le crâne de son fils.

— Tu veux le garder encore un peu près de toi ?

— Non, je vais le recoucher, répondit-elle en commençant à se lever.

— Ne bouge pas, je m'en occupe.

Paul lui prit Mattie des bras. Sa petite tête vint se nicher sur son épaule, et avant qu'ils aient quitté la chambre, le nourrisson laissa échapper un rot sonore.

Vanessa se lova sous la couette en riant. Heureuse. Elle ferma les paupières. Longtemps, elle avait craint de ne plus jamais connaître ce bonheur-là. Et lorsque Paul revint, l'attira contre lui et captura ses lèvres en un baiser fougueux, elle s'abandonna à son étreinte avec un gémissement, les bras noués autour de son cou.

Plus tard dans la matinée, Vanessa téléphona à Carol.

— Bonjour, je suis en ville pour quelques jours et je me demandais si je pouvais passer vous voir avec Mattie.

— Tu es en ville ? Veux-tu dormir chez nous ?

— C'est gentil, mais non, merci. Je me suis décidée à la dernière minute et je suis chez Paul. Il était à Virgin River et doit y retourner en fin de semaine, du coup, je suis venue avec lui.

— Dis-moi, il en passe du temps à Virgin River.

— Oui, et plus encore à l'avenir. Il a un ou deux chantiers potentiels là-bas, si c'est compatible avec sa charge de travail ici. C'était l'occasion de venir vous voir, Lance et vous, avec le petit.

— Viens ce soir, fit Carol d'un ton catégorique. Tu resteras dîner.

— D'accord.

— Parfait. À 18 heures. Tu veux qu'on vienne te chercher ?

— Non. Je viendrai avec Paul.

— Bien, alors à ce soir. Nous ferons des grillades.

Vanessa passa la journée seule avec Mattie, tandis que Paul se rendait à son bureau, visitait les chantiers en cours et faisait le point sur les affaires courantes avec ses frères. Il rentra largement à temps pour prendre une douche et se changer avant de partir chez les Rutledge.

Quand Carol leur ouvrit, elle fut si surprise qu'elle en recula d'un pas.

— Paul ? fit-elle, le souffle coupé.

— Bonsoir, Carol, dit-il, le bras entourant les épaules de Vanessa. Comment allez-vous ?

— Très bien, très bien ! Entrez ! Vous restez dîner ?

— Évidemment qu'il reste dîner, répondit Vanessa, déroutée au plus haut point par cette question. Quand je vous ai dit que je viendrais avec Paul, vous pensiez qu'il se contenterait de me déposer ? Vous n'aviez pas prévu qu'il reste ?

— Mais si, dit Carol qui tendit les bras vers son petit-fils. Je vais juste ajouter un couvert.

Vanessa lui passa Mattie, interloquée. Avec les grands-parents, il y avait un protocole et des obligations à respecter, sans parler de la promesse qu'elle avait faite à Matt, sacrée à ses yeux. Mais Carol n'avait pas son pareil pour mettre ses nerfs à rude épreuve. La plupart du temps, elle ne comprenait pas cette femme. En passant, elle jeta un coup d'œil dans la salle à manger et remarqua que la table était dressée pour quatre, ce qui la plongea dans la plus profonde perplexité. Jusqu'à ce qu'ils entrent dans le salon, et que Cameron se lève de son fauteuil.

Visiblement, Carol avait recommencé son petit jeu, et par sa faute, deux hommes irréprochables allaient se retrouver dans l'embarras. Un sourire attristé aux lèvres, Vanessa s'avança vers Cameron et le laissa l'embrasser sur la joue.

— Comment vas-tu ? lui demanda-t-elle avec gentillesse.

— Bien. Et toi ?

— Bien.

Paul la rejoignit et posa une main possessive sur son épaule. Elle était désolée de peiner Cameron, mais en même temps elle était si heureuse. Elle avait envie que le monde entier sache qu'ils étaient ensemble.

Paul tendit sa main libre à Cameron qui la serra.

— Alors, comme ça, tu es en ville pour quelques jours ? demanda ce dernier à Vanessa.

— Après le week-end, j'ai décidé d'accompagner Paul pour rencontrer sa famille. J'habite chez lui, Cameron.

Le message était sans ambiguïté.

— Ah.

Lance entra dans la pièce à ce moment-là. En découvrant Paul, il s'approcha la main tendue.

— Paul ! Bonsoir ! Comment va ?

— On ne peut mieux. Et vous ?

— Ça va, répondit Lance. Alors, où est mon petit Mattie ? s'enquit-il en embrassant Vanessa.

— Carol l'a emmené à la cuisine, répondit-elle.

— Bon, eh bien, je ne voudrais pas paraître grossier, mais j'ai un petit-fils à papouiller. Je reviens tout de suite.

Et il les planta là tous les trois.

Ils échangèrent des regards gênés, puis Cameron rompit le silence tendu avec un rire un peu crispé.

— Il semblerait qu'il y ait eu un sérieux malentendu.

— Je suis navrée, s'excusa Vanessa. Je ne comprends pas.

— Moi si, dit Paul. Carol a encore en tête l'un de ces plans dont elle a le secret et n'a pas pris la peine de consulter les intéressés.

— Mais nous allons nous en accommoder, n'est-ce pas ? s'enquit Vanessa, pleine d'espoir.

Cameron lui adressa un sourire qui trahissait sa déception.

À cet instant, Carol jaillit de la cuisine et se dirigea d'un pas pressé vers la salle à manger, avec une assiette, des couverts et une serviette.

— Carol, attendez, l'arrêta Cameron. Je vais devoir filer. Mon pager, mentit-il. Merci pour votre invitation, mais je ne vais pas pouvoir rester.

— Oh, non ! Vous êtes sûr ?

Il glissa la main dans la poche de son pantalon.

— Hélas, oui !

Il se pencha vers Vanessa et l'embrassa sur la joue.

— Tu as l'air très en forme, murmura-t-il. Je me réjouis de te voir heureuse.

Au passage, en geste de conciliation, il tapota le bras de Paul.

— Je reviens, souffla celui-ci à l'oreille de Vanessa avant de suivre Cameron dehors.

— Cameron, vous avez une minute ? appela-t-il, tandis que le pédiatre se dirigeait d'un pas rapide vers sa voiture.

— Tout va bien, Paul. Vous n'avez pas à vous justifier. Ne vous inquiétez pas.

— Je ne m'inquiète pas.

Paul le rattrapa en quelques enjambées. Les deux hommes n'auraient pu être plus différents. Paul, solide gaillard en jeans et boots. Cameron avec une chemise bien coupée sur un pantalon en lin et des chaussures italiennes – peut-être l'homme le mieux habillé de Grants Pass.

— Je crois que vous méritez une explication. Sur Vanessa et moi. C'était un horrible coup monté.

Cameron glissa les mains dans ses poches.

— C'était plutôt affreux, admit-il en riant. Peut-être plus pour Vanessa et vous que pour moi.

— Je ne sais pas ce que Carol vous a raconté, mais je suis amoureux de Vanessa depuis toujours. Je ne pouvais pas le lui avouer, bien entendu – elle était mariée à mon meilleur ami, et jamais je n'aurais pu trahir Matt. Mais depuis qu'il... enfin, les épreuves que nous avons traversées ensemble n'ont fait que renforcer nos sentiments. Il nous a fallu longtemps pour nous trouver. Si vous avez été induit en erreur, j'en suis vraiment désolé.

— Je ne connaissais Vanessa que depuis quelques semaines. Nous n'étions pas à proprement parler des confidents.

— Nous allons nous marier, lâcha Paul.

Cameron se raidit légèrement, mais fit bonne figure.

— Félicitations. Je suis sûr que vous serez très heureux.

— Écoutez, je suis bien placé pour comprendre que vous éprouvez des sentiments pour Vanessa. Tout est ma faute, Cameron. J'aurais dû me déclarer plus tôt. Avant que Carol organise ce premier rendez-vous avec vous. Mais Matt nous avait quittés depuis peu et je... je ne voulais pas perturber Vanessa davantage, termina-t-il, la tête baissée.

— Elle aurait pu se montrer moins équivoque, elle aussi, fit remarquer Cameron.

— En fait, il y a aussi une explication à son attitude. J'ai été souvent absent après la naissance du bébé. Je voulais lui laisser un peu de temps et, de mon côté, essayer d'y voir plus clair. C'était vraiment dur pour moi d'entrer sur le territoire de Matt, même après son décès. Du coup, j'ai donné à Vanessa l'impression qu'elle ne m'intéressait pas. Je suis plutôt maladroit avec les femmes, je l'avoue. Mais les choses ont fini par s'éclaircir et à présent, nous voulons aller de l'avant. Désolé, s'excusa-t-il de nouveau.

Cameron laissa échapper un rire dans lequel perçait une pointe d'amertume.

— Vous n'avez pas à vous excuser. Sans rancune.

— Merci. Entre nous, Vanessa ne mérite pas cela. Elle est très sensible. Elle n'aime pas voir les gens souffrir, et je sais qu'elle vous tient en haute estime.

— Ne vous en faites pas, d'accord ? Il n'y avait rien entre Vanessa et moi. Notre relation débutait à peine. Il se peut que je sois un peu déçu, mais rien de plus. Nous étions juste amis, au cas où vous penseriez que je puisse être un problème pour vous.

— Non, je ne le pense pas. Il ne m'a pas fallu longtemps pour comprendre que vous êtes un type bien.

Cameron sourit.

— Ah oui ? Je ne suis peut-être pas le seul.

Vanessa s'assit dans le fauteuil délaissé par Cameron. Mattie avait disparu avec Lance. Carol aussi, du reste. La jeune femme fulminait. Elle s'empara du verre que Cameron avait abandonné sur la table basse et but une longue gorgée, histoire de se donner du courage. Le goût âcre du scotch lui arracha une grimace. Carol fit son apparition une minute plus tard.

— Eh bien, c'était un peu gênant, attaqua-t-elle. J'ignorais que tu avais invité Paul.

— Vraiment ? Et pourquoi ne l'avez-vous pas invité, *vous* ? C'était le meilleur ami de Matt. Et vous savez combien il compte pour moi !

Carol se raidit.

— D'où le saurais-je ?

Vanessa se leva et fixa Carol d'un regard glacial.

— Je vais être on ne peut plus claire. Paul est tout pour moi. Je le connais depuis des années. Je me suis toujours sentie à l'aise avec lui, je lui fais confiance. Nous avons toujours été proches, et plus encore depuis que Matt nous a quittés. Il avait demandé à Paul de prendre soin de Mattie et de moi s'il lui arrivait malheur, vous vous rendez compte ? Cela vous est à ce point impossible de comprendre que j'en viendrais à l'aimer ?

— J'étais à mille lieues de m'en douter, répliqua Carol qui dominait difficilement sa colère. Matt nous a à peine quittés…

— Depuis suffisamment longtemps en tout cas pour que vous essayiez de me jeter dans les bras d'un médecin.

Carol redressa le menton avec défi, les lèvres pincées.

— Voilà une remarque fort déplacée !

— Vous traitez Paul comme s'il était inférieur. Vous devriez avoir honte !

Carol en bafouilla.

— Je n'ai jamais… Comment osez-vous… Je trouvais Cameron parfait pour vous…

— Cameron était au courant pour Paul et moi. Que lui avez-vous donc raconté pour qu'il accepte de venir ici ce soir ?

— Je… euh… je lui ai dit que Paul vous déposerait, et que vous étiez ravie de le voir. À aucun moment, je n'ai eu l'impression d'être dans l'erreur…

Vanessa secoua la tête, atterrée.

— Pourquoi ne m'avez-vous pas au moins demandé si j'apprécierais que Cameron se joigne à nous pour le dîner ? Pourquoi n'écoutez-vous jamais ?

— J'écoute ! se récria Carol, outrée.

— Non, vous n'écoutez pas. Quand je vous dis que je ne veux pas de robes corail pour mes demoiselles d'honneur, vous les achetez quand même. Quand je vous demande de ne pas essayer de me caser, vous invitez l'homme en question non pas une, mais deux fois ! Cameron est quelqu'un de charmant, il ne méritait pas ce qui vient de lui arriver. Et pour couronner le tout, vous avez humilié Paul, que vous connaissez depuis tant d'années, en le traitant comme mon chauffeur et en l'acceptant à contrecœur à votre petit dîner privé…

— Jamais je n'aurais imaginé. Pas Paul.

Lance sortit de la cuisine, son petit-fils blotti contre sa poitrine. Et la mine qu'il arborait était loin d'être réjouie.

— J'essayais juste d'aider, se défendit Carol. Je me disais que ce serait peut-être bien pour Mattie d'être élevé par un médecin, au lieu de…

Elle détourna les yeux, mal à l'aise.

Vanessa éclata d'un rire méprisant. Cette femme était dans l'immobilier et pourtant, elle semblait ignorer à quel point Paul, qui avait construit quelques-unes des plus belles demeures de la région, avait du talent. Sans parler du fait que Paul était un être exceptionnel et serait le plus merveilleux des pères.

— Paul est un parti extraordinaire, au-delà de tout ce que vous pouvez imaginer. Mais je ne vais pas vous faire perdre votre temps, Carol. J'en ai assez de votre ingérence permanente et je me refuse à la tolérer davantage.

Elle s'avança vers Lance et récupéra Mattie à l'instant où Paul revenait.

— Je suis désolée, Lance, mais nous partons. C'était épouvantable, et je ne suis pas prête à revivre une situation pareille.

Par-dessus son épaule, elle regarda Paul, qui s'était immobilisé sur le seuil. Dans son regard, elle lut chaleur et compréhension. Patience et tendresse.

Elle le rejoignit et se retourna.

— Carol, vous devriez apprendre à avoir davantage de considération pour les sentiments d'autrui. Ce que vous avez fait ce soir était d'un mauvais goût indigne de vous.

Ils s'en allèrent sur ces mots.

Le lendemain soir, un dîner était prévu chez les Haggerty et Vanessa l'appréhendait un peu. Après l'épisode Carol, elle était sur ses gardes. Le fait que Paul soit simple et gentil ne la rassurait guère. Après tout, Matt possédait un charme et un humour fous, ce qui n'empêchait pas sa mère d'être un vrai dragon.

Lorsque Paul s'engagea dans l'allée menant à l'imposante demeure qui se dressait dans un paysage splendide, elle resta sans voix. Encore une grande propriété. Elle savait que l'entreprise familiale marchait bien, mais cette prospérité évidente la rendait quelque peu nerveuse. Pour beaucoup, c'était l'aune à laquelle se mesurait la valeur des gens, une opinion qui avait peu à voir avec la véritable qualité de vie.

Mais l'accueil qu'elle reçut eut tôt fait de la rassurer. Lorsqu'elle les entendit arriver, Marianne Haggerty se précipita à leur rencontre en s'essuyant les mains avec un torchon qu'elle jeta sur son épaule. C'était une petite femme ronde aux cheveux argentés, avec un teint frais et un sourire engageant. Juste derrière elle se tenait un bel homme de la même stature que Paul, aux cheveux blonds striés de mèches argentées.

Marianne embrassa son fils, puis posa les yeux sur le bébé.

— Mon Dieu, murmura-t-elle, le fils de Matt ! Quel beau petit ! Oh, Vanessa, c'est merveilleux de faire enfin votre connaissance ! Nous adorions Matt. Puis-je le prendre ?

— Bien sûr, répondit Vanessa qui lui tendit Mattie avec un sourire.

Tels des grands-parents, Marianne et Stan entreprirent de câliner le bébé à grand renfort de risettes et de chatouilles, ignorant pour ainsi dire Paul et Vanessa. Puis, sans crier gare, les yeux de Marianne s'embuèrent. Et les larmes roulèrent le long de ses joues. Stan lui enserra les épaules du bras.

— Ça va aller, chérie. Ne commence pas…

Mais une larme perlait déjà au coin de son œil, et ils ne tardèrent pas à s'essuyer mutuellement les joues.

— Eh, vous deux, calmez-vous un peu, les gronda gentiment Paul. Vous allez faire peur à Vanessa.

— Je suis désolée, s'excusa Marianne en se tournant vers la jeune femme, les yeux humides. Vous n'imaginez pas combien je suis contente de le voir, de pouvoir le tenir dans mes bras. J'ai toujours considéré Matt comme un de mes fils.

— Maman, si tu ne te ressaisis pas, je reprends le bébé, menaça-t-il.

Vanessa posa la main sur son bras.

— Laisse, murmura-t-elle, touchée.

Carol et Lance n'avaient pas pour habitude de montrer ce qu'ils ressentaient. Il ne faisait aucun doute à ses yeux qu'ils aimaient leur petit-fils, mais leur retenue était parfois agaçante, surtout dans les moments où elle-même se laissait facilement submerger par l'émotion.

— Il nous faut de la bière, décréta Paul.

— Il n'y a pas mieux pour reprendre ses esprits, approuva Stan avec un rire chaleureux, quoiqu'un peu tremblant. Venez, entrez.

Il prit Vanessa par la main et l'entraîna à l'intérieur, s'essuyant les joues d'un geste gauche.

Elle traversa le vestibule, une pièce à vivre aussi spacieuse que splendide dans laquelle trônait une magnifique cheminée, puis une vaste salle à manger et une immense cuisine jusqu'à une terrasse en séquoia dont l'élégant mobilier en rotin n'aurait pas déparé à l'intérieur.

— Quelle maison extraordinaire ! dit-elle.

— Nous vous ferons visiter tout à l'heure si vous le souhaitez, proposa Stan. La maison d'un entrepreneur est un peu sa carte de visite. Cet endroit est trop grand pour nous deux, c'est sûr, mais Marianne veut pouvoir accueillir la famille. Que puis-je vous servir ?

— J'adorerais une bière, dit Vanessa qui s'assit dans un des fauteuils.

Mattie dans les bras, Marianne prit place près d'elle, tandis que Paul allait chercher les bières avec son père.

— Il est si beau, murmura-t-elle sans quitter le bébé des yeux. Si gentil. Il est facile ?

— Oui. Il fait ses nuits et n'est pour ainsi dire jamais de mauvaise humeur. Mais bien sûr il reçoit beaucoup d'attention, alors je risque de payer quand il sera plus grand.

— On ne donne jamais trop d'attention à un enfant, croyez-moi.

— Paul m'a dit que vous avez cinq petits-enfants.

— Trois garçons et deux filles. Ils sont tous extraordinaires. Oh, celui-ci, j'ai envie de le croquer !

Marianne tourna la tête vers Vanessa.

— Toutes mes condoléances pour Matt, dit-elle avec douceur. Il nous manque aussi.

— Merci. Je me souviens de votre carte et des fleurs.

— C'était bien que Paul soit là pour la naissance de ce bout de chou. Il en parle, vous savez.

Vanessa fut obligée de rire.

— Il vous a raconté qu'il a essayé de se défiler par tous les moyens ? demanda-t-elle à l'instant où Paul revenait sur la terrasse et lui tendait une bière.

Il demeura debout derrière elle, sa main libre sur son épaule.

— Il ne s'en est pas vanté, mais cela ne me surprend pas, s'esclaffa sa mère.

Vanessa caressa la main de Paul, et la stupéfaction se peignit sur le visage de Marianne. Elle échangea un regard avec son mari.

— Eh oui, maman, fit Paul. Quand j'ai dit à Vanessa quels merveilleux grands-parents vous étiez, elle a aussitôt accepté de m'épouser. Et même d'avoir d'autres enfants. Alors vous voyez, je ne vais pas finir mes jours seul.

Vanessa leva les yeux vers lui. Il affichait un sourire débordant d'affection.

— Oh ! souffla Marianne, sidérée. Depuis combien de temps cela dure-t-il, vous deux ?

— Pour moi, depuis un moment, avoua Paul. Vanessa n'a jeté l'éponge qu'il y a peu de temps. Mais elle devrait réussir à vous convaincre qu'elle est heureuse.

— Je suis heureuse, assura Vanessa avec un sourire radieux. Très heureuse.

Stan tendit la main à son fils.

— Félicitations, mon garçon. C'est une bonne nouvelle.

Puis il se pencha pour embrasser Vanessa sur la joue.

— Bienvenue parmi nous, ma fille. C'est un honneur.

— Parfait. Je n'ai même pas besoin de lâcher cet enfant une seconde ! s'exclama Marianne qui retrouva aussitôt son sérieux. Oh, Vanessa, je suis tellement heureuse de vous accueillir dans notre famille ! Vous *et* Mattie, ajouta-t-elle avec un sourire ravi.

Peu après, le reste de la famille Haggerty débarqua : Mitch, Jenny et leurs trois enfants, North, Susan et leurs deux enfants. Les femmes avaient apporté à manger, leur contribution à un grand repas familial. Vanessa fut accueillie à grand renfort d'embrassades chaleureuses et tous lui présentèrent leurs condoléances, car les fils avaient grandi avec Matt. Le bébé fit l'objet de toutes les attentions et passa de mains en mains. Il se retrouva bientôt dans les bras de Paul, tandis que Vanessa se joignait aux femmes qui dressaient la table dans la cuisine.

Un dîner avec huit adultes, cinq enfants et un bébé est une affaire bruyante, mais elle se sentait beaucoup plus à l'aise dans ce chaos qu'elle ne l'avait jamais été chez les Rutledge. La mère de Paul avait décidément une existence idéale, entourée d'une famille aimante, sa vie remplie d'un joyeux brouhaha et de petits bras potelés autour du cou.

Voilà ce que j'aimerais pour plus tard, décida-t-elle.

Au début du repas, Stan se leva et porta un toast en l'honneur du mariage prochain de Vanessa et de Paul. La nouvelle fut accueillie par un concert d'acclamations enthousiastes. Tout le monde voulait connaître la date et le lieu du mariage.

— Le plus tôt sera le mieux, ne purent-ils que répondre. Après tout, nous nous connaissons depuis des années.

Au moment de débarrasser la table, les conversations entre femmes reprirent de plus belle, et Vanessa y participa de bon cœur. À un moment, elle glissa un regard à Paul, sur la terrasse avec son père et ses frères. Détendu et confiant, il faisait sauter doucement contre son torse un petit Mattie qui se tortillait avec impatience, prêt pour la prochaine tétée.

Une fois la dernière assiette rangée, Vanessa demanda à Marianne si elle pouvait s'installer dans une chambre pour allaiter son fils.

— Bien sûr, répondit celle-ci. Mais vous savez, personne dans cette famille n'est mal à l'aise devant une maman qui donne le sein, pas même les enfants. Faites comme vous préférez – installez-vous dans une chambre ou restez avec nous. Ici, c'est sans chichis.

— Et les hommes ? risqua Vanessa.

— Ce sont les plus à l'aise, intervint la femme de North en riant. La première fois que j'ai mis Angie au sein, couverte pudiquement d'une serviette, Stan s'est planté devant moi et l'a soulevée sans hésitation en claironnant « Chérie, viens voir comme ce petit glouton se régale ! »

— Pas possible. Vous croyez qu'ils vont rester dehors un moment ?

— À mon avis, Stan va vous laisser le temps de vous habituer à nous avant de faire des siennes, sourit Marianne. Mais pas longtemps, je le crains – vous êtes prévenue.

Vanessa alla récupérer son fils dans les bras de Paul, puis choisit de s'asseoir dans la grande pièce à vivre en compagnie des autres femmes de la maison qui avaient quantité de questions à lui poser sur les origines de leur histoire.

Sur la terrasse, Paul parlait affaires avec ses associés.

— Je crois qu'il y a de l'argent à gagner à Virgin River et dans les villes environnantes. Quand Jack a cherché un entrepreneur pour terminer sa maison, il n'en a pas trouvé un seul là-bas. C'est pourquoi il a fait appel à moi.

— Tu vois la chose comment ? demanda Mitch.

— On pourrait envisager de créer une nouvelle filiale avec une participation des associés aux bénéfices. Ou alors j'utilise mon crédit hypothécaire pour lancer ma propre entreprise, puisque la maison est payée. Je m'en remets à vous.

— Tu possèdes un paquet d'actions dans Haggerty Construction, fit remarquer son père. Si tu veux retirer tes billes…

— Pas question de soustraire des fonds à ton entreprise, papa.

— Ce n'est pas *mon* entreprise, fiston. Nous y avons trimé dur, tous les quatre. C'est la nôtre. Et il est normal de se soutenir.

— Vanessa accepterait de s'installer ici si je le lui demandais. Mais j'ai des perspectives de chantier là-bas. Et puis, le général est seul désormais. Sans oublier Matt. Je tiens à conserver un lien entre son fils et lui. Je veux que Mattie sache quel homme formidable c'était. De toute façon, ce n'est pas si loin de Grants Pass, ajouta-t-il avec un haussement d'épaules. Si je garde ma maison, nous pourrions revenir ici lorsqu'il n'y aura pas de contrats à Virgin River. Papa, si tu voyais la région… Elle est magnifique. J'adorerais y vivre avec ma femme et mes enfants.

— Alors nous allons t'aider à t'installer là-bas, fiston. D'autant qu'apparemment, l'endroit regorge de perspec tives.

— Nous pourrions fournir des emplois – il y a pas mal de gens qui cherchent à travailler dans le bâtiment. Et beaucoup d'argent qui afflue de la Baie de San Francisco. Virgin River est isolée et se développe lentement, mais aux alentours, il y a des dizaines de villes où les projets de rénovation et de construction ne demandent qu'à fleurir. Je ne crois pas que tu aurais à le regretter, mais je ne veux pas non plus faire courir des risques à l'entreprise. J'ai les moyens de me lancer.

Stan lui sourit.

— Tu veux dire que grâce à nous tu es assez riche pour fonder ta propre entreprise ?

Paul lui rendit son sourire.

— En fait, oui.

— Alors on mérite bien d'être dans le coup.

— Entièrement d'accord, approuva Mitch.

— Je détesterais te perdre, avoua North. Si tu pars, on sera obligés d'embaucher quelqu'un pour gérer les chantiers ici. Et, bon sang, tu es le meilleur.

— J'ai été beaucoup absent depuis l'automne dernier.

— C'est vrai, concéda Stan, mais il semble que c'était un bon investissement, personnel et professionnel. Quelqu'un a des cigares ?

— Toi, tu en as, fit remarquer North.

— C'est vrai, fit Stan en se levant.

— Il faut absolument que vous veniez faire un tour à Virgin River, décréta Paul. Vous y serez comme des poissons dans l'eau.

10

Quand Paul était là le week-end, Walt avait pris l'habitude de passer plus de temps à l'écurie avec ses chevaux, et il lui arrivait souvent de partir avec l'un d'eux pour une longue balade tôt le matin ou en début de soirée. Un nouveau rythme qui lui valait de bonnes nuits de sommeil.

Il semblait que les séjours à Grants Pass en semaine allaient se répéter, les enfants ne revenant au ranch que le week-end. Il se réjouissait de les voir, mais ils avaient aussi besoin d'intimité. Alors le vendredi soir après le dîner, Tom étant parti chez Brenda, Walt laissa la vaisselle au jeune couple et s'éclipsa pour une balade à cheval.

Il longeait la rivière quand il repéra un animal au pelage marron qui fonçait dans sa direction. Il tira sur les rênes de Patriote qui s'immobilisa en caracolant. Soudain, un sifflement aigu brisa le silence, et la boule de poils chocolat s'arrêta net. Un chien. Il s'assit, haletant.

Un instant plus tard, un cheval arriva au galop, monté par une femme séduisante. Elle portait un chapeau de cow-boy à large bord qui ne parvenait pas à dissimuler son teint de pêche et sa jolie bouche. Muriel St. Claire.

— Bonne fille, Luce. Repos.

En entendant la voix de sa maîtresse, la chienne se leva et agita la queue.

— Désolée, dit la femme à Walt. J'espère qu'elle ne vous a pas fait peur, ni n'a effarouché votre cheval.

— Pas de problème. Extraordinaire petit compagnon que vous avez là.

— Elle s'appelle Luce. C'est un chien pour le gibier à plume encore en dressage. Je suis Muriel. Sommes-nous voisins ?

— Walt Booth, se présenta le général. Je suis un peu gêné. J'étais censé vous apporter un gâteau pour vous souhaiter la bienvenue.

Elle rit.

— Je parie que vous comptiez en charger votre femme.

— Je suis veuf, dit-il en ôtant son chapeau.

Bizarrement, il se demanda s'il n'était pas trop mal coiffé.

— Je suis navrée.

Il se lissa les cheveux de la main.

— Ça remonte à plusieurs années maintenant. Et vous ? Vous êtes mariée ?

— Je l'ai été plusieurs fois, répondit-elle en s'esclaffant. J'essaie d'arrêter.

— Vous ne devriez pas avoir trop de mal. À Virgin River, les partis ne se bousculent pas. Si vous me permettez, quel usage faites-vous d'un chien de chasse ?

— Eh bien, je chasse, figurez-vous. Je ne sais pas si j'aurai beaucoup le temps cette année avec les travaux que j'ai entrepris dans ma maison, mais Luce a besoin d'un peu d'entraînement. Nous allons passer d'ici peu aux exercices dans l'eau.

Un coup d'œil discret apprit à Walt qu'elle n'avait pas des mains de mondaine. Ses ongles manucurés étaient coupés court et elle ne portait pas de bagues.

— Vous chassez ? s'enquit-elle.

— Pas depuis un moment, mais j'envisage de m'y remettre. Bientôt.

Sa réponse la fit sourire. Les tentatives de flirt, elle les voyait venir de loin.

— Je vous imaginais occupée à élever des paons ou des poules exotiques dans votre ranch, avoua-t-il. Pas à rénover votre maison de vos mains et à entraîner un chien de chasse.

Elle inclina la tête, amusée.

— Ah bon ? Et pourquoi cela ?

— Melinda Sheridan m'a appris que ma nouvelle voisine était une star de cinéma, alors j'ai fait une recherche sur Internet. Il y a des tas de photos de vous, très élégante.

Et il sentit ses joues s'empourprer.

— Vive Internet. Y a-t-il autre chose que vous souhaiteriez savoir ?

— Je ne connais pas grand-chose au cinéma. Je n'ai pas vu beaucoup de films. Et je ne connais rien aux stars.

— Je suis à la retraite, précisa-t-elle. Je ponce, je vernis, je déblaie les gravats, et j'entraîne mon chien de chasse. Je vais d'ailleurs en avoir un autre bientôt. Un chiot labrador que j'ai choisi chez un éleveur. J'irai le chercher dès qu'il sera sevré. Sinon, je ne cuisine pas beaucoup, et je ne fais pas du tout de pâtisserie, mais il s'avère que j'ai du sucre pour mon café. Pour le cas où vous voudriez m'en emprunter pour votre gâteau.

— Ma fille de trente ans a un homme dans sa vie – un garçon très bien –, et ils passent tous les week-ends à la maison, se surprit-il à expliquer. Du coup, j'ai des raisons de prendre souvent l'air. Quelle quantité de sucre avez-vous en stock ?

Elle lui sourit.

— Beaucoup.

— Je pourrais en avoir besoin dès demain soir. C'est le week-end.

Muriel fit faire demi-tour à sa monture et donna deux coups de sifflet brefs.

— Luce !

Le labrador s'élança à fond de train par où il était venu. Sa maîtresse jeta un regard à Walt par-dessus son épaule.

— Apportez une bonne bouteille de vin rouge, alors, fit-elle avant de s'éloigner au petit trot à la suite de sa chienne.

Le général resta au milieu du sentier et la suivit du regard jusqu'à ce qu'elle fût hors de vue.

— Mince alors, lâcha-t-il à voix haute.

Le lendemain soir, Paul et Vanessa décidèrent d'aller dîner chez Jack, comme ils en avaient l'habitude. Ils s'attendaient que Walt se joigne à eux, mais celui-ci avait d'autres projets.

— Pas ce soir, je vois assez Jack pendant la semaine. Comme Tom est chez Brenda et que je n'ai pas envie de me préparer à manger, je pense aller faire un tour à Clear River. Il y a un petit bar là-bas où je ne suis pas si connu.

— Tu es sûr, papa ? insista Vanessa.

— Certain. Amusez-vous bien. Je vous verrai après. Ou demain matin.

Après leur départ, il prit une douche, mit un peu d'after-shave et sélectionna une bonne bouteille dans le casier à vins.

Lorsqu'il se gara devant la maison de sa nouvelle voisine, il redoutait un peu de donner l'impression d'être un vieil idiot poursuivant une star de cinéma de ses assiduités. Bien sûr, ce n'était pas du tout le cas ; il s'agissait juste d'un verre entre voisins. N'empêche, il avait une conscience aiguë de ses soixante-deux ans, et bien que sa recherche lui ait appris que Muriel St. Claire n'avait que quelques années de moins que lui, elle paraissait beaucoup plus jeune. Et bien plus sûre d'elle que lui.

La propriété se composait d'une vieille maison d'un étage avec une large terrasse, d'une annexe plus petite, d'une grange et d'un corral. Walt se dirigea vers la maison et frappa à la porte.

— Entrez !

Il poussa la porte, et fut accueilli par une Luce toute frétillante qui lui donna des coups de museau affectueux. Muriel était perchée sur une échelle, une truelle à la main qu'elle posa dans un bac à gâcher. Elle portait un bleu de travail aussi taché d'éclaboussures que le mur.

— Vous tombez bien. C'est l'heure de la pause, fit-elle en tirant le chiffon coincé dans la poche arrière de sa salopette pour s'essuyer les mains.

Elle n'avait pas pris la peine de se passer un coup de peigne, sans même parler de maquillage. Mais cela n'entamait en rien sa beauté.

— Que faites-vous ? s'enquit-il.

— Je rebouche les murs avant de les lisser, expliqua-t-elle. Ensuite, je passerai à la peinture, puis j'installerai de nouvelles plinthes. Je garde les moulures pour après.

Walt jeta un coup d'œil circulaire. En pleine rénovation, la pièce était un vrai bazar. Il tendit la bouteille pour lui montrer l'étiquette tandis qu'elle descendait de l'échelle.

— Ça conviendra ?

Elle lui prit la bouteille de la main.

— Très bon choix. Accordez-moi quelques instants pour nettoyer mes outils.

Elle disparut dans la cuisine avec son bac et sa truelle. Il entendit l'eau couler.

Elle le rejoignit peu après.

— Venez. Allez, Luce, on y va.

Il lui emboîta le pas. Ils traversèrent le jardin pour rejoindre l'annexe. Lorsqu'elle ouvrit la porte, il eut une nouvelle surprise. Il n'y avait qu'une seule pièce, mais spacieuse. Muriel avait installé son lit dans un coin, avec un canapé et un fauteuil devant. Une table et deux chaises formaient le coin repas, et quelques appareils ménagers étaient alignés le long d'un mur – grand réfrigérateur, micro-ondes, petit four, quelques placards et tiroirs. Une salle de bains rudimentaire occupait un angle sans cloison – des W-C, un lavabo et une petite douche.

Elle avait commencé quelques travaux de rénovation : les murs avaient reçu une couche de peinture fraîche – du jaune, du rouge, avec des touches de rose et de vert pâle. Le jeté de lit était assorti aux coussins du canapé et du fauteuil.

Tandis qu'il découvrait les lieux, Muriel sortit un tire-bouchon d'un tiroir. Elle le lui tendit en même temps que la bouteille, et s'occupa des verres.

— Joli petit endroit, commenta-t-il tout en s'affairant avec le tire-bouchon. J'espère juste ne pas avoir envie d'aller au petit coin. Et surtout, vous non plus.

Muriel se mit à rire. Les verres dans une main, elle attrapa de l'autre un plateau télé en bois qu'elle posa sur son socle entre le fauteuil et le canapé.

— Table basse improvisée, annonça-t-elle.

Tandis qu'il remplissait les verres, elle sortit du réfrigérateur un plat recouvert d'un film alimentaire sur lequel étaient disposées des tranches de jambon, de salami et de fromage avec des olives, des crudités et de l'houmous.

— Ah, dit-il, vous m'attendiez !

Elle posa le plat sur le plateau, ajouta une grosse boîte de biscuits salés, et s'assit dans le fauteuil en riant.

— En fait, c'est mon dîner.

— Je ne voudrais pas vous priver de votre repas…

— J'en ai coupé deux fois plus pour le cas où vous viendriez chercher votre sucre.

— Alors c'est vrai, vous ne cuisinez pas du tout ?

— J'ai l'impression que je ne vais pas vous retenir longtemps avec ça, fit-elle en s'emparant d'un bâtonnet de céleri qu'elle trempa dans la purée de pois chiche. Mais je ne m'inquiète pas pour vous. Vous pourrez vous préparer un rôti ou un ragoût en rentrant tout à l'heure.

Il songea : « Si nous prenons l'habitude de nous voir, je vais devoir me charger des repas. »

Et elle songea : « Si nous prenons l'habitude de nous voir, je risque de prendre du poids. »

— Intéressant, comme endroit, fit remarquer Walt.

— N'est-ce pas ? À l'origine, c'était l'atelier de la femme de l'ancien propriétaire, qui peignait. Puis c'est devenu un dortoir pour les saisonniers. Une vraie porcherie. Mon agent immobilier a envoyé une équipe de nettoyage et j'ai rafraîchi les murs. Je resterai ici le temps que les travaux soient finis dans la maison principale. Si cela peut vous rassurer, il y a là-bas des toilettes qui fonctionnent. Et sont munies d'une porte qui ferme.

Elle but une gorgée de vin, ferma les yeux avec un soupir d'aise, puis trinqua avec Walt.

— À notre nouveau voisinage.

— Ce n'est pas exactement ce que j'attendais d'une star de cinéma, confessa-t-il. Reboucher des trous, vivre dans une seule pièce.

Elle se cala contre le dossier de son fauteuil.

— Comme c'est intéressant. Vous êtes exactement ce que j'attendais d'un général.

Il haussa les sourcils, surpris.

— Comment cela ?

— Eh bien, vous considérez ceux qui ne portent pas un M16 comme des mauviettes et pensez que les femmes élégantes sont incapables de faire de gros travaux. Walt, il est temps de vous y faire, les stars de cinéma sont des gens comme les autres. Enfin, la plupart. Et puis, je n'en suis plus une – je suis à la retraite.

— À quoi ressemble la vie d'une star ?

— Être une star, comme vous dites, c'est comme vivre dans un monde imaginaire. Le travail d'acteur, en revanche, est le métier le plus difficile qui soit. Regardez-moi, enchaîna-t-elle, plongeant son regard dans le sien. Plus près, plus près… Oui, comme ça. Maintenant, prenez l'air furieux.

Il se renfrogna pour lui faire plaisir.

— Très bien. Et maintenant, la vulnérabilité.

La perplexité se peignit sur le visage de Walt.

— Pas facile, n'est-ce pas. Ajoutez à cela cent vingt pages de dialogues à mémoriser et votre présence sur le plateau dès 6 heures du matin pour être prête au plus tôt à 10. Vous crevez de chaud ou de froid, et vous poireautez debout durant tant d'heures que vous en attrapez un tour de reins, le type que vous devez embrasser a une haleine de bouc et la jeune première qui joue votre fille se révèle être une petite peste prétentieuse qui fait prendre du retard à la production et perdre de l'argent à tout le monde.

Elle sourit.

— Pas facile, je vous jure.

— Eh bien, pas étonnant que vous ayez pris votre retraite.

— Et vous, pourquoi êtes-vous à la retraite ?

— Plus de trente-cinq ans de service actif, c'est long pour un officier.

La conversation se poursuivit ainsi dans une atmosphère des plus détendues. Walt se familiarisa un peu avec la vie d'une actrice, et Muriel apprit quelques détails sur l'armée et la famille du général, dont le décès de son beau-fils, la naissance de son petit-fils et Paul. La bouteille de vin fut bientôt vide et il était presque 22 heures. Lorsqu'ils se dirent bonsoir, ils ne s'embrassèrent pas, mais Walt proposa :

— Si j'ai un moment, ça vous dirait que je vous aide à bricoler ?

— Je ne suis jamais contre un coup de main, reconnut-elle. Mais vous vous y connaissez au moins ?

— Moyennement, je l'avoue. Pour rénover mon ranch, j'avais engagé des artisans, mais seulement parce que j'étais encore à Washington à l'époque et que je tenais à ce que les travaux soient terminés pour mon départ en retraite. Mais n'ayez crainte, je ne débarquerai pas à l'improviste. Je vous appellerai avant, d'accord ?

— D'accord, dit Muriel qui nota son numéro de téléphone sur le plan de travail de sa cuisine improvisée. Ou vous pouvez toujours passer chercher votre sucre, ajouta-t-elle avec un sourire. Merci pour le vin. Il était délicieux.

— J'en ai plein à la maison.

— Et moi, j'ai plein de sucre.

— Alors, marché conclu.

Après le week-end à Virgin River, Vanessa et Paul retournèrent à Grants Pass. Le mardi matin, ce dernier passa un appel qu'il appréhendait quelque peu.

— Bonjour, Terri, c'est Paul. Comment te sens-tu ?

— Bien. Et toi, comment vas-tu ?

— Très bien, merci. Je n'étais pas en ville et…

— Laisse-moi deviner, coupa-t-elle avec lassitude. Encore Virgin River ?

— Oui. J'ai deux chantiers en vue là-bas et des repérages à faire pour voir s'ils sont envisageables.

— Quelle surprise, dit-elle avec un petit rire malheureux. Curieux d'aller là-bas quand on prétend vouloir s'occuper de son enfant à naître, tu ne trouves pas ?

— Les deux chantiers seront terminés au moment de l'accouchement. Et ce n'est pas si loin ; je peux rentrer à Grants Pass en cas de besoin. Écoute, je tenais à te l'annoncer en personne, je n'ai aucune raison de te le cacher : je vais me marier.

Paul eut l'impression d'entendre un ricanement à l'autre bout de la ligne.

— Ce ne sera pas un problème, continua-t-il. Elle est au courant pour le bébé. Elle a aussi un enfant et…

— Je sais, l'interrompit-elle. Le fils de ton meilleur ami.

— Elle est d'accord pour la garde partagée et…

— Je ne suis pas sûre que cette idée me plaise beaucoup, coupa-t-elle d'un ton impatient.

— Il va bien falloir s'adapter à la situation, répliqua Paul. À ce propos, j'ai jeté un coup d'œil dans mon agenda. Tu ne devrais pas tarder à avoir ton rendez-vous.

— Quel rendez-vous ?

— Chez la gynécologue. Celui où j'ai prévu de t'accompagner.

— Oh, j'y suis allée vendredi dernier ! Tout va bien.

Il eut un temps d'arrêt.

— Tu savais que je voulais venir avec toi.

— Désolée, on m'a proposé un rendez-vous plus tôt à la suite d'un désistement. Et comme tu n'étais pas en ville, ajouta-t-elle sèchement.

— Si j'avais su que tu avais rendez-vous, je me serais débrouillé pour être là.

La colère commençait à monter et Paul dut prendre sur lui pour garder son calme. Il ne tenait pas à ce que Terri s'énerve, même si lui-même était à deux doigts de perdre patience.

— Tu as plus important en tête, je suppose, lança-t-elle. Je n'ai pas eu de nouvelles de toi de la semaine…

Surtout rester calme.

— Tu peux te libérer pour le déjeuner aujourd'hui ? s'enquit-il.

Elle garda le silence un instant, puis :

— Paul, laisse tomber, d'accord ? Rien ne t'oblige à déjeuner avec moi, ou à faire quoi que ce soit d'autre, du reste. De toute évidence, il n'y a rien entre nous. Tu vas te marier, alors vis ta vie, je me débrouillerai.

— Il y a quelque chose entre nous, rectifia-t-il. Du moins c'est ce que tu prétends.

Elle lui raccrocha au nez.

— Nom de Dieu ! jura-t-il en reposant brutalement le combiné sur son socle.

— Ça ne va pas comme tu veux, on dirait, fit remarquer Vanessa debout dans l'embrasure de la porte de la chambre, Mattie calé contre son épaule.

— Figure-toi qu'elle m'a envoyé paître.

— Ça ne semble pas te réjouir.

— Non, en effet.

Il feuilleta son agenda, trouva le nom du médecin qu'il y avait griffonné, puis sortit l'annuaire. Il n'y avait nulle part trace du Dr Charlene Weir.

— Je ne sais pas ce qu'elle mijote, dit-il à Vanessa qui l'avait rejoint. Elle m'a dit de vivre ma vie, qu'elle se débrouillerait. Tu sais le problème que ça me pose.

— Tu ne serais pas heureux d'avoir un enfant dans la nature qui ne te connaîtrait pas, que tu ne pourrais ni soutenir ni protéger.

— Je suis désolé, mais ça m'est impossible, soupira-t-il, laissant tomber le bras sur les épaules de Vanessa avant d'embrasser Mattie sur la tête. Et je m'en veux de t'obliger à supporter cela.

— Ne t'inquiète pas pour moi, Paul. Résous ton problème comme tu l'entends.

Deux heures plus tard, Paul se retrouvait dans l'endroit le plus improbable de Grants Pass : le cabinet du Dr Cameron Michaels.

Cameron le reçut entre deux rendez-vous, sans doute dans l'espoir que sa visite ait un rapport avec Vanessa. Lorsque Paul lui révéla la raison de sa venue, le pédiatre ne put s'empêcher d'éclater de rire.

— Je me réjouis que vous trouviez cela hilarant, bougonna Paul. Mais le fait est que je ne connais pas beaucoup de personnes vers qui me tourner.

— Je dois reconnaître, Paul, que vous n'êtes pas aussi maladroit avec les femmes que vous le pensez. Dans votre malheur, vous savez retomber sur vos pieds.

— Comment cela ?

— Vous êtes dans la pire des galères, et pourtant, Vanessa veut encore de vous. C'est dingue.

— Cessez de ricaner. Ce n'est pas facile pour elle. Mais si cet enfant est le mien, je tiens à être un père digne de ce nom.

Cameron secoua la tête.

— J'adorerais vous dire que je ne peux rien pour vous, mais vous avez frappé à la bonne porte. Dans mon métier, il n'est pas aisé de s'occuper de tous ces enfants dont les parents se moquent comme d'une guigne, qu'ils ne désirent même pas. Au moins, vous n'êtes pas dans ce cas. Je vais vous prendre un rendez-vous pour une échographie qui pourrait vous donner quelques réponses, si vous parvenez à obtenir la coopération de l'intéressée. Vous pourrez enchaîner avec une ordonnance judiciaire pour une amniocentèse si vous avez besoin d'une confirmation de paternité par comparaison d'ADN. Pas pour vous, ni même pour elle, mais pour cet enfant qu'elle porte, expliqua Cameron avant de consulter son BlackBerry. Après quoi, si elle cherche un bon pédiatre, vous pourrez lui dire que vous en connaissez un.

Après sa visite à Cameron Michaels, Paul se rendit au cabinet juridique où travaillait Terri Bradford. Pour la première fois, il songea que, travaillant pour un avocat, elle devait savoir qu'il avait des droits.

À en juger par son expression quand elle le vit, elle était plus que surprise de le voir.

— Que fais-tu ici ?

— Il faut qu'on parle. Maintenant. Tu as déjà déjeuné ?

— Oui, et je n'ai pas envie de parler. Tu vas te marier – tu es bien trop occupé pour penser à moi.

Quand elle se leva de derrière son bureau, Paul remarqua son ventre légèrement proéminent et essaya de juger s'il s'agissait là d'une grossesse de trois mois. Ses seins aussi s'étaient épanouis, ils tendaient le tissu de son chemisier. Visiblement, elle n'avait pas menti : elle était bel et bien enceinte. Il ne lui manquait que cet éclat censé illuminer une future mère de l'intérieur – mais cela s'expliquait sans doute par la précarité de sa situation.

— Tu as intérêt à accepter de me parler, Terri, insista-t-il d'un ton sévère. Sinon je ne bougerai pas d'ici. Et, s'il le faut, je me tournerai vers la justice.

Elle se pencha par-dessus son bureau.

— Qu'est-ce que je suis censée raconter à mon patron ? murmura-t-elle.

— Dis-lui qu'il s'agit d'une urgence familiale. Ce qui est le cas, d'ailleurs.

Elle secoua la tête avec un soupir, puis se rendit dans le bureau de son patron. À son retour, elle s'empara de son sac, dans le tiroir inférieur de son bureau, et se dirigea d'un pas raide vers la sortie. Paul la rattrapa et lui prit le coude.

Ils n'étaient pas arrivés au parking qu'elle s'arrêta net et pivota vers lui, les yeux au fond des siens.

— Laisse tomber, lui dit-elle. Il n'est pas de toi.

— Qu'est-ce que tu racontes ?

— Laisse tomber, je te dis.

— Et comment puis-je en être sûr ?

Paul l'entraîna vers un petit parc de l'autre côté de la rue et la fit asseoir sur un banc libre à l'ombre d'un grand arbre, à l'écart.

— Nous allons régler cette histoire une bonne fois pour toutes, déclara-t-il.

— Je ne te comprends vraiment pas, fit-elle en secouant la tête.

— Je veux démêler le vrai du faux, c'est tout.

— Même si tu ne veux rien avoir à faire avec moi ?

— Je t'ai dit cent fois que si cet enfant est le mien, je m'occuperai de toi.

— Ah oui ? Et qu'en pense la femme que tu comptes épouser ?

— La même chose que moi.

Terri laissa échapper un rire sans joie.

— Bon sang, vous êtes tous des gens tellement *bien*.

Le sarcasme fit ciller Paul.

— Je dois être sûr. Je ne partirai pas d'ici sans une confirmation.

— Écoute, je savais déjà que j'étais enceinte avant cette nuit avec toi. J'envisageais de mettre un terme à ma grossesse, mais j'y ai renoncé. J'ai déjà fait pas mal d'erreurs dans ma vie, je ne voulais pas y ajouter celle-là.

— Peux-tu me prouver par une échographie que tu es enceinte de plus de trois mois ?

— Par pitié, soupira-t-elle. Rien ne m'y oblige.

— Il va bien falloir, pourtant. Sinon j'engage un avocat qui fera respecter mes droits. Il ne te lâchera pas tant que tu ne te seras pas soumise à une analyse.

— Quel genre d'analyse ? s'inquiéta-t-elle.

— Une amniocentèse. Une analyse ADN.

Elle pâlit.

— Il faut une piqûre ?

— Évidemment. À moins que nous ayons une réponse sans équivoque avec une échographie.

— Je n'ai pas de rendez-vous chez ma gynéco avant trois semaines. Je peux peut-être la convaincre de pratiquer une…

— Chez le Dr Charlene Weir, c'est ça ? Qui, soit dit en passant, n'est même pas répertoriée dans l'annuaire.

Elle ne put s'empêcher de rire.

— Charlene est une amie à moi, tu ne t'en souviens pas ? J'ai donné le premier nom qui m'est venu à l'esprit. Je ne voulais pas que tu m'accompagnes chez le médecin.

— Nous n'allons pas attendre trois semaines, Terri. J'ai un rendez-vous pour une échographie aujourd'hui même. Tu vas venir ou dois-je engager un avocat ?

— Quelle idée de gaspiller de l'argent pour un truc pareil ?

— Ce ne sera pas du gaspillage. Je veux des certitudes.

— C'est ta fiancée qui te force à faire ça ?

Il se leva et lui tendit la main.

— Pas du tout. Allons-y.

Avec un soupir, elle le laissa l'emmener au cabinet du Dr Mary Jensen, gynécologue de son état. Ils durent remplir de nombreux formulaires, puis Paul sortit sa carte de crédit pour le règlement, et une jeune femme fort douce réalisa l'échographie. Amie de Cameron, elle connaissait le but de la visite et ils ne s'embarrassèrent pas de longues explications. Il ne fallut pas longtemps au médecin pour établir que la grossesse était plus proche de quatre mois que de trois, et datait donc de quelques semaines avant le rapport de Paul et de Terri.

Devant le petit être en devenir qui se mouvait à l'écran, Paul, tout grand gaillard qu'il était, sentit l'émotion lui nouer l'estomac. Apprendre que cet enfant n'était pas le sien ne lui apporta pas le soulagement attendu. Malgré la tentative de duperie dont il avait fait l'objet, il ressentait une profonde tristesse pour Terri, qui se trouvait dans une situation difficile. Et pour cet enfant qui n'aurait pas l'amour et la protection qu'il aurait pu lui offrir en tant que père.

Terri ne pipa mot ni en sortant du cabinet ni dans la voiture, lorsque Paul la raccompagna, silencieux lui aussi. Parvenu à destination, il continua tout droit au lieu de s'engager sur le parking, et après avoir fait le tour du bloc, se gara devant le petit parc où ils s'étaient assis un peu plus tôt. Il vint lui ouvrir sa portière et lui tendit la main.

— Quoi encore ? bougonna-t-elle.

— Allons parler une minute, lui proposa-t-il avec gentillesse.

— Paul, s'il te plaît, commença-t-elle, les larmes aux yeux, ça suffit. Je t'ai dit que j'étais désolée.

— Viens.

Il passa un bras affectueux autour de ses épaules et l'entraîna jusqu'au banc sous l'arbre, tandis qu'elle se mettait à pleurer doucement.

— Assieds-toi, Terri, l'invita-t-il. Dis-moi, cet enfant, a-t-il un père ?

— À l'évidence, répondit-elle en fouillant dans son sac à la recherche d'un mouchoir.

Il en sortit un propre de sa poche et le lui tendit.

— Je veux dire, un homme sur qui tu peux compter. Qui est prêt à assumer sa part de responsabilités.

Elle accepta le mouchoir et s'en tamponna les yeux.

— Je crains que non.

Du revers de l'index, il essuya une larme qui roulait sur sa joue.

— C'est pour cela que tu as prétendu que c'était le mien ?

Elle leva ses yeux humides vers lui.

— En partie, reconnut-elle d'une petite voix. Mais pas seulement…

— C'était une question d'argent ?

— Non ! le détrompa-t-elle avec un rire amer. C'était parce que ni toi ni moi n'avions quelqu'un dans notre vie – du moins d'après ce que tu m'avais dit. Je pensais que tu ferais un bon père, ajouta-t-elle, haussant les épaules. Un bon… Mais n'en parlons plus.

— On se connaissait à peine, fit remarquer Paul.

— Je sais. C'était stupide.

Elle appuya la tête contre son épaule et laissa libre cours à ses larmes.

— Je me disais qu'avec cet enfant dont tu penserais qu'il était le tien, nous serions plus souvent ensemble et que tu finirais par… peut-être…

Elle s'essuya les yeux.

— Je pensais qu'avec toi, nous serions en sécurité. Mes sentiments pour toi étaient beaucoup plus forts que les tiens pour moi, mais ce que j'ai fait… c'est impardonnable.

Paul serra le bras autour de ses épaules.

— Tu devais te douter que je finirais par découvrir la vérité…

Elle renifla avec un haussement d'épaules.

— Peut-être pas. Du moins pas avant d'avoir passé un peu de temps ensemble. Si tu t'étais attaché, si nous avions eu d'autres enfants… C'était vraiment un risque stupide à courir, et je ne sais pas si j'aurais pu mentir longtemps. Je ne suis pas une personne malhonnête, assura-t-elle en levant les yeux vers lui. Je t'aurais sans doute avoué la vérité avant…

Elle inspira un grand coup.

— Il m'a fallu du temps pour admettre que tu n'étais pas amoureux de moi, avoua-t-elle. Tu n'appelais pas, tu n'étais jamais en ville. Tu avais raison, il n'y avait pas grand-chose entre nous. Mais je ne pouvais m'empêcher d'espérer quand même.

Paul posa la main sur son ventre à peine bombé.

— Et le père de ce petit ?

— Il s'en fiche royalement. Il m'a dit que je pouvais toujours lui intenter un procès si je voulais qu'il… Enfin bref, il ne m'a pas fallu longtemps pour comprendre que j'étais mieux sans lui.

— Quel minable, grommela Paul. C'est arrivé comment ?

— J'ai toujours été un peu négligente avec la pilule. Du genre à l'oublier régulièrement. Et lui n'a rien utilisé. Je n'ai vraiment pas assuré. J'ai de la chance de ne pas avoir attrapé autre chose, ajouta-t-elle. Mais ne t'inquiète pas, Paul. Le préservatif n'est pas en cause, et je me suis fait tester à mon premier rendez-vous. Je ne t'ai rien transmis.

Paul ne lui dit pas qu'il le savait déjà. Sur les conseils de Jack, lui aussi avait fait des analyses.

— Ça va aller ? demanda-t-il.

— Je vais me débrouiller, répondit-elle en séchant ses larmes.

Il lui souleva le menton.

— Y a-t-il quelque chose que je puisse faire maintenant pour t'aider ?

— C'est gentil, Paul, mais tu n'as aucune obligation envers moi.

— La carte que je t'ai donnée avec mes numéros, tu l'as toujours ?

— Oui.

— Sinon, tu peux me trouver facilement par l'intermédiaire de Haggerty Construction, l'entreprise de ma famille. Si je ne suis pas là, ils sauront où me joindre en cas de besoin…

— Paul, voyons, l'arrêta-t-elle, riant à travers ses larmes, je t'ai menti. Rien ne t'oblige à…

— Terri, nous n'étions pas un couple, c'est vrai, mais je n'ai pas pour habitude de coucher avec une femme pour qui je n'ai aucun sentiment. Je ne suis quand même pas aussi nul.

— Tu es vraiment incroyable… Après tout ce que je t'ai fait !

Il lui sourit.

— J'ai commis une erreur en t'appelant à mon retour. Mais à l'époque, j'allais très mal et ta compassion m'a beaucoup aidé. Je t'en suis très reconnaissant, ce serait injuste de ma part de ne pas l'admettre.

Terri se laissa aller contre lui avec un soupir.

— Je croyais t'aimer, et je pensais que si j'en avais l'occasion, je pourrais te rendre heureux. Je n'ai pas menti sur ce point. Il est facile de tomber amoureux de toi, ajouta-t-elle.

Il resserra son étreinte. Désormais, il savait une ou deux choses sur l'amour. Il l'emplissait tout entier, lui donnait l'impression d'être l'homme le plus heureux du monde. Il était prêt à tout pour Vanessa, et si elle était venue à lui enceinte d'un autre homme, il les aurait acceptés, son bébé et elle, sans y réfléchir à deux fois.

— As-tu besoin de quelque chose ? lui redemanda-t-il.

— Oui, fit-elle avec un petit rire triste. D'un homme comme toi. Je ne demande rien de plus.

Paul l'embrassa sur le front.

— Tu trouveras l'homme qu'il te faut, lui assura-t-il. Et tu seras une bonne mère. Tout s'arrangera, tu verras.

— Paul, je suis désolée de t'avoir fait du mal et d'avoir compliqué ta vie. C'était si égoïste de ma part.

— Je m'en remettrai. Les situations désespérées provoquent parfois des réactions qui le sont tout autant. Je ne suis pas fâché. Et je connais un excellent pédiatre, si tu en cherches un.

11

Vanessa venait de finir d'allaiter Mattie quand on sonna à la porte de chez Paul. Son fils dans les bras, elle alla jeter un coup d'œil par la fenêtre la plus proche et aperçut Carol sur le perron, impeccable dans son élégant tailleur de femme d'affaires. Elle lui ouvrit à contrecœur.

— Je ne savais pas si tu serais là, dit Carol d'emblée. Je n'ai pas téléphoné parce que je voulais te voir et que je craignais que tu ne refuses.

— Je ne me suis pas manifestée parce qu'il me semblait que nous avions besoin d'un peu de temps pour réfléchir. Toutes les deux. Puisque vous êtes là, entrez.

Carol franchit le seuil.

— Paul est là ?

— Pas pour l'instant, répondit Vanessa qui consulta sa montre. Mais j'imagine qu'il ne va pas tarder.

— Écoute, Vanessa, je te présente mes excuses, fit Carol, mal à l'aise. Lance est furieux contre moi. Il est affolé à l'idée que nous ne voyions plus le bébé à cause de moi.

— Venez vous asseoir, proposa Vanessa qui la précéda dans la salle à manger.

Elle installa Mattie dans son transat sur la table et tira une chaise. Puis elle prit son courage à deux mains.

— Alors comme ça, Lance n'a pas apprécié le petit rendez-vous que vous avez essayé d'arranger ?

Carol était occupée à regarder autour d'elle, l'air plutôt surpris. Sans doute ne s'attendait-elle pas à un intérieur aussi beau. Que s'imaginait-elle donc ? Que Paul vivait dans une cabane de chantier ?

— Carol ?

Celle-ci secoua la tête.

— Non, répondit-elle. Et ce depuis le début. Qu'est-ce que j'ai entendu ! Mais je n'avais pas l'impression de nuire à quiconque. Tu sais que nous avons de l'affection pour Paul à plus d'un titre, mais quand j'ai fait la connaissance de Cameron, je n'ai plus juré que par lui. Et puis, après tout, je n'étais pas au courant pour Paul et toi.

— Voilà pourquoi vous devriez avoir pour principe de demander d'abord l'avis des intéressés. Si vous m'aviez demandé ce que je pensais de votre idée d'inviter un célibataire, je vous aurais conseillé d'attendre. Paul me manquait, et j'avais hâte de le revoir. Cameron est un homme formidable, mais je n'éprouve rien pour lui sur le plan sentimental. Au bout du compte, ils en ont souffert tous les deux. Vous devez arrêter d'agir ainsi.

— Je… j'ai toujours l'impression d'avoir la solution parfaite. Sincèrement, je ne voulais pas… Alors comme ça, reprit-elle après un silence gêné, Paul et toi… ?

— Nous allons nous marier. Je l'aime. Il sera un père merveilleux pour Mattie. Vous n'imaginez pas à quel point il aime cet enfant.

— Et toi, tu es heureuse ? risqua Carol, le front plissé. C'est ce que tu veux ?

Vanessa posa la main sur celle de sa belle-mère.

— Quand nous avons perdu Matt, nous avons éprouvé un chagrin si profond tous les deux… Jamais je n'aurais cru pouvoir être de nouveau heureuse.

— Parfois, il me manque si cruellement, articula Carol, les yeux brillants.

Elle tendit les bras vers Mattie.

— Je peux ?

— Bien sûr.

Carol prit le bébé et le serra contre son cœur, au bord des larmes.

— Le temps passe si vite, et tellement de choses avec, vous n'avez pas idée.

— Le jour de la vidéoconférence chez mon père, Matt était si content de pouvoir parler à Paul, si vous saviez. Carol, je suis sûr qu'il serait heureux de nous voir ensemble aujourd'hui.

— J'en suis sûre aussi, approuva Carol. Matt et Paul ont toujours passé plus de temps chez les Haggerty que chez nous. Une bande de garçons désordonnés aux grands pieds malodorants, ça n'a jamais rebuté Marianne. Et je ne sais pas comment elle s'y prenait, mais elle savait toujours quoi leur préparer à manger. Notre maison était trop stérile. J'étais stricte sur la propreté.

— Quand on en a trois, j'imagine qu'un de plus ne fait pas grande différence, observa Vanessa.

— Ce n'étaient que des gamins. Comment leur en vouloir ? Ils se moquaient pas mal de ce que m'avait coûté une lampe ou de l'entretien que nécessitait le jardin paysager. Avant que les Haggerty bâtissent leur grande maison, quand les enfants étaient jeunes, ils avaient toutes les peines du monde à avoir de la pelouse dans leur jardin, se souvint Carol avec un sourire mélancolique. Ils jouaient tous au football.

Mince alors, comprit Vanessa. Ce n'était pas juste qu'elle voyait Cameron comme un meilleur parti. En réalité, elle ne voulait pas entrer en compétition avec Marianne qui possédait ces qualités maternelles qui lui faisaient défaut.

— J'imagine que Marianne avait toujours des cookies qui sortaient du four quand ils rentraient de l'école, risqua-t-elle, histoire de tester sa théorie.

— Pas seulement. Il y avait aussi un trampoline et des tas de jeux. Plus tard, ils ont laissé les garçons faire de la musique dans le garage – batterie, piano électrique, guitares, la totale. Ils faisaient un vacarme à vous fendre le crâne, raconta Carol en pouffant. Heureusement, pas un seul n'avait de talent. Sinon, ils seraient tous des rock stars couvertes de tatouages à l'heure qu'il est.

Avec son sens fabuleux du timing, Mattie régurgita une gorgée de lait caillé sur le dos de Carol qui, comme de bien entendu, poussa un cri d'orfraie.

— Oh, non ! s'exclama Vanessa qui bondit, la couche qui lui servait de serviette à la main.

Elle voulut récupérer son fils.

— Non, je t'en prie, laisse-le-moi. Pose juste ce truc sur mon épaule.

— Mais Carol, c'est de la soie !

— Et puis zut ! Les teinturiers sont là pour ça, après tout.

Vanessa essuya le tissu du mieux qu'elle put, puis étala une couche propre sur l'épaule de Carol, plutôt stupéfaite de voir sa belle-mère serrer Mattie contre elle au lieu de s'en débarrasser.

Elle avait peur que la nouvelle génération la déserte à son tour pour la famille Haggerty, devina-t-elle. Parce qu'elle était trop rigide, froide, pas mère poule pour deux sous. Et qu'elle le savait.

— Tous les fils Haggerty sont travailleurs et ont réussi, observa-t-elle. Quelqu'un chez eux a bien dû insister sur les devoirs.

— Sans doute Stan. Il a toujours eu le sens des affaires, répondit Carol qui câlinait et embrassait le bébé.

Elle semblait avoir déjà oublié la tache sur son chemisier. La perspective d'être séparée de son unique petit-fils l'avait visiblement ébranlée. Ce n'était sans doute pas un changement de personnalité complet, mais une petite conversion tout de même.

— Il y a une chose dont je souhaiterais vous parler, reprit Vanessa. C'est encore tôt, je sais, mais quand Mattie sera un peu plus grand, Paul et moi avons l'intention d'avoir d'autres enfants. Je sais que Mattie, votre petit-fils biologique, occupe une place à part dans votre cœur, mais ce serait formidable si Lance et vous pouviez l'ouvrir aussi aux autres de la fratrie.

Carol fixa Vanessa, interloquée.

— Ne vous inquiétez pas, s'empressa de la rassurer celle-ci, je ne compte pas transformer votre belle maison en cour de récréation. Je n'ai pas l'intention de vivre ainsi, quel que soit le nombre de garçons. Mais il y aura peut-être aussi des filles. Je l'espère. Vous seriez parfaite pour des petites filles…

— Tu es sincère, Vanessa ? murmura Carol, les yeux écarquillés.

— Je mettrai des limites. Avant toute initiative personnelle, vous devrez m'en aviser si elle risque d'avoir un impact sur moi, mon fils, ma relation avec…

— Cela va de soi, voyons.

— Et avec les petites-filles, interdiction de percer les oreilles sans permission. Sinon, vous aurez affaire à moi, la mit-elle en garde avec un froncement de sourcils éloquent.

— Pour l'amour du ciel, jamais je ne ferais…

— Et vous feriez bien de montrer à Paul la gratitude qu'il mérite.

— Je suis désolée d'avoir pensé qu'un médecin ferait un meilleur père pour mon petit-fils…

Vanessa se surprit à rire.

— Vous n'êtes pas la première mère ou grand-mère à se laisser éblouir par un métier aussi prestigieux, j'imagine. D'autant que Cameron est un homme charmant – intelligent, sensible, gentil. Ce que je voudrais que vous compreniez, c'est que Paul est au moins son égal. Et que vous avez beaucoup de chance qu'il devienne le beau-père de Mattie, car il est si loyal envers

Matt qu'il fera tout pour entretenir son souvenir. Aucun autre homme ne nous offrirait un tel cadeau, Carol.

— Je peux comprendre, je crois. Tu es toujours fâchée contre moi ?

Vanessa secoua la tête.

— Vous devriez présenter des excuses à Paul, insista-t-elle.

— Il est furieux ?

— Il n'en a pas soufflé mot. Mais quand même, il mérite un meilleur traitement que celui auquel il a eu droit. Faire amende honorable, c'est le minimum.

— Tu as raison, même si j'appréhende.

À cet instant, comme sur commande, la porte de la cuisine qui donnait sur le garage s'ouvrit et Paul entra.

— Pour une surprise, dit-il en apercevant Carol.

Il alla embrasser Vanessa sur le front, puis posa une main possessive sur son épaule.

— Comment allez-vous ? s'enquit-il.

— Je viens en repentante. Je suis désolée, Paul. Je n'avais pas réalisé la situation.

— C'est déjà du passé, Carol. Tournons la page.

— Vu les circonstances, c'est généreux de votre part. Y aurait-il une chance que je puisse caser un dîner à la maison avant votre départ ?

— Ça ne va pas être possible, je le crains, répondit-il. Nous sommes déjà pris et je préférerais ne pas annuler. Retentez votre chance à notre retour, la semaine prochaine. Bien sûr, vous êtes toujours les bienvenus à Virgin River – le général vous accueillera avec plaisir.

Vanessa s'efforça de dissimuler sa surprise. Elle ignorait qu'ils avaient quelque chose de prévu avant leur départ. Peut-être Paul était-il plus remonté contre Carol qu'il ne le laissait paraître.

— Tant pis, fit sa belle-mère. Je vais devoir m'en accommoder.

— Je vous laisse entre femmes. Il faut que je prenne une douche, déclara Paul.

Vanessa discuta encore une vingtaine de minutes avec Carol, et pour la première fois, elle eut l'impression d'avoir réussi à s'entendre avec elle. Prétextant qu'elle devait se préparer pour sortir – un mensonge éhonté –, elle mit un terme à leur conversation. Après quoi, elle emmena Mattie dans la chambre, le coucha dans son lit, puis entra dans la salle de bains. Une serviette enroulée autour de la taille, Paul se brossait les dents. Lorsqu'il la vit, il se rinça la bouche et s'essuya.

— Quelque chose ne va pas, s'inquiéta-t-elle.

Il lui sourit.

— Tout dépend de la perspective selon laquelle on se place. Mais comment as-tu appris à me connaître si vite ?

Elle lui rendit son sourire.

— J'ai l'impression d'être avec toi depuis toujours. Alors ?

— L'enfant n'est pas de moi. Terri est enceinte de presque quatre mois.

— C'est une certitude ?

Il hocha la tête.

— Grâce à ton ami Cameron, nous avons pu faire une échographie en urgence. À propos, il a trouvé la situation plutôt drôle.

— Il espérait peut-être que l'enfant serait de toi et que je te quitterais, hasarda-t-elle.

— Non. Il vaut mieux que ça. Et puis, il a un faible pour les parents responsables. Viens ici, dit-il en ouvrant les bras.

Elle s'y blottit et il l'étreignit avec tendresse.

— C'était très triste, tu sais. Elle était désolée, bien sûr. Elle avait beau me jurer que l'enfant n'était pas de moi, j'ai dû lui forcer la main, pour l'échographie. Je l'ai même menacée d'une action en justice. Il me fallait une preuve.

— Tu ne sembles pas soulagé, fit-elle remarquer.

— Oh si, je le suis ! Mais le fait est que ce bébé n'aura pas de père. Je ne la connais pas très bien et j'ignore si elle pourra compter sur sa famille ou sur ses amis. Je sais qu'elle n'a personne dans sa vie. Ce doit être dur.

— Ça l'est, compatit Vanessa qui ne connaissait que trop bien la situation. Elle aura peut-être la chance de trouver quelqu'un, comme moi.

— Je l'espère pour elle. Quoi qu'il en soit, ça lui sera plus facile sans moi dans le tableau.

— N'empêche, tu as pitié d'elle alors qu'elle a essayé de t'arnaquer.

— C'est vrai.

Vanessa lui caressa le torse.

— Sous ta carapace, tu caches un cœur d'artichaut.

— Eh oui !

Elle leva les yeux vers lui.

— Tu sais quoi ? Quand Mattie sera un peu plus grand, je ferai enlever mon stérilet et nous nous occuperons de fonder ta propre petite tribu.

Il lui sourit, tout attendri.

— Ce serait formidable, Vanessa.

— Ça va aller ? Pas de regrets ?

— Un seul, répondit-il, les yeux au fond des siens. J'aurais préféré ne rien avoir dit à ton père. Maintenant, je suis grillé à vie.

— Il t'a piégé. Je t'avais prévenu, il est très doué. Tom et moi avons appris très jeunes à ne rien laisser échapper en sa présence. Bienvenue dans la famille, conclut-elle avec un sourire narquois. Bon, tu ne veux pas qu'on essaie d'aller dîner chez Carol et Lance avant notre départ ?

— Non. Crois-moi ou pas, mais je suis claqué. J'aurais préféré passer la journée sur un toit en plein cagnard. Cette histoire avec Terri m'a vidé. Mais la douche m'a fait du bien.

Si tu y tiens, nous pouvons lui dire que nous avons un changement de programme.

Vanessa songea un instant à expliquer à Paul que Carol avait franchi un grand cap aujourd'hui et que son attitude découlait de certaines peurs qui impliquaient sa propre mère. Mais ce serait pour une autre fois.

— Non. À mon avis, ce ne serait pas une mauvaise chose que Carol commence à comprendre qu'elle ne peut pas contrôler la vie de tout le monde. Je lui téléphonerai en début de semaine prochaine. Bon, ajouta-t-elle, comme des petits cris lui parvenaient de la chambre, ce n'est pas que je n'ai pas envie de passer la soirée seule avec toi, mais j'ai un autre homme dans ma vie, et je crois qu'il est mouillé.

Paul et Vanessa retournèrent à Virgin River le vendredi soir, et Walt fit griller des hamburgers sur le barbecue. Il paraissait particulièrement joyeux. Pour la première fois depuis bien longtemps, Vanessa se demanda si son père souffrait parfois de la solitude. La semaine avait dû être longue – et calme, avec Tom toujours fourré chez Brenda –, et il lui semblait que Walt était heureux d'avoir du monde à la maison.

Après la vaisselle, Vanessa alla coucher Mattie. La télévision était allumée dans le salon, mais le général sirotait un café sur la terrasse. Paul passa la tête dans l'embrasure de la porte-fenêtre.

— Monsieur, si je peux vous déranger quelques minutes dans votre contemplation du coucher de soleil, j'aimerais vous parler.

Walt se tourna vers lui.

— Mais je vous en prie.

D'un large geste, il invita Paul à le précéder dans le salon. Il éteignit le téléviseur et les deux hommes s'installèrent dans des fauteuils qui se faisaient face.

— Qu'est-ce qui vous tracasse, mon garçon ?

— Eh bien, ce n'est pas un secret que je suis amoureux de Vanessa. Je veux l'épouser. Ai-je votre bénédiction ?

Walt s'esclaffa et secoua la tête.

— Haggerty, vous la rejoignez dans sa chambre tous les soirs dès que je suis couché, alors vous avez sacrément intérêt à l'épouser. En fait, je vous conseillerais même d'installer Mattie dans la chambre que vous n'utilisez pas – cet enfant serait plus tranquille pour dormir…

Paul sentit ses joues s'empourprer. Bon sang, il avait trente-cinq ans passés, et cet homme réussissait à le faire rougir comme un gamin !

— Bonne idée, monsieur. En fait, je voulais vous parler…

— Et votre petit souci à Grants Pass ? le coupa le général.

Paul lui adressa un regard surpris.

— Vanessa ne vous a rien dit ? C'était une fausse alerte.

Walt éclata de rire.

— Quel soulagement vous avez dû éprouver.

Paul baissa la tête un court instant.

— En fait, c'est une situation plutôt triste… Mais bon, je suis soulagé que Vanessa n'ait pas à l'affronter.

Cette dernière fit son apparition à cet instant et vint s'asseoir sur ses genoux.

— Nous envisageons d'organiser le mariage le week-end précédant le départ de Tom, reprit Paul. C'est rapide, mais nous ne voulons ni l'un ni l'autre d'un événement en grande pompe. Juste une cérémonie toute simple avec nos amis. Nous sommes pressés d'officialiser notre situation et nous tenons à ce que Tom soit présent. Avez-vous une objection ?

— Vous vous rendez compte que c'est dans trois semaines ? observa le général. Vous pensez réussir à tout organiser dans un délai aussi court ?

— Sans problème, assura Vanessa. Nous avons déjà discuté de certains détails. Le mariage aurait lieu ici même, si ça ne t'ennuie pas.

— Et votre famille, Paul ?

— Je pense que nous pouvons compter sur eux. À propos de ma famille : mon père et mes frères approuvent l'idée d'ouvrir une filiale d'Haggerty Construction dans la région. Selon moi, il devrait y avoir assez de travail pour en assurer la rentabilité – auquel cas, nous pourrions nous installer à demeure à Virgin River. Bien sûr, je ne le saurai pas avant de m'être lancé. Pendant que je chercherai de nouveaux contrats, j'aurai de quoi m'occuper avec les chantiers Middleton et Valenzuela.

— Et si vous ne décrochez pas suffisamment de contrats ? demanda Walt.

— J'en décrocherai, je ne m'inquiète pas. Mais tant que les perspectives de développement ne seront pas claires, je garderai la maison de Grants Pass. Il y aura toujours du travail pour moi là-bas. Mais il est si difficile de trouver un entrepreneur par ici, j'ai l'impression qu'une fois connu je croulerai sous les demandes. À Grants Pass, nous avons bonne réputation.

— Combien de chantiers pouvez-vous mener en parallèle ? voulut savoir le général.

— Dans l'Oregon, l'entreprise est déjà bien établie, répondit Paul avec un haussement d'épaules. Nous avons jusqu'à dix ou vingt chantiers en cours durant une même période, en fonction de la taille et de l'usage de la construction – maison particulière, local commercial, appartements. Depuis le début, notre spécialité, ce sont les maisons sur mesure. J'ignore combien de contrats de ce genre je trouverai par ici, mais il y a déjà beaucoup de travaux de rénovation. Combien de temps vous ont pris les travaux ici ?

— Presque deux ans.

— Il ne nous aurait fallu que quelques mois, même avec un simple appentis au départ. Six, tout au plus. Vous voyez ? Je sens un sérieux marché.

— Gagne-t-on bien sa vie avec quelques maisons sur mesure ou chantiers de rénovation par an ?

— On la gagne très bien, confirma Paul.

— Hmm, fit Walt. Une petite seconde.

Il quitta la pièce. Vanessa et Paul échangèrent un regard perplexe. À son retour, il avait à la main un épais document.

— C'était peut-être précipité de ma part, et si ça ne vous plaît pas, je ne vous en voudrai pas. Mais dans le cas contraire, vous pouvez considérer cela comme un cadeau de mariage anticipé, déclara le général en tendant le document à Paul.

Sur la première page était imprimé, en caractères gras : ***Acte de donation***.

— Ma propriété est très vaste, expliqua Walt. Simple précaution au cas où les terrains alentour commenceraient à se vendre. J'ai besoin d'espace pour les chevaux. Je me suis dit qu'un hectare au-delà des écuries pourrait vous convenir. Enfin, si l'idée vous plaît. Si vous préférez chercher vous-même votre propre terrain…

— Oh, Papa ! s'exclama Vanessa, émue aux larmes.

— De toute façon, la propriété vous appartiendra un jour, à Tom et à toi. Si vous souhaitez avoir vos propres chevaux, il est toujours possible d'agrandir les écuries et le corral. Je connais un entrepreneur, ajouta-t-il avec un sourire.

Paul poussa gentiment Vanessa et se leva.

— C'est très généreux de votre part, monsieur.

— Très égoïste plutôt, Paul. Je ne suis pas du tout contre l'idée d'avoir ma fille et mes petits-enfants à proximité. Ma chérie, ajouta-t-il à l'adresse de sa fille, pourras-tu être heureuse dans une petite ville comme celle-ci ? Avec ton mari qui construit des maisons dans la région et guère plus à faire que de t'occuper des enfants et des chevaux ?

Vanessa laissa échapper un rire chargé d'émotion.

— Tu plaisantes, papa ? Peu de gens ont la chance d'avoir ce genre de vie. Le seul point d'interrogation, c'est s'il y aura assez de travail ici pour Paul. C'est un génie du bâtiment, tu sais.

— Avant d'évoquer la question chez moi, j'ai passé quelques coups de fil aux rares entrepreneurs du coin, intervint Paul. Je leur ai expliqué que je voulais faire construire sur plans. Le plus rapide n'était pas disponible avant un an. Un délai pareil signifie qu'il y a beaucoup de travail dans le coin. Je vais appeler Joe Benson dès demain matin pour lui demander de s'atteler aux plans. Si vous êtes sûr, monsieur…

— Vous tenez la réponse entre vos mains. La propriété de votre future épouse. Oui, je suis sûr.

12

Quand mai arriva, il y avait de l'amour dans l'air à Virgin River. Paul et Vanessa continuaient de faire leurs allers et retours, incapables de rester séparés ne fût-ce que quelques jours. Et puis, il y avait Tom et Brenda, les deux tourtereaux fous amoureux qui voyaient approcher avec angoisse la date du départ de Tom. Ce week-end avait lieu le bal du lycée, et Paul et Vanessa avaient hâte de voir le jeune couple en tenue de soirée.

Melinda Sheridan avait réussi à tenir jusqu'à mai et n'en était pas peu fière. Un matin, elle se réveilla à 5 heures, bien avant Jack, ce qui ne lui arrivait presque jamais, surtout depuis qu'elle était enceinte. Elle se leva, débordante d'énergie, et commença par préparer le café de son mari avant de se lancer dans le nettoyage du réfrigérateur. Elle avait l'habitude de le remplir d'un tas de courses qui finissaient immanquablement par se perdre parce qu'ils prenaient leurs repas au bar ou rapportaient à la maison des plats de Vic.

Se débarrasser des aliments périmés ne lui suffit pas. Sur sa lancée, elle entreprit d'astiquer l'intérieur du réfrigérateur.

— Qu'est-ce que tu fabriques ? lui demanda Jack quand il entra dans la cuisine.

— Tu vois bien, je nettoie. Il faut arrêter d'acheter de telles quantités de nourriture. C'est du gaspillage.

Elle entendit David s'agiter dans son lit et releva la tête telle une biche sentant la présence d'un chasseur.

— Je vais le chercher, proposa Jack. Il est lourd.

— D'accord. Je m'occupe du petit déjeuner. Veux-tu une omelette ou autre chose ?

— De quand datent les œufs ?

— Hmm, fit-elle en y jetant un coup d'œil. Je ne pense pas qu'ils soient déjà toxiques.

— Je crois que je vais m'en passer. Merci.

— Lâche.

David eut droit à ses Cheerios, puis fut installé dans le salon avec ses jouets tandis que Melinda lançait une lessive et que Jack sortait s'adonner à son activité matinale favorite : fendre des bûches. D'ici à l'automne prochain, il y aurait une belle pile de bois de chauffage pour l'hiver. Certains arbres abattus pour élargir l'allée étaient empilés à la lisière de leur propriété et il s'affairait à les transformer en combustible pour la cheminée.

Melinda s'attaqua ensuite aux placards de la cuisine sur lesquels elle passa de l'huile essentielle de citron. Paul et Jack s'étaient surpassés ; la cuisine était magnifique avec ses placards en chêne massif, ses plans de travail en granit noir et son électroménager en inox rutilant. La maison tout entière était une splendeur, plus belle qu'elle n'aurait osé l'espérer. Comparée au petit chalet dans lequel elle avait vécu presque deux ans, elle était immense – presque trois cents mètres carrés –, pourtant elle n'avait eu aucun mal à la meubler et à la décorer.

Une fois les placards finis, elle fit une nouvelle lessive, puis, après avoir changé David, elle se lança dans le nettoyage des stores. Ce fut ensuite au tour des canapés et des fauteuils en cuir d'être nourris avec un produit spécifique. Lorsque Jack passa faire un tour avant le déjeuner, elle était occupée à détacher les étiquettes des petits vêtements roses qu'elle avait depuis longtemps – des cadeaux des sœurs de Jack et de la sienne.

Une fois lavés et séchés, elle les plia avec soin, ce qu'elle aurait sans doute dû faire des semaines plus tôt.

Puis elle passa au ménage des chambres des enfants – avec à peine un an d'écart, mieux valait que David et Emma aient chacun la sienne. Elle rangea les vêtements propres dans la commode, ainsi que les couches et serviettes de toilette qu'elle avait achetées.

L'après-midi, Jack la trouva à quatre pattes dans la salle de bains, occupée à récurer le carrelage autour de la baignoire.

— Pour l'amour du ciel ! s'écria-t-il.

— Quoi ?

— Qu'est-ce qui te prend ? Si tu voulais à tout prix que cette salle de bains soit nettoyée, il suffisait de m'appeler.

— Elle n'était pas si sale, mais comme je suis d'humeur ménagère, je me suis dit que j'allais passer un coup d'éponge vite fait.

— C'est l'heure de la sieste de David. Et si tu allais t'allonger près de lui ?

— Je n'ai pas envie de dormir. Je vais aspirer les tapis.

— Pas question. Si tu tiens à ce que ce soit fait tout de suite, je m'en occupe.

Melinda sourit.

— D'accord.

— Je me suis fait piéger, là.

— Seulement par toi-même, chéri, répliqua-t-elle en attrapant le flacon de nettoyant multi-usage.

Quand elle eut fini de passer le chiffon – et les surfaces à faire briller ne manquaient pas – elle sortit balayer la terrasse. Peu après, Jack la surprit à traîner le berceau neuf dans leur chambre.

— Melinda ! cria-t-il.

Elle sursauta.

— Jack ! Qu'est-ce qui t'arrive ?

— Lâche ce lit !

Il l'écarta d'une main et attrapa le berceau.

— Où veux-tu que je le mette ?

— Ici.

Il le poussa près du lit.

— Non, plutôt là-bas, se ravisa Melinda. Contre le mur. Nous le changerons de place quand Emma sera là.

Jack s'exécutait quand le téléphone sonna.

— J'y vais, dit-il, et, sortant un crayon de sa poche, il ajouta : Si tu soulèves le moindre truc plus lourd que ça en mon absence, tu auras affaire à moi.

Sur ce, il tourna les talons et quitta la chambre.

Lorsqu'il revint, sa conversation téléphonique achevée, Melinda était à genoux devant la cheminée et brossait le foyer à peine utilisé.

— Non, mais c'est un cauchemar ! explosa-t-il. Bon sang, ça ne peut pas attendre l'hiver prochain ?

Elle s'assit sur ses talons.

— Tu commences vraiment à me taper sur le système. Tu n'as nulle part où aller ?

— Moi non, mais nous, si. Va prendre une douche et te faire belle. Paul et Vanessa sont de retour, et dès qu'ils auront vu Tom et Brenda sur leur trente et un pour le bal du lycée, ils viendront dîner au bar. Tout le monde se retrouve là-bas. On regardera des photos.

— Super ! J'ai envie d'une bière.

— Tout ce que tu veux, Melinda, répondit Jack avec lassitude. Mais je t'en supplie, arrête ce maudit ménage.

— Tu réalises qu'après l'arrivée du bébé, je ne pourrai pas m'occuper beaucoup de la maison. Je préfère le faire maintenant. Et à ma façon.

— File prendre une douche. Tu as de la cendre sur le nez.

Elle se releva péniblement.

— Quel casse-pieds tu es.

— Je te retourne le compliment.

Une heure plus tard, tous trois étaient en route.

— Tu es content, pas vrai ? fit Melinda. Tu as convaincu Paul de venir défendre son territoire. Et maintenant, Vanessa et lui sont ensemble.

— Tu pourrais au moins m'accorder le mérite d'essayer de réunir les gens au lieu de les séparer, se défendit-il. Comme Vic et Paige, Brie et Mike, ajouta-t-il, presque attendri.

— Apparemment, tu es plutôt doué, reconnut-elle, rêveuse, en caressant son ventre proéminent.

Jack lui jeta un coup d'œil

— Tu te sens bien ? s'inquiéta-t-il. Tu es un peu… rose.

— En pleine forme. Sans doute le calme avant la tempête.

— Sans doute. Si tu recommences demain, je te ligote, compris ? Tu me rends dingue parfois.

Melinda ne put s'empêcher de rire.

— Jack, quand es-tu devenu comme ça ?

— Comment ?

— Enquiquinant !

À leur arrivée au bar, Brie et Mike étaient déjà là, ainsi que, bien sûr, Paige, Vic et Christopher. Le Dr Mullins eut à peine le temps de les rejoindre que son pager sonna. Il alla téléphoner en cuisine, puis s'esquiva pour une visite à domicile. Vanessa et Paul débarquèrent dans la foulée avec Mattie dans son transat, et le groupe d'amis regarda des photos numériques de Tom et Brenda, ainsi que d'un autre couple en tenue de soirée.

— Qu'ils sont mignons ! s'extasia Melinda. Ils ont l'air si amoureux. Mais au fait, où est le général ? enchaîna-t-elle sans transition.

Vanessa secoua la tête avec un froncement de sourcils.

— Il a dit que vous l'aviez vu toute la semaine quand nous étions à Grants Pass et qu'il allait rester à la maison ce soir.

— Vraiment ? s'étonna Melinda. Je ne l'ai pas beaucoup vu ces derniers temps. En fait, je me demandais ce qu'il devenait. Je supposais qu'il avait Tom et Brenda à dîner tous les soirs.

— Tu rigoles ? Ils profitent de la moindre occasion pour échapper aux parents. À mon avis, ils font des stocks de câlins avant le départ de Tom.

— J'imagine.

Il y avait peu de clients ce soir-là au bar, et Jack se partagea entre la table des amis et son poste favori derrière le comptoir. Paul le rejoignit et s'installa sur un tabouret.

— Tu sembles un peu préoccupé ce soir, fit-il remarquer. C'est parce que ta femme est sur le point d'exploser ?

— Non, enfin, juste un peu. En fait, on a eu un appel de Rick il y a quelque temps. Il aura bientôt dix jours de permission – avant son départ pour l'Irak.

— Oh, non ! lâcha Paul. Tu tiens le coup ?

— Je m'accroche. Je veux dire, on est allés là-bas aussi, hein ? C'est juste que Rick…

— … est comme un fils pour toi. C'est différent.

— Sans doute. Au moins, il passera un peu de temps ici avant de partir. Je vais demander aux autres s'ils ont envie de venir.

— Tu peux déjà compter sur Vanessa et moi, assura Paul. Comment va Melinda ?

— Elle n'a pas arrêté de s'activer comme une folle toute la journée. Elle m'avait parlé de ses patientes et de leur brusque sursaut d'énergie sur la fin, mais j'ai pu le constater aujourd'hui de mes propres yeux. C'est pour très bientôt, crois-moi.

— Ce serait génial. J'adorerais être là pour la naissance.

— Entre les bébés et toi, il y a vraiment un truc…

— Pas tant que ça, figure-toi. Sur les conseils de Melinda, j'ai demandé une échographie à la fille dont je t'ai parlé. L'enfant n'est pas de moi. Je suis soulagé, bien sûr, mais aussi un peu triste – parce qu'il n'y aura pas de père pour prendre soin d'eux. J'aurais presque préféré qu'il soit de moi. Je délire grave, tu ne trouves pas ?

Jack plongea son regard dans le sien.

— Je vois des tas de raisons pour ne pas se marier si ce n'est pas la bonne personne, mais aucune pour tourner le dos à son enfant.

— Je lui ai proposé de l'aider, avoua Paul en haussant les épaules. C'est une fille bien. Ça ne s'annonce pas facile pour elle.

Mais Jack ne l'écoutait plus. Les sourcils froncés, il observait Melinda, comme mû par un sixième sens. Elle s'était levée et se dirigeait vers les toilettes derrière les cuisines. Elle s'arrêta au bout du comptoir auquel elle s'agrippa et, avec un gémissement étouffé qu'il fut le seul à entendre, se plia légèrement sur son ventre énorme. Juste avant qu'un flot de liquide amniotique inonde le sol à ses pieds.

— Je le savais, marmonna Jack qui se précipita vers elle.

Le silence tomba sur la salle de restaurant. Paul retourna s'asseoir auprès de Vanessa.

— D'après Jack, elle a débordé d'énergie toute la journée, lui apprit-il.

— Melinda est en train d'accoucher ?

— Oh, oui !

Jack s'approcha de sa femme pour la soutenir.

— Une contraction ?

— Mazette, elle était méchante, celle-là.

— Quand tu t'es mise à récurer la salle de bains cet après-midi, tu t'es trahie.

— Je soupçonnais que ce serait pour aujourd'hui, mais je ne voulais pas me donner de faux espoirs. Je ne crois pas qu'on ait trop le temps de s'attarder. Elle est en route, Jack.

Il la fit pivoter vers lui.

— Ne me dis pas que tu as eu des contractions toute la journée ?

— Pas vraiment. Enfin, quelques-unes… Si, finit-elle par avouer après un soupir.

Il la souleva dans ses bras et se mit à aboyer des ordres :

— Que quelqu'un amène David à la voiture et nous accompagne à la maison. Vic, appelle John Stone. Dis-lui que c'est pour maintenant et que ça ne va pas traîner.

Puis il sortit avec Melinda, direction le parking.

Brie prit son neveu, attrapa le sac à langer et leur emboîta le pas. Vic alla téléphoner en cuisine. Il y avait de la nervosité dans l'air.

— John est en route, annonça-t-il un instant plus tard.

Le silence se prolongea.

— Bon, qu'est ce qu'on attend ? intervint Mike. Il faut qu'on se bouge, là.

D'un coup, tout le monde s'affaira à nettoyer et à préparer une collation, auquel furent ajoutés quelques cigares, pour se rendre chez les Sheridan en soutien de choc.

Avant même d'avoir atteint la maison, Melinda avait de violentes contractions à deux minutes d'intervalle.

— Respire, lui ordonna Jack. Ne pense même pas à pousser.

— Tout va bien, le rassura-t-elle.

— Tu as intérêt. J'aurais dû m'en douter. J'aurais dû te garder à la maison. J'aurais dû faire venir Doc.

— Détends-toi, il n'y a que dix minutes de trajet. Et Doc est en visite… Ahhh…

Elle s'agrippa le ventre à deux mains, les traits déformés par la douleur.

— Melinda… Ça va aller, chérie. Respire. Ne t'inquiète pas.

— Je ne m'inquiète pas, rétorqua-t-elle entre ses dents.

Arrivés à destination, Jack souleva de nouveau Melinda dans ses bras. Comme il franchissait le seuil, il lui cogna la tête contre le chambranle, lui arrachant un cri.

— Excuse-moi.

— Ce n'est pas la première fois, fit-elle remarquer d'un ton accusateur.

— Je sais.

Il se remémora ce jour, avant leur mariage, quand il l'avait ramenée chez elle avec la même technique, bien qu'elle ne soit pas enceinte. Il lui avait presque provoqué une commotion cérébrale, ce qui avait mis un terme à tout projet de galipettes.

Il l'emmena directement dans la chambre, tandis que Brie s'occupait de David. Une alèse imperméable protégeait déjà le matelas. Il ajouta quelques serviettes épaisses, puis aida sa femme à se déshabiller et à s'allonger. Après quoi, il courut à la cuisine chercher une lampe torche.

— C'est pour quoi ? lui cria Brie lorsqu'il repassa.

— Je dois voir où elle en est, expliqua-t-il sans s'arrêter.

— Mon Dieu, on a vraiment besoin de professionnels ici !

— Essaie le pager du Dr Mullins. Le numéro est affiché dans la cuisine, à l'intérieur du premier placard. Et prépare un biberon.

— Déjà ? demanda sa sœur, sidérée.

— Pour David. Mets-le en pyjama et donne-lui son biberon.

— Oh, bien sûr ! bredouilla-t-elle, un peu perdue.

Jack regagna la chambre au pas de course.

— Laisse-moi jeter un coup d'œil, chérie.

Melinda replia les jambes et il braqua le faisceau sur son plancher pelvien.

— Bien. Je ne vois encore rien. Tu vas attendre John cette fois ? demanda-t-il.

— Avec un peu de chance, répondit-elle, le souffle court.

Il leva les yeux au ciel.

— Où est ton sac ?

— Dans la voiture.

— Je vais le chercher et je me lave les mains. Fais le petit chien.

Et il disparut de nouveau.

Il sortit de la maison au pas de course et repassa avec la trousse médicale de Melinda, notant au passage les yeux ronds de sa sœur, et son expression un peu effrayée. Avec une frénésie de dément, il sortit les pinces pour le cordon, les ciseaux et la ventouse du sac, puis étala des petites couvertures et des serviettes de toilette au pied du lit.

— Le petit chien ! ordonna-t-il après une nouvelle vérification à la torche.

Il se précipita dans la salle de bains, remonta ses manches et entreprit de se laver avec soin les mains et les avant-bras. Il était déjà passé par là et n'était pas enchanté de recommencer. Les accouchements, c'était le boulot d'un gynécologue ou d'une sage-femme, pas d'un type qui n'y connaissait rien. Il avait eu de la chance une fois, mais rien ne lui garantissait que cela se reproduirait. Il lui fallut dix minutes pour se préparer. Lorsqu'il revint dans la chambre, le test de la lampe fut sans appel.

— Ô mon Dieu…

— Elle arrive, confirma Melinda.

— Tu es incroyable. Comment fais-tu pour être aussi rapide ?

— Aucune idée. D'après Doc, je suis faite pour avoir des enfants.

— Le petit chien ! s'écria-t-il. Si tu pousses, je ne sais pas ce que je vais faire.

— Ce que tu peux être pénible parfois…

— Je sais. J'essaie juste d'éviter cette partie-là. Pour tout le reste, je suis d'attaque. Mais là, j'avoue… Et si je me plantais, hein ? Tu y as pensé ?

— Jack, dit-elle faiblement, tu ne vas pas te planter.

Puis elle fut prise d'une nouvelle contraction.

Réalisant soudain qu'il ne pensait qu'à lui-même, il s'accroupit près du lit et prit la main de sa femme.

— Je t'aime, mon ange. Plus que ma vie… Tu le sais, hein ?

— Pas maintenant, Jack, murmura-t-elle. Je suis occupée.

— Ça va aller.

— Évidemment. C'est *toi* qui ferais peut-être mieux de faire le petit chien.

— Je n'aurais jamais dû te laisser te démener toute la journée.

— Chut… Respire…

Il entendit des bruits de voix, puis Brie passa la tête dans l'encadrement.

— Vous avez besoin de quelque chose ?

— Une bassine. La baignoire de bébé remplie d'eau chaude. John Stone serait un plus.

— Il est arrivé ! Il se lave les mains dans la cuisine.

— Dis-lui de venir tout de suite. Le bébé arrive !

— Pas tout à fait, corrigea Melinda. Mais presque…

Elle regarda Jack, puis lui toucha la tempe.

— Tu commences à grisonner là.

— Quelle surprise. Je n'avais pas idée que tu étais un tel phénomène.

— Je suis la meilleure chose qui te soit arrivée.

Il se pencha et l'embrassa sur le front.

— C'est vrai, mon ange. Et tu es ma déesse de la fertilité.

John pénétra dans la chambre, tout sourire.

— Beau comité de soutien que tu as là, Melinda. Alors, comment ça se présente ?

— Nous sommes prêts, répondit Jack en se levant.

Le gynécologue prit la torche avec une serviette propre et examina Melinda.

— En effet, confirma-t-il.

— John, je suis sacrément content que tu sois là, avoua Jack.

— Et moi, donc. Enfile donc des gants, tu vas m'assister.

— Bien sûr, acquiesça Jack. Comment te sens-tu, chérie ? ajouta-t-il à l'adresse de sa femme.

— Je suis prête.

— Jack, et si tu continuais ce que tu as commencé ? Je suis là. Je t'en prie, à toi l'honneur.

— Pas question, dit Jack avec un mouvement de recul.

— Allons, tu sais bien que tu en as envie. Tu as fait le plus dur. Tu as tenu le coup pendant neuf mois.

— *Pardon* ? objecta Melinda.

Mais une drôle d'expression songeuse se peignit sur le visage de Jack.

— D'accord, je vais le faire. Puisque tu es là…

Des mois durant, il avait juré ses grands dieux qu'il n'y tenait pas du tout et soudain il ne désirait rien d'autre. Il se dépêcha d'enfiler des gants.

— Il n'y aura personne pour soutenir le dos de Melinda, observa-t-il.

— Je m'en charge, proposa John. Et je te guiderai. Mais tu sais déjà comment t'y prendre. Vas-y, c'est ton enfant.

Jack s'agenouilla au pied du lit et attendit encore quelques contractions. Soudain, la tête du bébé apparut. Sans même que John le lui dise, il vérifia si le cordon n'était pas enroulé autour du cou. John lâcha Melinda un instant pour s'en assurer par-dessus l'épaule de Jack. Puis celui-ci soutint la tête dans sa large paume et John demanda à Melinda de pousser un peu. L'enfant sortit sans difficulté, couvert de vernix. Il se mit aussitôt à crier.

Jack tenait de nouveau entre ses mains une petite vie qu'il avait produite. « Aucun homme sur terre ne peut avoir plus de chance », songea-t-il, submergé par l'émotion.

John étala une serviette sur le ventre de Melinda et Jack y déposa l'enfant qu'il entreprit d'essuyer, puis il pinça et coupa le cordon.

— Parfait. Je m'occupe du placenta, dit John. Montre donc cette petite fille à sa mère, puis il faudra la mettre au sein.

À présent, Jack était en terrain connu. Il enveloppa le bébé dans une couverture propre et le déposa dans les bras de Melinda. S'accroupissant près d'elle, il regarda sa fille presser son petit visage contre sa chair chaude, tâtonner un moment, puis refermer la bouche sur son sein pour téter.

— Ah, fit-il avec un sourire extasié. Un autre génie.

Il se débarrassa de ses gants en latex et passa deux doigts le long de la joue de sa femme, puis sur la tête du bébé.

— Tu es un vrai pro, murmura Melinda en levant vers lui un regard embué par l'émotion.

— N'est-ce pas ? Toi aussi, Melinda. Elle est superbe. Tout le portrait de sa mère, souffla-t-il avant de l'embrasser avec tendresse sur les lèvres. Mon Dieu, comme je t'aime.

— Elle est plus petite que David, souffla Melinda.

— Elle est d'un bon gabarit, la rassura-t-il, comme s'il en savait quelque chose. Quelle petite merveille.

— Jack ?

— Oui, mon cœur ?

— Si tu me refais ce coup-là sans ma permission, tu es un homme mort.

— Compris, ma douce. Je ferai attention.

— Et tous ces gens dehors…

— Oui ?

— Tu vas leur dire que s'ils ont le malheur de salir ma maison impeccable, ils entendront parler du pays, compris ?

Il lui sourit.

— Compris, Melinda.

Walt Booth finissait de dresser les assiettes – deux papillotes de poisson au barbecue accompagnées de riz sauvage et de brocolis frais – quand le téléphone sonna. Il décida de laisser le répondeur.

— Papa ? Tu es là ? fit la voix de Vanessa.

Il décrocha.

— Oui. Tout va bien ?

— Nous sommes chez les Sheridan. Melinda est en train d'accoucher ! Nous attendons, mais ça ne devrait pas être long. Tu veux venir ?

— Hmm… je m'apprêtais à passer à table. Je vous rejoins juste après.

— D'accord. Je dis à Paul de te garder un cigare.

Elle raccrocha, et Walt regarda Muriel, assise sur un tabouret devant un verre de vin, de l'autre côté du comptoir de la cuisine. Elle inclina la tête avec un sourire. Il apporta les assiettes et les posa sur la table.

— Je crois que tu es sur le point de faire tes débuts, annonça-t-il.

— Comment ça ?

— Melinda, la sage-femme de Virgin River, est en train d'accoucher, et comme le veut la tradition, ses amis sont rassemblés chez elle, histoire d'admirer le bébé tout juste sorti du ventre de sa mère, de boire un verre et de fumer un cigare. Nous devrions y aller.

— Je connais Melinda, lui apprit Muriel. Comme je le pensais, tu n'as pas dit à ta fille que tu m'avais invitée à dîner.

Il s'assit en face d'elle.

— Bien sûr que non. Elle serait restée ici, et ça ne cadrait pas avec mes plans.

Muriel rit et goûta le poisson – un filet de bar merveilleusement assaisonné. Elle soupira d'aise et ferma les paupières un instant.

— À la bonne heure, dit Walt avec un sourire. C'est facile à faire. Je pourrais t'apprendre.

— Je passe mon tour.

— Nous allons savourer notre dîner, laisser la vaisselle dans l'évier et filer chez les Sheridan. Qu'en penses-tu ?

— J'adorerais voir le bébé. Et j'ai hâte de faire la connaissance de ta fille et de ton petit-fils. Après tout, je t'ai présenté Luce.

— La différence, c'est que Vanessa va être beaucoup plus excitée que Luce quand elle me voit.

— Je ne sais pas si une telle chose est possible, commenta Muriel, songeant à la réaction hystérique de sa chienne labrador chaque fois qu'elle apercevait Walt.

Une demi-heure plus tard, ils étaient en route dans le SUV de Walt. Ils avaient laissé le pick-up de Muriel au ranch. Ils arrivèrent au moment précis où la petite Emma faisait sa première apparition publique. Quand Walt entra avec Muriel, Vanessa demeura bouche bée.

— Vanessa, je te présente notre nouvelle voisine, Muriel St. Claire. Muriel, voici ma fille. Et le petit bout de chou ici, ajouta-t-il en se tournant vers Jack qui tenait un petit paquet rose dans les bras, doit être la nouvelle Sheridan.

— Mon Dieu, regardez-la ! s'extasia Muriel. C'est la première fois que je vois un bébé qui vient de naître. Elle est adorable !

— Vous voulez la tenir un instant ? proposa Jack.

— Je ne sais même pas comment m'y prendre, avoua-t-elle avec dans le regard une pointe de vulnérabilité qui n'échappa pas à Walt. Je ne devrais peut-être pas…

— Vous allez vous en sortir, la rassura Jack en riant. Soutenez-lui bien la tête.

Il déposa le bébé dans ses bras.

— Voilà. Vous voyez, ce n'est pas si compliqué.

Vanessa fixait toujours son père avec une expression stupéfaite, mais celui-ci n'en avait cure. Un sourire rêveur aux lèvres, il n'avait d'yeux que pour Muriel. Il savait qu'elle n'avait jamais eu d'enfants, qu'elle en aurait pourtant souhaité un ou deux. Une famille unie telle que la sienne. Il n'avait pas osé lui poser beaucoup de questions d'ordre personnel parce qu'il craignait un peu les réponses, mais il savait que cette expérience était nouvelle pour elle et il en ressentait une certaine émotion.

— Papa ? chuchota Vanessa après s'être glissée près de lui. Tu passais la soirée avec Muriel ?

— Je lui préparais à dîner. Tu devrais voir ce qu'elle mange. Un lapin n'y survivrait pas.

— Mais, papa, tu n'as jamais parlé de…

— Bien sûr que non. C'est une nouvelle voisine. Elle n'est là que depuis deux mois. En fait, j'ignorais même sa présence jusqu'à ce que je tombe sur elle le long de la rivière. Elle a des chevaux, elle aussi. Une femme très sympathique. Elle devrait te plaire.

— Papa, tu réalises que c'est Muriel St. Claire ? L'actrice ?

— Elle m'a dit cela oui. C'est une femme très sympathique, répéta-t-il.

Vanessa se contenta de secouer la tête, troublée. Mais son attention fut attirée par Jack qui présentait la petite Emma au reste du groupe.

— Désolée, Vanessa, fit Muriel, j'aurais dû vous dire combien je suis heureuse de vous rencontrer, mais j'ai été distraite par le bébé. Enchantée de faire votre connaissance, ajouta-t-elle, la main tendue.

Vanessa la serra.

— Vous et mon père… ?

— … sommes voisins, acheva Muriel avec un sourire.

Jack ramena Emma à sa mère et invita les femmes à le suivre, ce qu'elles firent toutes, y compris Muriel. Celle-ci s'approcha du lit, se pencha vers Melinda et déclara avec un sourire :

— Félicitations, vous avez une superbe petite fille.

— Muriel ! s'exclama Melinda d'une voix lasse, à l'évidence surprise.

— Je dînais avec Walt quand l'appel est arrivé. Je suis ravie d'être là. J'ai même porté le bébé, ajouta-t-elle d'un ton complice.

— Je me réjouis de vous revoir, mais c'est, je l'espère, la dernière fois dans ces circonstances. Jack a des ordres stricts : interdiction de me faire un enfant sans ma permission.

— Excellente idée, approuva Muriel.

Jack servit des alcools aux hommes et, comme attiré par l'odeur du whisky, le Dr Mullins arriva à son tour. John Stone préféra s'abstenir de boire, au cas où, mais il accepta un cigare. Tandis que les autres femmes restaient auprès de Melinda, Muriel rejoignit les hommes sur la terrasse. Ils ne cachèrent pas leur étonnement en la voyant apparaître.

— J'ai cru comprendre qu'il y avait à boire et un cigare, dit-elle avec un haussement d'épaules. Je me suis trompée ?

Tous la regardèrent avec des yeux de merlans frits, sauf Walt.

— Je m'en occupe, dit-il.

Il rentra à l'intérieur lui servir un verre. À son retour, Mike Valenzuela lui avait coupé l'extrémité d'un gros cigare. Elle accepta le verre et attendit son tour pour le briquet. Après la première bouffée, elle porta un toast.

— À vous, Jack, à votre femme exceptionnelle, et à la petite Sheridan. Félicitations.

Il était presque minuit quand John Stone sortit son pager de sa poche.

— J'en ai un autre en cours. C'est la loi des séries, dit-il en regagnant l'ambulance au pas de course. La pleine lune, cria-t-il par-dessus son épaule.

Et avec le gyrophare en marche sur le toit de l'ambulance de Grace River, il reprit la route.

Quelques minutes plus tard, tout le monde remballa et laissa les Sheridan entre eux. Quand Walt arrêta la voiture devant le ranch, il se tourna vers Muriel.

— J'aimerais juste dire une chose. Je pensais que ce serait un vrai défi, cette manie que tu as de manger du céleri, du yaourt et des petites tranches de fromage, mais bon sang, on ne s'ennuie pas avec toi.

— Eh bien, merci, Walt, fit-elle en riant. Tu n'as rien de rébarbatif non plus. Ta fille va avoir beaucoup de questions à te poser.

Il lui sourit.

— Elle peut me demander tout ce qu'elle veut. Je n'ai pas vraiment grand-chose à dire.

— Walt, il n'y a *pas* grand-chose à dire, lui rappela-t-elle.

— C'est vrai. Pour l'instant.

13

Quand Brie se gara devant chez Jack, tôt le matin, le lendemain de la naissance, elle trouva son frère et son neveu assis sur la terrasse. David croquait ses Cheerios et Jack buvait son café.

— Bonjour, lança-t-elle en descendant de voiture. Tu as réussi à dormir un peu ?

— Je suis incapable de fermer l'œil dans les vingt-quatre heures qui suivent une naissance. Melinda dort à poings fermés. Et, bien sûr, David veut aller la voir. Voilà pourquoi nous sommes dehors.

— Je suis venue donner un coup de main.

Brie avait prévu de passer au moins la matinée avec son frère et sa belle-sœur, la journée entière si nécessaire. Elle s'occuperait de David et aiderait dans la maison.

— Quand je suis partie, hier soir, il y avait une tonne de lessive.

— J'en ai déjà fait pas mal. Mais cet après-midi, j'aurai besoin d'une bonne sieste.

Elle se mit à rire.

— Pas de problème, je prendrai la relève.

— C'est bientôt l'heure de la tétée. Pourrais-tu t'occuper de David ? Son bain et le reste ?

— D'accord.

Jack regagna la chambre avec sa tasse de café et approcha le fauteuil à bascule du lit. Melinda lui semblait un peu pâle. Le deuxième accouchement était censé être plus facile et, sans aucun doute, la naissance avait été plus rapide, mais elle en subissait le contrecoup. Cette nuit, quand elle s'était réveillée pour allaiter, elle était faible et tremblante.

Dans le berceau près du lit, Emma commença à s'agiter. Elle allait bientôt réclamer, mais Melinda ne bougeait toujours pas. Il posa la main sur son front et le trouva moite.

— Melinda, appela-t-il doucement.

Peut-être était-elle trop couverte.

Les cris d'Emma se faisaient plus pressants. Toujours pas de réaction de Melinda. Jack l'appela plus fort, lui secoua un peu l'épaule. Impossible de la réveiller.

Une brusque bouffée d'angoisse l'étreignit et il rabattit drap et couvertures. Une grande tache de sang s'étalait sous sa femme.

— Brie ! hurla-t-il. Mon Dieu, Brie !

Il bondit sur le téléphone et composa le numéro de John à son domicile. Brie apparut dans l'embrasure de la porte, David calé sur la hanche. À la vue du sang, de sa belle-sœur inerte, elle courut mettre le petit dans son lit.

Ce fut Susan Stone qui décrocha.

— Susan, Melinda fait une hémorragie ! Elle est inconsciente !

— Ô mon Dieu. Il faut lui masser l'utérus, comme tu as vu John le faire après l'accouchement. Tu appuies du haut vers le bas en soutenant l'utérus de l'autre main, juste au-dessus de l'os pubien. Surtout reste en ligne.

Il l'entendit décrocher un autre poste et, quelques secondes plus tard, elle demandait une intervention d'urgence par hélicoptère.

— Jack, il me faut tes coordonnées, dit-elle.

Il avait construit sa maison de ses mains, et lui donna sans hésiter la longitude et la latitude.

— Aide-moi, Susan ! supplia-t-il, le combiné coincé entre l'oreille et l'épaule. Ça saigne beaucoup. Qu'est-ce que je peux faire ?

Mais elle répétait les informations aux secours et répondait à quelques questions. Un instant plus tard, elle reprit la communication avec Jack.

— Nous avons une sacrée chance, lui expliqua-t-elle. John avait une urgence à Redding et s'y est rendu en hélico il y a deux heures. L'appareil est tout prêt, il se dirige vers Eureka et va se dérouter jusqu'à chez toi. Jack, tu fais le massage ?

— Oui, mais…

— Et le pouls ? Y a-t-il un pouls ?

Il posa ses doigts ensanglantés sur la carotide, laissant une traînée rouge vif sur le cou de sa femme.

— Oui. Mais il est faible.

— L'hélico sera là dans moins de cinq minutes. Tu es seul ?

— Brie est là, dit-il, pétrissant le ventre de Melinda.

— Melinda a besoin de Pitocine et de Methergine. Où est sa trousse ?

— Ici, dans la chambre.

— Dieu merci ! Montre à Brie comment faire le massage. Jack, tu dois préparer une injection de Pitocine. Jack, tu es là ?

— Bon Dieu, marmonna-t-il.

À cet instant, Brie fit irruption dans la pièce.

— Brie, tu dois me remplacer ! Regarde comment la masser.

Jack s'efforça de dominer la peur qui le paralysait.

— Je dois lui faire une piqûre, expliqua-t-il. Susan ?

— Je vais te guider. Trouve le flacon de Pitocine et une seringue. Elle a toujours eu une tension assez basse, alors on passera à la Methergine ensuite. C'est une hémorragie de l'utérus, il faut qu'il se contracte.

Jack regarda Brie appuyer sur l'abdomen de Melinda.

— Susan, il y a beaucoup de sang qui coule. Des caillots.

— Je sais. Pour l'instant, occupe-toi des médicaments.

Il fouilla dans la sacoche et trouva ce qu'il cherchait.

— C'est bon.

Le combiné coincé contre l'oreille, il suivit les directives de Susan et prépara d'abord une seringue de Pitocine.

— Je ne sais pas si je vais trouver une veine…

— C'est une intramusculaire, Jack. Tourne-la un peu sur le côté et…

— Ça, je sais faire…

— Après, tu tires un peu sur le piston pour vérifier le retour sanguin. Ne perds pas de temps. Les secours lui en administreront davantage. Il va lui falloir quelques doses.

— C'est fait.

— Maintenant, la Methergine. Une fois les secours sur place, ils la perfuseront. Pour l'instant, fais ce que je te dis.

— Voilà, c'est bon.

— Vérifie l'utérus. Sens-tu s'il s'est un peu raffermi ?

Il poussa les mains de sa sœur et reprit le massage.

— Je ne sais pas. Peut-être un peu. Oui, un peu… Mais ça saigne toujours. Encore des caillots.

— Continue le massage. Tu t'en sors très bien.

Jack s'écarta de Melinda et, d'instinct, Brie prit le relais. Il fouilla dans la trousse à la recherche d'autres flacons de Pitocine ou de Methergine.

— Susan, il n'y en a plus… Nous avons utilisé toute sa réserve !

— Les secours vont arriver d'une seconde à l'autre. Surtout n'arrête pas le massage. Et si possible mets le bébé au sein.

Jack lâcha le téléphone. Il attrapa la petite Emma vagissante et la positionna contre le sein de sa mère, un bras glissé sous les épaules de celle-ci pour la redresser un peu. Il chatouilla la petite joue du nouveau-né avec le téton, comme il avait vu sa femme le faire.

— Vas-y, ma puce, on a besoin de toi…

Emma n'était pas encore très aguerrie et un peu perturbée par ses pleurs, mais elle parvint à saisir le mamelon et se mit à téter, sans grande énergie cependant.

— Les saignements ralentissent ? demanda Jack à Brie.

— Je n'ai pas l'impression, non.

— Melinda, ma chérie, ouvre les yeux. Par pitié, ne me fais pas ça.

Les paupières de Melinda papillotèrent. Elle leva les yeux vers Jack et elle laissa échapper un gémissement.

— Tiens le coup, je t'en supplie. L'hélicoptère arrive. Reste avec moi, Melinda. Allez, Emma, vas-y.

Mais le nouveau-né avait du mal à téter, sans doute à cause de la panique. Terrifié, Jack retira son bras et alla reposer le bébé hurlant dans son berceau. À genoux près du lit, il entreprit de masser les seins de Melinda comme lorsqu'elle tirait son lait. La montée de lait, lui avait-elle dit, ralentissait les saignements de la délivrance. Puis il se pencha sur elle et téta en douceur. Lorsque le lait tiède coula dans sa bouche, les larmes menacèrent de l'aveugler.

Il sentit sa main se poser sur sa tête, légère, si légère ! Pourvu que ce soit utile, pria-t-il.

— Le saignement ralentit, annonça Brie. C'est net. Mais Jack, il y en a tellement…

Il releva la tête et vit que Melinda avait entrouvert les paupières. Un sourire presque imperceptible flottait sur ses lèvres.

— Melinda, par pitié, reste avec moi. Ne m'abandonne pas !

Il téta encore un peu.

— Continue de lui masser l'utérus, dit-il à Brie avant de partir en courant.

Il se précipita dehors, sauta de la terrasse et fonça jusqu'à son pick-up. Il ouvrit un caisson sur la plate-forme arrière, en sortit une fusée de détresse qu'il déclencha et lança dans l'allée comme balise pour l'hélicoptère. Moins de trente secondes après, il était de retour au chevet de sa femme. Il reprit son sein dans sa bouche.

Emma était en pleurs, David hurlait, et Melinda avait de nouveau perdu connaissance.

Il lui embrassa le front et pria de toute son âme : « Seigneur, je Vous en supplie. Je ferai n'importe quoi, mais ne me la prenez pas ! »

Sans arrêt, il vérifiait son pouls, tirait son lait et priait. Au bout des deux minutes les plus longues de sa vie, il entendit enfin le rotor de l'hélicoptère. L'espace d'un instant, il fut comme projeté dans le passé, presque comme une expérience extracorporelle – il se retrouva dans un nuage de poussière et de fumée, tandis que les hélicoptères se posaient dans le désert pour embarquer les blessés. Son regard se voila, il était de retour en Irak, s'efforçant à tout prix de sauver ses hommes.

Il força son esprit à quitter ce labyrinthe de flash-back.

— Ne t'arrête surtout pas, cria-t-il à Brie avant de sortir en courant.

Il déboula sur la terrasse au moment où l'hélicoptère atterrissait dans la clairière devant la maison.

Il repensa à la dernière bataille qu'il avait livrée – qu'il serait prêt à recommencer mille fois si cela pouvait sauver sa femme. Les secours avaient une devise : un blessé qu'on ramène à l'hélico, c'est un blessé qui s'en sort.

Il vit deux urgentistes sauter à terre et s'élancer vers la maison avec une civière.

— Par ici ! hurla-t-il, les précédant au pas de charge dans la maison. Je lui ai donné deux doses de Pitocine et une de Methergine. Je crois que l'hémorragie s'est un peu ralentie, mais elle reste très abondante.

Ils le suivirent dans la chambre et prirent aussitôt le contrôle de la situation. Une perfusion fut posée. Jack avait vu Melinda le faire une dizaine de fois, mais jamais aussi rapidement. Instructions et données médicales fusaient.

— On l'embarque, ordonna l'un d'eux qui jeta une serviette entre les jambes de Melinda et la transféra avec son collègue sur la civière. Et maintenant on fonce !

— Brie, demande à Doc d'apporter du lait maternisé pour Emma, lança Jack qui attrapa la sacoche de Melinda et les suivit au pas de course jusqu'à l'hélicoptère.

Quelques secondes plus tard, ils avaient décollé. Jack tenait la main de sa femme d'un côté de la civière, tandis que de l'autre, une infirmière lui prenait sa tension et surveillait la perfusion.

— Nous avons utilisé les médicaments qu'elle avait dans sa sacoche, l'informa-t-il. Deux doses de Pitocine et une de Methergine.

— Sa sacoche ? s'étonna l'infirmière.

— Elle est sage-femme. J'ai laissé les seringues à la maison, mais les flacons vides sont dans la trousse. La femme de son gynécologue, qui est infirmière, m'a donné des instructions par téléphone.

La jeune femme transmit l'information au pilote et, une minute plus tard, celui-ci lui criait qu'une dose supplémentaire de Methergine avait été ordonnée par radio. L'infirmière prépara l'injection qu'elle vida dans la perfusion. Au bout de quelques minutes, Melinda ouvrit les yeux et reconnut Jack.

— Je t'aime, articula-t-elle en silence.

Il se pencha vers elle.

— Melinda, tu es toute ma vie, lui chuchota-t-il à l'oreille. John nous attend à l'hôpital, chérie. Tiens bon. Tout va bien se passer.

Il entendit le pilote prévenir l'hôpital de leur arrivée imminente. Celui-ci fut informé en retour qu'une équipe d'urgences obstétriques et un anesthésiste étaient prêts à intervenir. L'infirmière découvrit Melinda et examina l'hémorragie.

— Je crois qu'on va arriver à temps, dit-elle. Mon Dieu, faites qu'on arrive à temps, ajouta-t-elle dans un souffle.

Si Jack n'avait pas été aussi terrifié, il aurait été impressionné par la réactivité de l'équipe. À peine au sol, l'infirmière et les deux urgentistes déchargèrent la civière à une telle vitesse qu'ils faillirent le renverser au passage. Ils gagnèrent l'hôpital au pas de course et s'engouffrèrent dans le service des urgences. À l'ascenseur, quelqu'un retenait la porte. Jack les accompagna, mais fut arrêté à l'entrée du bloc opératoire.

Il se retrouva devant les portes closes, complètement démuni. Pas question de laisser Melinda. Il était même incapable de s'asseoir. Son cœur cognait sourdement dans sa poitrine. En nage, au bord de l'hyperventilation, il avait affronté sa propre mort avec davantage de sérénité.

Cinq ou dix minutes s'écoulèrent avant qu'une infirmière vienne le voir.

— Monsieur Sheridan, votre femme fait une hémorragie utérine et a perdu beaucoup de sang. Le Dr Stone est en train de l'opérer. Il est possible qu'il doive pratiquer une hystérectomie. Il va vous falloir attendre un moment avant d'avoir du nouveau.

— Elle va s'en sortir, n'est-ce pas ?

— Le pronostic vital est engagé, monsieur Sheridan. Mais le Dr Stone est très, très bon. Il est assisté par le Dr Larson, un excellent chirurgien, lui aussi.

Jack se passa une main sur le crâne et tourna deux fois sur lui-même, désemparé et terrifié.

— Je vais à la chapelle, dit-il à l'infirmière. Mais je reviens.

Il téléphona à Brie, puis chercha la chapelle de l'hôpital. Il ignorait si cela servirait à grand-chose, mais il alluma plusieurs cierges. Sa main tremblait tellement qu'il eut toutes les peines du monde à enflammer les mèches. Il n'avait même pas son portefeuille sur lui pour laisser un don dans le tronc. « Si elle survit, je ferai un chèque d'un million de dollars à cet hôpital », se promit-il. Puis il se glissa dans la seconde rangée, s'agenouilla et pria.

Une demi-heure plus tard, il était de retour dans la salle d'attente. Il vit chaque minute de la deuxième heure s'écouler à la pendule avant que John sorte enfin du bloc. Il se leva.

— Nous sommes intervenus à temps, Jack. Nous avons eu beaucoup de chance. L'hélicoptère non loin de chez vous, ça tient du miracle. Et grâce à toi, elle a eu des médicaments cruciaux dans les meilleurs délais. Mais… je n'ai pas réussi à sauver son utérus. Je sais que vous souhaitiez d'autres enfants, tous les deux.

Jack s'effondra dans le fauteuil, les coudes sur les genoux, la tête entre les mains. Ses épaules s'agitèrent brièvement, tandis que le soulagement le submergeait. Lorsqu'il leva les yeux vers John, les larmes roulaient le long de ses joues hérissées de barbe.

— Si tu savais, John, l'utérus n'a aucune espèce d'importance. Je ne peux pas vivre sans elle.

John posa la main virile sur son épaule.

— Vous avez encore de nombreuses années à vivre ensemble, mon vieux.

— Merci, John.

— Susan et toi avez formé une bonne équipe, et mettre le bébé au sein était une excellente initiative, déclara le gynécologue, impressionné.

— Ce n'était pas le bébé, corrigea Jack.

À l'idée que son dernier souvenir de sa femme adorée serait ce geste désespéré pour la sauver, il doutait que ses jambes soient à nouveau capables de le porter.

— Emma ne voulait pas téter, alors c'est moi qui ai pris le relais, expliqua-t-il d'une voix faible.

— Eh bien, tu nous as peut-être donné les quelques minutes dont nous avions besoin pour lui sauver la vie.

Jack téléphona à Brie pour lui annoncer que Melinda était sortie du bloc, puis attendit encore deux heures à la porte de la salle de réveil jusqu'à ce qu'on l'autorise à entrer. Malgré la poche de sang suspendue au-dessus du lit, le visage de Melinda était encore livide. Ses yeux étaient enfoncés dans leurs orbites, et ses lèvres si sèches qu'elles paraissaient gercées. Elle semblait si petite dans ce lit blanc immaculé, c'était poignant. Il se pencha sur elle, l'entoura de ses bras et pressa les lèvres contre son front. Elle battit des paupières.

— Jack, murmura-t-elle.

— Melinda, tu m'as fait la peur de ma vie.

— Il n'y aura plus de bébés, tu sais.

— Nous sommes déjà comblés, ma chérie. Deux beaux enfants en parfaite santé.

— Je sais que tu voulais essayer de m'en faire encore un en douce…

— Mais non, voyons. Je t'avais promis du temps pour profiter des enfants. Avec vous trois, je suis plus heureux que je n'aurais jamais espéré l'être.

Melinda laissa échapper un rire faible.

— Décidément, avec toi à proximité, je suis destinée à ne jamais avoir mes règles.

C'était bien son genre de plaisanter alors qu'elle avait frôlé la mort.

— Ferme les yeux et repose-toi, Melinda. Je reste avec toi.

— Je veux être avec mes enfants, souffla-t-elle, les paupières closes.

— Bientôt, Melinda. Bientôt.

Une heure durant, il demeura penché par-dessus la barre de protection du lit, les bras autour de sa femme. L'infirmière voulut le faire sortir pour vérifier les saignements, mais il insista pour rester.

John vint à la rescousse.

— Je m'en occupe, dit-il à l'infirmière.

Il tira les rideaux autour du lit.

— Quand on a aidé sa femme à accoucher, on ne craint pas la vue du sang. Mais elle ne te connaît pas.

— En effet, fit Jack. Tu vas rester toute la journée ?

— Je ne sais pas encore comment je vais rentrer à Grace Valley. Et puis, je veux lui transfuser une deuxième poche de sang. Je vais attendre au moins jusque-là.

— Tu ne restes pas parce qu'elle est encore en danger, hein ?

— Non. Je reste pour empêcher qu'on te mette à la porte.

John souleva le drap et examina Melinda qui se réveilla brièvement.

— Bien, dit-il. C'est beaucoup mieux.

— C'est mieux, répéta Jack à sa femme.

— Tu devrais songer à rentrer retrouver tes enfants, suggéra John. Quand j'aurai un moyen de transport, je peux t'emmener.

— Pas avant que Melinda ait repris complètement conscience et comprenne pourquoi je ne suis pas là. Vic peut venir me chercher. Nous allons nous organiser.

— Je la confie à Larson. Il va la garder quelques jours.

— Il lui faudra un tire-lait. Tu sais combien elle tient à l'allaitement.

— Elle l'aura, ne t'inquiète pas.

Une heure plus tard, John revint.

— Nous allons emmener Melinda dans sa chambre. Il y a quelqu'un qui t'attend au rez-de-chaussée. Retrouve-nous à l'étage, chambre 306.

— D'accord, fit Jack. Je te rejoins dans une minute, mon ange, murmura-t-il à sa femme. Tu vas dans ta chambre maintenant.

Lorsqu'il franchit la porte battante du hall, il découvrit le Dr Mullins. Appuyé lourdement sur sa canne, le généraliste semblait crouler sous le poids des ans, comme s'il avait vieilli d'un coup en quelques heures. Toute cette route à travers la montagne pour venir jusqu'ici, c'était de la folie. Jack s'avança vers lui et lui tendit la main.

— On a eu chaud, dit-il simplement.

Le médecin secoua la tête.

— Dieu merci. Nous ne pouvons plus nous passer d'elle désormais.

— Non, approuva Jack. Plus du tout.

— Quand pourrai-je la voir ?

— Suivez-moi, Doc. Ils viennent de la monter dans sa chambre.

— John m'a dit que l'opération s'était bien passée.

— Oui. Mais il n'y aura pas d'autres bébés.

— Comment va-t-elle réagir, vous croyez ? s'inquiéta le Dr Mullins.

Jack se souvint de son exaspération lorsqu'elle avait découvert qu'elle était enceinte d'Emma. Et puis, plus tard, elle lui avait avoué adorer porter ses enfants.

— Elle surmontera le choc. Nous sommes tous les deux. Nous avons David et Emma, deux enfants que nous n'espérions même pas avoir. Brie vous a appelé ?

— Oui. Toute la ville s'est mobilisée.

Quand ils arrivèrent dans la chambre, Melinda buvait une gorgée d'eau à la paille. Le Dr Mullins, qui semblait boiter davantage que d'habitude, se dirigea droit vers elle et fit quelque chose qu'il n'avait encore jamais fait : il se pencha et embrassa Melinda sur le front.

— Je savais depuis le début que vous nous donneriez du fil à retordre, déclara-t-il.

— Je suis votre cure de jouvence, plaisanta-t-elle d'une voix lasse.

— C'est vrai. Mais je trouve que vous usez Jack.

S'occuper des Sheridan fut une affaire de famille et de toute la communauté. Brie et Joey, la sœur de Melinda, veillèrent sur les enfants afin que Jack puisse se rendre chaque jour à l'hôpital. Paige et Vic assuraient les repas du soir. À la fin de la journée, Mike rejoignait sa femme et attendait le retour de Jack avec son rapport quotidien. Celui-ci se levait aux aurores pour faire le long trajet jusqu'à Redding, passait la journée là-bas et revenait à Virgin River bien après la tombée de la nuit.

Le quatrième jour de ce régime, alors que Brie donnait son biberon à Emma, assise dans le grand fauteuil club en cuir, et que David était avec le sien sur les genoux de Mike dans le rocking-chair, la porte s'ouvrit et Jack entra, une petite glacière contenant le lait tiré par Melinda à la main. Il avait l'air épuisé. Brie le salua d'un signe de tête auquel il répondit d'un geste de la main avant de disparaître dans la cuisine. Il y avait facilement six heures de trajet aller-retour, mais il lui semblait inimaginable de ne pas être au chevet de sa femme chaque jour. Brie s'inquiétait qu'il emprunte une route tortueuse et escarpée alors qu'il avait tant de sommeil en retard.

Une fois les enfants rassasiés, Brie et Mike rejoignirent le petit groupe dans la cuisine de Jack. Vic avait presque terminé les préparatifs du repas et servait l'apéritif.

— Alors, comment va notre héroïne nationale ? demanda Brie.

— Plutôt hargneuse. Ils la jettent dehors demain. Elle les rend dingues. Les infirmières sont des patientes insupportables.

— Excuse-moi de te dire cela, mais tu as l'air claqué.

— Merci, sœurette, répondit-il avant de porter son verre à ses lèvres. Ah, ça fait du bien ! Merci. Bon, je vais embrasser mes enfants et je reviens.

Il y eut un silence, que Vic rompit en murmurant :

— Je n'arrive pas à croire que nous avons failli la perdre.

— Ce genre d'accident ne se produit que très rarement, fit remarquer Brie pour le rassurer, à cause de la grossesse de Paige.

— Ça nous rappelle quand même que c'est une affaire très sérieuse, dit-il en attirant sa femme contre lui.

— Pas question de paniquer, John, objecta celle-ci. Nous l'avons échappé belle, c'est vrai, mais tout va bien maintenant, et je compte bien profiter de ma grossesse. Dieu sait que nous nous sommes donné du mal pour y parvenir.

Elle se tourna vers son fils.

— Tu as fini, mon grand ? Prêt pour ton film ?

— Oui, maman, répondit Christopher d'une voix chantante.

— Je m'en occupe, intervint Vic. Viens, cow-boy, dit-il au garçonnet en lui prenant la main. Je vais t'installer. Qu'est-ce qu'on regarde ce soir ?

— *Les Indestructibles*.

— On regarde ce film presque tous les soirs, non ? fit-il en sortant de la cuisine.

— Presque.

Joey se tourna vers Paige.

— Quel père merveilleux.

— Il est incroyable. Je n'arrive toujours pas à croire à ma chance.

Jack revint, et Joey se tourna vers lui.

— Jack, je voulais te demander comment Melinda prenait son hystérectomie.

Il baissa les yeux et reprit son verre.

— Elle est déçue. Elle n'arrêtait pas de râler parce qu'elle était enceinte tout le temps, mais en fait elle voulait l'être encore. Ça défie l'entendement. Elle me reprochait qu'Emma soit venue trop tôt, elle me menaçait d'une mort certaine si je recommençais, n'arrêtait pas de me rappeler mon âge et pourtant…

Il y eut un silence.

— L'aptitude à la reproduction est une chose étrange, observa Brie. Nous voulons la contrôler, point final.

— D'après mon expérience, c'est une de ces forces de la nature douées d'une intelligence propre, ajouta Jack. Quand on veut un enfant, il ne vient pas. Et quand on décide de faire une pause, ça vous tombe dessus.

— Et toi, comment le prends-tu ? voulut savoir Joey.

— Quelle question ! dit Jack. Je suis si heureux que Melinda s'en soit sortie, rien d'autre ne compte. Et puis, j'ai déjà deux enfants en parfaite santé. Je suis un homme riche. Très riche.

— Aux hommes riches, déclara Mike en levant son verre.

Une semaine seulement après son opération, Melinda se débrouillait déjà plutôt bien, malgré la douleur résiduelle de l'intervention et la fatigue. Vêtue d'un confortable survêtement, elle passait beaucoup de temps allongée sur le grand lit de leur chambre, le berceau à portée de main pour nourrir Emma aussi souvent que possible, histoire de rattraper le temps perdu. Et si David voulait la rejoindre, il lui suffisait de le propulser d'une main légère sous les fesses pour qu'il grimpe sur le lit.

Brie et Joey s'occupaient de la maison pendant la journée afin que Melinda se repose au maximum. Du coup, Jack pouvait passait quelques heures au bar l'après-midi, puis il rentrait dîner avec sa femme.

Au bar, le travail n'avançait pas beaucoup. Il n'osait pas s'éloigner trop de Virgin River pour les courses, mais il se rattrapait sur la comptabilité et les inventaires, ce qui lui permit de constater, sans surprise, que la petite entreprise marchait bien grâce à la gestion vigilante de Vic et de Paige.

Durant le court battement entre la fin du déjeuner et l'arrivée des premiers clients en début de soirée, alors que le bar était très calme, un vieux fantôme fit son apparition, son Shady Brady sur la tête. Jack avait déjà eu affaire à ce type par le passé et ne savait trop que penser de lui. Il avait la réputation d'être un trafiquant de marijuana qui cachait sa plantation clandestine quelque part dans les montagnes et Jack refusait d'accepter son argent sale. Mais un soir, il avait surgi de nulle part alors que Paige était en danger et lui avait sauvé la vie.

L'homme s'approcha du comptoir et son regard croisa celui de Jack. Une première.

— Salut, dit-il d'un ton morne. Comment va la famille ?

— On se débrouille.

— Une Heineken et un Beam, commanda l'inconnu. Si ça ne vous dérange pas.

Par-dessus l'épaule de l'inconnu, Jack vit Mike entrer. Et s'arrêter net. À l'évidence, il avait reconnu leur ami à sa large carrure et à son chapeau. Jack reporta son attention sur son client.

— On en a déjà parlé. Vous savez que votre argent n'est pas le bienvenu dans ce bar et je ne fais pas d'exception. Je ne suis pas d'humeur.

Mike s'assit au comptoir, laissant un tabouret entre l'inconnu et lui.

— C'est pour moi, Jack. Je vais prendre une pression. Sers mon ami, ajouta-t-il en sortant quelques billets de sa poche.

— Tu es sûr ? s'étonna Jack.

— Oui.

Jack servit les boissons, puis retourna à ses feuilles d'inventaire au bout du bar. Mike et Shady Brady se contentèrent de boire en silence.

Paige entra avec une pile de serviettes propres. Elle reconnut l'homme et demeura un instant comme tétanisée, puis elle le salua d'un signe de tête presque imperceptible avant de se réfugier en cuisine. Mike s'attendait à moitié à voir Vic débouler, à tort.

— On dirait que ça s'est arrangé pour finir, commenta à voix basse l'homme qui avait remarqué le ventre rond de Paige.

Mike rit malgré lui.

— Oh, oui ! On ne peut mieux.

Il regarda son voisin et haussa les sourcils.

— On remet ça ?

— Non, merci. Je ne voudrais pas vous déranger.

— Jack, appela Mike. Ressers mon ami, tu veux.

Malgré son froncement de sourcils désapprobateur, Jack s'exécuta. C'était une situation inconfortable – il appréciait l'aide que l'inconnu leur avait apportée dans des circonstances difficiles, mais ne voulait rien avoir à faire avec les planteurs. Ils ne valaient que des ennuis. L'air buté, il se replongea dans ses calculs.

Peu après, l'homme se leva. Avec un regard à Mike, il porta les doigts au bord de son chapeau.

Mike sortit de la poche de sa veste un objet qu'il glissa vers lui sur le comptoir. Il s'agissait d'un cadenas.

Shady Brady jeta un coup d'œil par-dessus son épaule vers Jack, qui était à présent occupé à compter les bouteilles sous le bar. Il récupéra le cadenas et le fit disparaître dans sa poche.

— Merci pour les verres, dit-il à Mike.

— De rien. Même un type discret comme vous doit faire une pause de temps en temps, pas vrai ? Il n'est pas très souple, ajouta-t-il, indiquant Jack du menton.

Pour la première fois, Shady Brady esquissa un bref sourire. Il porta de nouveau les doigts à son chapeau et quitta le bar.

Mike sourit. « Voilà, se dit-il, content de lui. Shady Brady savait qu'il savait. »

14

Une fois la famille Haggerty prévenue de l'imminence du mariage, Paul appela Joe.

— Alors, comment avancent tes plans pour Vic et Mike ?

— Tu les auras bientôt, mon vieux.

— Que dirais-tu de dessiner une autre maison et nous discuterions des plans ?

— Ah oui ? fit Joe, un peu perplexe. Pour qui ?

— Tu ne vas jamais le croire, répondit Paul après un temps d'arrêt. Figure-toi que les choses n'ont pas tourné comme on le craignait. Vanessa ne m'a pas claqué la porte au nez. On va se marier.

— Non ? Sérieux ?

— Pourquoi attendre ? Ce n'est pas comme si on avait besoin de temps pour apprendre à se connaître.

— Mais… et ce petit problème dont tu m'avais parlé ?

— Pour finir, il s'est avéré que ce n'était pas le mien. Et Vanessa a été merveilleuse, si tu savais. Nous tenons à ce que le mariage ait lieu avant le départ de Tom, dans deux semaines. Je me disais que si tes plans étaient prêts, ce serait l'occasion de venir à Virgin River. Et si tes clients les approuvent, je pourrai m'y mettre tout de suite.

— Et le troisième, c'est pour qui ?

— Vanessa et moi. Le général nous a offert une grande parcelle et l'idée d'avoir notre maison à nous là-bas me plaît de plus en plus. Alors autant la construire avant que je sois trop occupé.

Joe se mit à rire.

— C'est génial, mon vieux. Tu as une idée de ce que tu veux ?

— Oh, oui ! Vanessa adore ma maison de Grants Pass. Mais elle convient davantage à un célibataire ou un couple sans enfants. Il nous faudrait un salon avec le sol à niveau, une ou deux chambres supplémentaires, une cuisine plus spacieuse… Enfin, tu sauras quoi faire.

— Je saurai, approuva Joe, amusé.

— Et, bien sûr, tu es invité au mariage. Ce sera une courte cérémonie toute simple, mais Jack va demander aux autres de venir et il pourrait y avoir du poker.

— J'en suis.

Debout sur sa terrasse, Jack buvait son café du matin quand un détail dans le lointain fit s'emballer son pouls. De l'autre côté de la vallée, au nord-est, une fine colonne de fumée grise montait vers le ciel. Il se prit à espérer que ce n'était rien d'inquiétant. Le printemps avait été anormalement sec.

Melinda le rejoignit et il lui entoura les épaules de son bras tandis qu'elle se blottissait contre lui.

— Que se passe-t-il ? s'enquit-elle.

— Un feu, là-bas. Un écobuage, j'espère, mais un incendie n'est pas à exclure. La végétation est affreusement sèche.

— Virgin River a-t-elle déjà été menacée par un incendie ?

— La ville elle-même, non. Nous en avons eu un gros juste au nord, il y a quelques années, peu après l'arrivée de Vic. Tout le monde s'y est mis : on a creusé des fossés coupe-feu, pompé des citernes d'eau. Et nous avons validé une formation auprès des pompiers, histoire d'être prêts au cas où.

— Que se passerait-il si le feu s'approchait trop ?

Jack resserra son étreinte.

— Nous sommes au milieu d'une forêt, Melinda. Cet endroit risquerait de finir par ressembler à la surface de la lune. Ce qu'il nous faudrait, ajouta-t-il, les yeux rivés sur l'horizon, c'est une bonne grosse pluie. Mais la météo n'en prévoit pas pour l'instant.

Tom obtint son diplôme avec la mention très bien et une fête fut organisée au ranch en son honneur. Il y passa une heure avec Brenda et quelques-uns de leurs amis avant de partir faire la tournée des autres fêtes, ce dont les adultes ne leur tinrent bien sûr pas rigueur.

Tout le monde vint présenter ses félicitations, y compris Muriel St. Claire.

— Pouvons-nous compter sur vous pour le mariage samedi prochain ? lui demanda Vanessa.

— C'est très gentil à vous de m'inviter, et je vous en remercie, mais je vais à Sebastopol chercher un chiot. Un autre labrador, sable cette fois. J'ai déjà ma bonne amie Luce, un an et demi, très intelligente. Mais un chien ne doit pas grandir seul. J'espère vous voir juste après le mariage, ajouta-t-elle avec un sourire. Je serais ravie de dîner avec Paul et vous. J'en parlerai à Walt, vu que je ne sais pas cuisiner.

— Pas du tout ?

Muriel haussa les épaules

— Pas du tout. Je tiens quand même à préciser que j'ai d'autres talents : bricoler, m'occuper d'un potager, chasser le canard et raconter des blagues. Et puis, j'ai entendu dire qu'il y avait d'excellents plats à emporter chez Jack.

— En effet, confirma Vanessa. Et vous montez aussi à cheval, je crois.

— Oui. Je possède deux chevaux. Nous devrions faire une balade un de ces jours. Nous pourrions nous retrouver le long de la rivière, à mi-chemin de nos propriétés.

— Avec grand plaisir. Nous avons beaucoup de choses à nous raconter.

— C'est vrai, approuva Muriel avec un clin d'œil de conspiratrice.

Au moment de quitter la fête, Tom prit Paul à part quelques instants.

— Alors, prêt à épouser Vanessa ? lui demanda-t-il sur le perron, la porte d'entrée close.

— Plus que prêt.

— C'est génial. Je n'aurais pu rêver mieux pour ma sœur.

— Merci, ça me touche beaucoup.

Tom sortit une pochette d'allumettes de sa poche et la fit tourner entre ses doigts.

— Ce soir, il y a une fête pour les examens qui doit durer toute la nuit et j'y vais avec Brenda. Sauf qu'on n'y va pas vraiment, ajouta-t-il en glissant la pochette dans la main de Paul. Quelqu'un doit savoir où on est en cas d'urgence. Quelqu'un qui sait garder un secret.

Paul lut l'inscription sur la pochette. *Hôtel Brookstone.* Il regarda Tom.

— Quelqu'un qui ne va pas me demander pour la énième fois si j'ai un préservatif dans ma poche, ajouta ce dernier.

— Pourquoi je le ferais ? Tu joues dans la catégorie au-dessus, mon grand.

— Juste au cas où quelqu'un aurait un infarctus ou quelque chose de ce genre.

— Merci de ta confiance, dit Paul qui glissa les allumettes dans sa poche. Amusez-vous bien.

— À demain, lança Tom en s'éloignant.

De retour dans la maison, Paul tomba sur Vanessa qui l'attendait.

— Que se passe-t-il ?

Paul se pencha vers elle.

— Je demandai juste à Tom la permission de devenir son beau-frère, lui glissa-t-il à l'oreille. Maintenant, c'est officiel. Je fais partie de la famille.

Tom se présenta à la réception de l'Hôtel Brookstone à Ferndale pendant que Brenda attendait dans la voiture. Si le scénario habituel de ces derniers temps était respecté, ils feraient l'amour comme des fous, puis elle verserait quelques larmes sur son départ, et ils referaient l'amour avant de nouveaux pleurs. Il n'y avait plus eu de longue nuit ensemble depuis la première fois chez lui, mais quelques épisodes mémorables ici ou là, principalement le soir au ranch, quand Vanessa était à Grants Pass et Walt à Bodega Bay avec Shelby.

— Avant que tu te remettes à pleurer, j'ai quelque chose pour toi, dit-il à Brenda.

Il se pencha pour ramasser son pantalon sur la moquette et sortit de la poche un écrin qu'il lui tendit.

— En témoignage de mes sentiments pour toi.

Elle ouvrit la boîte et découvrit, enroulé sur un cercle de velours, un bracelet en diamants scintillant qui la laissa sans voix.

— Mon Dieu, finit-elle par murmurer. Il est magnifique.

— Si nous réussissons à rester ensemble malgré les séparations, les études et tout le reste, je veux vivre avec toi pour toujours. Je n'ai pas voulu t'offrir une bague – ç'aurait été trop dingue. Tu imagines une fille de terminale avec une bague de fiançailles ? Surtout une élève aussi douée que toi qui a cartonné aux tests. Pour l'instant, je veux que tu penses à toi.

Il sortit le bijou de son écrin et le fixa à son poignet.

— Mais un bracelet, ça va. En gage de mon amour. Et puis, je ne pars pas pour te quitter, mais pour commencer à construire ce que nous aurons plus tard.

Brenda étudia le bijou de plus près.

— Non ? Ce sont des vrais ?

Il rit.

— En fait, oui.

— Comment as-tu eu les moyens ?

— J'avais quelques économies, et c'est l'armée qui paie l'université. Ce n'est pas le plus beau bracelet de diamants du monde, les pierres sont un peu petites, mais pour un premier, ce n'est pas trop mal. Plus tard, je t'en achèterai un plus beau, promis. Brenda, je t'aime. S'il te plaît arrête de pleurer. C'est déjà assez dur de partir. Je reviendrai un peu en août avant d'intégrer West Point. Tu tiendras jusque-là, hein ?

— Je tiendrai aussi longtemps que tu me le demanderas.

— Ce ne sera pas facile, tu sais. Même si tu étudies à New York. On sera séparés la plupart du temps pendant quatre ans, peut-être cinq avant que tu finisses…

— Quatre, coupa-t-elle. Je bouclerai le cursus en trois ans.

Elle contempla le bracelet, puis regarda Tom en arquant un sourcil interrogateur.

— Tu en doutes ?

— Pas le moins du monde.

— Ensuite, je te suivrai où tu iras.

— Tant que je serai à West Point, je n'aurai pas le droit de me marier. Les quatre années qui viennent vont être une mise à l'épreuve pour la suite. La vie dans l'armée n'est pas facile, je te préviens. Mon père dit toujours que les épouses de militaires doivent parfois être plus fortes que les soldats eux-mêmes – ma mère s'est retrouvée très souvent seule pour nous élever. Je sais qu'elle a souffert de cette solitude, qu'elle a dû avoir peur parfois et en avoir marre aussi. Mais elle était si fière du métier de mon père, jamais personne n'aurait deviné combien c'était dur pour elle. Tu dois en être consciente, Brenda. Si jamais tu changes d'avis, si tu rencontres quelqu'un d'autre qui peut t'offrir…

Elle posa la main sur sa joue.

— Et si toi, tu rencontres quelqu'un ?

— Brenda, à mon avis, tout ce que West Point risque de m'apporter, ce sont des courbatures et un cerveau pressé comme un citron.

— On ne sait jamais, tu pourrais tomber sur une sergente instructrice très sexy, plaisanta-t-elle en pouffant.

— C'est ça, bougonna Tom. Bon, écoute-moi à présent. De mon côté, ma décision est prise, mais je veux que tu me promettes de t'amuser en célibataire et de regarder sérieusement autour de toi. Dans quatre ans, tu devras être sûre. Tu devras me considérer comme ton meilleur choix et non le seul. Je ne veux pas qu'un jour tu te dises que tu as fait une erreur en pariant sur moi et cette vie. Parce que si tu es toujours ma petite amie, j'entends bien t'épouser dès que possible, et je ne renoncerai pas à toi sans me battre.

— Je garderai les yeux ouverts, Tom. Mais je parie que mon cœur continuera à ne voir que toi. Tu vas me manquer horriblement, mais je suis fière de toi. Je sais que nous sommes jeunes, mais pas au point d'ignorer que je dois épouser un homme dont je peux être si fière.

Tom sourit.

— Je ferai de mon mieux pour que tu ne changes pas d'avis.

— J'en suis sûre.

— Quand je pense que j'ai détesté mon père d'être venu s'installer à Virgin River, fit-il remarquer en riant. Maintenant je songe à le coucher sur mon testament.

Tôt le mercredi matin, Jack alla chercher Rick à la gare routière de Garberville. Le gamin descendit du bus en civil, mais ses cheveux coupés ras trahissaient son statut de marine en permission. La poitrine de Jack se gonfla de fierté. Un gamin ? Durant ses mois d'absence, Rick était devenu un homme. Son sourire, lui, n'avait pas changé. Toujours le même, optimiste et contagieux.

Jack dut prendre sur lui pour ne pas courir vers lui et le serrer dans ses bras avec effusion. Immobile, il laissa Rick venir à lui. Ils se serrèrent la main et se donnèrent une accolade virile. Il avait encore grandi et concurrençait maintenant sans problème le mètre quatre-vingt-sept de Jack.

— Bon sang, regarde-toi, dit celui-ci. Tu fais presque aussi vieux que moi.

— N'importe quoi, protesta Rick, hilare. Regarde-toi, plutôt. C'est quoi, ces cheveux grisonnants ?

— Melinda, bien sûr. Elle m'use. Tu as intérêt à faire attention. Les belles femmes qui ont du tempérament te tuent à petit feu.

— Belle façon de partir, non ?

— Ouais, je ne me plains pas. Le week-end s'annonce d'enfer ici, je te préviens.

— Ah bon ?

— Paul se marie. Je te raconterai… Mais avec deux occasions pareilles – ta permission, plus son mariage –, les copains vont débarquer en ville. Ils commenceront à arriver dans deux jours.

— Génial. Comment va Melinda ?

— Encore un peu fatiguée, mais ne t'inquiète pas – elle me fait marcher à la baguette comme à son habitude, signe qu'elle va mieux. Elle a hâte de te voir.

— Et Vic ?

— Il sera père dans un mois environ.

— La vache, fit Rick. La première fois que je l'ai vu, je n'aurais pas parié un kopeck là-dessus.

— À qui le dis-tu. Sinon, ta grand-mère va bien. Et si j'en crois sa tante Connie, ta copine ne tient plus en place à l'idée de te revoir.

— Oui, je l'ai appelée. Elle n'est pas rassurée pour l'Irak, mais ça lui laissera le temps de finir le lycée – et ce n'était pas gagné d'avance.

— Elle essaie toujours de te pousser au mariage ?

— Je campe sur ma position. Quatre ans, c'est le deal. Presque trois maintenant. Mais, bon Dieu, je l'aime comme un dingue. Je suis pressé de la voir.

— Tu auras un peu de temps pour nous ?

— Je peux vous accorder quelques minutes, rétorqua Rick avec son sourire de gamin. Essaie de ne pas trop charger mon emploi du temps, d'accord ? J'ai été fidèle à cette fille neuf mois entiers et je suis vraiment au bout du rouleau.

Jack éclata d'un rire sonore et entoura du bras les épaules de Rick. Tout en l'entraînant vers son pick-up, il ne put s'empêcher de se demander quelle aurait été sa vie s'il avait rencontré Melinda à seize ans. Ils seraient sûrement fauchés et auraient vingt-sept enfants.

— Alors, c'est quoi, cette mission en Irak ?

— La routine. Ça va aller.

— Évidemment, ça va aller. J'aurai plusieurs personnes à te présenter. La future femme de Paul – un canon elle aussi, tu peux me croire. Et son frère, Tom, qui a un an de moins que toi. Il a été pris à West Point. Son père est un général trois étoiles en retraite. Un bon gamin. Futé. Il sort avec Brenda Carpenter depuis un an.

— Brenda ? Sans blague.

— Vous aurez certainement des trucs à vous raconter, tous les deux. Pour l'un comme l'autre, Virgin River restera toujours votre base arrière.

— Tant que tu es là, Jack.

— Je t'ai trouvé une bagnole.

— Ah oui ?

— Comme Melinda n'a pas encore repris le travail, Doc utilise le Hummer et n'a pas besoin de son pick-up. Il m'a dit que tu pouvais l'utiliser.

— Parfait. Je vais aller embrasser ma grand-mère, et ensuite, je filerai à Eureka. Les choses importantes d'abord, hein, Jack ?

Le vendredi midi, le premier marine à arriver fut Joe Benson. Il débarqua avec la caravane de Paul en guise de logis pour le week-end. Il entra dans le bar avec un grand sourire et un rouleau de plans sous le bras.

Seuls Vic et Mike étaient disponibles pour y jeter un premier coup d'œil devant un café. Brie était chez Jack pour seconder Melinda avec les enfants et Paige faisait la sieste avec Christopher.

— Jack, comment va Melinda ? s'enquit Joe.

— De mieux en mieux, mais elle déteste se retrouver coincée à la maison à longueur de journée. Attends de la voir. Tu ne devinerais jamais qu'elle a failli y rester il n'y a pas trois semaines. Franchement, mon vieux, ça m'a fichu un sacré coup.

Paul arriva à 14 heures. Il eut droit à une accolade vigoureuse de la part de son ami et à ses chaleureuses félicitations.

— Je ne m'attendais pas à te voir si tôt, fit remarquer Joe.

— Il y a une demoiselle d'honneur à la maison, expliqua Paul. On m'a fait comprendre que j'étais de trop. Ce qui me va sans problème. À mon avis, le général et Tom ne vont pas tarder à se faire jeter, eux aussi.

Les suivants furent Josh Phillips et Tom Stephens, venus de la région de Reno dans un confortable camping-car flambant neuf, une acquisition toute récente de Tom. Puis avec Zeke, le groupe se retrouva presque au complet.

— Corny a déclaré forfait, annonça Jack. Ils attendent un bébé pour dans deux mois et il doit garder ses congés. Bébé numéro trois. Il court toujours après un garçon.

On servit la bière, et vers 16 heures, Paige vint se glisser sous le bras de son mari. Zeke fut le premier à l'apercevoir et s'avança vers elle avec un grand sourire.

— Paige, regarde-toi ! Quelle beauté épanouie ! Prête à éclater comme un fruit mûr !

Elle lui rendit son sourire.

— C'est pour bientôt. Comment va ta femme ?

— Très bien. Je pensais pouvoir lui en faire un petit dernier dans le dos, mais elle a dit stop. Je ne comprends pas. On n'en a que quatre. Quatre, c'est assez, tu trouves ?

— C'est plus que je n'en aurai, répondit-elle en riant. Je ne sais pas par quelle ruse tu lui en as fait autant !

Il haussa les épaules.

— Qu'est-ce que tu veux que je te dise ? J'ai cette fille dans la peau depuis presque vingt ans – depuis la première fois que je l'ai vue dans son costume de pom-pom girl. Ah, ces pompons, je n'y résiste pas !

— Sans parler de la minijupe, ajouta quelqu'un.

— Et de la petite culotte, renchérit un autre.

— Il y a des moments où je me sens franchement seul, bougonna Vic.

— Pauvre John, le consola Paige qui ne put s'empêcher de rire.

Tous les autres se précipitèrent pour l'embrasser avec tant d'empressement qu'elle dut y mettre un peu d'ordre.

— Pas de bousculade, les rabroua-t-elle joyeusement. Un à la fois !

Le Dr Mullins arriva pour son whisky, puis le général accompagné de Tom. Ce dernier eut droit à une bière comme tout le monde.

— Eh, où est la police ? plaisanta Walt. Ce garçon est mineur !

— J'en fais cadeau, c'est ma façon de contourner la loi, déclara Jack. En fait, quand cette troupe débarque, je finis par donner tout le bar !

— Eh ! Où est Rick ? demanda quelqu'un.

— Il est allé à Eureka chercher Lizzie.

Le bar résonna bientôt d'un brouhaha animé, et Paige s'éclipsa en emportant les plans de Joe. On alluma le barbecue, et tout le monde sortit sur la terrasse quand le vieux pick-up brinquebalant du Dr Mullins s'arrêta devant l'épicerie de Connie et Ron, de l'autre côté de la rue.

Sans réaliser qu'ils étaient observés par les marines qui avaient fait silence, Rick aida Liz à descendre de voiture et l'attira contre lui pour un dernier baiser. À la seconde où leurs lèvres se joignirent, l'assemblée explosa en bruyantes acclamations.

Saisi, le jeune couple sursauta. En découvrant ce public inattendu, Rick sourit de toutes ses dents. L'hystérie redoubla quand il étreignit de nouveau Liz et finit ce qu'il avait commencé. Puis il lui donna une petite tape sur les fesses et elle disparut dans la boutique.

Un peu inquiet, Tom se pencha vers Paul.

— J'espère que Brenda ne mettra pas le nez dehors tant que ces allumés seront en ville.

— Ne te fais pas de bile. Tu n'aurais pas droit à ce traitement-là, le rassura Paul. L'armée de terre, ce n'est pas pareil, ajouta-t-il avec un sourire.

Rick traversa la rue et se planta devant la terrasse du bar.

— Quelle bande de nases, lança-t-il, hilare.

— Eh, lui cria quelqu'un, il me semble qu'Eureka n'est qu'à deux heures de route, non ?

— Tu as fait une étape ou deux, mon pote ?

— Hmm, il m'a l'air un peu mou du genou, là.

— Viens un peu par ici ! Il ne reste pas beaucoup de temps avant le débarquement des femmes. Je veux tout savoir sur ton entraînement à la reconnaissance de terrain. Ils t'ont foutu la trouille ?

— Je veux, répondit Rick. Au début, les descentes en rappel avaient tout de la mission suicide, et après, je n'arrivais plus à m'en passer. Une sacrée bouffée d'adrénaline. Et je me suis fait pousser d'un avion plus d'une fois – le pied !

Zeke secoua la tête, pas convaincu.

— Je ne sais pas, les avions me font gerber. Enfin, pas les avions normaux. Mais quand je me retrouve en l'air en tenue de camouflage avec soixante-quinze kilos de matos sur le dos, ça me retourne l'estomac.

— Parce que tu es une chochotte, le taquina Rick.

Lorsque Melinda et Brie arrivèrent avec les enfants, elles reçurent un accueil chaleureux. Jack prit aussitôt David, mais ne put s'en occuper longtemps, car il passa de bras en bras. Vanessa déboula peu après en compagnie de son amie Nikki.

— Hé ! fit-elle avec un sourire. C'est une sorte d'enterrement de vie de garçons ?

Joe Benson était assis au bar quand les deux femmes entrèrent. Il se leva d'un bond de son tabouret, le souffle coupé pour la deuxième fois par la belle Nikki avec sa longue chevelure brune et ses grands yeux noirs. Quelque chose chez elle l'hypnotisait au point qu'il ne pouvait s'empêcher de la dévorer des yeux. Il dut faire un effort pour se ressaisir.

Paul porta le petit Mattie, afin que Vanessa puisse saluer tout le monde et présenter sa demoiselle d'honneur. Puis on se régala de steaks et de pommes de terre grillées, accompagnés de salades et d'épis de maïs au beurre. En dessert, Vic proposa plusieurs de ses délicieuses tartes. Un vrai festin ponctué de rires et de conversations animées. On porta des toasts à Rick, à Tom et aux futurs mariés. À un moment, les femmes disparurent pour nourrir les enfants et revinrent alors que le soleil commençait à se coucher.

Le général vint trouver Paul.

— Alors ? Prêt pour le grand saut ?

— Depuis longtemps, monsieur.

— Bon groupe d'amis que vous avez là.

— Les meilleurs. Merci de vous être joint à nous et de nous avoir donné l'occasion de fêter ensemble le départ de Tom.

— C'est un honneur, Paul. Il est bon pour lui de voir cette belle amitié. Lui aussi aura bientôt des frères d'armes qui seront là pour le soutenir. Ce garçon va me manquer.

— Il nous manquera à tous, monsieur.

— Vous croyez qu'un jour vous arriverez à m'appeler Walt ?

Paul sourit.

— Je ne sais pas, monsieur.

Après le dîner, alors que la soirée était déjà bien avancée, Joe sortit sur la terrasse, un cigare à la main. À la seconde où il craquait une allumette contre sa semelle, il entendit un bruit et leva les yeux. Nikki était là, accoudée à la balustrade.

— Désolé, s'excusa-t-il, éteignant l'allumette. J'ignorais qu'il y avait quelqu'un.

Elle lui adressa un sourire timide, peut-être aussi un peu triste.

— Vanessa nourrit son fils, dit-elle avant de lever les yeux. Je ne comprenais pas ce qu'elle trouvait à cette petite ville. Et puis j'ai vu ce ciel.

Joe s'approcha d'elle.

— Ça vaut le coup d'œil, c'est sûr. Nikki, c'est ça ?

— Oui. Et tu es Joe, l'ami de Paul, de l'Oregon.

Elle se souvenait de lui. Il sourit.

— Exact. Tu dois être une fille de la ville.

— San Francisco. À quoi ressemble Grants Pass ? C'est grand ? Petit ?

— Plutôt petit, mais pas tant que ça. Vingt-trois mille habitants, et parmi les plus beaux couchers de soleil du monde.

— Tu habites là-bas depuis longtemps ?

— J'y ai vécu presque toute ma vie. Toute ma famille est là-bas.

— Des tas d'enfants ?

Il secoua la tête.

— Pas d'enfants. Pas de femme.

Elle le regarda avec un froncement de sourcils.

— Toujours célibataire ?

— Divorcé.

— Oh, désolée !

— Pas de problème. Ça fait un bail. Et toi ?

Elle détourna le regard.

— Célibataire. Enfin, séparée depuis peu.

— C'est à moi d'être désolé, dit Joe. Quel idiot ce doit être.

Elle rit.

— En effet. Tu peux fumer ton cigare. Ca ne me dérange pas.

Joe le glissa dans sa poche.

— Ça se conserve. Depuis combien de temps connais-tu Vanessa ?

— On a commencé à voler ensemble il y a huit ans. Elle a arrêté quand elle est tombée enceinte, si bien qu'on ne se voit plus aussi souvent qu'autrefois.

Nikki regarda à nouveau le ciel.

— C'est la deuxième fois que je vais être sa demoiselle d'honneur. Elle m'a promis que ce serait la dernière.

— Tu peux lui faire confiance là-dessus. Elle sera peut-être la tienne une prochaine fois.

— Je doute que ça arrive un jour, répondit-elle en baissant les yeux.

— Ne sois pas ridicule. Tu es jeune. Même pas trente ans, je suis sûr. Et ravissante. Ce n'est sans doute qu'une question de jours.

Elle soupira.

— Quand je pense que Vanessa a trouvé deux hommes aussi merveilleux en si peu de temps. Tu connaissais Matt ?

— Très peu. Nous avons grandi dans la même ville, mais nous fréquentions des écoles différentes et je n'ai pas été dans l'armée avec lui. Je l'ai rencontré plus tard, par Paul. Quand Matt était en permission, il m'arrivait de le voir quand il sortait boire une bière avec Paul. Un type bien.

— Ils ont tous l'air de types bien. C'est fréquent, ce genre de rassemblement ?

— Avant, c'était plutôt à la saison de la pêche et de la chasse, mais ces derniers temps ils se font tous passer la bague au doigt. D'abord Jack il y a deux ans environ. Puis Vic l'année dernière. Mike, il y a quelques mois. Et maintenant Paul. Une bande de célibataires qui ont mis du temps à trouver chaussure à leur pied, mais maintenant tout se précipite. Le seul qui a trouvé l'amour de sa vie vraiment jeune, c'est Zeke – il est marié depuis qu'il a… je ne sais pas… sept ans. Il a quatre enfants. Apparemment, je suis le dernier.

— Depuis combien de temps es-tu divorcé ?

— Plus de dix ans.

— Tu as retrouvé ta vie de garçon, j'imagine.

— J'imagine qu'on peut dire ça. Veux-tu que j'aille te chercher quelque chose ? Un verre, peut-être ?

— Non, merci. Je vais me contenter de contempler les étoiles.

— Ça t'ennuie que je les contemple avec toi un moment ?

Nikki le regarda et inclina légèrement la tête de côté. Avant de sourire. Un vrai sourire. « Bon sang, que cette fille est belle », se dit-il.

— Pas du tout, Joe.

Voyant que Melinda avait l'air fatigué, Jack décida de lever le camp. Ce furent les premiers à partir. Au passage, ils saluèrent Joe et Nikki sur la terrasse. Brie les suivit de près. Après un baiser à Mike, elle traversa la cour pour regagner leur camping-car. Paige ne tarda pas à aller se coucher avec Christopher. Puis ce fut au tour de Vanessa, qui sortit sur la terrasse à la recherche de son amie.

— Tu peux rester aussi longtemps que tu veux, assura-t-elle. Il y a ici un tas de gens pour te reconduire.

— Je m'en chargerai avec plaisir, fit Joe.

Mais Nikki déclina son offre.

— Non, merci. La mission d'une demoiselle d'honneur n'est jamais terminée.

Finalement, il ne resta plus que le général et son fils. Rick les accompagna dehors. Tom lui serra la main.

— Viens donc à la maison demain, proposa ce dernier. Amène ta copine.

— Merci, c'est sympa. Mais pour Lizzie, je préfère attendre un peu. Pas question de l'emmener à un mariage.

Lorsque Rick retourna à l'intérieur, les cartes et les cigares étaient déjà sortis.

— Par ici, mon gars, lui dit Zeke. Sors ton blé.

Rick ne put s'empêcher de rire. Il se retrouva avec un cigare à la main.

— Je suis obligé de fumer cette horreur ?

— Tant que tu sors ton blé, tu fais comme tu veux.

— Je ne suis pas riche, les gars, se plaignit-il, mais il s'assit quand même.

— Ne t'inquiète pas, gamin. On va te tondre, tu ne sentiras rien.

15

Le samedi, le ranch des Booth était une vraie ruche. La cérémonie était prévue à 16 heures, et suivie d'une réception. Le dimanche soir appartiendrait à Tom, sa famille et son amie, car il partait tôt le lundi matin.

Arrivés le matin, les traiteurs s'affairaient dans la maison. Un treillis tendu d'une draperie en satin blanc fut installé dans le jardin, ainsi que cinquante chaises pour les invités. Le champagne fut mis au frais et la propriété décorée de fleurs. La famille de Paul arriva peu après midi, et sa mère fut heureuse de s'occuper de Mattie afin que la future mariée puisse se préparer. En compagnie de Tom, le général accueillit avec plaisir les hommes Haggerty sur la terrasse où l'activité ambiante l'avait forcé à se retrancher.

Shelby, qui avait fait le trajet en voiture depuis Bodega Bay, suivit de près. Peu de temps s'était écoulé depuis le décès de sa mère, mais elle avait déjà changé : elle avait perdu quelques kilos, portait ses épais cheveux couleur miel détachés et, pour la première fois depuis des années, elle était maquillée. Elle était si jolie qu'en la voyant, Tom la fit tourbillonner dans ses bras, ce qui la fit rire.

— Regarde-toi, qu'est-ce que tu t'es fait ?

— Pas grand-chose, répondit-elle en souriant. J'ai juste un peu plus de temps pour moi maintenant, voilà tout.

— C'est plus que ça. Tu es *canon* !

— Merci, c'est gentil, dit-elle, amusée. C'est la première fois de ma vie qu'on me dit cela.

Elle se retrouva dans le cercle des femmes et Vanessa la complimenta à son tour avec enthousiasme. Le seul à ne pas être surpris, c'était Walt, qui avait continué ses visites régulières à Bodega Bay. À mesure que les travaux avançaient dans la maison, il avait assisté à la lente et spectaculaire métamorphose de sa nièce.

Paul prit une douche avant midi, afin de libérer la salle de bains, et enfila son costume à 15 heures. Son témoin et Walt firent de même. Lorsque les invités commencèrent à arriver, on leur offrit une coupe de champagne et ils furent dirigés vers les chaises dans le jardin. Le prêtre, Harry Shipton, de Grace Valley, accepta lui aussi un verre avec plaisir. À 16 heures pile, Vanessa et Nikki firent leur apparition sur la terrasse.

En la découvrant, Paul en eut presque les genoux qui flageolèrent. Témoin à son mariage précédent, il l'avait déjà vue en robe de mariée. Mais là, c'était comme la première fois. En jean ou en robe d'été toute simple, ses tenues préférées, elle lui faisait déjà tourner la tête. Aujourd'hui, elle était resplendissante dans sa longue robe fourreau en soie chatoyante d'un vert amande si clair qu'il paraissait presque blanc. Sa chevelure cuivrée cascadait librement sur ses épaules et son dos. À la vue de Paul, ses yeux aigue-marine s'éclairèrent et ses lèvres s'incurvèrent sur un sourire radieux.

— Mince alors, regarde un peu ma sœur ! murmura Tom.

— Je ne vois qu'elle, répondit Paul d'une voix enrouée. Je n'en reviens pas.

Tom se mit à rire et lui flanqua un coup de coude discret dans les côtes.

— Dépêche-toi d'aller la chercher. Je te jure, j'espère que je serai moins empoté que toi le jour de mon mariage.

— J'y vais, lâcha Paul dans un souffle.

Il s'arracha à sa fascination et alla accueillir sa future épouse qu'il ramena parmi les invités. Tout le monde voulut la saluer et l'embrasser. Le bras glissé autour de sa taille, Paul ne pouvait se résoudre à la lâcher, le torse bombé de fierté.

— Et si nous commencions ? suggéra le prêtre qui s'avança devant l'autel improvisé.

Tandis que les invités s'asseyaient, Paul et Vanessa prirent place devant lui, suivis par Nikki et Tom.

Vanessa n'était pas la seule jolie femme présente. Melinda n'était pas en reste, toute pimpante avec son regard pétillant et ses joues qui avaient repris des couleurs. Paige était rayonnante au bras de son mari. En bleu lavande, Brie était si séduisante que Mike se refusait à s'éloigner de plus de quelques centimètres. Quant à la souriante Shelby, elle était adorable en tailleur pantalon cintré et talons hauts.

Et puis il y avait Nikki. La belle brune avait revêtu une robe rose pâle moulante dont la fente sage sur le côté n'était visible que lorsque la brise soulevait la soie. Sa longue chevelure sombre offrait un contraste saisissant avec le rose pastel de sa tenue. Pendant l'échange de serments, elle afficha un sourire lumineux sans se douter qu'elle était observée de près.

Après la cérémonie, qui se déroula sans anicroche, vint le moment du baiser. Paul attira Vanessa dans ses bras et l'embrassa avec une fougue suggérant qu'il aurait préféré davantage d'intimité. L'assemblée éclata en hourras et applaudissements enthousiastes jusqu'à ce que les jeunes mariés n'aient d'autre choix que de se séparer.

Tandis que tout le monde se dirigeait vers la maison où un buffet attendait les invités, Joe saisit sa chance. Il attrapa une coupe de champagne sur un plateau et s'approcha de Nikki.

— Tu es très en beauté aujourd'hui, dit-il en lui offrant le verre qu'elle accepta.

— Merci.

— Dommage qu'on ne danse pas, se plaignit-il. J'aurais bien aimé te prendre dans mes bras.

— Tu me dragues ? demanda-t-elle, amusée.

— Je crois que oui. À mon avis, c'est la robe.

Nikki s'esclaffa.

— Il faut dire qu'elle est sublime, ajouta-t-il.

— Tu t'intéresses à la mode ?

Il secoua la tête.

— Jusqu'à aujourd'hui, pas du tout, répondit-il en lui tendant la main. Laisse-moi te conduire au buffet.

Peu après le début de la réception, Walt chercha Shelby du regard, mais elle n'était nulle part en vue. Il jeta un coup d'œil dans la maison et le jardin. Personne. Pris d'une impulsion soudaine, il se rendit aux écuries et l'y trouva, occupée à caresser l'encolure de Foison. Elle regarda son oncle par-dessus son épaule et sourit.

— Je n'avais pas vu cette bonne fille depuis des années.

Walt la rejoignit.

— Elle se souvient de toi, on dirait.

— Je ne sais pas, mais Liberty est toujours aussi égocentrique. Quant au nouveau, Chico, il me plaît bien. J'ai hâte de remonter à cheval.

— Tu sais où ils sont. Viens nous rendre visite quand tu veux. L'été est merveilleux ici, au bord de la rivière.

— Toute cette région est merveilleuse, oncle Walt. Elle est à la hauteur des photos que tu m'avais montrées.

— J'ai beaucoup de chance.

Shelby se retourna et s'adossa contre la paroi du box. Foison fourra son museau dans ses cheveux, ce qui la fit rire.

— Tu auras une chambre libre quand Tom sera parti, dit-elle. Si tu es d'accord, je pourrais l'occuper le week-end.

— J'en serais ravi.

— Vanessa m'a dit que Paul allait construire une maison ici. Il compte s'y mettre très vite pour qu'ils soient dans leurs murs à Noël, même s'il restera encore beaucoup de travaux.

— C'est ce que j'ai cru comprendre, dit Walt en riant. À mon avis, il est pressé de quitter mon toit avec sa femme.

Shelby s'avança vers son oncle.

— Je ne suis pas encore sûre de ce que je vais faire. Sans doute reprendre mes études, mais il est trop tard pour m'inscrire à la prochaine rentrée, au semestre d'automne. Et puis, je crois qu'il me faut encore un peu de temps pour y voir plus clair.

— Heureusement, tu as tout ton temps.

— J'aimerais le passer ici.

Le général écarquilla les yeux, incrédule.

— Tu es sérieuse, Shelby ? demanda-t-il, plein d'espoir.

— Tu vas te sentir seul sans Tom. Je t'aiderai avec les chevaux.

Il lui caressa les cheveux avec une affection toute paternelle.

— Et Bodega Bay ?

— J'ai décidé de vendre. Je m'assurerai que les travaux soient finis, mais j'ai déjà pris contact avec une agence immobilière. J'ai envie d'aller de l'avant, oncle Walt. La vente ne devrait pas prendre plus de deux mois. C'est une bonne petite maison.

— Tu es sûre de ne pas vouloir la louer quelque temps ? Au cas où tu déciderais finalement que c'est là que tu veux rester ? Tu y as passé toute ta vie…

— Je sais. Le moment est venu d'en commencer une nouvelle. Tu ne trouves pas ? Et pendant que je réfléchis à la forme qu'elle prendra, continua-t-elle avec un sourire, j'aimerais être ici avec ma famille. Si tout le monde est d'accord.

— Shelby, rien ne pourrait me rendre plus heureux. Jamais je n'aurais osé espérer que tu t'installerais ici pour un séjour prolongé.

— J'espère que tu seras toujours de cet avis quand tu m'auras eue dans les pattes quelque temps. Je vais repartir demain matin, oncle Walt. J'ai des tas de courses à faire avant de rentrer à Bodega Bay. Je n'ai pas pris la peine de m'acheter des vêtements depuis des années.

Les larmes lui montèrent aux yeux.

— As-tu idée du bonheur qu'éprouverait maman de me savoir chez toi ?

Walt serra sa nièce dans ses bras.

— Shelby, ma chérie, j'ai des tas de raisons d'être fier, mais je crois que personne dans ma vie ne m'en a donné plus que toi. Tu es une jeune femme extraordinaire.

Durant toute la réception, Joe s'efforça de garder Nikki à l'œil, même si elle passa beaucoup de temps à bavarder à droite et à gauche avec les invités. Lorsqu'elle ne semblait pas engagée dans une conversation, il trouvait le moyen de l'approcher. Il lui demanda si elle s'amusait, combien de temps elle comptait rester à Virgin River, quand elle devait reprendre son travail – tout pour attirer son attention, l'amener à parler. Apparemment, il n'avait pas perdu la main ; elle avait l'air d'apprécier l'intérêt qu'il lui portait.

Joe avait du mal à comprendre ce qui lui arrivait. D'ordinaire, il était plutôt attiré par les grandes blondes tout en jambes – pas les petites brunes aux allures de poupée. Nikki avait la taille si fine qu'il pourrait sans doute en faire le tour avec ses mains. Il adorait sa petite bouche du même ton que la robe. Et ses chevilles délicates. Ses pieds menus aux ongles peints. Depuis quand s'intéressait-il aux chevilles et aux orteils ? Lorsqu'elle riait, elle avait une façon de pencher la tête en arrière qui faisait onduler ses longs cheveux soyeux. Ce qu'il ressentait n'avait rien à voir avec une simple attirance physique. Il avait l'impression d'être un gamin amoureux.

Il demeura vigilant, guettant le moment où il pourrait l'entraîner discrètement dehors, sous les étoiles, et peut-être lui voler un baiser. Pourquoi prendre cette peine ? s'interrogea-t-il. Le lendemain à la première heure, il reprendrait la route pour Grants Pass et elle regagnerait San Francisco. Pourtant, il ne la quittait pas des yeux. Lorsqu'il la vit s'éloigner dans le couloir et disparaître dans sa chambre, il relâcha la garde et alla boire un verre au bar.

La soirée n'était pas encore trop avancée quand les premiers invités commencèrent à partir.

— Joe, je vais ouvrir le bar pour ceux qui restent, annonça Vic.

— C'est sympa, répondit Joe, mais je vais me coucher tôt. Je pars demain à la première heure. J'ai encore du boulot à finir avant lundi matin.

Les marines s'en allèrent les uns après les autres, songeant peut-être à une partie de poker chez Jack. La famille de Paul comptait dormir à Fortuna d'où ils repartiraient le lendemain matin pour l'Oregon. Vanessa et Paul passeraient leur nuit de noces au ranch, histoire de rester le plus longtemps possible avec Tom avant son départ.

Elle était partie, réalisa soudain Joe avec horreur. La fille qui l'avait obsédé toute la journée avait disparu ! Il la chercha dans le salon, la cuisine, et poussa même le culot jusqu'à aller frapper à la porte de sa chambre. Comme il n'obtenait pas de réponse, il ouvrit la porte, enfreignant toutes les règles de savoir-vivre. Elle n'était pas là. Comment avait-elle pu lui glisser entre les doigts ? Il n'y avait personne dans la salle de bains – la porte était ouverte. Il voulait au moins son numéro de téléphone. Son petit doigt lui soufflait qu'un voyage à San Francisco serait bientôt d'actualité.

— Tu as vu Nikki ? demanda-t-il à Vanessa.

— Non. Elle est peut-être allée se coucher.

— Peut-être, mentit-il. Je voulais juste lui dire au revoir. J'ai prévu de partir très tôt demain matin.

Il ne restait plus que quelques personnes dans la maison : Rick, Tom et Brenda, les nouveaux mariés, le général, Mike et Brie, Shelby. Les traiteurs s'affairaient à ranger et à nettoyer la cuisine. Joe sortit sur la terrasse dans la nuit étoilée. Il sortit un cigare, coupa le bout, craqua une allumette sur sa semelle – la flamme illumina une silhouette qu'il reconnut aussitôt. Nikki se tenait au bout de la terrasse, le dos tourné.

Enfin, il l'avait trouvée ! Un immense soulagement lui étreignit le cœur. L'allumette lui brûla les doigts et il la secoua avec un juron étouffé. Prenant son courage à deux mains, il s'avança jusqu'à elle.

— Tu contemples encore les étoiles ?

— Quelque chose comme ça, répondit-elle, des larmes dans la voix.

Il remit son cigare dans sa poche et referma doucement les mains sur le haut de ses bras.

— Que se passe-t-il ? murmura-t-il.

— Rien, tout va bien.

Elle renifla.

— Rien ? Alors pourquoi ces pleurs ?

Il lui pressa légèrement les bras.

— S'il te plaît, ne pleure pas. Je ne supporte pas une femme qui pleure. Ça m'anéantit.

— Rentre à l'intérieur.

Il s'inclina un peu vers elle, inhalant son parfum.

— Je ne peux pas. Comment veux-tu que je te laisse ?

— Va-t'en, d'accord ? Ça commence à devenir gênant.

Joe la fit pivoter lentement face à lui et plongea son regard dans ses beaux yeux noirs. Ses joues étaient striées de larmes.

— C'est toutes ces histoires de mariage, hein ?

— Je ne veux pas que Vanessa s'imagine que je ne suis pas heureuse pour elle.

— Elle ne penserait jamais une chose pareille. Elle comprendrait.

— Quelqu'un t'a dit.

— J'ai demandé à Paul pourquoi une fille aussi belle semblait si triste. Rupture difficile, m'a-t-il répondu. Je ne connais pas les détails, mais je suis navré de ce qui t'est arrivé. Le type qui t'a quittée est bon à enfermer.

Il déposa un baiser sur une traînée de larmes, puis sur l'autre.

— Qu'est-ce que tu fais ?

— Je sèche tes larmes. Je ne veux plus que tu pleures. Mais si tu n'arrives pas à les retenir, je peux m'en charger.

— Tu ne devrais pas. On se connaît à peine.

— Je sais. J'y ai pensé toute la journée – on devrait apprendre à se connaître mieux.

Il enserra sa taille entre ses mains.

— Toute la journée, je me suis aussi demandé si je pourrais en faire le tour à deux mains. À l'évidence, oui.

Il se pencha, effleura ses lèvres d'un baiser.

— Je crois qu'il y avait une petite larme là, murmura-t-il.

— Pas du tout.

Il recommença.

— Je t'assure. C'est salé comme une larme.

Nikki ferma les yeux et une larme roula de nouveau le long de sa joue. Il fallut plusieurs baisers à Joe pour la sécher.

— Personne n'a le droit de te faire pleurer ainsi. Dis-moi qui c'est. Je vais aller lui tordre le cou.

— J'ai déjà perdu beaucoup trop de temps avec lui, répondit-elle avec un petit hoquet d'émotion.

Il lui embrassa les paupières.

— C'est un salaud, dit-il. Pire. Un salaud doublé d'un crétin.

Elle laissa échapper un petit rire plaintif.

Joe l'attira dans ses bras et l'embrassa dans le cou.

— Il n'y a pas de larmes là, fit-elle remarquer dans un murmure.

— Je préférais m'en assurer. Hmm, tu sens délicieusement bon.

— C'est à cela que servent les parfums.

Nikki posa les mains sur les bras de Joe, sans pour autant le repousser.

— Ça t'arrive souvent de faire cela ? souffla-t-elle.

— C'est la première fois.

— Menteur, dit-elle avec douceur. Je parie que tu dragues les filles tout le temps.

Il redressa la tête.

— Ça m'arrive, admit-il. Mais ça ne marche pas souvent. Et je te jure, c'est la première fois de ma vie que je sèche ainsi les larmes d'une jolie fille en pleurs. Mais ça me plaît. J'ai l'impression que je suis plutôt doué.

Avec un soupir, elle posa la tête contre son épaule.

— Pas trop mal pour un amateur.

Il rit tout bas.

— Nikki, tu es une femme adorable. Personne n'a le droit de te faire pleurer. Jamais.

— Je ne demande qu'à te croire.

— Tu peux.

Il l'embrassa de nouveau, un peu moins timidement cette fois.

— Je crois que tu commences à aller un peu mieux, fit-il remarquer.

— Pas encore tout à fait.

Elle ferma les yeux et s'abandonna à son baiser.

Le cœur de Joe chavira dans sa poitrine, léger et lourd tout à la fois. Il entrouvrit les lèvres et sa langue se mêla avec délices à celle de Nikki. Encore plus sucré que son parfum, ce baiser lui arracha un soupir rauque qui trahissait son désir. « Mince alors, songea-t-il, je suis dingue de la demoiselle d'honneur. »

Il resserra son étreinte. Maintenant qu'elle était enfin dans ses bras, pas question de la laisser s'en aller. Elle noua les bras autour de son cou, et aux petits bruits qu'elle laissait échapper, il comprit qu'elle n'avait plus du tout envie de pleurer. « Paul va me tuer, se surprit-il à penser. Mais je mourrai heureux. »

Il interrompit leur baiser.

— C'est ce dont tu avais besoin, murmura-t-il contre ses lèvres. D'être embrassée.

— Peut-être, répondit-elle sur le même ton.

— Nous devons en être sûrs.

Leurs bouches se joignirent de nouveau avec fougue. Joe lui caressa les cheveux. Ils étaient aussi doux qu'ils en avaient l'air. De la soie. Émerveillé, il en froissa une poignée dans sa paume à la base de sa nuque.

— On se connaît à peine, répéta-t-elle, les lèvres toujours contre les siennes.

— C'est vrai… mais ce n'est qu'un problème à court terme. Nous allons vite apprendre à nous connaître beaucoup mieux.

Comme en réponse à une prière, elle captura ses lèvres avec un gémissement. Il glissa les mains sur ses reins et la plaqua contre lui. Leur baiser enfiévré se prolongea une minute, puis deux. Trois. Une lumière s'éteignit dans le salon, laissant la terrasse dans une semi-obscurité. Enivré par ses baisers et son petit corps parfait moulé contre le sien, Joe s'enhardit. Comme mue par une volonté propre, sa main effleura son sein et, sauf erreur de sa part, il la sentit s'abandonner davantage. Du pouce, il caressa la pointe durcie sous la soie de sa robe. Elle laissa échapper un soupir et ne repoussa pas sa main. Sa bouche descendit jusqu'à son cou.

— Oui, je crois que tu commences à aller mieux.

— Peut-être. Juste un peu.

Il oublia Paul et ses envies de meurtre, obsédé qu'il était par la vision de sa bouche se refermant sur son sein. Il ne put résister. C'était absolument divin. Même à travers le tissu.

— On devrait peut-être en rester là, murmura Nikki.

— Comme tu veux, répondit-il sans cesser de picorer son sein, son épaule, le creux de son cou.

Il laissa courir sa main le long de son dos, sur ses fesses, puis sa cuisse. Le hasard mena ses doigts jusqu'à la fente de sa robe, et avant qu'il n'ait le temps de réaliser, sa main était dessous. Il se pétrifia.

— Mon Dieu, Nikki, je suis un homme mort.

— Tu te débrouilles pas mal pour un cadavre.

— Nikki, je rêve, tu n'as pas de culotte ! Cette fois, c'est sûr, je suis un homme mort !

— Dans ce cas enlève ta main, lui conseilla-t-elle, le souffle court.

— Je… ne peux pas.

Nouveau baiser profond qui dura deux minutes au bas mot. Mais, nota-t-il non sans fierté, il réussit l'exploit de garder sa main plaquée sur la fesse ronde et ferme de Nikki, comme collée par de la Super-glue. S'il s'aventurait plus bas, son cerveau se viderait de son sang et il ne répondrait plus de rien. Elle se cambra contre lui, ondulant imperceptiblement des hanches avec une sensualité qui acheva de le mettre au supplice. Elle savait qu'il la désirait. Elle savait qu'il savait qu'elle savait. Il redressa la tête.

— Nikki… j'ai envie de faire l'amour avec toi.

— Ce serait vulgaire, non ? La demoiselle d'honneur qui s'envoie un ancien marine sur la terrasse.

Il rit malgré lui.

— Je connais un meilleur endroit.

— Le temps qu'on y arrive, j'aurai repris mes esprits.

— Ce n'est pas loin. Je voyage avec ma chambre personnelle.

— Dis donc, fit-elle, amusée, c'est ce qui s'appelle être toujours prêt…

Il l'embrassa de nouveau. Un long baiser brûlant.

— Elle n'est pas vraiment à moi, précisa-t-il. Je l'ai empruntée à Paul. Les chambres à louer ne courent pas vraiment les rues par ici.

— La drôle de petite caravane ?

— La porte ferme à clé, dit-il contre ses lèvres. Elle est très confortable.

Elle le repoussa un peu.

— Écoute, je n'ai jamais… Je ne suis pas une nonne, mais les aventures d'un soir, ce n'est absolument pas dans mes habitudes.

Joe était sous le charme depuis leur première rencontre dans le bar. Aujourd'hui encore, Nikki l'avait subjuguée toute la journée. Il ne comprenait pas ce qui lui arrivait, mais doutait d'en être guéri en une seule nuit.

— Ce sera juste la première, murmura-t-il.

— Tu dois me convaincre.

Il se redressa un peu.

— Pas question. C'est à toi de décider. Si tu ne veux pas, je me ferai une raison. Même si ça ne sera pas facile, ajouta-t-il avant de l'embrasser de nouveau.

— Mais que vont penser les gens ?

— Personne n'a besoin de le savoir. C'est juste entre toi et moi. L'important, c'est que tu ne fasses pas ce dont tu n'as pas envie. Sache quand même que je prends sur moi pour te donner ce conseil, ajouta-t-il avec un petit rire teinté d'autodérision.

En guise de réponse, Nikki se pressa contre lui et il se sentit faiblir un peu plus. Ou peut-être renforcé dans sa conviction, car il était de plus en plus certain de ne plus pouvoir se passer de cette femme. Il existait à Virgin River une terrible malédiction qui, à peine avaient-ils rencontré une jolie fille, métamorphosait les célibataires confirmés et bien sous tous rapports en pantins ridicules et prêts à tout, persuadés que la vie ne valait pas la peine d'être vécue s'ils ne la passaient pas auprès d'elle. Ils n'avaient même pas encore eu de relations intimes et déjà il n'imaginait plus la laisser partir. Il s'efforça de se convaincre qu'au matin, cette emprise aurait disparu, mais il en doutait. Il avait l'impression d'être sous influence. Comme drogué.

Elle s'écarta de lui.

— J'en ai envie.

— Tu es sûre ?

— Certaine, affirma-t-elle, la respiration un peu saccadée.

Avec un sourire, Joe lui prit la main. Ils descendirent dans le jardin et contournèrent la maison, s'arrêtant tous les deux mètres pour s'embrasser. Puis il ouvrit la porte de la drôle de petite caravane.

À l'intérieur, il y eut un moment de gêne quand Joe fouilla le minuscule habitacle à la recherche d'un préservatif.

— Tu n'en as pas apporté ? demanda-t-elle.

Il lui répondit qu'il ne s'attendait pas à en avoir besoin à Virgin River.

— D'habitude, on chasse, on joue au poker. On picole. Ah ! Que Dieu bénisse Paul ! s'exclama-t-il lorsqu'il dénicha une boîte pleine dans le tiroir sous le micro-ondes.

Ils s'empressèrent de reprendre leur jeu de séduction et leur embarras eut tôt fait de se dissiper. Nikki ne portait rien sous sa robe et Joe ne se lassait pas d'explorer son corps sublime, si ferme et sensuel. En dépit d'une excitation si vive qu'il craignait de se ridiculiser, il parvint à lui faire longuement l'amour avec une délicieuse lenteur. Des ébats qui la laissèrent, il en était sûr, aussi comblée que lui.

Enlacés sous la couette, ils discutèrent un moment.

— Ne me parle pas de lui, je ne veux rien savoir, prévint-il. Mais dis-m'en davantage sur toi. D'où tu viens, ce que tu aimes faire, comment tu envisages ton avenir.

Il apprit qu'elle avait grandi en ville, fréquenté des établissements privés, et déçu ses parents en embrassant la carrière d'hôtesse de l'air plutôt que celle de neurochirurgien, astronaute ou autre métier de haut vol. Elle aimait les voyages, l'équitation, la lecture. Était bonne cuisinière. Ce qu'elle souhaitait, c'était fonder une famille. Voilà pourquoi elle s'était retrouvée avec ce type qui avait fini par lui avouer qu'ils n'étaient pas du tout sur la même longueur d'onde. Jamais elle n'aurait imaginé que leur relation prendrait une telle tournure. Oups, s'interrompit-elle. Je crois que j'ai un peu parlé de lui.

— Ce n'est pas grave, dit-il. On l'oublie.

Et il lui fit de nouveau passionnément l'amour.

Seul comptait le plaisir qu'il lui donnait, et il y mettait toute son âme. Il s'employa de son mieux à enflammer ses sens au point qu'elle le supplia. Suivirent de longs coups de reins, lents et profonds que Nikki accompagnait de gémissements langoureux. Puis quand elle lui fit comprendre que le moment était venu, il accéléra le rythme, et comme l'orgasme la soulevait, elle s'agrippa à lui avec un cri de jouissance qui l'emplit de fierté.

De son côté, Nikki déploya envers lui des trésors de tendresse et de sensualité, comme si son plaisir à lui était à ses yeux la chose la plus importante au monde. Pas du tout du genre à rester passive pendant l'amour, elle explora chaque centimètre carré de son corps de sa petite bouche pulpeuse et, le poussant des deux mains sur la couchette exiguë, le tortura savamment au point qu'il en eut presque les larmes aux yeux. C'était une femme qui savait donner autant que recevoir avec une générosité qui l'émut comme jamais il ne l'avait été.

Ils reprirent leur conversation – cette fois au sujet de Joe, son enfance, son métier d'architecte, le corps des marines et les amis pour la vie qu'il s'y était faits. Il lui raconta en détail ses expériences à Virgin River, de la première fois où Jack les avait appelés à la rescousse pour débarrasser les bois de dangereux malfaiteurs jusqu'à celle où ils étaient venus soutenir Paul pour l'enterrement de son meilleur ami.

Les ébats auxquels ils se livrèrent de nouveau avec fièvre furent extraordinaires, pour ainsi dire phénoménaux. Joe était incapable de dire s'il avait fait subitement d'incroyables progrès ou si cette fille était tout bonnement si étonnante, tendre et réceptive qu'elle le faisait paraître doué.

— Nikki, murmura-t-il, comblé. Le jour où je t'ai rencontrée a été le plus chanceux de toute mon existence.

Depuis qu'elle avait franchi le seuil de leur nid d'amour insolite, elle n'avait pas versé une larme. Il lui parla de son mariage à l'âge de vingt-sept ans. Et de son divorce un an plus tard.

— C'est *elle* qui t'a quitté ? demanda-t-elle, l'air stupéfait.

— Oui. J'ai eu du mal à m'en remettre.

Il lui expliqua qu'il s'était toujours senti fait pour le mariage et la vie de famille – sans doute l'exemple réussi de ses parents, de ses deux frères et de sa sœur. Peut-être avait-il été échaudé, mais après cet échec, il n'avait jamais rencontré l'âme sœur, si bien qu'aujourd'hui il était lui-même surpris d'être encore sans attaches. Il avait toujours imaginé qu'à cet âge, il serait casé avec au moins deux enfants. Mais depuis qu'il avait vu certains de ses copains trouver l'amour sur le tard, il avait repris espoir.

Nikki avait eu une ou deux liaisons qui avaient mal tourné avant de rencontrer le salaud qui la faisait pleurer. Elle était sortie un moment avec un commandant de bord sans réaliser qu'il était marié. Puis, une fois au courant, à sa grande honte, elle avait continué encore un peu.

— Je ne sais pas où j'avais la tête, soupira-t-elle, j'étais encore toute jeune à l'époque. J'ai regretté, tu ne peux pas imaginer. Depuis, il a d'autres aventures alors qu'il était toujours marié.

Le soleil commençait à pointer sur la ligne de crêtes quand Joe s'endormit, Nikki blottie dans ses bras. Alors qu'il était déjà haut dans le ciel, il entendit un moteur de voiture et se redressa en sursaut. Il était seul sur la couchette. Il n'arrivait pas à croire qu'elle était partie en douce, sans même lui dire au revoir. Puis il lui vint à l'esprit qu'elle avait peut-être regagné sa chambre au ranch, pour la bonne raison que sa vie privée ne regardait pas ses hôtes.

Il s'habilla, se rasa et se donna un coup de peigne, espérant la retrouver devant la cafetière dans la cuisine du général. Il devait la revoir avant son départ pour lui demander son numéro, organiser leur prochaine rencontre. Le son mélodieux de sa voix lui manquait déjà. Le parfum sucré de sa peau aussi.

Il trouva Vanessa dans la cuisine, Mattie installé dans son transat sur la table.

— Bonjour, dit-il en se dirigeant vers la cafetière.

Une fois assis à table, il réalisa qu'elle le foudroyait du regard.

— Qu'est-ce qu'il y a ? demanda-t-il, perplexe.

— Je n'arrive pas à croire que tu aies fait une chose pareille, lâcha-t-elle.

— Fait quoi ?

— Ma meilleure amie. Tu savais pourtant qu'elle venait de traverser des moments difficiles.

Joe regarda autour de lui, un peu paniqué.

— Vanessa, que se passe-t-il ? Où est Nikki ?

— Partie, répondit-elle, laconique.

Il bondit de sa chaise.

— *Partie ?*

— Oui, partie. Qu'est-ce qui t'a pris ?

— Il m'a pris que je croyais avoir trouvé la femme de mes rêves, répondit-il avec un rire malheureux. Elle est partie, sérieux ?

— En larmes, précisa Vanessa, les lèvres pincées.

— En larmes ? Vanessa, je ne l'ai pas fait pleurer !

— Tu n'as pas fait l'amour avcc cllc toutc la nuit dans la petite caravane ? demanda-t-elle d'un ton accusateur.

Aïe. Là, on s'engageait sur un terrain miné. C'était un sujet tabou, surtout si c'était du sérieux.

— Vanessa, je te jure, je ne lui ai pas fait de mal.

— Tu ne l'as pas trouvée en pleurs sur la terrasse avant de la séduire et de l'entraîner dans ta caravane ?

— Euh… oui, c'est vrai…

Mais, se dit-il, était-ce un crime ? Parce que tout ce qu'il s'était efforcé de faire, c'était de lui montrer à quel point elle pouvait inspirer de l'amour. Et c'était merveilleux. *Elle* était merveilleuse.

— Il ne t'est pas venu à l'idée que juste après cette rupture qui lui a brisé le cœur, ce n'était sans doute pas une bonne idée ?

Joe sentit la moutarde lui monter au nez. Les mains à plat sur la table, il se pencha vers elle.

— Non, je trouvais que c'était une idée formidable et elle aussi. Je l'ai traitée avec le plus grand respect, et elle était consentante à cent pour cent. À présent, donne-moi son numéro. Il faut que je lui parle le plus tôt possible.

— Elle l'a formellement interdit.

— Quoi ? Je dois prendre contact avec elle. Vanessa, ce n'est pas drôle.

— Non, en effet. Je ne comprends pas ce qui t'est passé par la tête.

— Attends une minute, je ne l'ai pas forcée ! Du début à la fin, j'ai été un vrai gentleman, je le jure devant Dieu !

— Tu connais quelque chose aux femmes ? demanda Vanessa d'un ton de défi.

— Apparemment pas ! rétorqua-t-il avec virulence.

— Elle vient de perdre cinq ans avec un type qui l'a menée en bateau de bout en bout. À ton avis, que pense-t-elle que tu vas faire au bout d'une seule nuit ?

— Elle pourrait au moins me laisser une chance !

— Elle a dit non, un point c'est tout.

— Par pitié, Vanessa, cette réaction n'a aucun sens. Écoute, j'ai des sentiments pour elle. Sincèrement.

— Après une nuit ? riposta, une pointe de supériorité dans la voix.

— *Avant* cette nuit, rectifia-t-il. Pourras-tu lui demander de m'appeler ? S'il te plaît ?

— Tu la connaissais depuis quoi ? Dix minutes ?

— D'accord, c'était rapide, je l'admets. Mais cette nuit que nous avons passée ensemble, c'était…

C'était comme s'il vivait avec elle depuis des années ! Bon sang, il en avait la voix qui tremblait. Il était en train de perdre la boule.

Son bon sens lui soufflait de laisser tomber. Rompre après une nuit pareille, ne plus jamais vouloir entendre parler de lui ? Cette fille était cinglée. « Laisse tomber, tourne la page », se conseilla-t-il. Des dingues, il en avait connu une ou deux, heureusement pas longtemps. Il n'avait pas envie de s'en coltiner une autre.

— Vanessa, insista-t-il pourtant, je dois absolument lui parler. Je n'ai rien à voir avec ce type. Je ne suis pas du genre à faire des promesses que je ne peux pas tenir ou à raconter des craques.

— C'est ça.

— Oh, et puis merde ! bougonna-t-il. Où est ton mari ?

— Tu n'obtiendras rien de lui. Il a des ordres.

— Où est-il ?

Elle indiqua les écuries du menton. Joe laissa son café sur la table et sortit d'un pas vif. Il trouva Paul et Tom qui bouchonnaient les chevaux dans leurs box.

— Salut, les gars. Tom, je peux parler à Paul une minute ? Je te remplace si tu veux.

Tom lui décocha un regard sombre, même s'il y décela une petite étincelle.

— Il paraît que tu t'es fait la demoiselle d'honneur.

Joe sentit l'irritation le gagner.

— Moi qui m'efforçais d'être discret, c'est réussi.

Tom arbora un sourire narquois.

— Je te féliciterais bien, mon vieux, mais à mon avis, tu as foiré grave.

— Il paraît. Mais si tu avais été là…

— Je n'ai pas des mœurs aussi spéciales. Je ne peux pas rester, tu es sûr ? Histoire de parfaire mon éducation.

— Laisse-nous, intervint Paul.

— Rabat-joie, marmonna Tom.

Il tendit la brosse à Joe et sortit.

— Paul, il faut que tu m'aides, dit ce dernier. Je ne lui ai rien fait, enfin rien qu'elle n'ait totalement… Elle n'aurait pas dû partir en pleurs, je le jure.

— Ah oui ? Pourtant, c'était le cas. Elle était toute retournée. Vanessa était très inquiète qu'elle prenne la route dans cet état.

— Paul, bon sang, il faut que je la joigne.

— Elle dit qu'elle ne veut plus entendre parler de toi.

— Je veux l'entendre me le dire elle-même. Bordel, je ne connais même pas son nom de famille.

Paul cessa de brosser le cheval et fixa son ami.

— Bon Dieu, Joe, tu as baisé la demoiselle d'honneur sans même connaître son nom ?

Joe vit rouge. Il lâcha la brosse, agrippa Paul par le devant de sa chemise et le plaqua contre le mur. Paul aurait pu aisément se libérer s'il n'avait été sous le choc.

— Je ne l'ai pas *baisée*, tu entends ? Nous avons passé une nuit merveilleuse. Si merveilleuse que c'était presque trop beau pour être vrai. J'ai utilisé six de tes préservatifs et je…

Il se ressaisit et lâcha abruptement son ami.

— Excuse-moi, je ne sais pas ce qui m'a pris.

— Tu as un peu pété un câble, je dirais, commenta Paul.

— Aide-moi, j'ai l'impression de vivre un cauchemar !

— Sérieux, à ta place, je n'avouerais pas une deuxième fois que je ne connais même pas son nom.

— C'est quoi, son nom, bordel !

— Jorgensen, mais je ne t'ai rien dit, d'accord ? Je suis pour la paix des ménages.

— Paul, écoute-moi une seconde, tu veux ? Nous deux, c'était extraordinaire. Ne te méprends pas, ce n'était pas juste physique…

— Voilà que tu remets ça. Les femmes ne veulent pas entendre parler de leurs exploits au lit, tu devrais le savoir.

— Tu es un expert maintenant ? Marié depuis à peine douze heures et tu connais déjà tout ?

Il baissa la tête, vaincu.

— Je dois à tout prix la trouver, Paul. Je veux entendre de sa bouche qu'elle ne veut pas de moi. Si c'est le cas, je laisserai tomber. Je ne suis pas du genre à harceler une femme.

— Dis donc, tu es sacrément mordu.

— Ne me dis pas que tu ne sais pas de quoi je parle. Pas toi.

Paul demeura silencieux un moment.

— Malheureusement, je te comprends.

— Alors aide-moi. Ne me force pas à te supplier.

— Écris-lui une lettre. Je demanderai à Vanessa de la lui envoyer. Mais je ne peux rien te garantir.

— Tu es un vrai toutou.

— Ah oui ? Et toi ?

— Je suis juste dingue de cette fille.

Paul haussa les sourcils.

— Six ?

— Oh, lâche-moi, tu veux !

Avant de quitter Virgin River, Joe s'installa dans la caravane pour écrire sa lettre. Il lui fallut cinquante brouillons avant de rédiger une version à peu près acceptable, même s'il la trouvait encore horriblement maladroite.

Nikki,

J'ai passé un merveilleux week-end avec toi. Tu es partie trop tôt et m'as brisé le cœur. Je veux te parler, te revoir, mais si j'en crois Vanessa, tu refuses que je te contacte. Je ne comprends pas. Pour moi, tout s'est bien passé et je pensais que pour toi aussi. Je sais que tu te remets d'une rupture difficile, mais cela n'a pas semblé avoir le moindre rapport avec toi et moi. Téléphone-moi. Dis à Vanessa de me donner ton numéro afin que je puisse te joindre. J'espère n'avoir rien dit ou fait qui t'ait blessée, mais si c'est le cas, donne-moi au moins une chance de te présenter mes excuses. Nikki, c'était un des week-ends les plus formidables de ma vie. S'il te plaît, je suis au supplice.

Je t'embrasse,

Joe

Il remit la lettre à Paul parce qu'il ne faisait pas confiance à Vanessa pour l'instant.

— Tu dois me croire, dit-il à celle-ci quand il l'embrassa avant de partir, je ne lui ai pas fait de mal. J'ai envie d'avoir de ses nouvelles. Dis-le-lui.

— D'accord. Mais je doute que ça change grand-chose.

— Fais-le. S'il te plaît.

16

Tom acheva de préparer ses bagages le dimanche après-midi, puis il partit faire une longue balade avec Brenda qui se montra courageuse. Elle dîna au ranch, et il la reconduisit chez elle juste après, mais ne rentra pas avant 4 heures du matin. Son père, qui devait le conduire au bus à 5 heures, était déjà levé.

— Vous n'êtes pas restés dehors tout ce temps, dis-moi ?

— Non, papa. Nous étions chez elle. Ses parents étaient là.

— Elle va bien ?

— Ça devrait aller, oui. Tu n'es pas resté debout toute la nuit, quand même ?

— De temps à autre.

— Tu n'étais pas trop inquiet, j'espère.

— Pas du tout, mon garçon. Je me doutais que tu resterais avec Brenda jusqu'à la dernière minute. Malheureusement pour toi, tu n'as plus le temps de dormir.

— Je n'ai pas envie de dormir.

— Bientôt si, tu verras, répondit Walt qui entoura du bras les épaules de son fils. J'aurais fait la même chose à ta place. C'est une fille formidable.

— C'est vrai, elle est formidable, approuva Tom, une pointe de tristesse dans la voix.

— Viens prendre ton petit déjeuner. Peut-être une douche. Et ensuite on partira.

— Vanessa et Paul vont se lever ?

— Oh, j'en suis sûr ! Allez viens, fils.

Walt lui prépara des œufs brouillés et du bacon frit. Les bruits de la cuisine réveillèrent le reste de la maisonnée. Une heure plus tard, tous se rassemblèrent sur la terrasse pour les adieux. Tom embrassa sa sœur et le petit Mattie. Tandis que le général attendait dans la voiture, Paul et lui se donnèrent l'accolade.

— Prends soin de mon père, murmura Tom. Il fait comme si de rien n'était, mais assure-toi qu'il va bien après mon départ.

— Je serai vigilant, assura Paul. Je veillerai sur ta famille. Et toi, mets-leur-en plein la vue au camp d'entraînement.

— Je ferai de mon mieux.

Rick partagea son temps entre les quatre personnes qui comptaient le plus dans sa vie : sa grand-mère Lydie, sa petite amie Liz, Jack et Vic. Liz resta à Virgin River les dix jours que dura sa permission et Jack l'emmena à la pêche à plusieurs reprises.

En cuissardes dans la rivière, Rick observait les lignes qui dessinaient d'immenses arcs de cercle au moment du lancer en songeant que c'était ici qu'avaient eu lieu toutes les grandes discussions de sa vie. Et toujours avec Jack.

— Merci pour tout ce que tu as fait pour moi, dit-il à celui-ci.

— Je n'ai rien fait. C'est normal de fêter ses amis.

— Je ne parle pas de cette semaine – qui, entre parenthèses, est géniale. Je parle de ces dernières années. Tu as toujours été comme un père pour moi. Du reste, je t'ai toujours considéré plus ou moins comme mon père. J'espère que ça ne t'embête pas trop.

La poitrine de Jack se serra.

— M'embêter ? J'en suis drôlement fier, Rick.

— J'ai un truc à te demander. Si jamais ça tournait mal là-bas…

— Rick, on n'aime pas parler comme ça…

— Jack, toi et moi, on sait comment c'est. Écoute, si jamais il m'arrivait quelque chose, tu pourrais aider ma grand-mère et Lizzie à tenir le coup ?

Jack se tourna vers lui. Enfin, son profil, car Rick regardait droit devant lui.

— Tu n'as même pas à le demander, tu sais bien. Nous veillons toujours sur nos familles respectives.

— Je sais, Et, Jack ? Puisque j'en suis aux confidences, je t'aime, mon pote. Tu es le meilleur ami que j'aie jamais eu. Tu m'as aidé à grandir et c'est grâce à toi que j'en suis là aujourd'hui.

L'émotion nouait la gorge de Jack.

— On a encore beaucoup de poissons à attraper, Vic compte sur nous, finit-il par dire, la voix pas franchement ferme.

Puis il posa une main sur l'épaule de Rick.

— Moi aussi, je t'aime, mon garçon.

Mais il pensait : « Si tu ne reviens pas, qui m'aidera à tenir le coup ? »

— Tu sais ce que j'ai fait ? continua Rick. Je sais qu'à dix-sept ans pour Liz et dix-neuf pour moi, on est encore trop jeunes. Mais je lui ai acheté un collier avec un diamant – de belle taille, d'ailleurs. Je lui ai dit que c'était le gage de mon amour, mais que ça ne l'engageait à rien.

Jack arqua un sourcil impressionné.

— C'est un grand pas, fit-il remarquer.

— Disons plutôt un premier pas. Je l'aime, il n'y a aucun doute là-dessus, mais nous sommes passés par des moments tellement difficiles… Je lui ai dit que si elle rencontrait quelqu'un capable de la rendre plus heureuse, je ne la retiendrai pas. Sinon…

— Sinon quoi, Rick ?

— Je la rends dingue à la bassiner tout le temps avec l'école. Elle doit finir le lycée – il ne lui reste plus qu'un an. Et après, j'aimerais bien qu'elle aille à la fac. Qu'elle essaie, au moins. Moi aussi, à un moment ou un autre, j'irai étudier à l'université. Je ne dis pas que je quitterai le corps des marines – je n'en sais encore rien –, mais si jamais ça marche et qu'on se marie, j'aimerais qu'on gagne correctement notre vie et que nos enfants aient des parents cultivés.

Il adressa un grand sourire à Jack.

— Je crois avoir retenu son attention avec ce genre de discours – elle m'a promis de faire de son mieux pour avoir dc bonnes notes en terminale et qu'elle essaierait au moins un cycle court. Elle m'a dit qu'elle le ferait afin que je sois fier d'elle, ajouta-t-il avec une soudaine gravité. Je suis déjà si fier d'elle. C'est une battante, tu sais. Elle a perdu un bébé, elle doit supporter notre séparation, et est-ce qu'elle craque pour autant ? Elle est vraiment forte et courageuse.

— Vous l'êtes tous les deux, Rick. Un diamant, hein ? Tu as économisé assez pour un diamant ?

Rick se mit à rire.

— Ma solde y est passée. Mais Liz méritait un beau cadeau qui témoigne de mes sentiments pour elle. Qui lui prouve que je pense à elle tout le temps. Qu'en dis-tu ?

Jack ne put s'empêcher de sourire.

— Et elle ? Elle a pensé à toi tout le temps en ton absence ?

— Tous les jours. Parfois, elle se sent vraiment seule et aimerait bien participer à tous ces trucs que les filles font avec leur copain – les fêtes, le bal du lycée, enfin tu vois. Je lui ai dit d'y aller avec un autre cavalier, que je ne lui en voudrais pas. Mais elle s'y refuse de crainte de lui donner de faux espoirs. Elle dit que si on reste ensemble, ce ne seront que des détails sans importance au bout du compte. Elle m'écrit presque tous les jours.

Rick poussa un soupir.

— Des fois, je me dis que j'aurais aimé être comme toi – libre, sans attaches, le temps de vivre pleinement, de parcourir le monde, de faire mes propres expériences. Et ensuite, j'aurais rencontré Liz, à trente ou quarante ans…

Jack s'esclaffa.

— Et moi, je regrette de ne pas avoir connu Melinda avant qu'elle soit avec son premier mari, de ne pas avoir fondé une famille plus jeune. À mon avis, quand on a la chance de rencontrer la bonne personne, on n'a le droit de se plaindre ni du moment ni des circonstances.

Il posa la main sur l'épaule de Rick qu'il pressa doucement.

— J'espère que ça marchera pour vous deux, mon garçon. Après ce que vous avez vécu, vous le méritez. Cela dit, tu as bien fait de lui conseiller de prendre son temps avant de s'engager. Crois-moi, quand on fait ce genre de promesse à une femme, on tient à ce qu'elle n'ait pas le moindre doute.

— C'est aussi ce que je pense.

À cet instant, un poisson jaillit hors de l'eau. Il était si gros que tous deux en restèrent bouche bée.

— Un saumon chinook, finit par articuler Rick. Ça fait une éternité que je n'en ai pas vu un pareil.

— Il a dû s'égarer, suggéra Jack qui lança sa ligne dans sa direction.

Rick descendit vers l'aval de quelques pas, changea sa mouche et lança sa ligne à son tour. Ils jouèrent avec le poisson un moment, puis Rick le ferra.

— Laisse-le partir, lui conseilla Jack. Fatigue-le avant de…

— Je sais comment attraper un poisson, coupa le garçon, hilare.

— Pas de précipitation, sinon il va t'échapper. C'est très combatif, un chinook.

— Non, mais je rêve, tu insistes !

Presque une heure durant, Rick déploya tous ses talents de pêcheur et taquina sa proie dans les eaux peu profondes, tandis que Jack le collait aux basques, multipliant les conseils.

Il finit par ramener sa prise, et décida, ravi, qu'il avait assez pêché pour aujourd'hui.

À leur retour au bar, Vic poussa un sifflement admiratif et déposa la bête sur la balance.

— Seize kilos neuf, annonça-t-il. Tu l'as attrapé tout seul, Rick ?

Celui-ci fit une grimace à Jack.

— Pas tout à fait.

Jack conduisit Rick à Garberville, et ils attendirent dans la voiture l'arrivée du bus.

— Un conseil de dernière minute ? demanda Rick.

— Oui. Obéis aux ordres, mais fie-toi à ton instinct.

— Je n'ai pas peur de cette mission, tu sais. En fait, je suis même plutôt un peu impatient. C'est ce qu'il me fallait, Jack.

— Je te crois.

— Occupe-toi bien de Melinda et des enfants, hein ?

— J'y compte bien. Je t'écrirai chaque semaine. Rien ne se produira à Virgin River sans que tu le saches.

— Youpi ! s'exclama Rick en riant.

Jack lui aurait bien ébouriffé les cheveux, comme autrefois, mais avec sa coupe à ras, il se contenta de lui frotter le crâne avec les articulations.

— J'y vais, annonça Rick.

Jack descendit du pick-up et le rejoignit devant le capot. Il lui donna une accolade virile.

— Prends soin de toi, mon garçon. Sois prudent.

— Ne t'inquiète pas. Et maintenant file. Ne reste pas planté là à fixer le bus comme la dernière fois.

Jack ne put se retenir – il se serra de nouveau dans ses bras.

— Dans un an à cette époque, j'inviterai les gars et tu amèneras tes copains.

— D'accord.

Puis Rick tourna les talons et se dirigea vers le bus, son paquetage sur son épaule. À aucun moment, il ne jeta un regard en arrière.

Vers la fin juin, la canicule s'installa. De petits feux se déclarèrent çà et là dans les montagnes à la végétation desséchée, tandis que dans les États de l'Arizona, du Nevada, du Colorado et de l'Utah, plusieurs grands incendies menaçaient de prendre des proportions incontrôlables. Si tôt dans la saison, c'était de mauvais augure. Le nord de la Californie avait échappé au pire pour l'instant, mais il n'y avait toujours pas de pluies de prévues. Les pompiers et les gardes forestiers multipliaient les patrouilles, veillant à l'application stricte de la réglementation.

Melinda surveillait son mari de près. Les premiers jours après le départ de Rick, elle l'avait trouvé un peu taciturne, mais il reprenait vite le dessus. Il parlait beaucoup de son protégé, lisait les journaux et avait fait installer une parabole au bar afin que Vic et lui puissent suivre les reportages sur CNN. Il avait fait empailler le chinook qui remplaçait désormais son affreux esturgeon au mur. Il avait aussi déjà écrit une petite douzaine de lettres et en avait fait lire quelques-unes à Melinda.

— Jack, avait-elle dit en riant, crois-tu vraiment que ça intéresse Rick de savoir ce qu'a préparé Vic à dîner ou combien de colères David a faites aujourd'hui ?

— À mon avis, il veut tout savoir. Je me souviens comment c'était.

Bien sûr qu'il s'en souvenait, songea-t-elle. Il se rappelait chaque nuit passée en zone de combat, là où servait Nick en ce moment même. Il se rappelait le visage de chaque jeune marine, de chaque blessé. Chaque lettre qu'il recevait du pays.

Être lui-même passé par là et laisser partir celui qu'il considérait comme son fils faisait de lui, aux yeux de Melinda, l'homme le plus fort de la terre.

— J'ai une idée, dit-elle. Va donc demander à ta sœur et à ton beau-frère s'ils ont une nouvelle susceptible d'intéresser Rick.

D'abord perplexe, Jack ouvrit de grands yeux, puis sortit au pas de charge. Par la fenêtre, Melinda le vit frapper à la porte du mobil-home. Brie sortit presque aussitôt. Une brève conversation s'ensuivit. Elle se conclut par une bruyante exclamation enthousiaste de son mari qui souleva sa sœur et la fit virevolter dans ses bras. Il revint ensuite en courant et fit subir le même traitement à Melinda avant de lui plaquer un baiser sur la bouche.

— Eh, c'est *elle* qui est enceinte ! Pas moi !

— C'est presque aussi bon. Ils ont tellement envie d'un bébé. C'est une merveilleuse nouvelle, s'extasia-t-il.

Puis il la dévisagea avec un froncement de sourcils.

— Dis donc, tu ne viens pas de trahir le secret médical ?

— Non. Brie m'a autorisée à te l'annoncer.

— Alors pourquoi ne l'as-tu pas fait ?

— Parce que c'était beaucoup plus amusant de cette façon. Tu as déjà fini de m'embrasser ?

— Mon ange, j'ai envie de bien davantage qu'un baiser. Je ferai très attention. Qu'est-ce que tu en dis ?

Melinda joua avec une mèche à sa tempe. Dans ses bras, elle se sentait toujours belle et sexy. Désirée et chérie. Elle l'embrassa sur les lèvres.

— Plus tard. Et tu n'auras pas besoin de faire si attention que ça. Je suis remise maintenant.

— Mais ton pauvre petit corps a tellement souffert, observa-t-il.

— John Stone est passé ce matin. Il m'a auscultée. J'ai son feu vert.

— Oh, mon cœur… souffla-t-il.
— Mais pas question de le dire à Rick, hein ?
Il la gratifia d'un grand sourire.
— Tant mieux. Je serais bien incapable de mettre en mots ce que je ressens pour toi.

Avec l'arrivée de juillet, le terme de Paige se rapprochait. Melinda l'examinait chaque semaine et la grossesse se déroulait normalement. L'accouchement pouvait se produire d'un jour à l'autre. Paige avait décidé qu'il aurait lieu chez Doc parce que leur petit appartement n'était guère pratique pour une naissance à domicile. Et puis, il y avait Christopher, qui n'avait que quatre ans. De nombreuses patientes de Melinda gardaient les enfants à la maison durant l'accouchement : elles venaient de familles où cela se passait ainsi depuis des générations. Mais pour Paige et Vic, c'était une grande première. En fait, Melinda s'attendait que Paige choisisse la maternité de Grace Valley et ses salles de naissance aseptisées. Mais cette dernière était très déterminée : elle voulait que ce soit Melinda qui l'accouche.

Joe Benson avait terminé les plans de la maison de Brie et de Mike, et ceux de l'extension de Paige et de Vic. Il avait aussi des croquis préliminaires à montrer à Paul, mais hésitait à se manifester. Depuis l'incident avec Nikki, leur relation était quelque peu tendue. Vanessa semblait avoir surmonté sa colère à son encontre, mais il était loin d'avoir digéré sa déception à leur sujet. Il lui faudrait sans doute du temps.

Il aurait aimé avoir un peu de soutien de leur part. Peut-être auraient-ils pu plaider en sa faveur auprès de Nikki. La rassurer. L'encourager à au moins prendre contact.

Il n'avait pas évoqué la jeune femme devant eux depuis un bout de temps. Mais tous les deux jours, il envoyait des messages à son intention aux bons soins de Vanessa. Des mots brefs : *S'il te plaît, appelle-moi. Donne-moi une chance de te prouver que je suis un homme bien. Par lettre ou par téléphone, dis-moi franchement que tu ne veux plus me revoir, mais s'il te plaît, ne m'ignore pas.* Cela lui prit un moment, mais il finit par arrêter ; il commençait à se sentir idiot. Et plus il se sentait idiot, plus son humeur s'assombrissait. Il avait l'impression d'être retombé en enfance, quand il était follement amoureux de la blonde, brillante et distante Jodie Ferguson, la première fille de sa classe à avoir des seins.

Décidant de changer son fusil d'épaule, il compulsa l'annuaire de San Francisco et trouva une Nicole Jorgensen. Il composa le numéro. La voix sur le répondeur était sans doute possible celle de Nikki.

— Euh… Nikki, c'est Joe. De Grants Pass. J'aimerais te parler. En fait, il faut *absolument* que je te parle. S'il te plaît. J'essaie de te joindre depuis le mariage. Je ne sais plus où j'en suis.

Bien entendu, elle ne rappela pas. Heureusement, il ne laissa qu'un message. Il dut prendre sur lui pour ne pas faire le numéro plusieurs fois, juste pour entendre sa voix. Mais sa messagerie aurait gardé trace de ses appels, et il n'avait pas envie de passer pour un malade.

Quelques semaines s'étaient écoulées. Il avait renoncé. Plus de petits mots, plus de coups de fil. Même lui refuserait de sortir avec quelqu'un d'aussi désespéré. Il risquait de se faire taxer de harcèlement, alors qu'il était juste amoureux. Ce constat le mettait du reste mal à l'aise. Comment pouvait-on être amoureux de quelqu'un qu'on n'avait connu que vingt-quatre heures ? C'était impossible. Il devait y avoir une autre explication au fait qu'il rêvait sans cesse d'elle, sentait son parfum, entendait sa voix, avait l'impression que ses cheveux lui caressaient la joue quand il se réveillait. Une sorte de folie ou d'hallucination. Un trouble obsessionnel compulsif.

Il téléphona à Paul et lui proposa de venir le week-end suivant avec les plans.

— Ce serait génial, répondit celui-ci d'un ton réjoui. Tu veux dormir chez nous ?

— Merci, mais cette fois je vais sans doute rester chez Jack. Ce sera plus pratique.

— Et la caravane ? Tu peux l'emprunter si tu veux.

Joe rit, mal à l'aise.

— Certainement pas. Mais merci de me le proposer.

— Comme tu veux.

Joe demanda à Jack si le petit chalet dans les bois était toujours disponible, ce qui était le cas. Son ami lui fit part de son inquiétude au sujet des feux de forêt qui se déclenchaient de manière sporadique dans cinq États à cause de la sécheresse. Au cours du trajet, Joe put constater de visu que la situation était réellement préoccupante. Il passa deux petites poches de végétation brûlée qui s'approchaient dangereusement de la route sur laquelle il se trouvait. Les écobuages étaient rares par un temps aussi sec, mais il supposait que certains panaches qu'il apercevait au loin pouvaient être des brûlis de prévention déclenchés par les services des Eaux et Forêts afin de créer des pare-feu destinés à ralentir la propagation des flammes en cas d'incendie.

Il avait été volontaire chez les pompiers de Grants Pass, mais n'avait été appelé qu'une fois, des années auparavant. Il n'y avait pas plus inquiétant que de traverser des collines verdoyantes couvertes de pins immenses avec une visibilité réduite au minimum à cause de la fumée. Ou, pire, de rouler sur une route bordée de chaque côté par les squelettes carbonisés d'arbres autrefois majestueux. Le feu ravageait tout, laissant derrière lui un paysage de désolation pour de longues années.

Joe fut soulagé d'atteindre les somptueuses forêts de séquoias. Puis de franchir la Virgin, large et tumultueuse avec ses cascades naturelles. D'ici à quelques mois, ce serait la saison de la chasse au cerf, et celle de la pêche battrait son plein. Les gars viendraient certainement quelques jours, au grand dam de Melinda. Et si jamais ils tuaient un cerf, elle en pleurerait. Il sourit. Elle était si sentimentale, et Jack si tendre avec elle – ce qui ne l'empêchait pas de continuer à chasser.

Son rouleau de plans sous le bras, il pénétra dans le bar. Comme souvent en milieu d'après-midi, l'endroit était désert, à l'exception de Vic qui l'attendait. Fidèle à son habitude, le colosse le gratifia d'une accolade musclée.

— Alors, prêt à devenir père ? s'enquit Joe.

— Tu n'imagines pas. Tu verrais Paige, elle est aussi grosse qu'un… D'après Melinda, le bébé est prêt à sortir.

— Va chercher Paige. Vous allez adorer la maison.

— J'y cours. Et j'appelle Brie au passage – ils sont pressés de voir les plans. Et Paul ?

— Il sait que j'ai prévu d'arriver ici en début d'après-midi. Il va sûrement se pointer.

Lorsque Paige fit son apparition, Joe sentit son cœur fondre. Avec son ventre énorme et ses joues roses, elle lui faisait penser à un melon trop mûr.

— Dis donc, Paige, tu es superbe.

— Merci, Joe, répondit-elle, s'avançant vers lui.

Il la serra dans ses bras et à cet instant, le bébé donna un coup de pied.

— Eh ! Qu'est-ce que tu as là-dedans ? Une équipe de foot ?

— Une petite fille très féminine. Dana Marie.

— Elle a de grands pieds, je te le garantis, plaisanta-t-il. Bon, tu veux voir votre nouvelle maison ?

— Je ne tiens plus en place.

À peine avait-il étalé les plans sur une table que Brie et Mike entrèrent. Nouvelles embrassades chaleureuses.

— Si j'ai bien compris, dit Joe, vous souhaitez accélérer un peu les travaux ? Pour un nouveau venu ?

— C'est prévu pour Noël, lui apprit Brie.

— Tu as déjà les yeux qui pétillent.

— C'est le soulagement d'avoir le premier trimestre derrière moi. Nous ne rajeunissons pas.

— Moi si, aucun doute là-dessus, dit Mike avec une fierté qui n'échappa pas à Joe.

— Bien, nous allons pourvoir lancer bientôt le chantier. Paul et moi irons arpenter le terrain ce week-end. Venez par ici.

Joe fit asseoir Paige et Vic à une table, Mike et Brie à une autre, et passa de l'une à l'autre, répondant aux questions et dessinant les éventuelles modifications.

L'appartement derrière le bar avait été agrandi en un spacieux séjour avec une cheminée et une cuisine américaine réduite au minimum – évier, plan de travail, lave-vaisselle et placards. Paige et Vic utiliseraient la grande cuisine professionnelle pour la cuisson, mais pourraient prendre leurs repas en toute intimité. Pour les parents, Joe avait dessiné une vaste chambre et agrandi la salle de bains existante. L'augmentation de la surface au sol permettait l'ajout de deux chambres supplémentaires à l'étage, avec une salle de bains double et une mezzanine reliée à la chambre de Christopher par un petit couloir et au séjour par un large escalier ouvert.

Pour Mike et Brie, il avait prévu deux cent trente mètres carrés pour l'habitation principale, plus cinquante mètres carrés supplémentaires d'espace professionnel attenant pour Brie avec une entrée extérieure et une porte de communication avec la maison. Quatre chambres, un immense séjour, une cuisine spacieuse, trois salles de bains dont celle de la suite parentale, et plusieurs éléments décoratifs spectaculaires : plafonds voûtés, grande douche en marbre à l'italienne, plans de travail en granit dans la cuisine, cheminées en pierre dans le séjour et la chambre des parents, sols en ardoise et bois massif, et une longue terrasse.

Le temps que les deux couples se familiarisent avec les plans, Paul débarqua. Après un instant d'embarras en revoyant son ami, Joe se détendit, rasséréné par son accueil chaleureux à grand renfort de claques dans le dos.

— Tu m'as manqué, mon vieux, lui dit Paul.

— Moi aussi, tu m'as manqué. J'ai apporté des croquis pour que vous y jetiez un œil, Vanessa et toi. Je me suis basé sur ce que tu m'as dit qu'elle aimait dans ta maison de Grants Pass.

— Viens donc nous les montrer au dîner.

— Je ne veux pas m'imposer…

— Tu plaisantes ? Joe, il est temps de tirer un trait sur cette histoire. Sérieux, ce n'était la faute de personne.

— Peut-être la mienne, répondit Joe qui baissa la tête un instant. Quoi qu'il en soit, c'est du passé. Il faut aller de l'avant.

Paul glissa un regard aux deux couples et constata qu'ils étaient plongés dans l'étude des plans.

— Tu as tourné la page ? demanda-t-il à voix basse.

— Oui, mentit Joe avec un rire qui sonnait faux à ses propres oreilles. Bien sûr.

— Viens dîner à la maison ce soir, insista Paul. Ça nous fera plaisir.

— D'accord. Mais emporte les plans ; comme ça, Vanessa aura le temps de les regarder avant mon arrivée. Et de préparer questions et critiques.

— Nous avons déjà choisi l'emplacement. Juste de l'autre côté de la pâture, le long de la rivière. Nous partagerons les écuries avec le général.

— Tu t'es occupé de l'étude géologique ?

— C'est fait.

— Si les plans vous conviennent, on pourra étudier l'implantation sur le terrain. Peut-être demain avant mon départ.

La porte de service s'ouvrit et on entendit quelqu'un entrer dans la cuisine.

— C'est Jack, dit Vic qui se leva. Il est allé faire les courses pour que je puisse rester avec Paige.

— Allons lui donner un coup de main, suggéra Joe.

Tous les hommes présents traversèrent la cuisine pour aider Jack à décharger son pick-up. Ils s'assirent ensuite devant une bière et se racontèrent les dernières nouvelles. Vers 16 heures, Joe mit Paul à la porte avec les plans en lui promettant qu'il serait chez lui dans deux heures.

L'heure du dîner fut vite là, et Melinda arriva au bar avec les enfants. Joe porta la petite Emma, échangea quelques mots avec Doc, salua Hope McCrea qui buvait son Jack Daniel's et bavarda un moment avec Doug et Sue Carpenter, les parents de Brenda, qui habitaient un peu plus loin dans la rue. Après un coup d'œil à sa montre, il commanda un café à Jack et s'installa au comptoir.

— Ça marche, les affaires ? s'enquit celui-ci.

— D'enfer. Je n'ai pas un moment à moi.

— Les plans, là, c'est en plus ?

— Oui, mais c'est sympa que mes amis veuillent que je dessine les plans de leurs maisons. Ça flatte mon ego.

— Alors qu'est-ce qui te tracasse ?

Joe se redressa sur son tabouret, inspira un grand coup.

— Rien du tout, mon vieux.

— Dois-je plutôt dire *qui* ?

— Tu fais fausse route, je te jure. Tout va bien.

Jack but une gorgée de café.

— Puisque tu le dis.

Joe savait ce que son ami voyait. Il avait toujours été d'un tempérament insouciant, le premier à rire et à raconter des blagues. Pas le moindre tracas à l'horizon : une famille unie, une entreprise qui marchait bien, des femmes quand l'envie lui en prenait, beaucoup d'argent, des amis de longue date. La tristesse qui voilait aujourd'hui son regard devait d'autant plus le surprendre qu'elle en avait disparu depuis au moins dix ans.

— C'est juste que tu as l'air soucieux, voilà tout, reprit Jack.

— Oui, peut-être. Rien de grave. Ça passera.

— Si jamais tu veux parler, tu sais où me trouver.

Joe lui sourit.

— Merci, mon pote.

Jack haussa les épaules.

— Elle changera peut-être d'avis.

— Qui ça ? fit Joe, un peu sidéré.

Si Paul avait cafté, il serait sacrément remonté.

— Je n'en sais rien. Les hommes ont plusieurs regards, tu sais. Pour les ennuis de boulot, les soucis familiaux, les problèmes d'ego. Et il y en a un vraiment particulier, quand un homme désire une femme hors d'atteinte.

Joe ne put s'empêcher de rire.

— C'est prouvé, ça ?

Jack sirota son café.

— J'ai déjà eu ce regard moi-même.

— Je ne devais pas être là.

— Tu aurais pu. Tu sais, Melinda m'a donné du fil à retordre. Un vrai parcours du combattant. Excuse-moi… je dois l'aider à embarquer la petite famille. Je reste plus tard ces temps-ci, avec Paige sur le point d'accoucher. Melinda doit ramener les enfants à la maison. C'est l'heure de les coucher.

Joe les accompagna jusqu'au pick-up et quand les petits furent installés dans leurs sièges auto, Jack se pencha par la vitre ouverte pour embrasser Melinda au volant. L'architecte fut submergé par un douloureux vague à l'âme. Quelle torture de voir ses meilleurs amis avec leurs femmes. Il ne s'était jamais préoccupé de ne pas avoir encore trouvé l'amour jusqu'à ce soir où il l'avait tenu entre ses bras pour le perdre aussitôt.

Vanessa adora les plans de sa maison. Joyeuse et pleine de vie, elle témoigna à Joe une grande affection qu'il interpréta comme un signe de pardon. Le général vint mettre son grain de sel, apportant des suggestions, discutant avec sa fille de ce qu'elle devrait faire différemment. Joe savait y faire dans ce genre de situation – il laissait les idées fuser et attendait en silence que la poussière retombe avant de proposer une modification mineure qui mettait tout le monde d'accord.

Pour Vanessa et Paul, il avait conçu une version plus spacieuse de la maison de Grants Pass avec des changements qui, quoique légers, lui conféraient une apparence radicalement différente tout en étant adaptée à une famille qui ne manquerait pas de s'agrandir.

Joe passa la nuit au chalet, puis se rendit dans la matinée sur le terrain que Jack avait donné à Brie et à Mike. Ils avaient fait prolonger la route sur un peu moins de cent mètres afin d'ouvrir un accès au chantier. Paul avait déjà pris possession des lieux et recrutait les ouvriers – avec succès, semblait-il. La caravane qui lui servait de bureau était déjà là, ainsi que des toilettes de chantier pour l'équipe. Maintenant qu'il avait les plans, Paul allait pouvoir couler les fondations, faire installer la fosse septique et creuser le puits. Puis ce serait au tour des maçons, charpentiers, plombiers et électriciens d'intervenir.

— Allons voir ta propriété chez le général, proposa Joe, satisfait.

Là aussi, tout était prêt pour le lancement des travaux. Première étape, le terrassement de la voie d'accès sur environ un kilomètre qui, heureusement, ne nécessitait pas d'excavation d'ampleur ou d'abattage d'arbres. En jean, sa casquette de base-ball vissée sur la tête, Joe mesura en comptant ses pas le périmètre des fondations et planta des piquets temporaires munis de petits drapeaux rouges. À l'aide d'une bombe de peinture aérosol, il délimita la maison au sol, assez près de la rivière pour profiter de la vue de la terrasse, mais pas trop afin d'éviter d'éventuels problèmes d'inondation.

— J'ai intégré un système d'extinction automatique d'incendie, expliqua-t-il, mais c'est une précaution en cas d'incendie domestique. Ce n'est pas prévu pour un feu de forêt.

— Compris.

— Tu pourras couler les fondations des deux maisons à peu près en même temps. Mais donne la priorité à Brie et à Mike, vu qu'ils attendent un heureux événement. En parallèle, tu peux commencer l'extension, et dès que le bébé de Vic aura une quinzaine de jours, on les relogera au chalet. Il faudra faire vite avec l'abattage des cloisons, histoire de minimiser la gêne au niveau du fonctionnement du bar. Il faudra aussi s'arranger pour faire tourner les équipes.

Paul sourit.

— J'ai l'habitude de construire plusieurs maisons à la fois.

— Je sais. C'est juste histoire de parler, dit Joe en lui rendant son sourire.

— Il nous faudrait bientôt les plans d'architecte finalisés.

— Dans quinze jours, ça te va ?

— Parfait. Je vais commander le béton.

— C'est toujours un plaisir de bosser avec toi, déclara Joe. Bon, je vais y aller, ajouta-t-il en tendant la main à Paul.

— Tu veux passer dire au revoir à Vanessa ? fit ce dernier en la lui serrant.

— Dis-lui au revoir et merci de ma part, d'accord ?

— Tu sais, ce ne sont sans doute pas mes oignons… mais à propos de cette affaire dont nous ne parlons pas… ça servirait sans doute un peu ta cause si tu disais à Vanessa que tu es désolé.

Joe secoua la tête avec un sourire navré et fourra les mains au fond de ses poches.

— Je ne peux pas, mon vieux. Ce ne serait pas sincère. Mon seul regret, ajouta-t-il après un soupir, c'est la façon dont les choses ont tourné.

Paul resta silencieux un moment.

— Je comprends, murmura-t-il.

Vanessa avait nourri Mattie et l'avait remis dans son berceau. Vers 21 h 30, elle entendit son père regagner sa chambre, mais son mari ne vint pas se coucher. Elle finit par aller voir s'il regardait la télévision. Elle le trouva assis dans un fauteuil, les coudes calés sur les genoux, un verre entre les mains.

— Qu'est-ce que tu fais ? s'étonna-t-elle.

Il se redressa et tapota le fauteuil voisin du sien.

— Je réfléchis.

Elle s'assit.

— Et ça t'empêche de venir te coucher ?

— Tu sais à quel point je suis heureux, n'est-ce pas ?

Elle posa la main sur son genou.

— Tu n'as pas ton pareil pour me le faire comprendre, Paul. Et je le suis tout autant.

— Tu te souviens de ce soir où je t'ai revue chez Jack, alors que j'étais là avec les autres pour la chasse. J'ignorais que tu étais à Virgin River et je suis tombé des nues.

— Je me souviens, confirma-t-elle avec un sourire attendri.

— Du coup, j'ai bu quelques verres de trop.

— Je crois que tu me l'as déjà raconté, Paul.

— J'étais tellement saoul que j'ai avoué à Jack que je t'avais vue avant Matt, mais qu'il m'avait devancé. Heureusement, personne d'autre n'a entendu ma confession. Mais plus tard, alors qu'un certain pédiatre te faisait des avances, Jack m'a appelé un soir pour me prévenir que si je tenais à toi, j'avais intérêt à rappliquer fissa et à lâcher le morceau. Et c'est ce que j'ai fait, parce que sinon je t'aurais perdue. Et je t'aimais comme un fou. Avant même de t'avoir prise dans mes bras ou embrassée. Parfois, c'était une vraie torture. J'essaie d'imaginer ce que j'aurais ressenti si nous avions été ensemble, même pour une seule nuit, et que tu n'aies plus voulu de moi ensuite.

— Tu n'as aucune raison de te torturer avec des idées pareilles, mon cœur, le rassura-t-elle.

— J'ai tout ce qu'un homme peut désirer. Jamais je n'aurais imaginé avoir autant de chance…

— Arrête de te prendre la tête, l'interrompit-elle, la main posée sur sa joue. Continue de ranger ton linge sale comme un garçon bien élevé et je saurai te récompenser de maintes façons remarquables.

Mais Paul ne rit pas.

— Tu as vu mon copain Joe ? Il souffre le martyre. Tu l'as vu ?

Vanessa laissa échapper un long soupir.

— Paul, il a mal choisi son moment. Qu'est-ce qu'on y peut ?

— Elle aussi. Je le connais depuis quinze ans. Il a peut-être un côté beau parleur, mais c'est un type bien. Jamais il n'attirerait une femme dans son lit contre son gré. Si Nikki avait exprimé la moindre hésitation, il ne l'aurait pas touchée. Je le connais. Aussi bien que je connaissais Matt.

— Et alors ? Elle a commis une erreur. Où veux-tu en venir ?

— Elle ne devrait pas en commettre une plus grave encore. Joe est la crème des hommes. Il doit bien y avoir une raison pour qu'elle lui ait dit oui ce soir-là.

— Je lui ai fait parvenir ses messages. Elle n'a pas changé d'avis. Tu veux que je lui parle ?

— Non, ma douce, c'est moi qui vais lui parler.

— Je ne sais pas si c'est une bonne idée, objecta Vanessa, soudain nerveuse.

— J'y ai réfléchi toute la journée. Je l'appelle tout de suite. Veux-tu écouter ou préfères-tu aller te cacher la tête sous un oreiller ?

Elle inspira un grand coup.

— Je vais écouter. Mais s'il te plaît, ne lui dis pas que je suis là. Ce procédé me met franchement mal à l'aise.

— Fais-moi confiance, dit-il en décrochant.

Ayant reconnu le numéro, Nikki décrocha aussitôt.

— Salut, ma grande, lança-t-elle.

— Ce n'est pas ma grande. C'est Paul.

— Oh, salut !

— J'ai à te parler. De Joe.

— Je croyais que l'affaire était réglée.

— Pour toi peut-être, mais pas pour moi. Histoire d'avoir l'esprit tranquille, j'ai une question à te poser. Vois-tu, je connais Joe depuis des années, je lui ai même confié ma vie. Au sens propre du terme. Nous avons combattu ensemble en Irak. Avec les femmes, il s'est toujours comporté en vrai gentleman. Je ne l'ai jamais vu manquer de respect à aucune…

— Il ne m'a pas manqué de respect, Paul, dit Nikki d'une petite voix.

— Tant mieux. C'est un soulagement. Je craignais, je ne sais pas… de découvrir qu'en fait je ne le connaissais pas aussi bien que je le pensais. Je veux dire, tu étais vraiment bouleversée – et lui l'était tout autant quand il a appris que tu étais partie en pleurs. Il n'a pas voulu me parler de ce qui s'était passé entre vous, mais il m'a affirmé qu'il ne t'avait pas fait de mal.

— C'est vrai, Paul, rassure-toi.

— Tant mieux, parce que je ne pouvais vraiment pas supporter l'idée qu'il ait malmené une femme. Ce n'est pas du tout son genre. Tu vas te réjouir d'apprendre qu'il semble enfin vouloir tirer un trait sur cette histoire. Il en a souffert un moment, mais je crois qu'il va mieux.

— Ah bon ?

— Oui, un peu. Il essaie de t'oublier. Il est venu ce week-end m'apporter des plans – je vais bâtir trois de ses maisons. Vanessa m'a dit qu'il t'avait écrit et qu'il te laissait des messages sur ton répondeur. J'imagine qu'il était vraiment mordu, mais ce n'est pas son style d'ennuyer une femme qui n'est pas intéressée. Tu seras sans doute bientôt débarrassée de lui. Peut-être l'es-tu déjà d'ailleurs.

— Ah, fit-elle. Bien.

— J'ignore pourquoi il a insisté, mais je suis sûr qu'il a compris le message à l'heure qu'il est. Que tu ne veux plus avoir affaire à lui. Plus jamais.

— Il voulait peut-être présenter ses excuses. Ce n'est pas nécessaire.

— Hmm, je ne crois pas, non. Je lui ai suggéré qu'il pourrait gagner des points avec Vanessa s'il lui disait qu'il était désolé. Mais il s'y est refusé parce que ce n'est pas le cas. Les événements ont pris une tournure qui l'a déçu.

— J'ai pensé que c'était mieux ainsi. Après tout, c'était si bref… Paul, j'ai donné cinq ans de ma vie à un homme qui m'a menti tout le temps, argumenta-t-elle face à son silence. Il ne cessait de me répéter qu'il avait besoin de temps avant de s'engager, et pour finir il a admis qu'il ne se marierait jamais, ne fonderait jamais une famille. J'avais l'impression de découvrir un parfait inconnu.

— Je sais, Nikki. C'était terrible et j'en suis navré pour toi. Mais mon ami Joe n'est pas du tout comme ça. Un mensonge lui brûlerait la bouche comme de l'acide. S'il ne pensait pas tenir la distance, il le dirait.

— C'était mieux ainsi, crois-moi. Mieux valait en finir tout de suite avant de… Je n'ai aucune envie de revivre une épreuve pareille.

— Tu sais ce que tu fais, j'imagine. Joe est encore un peu secoué, mais il s'en remettra. Tu sais sans doute mieux que personne ce que l'on ressent lorsqu'on essaie d'oublier quelqu'un, pas vrai ?

Il adressa un clin d'œil complice à sa femme.

— Oui.

— Mais voilà, c'est la vie. Il a dit que nous devions tous tourner la page. C'est ce que tu veux, n'est-ce pas ? Qu'il t'oublie et passe à autre chose.

— Oui, dit-elle d'une petite voix qui manquait diablement de conviction.

— Eh bien, j'espère que tu as raison de vouloir tirer un trait sur lui, Nikki. Ça m'est arrivé une fois, tu sais. Les circonstances n'avaient rien à voir – j'étais confronté à Matt. Mais je suis tombé amoureux de Vanessa si vite que c'en était ridicule. Un vrai coup de foudre comme dans les films. Quand Matt lui a fait des avances, j'ai laissé tomber. Je n'allais pas entrer en rivalité avec mon meilleur ami au sujet d'une femme. Pourtant, je te l'avoue, j'ai commencé à le regretter même pas dix minutes plus tard. Et pendant des années, je n'ai pas cessé de me demander pourquoi je n'avais pas été le trouver pour lui dire : « Dégage, mon vieux, c'est moi qui l'ai vu le premier ! »

Silence à l'autre bout de la ligne.

— Mais j'imagine que nos deux histoires n'ont pas beaucoup de points communs, hein ? continua Paul. Il n'y avait pas de rivalité, sinon peut-être que Joe devait affronter un souvenir douloureux. Si tu avais jugé qu'il en valait un tant soit peu la peine, tu ne l'aurais jamais laissé partir. Voilà. J'espère juste que tu as raison.

— C'était juste une nuit, se défendit-elle d'un ton un peu plaintif.

— Si tu veux mon avis, ce grand bêta est amoureux de toi.

— C'est impossible, protesta Nikki, mais il y avait des larmes dans sa voix.

— Nikki, fit Paul avec douceur. Tu avais dit oui, n'est-ce pas ?

— Évidemment, répondit-elle en reniflant. Il ne m'a pas forcée. Il n'a même pas insisté. Ce n'est pas son genre.

— C'est ce que je disais. Tu sais, ce ne sont sans doute pas mes oignons, mais là, il y a quelque chose qui m'échappe.

— Je ne veux plus souffrir, c'est tout.

— Je comprends, Nikki. Un jour peut-être, tu seras assez forte pour te jeter de nouveau à l'eau. Quand ce sera le cas, je suis persuadé que tu tomberas sur un type bien. Ce n'est sûrement pas ça qui manque. Bon, je vais te laisser. Je tenais juste à m'assurer que rien de grave n'était arrivé.

Un long silence s'écoula, puis :

— Rien de grave n'est arrivé.

— Ça me suffit. Bonsoir, Nikki, à bientôt.

Il raccrocha et adressa un sourire satisfait à sa femme.

— Quel stratège tu es, le complimenta Vanessa.

17

La chaleur sèche de juillet apporta l'animation tant attendue dans la famille Middleton : les premiers signes d'un accouchement imminent. Vic faisait des allers-retours incessants entre les cuisines et l'appartement.

— Alors, où en es-tu ? demanda-t-il pour la énième fois à Paige, occupée à faire la lecture à Christopher.

— John, la journée va te paraître très longue si tu n'arrives pas à te détendre un peu. J'ai toujours des contractions à dix minutes d'intervalle.

— Mais c'est pour aujourd'hui, hein ?

— Ça peut durer comme ça pendant vingt-quatre heures, tu sais. Les contractions ne sont pas vraiment violentes. Vas-y, encouragea-t-elle Christopher, lis-moi cette page, mon grand. Tu peux y arriver.

— D'accord.

Le garçon se mit à lire, mais il était difficile de savoir s'il identifiait les mots ou récitait de mémoire.

Vic regagna les cuisines, un peu déçu.

— Toujours dix minutes, annonça-t-il à Jack.

— J'ai une idée, mon vieux. Et si tu t'avançais pour demain, juste au cas où tu ne serais pas d'humeur à cuisiner ? Je tiendrai le fort.

— On ne devrait pas rappeler Melinda ?

— Non. Laissons-la faire la sieste, au cas où il lui faudrait passer la nuit debout avec vous.

— D'accord.

Jack rit sous cape. Il ne connaissait pas l'impatience de l'attente – ses deux enfants étaient nés si vite. Peut-être que cette lente montée en puissance n'était pas si géniale, après tout. Quand le bébé montrerait enfin le bout de son nez, Vic risquait d'être sur les rotules.

Tandis que l'après-midi traînait en longueur et que les contractions demeuraient toujours aussi espacées, Jack passa voir sa sœur.

— Mon petit doigt me dit que j'aurai peut-être besoin de baby-sitters d'ici peu. Si Paige appelle Melinda durant la nuit, vous pourriez venir garder les enfants, Mike et toi ? Ça me permettrait de rester ici avec Christopher. Quand Melinda est chez Doc, j'aime bien être dans les parages.

— Tu peux compter sur nous. Comment va Paige ?

— Elle n'en est qu'au début. Elle essaie de se reposer pour économiser ses forces, mais si tu veux mon avis, Vic la rend dingue.

— Allons donc, il est juste un tantinet tendu.

— Un tantinet tendu ? C'est rien de le dire !

Entre les clients, Jack fit un compte rendu écrit plein d'humour à l'attention de Rick. L'heure du dîner arriva et Vic, d'ordinaire plutôt avare de paroles avec la clientèle, annonça fièrement à chaque nouvel arrivant que les contractions n'étaient plus espacées que de huit minutes.

Melinda arriva bientôt avec Emma au creux du bras et la petite main potelée de David dans la sienne.

— Pa ! s'exclama ce dernier lorsqu'il aperçut son père.

À leur vue, Jack sentit son cœur fondre. Il contourna le comptoir et s'accroupit, les mains tendues.

— Viens, cow-boy. Viens voir Papa.

Melinda lâcha la main de son fils qui s'élança comme un casse-cou. Elle rit de son ardeur maladroite et une lueur de fierté s'alluma dans ses yeux lorsqu'il tomba dans les bras de son père.

— J'ai entendu dire que quelqu'un allait avoir un bébé par ici, lança-t-elle.

— J'espère que tu as pu te reposer un peu, fit Jack.

— J'ai dormi deux heures pendant la sieste des enfants. C'était bien agréable. Tu peux t'occuper de David, le temps que j'aille voir Paige ?

— Bien sûr. Prends ton temps.

Dans l'appartement, Paige faisait les cent pas.

— Comment ça va ?

— J'essaie d'accélérer le travail en marchant, mais ça n'est pas probant. C'était la même chose pour Christopher. Un travail interminable, tout dans le dos.

— Ça se passe ainsi chez certaines femmes. C'est inconfortable ?

— Non, pas vraiment. Je peux marcher et parler pendant les contractions. S'il n'y a pas d'évolution, je vais me coucher tôt et essayer de dormir un peu, mais avec John qui me demande toutes les cinq minutes comment je vais, ça risque d'être difficile.

Melinda sourit.

— S'il te plaît, mange léger au dîner. De préférence une soupe claire. Juste au cas où tu serais nauséeuse pendant l'accouchement. Ça arrive parfois.

— J'ai demandé à John du bouillon et un flan.

— Bonne idée. Que la Force soit avec toi, dit Melinda en riant.

Pressentant qu'elle pourrait être appelée au milieu de la nuit, elle rentra tôt avec les enfants et se coucha à peine arrivée. Vers 22 heures, elle sentit son mari se glisser dans le lit auprès d'elle. D'instinct, elle se retourna et se blottit dans ses bras. Il glissa la main sous son tee-shirt.

— Tu dois me laisser dormir, protesta-t-elle d'une voix ensommeillée. Tu sais bien que Vic va bientôt appeler.

— Je te laisse dormir, répondit Jack qui l'embrassa sur le front et la serra contre lui.

— Alors, quelles sont les dernières nouvelles ?

— Nous en sommes toujours à huit minutes. Les nerfs de Vic sont mis à rude épreuve.

Melinda ne put s'empêcher de rire.

— Mon Dieu, je sens qu'on va s'amuser. Eh maintenant, dodo.

Le téléphone sonna à minuit.

— Je savais que j'allais y avoir droit. Certaines femmes prennent un malin plaisir à accoucher au beau milieu de la nuit, bougonna Melinda qui se redressa dans le lit et prit le combiné que lui tendait Jack. Bonsoir, Paige.

— Désolée de te déranger, mais les contractions sont espacées de cinq à sept minutes à présent.

— Comment te sens-tu ?

— Plutôt bien, mais elles commencent à être puissantes et durent une bonne minute.

— Hmm. Je devrais avoir le temps d'allaiter Emma en attendant l'arrivée de Mike et de Brie.

— D'accord. Je te retrouve de l'autre côté de la rue dans une demi-heure. Ça te va ?

— Ça marche. Si ton état évolue, n'hésite pas à m'appeler. Je peux être là en dix minutes.

Tandis qu'elle se dirigeait vers la chambre d'Emma, Jack prévint sa sœur et changea les draps. Inutile que les baby-sitters veillent toute la nuit. Lui non plus n'y était pas tenu, mais il avait pris l'habitude de rester debout quand Melinda s'occupait d'un accouchement chez Doc, au cas où elle aurait besoin de lui. Une demi-heure plus tard, ils étaient en ville. Après un baiser, elle disparut dans le cabinet médical et il gagna le bar, illuminé comme une église.

Vic tournait en rond comme un lion en cage.

— Vous en avez mis du temps, marmonna-t-il.

Jack jeta un coup d'œil à sa montre.

— On est juste à l'heure.

Paige se leva.

— Jack, s'il te plaît, sers un verre à John. Quelque chose de fort.

— Pas question, chérie. Je tiens à garder les idées claires.

— Elles ne peuvent pas l'être davantage et, franchement, je n'en peux plus. Fais ce que je te dis !

Jack passa derrière le comptoir.

— Mon vieux, quand une femme accouche, tu obéis au doigt et à l'œil, et en quatrième vitesse.

Il s'empara d'une bouteille sur l'étagère.

— Juste un petit quelque chose pour te calmer.

— Je ne sais pas...

— Vic, vu ta taille et ta corpulence, ce n'est pas un verre qui va t'abattre. Un Xanax serait plus efficace.

Jack lui servit deux doigts de son whisky préféré. À contrecœur, Vic prit le verre et le vida d'un trait.

— C'est bon, dit-il. Allons-y.

— Christopher dort ?

— À poings fermés. Il devrait se réveiller vers 7 heures.

Jack contourna le bar et embrassa Paige sur la tête.

— Bon accouchement.

Elle lui sourit.

— Je ferai de mon mieux.

Soudain, elle se rassit et crispa les mains sur son ventre. Elle se mit à respirer lentement, puis quand la douleur de la contraction s'amplifia, elle passa à la respiration du petit chien. Au bout d'un moment, ses traits se détendirent et après un profond soupir, elle sourit à Jack.

— Je commence à les sentir passer.

— Tu t'en sors comme un chef, dit-il, la main tendue pour l'aider à se lever.

— Laisse, je m'en occupe.

Vic se précipita et la souleva dans ses bras.

— Euh, Vic, ce n'est pas la peine, fit Jack. Arrivée chez Doc, je parie que Melinda va la faire marcher pour accélérer le travail.

— Melinda fait à sa façon et moi, à la mienne, rétorqua Vic avant de sortir, sa femme dans les bras.

Jack fut obligé de rire. Il espérait juste que Melinda ne l'assommerait pas avant la fin.

Le travail ne fut pas rapide, mais efficace et parfait à plus d'un titre. Il fallut trois heures à Paige pour parvenir à six centimètres de dilatation, mais ensuite le rythme s'accéléra. Melinda rompit la poche des eaux vers 5 heures, alors que la dilatation était presque complète.

Si Paige supportait très bien la douleur, Vic, lui, devenait de plus en plus pâle à chaque contraction. Avant de laisser Paige pousser, Melinda alla chercher une chaise.

— John, je veux que tu t'assoies. Et si tu commences à avoir des vertiges, place la tête entre tes genoux. Si tu t'évanouis, je pourrai rien faire pour toi – je suis occupée avec Paige.

— Je ne risque pas de m'évanouir, assura-t-il. J'attends ce moment depuis trop longtemps.

— John, tu n'es pas obligé de rester, intervint Paige. Tout va bien se passer.

— Je reste, insista-t-il.

Pour un homme tel que Vic, voir sa femme affronter la douleur était à l'évidence une torture. Il se sentait beaucoup plus à l'aise dans le rôle du protecteur. Melinda comprit aussitôt qu'il ne serait pas d'un grand secours.

Quand la tête du bébé apparut enfin à 6 heures, Vic se laissa tomber sur la chaise avec un grognement et fit ce que Melinda lui avait conseillé.

— Bon, Paige, reprends la respiration du petit chien. Laisse-moi juste une seconde, le temps de régler un petit problème de cordon. Surtout ne pousse pas, d'accord ?

Melinda passa sans peine le cordon par-dessus la tête du bébé.

— Voilà. Et maintenant, une petite poussée. On y est.

— Tu es sûre ?

Toujours dans le ventre de sa mère, l'enfant se mit à vagir.

— Tu l'entends ? Oui, j'en suis sûre. Fais-la sortir, Paige. Un dernier petit effort.

Le bébé glissa comme une fleur dans les mains de Melinda et hurla à pleins poumons.

— Eh bien, quel coffre ! Elle a de la voix. Et elle est grande !

Elle enveloppa le nouveau-né dans une serviette et le posa sur le ventre de Paige pour le sécher. Après quoi, elle pinça le cordon. Vic, qui venait de se dresser sur ses jambes flageolantes, la vit couper le cordon et se laissa choir de nouveau sur sa chaise avec un gémissement. Melinda se retint de rire.

Elle enveloppa de nouveau le bébé et le nicha dans les bras de Paige. Après un petit câlin, elle aida cette dernière à mettre son enfant au sein, puisque Vic n'était pas en état.

— John, je veux que tu regardes ta femme et ton bébé. D'accord ?

— Pourquoi ?

— Parce que je dois encore m'occuper de la délivrance. Il y aura du sang, je n'ai pas envie que tu tournes de l'œil.

— Je ne tournerai pas de l'œil, assura-t-il.

— Fais ce que je te dis.

— Regarde ta fille, John, intervint Paige d'une voix douce. Elle n'est pas magnifique ?

Melinda massait l'utérus lorsqu'un bruit attira son attention. Elle regarda par-dessus les genoux pliés de Paige et assista à une scène stupéfiante : la bouche posée sur la tête de son enfant, Vic pleurait à chaudes larmes. Il glissa un bras de lutteur sous les épaules de sa femme et les étreignit tous les deux en sanglotant. Paige se contentait de sourire et caressait le visage de son mari avec une tendresse infinie.

La vue de ce grand gaillard bouleversé émut Melinda presque aux larmes. Il vénérait sa femme, sa petite famille, et son bonheur était si intense qu'il s'était laissé submerger. C'était tellement gratifiant d'aider l'enfant d'un couple aussi uni à venir au monde. Voilà pourquoi elle avait choisi ce métier.

Mais son travail n'était pas terminé : le placenta se faisait un peu attendre. Des années plus tôt, une amie sage-femme plus âgée d'une vingtaine d'années avait donné à Melinda un conseil qui ressemblait à de la pure magie et qui pourtant marchait.

— Paige, s'il te plaît, il est temps de me donner ce placenta, fit-elle.

Elle reprit ses massages et, comme par enchantement, le problème fut réglé. Elle secoua la tête et rit intérieurement. Il fallait vraiment l'avoir fait souvent pour y croire.

Melinda laissa le bébé téter un moment, le temps que l'utérus, en se contractant, endigue les saignements. Elle examina sa patiente – pas besoin de points de suture –, puis la couvrit et prit la petite.

— On va lui donner son bain, dit-elle avec douceur. Les gens vont bientôt vouloir la voir.

Vic refoula ses larmes et s'essuya les joues.

— Melinda, merci… Merci mille fois. Tu t'es si bien occupée de Paige. D'elles deux.

— Ce sont elles qui ont fait le plus gros du travail. Viens par là, Vic, aide-moi.

Elle ouvrit la couverture et posa le bébé nu au creux des grandes paumes de Vic. Elle lui montra ensuite comment mettre sa fille dans la petite baignoire remplie d'eau tiède et, d'une main sûre et délicate, la nettoya avec un gant de toilette moelleux.

— Comme elle a de grands pieds, fit remarquer Vic. Et regarde cette mignonne petite tête.

— Elle est adorable, approuva Melinda qui déploya la serviette. Ici, Vic.

Il déposa le nourrisson dans la serviette propre et Melinda l'emmaillota.

— Va la montrer à Doc dans le couloir. Mais s'il te plaît, reste à l'étage pour l'instant. Je nettoie un peu et tu pourras revenir.

Elle ne voulait pas de lui dans la chambre pendant qu'elle faisait la toilette de son épouse et changeait les draps ensanglantés. Et elle ne tenait pas à ce qu'il descende l'escalier avec le bébé, au cas où il aurait encore des vertiges. Elle s'activa plus rapidement qu'à son habitude.

— Comment te sens-tu ? murmura-t-elle à Paige.

— Comme si je n'avais pas fermé l'œil de la nuit.

Melinda palpa l'utérus.

— Cet utérus se contracte déjà avec une vigueur incroyable. Il va bientôt retrouver sa fermeté.

Elle sourit à sa patiente.

— Vic devrait aller mieux maintenant, je pense.

— Pauvre John. C'était plus dur pour lui que pour moi.

— Ah, ces grands gaillards ! dit Melinda en riant. On les croit costauds et pour finir…

Vers 7 heures, sa mission était terminée. Vic était assis au chevet de Paige, sa fille dans les bras. Melinda sortit dans le petit matin frais et ensoleillé. Debout sur le perron, elle entendit un bruit qu'elle adorait : les chocs répétés de la hache de Jack qui fendait des bûches derrière le bar. Elle traversa la rue et s'arrêta à l'angle du bâtiment pour l'observer. Ses souvenirs la ramenèrent à son premier accouchement à Virgin River

– une réussite comme celui d'aujourd'hui. À l'époque aussi, elle avait traversé la rue et regardé Jack lever sa hache au-dessus de sa tête avant de l'abattre sur la souche. Elle avait admiré les muscles de ses bras et de ses épaules à l'œuvre, séduite déjà par son allure virile.

Lorsqu'il l'aperçut, il appuya la hache contre la souche et la rejoignit. Avec un sourire, elle se blottit dans ses bras. Il la souleva afin que son visage soit à la hauteur du sien.

— C'était parfait, murmura-t-elle.

— J'adore la mine radieuse que te donnent ces bébés.

Elle l'embrassa avec fougue et il resserra son étreinte.

— Comment vont-ils ?

— Vic est encore un peu secoué, mais Paige et le bébé vont très bien. Tu as dormi ? demanda-t-elle en lui caressant les cheveux.

— Je ne dors pas quand tu travailles la nuit. Et si je te préparais un petit déjeuner ?

— Excellente idée. Les enfants seront réveillés quand j'arriverai à la maison.

— Ce n'était pas trop dur, mon cœur ? s'inquiéta-t-il. Après l'hystérectomie ?

Melinda secoua la tête et sourit.

— Il n'y a rien de triste à mettre au monde l'enfant d'un couple aussi amoureux, répondit-elle avant de l'embrasser à nouveau. Je fais face plutôt bien. J'essaie de me convaincre de ne pas être trop gourmande. Tant que je t'ai…

Il laissa échapper ce rire rocailleux qu'elle aimait tant.

— Comme si tu pouvais te débarrasser de moi !

D'ordinaire, Joe se réjouissait à l'avance de ses séjours à Virgin River – un répit bienvenu lorsqu'on avait un métier aussi prenant que le sien. Sans certains souvenirs difficiles à oublier, il se serait même fait une fête de celui-ci. Vic était devenu père et Joe avait un faible pour les bébés – il avait déjà cinq neveux et nièces.

Le trajet lui parut plus long que d'habitude, mais il arriva quand même avant midi. Il se rendit droit au bar, pressé d'offrir à Paige le gros bouquet de fleurs qu'il lui avait acheté. Il n'y avait personne. Il alla directement à l'appartement. La porte était ouverte. Il frappa doucement et entra. Il trouva Paige assise sur le canapé, le berceau près d'elle, occupée à plier des vêtements de bébé. Son visage s'illumina à sa vue.

— Joe ! Mon Dieu, elles sont pour moi ?

— Pour qui veux-tu ? C'est toi la nouvelle maman, non ?

Elle se leva, ouvrit les bras, et ils s'étreignirent avec affection.

— Tu parais très reposée pour quelqu'un qui vient de mettre un enfant au monde.

— Je suis gâtée. On m'aide beaucoup.

— Tu te sens comment ?

— En pleine forme. Et c'est une bonne petite fille.

Joe jeta un coup d'œil dans le berceau. Il était vide.

— Où est-elle ?

— Devine. Je n'arrive pas à convaincre John de la poser.

Il se mit à rire.

— Il touille son ragoût avec elle dans les bras ?

— J'espère bien que non. Il m'a dit qu'il montait voir si Christopher avait envie de faire une sieste et il a emmené Dana avec lui. Celui qui aurait besoin d'une sieste, c'est lui. Il doit être épuisé.

— Rassieds-toi, et raconte-moi tout. Ce n'était pas trop dur ?

— C'était surtout très long. Je commençais à craindre qu'elle ne vienne jamais. Et John a failli me rendre folle. Au bout de vingt heures de travail, j'avais peur qu'il aille la chercher lui-même.

— Il te casse déjà les pieds pour en faire un autre ?

— Oh, non ! À mon avis, ça l'a calmé pour un moment et il va peut-être revoir ses prétentions à la baisse. L'accouchement a été une épreuve pour lui.

— Vraiment ? fit Joe, surpris.

— Il s'avère que ce grand gaillard, chasseur de son état, capable d'emporter sur son dos des soldats blessés au champ de bataille, ne tient pas trop le choc s'il voit une goutte de sang à trois mètres de sa femme.

— C'est son côté protecteur, confirma Joe. Vous pensez emménager dans le chalet bientôt ? Dès que ce sera fait, nous coulerons la dalle et commencerons à abattre les cloisons.

— Je suis plus que prête. J'ai hâte que les travaux commencent. Nous allons juste emporter les vêtements, les jouets et l'ordinateur. Paul protégera toutes nos affaires, n'est-ce pas ?

— Elles seront soit entreposées ailleurs, soit poussées contre un mur à l'abri, avec la possibilité d'y accéder.

Quelques minutes plus tard, Vic fit son entrée avec Dana. Nichée dans le creux de son bras, elle semblait si petite qu'elle aurait pu tenir dans sa paume.

— Joe ! s'exclama-t-il avec un enthousiasme serein. Content de te voir, mon vieux.

Joe se leva et tendit les bras.

— À mon tour. Voyons un peu ce que tu nous as fabriqué là.

Vic lui tendit sa fille, adorable dans sa grenouillère rose.

— Elle est superbe, déclara Joe. Tu as de la chance, Paige, je crois qu'elle tient de toi.

— John a peur qu'elle ne mesure un mètre quatre-vingt-dix et pèse cent cinquante kilos. J'ai essayé de lui expliquer que pour cela, il lui faudrait beaucoup plus de testostérone qu'elle n'en fabriquera.

— Je veux qu'elle soit aussi douce et jolie que sa maman, intervint Vic.

— Combien pèse-t-elle ?

— Quatre kilos cinq. Un beau gabarit.

— Je veux. Vous avez fait du beau travail tous les deux, les complimenta Joe.

— Si tu savais ! Le plus dur que j'aie jamais fait, déclara Vic.

— Euh… John ? fit Paige.

— Je ne dis pas que tu n'as pas travaillé dur, chérie. Mais je me suis fait un sang d'encre. Au point que Melinda a failli me donner un calmant. Et après, j'étais tellement ému que j'ai pleuré comme un bébé.

Ah, ces deux-là ! songea Joe. Se rendaient-ils compte à quel point ils étaient mignons ?

— Il faut téléphoner à Paul pour lui dire que je suis arrivé. Ainsi que Brie et Mike. Les plans sont finalisés, mais j'aimerais tout vérifier une dernière fois aujourd'hui afin de partir tôt demain matin.

— Tu es obligé de retourner à Grants Pass si vite ? s'étonna Paige.

— Je crains que oui. J'aurais pu expédier les plans, mais je ne voulais pas manquer une occasion de voir la petite. Si tout roule comme l'a prévu Paul, vous serez dans votre nouvel appartement en deux temps trois mouvements. Vous ne devriez pas passer six mois dans le chalet de Jack, ce qui nous amène à avant Noël pour votre emménagement. Et puis, si Vic parvient à travailler en cuisine pendant la journée malgré le bruit, les ouvriers devraient pouvoir quitter le chantier avant l'heure du dîner. Je ne pense pas qu'il faudra fermer beaucoup le bar.

— J'ai hâte, dit Paige.

Les appels furent passés et les intéressés se retrouvèrent au bar, le nez sur les plans. Quand tout le monde fut tombé d'accord, Joe et Paul se rendirent au ranch afin que Vanessa puisse passer les siens au peigne fin, ce qui prit deux bonnes heures.

Joe proposa à Paul d'aller vérifier les mesures sur son terrain.

— Au retour, on ira voir celui des Valenzuela, décida-t-il. Tu as commandé le béton ?

— Il sera là la semaine prochaine, répondit Paul. Tu reviens pour dîner avec nous ?

— Ce sera pour une prochaine fois. Ce soir, j'ai envie de passer un peu de temps avec Jack et Melinda. Je vais manger au bar et demain matin, à la première heure, je reprends la route.

— Ah, j'espérais passer un peu plus de temps avec toi, dit Vanessa, déçue.

— La prochaine fois, d'accord ? Cette fois, c'était juste un aller-retour.

Elle posa la main sur son bras.

— Joe, je ne peux m'empêcher de penser qu'il y a un gros malentendu entre nous. Et notre amitié s'en trouve affectée. Cinq minutes avant que Paul me demande en mariage, il m'a reproché mon caractère de cochon et cette manie que j'ai de ne jamais savoir me taire. J'ai peut-être réagi de manière excessive.

Joe laissa échapper un rire sans joie.

— Le malentendu, c'est plutôt entre cette fille et moi, répondit-il avec un haussement d'épaules. Je ne comprends toujours pas où ça a dérapé. Notre amitié est intacte, Vanessa. Un peu de patience, ça finira par passer.

— Je l'espère, Joe. Je suis désolée de ce que tu as subi. Et d'avoir tiré des conclusions hâtives.

— Qu'aurais-tu pu faire d'autre ? répondit-il sur le ton de la plaisanterie. J'ai été plutôt avare de détails. Ce qu'elle raconte, c'est son affaire, mais moi, j'en ai déjà dit plus que je ne le voulais. Je tiens à respecter sa vie privée.

Vers 17 heures, Joe laissa ses plans entre les mains très compétentes de Paul et retourna chez Jack où il trouva Melinda qui l'attendait avec les enfants. Bientôt, le petit groupe d'amis fut réuni, à l'exception de Vanessa et de Paul, et tout le monde savoura la délicieuse truite grillée de Vic en riant d'anecdotes amusantes sur l'accouchement de Paige.

Peu après le départ de Melinda et des enfants, un groupe de pompiers fédéraux – une dizaine d'hommes sur les dix-huit que compte une unité – fit une entrée remarquée. Jack et Vic rapprochèrent plusieurs tables et leur servirent le plat du jour avec une bière en échange de nouvelles. Il y avait eu un incendie dans les Trinity Alps et ils l'avaient combattu deux jours durant. À l'heure qu'il était, le feu semblait maîtrisé.

— Je n'arrive pas à croire que je n'ai rien remarqué, avoua Jack. De mon jardin, je vois à des kilomètres.

— Le vent vient du sud-ouest, c'était de l'autre côté de la montagne et nous avons contenu les flammes pendant vingt-quatre heures, si bien que la combustion a été lente et concentrée. Mais je crois que là, c'est bon. Nous avons droit à une pause de vingt-quatre heures et s'il fait encore aussi chaud dans deux jours, on nous envoie à Mogollon Rim dans l'Arizona.

— Où se trouvait ce dernier incendie exactement ? s'enquit Jack.

— À une trentaine de kilomètres d'ici, juste de l'autre côté de la montagne.

Trente kilomètres ? Une proximité inquiétante. Jack et Vic bombardèrent les pompiers de questions sur les vents, les prévisions météo, les opérations de brûlage contrôlé prévues dans la région.

— Pour l'instant, il n'y en a aucune de prévu à proximité des séquoias, répondit l'un d'eux.

Jack leur resservit une tournée et refusa de leur facturer le repas.

— C'est aux frais de la maison. Vous protégez nos villes, c'est bien le moins qu'on puisse faire. Tant que vous avez un capitaine de soirée…

Tous éclatèrent de rire et l'un d'eux eut droit à quelques claques dans le dos.

— On essaie d'avoir toujours au moins un mormon dans l'équipe. Pour la bonne influence…

Le bar resta ouvert plus tard que d'habitude, le temps que les pompiers se détendent un peu. Joe vint s'asseoir au comptoir, face à Jack.

— Un petit dernier pour la route et je débarrasse le plancher.

Jack lui servit deux doigts de whisky.

— Ça va aller au chalet, tu es sûr ? Nous avons de la place à la maison.

— C'est parfait, ne t'inquiète pas. Je laverai les draps et je les remettrai sur le lit avant de partir. J'apprécie ton hospitalité.

— Et ton autre souci ?

— Quel autre souci ?

— La fille. Celle qui t'a démoli.

Joe rit.

— Rien de nouveau sous le soleil. Mais je m'en remettrai. Je suis déjà passé par là.

— Cette histoire me désole, Joe. Je préférerais tellement te voir heureux.

— Tu sais, c'est un des problèmes de cet endroit. Quand tu as ouvert ce bar, on était cinq à ne pas être encore casés, et les uns après les autres vous avez tous trouvé la femme de votre vie.

— Nous avons eu de la chance.

— Si tu veux mon avis, ça dépasse de loin la simple chance, déclara Joe.

Dans un raclement de chaises, les pompiers se levèrent. Après de bruyants remerciements et quelques poignées de main à Jack, ils quittèrent le bar.

Vic avait rejoint sa petite famille et il n'y avait plus personne.

— Tu n'as pas essayé de reprendre contact ?

— Si. Elle ne veut plus entendre parler de moi.

Jack se pencha sur le comptoir.

— J'ai eu peur que ça m'arrive aussi avec Melinda, tu sais. À peine arrivée, elle parlait déjà de repartir.

— Quand as-tu su pour Melinda ? Ou cru savoir ?

— Il m'a fallu un moment, répondit Jack en riant. Au moins cinq ou dix minutes. C'est le jean qui a eu raison de moi. Tu as remarqué l'allure que Melinda a en jean ? En fait, tu ne devrais peut-être pas répondre à cette question…

— Pour moi, c'était une robe rose.

Jack écarquilla les yeux. Il venait de comprendre.

— Ben, mon vieux.

— Tu n'aurais pas dû me donner d'alcool. Ça me rend bavard.

— Nikki. Je l'ai remarquée, moi aussi. Et il me semble même avoir vu quand elle t'a tapé dans l'œil. Je comprends ta douleur.

— Vanessa était furieuse contre moi. Paul, compatissant, mais quand même un peu remonté. Mais bon, ça va mieux. Le problème, c'est que cette fille ne veut plus rien avoir à faire avec moi et je n'arrive pas à comprendre pourquoi.

— C'est dur, admit Jack. Mais ne désespère pas, mon vieux, il y a sûrement une fille qui t'attend quelque part et ne demande qu'à te tomber dans les bras. J'avais quarante ans, tu imagines ? J'avais presque tiré un trait sur ce genre de vie.

— Ça finira peut-être par arriver, mais pas tant que je suis dans cet état. Je dois réussir à tourner la page avant de me sentir à nouveau disponible, tu comprends ?

— Tiens bon, mon pote. Ça va aller.

Joe termina son verre et se leva.

— Tu devrais rentrer rejoindre ta famille. Je vais profiter de ton cendrier à sable sur la terrasse pour fumer un cigare avant de rejoindre le chalet.

— D'accord. Je vais fermer devant et passer par-derrière. Tu veux une bière ou une bouteille pour là-bas ?

— Non, c'est bon. Je vais me coucher directement, et j'ai l'intention de partir tôt demain.

— Comme tu veux. Et, mon pote ? Ne lèche pas tes plaies trop longtemps, d'accord ?

Joe serra la main de son ami.

— Ça va aller.

Joe sortit sur la terrasse et contempla le ciel. Dans son dos, il entendit la clé tourner dans la serrure. Le néon *OUVERT* s'éteignit. Les étoiles apparaissaient moins nombreuses, et floues. Espérant que la voûte céleste n'était pas voilée par la fumée, il sortit son cigare de la poche de sa chemise, coupa l'extrémité et craqua une allumette sur son talon. La flamme jaillit.

Et illumina une silhouette reconnaissable entre toutes.

Elle portait un jean moulant, des sandales à talons hauts, un petit chemisier bleu en maille et un collier en or. Les jambes et les bras croisés, elle était adossée au poteau de la balustrade dans un angle, sa longue chevelure brune déployée sur ses épaules. Abasourdi, Joe fit un pas vers elle et l'allumette lui brûla les doigts.

— Aïe !

Il l'éteignit d'un geste et l'écrasa sous son talon, puis en alluma une autre et fit un pas de plus vers l'apparition.

Malgré le peu de lumière, il distingua nettement ses yeux humides et les traces de larmes le long de ses joues. Il souffla l'allumette et le cigare regagna sa poche.

— On reprend là où on a commencé, fit-il remarquer sans s'approcher davantage.

— Tu me détestes ?

— Bien sûr que non.

Mais il jugeait préférable de garder ses distances.

— J'avais honte, dit-elle. Et peur.

— Honte ? Peur ? répéta-t-il.

Nikki exhala un profond soupir.

— Je n'osais imaginer ce que tu pensais de moi. J'ai sauté si vite dans ton lit…

— Tu aurais pu me poser la question. Pour moi aussi, c'était du rapide.

— C'est quelque chose qu'on passe aux hommes.

— Pas à moi, en tout cas. J'ai eu droit à un châtiment plutôt brutal.

— C'est vrai, admit-elle d'une petite voix, tête baissée. Je suis navrée.

— D'accord. Comment se fait-il que tu aies eu peur ?

— Oh, Joe, si tu savais… j'étais terrorisée. Je voyais le matin arriver et je te voyais en train de me donner une claque sur les fesses en me disant « c'était bien, chérie » avant de disparaître.

— Qu'est-ce que j'ai dit ou fait pour que tu penses une chose pareille ?

— Ce n'était pas toi, Joe. C'était moi. Je n'étais sans doute pas prête.

— La panique t'a prise le matin.

— Oui. J'ai passé une nuit formidable. Une nuit comme j'aimerais en connaître de nouveau. Et puis, je me suis mise à imaginer comment ce serait si j'en avais envie sans être… prévue dans le scénario, termina-t-il en reniflant.

Il laissa échapper un rire amer.

— Donc, si je te comprends bien, tu as rompu de peur que ce soit moi qui rompe. Voyons, Nikki, qu'est-ce qui a bien pu te mettre une telle idée en tête ?

— Mon passé, répondit-elle en secouant la tête. Tu as été merveilleux.

— Et tu ne voulais plus entendre parler de moi ? fit-il, déconcerté. Ça ne t'intéressait même pas de savoir si je pouvais éprouver des sentiments plus profonds pour toi ?

— Je redoutais d'aller plus loin. On ne se connaît même pas ! Je cherche une relation stable, une famille. Quand j'y réfléchis, j'ai peur de ne rien comprendre à l'amour. Je crains d'être incapable de reconnaître une histoire sérieuse même si j'ai le nez dessus.

— J'ai eu la même impression, avoua Joe qui rit malgré lui. Plutôt récemment, en fait.

— Je pensais que je me trompais. Sur le moment, j'ai eu l'impression que tu étais sincère. Amoureux. Mais ça pouvait tout aussi bien être… tu sais, juste physique.

— Je ne trouve rien à redire de ce côté-là.

— Pour moi, c'était tellement plus que ça.

À ces mots, un soulagement monumental submergea Joe qui en laissa échapper un long soupir. Il tendit la main, essuya une larme sur la joue de Nikki.

— Et il ne t'est pas venu à l'idée que ça pouvait être réciproque ?

— Comment voulais-tu que je le sache ?

— Tu es revenue, pourtant.

— Paul m'a téléphoné.

— Paul ? répéta-t-il, étonné.

— Oui. Je crois qu'il m'a bien eue.

— Comment ça ?

— Il m'a appelée pour m'expliquer que malgré les sentiments profonds que tu éprouvais pour moi, tu t'efforçais de m'oublier, et que très bientôt sans doute je serais débarrassée de toi. Que tu n'étais pas du genre à insister.

— Il a fait ça ? Mais pourquoi ?

— Pour me forcer à réfléchir sur ce que je risquais de perdre, je suppose, expliqua-t-elle, s'essuyant l'autre joue. Alors c'est vrai ? Tu as tiré un trait ?

— Pas tout à fait, répondit Joe. J'y travaille encore. Pourquoi es-tu revenue ? Pour détendre l'atmosphère ? Une autre nuit torride ? Après quoi, tu disparaîtras une fois de plus avant mon réveil ?

— Vanessa aussi m'a appelée. Elle m'a dit qu'après réflexion, elle était parvenue à la conclusion que je devais avoir perdu la tête. Elle m'a parlé de toi. De ta loyauté, de ta générosité. Et j'ai compris que j'avais commis une énorme erreur en fuyant un homme qui était exactement le genre d'homme que je recherchais.

Elle leva vers lui ses grands yeux qui scintillaient dans la pénombre.

— Elle m'a dit que tu devais apporter les plans à Paul. J'aurais mieux fait de ne pas venir, tu crois ?

— Je ne sais pas, Nikki. Je ne vais pas te raconter de blagues – la façon dont tu m'as planté là… c'était horrible. Et j'ai beau t'avoir écrit que tu m'avais brisé le cœur tu ne m'as pas répondu. Qu'est-ce que je suis censé en conclure, hein ? Tu n'es pas la seule à ne pas avoir envie de souffrir de nouveau.

— On ne le devinerait pas vu la façon dont je me suis comportée avec toi cette nuit-là, mais je suis inexpérimentée. Jamais je n'avais fait cela. En fait, je suis nulle pour les aventures d'un soir. Complètement parano, la panique totale.

— Ah oui ? Je ne vaux pas mieux, rétorqua-t-il. Je n'ai jamais considéré ce qui s'est passé entre nous comme une aventure d'un soir. À mes yeux, c'était plutôt le début d'une belle histoire. J'ai été anéanti en apprenant que tu étais partie. Et encore plus que je t'avais fait pleurer. Je ne comprenais pas. J'ai encore du mal à comprendre.

Après une hésitation, Nikki se jeta à l'eau.

— Écoute, je ne cherche pas d'excuses, mais voilà ce qui m'est arrivé : j'ai vécu cinq ans avec un homme qui refusait de s'engager, mais m'endormait par de belles promesses. Et un beau jour, il a fini par m'avouer qu'il avait subi une vasectomie deux ans plus tôt parce qu'il avait peur que je lui fasse un enfant dans le dos. Là, j'ai compris – entre nous, il n'y avait ni amour ni confiance. Ce n'était qu'un menteur qui se servait de moi.

— L'ordure, laissa échapper Joe dans un souffle.

— Je croyais qu'il m'aimait et s'efforçait juste de surmonter un divorce difficile. Je ne me suis pas doutée un seul instant qu'il me menait en bateau.

— Nikki, c'est terrible, ce qu'il t'a fait.

— Oui. Et puis, je t'ai rencontré. J'ai senti tout de suite que tu étais honnête et droit, pourtant le doute était là – tu me plaisais, mais je ne te connaissais pas.

Joe caressa de la main sa chevelure si douce.

— Au petit matin, tu connaissais tout de moi.

— Tu as un grain de beauté sur la fesse gauche, que tu devrais faire examiner d'ailleurs. Plus une cicatrice à l'épaule. Et, si je ne me trompe pas, tu as été opéré de l'appendicite.

Il lui sourit, ému qu'elle ait remarqué ces détails.

— J'avais douze ans.

— Et là, que t'est-il arrivé ? demanda-t-elle en lui touchant l'épaule.

— J'ai pris une balle à Falloujah. Mike Valenzuela nous a couverts jusqu'à ce que Jack nous sorte de là. On était six à pisser le sang, il y avait des snipers dans tous les coins. Paul y a laissé la rate. Après ça, les marines, c'était fini pour moi – aujourd'hui, je suis réserviste. Paul aussi. Tu vois, tu connais des choses sur moi, conclut-il avec un sourire.

— Pas assez.

Joe s'inclina et posa les lèvres sur la trace humide d'une larme sur sa joue droite. Il glissa les doigts dans ses cheveux sur la nuque et l'embrassa sur la tempe.

— Ici, murmura-t-elle, désignant sa bouche de l'index. Il y a une larme.

Il effleura ses lèvres d'un baiser.

— Non, il n'y en a pas. Je crois que tu as fini de pleurer.

Joe glissa les mains autour de sa taille de guêpe et, l'attirant contre lui, captura ses lèvres avec une fougue mêlée de tendresse. Elle y répondit avec le même désir brûlant. Il en fut si ému qu'il crut sentir des larmes perler dans ses propres yeux.

Un instant, il se demanda avec angoisse si ce n'était pas une illusion, s'il n'allait pas se réveiller en sursaut pour réaliser que ce n'était qu'un rêve.

— J'ai cru que je t'avais perdue pour toujours, murmura-t-il contre ses lèvres.

— Je regrette tellement d'être partie…

Il embrassa Nikki avec une fièvre redoublée, l'étreignant si fort qu'il craignait de l'étouffer. Il avait des tas de choses à lui dire, mais ne put se résoudre à interrompre leur baiser. Tous ces jours et ces interminables nuits passés à regretter d'avoir bousculé les choses entre eux, à se dire qu'il aurait dû s'y prendre différemment, tout en se demandant comment il aurait pu en être autrement entre eux – ils étaient tous deux si passionnés. Si prêts.

Prêt, il l'était de nouveau.

— Nikki, murmura-t-il, voilà que tu recommences. Je suis sous le charme…

Une fois de plus, ils échangèrent un long baiser étourdissant. La main de Joe se fit plus audacieuse et effleura le sein de Nikki.

— Emmène-moi quelque part, souffla-t-elle.

— Non. Pas avant que tu aies compris plusieurs choses.

— Vite. Qu'est-ce que je dois comprendre ?

— Une nuit ne m'intéresse pas. Je les veux toutes. Si c'est trop pour toi, si ça te fait peur, dis-le-moi maintenant. J'ai besoin de savoir.

— Toutes ? répéta-t-elle.

— Je veux me réveiller chaque matin auprès de toi. Encore et encore et encore, martela-t-il, ponctuant chaque mot d'un baiser.

— D'accord, dit-elle, le souffle court.

— Je suis un idiot, mais je t'aime.

— Comment le sais-tu ?

— Jamais je ne me suis senti aussi mal.

— Quand on aime, n'est-on pas censé être heureux ?

— Je le suis quand tu es dans mes bras. Sinon, c'est une torture.

— Je comprends.

— Tu es prête à nous donner une chance ?

Elle hocha la tête.

— Oui.

— Parfois la vie n'est pas telle qu'on l'espérait, on le sait tous les deux. Mais tu peux être certaine d'une chose : jamais je ne te mentirai. Tu me crois ?

— Oui.

— Tu ne vas pas t'enfuir encore une fois sans une explication ?

— Non.

— À part cela, tu peux faire tout ce que tu veux. Me dire que tu t'es trompée. Que tu as changé d'avis, que tes sentiments se sont émoussés. Tout, sauf disparaître sans un mot. Si c'est fini pour toi, tu dois m'en informer, promis ?

— Promis.

— Où Paul et Vanessa te croient-ils ? demanda-t-il d'une voix rauque.

— Avec toi.

— Et toi, tu l'es ?

— Oui, mille fois oui, Joe.

Il la souleva du sol et l'embrassa.

— Si tu veux qu'on fasse l'amour, ce sera avec joie. Mais seulement si tu veux. Et seulement si tu penses que ça peut être le début d'une histoire, pas la fin.

Nikki noua les bras autour de son cou et sourit.

— Tu n'es pas banal, tu sais. En général, c'est à peu près le moment où un homme te sort qu'il ne faut pas chercher à lui passer la bague au doigt. La plupart ne commencent pas par déclarer qu'ils veulent une histoire qui dure.

— Ah bon ? fit-il avec un sourire amusé.

Il haussa les épaules, songeant à ses amis. À une époque, tous étaient du genre électron libre insaisissable. Aujourd'hui, ils avaient bien changé !

— Tu as oublié l'idiot qui t'a laissée partir ?

— Oh, oui ! Au point que je pourrais en rire.

— Bien, dit-il en riant. Allons quelque part où nous pourrons nous réveiller ensemble.

Joe n'en revint pas de réussir à trouver le sommeil. Toute la nuit, il tint Nikki dans ses bras, son corps chaud et doux lové contre le sien. Enfin, en paix. Lorsqu'il se réveilla à ses côtés, c'était comme si son avenir était déjà tout tracé – il était fou amoureux et ne pouvait imaginer sa vie sans elle. Il ne restait qu'à savoir ce qu'elle déciderait, mais il avait foi en leur pacte : ils seraient honnêtes l'un envers l'autre.

Joe se leva sans bruit aux aurores. Il décida qu'il allait préparer le café, retourner faire l'amour à Nikki pendant qu'il passerait, puis ils contempleraient ensemble le lever du soleil. Il mit la cafetière en marche et trouva que le café avait une drôle d'odeur. Le paquet était peut-être périmé. Puis il jeta un coup d'œil à la pendule du micro-ondes. 9 h 30. Il huma l'air. Et merde ! Il débrancha la cafetière et se rua sur la terrasse en tenue d'Adam. Il avait cru que c'était le petit matin à cause de la lumière laiteuse – en fait, un voile de fumée opacifiait le ciel.

— Nikki ! hurla-t-il en rentrant au pas de course dans le chalet. Nikki, réveille-toi ! Au feu !

18

Virgin River s'était transformée en base arrière pour les pompiers. Une odeur âcre de fumée flottait dans l'air. À son arrivée en ville, Joe fut obligé de se garer au-delà de l'église. La main de Nikki dans la sienne, il courut jusqu'au centre-ville où étaient regroupés de nombreux véhicules de pompiers venus de toute la région, avec des dizaines d'hommes casqués en tenue jaune, matériel sur le dos. Joe identifia un groupe au premier coup d'œil : sans aucun doute des détenus entraînés à la lutte anti-incendie. Il y avait aussi des remorques plateaux chargées de matériel, une tente plantée au milieu de la rue avec une ambulance garée à côté. La rue principale était assez large pour permettre l'atterrissage d'un hélicoptère de secours.

Sur la terrasse du bar, au milieu d'un tas d'inconnus, Joe aperçut ses amis. Jack était occupé à s'équiper et glissait sur ses épaules les bretelles de son lourd pantalon jaune.

— Joe, j'ignorais si tu étais encore là, fit-il. Je savais que tu avais l'intention de repartir tôt dans l'Oregon.

Il glissa un regard à Nikki et, sans pouvoir réprimer un bref sourire, la salua d'un signe de tête.

— Je suis encore là. Que se passe-t-il ?

— Les vents ont tourné et propagent le feu dans notre direction.

— Et on est censés faire quoi ?

— Intervenir, mon pote, fit Zeke, qui s'avança et lui tendit une tenue.

— Qu'est-ce que tu fais là ? demanda Joe en s'en emparant.

— Je suivais l'évolution de la situation à Fresno. Vers minuit, j'ai vu que mon terrain de chasse favori était menacé et j'ai sauté dans mon pick-up.

Stephens sortit du bar, déjà équipé, un beignet à la main.

— Mais il a d'abord sorti les copains du lit, précisa-t-il.

Joe entreprit d'enfiler sa tenue. Zeke et Josh étaient pompiers professionnels. Les autres de la bande, des volontaires entraînés, mais toute main supplémentaire était la bienvenue.

— Que fais-tu, Joe ? demanda Nikki.

— Je vais faire de mon mieux pour aider. Tu veux rentrer chez toi ? Aller chez Vanessa ?

Avant qu'elle ait le temps de répondre, Melinda sortit sur la terrasse, en blouse blanche, un stéthoscope autour du cou.

— Pourquoi cette tenue ? s'enquit Joe tout en tirant de gros gants de ses poches.

— Doc et moi allons donner un coup de main aux services de premiers secours. Comme personne ne nous connaît, nous devons avoir un uniforme identifiable.

— Où sont les enfants ?

— Avec Paige, dans l'appartement, répondit Jack. Brie, elle, s'occupe de l'approvisionnement en nourriture et en boissons.

— Je vais l'aider, décida Nikki qui plaqua un baiser rapide sur la joue de Joe. Je t'aime, lui souffla-t-elle à l'oreille. Je t'en prie, sois prudent.

Puis elle entra d'un pas pressé dans le bar, tandis qu'il la suivait des yeux, un sourire stupide aux lèvres.

— Si nécessaire, ils seront évacués, dit Jack. On espère qu'on n'en arrivera pas là.

Peu après, Vic apparut sur la terrasse, harnaché de pied en cape. Paige était près de lui, leur nouveau-né dans les bras. Il se pencha pour les embrasser, puis descendit pour rejoindre le camion qui attendait. Jack l'attrapa par le bras.

— Tu devrais peut-être rester. Au cas où il faudrait évacuer les femmes et les enfants.

— Il y a suffisamment de monde pour ça. Tu ne vas nulle part sans moi.

— Je suis un grand garçon, répliqua Jack.

Vic le fusilla du regard.

— Moi aussi.

Melinda regardait les marines grimper à bord du camion des volontaires – Zeke, Phillips, Stephens, Mike, Paul, Vic, Joe et Jack – quand un pick-up arriva à toute allure, à grand renfort de coups de Klaxon. Corny, pompier professionnel lui aussi, en jaillit.

— Eh ! cria-t-il. Vous n'oubliez personne ?

Un concert d'acclamations bruyantes salua son arrivée.

— Et ton nouveau-né ?

— Oh, elle n'est plus si nouvelle que ça ! Elle est née il y a deux jours.

— Et ta femme t'a laissé partir ?

Il sortit son matériel de l'arrière du pick-up.

— C'est une blague, là ? C'est elle qui m'a *ordonné* de me bouger les fesses pour venir aider ! Sa mère est à la maison et je suis dans leurs pattes. J'ai des années à passer avec les enfants.

— Une autre fille, hein ? dit Jack.

— Oui, mais je sais que je peux faire un garçon.

— Tu ferais mieux de garder ça pour toi, mon vieux, lui conseilla un autre.

Quelques habitants les avaient rejoints, tous pompiers volontaires.

À l'arrière du camion, il ne manquait plus que Jack. Il embrassa sa femme.

— Si jamais l'ordre d'évacuation est donné, tu prends les enfants et tu quittes la ville.

— On n'en arrivera pas là, Jack.

— Veille sur tout le monde. Et envoie quelqu'un chercher Lydie en cas de besoin.

— Je m'occuperai de Lydie, mais je serai là à ton retour.

— Melinda, tu n'as pas intérêt à prendre des risques.

— Toi non plus, rétorqua-t-elle. Reviens dès que possible.

Il lui sourit.

— Tu ne vas pas te débarrasser de moi comme ça, tu sais bien, répondit-il en glissant le bras autour de sa taille avant de l'embrasser. Tes baisers ont trop bon goût. J'y vais. Sois sage.

Jack monta à l'arrière du camion et s'assit près de Joe.

— On dirait que tes affaires se sont arrangées, lui dit-il.

— Ça semble en bonne voie. Comment as-tu fait pour rassembler tout le monde ?

— On était déjà cinq sur place. Quant aux autres, c'est dingue. À croire qu'ils ne bossent jamais.

— C'est ça, les héros du feu, plaisanta Phillips. Mais on sera bientôt au chômage si on n'expédie pas vite fait le job ici.

Il leur fallut une demi-heure pour arriver sur zone. Un convoi de camions et de citernes était garé le long de la route. Le feu progressait dans leur direction. On leur distribua des outils – tronçonneuses, haches, pelles – et chacun se vit assigner une mission. Ils furent déployés en ligne sur une ancienne piste forestière. Plus ils avançaient, plus l'air était lourd et enfumé. Tandis que certains abattaient de gros arbres à la tronçonneuse, puis élaguaient les branches et rameaux afin de réduire la prise au feu, d'autres s'affairaient à déblayer la végétation et à couvrir de terre les petites poches qui s'embrasaient çà et là à cause des étincelles et de braises emportées par le vent. Les citernes entraient ensuite en action. Jack avança jusqu'au bout de la ligne et entreprit de retourner la terre.

— Je me fais trop vieux pour ça, grommela-t-il.

— Comme nous tous, mon pote, fit Paul qui leva les yeux vers le ciel. Et même pas un maudit nuage là-haut.

— Tu peux toujours prier, suggéra Jack.

Le général Booth pénétra dans le bar. Il découvrit Brie, sa nièce calée dans le porte-bébé sur son ventre, occupée à disposer des pichets d'eau sur le comptoir pour les soldats du feu. Des pleurs de bébé provenaient de l'appartement, à l'arrière. Il contourna le comptoir et mit la main à la pâte.

— Brie, j'ai une idée, dit-il. Et si Paige et vous ameniez les enfants au ranch ? Avec le terrain plat qui l'entoure et la rivière, ils y seront en sécurité. Je m'occuperai du bar.

— Melinda ne peut pas partir – elle soigne les bobos et doit être disponible en cas d'urgence –, en outre, elle doit allaiter régulièrement la petite Emma.

— L'air ici n'est pas idéal pour les enfants. Il serait plus raisonnable de les emmener ailleurs.

— Je vais lui poser la question.

Brie transmit la suggestion du général à Melinda qui y réfléchit moins d'une minute avant de lâcher :

— Walt a raison, ils doivent partir. Vous organiserez une petite pouponnière avec Vanessa et Paige. Si le général nous donne un coup de main, nous devrions nous en sortir ici.

Du poste de secours, Melinda regarda les femmes installer les enfants dans les pick-up de Jack et de Vic avec l'aide de Walt qui transporta les sièges auto. Ils entassèrent à l'arrière un parc pour bébé, des lits pliants, des transats, les sacs à langer et tout le matériel nécessaire.

Melinda espérait que Paige ou Vanessa auraient l'idée d'allaiter sa petite Emma. En pareil cas, elle-même n'hésiterait pas à nourrir le bébé d'une amie. Comme les voitures s'éloignaient, elle sentit une larme rouler sur sa joue, et l'essuya d'un geste impatient. C'était une situation d'urgence et il fallait faire avec. Au ranch, les enfants seraient en sécurité et c'était là l'essentiel.

Toute la matinée, des véhicules d'intervention chargés de pompiers défilèrent dans la ville, les hommes s'arrêtant pour se faire soigner à l'infirmerie ou s'approvisionner en eau et en nourriture. Certaines équipes allaient au feu, d'autres en revenaient, les hommes étaient sales, épuisés et assoiffés. Le gros des troupes était constitué de détenus entraînés à la lutte contre les incendies de forêt. Ils étaient lourdement encadrés. Melinda s'était déjà souvent demandé combien d'entre eux tentaient de s'évader pendant leurs missions. Sans doute peu, se dit-elle, sinon le programme aurait été supprimé depuis longtemps.

Durant sa pause, elle alla faire un tour au bar. À sa grande surprise, elle trouva le général et Muriel derrière le comptoir.

— Salut, Melinda. Que voulez-vous boire ?

— De l'eau glacée, s'il vous plaît, si vous avez encore de la glace. J'ai l'impression d'être déshydratée. C'est sans doute la fumée. Elle n'est pas très épaisse, mais attaque un peu le nez et la gorge.

— Comment allez-vous ? s'enquit Muriel.

— Aujourd'hui, je suis un peu tendue. Merci pour le coup de main.

— Si je peux me rendre utile, c'est avec plaisir.

Melinda vida avec gratitude la moitié de son verre.

— Je retourne faire des sandwichs, annonça Muriel. La seule activité culinaire dont je suis capable. J'ai presque terminé un grand plateau. Les pompiers ont des rations, mais leurs stocks diminuent, alors on aide comme on peut. Et si on installait le tout sur la terrasse avec les pichets ?

— Excellente idée, approuva Melinda. Gardez les bouteilles d'eau en réserve et utilisez celle des puits. On en aura peut-être besoin plus tard. Je vais profiter de ma pause pour prendre des nouvelles des enfants.

Elle alla téléphoner. Tandis que Vanessa lui assurait que tout le monde allait bien, elle entendit les pleurs d'Emma en fond sonore. Elle les aurait reconnus entre mille et faillit fondre en larmes à son tour. Pire, elle en eut une montée de lait qui la força à se précipiter aux toilettes. Elle ouvrit son chemisier et se pencha au-dessus du lavabo. Décidément, le corps des femmes était un véritable miracle. « Reviens vite, Jack, pria-t-elle, nous devons récupérer nos enfants ! »

On frappa doucement à la porte.

— Melinda, ça va ?

— Oui, oui. J'arrive tout de suite.

Quand elle sortit, elle trouva Muriel qui l'attendait, la mine inquiète.

— Je vous ai vue courir aux toilettes et j'ai eu peur que vous ne soyez malade. À cause de toute cette fumée…

Melinda ne put s'empêcher de rire.

— Quand j'ai appelé chez Walt, j'ai entendu Emma pleurer. Ça fait un moment que je ne l'ai pas nourrie. En quelques secondes, je me suis mise à dégouliner, expliqua-t-elle en indiquant la large auréole qui tachait son chemisier sous sa blouse. Une vraie fontaine. J'espère qu'ils vont maîtriser cet incendie avant que j'explose.

Muriel sourit.

— Je n'ai pas eu d'enfants, mais j'imagine que vous avez hâte de revoir les vôtres.

— Et le plus vite sera le mieux. Je suis sûre qu'il n'y en a plus pour longtemps. Vous ne pensez pas ?

— Je ne sais pas, fit Muriel, dubitative. Ces bois sont si vastes. C'est un peu effrayant.

— C'est vrai, approuva Melinda d'une voix faible.

Walt aidait Muriel à préparer les sandwichs.

— Je viens souvent chez toi, dit-il. Je fais du cheval avec toi, je joue avec tes chiens, mais je ne t'ai jamais rien demandé sur tes maris. Comme, par exemple, combien ? Et pourquoi, à ton avis, ça n'a pas marché ?

— Qu'est-ce qui te fait croire que j'ai envie de t'en parler ?

— Ton côté direct, j'imagine. Et puis, je t'ai parlé de ma femme.

— D'accord, dit Muriel sans cesser d'empiler les morceaux de pain. Voilà le scénario. Le premier avait quinze ans de plus que moi, mon agent. Il l'est encore – il a épousé mon talent, pas la personne que j'étais. Il avait une ambition démesurée pour moi, pour nous deux. Il s'imagine encore que j'ai divorcé à cause de son âge, mais en réalité, c'était parce qu'il ne pensait qu'à ma carrière. Je ne suis même pas sûre qu'il sache quelle est ma couleur préférée…

— Jaune, lâcha Walt.

Elle tourna vivement la tête vers lui, l'air étonné.

— Exact.

— C'était facile. Il y en a partout chez toi et tu en portes beaucoup. Le rouge aussi est important.

— Bien vu, confirma-t-elle, ébahie.

Elle se ressaisit et reprit son récit.

— Le numéro deux me battait. Le numéro trois me trompait. Le numéro quatre avait un enfant dont il avait omis de me parler, le numéro cinq…

— Une seconde, l'interrompit Walt. La liste est encore longue ?

Elle lui décocha un sourire malicieux.

— Tu n'as pas regardé sur Internet ?

— Bien sûr que non, s'offusqua-t-il.

— La liste s'arrête à cinq. Il avait un problème de toxicomanie que je n'avais pas repéré avant. J'ai bien essayé de l'aider, mais je le gênais plus qu'autre chose. C'est à ce moment-là que j'ai décidé d'arrêter. Le mariage. Mais s'il te plaît, montre-toi compréhensif, j'ai des circonstances atténuantes – Hollywood n'est pas vraiment réputé pour les relations durables et stables. J'ai fait de mon mieux.

— Je n'en doute pas.

— Tu es sincère ou juste sarcastique à cause de mes déboires conjugaux répétés ?

En guise de réponse, Walt glissa le bras autour de sa taille en riant et l'embrassa sur la joue. C'était la première fois qu'il se montrait aussi audacieux.

— L'armée non plus ne ménage pas les familles, dit il. J'ai eu de la chance.

— Hmm. Peut-être étais-tu juste plus doué que moi.

— C'est aussi possible, je suppose.

Et il lui sourit.

Sur le front de l'incendie, la soif et la fatigue commençaient à se faire sentir chez les volontaires. Ils avaient progressé dans le sous-bois le long d'une ligne qui s'était élargie en une profonde trouée. Appuyé sur sa pelle, Jack vit Mike Valenzuela passer avec une tronçonneuse pour élaguer plusieurs arbres abattus un peu plus loin. Il fit une pause pour boire et respirer un peu avant de reprendre son travail de forçat qui consistait à monter une levée de terre en rempart contre les flammes. Mike disparut de son champ de vision. Il s'essuya le front et se remit à creuser.

Soudain, un changement subtil se produisit. La brise légère qu'il sentait jusque-là sur la nuque se transforma en un vent chaud qui lui soufflait en pleine face. Intrigué, il remonta la ligne des volontaires et suivit le tournant dans lequel s'était engagé Mike, bien décidé à identifier la source de cette chaleur subite. Au fur et à mesure que la piste forestière s'enfonçait entre les arbres, les volontaires se faisaient plus rares. À proximité du brasier, c'étaient les professionnels qui occupaient le terrain.

Soudain, un murmure parcourut les hommes et une nuée d'étincelles virevolta dans l'air. La colonne de pompiers déployés autour de la colline sur sa gauche commença à se rabattre vers lui, puis le dépassa. Comme il ne voyait Mike nulle part, Jack avança encore un peu. Il se rendit vite compte qu'il n'y avait plus personne de ce côté-là. Dans son dos, les ordres de repli fusaient de toute part. Tout le monde battait en retraite au pas de course.

Un grondement sourd se fit entendre et les étincelles redoublèrent. L'incendie contre lequel ils luttaient progressait vers eux avec une force et une rapidité stupéfiantes. Un nuage d'épaisse fumée s'abattit sur Jack. Derrière lui, il entrevoyait à peine le chemin forestier par où il était venu. À sa gauche, un profond ravin. Il fit demi-tour. À l'instant où il s'élançait, une violente déflagration lui déchira les tympans – tout près, un arbre en feu venait d'exploser, projetant avec force une pluie d'étincelles et de débris par-dessus le sentier. Un gigantesque séquoia de soixante mètres de haut s'embrasa comme une torche à quelques mètres à peine de l'endroit où il se trouvait. Sans réfléchir, Jack plongea en direction du ravin et rampa comme un fou jusqu'au bord à la seconde même où un arbre en flammes s'effondrait au-dessus de sa tête.

Obéissant aux ordres de repli, pompiers et volontaires regagnèrent en hâte les camions qui attendaient sur la route au pied de la colline, prêts à les évacuer. Paul tendait le cou, à la recherche de Jack. Il l'avait vu s'avancer entre les arbres, mais il n'avait pas reparu. Mike grimpa dans le camion avec les autres marines.

— Où est Jack ? lui demanda Paul.

— Je ne l'ai pas vu. Dans un autre camion peut-être ?

Paul sauta du camion et remonta la route en courant. Il fut arrêté par le capitaine des pompiers qui le repoussa vers les véhicules.

— Un de nos gars est encore là-dedans, protesta-t-il.

— Il n'y a plus personne, lui assura le chef. Tous les volontaires ont été évacués.

— Je l'ai vu partir dans cette direction !

— Il n'y a plus personne sur zone.

— Je l'ai vu, je vous dis !

— S'il reste un volontaire, ils le récupéreront, fit le capitaine, désignant les pompiers professionnels qui s'éloignaient du brasier au pas de charge.

Juste à l'arrière de leur colonne, une violente explosion projeta débris et étincelles par-dessus leurs têtes. Paul fut poussé sans ménagement dans le camion, tandis que le capitaine donnait le signal du départ. Le camion s'ébranla.

Paul s'assit tant bien que mal et regarda les hommes en jaune qui dévalaient le sentier vers l'asphalte avant de se tasser dans un deuxième camion, puis un troisième. Jack était forcément dans l'un d'eux, se dit-il. Forcément.

Deux Canadair passèrent à faible altitude et lâchèrent leur cargaison de retardateur sur les flammes avant de disparaître par-delà la forêt.

Une fois hors du périmètre dangereux, les marines cherchèrent Jack dans les autres camions, mais il n'était nulle part. Paul revint à la charge auprès du capitaine.

— S'il n'est pas parti avec la dernière équipe, il se peut qu'il n'ait pas quitté la zone, fit ce dernier.

La panique s'empara de Paul.

— Il faut qu'on le trouve.

— Où voulez-vous qu'on cherche, hein ? Le feu avance droit sur nous.

— Il doit bien être quelque part, insista Paul qui agrippa le pompier par le bras. Est-ce qu'il y avait une autre issue ?

L'homme secoua la tête.

— Désolé, mon vieux.

— Il y en avait forcément une, sinon il n'aurait pas couru le risque. Il est trop intelligent !

— Avec les vents qui ont tourné, les flammes ont dévoré plusieurs hectares en quelques minutes. Il va falloir se montrer patient et voir s'il réapparaît. Il n'est pas le seul qui manque à l'appel, vous savez. Les sauveteurs s'en occupent.

Paul regarda Joe. Il avait les larmes aux yeux.

— Après tout ce qu'on a traversé, ça n'arrivera pas, hein ?

— Non, ça n'arrivera pas, tenta de le rassurer Joe.

Pompiers et volontaires furent emmenés vers un nouveau foyer, mais comme le feu se déplaçait désormais dans une autre direction, loin de Virgin River, d'autres équipes prirent le relais. Quelques heures plus tard, au coucher du soleil, le capitaine décida de lever le camp et renvoya les volontaires de Virgin River chez eux.

— On ne peut pas partir, déclara Vic. Pas avant de savoir où il est.

— Personne n'est sorti par l'autre côté, Vic. Et il n'est pas ici. J'ai bien peur…

— Non ! Il est sorti, c'est sûr. On ne l'a pas trouvé, voilà tout. Il faut continuer à chercher. On va retourner où on l'a vu en dernier, le plus près possible sans prendre de risque. On va établir un périmètre, chercher une piste. On continue. D'accord ?

Il y eut un instant de silence, puis :

— D'accord, Vic, on y va.

À 17 heures, les pompiers quittaient Virgin River, mais les hommes n'étaient toujours pas rentrés. L'odeur âcre de fumée se dissipait, emportée par le vent qui soufflait dans la direction opposée. Vers 18 heures, un silence sinistre régnait sur la ville. Une heure plus tard, les premiers nuages s'amoncelèrent en provenance de la côte.

Paige, Brie et Nikki ramenèrent les enfants en ville. Melinda put enfin allaiter Emma et câliner David. Après quoi, elle leur installa des lits improvisés dans l'appartement de Vic et de Paige. Walt et Muriel s'affairaient en cuisine et au bar, un œil sur les informations locales, persuadés que les hommes n'allaient pas tarder à débarquer, affamés. Vers 22 heures, toujours aucune nouvelle. Sur la terrasse, Melinda regarda les premières gouttes tomber sur la route poussiéreuse. Elle se pencha, la paume tendue, et sourit. Assise dans un des fauteuils Adirondack, elle contempla la pluie bienfaisante dont l'odeur était comme la réponse à une prière, et se remémora ses doux souvenirs avec Jack, avant la naissance des enfants.

À minuit, elle passa la tête dans l'embrasure de la porte et trouva Muriel endormie sur sa chaise, les bras posés sur la table en guise d'oreiller. Toujours derrière le comptoir, Walt était à l'affût des dernières nouvelles au journal télévisé.

— Allez donc dormir un peu, Melinda, lui suggéra-t-il. Je vous réveillerai dès leur retour.

— Vous avez entendu du nouveau aux infos ?

— Ils disent que l'incendie est contenu. Avec la pluie, ils devraient en venir vite à bout.

— Alors pourquoi ne sont-ils toujours pas là ?

— On a peut-être eu besoin d'eux. Pour le nettoyage ou autre chose. Allez donc dormir.

Jack ne dormait jamais quand elle travaillait, au cas où elle aurait besoin de lui – ce qui était parfois arrivé. Melinda secoua la tête.

— Je ne dormirai pas avant le retour de mon mari. Il est en route.

Au fond de son cœur, même si ce soir il battait étrangement vite, elle sentait chacun des pas qu'il faisait vers elle. Il était en route. Elle en avait la certitude.

Je ne t'abandonnerai jamais, Melinda. Fais-moi confiance, tu sais que tu es en sécurité avec moi. C'était ce qu'il lui avait dit un jour, et aujourd'hui plus que jamais, elle le croyait de toute son âme.

Elle ressortit monter la garde sur la terrasse.

— J'ai confiance en toi, dit-elle à voix haute, bien qu'il n'y eût personne pour l'entendre. Et je te connais – tu ne renonceras jamais.

Il lui avait sauvé la vie alors qu'elle se vidait de son sang juste après la naissance d'Emma. Elle était à demi inconsciente, mais avait entendu sa supplication désespérée.

Melinda. Par pitié, tiens le coup. Ne m'abandonne pas !

— Ne m'abandonne pas, murmura-t-elle. Tu n'as pas intérêt !

À l'aube, Melinda était toujours fidèle au poste dans le fauteuil Adirondack, alerte. Pas un instant, Jack n'avait quitté ses pensées. Jack et ses nombreuses facettes. Son regard farouche face à une menace. Sa tendresse lorsqu'il la regardait. Sa fierté émue quand il tenait leurs enfants dans ses bras. La joie qui l'animait en compagnie de ses amis.

Enfin, un bruit de moteur se fit entendre et un camion entra en ville. Un camion de ferme. Les hommes de Virgin River étaient assis à l'arrière, sales et fatigués. Debout sur la terrasse, elle les regarda descendre un à un. Mike gravit les marches. Sur la cendre noire qui lui maculait le visage, deux traînées humides trahissaient ses larmes.

— Où est Jack ? demanda-t-elle.

— Melinda, nous n'avons pas réussi à le trouver. Nous l'avons cherché toute la nuit.

— Qu'est-ce que tu racontes ? répliqua-t-elle avec un rire nerveux. Vous l'avez perdu ?

— À un moment, les vents ont tourné. La zone a été évacuée et il n'est pas revenu. Il y a eu une explosion. Le feu a envahi la route.

Mike referma la main sur le bras de Melinda.

— Il se peut qu'il ait été pris au piège. Il y a trois victimes parmi les pompiers.

— Mais pas Jack, dit-elle, secouant la tête, le regard limpide. Non, Jack va arriver.

Il l'attira dans ses bras, mais elle garda les siens le long de ses flancs.

— Je ne sais pas, murmura-t-il. Mais je ne crois pas.

Vic les rejoignit, les yeux injectés de sang, accablé de fatigue et de tristesse. Son visage comme sa tenue étaient noirs de suie. Il s'arrêta devant Melinda, tête baissée comme s'il avait honte. Elle le connaissait si bien – jamais il ne pourrait supporter l'idée d'avoir abandonné Jack.

— Ça va aller, le réconforta-t-elle. Il va arriver. Il sera furax, mais il va arriver.

Un par un, ils l'étreignirent avec émotion. Certains avaient les larmes aux yeux.

Peu après, le général apparut sur le seuil. Il alla réveiller Muriel et les autres femmes. Melinda ne voulait pas en démordre.

— Non, non, ne cessait-elle de répéter, vous ne comprenez pas. Si quelque chose lui était arrivé, je le saurais. Je le sentirais. Il va arriver.

— On y retourne dès qu'on aura pris un peu de repos et qu'on se sera réhydraté, déclara Paul. Nous découvrirons ce qui s'est passé. Dans tous les cas, on le ramènera.

Puis il entra dans le bar. Les pleurs de Brie ne tardèrent pas à déchirer le silence du petit matin. Le dos de Melinda se raidit. Elle agrippa Joe par le bras au moment où il passait.

— Dis-lui que son frère va bien. Il arrive. Va le lui dire.

Joe l'attira dans ses bras et la tint serrée contre lui.

— Je n'en suis pas sûr, tu sais.

— Tu ne comprends pas.

Personne ne comprenait. Si Jack n'était plus, elle le sentirait. Elle n'aurait plus qu'un grand trou sombre à la place du cœur. Puis, l'espace d'un instant, elle se rappela qu'au moment du décès de son premier mari, Mark, elle n'avait pas ressenti la moindre prémonition. Il n'y avait eu aucun avertissement, aucun mauvais pressentiment. Mais elle chassa aussitôt cette pensée. Avec Jack, c'était différent.

— Il va arriver, répéta-t-elle.

19

Les premières lueurs du jour commençaient à poindre. Jack était assis au bord d'une route déserte, affaibli, déshydraté, sa tenue couverte de retardateur rouge brique et parsemée de petits trous laissés par les braises volantes. Le visage roussi, la cheville en compote – il se l'était méchamment foulée en sautant dans le ravin –, il se demandait combien de temps il lui faudrait se reposer avant de se remettre en marche. Après avoir traîné la patte toute la nuit, il pouvait à peine poser le pied par terre. La zone avait été évacuée et il était peu probable qu'un véhicule emprunte cette route, à part peut-être les Eaux et Forêts ou les pompiers. D'ici là, il pouvait perdre connaissance. Ou pire.

Soudain, contre toute attente, il aperçut un nuage de poussière au loin. Quelqu'un venait ! Il se releva tant bien que mal, pris de vertiges, tenant à peine sur ses jambes, et boitilla jusqu'au milieu de la route. Plutôt se faire renverser que de courir le risque d'être abandonné à son triste sort. Et puis, qui aurait l'idée d'ignorer un pompier en tenue, à part le diable en personne.

Il ne croyait pas si bien dire. Ce fut le diable en personne dans un 4 × 4 noir aux vitres teintées qui s'arrêta à quelques dizaines de centimètres de lui.

— Nom de Dieu, marmonna Jack lorsque le conducteur ouvrit sa portière et sortit.

Il ne portait pas son habituel Shady Brady, mais il l'avait reconnu au premier coup d'œil. C'était le trafiquant qui avait trop souvent croisé son chemin ces deux dernières années.

— Dans quel état vous êtes, commenta l'homme. Un vrai cauchemar.

— Ah oui ? Vous n'êtes pas non plus la personne que j'ai le plus envie de voir, rétorqua Jack, la voix pâteuse.

— Vous êtes blessé ?

— J'ai soif. Juste soif. Laissez-moi siphonner votre radiateur et vous pourrez repartir, dit-il, aussi folle que pût être cette idée.

L'homme poussa un profond soupir, puis contourna la voiture et ouvrit la portière côté passager.

— Montez.

— Vous avez de l'eau ?

— Oui, j'en ai. Montez !

Jack s'approcha de la voiture en boitant.

— Vous disiez que vous n'étiez pas blessé, fit remarquer l'homme.

— J'ai surtout très soif.

— Votre cheville est cassée ?

— Non. Il paraît qu'une entorse, c'est pire qu'une fracture. C'est le moment d'en avoir le cœur net…

Shady Brady rit malgré lui.

— Bon sang, vous êtes un drôle de numéro. Montez.

Jack se hissa tant bien que mal sur le siège. Le conducteur se glissa derrière le volant, attrapa une bouteille d'eau à l'arrière et la lui tendit.

— Ne buvez pas trop vite ou vous allez gerber dans ma voiture.

— Je sais comment m'y prendre, répliqua Jack qui engloutit la moitié de la bouteille assez vite pour donner des sueurs froides à son bienfaiteur.

Il ouvrit sa fenêtre par précaution, mais après quelques renvois et hoquets, l'eau resta dans son estomac. Il appuya la tête contre le dossier, épuisé.

— La nuit a été longue, soupira-t-il.

— Comment avez-vous atterri ici ?

— J'ai été séparé des autres volontaires. Le vent a tourné et j'ai échappé de justesse aux flammes après l'explosion d'un arbre. Mais sans les étoiles pour me repérer à cause de la fumée, j'ai erré toute la nuit, expliqua-t-il avant de boire de nouveau. Et vous, que faites-vous dans le coin ?

L'homme se mit à rire.

— Je me barre d'ici. Écoutez, je vais vous déposer sur la route du comté. Il y a du passage, vous trouverez vite quelqu'un. Je vous laisserai de l'eau, mais je ne peux pas retourner là-bas.

— J'ai déjà entendu ça…

— Cette fois, c'est la bonne. Vous n'aurez aucun mal à vous faire embarquer. Personne ne laisserait un pompier au bord de la route. Même si vous pourriez aussi bien être un détenu en cavale, surtout en vous plantant au milieu de la route.

Ils gardèrent le silence un moment. Jack continuait de se réhydrater, tandis que Shady Brady roulait à tombeau ouvert sur la route déserte. En un quart d'heure à peine, il atteignit l'intersection avec la route du comté. Clopin-clopant, il aurait fallu à Jack presque toute la journée – en supposant qu'il ne se soit pas effondré avant.

Shady Brady lui donna deux bouteilles d'eau.

— Ne forcez pas sur votre cheville, rationnez l'eau…

— J'ai survécu dans le désert, rétorqua Jack, agacé.

— Oui, je sais. Bon, je dois filer.

Jack plissa les yeux.

— Pourquoi ne pouvez-vous pas être tout blanc ou tout noir ? Avec vous, je ne sais jamais quoi penser. C'est pénible, cette confusion perpétuelle.

L'homme rit.

— C'est ma spécialité – la confusion. Écoutez, je ne peux pas le prouver, mais il s'agissait d'un incendie volontaire. Des gens sont morts. En ce qui me concerne, ça dépasse les bornes.

— Qui êtes-vous, pour finir ? Un ancien marine, ça je le sais – j'ai vu le tatouage sur votre bras. Mais il y a aussi des marines qui sont des salauds, alors je ne me laisse pas influencer…

— Allez, descendez. Comme nous ne nous reverrons plus, ça m'arrangerait que vous ne parliez pas de moi, d'accord ? J'aimerais autant m'évanouir dans la nature. Façon de parler.

— Je devrais quand même raconter à la police ce que vous m'avez dit. Au sujet de l'incendie volontaire…

— Vous savez quoi ? Quand ils trouveront l'origine de l'incendie, il y aura un corps. Un corps qui n'a rien à voir avec moi. Vous dites ce que vous voulez, mais si vous parlez de ma présence ici, certains trafiquants me tomberont dessus et j'y laisserai ma peau. Et comme je l'ai dit, ça dépasse les bornes.

Jack lui sourit. Quel genre d'homme pouvait craindre davantage les trafiquants que la police ?

— Je n'ai aucune raison d'être bavard, mon vieux. Merci de m'avoir embarqué. Et ralentissez un peu, hein ? Vous êtes un vrai danger public.

— Je suis pressé.

Jack descendit.

— Encore merci. Et évitez les ennuis.

À peine la portière claquée, le 4 × 4 démarra en trombe, laissant une traînée de poussière dans son sillage.

La bruine tombait de plus belle. De la vapeur montait du sol. C'était l'été le plus chaud depuis des années, et l'incendie n'avait rien arrangé.

Melinda se refusait à quitter la terrasse. Doc vint la trouver, et lui proposa de s'allonger quelques minutes.

— Non, j'attends Jack, répondit-elle.

— Les sauveteurs passent la région au peigne fin et les garçons se préparent à repartir le chercher. On vous réveillera dès qu'il y aura du nouveau.

— Ça va aller, Doc. Je ne pourrais pas fermer l'œil de toute façon.

Muriel essaya de lui donner un verre de brandy, mais Melinda le refusa tout net. Elle tenait à garder les idées claires, car elle *ressentait* encore sa présence avec une extraordinaire acuité. Il aurait pu tout aussi bien la serrer dans ses bras. Elle ne put retenir un sourire.

Dans le bar, le volume de la télévision était poussé à fond. Jamais elle ne l'avait entendue marcher aussi fort. Elle savait qu'au lieu de se reposer, les amis de Jack regardaient les informations en boucle, à l'affût de la moindre nouvelle des disparus. Ils se relayaient à ses côtés sur la terrasse, inquiets de la laisser seule, parce qu'ils s'imaginaient qu'elle perdait la boule. Stoïquement et sans éclat.

— Je vais bien, je vous assure, ne cessait-elle de leur répéter sans les convaincre une seconde.

À l'intérieur, les hommes avalaient des sandwichs et faisaient des réserves d'eau, prêts à repartir. Melinda accepta un verre, fit amener la petite Emma pour la nourrir et donna le biberon à son fils. Mais elle refusa de quitter la terrasse. Pas une fois elle ne demanda s'il y avait des nouvelles de Jack.

Le journal du matin confirma le décès de trois pompiers dans l'incendie, mais les noms ne seraient révélés que plus tard lors d'une déclaration officielle. S'entretenant à voix basse, les marines décidèrent de rester à Virgin River aussi longtemps que Melinda aurait besoin de leur soutien.

Après quelques heures de repos, ils étaient prêts à repartir sur zone dans leurs véhicules personnels pour reprendre les recherches. Flanquée de Joe et de Paul qui, de temps en temps, lui prenaient la main, Melinda ne bougeait pas de son fauteuil, les yeux fixés droit devant elle.

Un bruit de moteur la fit se lever. La pluie avait cessé et un vieux pick-up s'immobilisa sur la chaussée encore mouillée juste devant le bar.

— Nom de Dieu, marmonna Paul qui se leva à son tour.

En voyant Jack descendre, Joe se précipita dans le bar en quatrième vitesse.

Tandis que Jack, en appui sur une jambe, récupérait ses affaires à l'intérieur de l'habitacle, Melinda descendit les marches et se dirigea vers lui d'un pas serein. Il balança son attirail sur le sol et le pick-up redémarra avec un coup de Klaxon. Il avait le visage noir de suie, les yeux rougis et larmoyants, les lèvres gercées.

Melinda s'avança dans ses bras ouverts.

— Tu es en retard, dit-elle, les yeux levés vers lui.

Il l'embrassa avec tendresse sur le front.

— Désolé, j'ai été retenu. Ce maudit camion est parti sans moi. Dis donc, Melinda, as-tu idée de l'effet que tu me fais dans ce jean ? Une vraie bombe.

— Tout le monde te croyait mort et toi, tu me parles de mes fesses.

Il fit une grimace.

— Ils vont regretter que je ne le sois pas. Je crapahute depuis vingt-quatre heures et je suis de méchante humeur.

Il repoussa les mèches blondes qui tombaient dans les yeux de Melinda.

— Tu as eu peur, mon ange ?

Elle secoua la tête.

— Non. Je savais que tu allais revenir.

— C'est vrai ?

— Si ton cœur s'était arrêté, je l'aurais su, répondit elle, la main sur son torse. Mais il battait un peu vite par moments.

— Si tu savais. Je l'ai échappé belle. C'était tellement chaud que j'ai sûrement des cloques sur les fesses.

— Je savais que tu ne m'abandonnerais pas.

— Ma douce je m'échapperais de l'enfer pour te rejoindre.

— Je sais, Jack. Tu es blessé.

— Ma cheville. J'ai dû plonger dans un ravin et je me suis mal réceptionné. Je ne suis plus aussi agile qu'autrefois. Et puis, marcher des heures dans la forêt n'a pas dû arranger les choses.

Elle passa le doigt sur la poudre rouge qui maculait son tee-shirt.

— C'est du retardateur, expliqua-t-il. Un Canadair a balancé sa cargaison juste sur ma tête. Je me suis affalé par terre, ça n'a pas fait un pli. Après, avec tous ces arbres et la fumée, je me suis perdu. Une vraie galère. Je crois que les pompiers volontaires se passeront de moi désormais.

Elle lui caressa le visage. Sous la suie et les cendres, il avait la peau rougie comme par un coup de soleil. Il fit la grimace. Puis il se pencha, croisa les bras sous ses fesses et la souleva.

— Embrasse-moi, murmura-t-il. Histoire que je me sente mieux.

Melinda ne se fit pas prier et leurs lèvres se joignirent en un long baiser profond. Derrière eux, une salve d'acclamations et de sifflements monta de la terrasse où étaient rassemblés les marines. Mais Jack prit tout son temps. Il attendait ce baiser depuis vingt-quatre heures et n'avait nullement l'intention de se laisser bousculer. Il la lâcha à contrecœur, amoureux comme au premier jour. Plus encore.

— Tu as un goût de suie, commenta Melinda.

— Je sais. Et toi, tu es toujours aussi délicieuse. Je déteste quand ils font ça, ajouta-t-il en indiquant ses copains.

— Je commence à m'y habituer, répondit-elle avec un sourire avant de l'embrasser à nouveau.

Bien qu'impatient de rentrer chez lui, Jack prit néanmoins Mike Valenzuela quelques minutes à part. Ils s'enfermèrent dans le camping-car derrière le bar. Il lui confia les détails de son sauvetage. Mike appela le shérif et lui répéta l'histoire en donnant le numéro de la plaque minéralogique.

— Ils ont de l'avance sur toi, annonça-t-il après avoir raccroché. Deux trafiquants – des associés – ont eu une prise de bec. L'un d'eux a abattu l'autre et tenté de dissimuler le meurtre en brûlant le corps. D'où l'incendie. Une enquête est en cours. Un suspect a été arrêté alors qu'il essayait de s'échapper.

Jack déglutit.

— Notre homme ?

— Ce n'est qu'une hypothèse, mais à mon avis, si c'était lui, il ne se serait pas arrêté pour toi. En fait, il t'aurait même peut-être collé une balle dans le crâne pour t'empêcher de parler à la police. Et il ne t'aurait certainement pas fait de confidences sur l'incendie. Jack, ce type n'est pas ce qu'on croit.

— Ah bon ?

— Ce n'est pas un trafiquant ordinaire. Si ça se trouve, il appartient aux Stups, auquel cas, il va être transféré ailleurs et on n'en saura jamais rien.

Jack se leva.

— Eh bien, l'affaire est close, j'imagine. À la vitesse où il roulait, il s'est sans doute payé un arbre avant de quitter le comté. Bon, je rentre chez moi.

— Dors bien.

— Je vais m'effondrer dans mon lit. Et, Valenzuela, merci de m'avoir cherché.

— C'est la moindre des choses, tu en aurais fait autant. Je suis juste soulagé qu'on n'ait pas dû ramener tes restes carbonisés à Melinda.

— Et moi donc.

Jack, Vic, Mike et Paul regagnèrent leurs pénates et après une bonne douche, savourèrent un long sommeil réparateur. Les autres avaient trop de route à faire pour partir comme ça après vingt-quatre heures sans dormir. Phillips et Stephens reprirent néanmoins la direction de Reno armés d'un gros Thermos de café fort du bar et de deux paires d'yeux pour négocier le col et les lacets qui les attendaient. Zeke et Corny, quant à eux, passèrent la nuit dans la maison d'amis de Jack. Joe regagna le chalet avec Nikki.

Walt et Muriel se retrouvèrent seuls au bar sans instructions.

— Je dirais que nous avons terminé notre journée, nous aussi, décréta Walt. Ce n'est pas nickel, mais la nourriture est rangée et la vaisselle est faite. Nous avons fait notre part.

— Si ça se trouve, à l'heure qu'il est, Buff a explosé dans son chenil et Luce a beau être un ange, il n'est pas impossible qu'elle ait eu quelques accidents et dévoré ma maison à force d'ennui. C'est un labrador. Ces choses-là sont innées.

— Vic a laissé les clés. Je propose qu'on ferme et qu'on rentre.

— D'accord. Je suis lessivée.

— Je me doute que tu es fatiguée.

— Lessivée, corrigea-t-elle. C'est bien pire.

La main posée au creux des reins de Muriel, Walt l'escorta jusqu'à la sortie et ferma derrière eux. Il s'attarda un instant sur la terrasse pour contempler le ciel.

— Je ne sais comment te remercier pour ton aide.

— C'est ma ville aussi, Walt, à présent. Et ça en valait la peine. Maintenant, ces garçons me mangent dans la main.

— C'est vrai, approuva-t-il en riant. Il suffit de les nourrir pour les mettre dans sa poche. Tu sais, j'ai connu quelques endroits vraiment chauds dans ma vie. J'étais venu ici pour la tranquillité, mais aujourd'hui, ce n'était pas franchement ça.

— J'ai grandi dans ces montagnes, lui rappela-t-elle. Les paysages sont magnifiques, mais la vie y est dure, parfois.

— Tu veux dire que la beauté ne va pas toujours de pair avec la facilité ?

Elle lui sourit.

— Je ne suis pas sûre que ce soit exactement le message, mais c'est sans doute vrai aussi.

— Je ferai en sorte de m'en souvenir.

Muriel reprit le fil de ses réflexions.

— Après toutes ces années d'absence, j'avais presque oublié combien cette région pouvait être rude. Le pire, c'est le feu, je crois. Avec toutes ces forêts qui nous entourent.

— T'es-tu demandé, juste une seconde, si ça en valait la peine ?

— Hmm ?

— Tout à l'heure, quand Jack est arrivé en sale état et a pris sa femme dans ses bras presque comme s'il revenait des courses et qu'il était en retard, je me suis rappelé pourquoi j'aime tant cette région. Ici, les gens affrontent l'adversité comme si elle allait de soi. Hommes et femmes, tout le monde met la main à la pâte sans rechigner. Ils ne renoncent pas facilement et peuvent compter les uns sur les autres. C'était ce que j'aimais dans l'armée.

Muriel posa la main sur le torse de Walt.

— Nous sommes des montagnards, voilà tout. Nous prenons les choses comme elles viennent et, quand il le faut, nous savons nous battre.

Il plongea son regard dans le sien et lui sourit.

— Ce soir, j'ai besoin de repos. Mais demain, je pourrais apporter chez toi de quoi préparer un bon dîner. Qu'en dis-tu ?

Elle lui sourit en retour.

— Tu as peur de n'avoir que des bâtonnets de céleri avec de l'houmous en guise de repas ?

— Je trouve juste que nous méritons un bon dîner en tête à tête. Et il se pourrait que je reste tard.

— Il se pourrait que j'accepte que tu restes. Je m'occupe du vin, d'accord ? Comptes-tu dire à ta fille où tu seras ?

— Je n'en sais rien. Je m'amuse comme un fou avec nos cachotteries.

Elle haussa un sourcil.

— Quelles cachotteries ?

Il se pencha et l'embrassa sur le front.

— Réexaminons la question demain soir après le dîner, veux-tu ?

— Eh bien, Walt, fit-elle avec un sourire mutin.

Le général la gratifia d'une petite tape coquine sur les fesses.

— Repose-toi bien, lui conseilla-t-il. Parce que maintenant que j'y pense, il ne fait aucun doute que je vais rester tard.

Remerciements

Merci à Pamela SF Glenn, sage-femme diplômée – sans son expérience irremplaçable, ce roman n'aurait jamais pu voir le jour. Ma plus profonde gratitude pour avoir épluché chaque version du manuscrit d'un œil attentif. Tous mes remerciements également à Sharon Lampert, infirmière spécialisée en gynécologie, qui a toujours eu la gentillesse de décrocher son portable pour répondre sans détour aux questions les plus délicates sur l'anatomie féminine.

Merci à Paul Wojcik pour m'avoir fait partager son expérience sur le Corps des marines des États-Unis, ainsi qu'à Richard Gustavson qui compte vingt-trois années de service dans la réserve de la marine. Vous m'avez tous deux apporté une aide technique précieuse.

Je remercie aussi Kris Kitna, chef de la police à Fortuna, Californie, pour ses informations sur la justice locale, sans oublier ses conseils avisés sur la chasse, la pêche et les armes à feu.

Kate Bandy, la meilleure assistante dont un auteur puisse rêver, ma chère amie depuis tant d'années, merci à toi pour toutes tes relectures et suggestions, mais aussi de m'avoir accompagnée dans ce voyage de recherche passionnant à Humboldt County. Sans toi, j'aurais pataugé… ou carrément glissé dans un ravin.

Tous mes remerciements à Denise et Jeff Nicholl qui ont relu les épreuves et répondu à un million de questions. Votre amitié et votre soutien m'ont été éminemment précieux tout au long de la gestation de ce roman. Merci également à Nellie Valdez-Hathorn pour son aide avec l'espagnol.

Je suis également reconnaissante à Jamie Carr, Laurie Fait, Karen Garris, Martha Gould, Pat Hagee, Goldiene Jones et Lori Stoveken pour leurs commentaires et suggestions.

Un grand merci à Clive Cussler, Debbie Macomber et Carla Neggers pour avoir pris le temps de lire et de commenter *Virgin River*. C'est de votre part un compliment monumental.

Mille mercis également à Valerie Gray, mon éditrice, et à Liza Dawson, mon agent, qui ne ménagent jamais leur peine pour m'aider à créer les meilleures séries. Votre dur labeur et votre dévouement font toute la différence.

Toute ma gratitude pour vos encouragements et votre motivation à Trudy Casey, Tom Fay, Michelle Mazzanti, Kristy Price et tout le personnel de la Henderson Public Library.

Enfin, merci de tout cœur à Jim Carr pour son soutien attentionné. Et aussi pour tes talents de cuisinier ! Si seulement j'avais su depuis toutes ces années !

Composition
NORD COMPO

Achevé d'imprimer en Italie
par GRAFICA VENETA
le 12 octobre 2021

Dépôt légal : octobre 2019
EAN 9782290224397
OTP L21EDDN001113A005

ÉDITIONS J'AI LU
87, quai Panhard-et-Levassor, 75013 Paris
Diffusion France et étranger : Flammarion